KB111189

잃어버린 시간을
찾아서 2

스완네 집 쪽으로 2

À LA RECHERCHE DU TEMPS PERDU
DU CÔTÉ DE CHEZ SWANN

잃어버린 시간을
찾아서 2

스완네 집 쪽으로 2

마르셀 프루스트 김희영 옮김

민음사

일러두기

1 이 책은 Marcel Proust의 *Le Temps retrouvé, A la recherche du temps perdu* (Gallimard, "Bibliotheque de la Pleiade", 1989)를 번역했다. 그리고 주석은 위에 인용한 책과 *Le Temps retrouvé*(Gallimard, Collection Folio, 1990), *Le Temps retrouvé*(Le Livre de Poche, 1993), *Le Temps retrouvé*(GF Flammarion, 2011)를 참조하여 역자가 작성했다. 주석과 작품 해설에서 각 판본은 플레이아드, 폴리오, 리브르드포슈, GF-플라마리옹으로 구분하여 표기했다.

2 총 7편으로 이루어진 프루스트의 『잃어버린 시간을 찾아서』를 원고의 길이와 독서의 편의를 고려하여 13권으로 나누어 편집했다. 1편 「스완네 집 쪽으로」 (1, 2권), 2편 「꽃핀 소녀들의 그늘에서」(3, 4권), 3편 「게르망트 쪽」(5, 6권), 4편 「소돔과 고모라」(7, 8권), 5편 「갇힌 여인」(9, 10권), 6편 「사라진 알베르틴」(11권), 7편 「되찾은 시간」(12, 13권)

3 작품명 표기에서 단행본은 『 』, 개별 작품은 「 」, 정기간행물은 《 》로 구분했다.

차례　　　　　스완네 집 쪽으로 2

2부

↙

스완의 사랑

1

베르뒤랭의 '작은 동아리', '작은 그룹', '작은 패거리'에 가입하기 위해서는 하나의 조건만 준수하면 되었지만 그 조건은 필수적이었다. 즉 어떤 '신조'를 말없이 지켜야 한다는 것이었는데, 그 조항 중 하나를 들어 보면, 그해 베르뒤랭 부인의 후원을 받으며 "바그너를 이렇게 칠 줄 안다는 건 쉬운 일이 아닐 거예요."라고 부인이 칭찬하던 젊은 피아니스트가 플랑테와 루빈스타인을 '능가하며', 코타르 의사가 임상학에서는 포탱보다 더 뛰어나다는 것이었다.* 베르뒤랭네 집에 출입하지 않는 사람들의 파티란 비 오는 날만큼이나 따분하다는

---

* 프랜시스 플랑테(Francis Planté, 1839~1934)는 프랑스의 피아니스트며 안톤 루빈스타인(Anton Rubinstein, 1829~1894)은 러시아 작곡가이자 피아니스트다. 그리고 베르뒤랭 부인의 젊은 피아니스트의 모델은 에두아르 리슬레르(Edouard Risler, 1873~1929)로 추정된다. 피에르 샤를 에두아르 포탱(Pierre Charle Édouard Potain, 1825~1910)은 19세기 말 파리의 명의로 알려졌던 의사다.

사실을 설득시킬 수 없는 '신참'은 당장 제명당했다. 이 점에 있어서는 여자들이 남자들보다 사교계에 대한 호기심과 다른 살롱의 재미를 몸소 알아보려는 소망을 버리지 않아 더 다루기 힘들었는데, 베르뒤랭네도 이런 탐구 정신이나 경박함의 마귀가 다른 신도들에게 전염되기라도 한다면 이 작은 교회의 정통성에 치명적인 해가 될 수 있다고 느껴, 모든 여성 '신도들'을 차례로 추방하지 않을 수 없었다.

의사의 젊은 아내를 제외하고는, 그해 여자라곤(베르뒤랭 부인으로 말하자면 정숙하고, 돈은 아주 많으나 전혀 알려지지 않은 존경받는 한 부르주아 집안 출신으로, 자신의 집안과도 점차적으로 모든 관계를 끊고 있었다.) 단지 베르뒤랭 부인이 오데트라고 부르며, 다른 사람들에게는 '사랑스러운 분'이라고 칭하는, 크레시 부인이라는 거의 화류계 출신이라 할 수 있는 여인과, 과거에 대문 끈을 잡아당겼던 것으로 보이는 피아니스트의 숙모뿐이었다.* 둘 다 사교계에 대해서는 무지하고 순진했으므로, 사강 대공 부인**이나 게르망트 공작 부인이 그들 만찬에 손님

---

* 여기서 화류계라고 옮긴 프랑스어 le demi-monde는 알렉상드르 뒤마 피스 (Alexandre Dumas fils, 1802~1870)가 1855년에 발표한 동명 희곡 작품에서 유래했는데 이는 사교계에 기생하는 여성들과 이런 여성들과 교제하는 남성들의 세계를 다룬 작품이다. 알렉상드르 뒤마 피스의 연극이 당시 대중들의 많은 사랑을 받았다는 점을 고려한다면, 한 화류계 여자와 부르주아 남성의 사랑이라는 테마는 뒤마 피스의 『춘희』와 「스완의 사랑」의 상호텍스트적인 관계를 설정할 수 있는 근거를 마련한다. 그리고 "대문 끈을 잡아당겼던" 사람이란 바로 '문지기(concierge)'를 칭하는 것으로 과거에는 천대받는 직업 중 하나였다.

** 실제 인물로 1858년 샤를기욤보종 드 탈레랑 페리고르(Charles-Guillaume-Boson de Talleyrand Périgord, 1754~1838)와 결혼했으며, 프루스트의 친구인

을 모으려고 불쌍한 작자들에게 돈을 치르지 않을 수 없다고 말해도 쉽게 믿었으며, 누군가 그들에게 그 두 귀부인 댁에 초대받도록 해 주겠다고 제의했어도 전직 문지기와 화류계 여인은 도도하게 거절했을 것이다.

베르뒤랭네서는 저녁 식사에 손님들을 초대하는 것이 아니었다. 그곳에는 저마다에게 '차려 놓은 식기'가 있었기 때문이다. 저녁 모임을 위한 프로그램도 없었다. 젊은 피아니스트가 연주할 때도 있었지만, '자기 마음이 내킬 때'만 했으며 누구에게도 강요하는 법이 없었다. 베르뒤랭 씨 말대로 "모든 것은 친구들을 위해, 동지들이여, 만만세!"였다. 피아니스트가 「발퀴레」 기행곡(騎行曲)이나 「트리스탄과 이졸데」 서곡을 연주하려고 하면* 베르뒤랭 부인은 반대하곤 했는데, 음악이 마음에 안 들어서가 아니라 반대로 그녀를 지나치게 감동시켰기 때문이다. "여러분은 제게 두통이 생기길 바라시는 거예요? 저분이 그 곡을 연주할 때마다 늘 그렇게 된다는 걸 잘 아시면서. 무슨 일이 일어날지 전 알아요. 내일 아침 전 일어날 수 없을 테고, 그럼 안녕히 계세요, 내일은 아무도 없을 테니." 만일 피아니스트가 연주하지 않으면 그들은 담소를 나누었는

보니 드 카스텔란이 그녀의 조카다.
* 바그너의 악극들로 당시 상류사회에서의 바그너 열풍을 말해 주는 대목이다. 「발퀴레」는 정치에 관심이 많았던 바그너가 집단적인 광기로 인한 전행의 위험을 예고한 작품이며(이 곡은 코폴라 감독의 「지옥의 묵시록」으로 더욱 유명해졌다.) 「트리스탄과 이졸데」는 정념과 죽음을 노래한 서구인의 사랑의 원형이라 할 수 있는 켈트 족 전설을 바그너가 악극으로 완성한 것이다.

데, 그들 중 하나가, 대개는 그때 그들이 좋아하던 화가가, 베르뒤랭 씨 표현을 빌자면 "모든 사람을 웃게 하는 엉뚱한 객담을 내뱉곤 했다." 그러면 특히 자신이 느끼는 감동의 비유적인 표현을 본래 뜻이라고 해석하는 버릇이 있던 베르뒤랭 부인은 얼마나 웃어 댔는지, 한번은 턱이 빠져 코타르 의사가(당시에는 신참 의사였던) 다시 턱을 끼워 줘야 했을 정도였다.

연미복은 금지였다. 다들 '친구' 사이였고 그들이 흑사병마냥 피하는 저 '따분한 자들'을 닮지 않기 위해서였다. 그들은 그 따분한 자들을 아주 드물게 열리는 대연회에만 초대했는데, 그것도 화가를 즐겁게 해 주거나 음악가 이름을 알리기 위해서였다. 나머지 시간에는 글자 수수께끼 놀이를 하거나 정장 차림으로 식사를 했으며 어떤 낯선 사람도 이 '작은 동아리'에 끼워 주지 않고 자기들끼리만 했다.

그러나 베르뒤랭 부인의 생활에서 친구들이 점점 더 많은 자리를 차지하게 됨에 따라 그녀로부터 친구들을 떼어 놓거나 이따금 그들의 시간을 방해하는 것조차도 — 이를테면 누군가는 어머니 때문에, 누군가는 직장 때문에, 누군가는 별장이나 건강 문제 때문에 — 그녀에게는 따분한 것, 배척하는 것이 되고 말았다. 코타르 의사가 위독한 환자 곁으로 돌아가려고 식탁에서 일어나 가야 한다고 하면 베르뒤랭 부인은 이렇게 말했다. "오늘 저녁 환자를 방해하러 가지 않는 게 환자를 위해 더 좋을지 누가 알아요? 선생님 없이도 오늘 밤 잘 지낼 거예요. 내일 아침 일찍 가 보면 병이 다 나아 있을 거예요." 12월 초부터 부인은 신도들이 성탄절과 새해 첫날 자기를 '버릴'*지도 모른다는 생각에 병이 날 지경이었다. 피아니스트의 숙모가 새해 첫날 자기 조카가 어머니 집에 가서 가족끼리 식사를 해야 한다고 말했다고 전하자, 베르뒤랭 부인은 사정없이 소리 지르는 것이었다.

"시골에서처럼 새해 첫날에 어머니와 함께 식사를 하지 않는다고 해서 어머니가 돌아가시기라도 할 거라고 생각하나 봐요!"

부인의 불안은 부활절 전 성주간이 되자 다시 시작되었다.

"보세요, 의사 선생님. 선생님은 학자시고 확실한 것만 믿는 분이시니까 성금요일**에는 당연히 여느 날처럼 우리 집에 와 주시겠지요?" 하고 부인은 그해부터 모임에 참석한 코타르에게 자신에 찬 어조로 대답을 의심하지 않는다는 듯 말했다. 하지만 실제로는 대답을 들을 때까지 몸을 떨고 있었는데 만약 의사가 와 주지 않는다면, 자기 혼자만 있을 위험이 있었기 때문이다.

"성금요일에는 오지요. 작별 인사를 하러요. 부활절 축일은 오베르뉴에 가서 보내기로 해서요."

"오베르뉴라고요? 벼룩이나 벌레에게 잡아 먹히고 싶어서요?*** 재미 보시겠는걸요!

---

* lâcher라는 동사는 내뱉다, 버리다라는 뜻으로, 이 글에서는 '신도'와 마찬가지로 따옴표로 표시되었는데, 베르뒤랭 사단의 관용어임을 말해 준다. 따라서 이 '버린다'는 행위가 베르뒤랭 부인에게 아주 중요함을 알 수 있다.
** 부활절 전 금요일로 예수님이 돌아가신 날이다. 베르뒤랭 부인은 일부러 신도들을 이런 날 모이게 함으로써 자신이 성금요일에 관련된 일종의 미신 같은 생각으로부터 벗어난 자유사상가임을 입증하려는 것이다.
*** 프랑스 오베르뉴 지방은 산악지대로 과거에는 아주 가난한 지역이었다.

그리고 잠시 침묵하더니 이렇게 말했다.

"적어도 미리 말씀만 해 주셨어도, 우리가 일정을 짜서 모두 함께 기분 좋게 그곳으로 여행했을 텐데."

마찬가지로 한 '신도'에게 남자 친구가 생기거나 자주 드나드는 여인에게 애인이 생기거나 하여 이따금 그 상대 때문에 베르뒤랭네 저녁 모임을 '버릴' 가능성이 있는 경우, 베르뒤랭 부부는 그 여인이 자기네 가운데서 애인을 만들거나, 그 애인을 자기네 일원인 것처럼 사랑하며, 자기들 이상으로 그 애인을 좋아하지만 않는다면 애인을 갖는 것에도 개의치 않고 "좋아요. 당신 친구를 데려오세요."라고 말했다. 그러고는 이 상대가 베르뒤랭 부인에게 아무런 비밀도 숨기지 않을 인물인지, 이 '작은 패거리'에 가입시켜도 무방한지 알아보기 위해 시험을 해 보는 것이었다. 만약 그가 불합격이라면, 소개한 신도를 따로 불러 그 친구와 사이를 끊도록 도와주었다. 반대 경우라면 '신참'이 그 차례로 신도가 되었다. 그래서 그해에도 화류계 출신 여인이 베르뒤랭 씨에게 자기가 스완* 씨라는 한 멋진 남성을 알게 되었는데, 만약 이곳에 받아들여진다면 무척 기뻐할 것이라고 슬며시 말했을 때, 베르뒤랭 씨는 즉석에서 이 청원을 부인에게 전달했다.(그는 아내 의사를 따를 뿐 결코 자기 의견을 말하는 법이 없었는데, 그의 특별한 소임은 아내의 소망을 '신도들'의 소망과 함께 아주 재치 있게 실행에 옮기는 것이었다.)

---

* 스완의 실제 모델에 대해서는 샤를 나탕 아스(Charles Nathan Haas, 1832~1902)가 자주 거론된다. 유대인으로 부유한 증권 중개인의 아들이자 파리 백작의 친구이며 1871년에 조키 클럽 멤버가 된 인물이다.

"여보, 크레시 부인이 당신에게 부탁할 게 있다는군. 친구인 스완 씨를 당신에게 소개하고 싶다는데. 어떻겠소?"

"그래요. 이렇게 완벽한 분에게 뭘 거절할 수 있나요. 당신은 가만히 계세요. 당신 의견을 묻는 게 아니니까요. 오데트, 당신에게 완벽하다고 말하는 거예요."

"좋으실 대로요." 하고 오데트가 애교를 부리며 대답하고는 덧붙였다. "그렇지만 '칭찬이나 낚으려고(fishing for compliment)' 하는 말은 아니에요."*

"좋아요! 친구분을 데리고 와 보세요. 그분이 유쾌한 분이라면……."

물론 이 '작은 동아리'는 스완이 드나드는 사교계와는 전혀 관계 없었다. 그리고 진짜 사교계 인사라면, 스완같이 특별한 지위를 차지한 사람으로서 베르뒤랭네에 소개받으려고 애쓸 필요를 느끼지 않았을 것이다. 그러나 스완은 여인들을 무척이나 좋아했고, 모든 귀족 계급 여인들을 거의 다 알게 되어 그들에게서 더 이상 배울 것이 없고 난 후부터는, 포부르 생제르맹** 상류사회가 그에게 부여한 거의 귀족 작위와도 같은 귀화 허가증***도 이제는 일종의 교환 가치가 있는, 그 자체

---

* 오데트 드 크레시의 화법 중 하나는 이렇게 대화 중 영어를 사용하는 것이다. 커피보다 차를 더 좋아하는 습관 역시 그녀의 영국 취향에 따른 것으로, 19세기 말 프랑스 사교계에서 영국적 매너나 관습이 유행했음을 말해 준다.

** 『잃어버린 시간을 찾아서』 1권 37쪽 주석 참조.

*** 1차 세계 대전 전에는 귀족과 부르주아 사이에 커다란 벽이 있었다. 국적을 바꾼 사람에게 주는 귀화 허가증이 마치 부르주아에서 귀족으로 신분을 바꾸는 것에 상응하는 것으로 표현되었다.

로는 별 의미 없는 신용장 정도로밖에 생각하지 않았다. 하지만 이 신용장은 어느 시골 신사의 딸이나 재판소 서기 딸이 시골 구석이나 파리의 어느 이름 없는 곳에서 예쁘게 보이는 경우엔, 즉석에서 어떤 유리한 상황을 만들어 주기도 했다. 왜냐하면 그런 경우 그의 평소 생활에서는 찾아볼 수 없는 허영심이 욕망이나 사랑에 의해 생겨났기 때문인데 (바로 이 허영심 때문에 아마도 그가 일찍부터 사교계 생활로 들어서게 되었으며, 그의 타고난 재능을 하찮은 향락에 낭비하거나, 예술에 관한 박학한 지식을 단지 사교계 여인들에게 그림 구입과 저택 장식 조언을 해 주는 정도로만 활용하게 했던 것이다.) 그가 반한 미지의 여인 눈에 스완이라는 이름만으로는 주지 못하는 어떤 우아함으로 반짝이고 싶었기 때문이다. 이 미지의 여인이 보잘것없는 출신일 경우 그의 욕망은 더 타올랐다. 지적인 사람은 다른 지적인 사람에게 바보로 보이는 것에는 별로 신경을 쓰지 않는 법이다. 마찬가지로 멋쟁이가 자신의 우아함이 무시당할까 봐 두려워하는 것은 대귀족이 아닌 시골뜨기 앞에서다. 세상이 존재한 이래 사람들이 낭비해 온 재치의 비용과 허영심에 의한 거짓말의 사분의 삼은 ─ 이런 것은 인간의 품위를 떨어트렸을 뿐이지만 ─ 항상 자기보다 열등한 사람들에 대한 것이었다. 그래서 공작 부인을 대할 때는 소박하고 소홀하던 스완도 하녀 앞에서는 무시당하지나 않을까 두려워 잘난 체하는 것이었다.

게으름 때문인지 아니면 어떤 해안가에 메어 있도록 사회적 지위가 만들어 놓은 의무감에서 비롯된 체념 때문인지는 모르지만, 현실이 모처럼 쾌락을 줘도 그들이 죽을 때까지 틀어박혀 살아가야 하는 사회적 지위 밖에서 누리는 것은 삼가고, 드디어는 그런 상황에 익숙해져서는 주위 시시한 기분전환거리나 겨우 참을 만한 권태를 하는 수 없이 쾌락이라고 부르며 만족하는 인간이 많은데, 스완은 그런 인간들과는 달랐다. 그는 함께 시간을 보내는 여인이어서 예쁘다고 생각하는 것이 아니라, 처음부터 예쁘다고 생각하는 여인과 함께 시간을 보내려고 애썼다. 그리고 이런 여인들에겐 대부분 천박한 아름다움이 있었다. 왜냐하면 스완이 스스로 의식하지 못한 채 추구하던 육체적인 특징은 그가 좋아하는 거장들이 그리거나 조각한 여인에게서 그가 찬미하던 특징과는 정반대되는 것이었기 때문이다. 심오함이나 우수에 찬 표현은 그의 감각을 냉각했지만, 반대로 건강하고 풍만한 분홍빛 살은 그의 감각을 일깨웠다.

여행 중 우연히 한 가족을 만나면 그 가족과 알고 지내려고 애쓰지 않는 게 더 고상해 보일지라도, 혹시 가족 중 한 여인이 그가 아직 모르는 매력으로 치장되어 눈앞에 나타났을 때, '멀리서 관망만 하면서' 여인이 불러일으킨 욕망을 달래고 그 여인과 함께 알게 될 쾌락을, 편지로 불러 데려온 과거 정부에게서 얻을 수 있는 쾌락으로 대체하려고 한다면, 마치 자기가 태어난 고향을 방문하러 가는 대신 방구석에 처박혀 파리 풍경을 내다보는 것처럼 스완에게는 삶에 대한 비겁한 기권이거나 새로운 행복을 어리석게 포기하는 것으로 보였다. 스완은 자신의 사회 관계라는 건물 안에 갇히지 않고, 오히려 그 건물을 마음에 든 여인이 있는 곳이면 어디든지 새 터에 다시 지을 수 있도록 탐험가들이 휴대하는 조립식 텐트 같은 것으로 만들었다. 새로운 쾌락으로 옮기거나 바꿀 수 없는 것은 다른 사람 눈에 아무리 부럽게 보인다 할지라도 아무 대가 없이 내주었을 것이다. 시골에서 만난 처녀의 아버지가, 여러 해 전부터 스완 마음에 들려고 했으나 기회를 얻지 못한 공작 부인의 집사라는 것을 알자, 당장 부인에게 자기를 소개하는 추천장을 전해 달라고 무례한 전보를 보냄으로써 몇 년 동안 축적된 신용을 욕망으로 단번에 실추해 버린 일도 한두 번이 아니었다. 마치 굶주린 사람이 다이아몬드와 빵 한 조각을 바꾸는 것 같았다. 그리고 그런 일이 있은 후에는 그것을 재미있어 하기까지 했다. 그에게는 그의 드문 섬세함을 상쇄하는 일종의 속된 면이 있었다. 게다가 지식인들 가운데에는 한가로운 세월을 보내면서도, 그 한가로움이 예술이나 학문이 줄 수 있는 것 같은 그런 흥미로운 대상을 그들의 지성에 제공하며, 삶에는 어떤 소설보다 더 흥미롭고 더 소설적인 상황이 포함되어 있다고 생각하면서, 거기서 일종의 위안이나 어쩌면 변명거리를 찾으려 하는 사람들이 있었는데, 스완도 그런 부류 중한 사람이었다. 그는 적어도 그 점을 사교계 친구들 가운데에서도 가장 세련된 친구들, 특히 샤를뤼스 남작에게 단언했고 또설득했다. 스완은 자신에게 일어난 자극적인 모험들을 남작에게 이야기해 주며 재미있어했다. 이를테면 기차에서 우연히 만난 여자를 집으로 데려왔는데, 알고 보니 그 여자가 다름아닌 바로 당시 유럽 정치의 모든 실마리를 손에 쥐고 있던 어느 군주의 여동생이어서 덕분에 매우 유쾌하게 유럽 정치를 알게 되었다든가, 사정이 복잡하게 돌아간 한 장난 때문에 그가 어느 집 요리사의 애인이 될 수 있는가의 여부가 교황선거위원회의 선택에 달려 있었다는 일 등이었다.

스완이 그렇게도 뻔뻔스럽게 뚜쟁이가 되어 달라고 강요한 사람들은 단지 그와 절친한 명문가의 덕망 높은 노마님들이나 장군들, 한림원 회원들같이 찬란한 무리만은 아니었다. 친구들은 모두 때때로 외교관의 능란한 솜씨로 추천장이나 소개장을 써 달라고 부탁하는 편지를 받았는데, 이 솜씨는 연속적으로 일어나는 연애 사건과 갖가지 다양한 구실을 통해 변함없이 계속되었고, 또 서투른 솜씨로 쓴 것보다 더 분명하게 어떤 한결같은 성격과 동일한 목적을 나타내 보였다. 먼 훗날 일이지만 스완의 성격이 아주 다른 부분에서 내 성격과 여러모로 닮았다는 사실에 흥미를 갖기 시작할 무렵이었는데, 나는 자주 이런 얘기를 들었다. 스완이 보내온 편지를 받으신 할아버지께서는(당시에는 할아버지가 아니었다. 스완의 저 유명한 연애가 시작된 것은 바로 내가 태어날 무렵이었고, 그 연애 덕분에 이러한 편지 쓰기는 오래전에 중단되었다.) 봉투에 적힌 친구의 필체를 알아보고는 이렇게 소리를 치셨다고 한다. "스완이 또 뭔가 부탁할 모양이군, 경계해야지!" 그러고는 경계심 때문인지 아니면 원치 않는 사람에게 굳이 무엇을 주려고 하는 그런 무의식적인 비틀린 심사 때문인지, 조부모님께서는 그들이 쉽게 들어줄 수 있는 스완의 부탁에도, 이를테면 일요일마다 우리 집에 와서 저녁 식사를 함께하는 아가씨를 소개해 달라는 부탁에도, 단호하게 받아들일 수 없다는 입장을 취하셨기 때문에, 스완이 그 아가씨에 대한 말을 꺼낼 때마다 조부모님께서는 최근에는 아가씨를 통 보지 못한 것처럼 행동해야만 했다. 초대받았으면 무척이나 기뻐했을 사람에게는 알리지 않고 일주일 내내 그 아가씨와 함께 누구를 초대하면 좋을까 하고 망설이다가 결국에는 마땅한 사람을 찾아내지 못하곤 했다.

때로는 조부모님 친구 내외분이 스완을 통 볼 수 없다고 불평을 하다가 갑자기 만족스러운 표정을 지으며, 어쩌면 부러움을 사려고 했던 것인지는 모르지만, 요즘 스완이 그들에게 무척이나 상냥하며, 그들 집에서 한시도 떠나지 않는다고 조부모님에게 알려 온 적이 있었다. 할아버지께서는 그들의 기쁨을 방해하고 싶지는 않았지만 그래도 할머니를 바라보면서 이렇게 흥얼거리셨다.

이 수수께끼는 도대체 무엇일까?
난 전혀 이해할 수가 없네.*

또는

덧없는 환영인가!**

---

* 월터 스코트의 소설에 영향을 받아 스크리브가 가사를 쓰고 부알디외가 1825년에 작곡한 오페라 「백색 부인」 1막에 나오는 곡.
** 플로베르의 콩트에서 영향을 받아 마스네가 작곡한 오페라 「에로디아드」 2막에 나오는 곡. 1884년에 파리에서 초연되었다.

또는 이렇게.

이런 일에선
아무것도 보지 않는 게 최선.*

　몇 달 후 할아버지께서 스완의 새 친구에게 "스완을 아직
도 자주 만나십니까?"라고 물어보자 상대방의 얼굴은 시무룩
해졌다고 한다. "내 앞에서 그 이름을 다시는 꺼내지 마십시
오." "하지만 두 분이 친한 줄 알았는데요." 스완은 이렇게 몇
달 동안 할머니 사촌댁 사람들과 친하게 지내며 거의 매일같
이 그 집에서 저녁 식사를 하다가, 어느 날 갑자기 예고도 없
이 더 이상 찾아가지 않았다. 스완이 병이 난 줄 알고, 할머니
사촌동생이 스완의 소식을 묻기 위해 누군가를 보내려고 찬
방에 갔을 때, 그녀는 요리사가 실수로 출납부에 끼워 놓은 스
완의 편지를 발견했다. 스완은 편지에서 요리사에게 파리를
떠나게 되어 다시는 만나러 오지 못할 거라고 알렸다. 요리사
는 바로 스완의 정부였고, 이별 순간에 그는 그녀에게만 그 사
실을 알려야겠다고 판단했던 것이다.
　반대로 그때의 정부가 사교계 여인이거나, 사교계에서 받
아들여지기에 지나치게 비천한 가문 출신이나 불법 신분이
아니라면, 스완은 그 여인을 위해 사교계에 되돌아갔는데, 그

---

* 17세기 희곡 작가 몰리에르의 「앙피트리옹」에 대한 암시. 원문은 "이런 일에
선/ 아무것도 말하지 않는 게 최선"이다.

것도 그 여인이 자주 드나드는 곳이거나 스완이 그녀를 끌어들이는 특정한 장소에 한해서였다. "오늘 저녁 스완을 기대하는 건 헛수고예요. 아시다시피 그 아메리카 여자와 오페라좌에 가는 날이니까요." 하고 사람들은 말했다. 그는 주일마다 저녁 식사를 하고 포커를 치곤 하는 특히 폐쇄적인 살롱에 그녀를 초대했다. 저녁마다 푸른 눈의 날카로움을 약간 부드럽게 해 주는 붉은 머리를 빗으로 약간 부풀리고는, 꽃 한 송이를 골라 단춧구멍에 꽂고, 자기와 같은 사단의 이런저런 여인 집에서 열리는 만찬에서 정부를 만나기 위해 그는 집을 나섰다. 그때 거기서 만나게 될, 그가 좌지우지하는 사교계 멋쟁이들이, 자신이 좋아하는 여자를 보면서 퍼부을 감탄과 호의를 생각하니까 싫증났던 사교계 생활이라는 것이 다시 매력적으로 느껴지는 것이었다. 새로운 사랑이 합쳐진 후부터는 사랑을 암시하는 불꽃이 스며들어 사교 생활을 따뜻하게 채색하며 더욱 소중하고 아름답게 만들었기 때문이다.

그러나 이런 관계나 바람기가, 스완이 여인 얼굴이나 몸매를 보고 자연스럽게 예쁘다고 느낄 때 생겨난 다소 완벽한 꿈의 실현이라고 할 수 있었다면, 반대로 어느 날 극장에서 옛 친구로부터 오데트 드 크레시를 소개받았을 때 — 예전에 친구는 그녀가 매혹적인 여자이며 그녀하고라면 뭔가 할 수 있을 것이라고 말했는데, 뭔가 큰 선심이라도 베푼다는 듯 그녀가 실제보다 더 까다로운 여자인 것처럼 소개했다. — 물론 그녀가 스완 눈에 아름답게 보이지 않은 것은 아니지만, 그는 그런 유형의 아름다움에 무관심했고, 아무런 욕망도 느끼지 않았으며, 심지어는 일종의 육체적인 혐오감마저 들었다. 물론 사람들 유형이 저마다 다르긴 하지만, 관능이 요구하는 것과는 반대 타입의 여인을 좋아하기 마련인데, 그녀도 그런 여인 중 하나였다. 그의 마음에 들기에 옆얼굴은 너무 날카로웠고 피부는 너무 약했으며 광대뼈는 너무 튀어나왔고, 얼굴이 전체적으로 너무 야위었다. 눈은 아름다웠으나 너무 커서 견디다 못해 축 처졌고, 얼굴 나머지 부분을 피로해 보이게 만들어 항상 안색이 좋지 않거나 기분 나빠 보이게 했다. 극장에서 소개받은 후 얼마 안 되어 그녀는 스완에게 편지를 보내왔다. "아무것도 알지 못하지만 예쁜 것을 좋아하는 자기가" 그토록 관심 많은 그의 수집품을 보여 달라고 청하면서 "차(茶)나 책과 더불어 그렇게도 편안해 보이는" 그를 상상하며 "그의 홈(home)"에서 볼 수 있다면 그를 좀 더 잘 이해하게 될 것이라고 썼다. 하지만 그렇게도 쓸쓸한 거리, "그렇게도 스마트(smart)한 그에게는 너무나도 어울리지 않는" 그런 거리에서 그가 산다는 것을 알자 그녀는 놀라움을 감추지 못했다. 스완이 그녀의 방문을 허락한 날, 그녀는 집 안으로 들어오게 되어 너무나도 행복했던 이곳에 잠시밖에 머무르지 못해 아쉽다고 말하고 떠나면서, 흡사 스완이 자신이 아는 다른 모든 사람들 이상의 그 무엇이기라도 한 것처럼 둘 사이에 일종의 소설적인 이음표를 만들려고 했으므로, 스완은 그런 모습에 자기도 모르게 미소를 짓지 않을 수 없었다. 그러나 스완이 다가가고 있는, 단지 사랑한다는 기쁨만으로도 만족할 줄 알고 상대방에게 지나치게 강요하지 않는 이 불혹의 나이에는, 마음과 마음이 가까워진다는 것이 젊은 시절 막 시작되는 사랑이 지향하는 필수적인 목적은 아니라고 해도, 대신 관념의 강렬한 연상 작용으로 사랑에 결합되어 있으므로, 만일 이 마음의 접근이란 것이 사랑에 앞서 제시되기만 한다면 사랑의 이유가 될 수도 있다. 예전에는 사랑하는 여인의 마음을 얻기를 꿈꾸었지만, 나중에는 여인의 마음을 가진다고 느끼는 것만으로도 사랑한다고 여기기에 충분해진다. 이처럼 우리가 사랑에서 특히 주관적인 쾌락을 추구하기 때문에 여성의 아름다움에 대한 취향이 사랑에서 가장 큰 부분을 차지하는 것처럼 보이는 나이에 이르게 되면 가장 육체적인 사랑은 그 바탕에 욕망이 없어도 생겨날 수 있다. 삶의 이런 시기에 이른 사람은 이미 사랑을 여러 번 경험했으며, 따라서 사랑은 더 이상 그 고유의, 미지의 숙명적인 법칙에 따라, 우리의 수동적인 놀란 마음 앞에서 저절로 발전하지 않는다. 우리가 사랑에 도움을 주며, 기억이나 암시로 사랑을 왜곡하는 것이다. 사랑의 징후 중 어느 하나를 알아보면, 우리는 다른 징후들을 기억해 내고 다시 태어나게 한다. 우리에겐 사랑의 노래가, 그것도 우리 마음속에 온전히 새겨진 노래가 있어, 한 여인이 ― 아름다움이 불러일으키는 찬사로 가득한 ― 그 노래 첫머리를 불러 주지 않아도 다음 구절이 생각나는 것이다. 그래서 만일 여인이 노래를 중간 부분부터 시작한다면 ― 마음과 마음이 가까워지는 곳, 서로를 위해서만 존재한다고 말하는 곳 ― 우리는 그 음악에 매우 익숙해서, 상대방이 우리를 기다리는 소절에 금방 이르게 된다.

오데트 드 크레시는 스완을 다시 보러 왔고, 이후 그녀의 방문은 점점 잦아졌다. 그동안 스완은 그 얼굴의 특징을 약간 잊어버려, 그렇게도 표정이 풍부하고, 아직 젊은 나이인데도 그렇게도 얼굴이 시들었다는 사실도 별로 기억나지 않았는데, 그녀가 방문할 때마다 실망감은 새로워졌다. 그녀와 담소하는 동안에도 그녀의 뛰어난 아름다움이 그가 본능적으로 선호하는 아름다움이 아닌 것을 깨닫고 그는 안타까워했다. 게다가 오데트의 얼굴은 실제보다 더 마르고 광대뼈가 더 튀어나온 것처럼 보였는데, 그녀가 이마와 두 볼 위 단조롭고 평평한 부분에 '앞머리를' 늘어뜨리고 '머리를 부풀려' 올리고, 두 귀를 따라 머리카락을 흩트려 놓았기 때문이었다. 한편 그녀의 몸매는 경탄할 만했지만, 그래도 어떤 연속성을 찾기가 어려웠는데(당시 유행 때문이었지만 그래도 그녀는 파리에서 가장 옷을 잘 입는 여인 중 하나였다.) 코르사주*가 상상 속 배 위에서처럼 불룩 튀어나왔다가 갑자기 뾰족하게 끝나고, 그 밑으로 두 겹 스커트가 풍선처럼 부풀어 올라, 마치 여인에게 잘못 끼워진 조각들로 만든 옷 같은 느낌을 줬다. 수많은 주름과 밑단 장식과 속옷이 그 특이한 재단이나 옷감 질감에 따라 매듭이나 레이스 주름, 세로로 달린 새까만 술, 또는 코르셋 가슴살대에 이르는 선을 제멋대로 따라가서, 전혀 살아 있는 사람의 몸에 붙은 것처럼 보이지 않았고, 이런 잡동사니들의 조합이 그녀 몸에 지나치게 달라붙거나 떨어져 있거나 하면서, 그에

---

* Corsage. 몸에 꼭 맞는 겉옷을 가리키는 말로, 육체를 의미하는 프랑스어 corps에서 유래한다.

따라 그 부분이 움츠러들기도 하고 숨어 버리기도 하는 것이 었다.*

　그러나 오데트가 돌아간 후 스완은, 다음에 불러 줄 때까지 얼마나 기다려야 할까요? 하고 말하던 그녀를 생각하면서 미소를 지었다. 한번은 너무 오래 기다리게 하지 말아 달라고 간청하며 불안해하던 그녀의 수줍어하는 모습과 그를 바라보면서 애원하며 걱정하는 눈길, 하얀색 둥근 밀짚모자 앞에 달린 검은 벨벳 리본으로 묶인 인조 제비꽃 다발 아래에서 그녀를 애처롭게 보이게 하던 눈길을 떠올렸다. "언제 우리 집에 오셔서 차 한잔 드시지 않겠어요?"라고 그녀는 말했다. 스완은 요즘 하는 일 때문에 바쁘다고 말하면서, 델프트의 페르메이르** 연구 ── 실은 몇 해 전부터 내팽개쳤던 ── 핑계를 댔다. "선생님처럼 훌륭한 학자분들 곁에서 저같이 보잘것없는 여자는 아무것도 할 수 없다는 걸 잘 알아요." 하고 그녀가 대답했다. "아

---

* "오데트의 육체는 1870~1880년 사이의 과도한 유행에서 비롯된 잡다하고도 환상적인 액세서리를 통해 만들어졌다 파괴되어 상상할 수 없는 것, 드디어는 상상적인 것이 되고 만다."라는 쿠데르의 지적처럼(Raymonde Coudert, *Proust au féminin*, Grasset, 1998, 59쪽) 수많은 이질적인 요소들로 장식된 오데트의 육체는 오데트를 꿰뚫을 수 없는 대상, 존재하지 않는 대상으로 만들어 버린다. 그러나 이 결여와 지나침으로 표류하던 육체가 보티첼리의 그림에 나오는 여인과 흡사하다는 생각이 드는 순간, 오랫동안 탈성욕화되었던 오데트의 육체는 스완의 성적 욕망을 자극하는 육체로 변모한다.
** 프루스트는 헤이그에서 요하네스 페르메이르(Johannes Vermeer, 1632~1675)의 「델프트 풍경」을 보고는 세상에서 가장 아름다운 그림이라고 단언하며 페르메이르를 제일 좋아하는 화가로 꼽는다. 「갇힌 여인」에서 이 「델프트 풍경」을 보러 미술관에 갔다가 쓰러져 죽는 베르고트의 일화는 부분적으로는 프루스트의 실제 체험에서 비롯되었다.

레오파고스 법정에 선 개구리 같은 존재라고 할 수 있죠.* 하지만 전 정말이지 뭔가를 배우고 싶고, 알고 싶고, 깨우치고 싶어요. 헌책방을 뒤지거나 고문서에 코를 박는 일은 얼마나 재미있을까요?" 하고 마치 어떤 우아한 여인이 '손수 밀가루 반죽을 하며' 요리할 때처럼 더러운 일에도 옷이 더러워지는 걸 아랑곳하지 않고 몰두하는 게 가장 큰 기쁨이라는 걸 확인하는 듯한 그런 자기만족의 표정을 지으며 그녀는 덧붙였다. "선생님께서는 비웃으실지 모르겠지만, 저를 찾아오는 데 방해가 된다는 그 화가에 대해 저는 한 번도 들어 본 적이 없어요.(그녀는 페르메이르에 대해 말하는 것이었다.) 아직 생존하는 사람인가요? 파리에서 그분 작품을 볼 수 있나요? 볼 수 있다면, 선생님이 어떤 것을 좋아하는지 저도 상상해 볼 수 있을 텐데요. 이렇게 많은 걸 공부하는 이 넓은 이마나, 항상 생각하는 것처럼 보이는 이 머리 속에 숨겨진 것을 조금이라도 짐작할 수 있다면, 이분이 생각하는 것은 바로 이거다, 이걸 생각하고 있었어라고 말할 수 있을 텐데요. 선생님 일에 끼어들 수 있다면, 그건 얼마나 멋진 꿈일까요." 그는 새로운 우정에 대한 두려움 때문이라고, 아니, 여자의 환심을 사기 위해서라고, 불행에 대한 두려움이라고 그가 일컫는 것 때문이라고 변명했다. "선생님은 애정을 겁

---

* 「소돔과 고모라」에서 캉브르메르 씨가 자신을 비유하며 하는 말이기도 한데, 라퐁텐이나 플로리앙의 우화에 대한 암시로 서술되었다. 그렇지만 고대 아테네 법정을 가리키는 아레오파고스(Areopagos)와 개구리가 등장하는 우화는 구체적으로 라퐁텐이나 플로리앙에서 발견되지 않는다. 『스완의 사랑』(폴리오) 495쪽 참조.

내시나요? 정말 이상하군요. 저는 그것만 찾는데요. 애정을 얻기 위해서라면 목숨이라도 바칠 텐데요." 하고 그의 마음이 동요될 정도로 자연스럽고도 확신에 찬 목소리로 그녀가 말했다. "선생님께서는 틀림없이 어떤 분 때문에 괴로움을 겪으셨던가봐요. 그래서 다른 여자도 마찬가지라고 생각하시는 거죠. 하지만 그 여자는 선생님을 이해하지 못했던 거예요. 그만큼 선생님은 세상 여느 사람들과는 다르니까요. 제가 처음에 선생님을 좋아했던 것도 바로 선생님의 그런 점 때문이었어요. 선생님이 다른 사람과 같지 않다는 걸 전 금방 느꼈거든요."

"그건 당신도 마찬가지예요."라고 스완이 말했다. "나도 여자가 어떤 존재인지 잘 안다오. 할 일이 너무 많아 좀처럼 한가한 시간이 별로 없다는 걸."

"저요, 전 할 일이라곤 아무것도 없는걸요! 전 언제나 한가해요. 선생님에 대해서는 언제라도 그럴 거예요. 선생님이 편한 시간이라면 밤이건 낮이건 아무 상관 없어요, 언제라도 불러 주세요. 아주 기쁘게 달려갈 테니. 그렇게 해 주시는 거죠? 제가 하고 싶은 것이 뭔지 아세요? 제가 매일 저녁마다 만나는 베르뒤랭 부인에게 선생님을 소개해 드렸으면 하는 거예요. 만약 거기서 뵐 수만 있다면! 그리고 선생님께서 저를 위해 그곳에 와 주신 거라고 생각할 수만 있다면."

확실히 그는 혼자 있을 때면 그녀와의 만남을 회상하며 그녀를 생각하곤 했지만, 소설적인 몽상 속 다른 많은 여인들의 이미지 가운데서 그녀 이미지를 떠올린 것에 불과했다. 그러나 만약 어떤 상황 덕분에(아니, 어쩌면 그런 상황과는 무관한지도 모른다. 왜냐하면 그때까지 잠재했던 어떤 마음 상태를 느끼는 순간에 나타나는 상황이란 것이 그 상태에는 아무 영향도 끼치지 않을 수 있으니까.) 오데트 드 크레시의 이미지가 그의 모든 몽상을 흡수해서는, 그 몽상이 그녀의 추억과 더 이상 분리되지만 않는다면 그때 그녀의 육체적인 결함이나 그녀 육체가 다른 여인보다 스완의 취향에 더 어울리는지 아닌지는 전혀 중요하지 않았을 것이다. 왜냐하면 그 육체는 그가 사랑하는 여인의 육체이므로 이제부터는 오로지 그 육체만이 그에게 기쁨과 고뇌를 줄 수 있었기 때문이다.

할아버지께서는 이 베르뒤랭 집안을 잘 아셨는데, 현재의 베르뒤랭 친구들 중에는 그 집안에 대해 안다고 말할 수 있는 사람은 아무도 없었다. 그러나 할아버지는 자신이 '젊은 베르뒤랭'이라고 불렀던 자와의 관계를 완전히 끊으셨기 때문에, 대충 베르뒤랭이 막대한 재산으로 자유분방하지만 쓰레기 같은 생활을 하는 걸로만 아셨다. 어느 날 할아버지는 스완으로부터 베르뒤랭 부부에게 소개해 줄 수 없겠느냐는 편지 한 통을 받으셨다. "경계해라, 경계!" 하고 할아버지께서 외치셨다. "하지만 별로 놀랄 것도 없군. 스완이 결국은 그런 곳에서 끝나는군. 멋진 장소야! 아무튼 스완의 부탁을 들어줄 수는 없지. 이젠 그런 작자는 알지 못하니까. 그리고 이 부탁에는 아마도 여자 이야기가 숨어 있을걸. 그런 일에는 끼어들지 않는다고. 스완이 저 하찮은 베르뒤랭 사람들처럼 요상한 옷을 입고 다니는 걸 보면 재미도 있겠는걸."

할아버지의 부정적인 대답에 오데트 자신이 스완을 베르뒤랭네 집으로 데리고 갔다.

스완이 처음으로 등장한 날. 베르뒤랭네 저녁 식사에는 코타르 의사와 젊은 피아니스트와 그 숙모, 또 그 무렵 그들의 비호를 받던 화가가 참석했고, 저녁 식사가 끝난 후 파티에는 다른 신도 몇 명이 합류했다.

코타르 의사는 상대방에게 어떤 어조로 대답해야 할지, 또는 상대방이 농담을 하는지 진담을 하는지도 확실히 알지 못했다. 그래서 그는 자신의 표정에 조건부적인 임시 미소를 덧붙였는데, 모든 걸 기대하게 하는 미묘한 미소로, 상대방이 우스꽝스러운 말을 할 때는 순진한 얼간이라는 비난을 면하게 해 주었다. 그러나 그는 반대 경우에 직면해서도 이 미소를 분명히 얼굴에 드러내려 하지 않았는데, 거기에는 "진심으로 말하시는 건가요?"라고 물어보고 싶지만 감히 물어보지 못하는 태도를 읽을 수 있는, 그런 불확실성이 지속적으로 감돌았다. 길에서나 그의 보통 생활에서나 살롱에서도 마찬가지이지만, 그는 어떻게 처신해야 할지 전혀 확신이 서지 않았으므로, 행인들이나 마차, 갖가지 사건들에 대해, 자신의 태도에서 온갖 부적절한 것을 미리 제거해 주는 간교한 미소를 띠었다. 만일 그의 태도가 적절치 않다고 하더라도 그는 그 사실을 잘 알았으며, 그럼에도 그런 태도를 취한 것은 장난이라는 걸 미소가 증명해 주었기 때문이다.

그렇지만 솔직하게 물어보아도 무방한 것처럼 보이는 문제에 대해서는, 자기 의혹의 범위를 줄이기 위해 지식을 보충하는 걸 잊지 않았다.

그렇게 해서 그가 고향을 떠날 때 선견지명이 있던 어머니가 하신 충고에 따라, 자기가 모르는 관용어나 고유명사를 충분히 조사해 보지 않고는 결코 그대로 사용하지 않았다.

그는 관용어를 조사하는 일에 대해서는 지칠 줄 몰랐다. 자주 쓰이는 관용어들에는 본래 의미 이상의 명확한 뜻이 있다고 생각했으므로, 평소에 자주 듣는 표현들, 이를테면 '악마의 아름다움', '푸른 피', '걸상 다리의 생활', '라블레의 십오 분', '우아함의 왕자', '백색 카드를 주다', '궁지에 몰리다'라고 말하는 것이 정확히 무엇을 의미하는지, 또 어떤 특별한 경우에 자기도 이런 표현들을 대화에 사용할 수 있는지를 알고 싶어 했다.* 그걸 알지 못하는 경우에는 자기가 전에 배워 뒀던 말장난을 했다. 사람들이 자기 앞에서 발음하는 새로운 이름에 대해서는 혼자 그 이름을 질문하듯 되풀이하는 것으로 만족했는데, 그러면 질문 같지 않으면서도 설명을 구하기에 충분하다고 생각했기 때문이다.

---

* 여기서 직역한 관용어들의 의미를 살펴보면 '악마의 아름다움(la beauté du diable)'이란 젊음이 주는 아름다움을, '푸른 피(le sang bleu)'는 고결한 피를, '걸상 다리의 생활(la vie du bâton de chaise)'은 방탕한 생활을, '라블레의 십오 분(le quart d'heure de Rabelais)'은 셈을 치러야 하는 순간 또는 곤경에 빠진 때를 의미하며, '백색 카드를 주다(donner carte blanche)'는 백지 위임, '우아함의 왕자(être le prince des élégances)'는 대단한 멋쟁이, '궁지에 몰리다(être réduit à quia)'는 대답이 막힌다는 뜻이다. 이 중 '라블레의 십오 분'이란 관용어는 16세기 작가 라블레가 리옹의 한 주막에서 셈도 치르지 못하고 여행도 할 수 없어 궁여지책으로 봉투에 '왕을 위한 독약'이라고 적었는데, 이 때문에 체포되기는 했지만 파리까지 공짜로 갈 수 있었다는 일화에서 유래한 것으로, 돈을 지불해야 하거나 어려움에 처한 순간을 의미한다.

그가 모든 것에 적용한다고 믿는 비판 감각이 실은 그에게는 완전히 결여되었고, 상대편에게 은혜를 베풀고도 오히려 은혜를 받은 쪽은 자기라고 하면서 실제로는 그 말을 믿지 않기를 바라는 그런 사교계의 세련됨이 그에게는 전혀 통하지 않았는데, 그는 모든 것을 문자 그대로 받아들였다. 베르뒤랭 부인은 그를 맹목적으로 사랑했는데도, 물론 여전히 그를 섬세한 사람으로 여겼지만, 마침내는 짜증을 내고야 말았다. 사라 베르나르를 들으려고 무대 앞좌석에 그를 초대했을 때 베르뒤랭 부인이 인사치레로 "사라 베르나르가 하는 대사를 이미 여러 번 들으셨을 텐데도 이렇게 와 주셔서 너무 고마워요. 그리고 어쩌면 우리가 너무 무대 가까이 있는지도 모르겠군요."라고 말하자, 칸막이 관람석에 들어와 있던 코타르 의사는 누군가 이 방면 권위자가 연극의 가치를 설명해 주고 나서 사라지기를 바라는 그런 미소를 지으며 이렇게 대답했다. "정말 이 자리는 너무 가까운데요. 그리고 사라 베르나르에 좀 물리기 시작한 것도 사실이고요. 하지만 부인이 제가 오기를 바란다고 해서. 제게 부인의 소망은 곧 명령이니까요. 이런 조그만 일로 부인에게 도움이 될 수 있다니 정말 기쁩니다. 부인같이 친절한 분을 즐겁게 해 드리기 위해서라면 무엇인들 못 하겠습니까!"라고 하고는 이렇게 덧붙였다. "사라 베르나르의 목소리는 황금 같군요. 안 그렇습니까? 그녀 목소리가 '무대를 불태운다고들'* 떠

---

* 여기서 '무대를 불태우다'라고 직역한 brûler les planches는 '열연하다'는 의미의 관용어다.

들어 대던데, 좀 이상한 표현 아닙니까?" 그는 상대방이 설명을 더 해 주기를 바랐지만 아무 반응도 없었다.

"여보, 우리가 의사에게 제공하는 것을 너무 겸손하게 낮추는 건 잘못인가 봐요. 그분은 실제 생활 밖에서 사는 학자인지라 사물의 가치도 모를뿐더러, 우리가 그분에게 말하는 걸 액면 그대로 믿고 따르나 봐요."라고 베르뒤랭 부인이 남편에게 말했다. "지금까지 당신에게 감히 말하지 못했지만, 나도 그걸 알아챘다오."라고 베르뒤랭 씨가 대답했다. 그래서 다음 해 설날에는 코타르 의사에게 3000프랑짜리 루비를 하찮은 것이라고 말하면서 보내는 대신, 300프랑짜리 모조 보석을 사 보내면서 이처럼 아름다운 것은 구하기 어려울 거라고 슬쩍 비추었다.

베르뒤랭 부인이 저녁 파티에 스완 씨가 참석할 것이라고 말하자 의사가 깜짝 놀라 거친 어조로 "스완?" 하고 외쳤다. 왜냐하면 모든 것에 늘 준비돼 있다고 믿는 이 인간에게는 어떤 하찮은 소식도 다른 누구에게서보다 더 뜻밖의 일처럼 여겨졌기 때문이다. 그리고 아무도 대답해 주지 않자 "스완이라니, 도대체 누군가요?" 하고 극도로 불안해하며 소리쳤는데, 베르뒤랭 부인이 "오데트가 우리에게 말한 친구분이에요."라고 말하자 그 순간 불안감은 단번에 가라앉았다. "아, 그래요. 좋습니다."라고 마음을 가라앉힌 의사가 대답했다. 화가는 스완이 베르뒤랭 부인 댁에 소개되는 걸 기뻐했는데, 그는 스완이 오데트에게 반한 줄 알았고, 또 그런 관계를 성사시키는 걸 좋아했기 때문이다. "결혼을 성사시키는 것보다 더 재미있는 일은 없지요."라고 그는 코타르의 귀에다 털어놓았다. "이미 여러 차례 성공시켰답니다. 여자들끼리조차도요!"

오데트는 베르뒤랭 부부에게 스완이 아주 '스마트'한 사람이라고 말하면서 그들이 스완을 또 한 명의 '따분한 자'로 생각할까 봐 걱정했다. 그러나 반대로 스완은 아주 좋은 인상을 줬다. 그 간접적인 이유 중 하나는, 비록 그들도 그런 사실을 의식하지는 못했지만, 스완이 상류 사회를 자주 드나든다는 데 있었다. 사실 사교계에 전혀 간 적 없는 지식인들에 비해, 사교계에서 어느 정도 지낸 적 있는 사람들의 장점이 스완에게 있었는데, 사교계가 상상력에 불러일으키는 온갖 욕망이나 끔찍함으로 사교계를 변형하지 않고 사교계를 대수롭지 않게 생각한다는 점이었다. 그런 사람들의 상냥함은 온갖 스노비즘과 지나치게 상냥하게 보이려는 두려움에서 분리되어 독립적이었으므로, 몸의 다른 부분을 부주의하고도 서투르게 움직이는 일 없이 유연한 사지가 원하는 것을 정확하게 실행하는데, 스완에게도 그런 유연함과 우아함이 있었다. 모르는 젊은이에게 소개받았을 때에는 흔쾌히 손을 내밀고, 소개받은 대사 앞에서는 조심스럽게 머리를 숙이는 등 사교계 인사가 행하는 단순하고도 초보적인 몸짓이 스완의 모든 사회적 태도에 그도 모르게 스며들어, 베르뒤랭 부부나 그 친구들처럼 자기보다 환경이 열등한 사람들과 마주하면 스완은 본능적으로 열의를 보이며 먼저 말을 걸었고, 그들도 그의 그런 태도에 '따분한 사람'이라면 그렇게 행동하지 않았을 거라고 생각했다. 스완은 코타르 의사에 대해서만은 잠시 냉담했다. 아직 서로 말도 나누지 않았는데도 코타르가 자신에게 윙크를 하며 모호한 미소를(코타르가 '기다려 보는' 수법이라고 부르는 표정을) 짓는 것을 보고 스완은 비록 자신이 방탕한 세계에는 결코 발을 들여놓은 적이 없어 유흥가에는 거의 가지 않았지만, 아마도 의사가 자신을 어느 유흥가에서 오데트를 만나 아는 사이라고 생각하는 것이 아닌가 했다. 특히 오데트가 보는 앞에서 그를 좋지 않게 여길지도 모르는 그런 악취미를 암시하는 걸 보고는, 스완은 얼음장같은 차가운 태도를 보였다. 그러나 곁에 앉은 여인이 코타르 부인이라는 걸 알자, 이처럼 젊은 남편이 자기 아내 앞에서 그런 오락거리에 대해 암시할 리가 없다고 생각하고는, 의사의 표정을 그런 식으로 해석하는 것을 그만두었다. 화가는 곧 스완에게 오데트와 함께 자기 아틀리에에 오라고 초대했다. 스완은 화가가 친절하다고 생각했다. "어쩌면 저보다 더 도움이 될거예요." 하고 베르뒤랭 부인은 짐짓 화난 어조로 말했다. "저분이 선생님에게 코타르의 초상화를 보여 드릴 거예요.(그녀는 화가에게 초상화를 주문했었다.) 조심하세요, 비슈 선생님.*"(부인이 선생님이라는 존칭을 붙여서 그를 부르는 것은 모든 사람이 아는 공인된 농담이었다.) "특히 저 아름다운 눈과 섬세하고도 재미있는 눈초리를 잊지 마세요. 아시겠지만 특히 제가 보고 싶은 것은 저분의 미소랍니다. 제가 그려 달라고 부탁한 것도 바로 저분 미소를 담은 초상화랍니다." 부인은 이 표현이 아주 멋있다고 생각했는지 다른 손님들도 들을 수 있도록 큰소리로 되풀이

---

* Monsieur Biche. 비슈란 암사슴이란 뜻으로, 화가 엘스티르의 별명이다. 「꽃핀 소녀들의 그늘에서」에 이르면, 이처럼 경박한 비슈가 빛과 색채의 인상과 대가인 엘스티르로 변신한다.

했다. 심지어는 어떤 막연한 구실을 만들어 몇몇 손님들을 미리 가까이 모아 놓기까지 했다. 스완은 그곳에 있는 사람들을 모두 알고 싶어 했는데, 베르뒤랭의 오랜 친구인 사니에트에게도 소개받고 싶다고 말했다. 이 사니에트란 자로 말하자면, 고문서에 대한 그의 학식이나 막대한 재산, 훌륭한 가문 태생에 따른 그가 받아 마땅한 존경심을 약간은 소심하고 소박하며 선량한 마음씨 때문에 사방에서 잃고 있었다. 그가 말할 때면 입안에서 뭔가 끓는 죽 같은 소리가 났는데, 혀의 결함을 드러낸다기보다는 그가 영원히 잃지 않고 간직한 유년 시절 순진함의 잔재와도 같은, 그 영혼의 장점을 느끼게 해 주는 사랑스러운 점이었다. 그가 발음할 수 없는 자음은 모두 불가능하고도 냉혹한 말인 것만 같았다. 스완은 사니에트 씨를 소개해 달라고 부탁하면서 베르뒤랭 부인에게 역할이 바뀐 듯한 효과를 자아냈는데(부인은 그 차이를 강조하면서 이렇게 대답했다. "스완씨, 제가 우리 친구 사니에트 씨를 소개하도록 허락해 주시겠어요?") 사니에트에게서는 뜨거운 호의를 불러일으켰다. 하지만 베르뒤랭 부부는 스완에게 이 사실을 전하지 않았다. 약간은 귀찮게 느껴지는 사니에트에게 친구를 만들어 주고 싶지 않았기 때문이다. 반대로 스완이 피아니스트의 숙모를 즉시 소개해 달라고 부탁해야겠다고 생각했을 때 그들은 무한히 감동받았다. 피아니스트의 숙모는 검은 옷을 입을 때가 가장 돋보인다고 생각했는지 언제나 검은 옷을 입었고, 식사를 한 후에는 매번 얼굴이 아주 빨개졌다. 그녀는 스완에게 공손히 몸을 굽혔지만, 아주 당당하게 일으켰다. 거의 교육도 받지 않고 또 프랑스어도 틀리지나 않을까 신경을 썼으므로 그녀는 혹시 연음을 잘못해도 어정쩡하다면 오히려 사람들이 확실히 눈치채지 못할 거라고 생각해서 일부러 애매하게 발음했다. 그래서 그녀는 일종의 불분명한 쉰 목소리가 이어지는 식으로 말했고, 거기서 때때로 그녀가 확실하다고 느끼는 몇몇 단어가 드물게 튀어나오곤 했다. 스완은 베르뒤랭 씨와 말하는 자리에서 그녀를 가볍게 놀려 줘도 무방할 거라고 생각했지만, 그의 이런 생각에 베르뒤랭 씨는 오히려 언짢아 했다.

"저분은 아주 훌륭한 분입니다." 하고 베르뒤랭 씨가 대답했다. "뛰어난 분이 아니라는 지적에는 동의합니다만, 저분과 단둘이서 이야기할 때는 아주 즐겁답니다." "분명히 그럴 겁니다." 하고 스완은 서둘러 인정했다. "제 말은 저분이 '탁월한' 분으로 보이지 않는다는 겁니다." 하고 스완은 형용사를 일부러 분리하면서 덧붙였다. "요컨대 저는 오히려 칭찬으로 한 말입니다." "자, 보십시오." 하고 베르뒤랭 씨가 말했다. "당신을 놀라게 해 드리죠. 저분은 아주 매력적으로 글을 쓴답니다. 당신은 한 번도 저분 조카에 대해 들어 본 적이 없으시겠지요? 아주 훌륭하답니다. 안 그렇습니까, 의사 선생님? 스완 씨, 그에게 한 곡 연주해 달라고 부탁할까요?" 하고 베르뒤랭 씨가 말했다. "그러면 정말 행복할……." 하고 스완이 대답하려고 하자, 의사가 야유하듯 말을 끊었다. 사실 의사는 이야기 중에 과장된 말투나 엄숙한 표현을 하는 걸 시대에 뒤졌다고 생각했기 때문에, 이제 막 들은 '행복'이란 단어처럼 누군가 이런 엄숙한 단어를 진지하게 말하는 걸 들으면, 그 단어를 입 밖에 낸 사람이 허풍을 떠는 것이라고 생각했다. 게다가 그 단어가, 그가 오래된 상투어라고 부르는 것에 들어 있기라도 하면, 아무리 일반적으로 쓰인다 할지라도, 의사는 그렇게 시작된 문장을 우스꽝스럽다고 가정해 상투어로 비꼬며 되받았는데, 전혀 그렇게 생각해 본 적 없는 상대방에게 왜 그런 상투어를 쓰느냐고 비난하는 것과도 같았다. "프랑스의 행복을 위하여!" 하고 의사는 과장되게 두 팔을 들어 올리며 짓궂게 소리쳤다.

베르뒤랭 씨는 폭소를 금치 못했다. "그곳에 계시는 분들은 뭣 때문에 그렇게 웃으시죠? 그쪽 구석에는 울적한 일은 전혀 없는 것처럼 보이네요." 하고 베르뒤랭 부인이 외쳤다. "나 혼자만 여기 남아서 고행을 즐기는 줄 아나 봐요." 하고 그녀는 화가 난 투로 어리광을 부리며 말했다.

베르뒤랭 부인은 스웨덴 출신 바이올리니스트가 선사한, 바니시 칠을 한 높다란 전나무 의자에 앉아 있었다. 그 의자는 등 받침이 없는 사다리 모양 의자를 연상시켜, 그녀의 아름다운 고가구들과는 어울리지 않았지만 '신도들이' 때때로 보내는 선물을, 보낸 사람이 나중에 와서 알아보고 기뻐하도록 그녀는 눈에 띄는 곳에 간직하고 있었다. 조금 지나면 없어지는 꽃이나 사탕이면 좋겠다고 아무리 신도들을 설득해 보았지만 별 소득이 없어서, 그녀 집은 보온기나 방석, 괘종시계, 병풍, 기압계, 도자기 꽃병 등 늘 같은 물건들과 잡다한 새해 선물들의 수집 장소가 되었다.

그 높은 자리로부터 부인은 신도들의 대화에 활기차게 참여하며 그들의 '짓궂은 농담'을 흥겨워하곤 했는데, 사고로 턱을 다친 후부터는 실지로 웃음을 터뜨리는 것은 포기하고, 대신 피로함이나 위험이 따르지 않으면서도 눈물 나도록 웃고 있다는 것을 의미하는 일종의 상투적인 무언극에 몰두했다. 따분한 자나 따분한 자의 진영으로 가 버린 과거 고객에 대해 지금의 고객이 한마디 말을 내던지면 ─ 베르뒤랭 씨는 커다란 절망에 빠지곤 했는데, 그 이유는 오래전부터 아내 못지않게 상냥하다고 주장해 왔지만, 진짜로 웃음을 터트리고 나면 금세 숨이 헐떡거려, 아내의 연달은 술책이나 저 꾸며낸 폭소에 이내 추월당하고 압도되었기 때문이다. ─ 부인은 작은 소리를 지르며, 백내장이 시야를 가리기 시작한 새처럼 눈을 감고는, 갑작스럽게 어떤 외설적인 광경이나 치명적인 타격을 피할 시간밖에 없다는 듯이, 아무것도 보이지 않도록 자신의 얼굴을 두 손으로 완전히 가리고는 웃음을 억누르거나 참으려고 애를 썼는데, 만약에 어쩌다 웃음이라도 터트리는 날이면 그녀는 정신을 잃었을 것이다. 이처럼 신도들의 즐거움에 정신이 얼떨떨해져서는 우정이나 험담, 아첨에 취한 베르뒤랭 부인은, 뜨거운 포도주에 담근 모이를 쪼아 먹는 새처럼 횃대에 올라앉아 상냥함으로 흐느껴 울었다.

그동안 베르뒤랭 씨는 파이프를 피워도 되겠느냐고 스완에게 묻고는("여기서는 거북해할 필요가 없지요. 친구 사이니까요.") 젊은 예술가에게 피아노 앞에 앉아 달라고 부탁했다.

"어머나, 저분을 귀찮게 하지 마세요. 괴롭힘 당하려고 여기 온 건 아니니까요." 하고 베르뒤랭 부인이 소리 질렀다.

"저분을 괴롭히는 걸 전 원치 않아요!"

"왜 그를 괴롭히는 거라고 생각하오?" 하고 베르뒤랭 씨가 말했다. "우리가 발견한 '파 디에즈 소나타'*를 스완 씨께서는 아마 모르실 거요. 그래서 피아노로 편곡한 걸 연주해 달라고 부탁하는 거요."

"아, 안 돼요, 내 소나타는 안 돼요!" 하고 베르뒤랭 부인이 외쳤다. "요전처럼 너무 울어서 코감기에다 안면 신경통까지 앓고 싶지는 않아요. 선물은 고맙지만, 난 다시 시작하고 싶지 않으니까요. 선생님들은 좋으시겠어요. 일주일이나 침대에 누워 있어야 하는 사람이 선생님들이 아니라는 걸 금방 알 수 있으니까요."

피아니스트가 연주하려고 할 때마다 매번 되풀이되는 이 짧은 장면은 여주인의 매력적인 독창성과 음악적인 감수성을 증명해 준다는 듯이, 또 처음 있는 일이라는 듯이 친구들을 매혹했다. 여주인 곁에 앉아 있던 이들은 좀 떨어진 곳에서 담배를 피우거나 트럼프 놀이를 하는 이들에게 뭔가 중요한 일이 벌어지고 있다는 듯 가까이 다가오라고 말했는데, 마치 독일 입법의회**에서 중요한 순간에 "경청, 경청." 하고 말하는 것 같았다.

---

* Sonate en fa diése. 이 곡명은 당시 대중적인 인기를 거두었던 장바티스트 알퐁스 카(Jean-Baptiste Alphonse Karr, 1808~1890)의 풍자 소설 『파 디에즈』(1834년 작품으로 1883년 재출간)를 암시하는데, 주인공이 사랑했던 블랑슈가 부른 노래를 기억하며 찾아 나서나 결국은 실패한다는 내용으로 약간은 풍자적이고 비판적인 성격을 띤다. '파 디에즈'는 '올림 바'를 의미한다.
** 프루스트가 「스완의 사랑」을 쓴 시기에 있었던 두 독일 입법의회(1866~1933) 중 하나를 가리키는 것처럼 보인다.

그리고 다음 날에는 전날 밤에 올 수 없었던 사람들에게 그 장면이 여느 때보다 더 재미있었다고 말하며 아쉬움을 표했다.

"그렇다면 알겠소. 그럼 안단테만 연주하라고 하겠소." 하고 베르뒤랭 씨가 말했다. "안단테만이라고요? 당신은 참. 바로 그 안단테가 내 팔과 다리를 꼼짝 못 하게 만드는걸요. 참으로 대단하신 주인 양반이군요. 「제9 교향곡」에서 마지막 장만 듣자고 하거나 「마이스터징거」*에서 서곡만 듣겠다고 하는 것과 다름없군요." 베르뒤랭 부인이 말했다.

그렇지만 의사는 베르뒤랭 부인에게 피아니스트가 연주하도록 내버려두자고 말했는데 음악이 부인에게 불러일으킨 동요가 꾸민 것이라고 생각해서가 아니라 — 그는 거기서 일종의 신경쇠약 증상을 알아보았다. — 대다수 의사의 습관 같은 것으로, 자신이 참석하는 사교계 모임과 관계되는 일이면 그 모임이 훨씬 중요하다고 생각하고는 모임 중요 인물인 환자에게 전에 내렸던 엄격한 처방을 즉시 완화해서 오늘만은 소화 불량이나 감기 같은 것은 잊어버리라고 충고하는 것이었다.

"이번엔 병이 나지 않을 겁니다. 두고 보십시오." 하고 그는 그런 생각을 눈길로 암시하려고 하면서 이렇게 덧붙였다. "혹시 병이 나더라도 우리가 보살펴 드릴 테니까요."

"정말이에요?" 하고 베르뒤랭 부인은 이처럼 호의를 베풀어 준다는 희망 앞에서는 굴복할 수밖에 없다는 듯 대답했다.

---

* 「뉘른베르크의 명가수」 또는 「뉘른베르크의 마이스터징거」라고 하는 이 작품은 1867년 작곡된 오페라로 바그너 후기 작품 중 유일한 희극이다.

어쩌면 그녀는 자기가 병에 걸릴 것이라고 말하다 보니, 그 말이 거짓말이었다는 사실은 기억하지 못하고, 왠지 자신이 실제로 환자 같다고 느낄 때가 있었다. 그리고 환자들이란, 병의 재발을 줄이기 위해서는 늘 절제해야 한다는 사실에 지쳐서는, 만일 어느 전능한 존재가 아무 고통도 주지 않고, 말 한마디나 약 한 알로 건강을 회복해 줄 수만 있다면, 그 손에 자신을 맡긴 채 그가 원하는 모든 것을, 평소에 자기를 고통스럽게 하는 일까지도 아무 문제 없이 할 수 있다고 생각하는 법이다.

오데트는 피아노 바로 옆, 장식 융단으로 감싼 소파에 가서 앉았다.

"보시다시피 제 자리가 있답니다." 하고 그녀는 베르뒤랭 부인에게 말했다.

베르뒤랭 부인은 스완이 혼자 의자에 앉아 있는 걸 보고 일어나게 했다.

"거기서는 편치 않을 거예요. 오데트 곁에 가서 앉으세요. 안 그래요, 오데트, 스완 씨를 위한 자리가 있겠죠?"

"아! 아름다운 보베 장식 융단이군요."* 하고 스완이 상냥하게 굴려고 애쓰면서 의자에 앉기 전에 말했다.

"아, 제 소파를 칭찬해 주시다니 정말 기쁘네요." 하고 베르

---

* 보베의 장식 융단 공장은 17세기에 세워졌는데, 1734년부터 1755년까지는 동물 화가이자 라퐁텐의 삽화가인 우드리가 책임을 맡아 소파나 의자에 라퐁텐 우화를 그려 넣은 장식 융단을 제작했다. 그러나 이 글에서 말하는 「곰과 포도」는 존재하지 않는 것으로, 아마도 프루스트가 라퐁텐의 「여우와 포도」와 혼동한 것처럼 보인다.

뒤랭 부인이 대답했다. "미리 말해 두지만 이것과 똑같은 아름다운 장식 융단을 보는 건 즉시 포기하시는 편이 좋을 거예요. 비슷한 것은 결코 두 번 다시 만들지 않았으니까요. 저 작은 의자들도 경탄할 만하답니다. 이따가 구경하세요. 각각의 청동 조각이 의자에 그려진 작은 그림의 부속품이라기도 한 듯이 서로 일치한답니다. 보다 보면 뭔가 재미있는 걸 발견하실 테고, 그럼 좋은 시간이 되리라는 걸 제가 약속 드릴 수 있어요. 이 가장자리의 작은 장식만 해도, 붉은 바탕 위에 그린 「곰과 포도」의 작은 포도나무만 봐도 그렇죠. 잘 그렸죠? 어떻게 생각하세요? 전 그림을 그릴 줄 아는 사람이 그렸다고 생각해요. 이 포도는 먹음직스럽지 않나요? 저이는 제가 자기보다 적게 먹는다고 제가 과일을 좋아하지 않는다고 우긴답니다. 그렇지 않아요. 저는 여기 계신 어느 분보다 과일을 좋아하지만, 눈으로 즐기기 때문에 입에 넣을 필요가 없는 거죠. 뭐가 그렇게 우습죠? 코타르 의사 선생님에게 물어보세요. 이 포도가 나를 깨끗이 씻겨 줄 거라고 말씀하실 테니. 퐁텐블로의 백포도*로 치료하는 분도 있지만, 나는 이 보배 장식 융단으로 치료한답니다. 그건 그렇고 스완 씨, 가시기 전에 잊지 말고 의자 등의 작은 청동 조각을 만져 보세요. 유약을 발라 부드러울 거예요. 아니, 그렇게 하시지 마시고 손에 가득 넣어 잘 만져 보세요."

---

* 알이 잘고 금빛이 도는 디저트용 백포도로 파리 근교 퐁텐블로에서 재배된 것을 가리킨다. 또한 이들의 대화가 예술과 실용적인 것 사이의 끊임없는 대조를 보여 주는 것이라고 간주한다면, 퐁텐블로는 르네상스 시대 유파를 상기하는 것으로 풀이될 수도 있다.

"아, 베르뒤랭 부인이 청동을 어루만지기 시작하시니, 오늘 저녁 음악은 다 들었군." 하고 화가가 말했다.

"조용히 하세요, 이 개구쟁이 같은 분, 요컨대." 하고 부인은 스완 쪽으로 얼굴을 돌리면서 말했다. "우리 여자들은 이 청동보다 더 육감적이라야 해요. 하지만 여기 견줄 만한 살결은 없답니다. 베르뒤랭 씨가 저 때문에 질투에 사로잡혔을 때만 해도…… 조금은 예의를 지키시겠지요. 질투한 적이 없다고는 하지 않으시겠죠."

"하지만 난 절대로 아무 말도 하지 않았소, 의사 선생, 당신이 증인이오. 내가 무슨 말이라도 했소?"

스완은 예의상 청동 조각을 어루만졌는데, 감히 금방 손을 놓을 수가 없었다.

"저런! 그건 이따가 어루만지세요. 지금은 당신이, 당신 귀가 어루만져질 거예요. 당신도 그런 걸 좋아하시죠. 한 젊고 귀여운 남자가 그 일을 맡아 줄 거예요."

그런데 피아니스트가 연주를 마쳤을 때, 스완은 거기 있는 다른 어떤 사람보다 그가 더 정답게 느껴졌다. 그 까닭은 이랬다.

지난해 어느 저녁 파티에서 그는 피아노와 바이올린으로 연주되는 곡을 들은 적이 있었다.* 처음에 그는 악기에서 흘러나

---

* 프루스트는 지인에게 보낸 한 편지에서 이 소나타가 생상스의 「피아노와 바이올린을 위한 소나타」에서 영감을 받았지만, 자신은 생상스를 좋아하지 않는다고 말한 적이 있다. 여기 묘사된 곡의 모델로는 이런 생상스 외에도 세자르 프랑크, 가브리엘 포레, 또는 드뷔시의 이름이 거론된다.

오는 음의 물질적인 질감밖에 음미하지 못했다. 그러다 가느다랗고 끈질기고 조밀하며 곡을 끌어가는 바이올린의 가냘픈 선율 아래서, 갑자기 피아노의 거대한 물결이 출렁거리며 마치 달빛에 홀려 반음을 내린 연보랏빛 물결처럼, 다양한 형태로 분리되지 않은 채 잔잔하게 부딪치며 솟아오르는 것을 보았을 때 커다란 기쁨을 느꼈다. 그러나 어느 한 순간, 윤곽을 분명히 구별하지도 못하고, 자기가 좋아하는 것에 어떤 이름도 붙이지 못한 채 갑자기 매혹된 그는, 마치 저녁나절 습기 찬 공기 속을 감도는 장미 냄새가 우리 콧구멍을 벌름거리게 하듯이, 지나는 길에 그의 영혼을 크게 열어 준 악절* 또는 화음을 — 그는 어느 것인지 알지 못했다. — 받아들이려고 애쓰고 있었다. 이처럼 스완이 어떤 혼란스러운 인상을 받았던 것은 아마도 음악을 알지 못했기 때문일 것이다.** 그렇지만 그 인상은 오로지 유일하게 음악적이고 영역이 좁은, 다른 어떤 인상으로도 환원될 수 없는 완전히 독창적인 것이었다. 이런 인상이란 잠시 후면 사라져 버릴, 말하자면 '시네 마테리아'*** 인 것이다. 아마도 우리가 듣는 음은 그 높이와 장단에 따라 우리 눈앞에 있는 다양한 차원의 표면을 감싸고 아라베스크 무

---

* 여기서 악절이라고 옮긴 프랑스어의 phrase에는 문장이란 뜻도 있다.
** 어떤 악기도 연주할 줄 모른다는 점에서는 프루스트도 스완과 마찬가지다. 그러나 프루스트는 스완과는 달리 독일 철학의 음악 이론에 관심이 많았다.
*** sine materia. 무실체(無實體)를 의미하는 이탈리아어로, 프루스트는 독일 낭만주의 미학의 영향을 받아 '관조는 신비주의적인 감동과 흡사한 것으로 무한을 드러낸다'고 생각했다. 『스완의 사랑』(라루스) 39쪽 참조.

늬를 그리며 우리에게 넓이, 미묘함, 안정감, 변화에 대한 감각을 주려고 한다. 그러나 그 음은 뒤이어 또는 동시에 나타나는 음이 불러일으키는 감각에 휩쓸리지 않으려고 이들 감각이 우리 마음속에 충분히 형성되기도 전에 사라져 버린다. 그리고 이러한 인상은 만일 기억이, 마치 파도 한가운데에 견고한 토대를 쌓는 일꾼처럼 이 빠져나가는 악절들의 복사본을 만들어 그것들을 다음에 오는 악절들과 대조하고 구별하게 하도록 해 주지 않는다면, 그 '액체성'과 '뒤섞임'*으로 계속 모티프들을 감쌀 것이고 그리하여 모티프들은 거의 식별할 수 없는 상태로 이따금 솟아오르다 이내 가라앉고 사라지면서 그것이 주는 특별한 기쁨에 의해서만 지각될 뿐 묘사할 수도 기억할 수도 명명할 수도 없는, 즉 '말로 표현할 수 없는 것'**이 된다. 이처럼 스완이 느꼈던 감미로운 감각이 사라지자마자 그의 기억은 곧 그 감각에 대해 간략하고도 일시적인 복사본을 마련해 주었지만, 악절이 계속되는 동안에도 지나치게 그 복사본에 눈을 던지고 있었으므로, 똑같은 인상이 갑자기 되돌아왔을 때 이미 그 인상은 포착할 수 없어지고 말았다. 스완은 그 인상의 넓이와 대칭적인 배열, 문자, 표현적인 가치를 마음속에 그려 보았다. 그러자 그는 자기 앞에 이미 순수 음악이 아닌 데생이나 건

---

* 여기서 '뒤섞임'으로 번역한 프랑스어의 fondue는 일반적으로 '용해', 또는 '뒤섞임'으로 옮겨지는데, 프루스트는 플로베르에 대해 어떤 이질적인 요소도 남아 있지 않은, 모든 것이 하나로 녹아든 글쓰기라는 의미에서 이 단어를 사용했다.
** 프루스트에게서 음악은 '말로 표현할 수 없는 것(l'ineffable)', 즉 언어로 환원되지 않는 것으로 정의된다.

축, 사상과도 흡사한 그런 것을 보았다. 이제야 그는 음향의 파도 위로 잠시 솟아오른 악절을 뚜렷이 식별할 수 있었다. 악절은 금방 그에게 특별한 쾌락을, 그것을 듣기 전에는 생각조차 하지 못했던 쾌락을 줬는데, 악절 외 다른 어떤 것도 그런 쾌락을 맛보게 해 줄 수는 없을 것 같았다. 그는 악절에 대해 미지의 사랑과도 같은 그 무엇을 느꼈다.

악절은 느린 리듬으로 여기저기 다른 곳으로, 고결하고도 이해할 수는 없지만 어떤 뚜렷한 행복 쪽으로 그를 향하게 했다. 그러다 갑자기 그 미지의 악절이 도달한 지점, 그가 악절을 따라가려고 마음먹었던 그 지점에서 잠시 멈추더니 갑자기 방향을 바꿔 더욱 빠르고 가늘고 애절하고 끊어짐 없고 부드러운, 새로운 움직임으로 미지의 앞날을 향해 그를 데리고 갔다. 그 후 악절은 사라졌다. 스완은 악절을 다시 볼 수 있기를, 세 번째로 볼 수 있기를 간절히 바랐다. 그러자 악절이 다시 나타났다. 하지만 예전처럼 분명하게 말을 건네지 않았고 강한 쾌감도 주지 않았다. 그러나 집에 돌아왔을 때 그는 악절이 다시 필요했다. 마치 거리에서 얼핏 스친 여인이 그의 삶에 새로운 아름다움의 이미지를 깃들게 해 그의 감수성에 커다란 가치를 부여하지만, 정작 자신은 이미 사랑하게 된 그 여인의 이름도 모르고, 다시 만나게 될지 어떨지도 모르는 것처럼.

그러나 이 악절에 대한 사랑은 스완에게 한순간 새로운 젊음에 대한 가능성을 여는 것 같았다. 오래전부터 그는 어떤 이상을 향한 목적에 자신의 삶을 전념하는 것을 포기하고 일상적인 만족을 추구하는 데 그치고 있었으므로, 물론 그런 사실을 공개적으로 말한 적은 없지만, 그런 태도는 죽을 때까지 변하지 않을 것이라고 믿었다. 더구나 그의 정신이 더 이상 고귀한 관념을 품지 않게 된 후부터는, 그런 이상이 존재한다는 것을 전적으로 부정하지는 않았지만 더 이상 믿지도 않게 되었다. 그리하여 그는 사물의 본질을 소홀히 하는, 별로 중요하지 않은 생각으로 도피하는 습관을 얻었다. 사교계에 가지 않는 것이 더 나은 일이 아닌지도 묻지 않고, 대신 초대를 승낙한 이상 꼭 그곳에 가야 하며, 만약 방문을 하지 못할 경우에는 나중에 명함이라도 꼭 두고 와야 한다고 확신했다. 마찬가지로 대화를 할 때에도, 어떤 일에 대한 자신의 개인적인 의견은 진지하게 말하지 않고, 어떻게 보면 그 자체만으로 가치 있는, 자신의 실제 능력은 보이지 않아도 되는 그런 물질적이고 세부적인 것만을 말하려고 애썼다. 그는 요리법이나 화가 출생일과 사망일, 그리고 화가의 작품 목록에 대해서는 지극히 정확했다. 때때로 어쩔 수 없이 어떤 작품이나 삶을 이해하는 방식에 대해 판단해야만 할 때에도 그는 자신이 말하는 것에 완전히 동의하지 않는다는 듯이 어떤 냉소적인 어조를 덧붙였다. 마치 몇몇 병약한 사람들이, 그들이 도착한 고장이나 다른 식이요법, 때로는 자연발생적이고 신비로운 기관의 변화 덕분에 그들 병이 좋아진 것처럼 보여, 뒤늦게 전혀 다른 삶이 시작되는 그 뜻하지 않은 가능성을 생각해 보게 되는 일이 있는데, 스완도 자기 마음속에서, 자기가 들은 악절의 기억 속에서, 또는 다시 한 번 나타나지나 않을까 기대하며 연주해 달라고 부탁했던 소나타 속에서, 이제는 더 이상 믿지 않게 되었던 그 눈에 보이지 않는 현실 중 하나가 존재함을 발견하고, 마치 그를 괴롭히는 정신의 메마름에 음악이 일종의 친화적인 영향력을 미치기라도 한다는 듯이, 이 현실에 거의 자기 삶을 바치고 싶은 욕망과 힘을 다시 느끼는 것이었다. 그러나 그가 들은 곡이 누구 작품인지를 아무리 해도 알 수 없었고, 또 악보를 손에 넣을 수도 없었기 때문에 드디어는 그 곡을 잊어버렸다. 그와 함께 그날 저녁 파티에 참석했던 몇몇 사람들을 그 주에 다시 만나 물어보기도 했지만, 대개는 음악이 끝난 후 도착했거나 끝나기 전 빠져나갔으며, 또는 연주하는 동안 그곳에 있긴 했지만 다른 방에서 이야기를 했거나, 남아서 들었다 해도 그 자리에 있던 이들보다 더 잘 들었다고 할 수 없었다. 집 주인으로 말하자면 그 곡은, 그들이 부른 음악가들이 요청한 신곡이라는 정도만 알았다. 음악가들은 이미 순회 공연을 떠났고, 그래서 스완은 그 곡에 대해 더 이상 알 수 없었다. 그에겐 음악가 친구가 많았고, 악절이 그에게 준 그 특별하고도 번역 불가능한 기쁨을 상기하면서, 악절이 그렸던 형상들을 눈앞에 떠올렸지만, 그 악절을 결코 친구들에게 읊조릴 수는 없었다. 그리하여 그는 악절에 대해 생각하는 것을 그만두었다.

　그런데 베르뒤랭 부인 집에서 젊은 피아니스트가 연주를 시작한 지 몇 분 안 되어, 갑자기 두 소절 사이에 높은 음이 길게 이어진 후에, 스완은 자신이 좋아하는 그 공기와도 같은 향기로운 악절이, 마치 그것을 품고 있던 포란기의 신비로움을 감추려는 듯, 음의 장막처럼 길게 뻗은 음향 밑에서 빠져나와 은밀하게 속삭이며 여러 갈래로 나뉘어 다가오는 것을 보았다. 악절에는 너무도 특별하고 너무도 개인적인 매력이 담겨 있어서 다른 무엇과도 바꿀 수 없는 것처럼 보였는데, 스완은 마치 길에서 보고 반했지만 만날 수 없어 절망하던 사람을 잘 아는 살롱에서 다시 만났을 때처럼 느꼈다. 마침내 악절은 스완의 얼굴에 미소의 그림자를 남기면서, 가지 친 향기 사이로 그가 들었던 곡을 가리키며 재빨리 멀어져 갔다. 그러나 이제는 그 미지의 곡명을 물어볼 수 있었고(뱅퇴유의 「피아노와 바이올린을 위한 소나타」에 나오는 안단테였다.) 악절을 손에 붙들고 있어서, 그가 원하면 언제라도 집에서 들을 수도 있고, 그 언어와 비밀도 배울 수 있었다.

피아니스트가 연주를 끝냈을 때 스완은 다가가 고마움을 표했다. 스완의 열렬한 감사 표시가 베르뒤랭 부인 마음에 들었다.

"정말 매력적인 분이군요, 안 그래요?" 하고 베르뒤랭 부인은 스완에게 말했다. "저렇게 젊은 사람이 소나타를 잘 이해하지 않나요? 피아노가 이런 경지에까지 이를 수 있다는 건 선생님도 상상해 보지 못했을 거예요. 맹세코 피아노가 아니라면 불가능하다고 생각해요. 매번 들을 때마다 전 걸려드는 것 같아요. 오케스트라를 듣는 것 같다니까요. 아니, 오케스트라보다 더 아름답고 완벽해요."

젊은 피아니스트가 고개를 숙였다. 그는 미소를 지으면서 마치 무슨 재담이라도 하듯 한 마디 한 마디 힘을 주며 말했다.

"부인은 제게 무척 관대하십니다."

베르뒤랭 부인이 남편에게 "어서 저분에게 오렌지 주스를 드리세요. 그럴 자격이 충분하니까요."라고 말했고, 그동안 스완은 오데트에게 자기가 어떻게 이 소악절을 사랑하게 되었는지를 말해 주었다. 베르뒤랭 부인이 좀 떨어진 곳에서 "어머나, 멋진 이야기를 들려주시나 봐요, 오데트." 하고 말하자 오데트는 "그래요, 아주 아름다운 이야기예요." 하고 대답했다. 스완은 그녀의 솔직함에 기분 좋았다. 한편 그는 뱅퇴유와 작품에 대해, 그가 소나타를 작곡한 시기에 대해 물어보았는데, 특히 그가 알고 싶었던 것은, 이 소악절이 뱅퇴유에게 어떤 의미가 있었는지에 관해서였다.

그러나 음악가를 찬미한다고 뽐내던 그 모든 이들도 (스완이 소나타가 매우 아름답다고 말하자 베르뒤랭 부인은 "그래요, 당신이 아름답다고 하니 그 말을 믿지요. 하지만 아무도 뱅퇴유의 소나타를 알지 못한다고 고백하지는 않아요. 알지 못할 권리가 없으니까요."라고 소리쳤고, 그러자 화가는 "아, 이건 정말 훌륭한 작품입니다. 안 그렇습니까? 하지만 우리에게 '친숙하거나' '대중적인 것'은 못되지요, 안 그렇습니까? 그러나 예술가들에게는 아주 커다란 인상을 주지요." 하고 덧붙였다.) 이런 질문은 한 번도 받아 본 적 없다는 듯이, 어느 누구도 대답하지 못했다.

스완이 좋아하는 그 악절에 대해서 특별한 지적을 한두 개할 때조차도 "아, 재미있네요. 저는 여태껏 주의해 본 적이 없었는데. 사실 전 남의 흠집을 캐거나 대수롭지 않은 일을 시시콜콜 따지면서 헤매는 걸 좋아하지 않는답니다. 그리고 이 집에서는 지나치게 자세히 따지며 시간을 보내지도 않고요. 그건 이 집 스타일이 아니죠." 하고 베르뒤랭 부인은 대답했고, 그러면 코타르 의사는 이런 관용어의 물결 속에서 자유롭게 떠돌아다니는 부인에게 감탄하면서, 학구열을 품고 멍하니 바라보았다. 게다가 코타르와 코타르 부인은 어떤 서민들처럼 상투적인 지식으로, 음악에 대해서 그들 의견을 말하거나 감탄하는 척하는 것은 삼갔지만 일단 집에 돌아가면 비슈 씨 그림처럼 그 음악도 전혀 이해할 수 없었다고 고백했다. 대중이란 서서히 동화된 진부한 예술 작품으로부터 길어 올린 것만이 매력과 우아함과 자연의 형태를 보여 준다고 생각하기 때문에, 독창적인 예술가란 바로 이런 진부함을 벗어 버리는 데서부터 출발한다. 이런 점에서 볼 때 대중의 이미지라할 수 있는 코타르 부부는, 뱅퇴유 소나타나 화가의 초상화에서 이들 예술가들에게는 음악의 화음이 되고, 그림의 아름다움이 된 것을 발견하지 못했다. 피아니스트가 소나타를 연주할 때도, 그들 귀에 익숙한 형식과 전혀 관계없는 곡조를 피아노 위에 제멋대로 붙들어 매는 것 같았고, 화가는 화폭 위에 제멋대로 색깔들을 내던지는 것처럼 보였다. 그들이 화폭에서 어떤 형태를 알아볼 수 있을 때에도, 그 형태는 무겁고 저속하며(말하자면 그들은 거리에서 만나는 실제 사람에 대해서조차도 그런 유파의 관점에 따라 우아함이 결여됐다고 생각했다.) 진실이 없다고 여겼다. 마치 비슈 씨가 인간 어깨가 어떻게 생겼는지도, 여자들 머리가 보랏빛이 아니라는 것도 모르는 것같았다.

그러나 신도들이 흩어지고 베르뒤랭 부인이 뱅퇴유 소나타에 대해 마지막 말을 하는 동안, 코타르는 마치 수영 초보자가 다른 사람들이 보지 않는 틈을 타서 수영을 배우려고 물속에 뛰어드는 것처럼, 좋은 기회라고 생각했다.

그는 "이른바 '디 프리모 카르텔로'*의 음악가라고 불리는 자군요." 하고 느닷없이 결연하게 외쳤다.

스완은 뱅퇴유 소나타의 최근 출현이 진취적인 유파에는 대단한 인상을 주지만, 대중에게는 전혀 알려지지 않았다는 사실을 겨우 알게 되었다.

"저는 뱅퇴유라는 사람은 압니다만." 하고 스완은 할머니 여동생들의 피아노 선생님을 생각하면서 말했다.

"아마 그분일지도 몰라요." 하고 베르뒤랭 부인이 외쳤다.

"아, 아닙니다." 하고 스완이 웃으며 대답했다. "만일 부인께서 그분을 조금이라도 보셨다면, 그런 의문은 품지 않으실 겁니다."

"그렇다면 의문을 갖는 게 의문을 푸는 건가요?" 하고 의사가 말했다.

"하기야 친척일지도 모르지요." 하고 스완이 말을 이었다. "그렇다면 매우 서글픈 일입니다. 요컨대 천재도 바보 같은 늙은이의 사촌일 수 있으니까요. 만약 그렇다 하더라도 그 바보 같은 늙은이가 저를 그 소나타 작곡가에게 소개만 해 준다면, 전 어떤 형벌도 감수할 수 있다고 생각합니다. 우선 그 바보

---

* di primo cartello. '가장 위대한'이란 뜻의 이탈리아어다.

같은 늙은이와 사귀는 형벌부터 시작해서요. 끔찍한 일이긴 하겠지만."

화가는 뱅퇴유의 병이 아주 위중하여 포탱 의사도 살려 낼 수 없어 걱정하고 있다는 이야기를 들었다고 했다.

"뭐라고요?" 하고 베르뒤랭 부인이 소리쳤다. "아직도 포탱의 치료를 받는 사람이 있나요?"

"아! 베르뒤랭 부인." 하고 코타르가 짐짓 멋 부리는 말투로 말했다. "제 동료 중 한 분에 대해, 아니 제 은사되시는 분에 대해 말씀하신다는 걸 잊으셨나 봅니다."

화가는 뱅퇴유가 정신착란 증세에 시달린다는 걸 들은 적이 있다고 했다. 그리고 소나타 어떤 대목에서 그걸 느낄 수 있다고 단언했다. 스완은 이 지적이 터무니없다고는 생각하지 않았지만, 그래도 혼란스러웠다. 왜냐하면 언어에서라면 그런 논리적 관계의 왜곡이 금방 광기를 드러내겠지만, 순수한 음악 작품이란 어떤 논리적인 관계도 그 속에 두지 않기 때문에, 소나타에서 인지되는 광기란 실제로 관찰되는 암캐의 광기나 말의 광기만큼 스완에게는 뭔가 신비롭게 느껴졌기 때문이다.

"당신네 스승들 이야기는 그만하세요. 당신이 포탱보다는 열 배나 더 많이 아니까요." 하고 베르뒤랭 부인은 자기 소신이 뚜렷한, 그리고 자기와 의견이 다른 사람들에게는 용감하게 맞서는 사람의 어조로 코타르 의사에게 말했다. "선생님께서는 적어도 환자를 죽이진 않잖아요!"

"하지만 부인, 그분은 학사원 회원인걸요." 하고 의사가 비꼬듯 대답했다. "혹시 환자가 과학의 왕자님 손에 죽기를 원한 다면…… 아니, 그보다는 '날 치료해 준 분이 바로 포탱이랍니 다.' 하고 말하는 편이 훨씬 더 멋있거든요."

"어머! 그게 더 멋있어요?" 하고 베르뒤랭 부인이 말했다. "그렇다면 이제는 병에도 멋이 있단 말인가요? 전 몰랐는데 요. 정말 절 놀리시긴가요!" 하고 그녀는 갑자기 두 손에 얼굴 을 파묻으며 소리쳤다. "절 '나무위에 올려놓은 줄도'* 모르고 진지하게 토론을 하다니, 이 순진한 바보 같으니라고."

베르뒤랭 씨로 말하자면 이렇게 아무것도 아닌 일로 웃어 야만 하는 게 약간은 피곤하다고 느껴져, 상냥함이라는 영역 에서는 아내를 따라잡을 수 없다는 사실을 서글프게 생각하 며 파이프 담배 연기를 한 가닥 내뿜는 것으로 만족했다.

"당신 친구분, 무척 우리 마음에 드네요." 하고 오데트가 작 별 인사를 하려고 했을 때 베르뒤랭 부인이 말했다. "솔직하 고 매력적인 분이에요. 이런 분들만 소개한다면 얼마든지 데 려오세요."

그렇지만 베르뒤랭 씨는 스완이 피아니스트의 숙모를 높게 평가하지 않았다는 걸 지적했다.

"약간 낯설어서 그랬겠죠." 하고 베르뒤랭 부인이 대답했 다. "처음인데도 여러 해 전부터 우리 작은 패거리에 가입된 코타르처럼 우리 집 말투를 이미 알기를 바라는 건 아니겠죠. 첫 번째는 중요하지 않아요. 단지 서로 알게 되는 데에 필요한

---

* faire monter à l'arbre라는 관용어로 '속이다'라는 의미다.

거죠. 오데트, 그분이 내일 샤틀레 극장*으로 우릴 만나러 오시겠죠. 당신이 그분을 모시러 갈 건가요?"

"아뇨, 그분이 원치 않는걸요."

"그래요, 그럼 좋으실 대로. 그분이 마지막 순간에 우릴 버리지만 않는다면."

베르뒤랭 부인의 예상과는 달리 스완은 한 번도 그들을 버리지 않았다. 그는 어떤 곳이라도 그들을 만나러 갔고, 때로는 아직 철이 일러 사람 발길이 드문 교외 레스토랑에 따라나서기도 했는데, 그래도 자주 만나는 곳은 극장이었다. 베르뒤랭 부인이 연극을 무척이나 좋아했기 때문이다. 하루는 베르뒤랭 부인 집에서, 공연 첫날이나 특별 공연 날 저녁에는 자유 통행증이 아주 유용한데 강베타**의 장례식 날에는 통행증이 없어서 무척 혼이 났다고 부인이 스완 앞에서 말하자, 자신의 화려한 교우 관계에 대해서는 한 번도 말한 적 없는, 단지 숨길 것이 없다고 판단하는 하찮은 교제에 대해서만 ── 그가 포부르생제르맹에서 얻은 습관 중 하나로, 거기에는 관료 사회와의 관계도 포함되어 있었다.*** ── 밝혀 온 스완이 이렇게 말했다.

---

* 에두아르 콜론이 1874년에 창립한 오케스트라의 연주회가 샤틀레 극장에서 일요일 오후마다 열렸다.
** 레옹 강베타(Léon Gambetta, 1838~1882). 급진적인 공화주의자로 제3공화국에서 내무 국방장관을 지냈으며 나폴레옹 3세 체제와 막마옹 체제를 비난했다. 그의 장례식은 1883년 1월 6일에 거행되었는데, 연극배우 사라 베르나르의 내밀한 친구이기도 했다.
*** 당시 관료 사회는 귀족 계급보다 열등하게 간주되었다.

"제가 알아보죠.「다니셰프네 사람들」* 공연 때는 제때 통행증을 얻을 수 있게 해 드리겠습니다. 마침 내일 엘리제 궁에서 경찰국장과 함께 점심을 같이하기로 했으니까요."

"뭐라고요? 엘리제 궁이라고요?" 하고 코타르 의사가 벼락같이 소리를 질렀다.

"네, 그레비 씨**네에서요." 하고 스완은 자기 말이 가져온 파장에 약간 난처해하며 대답했다.

그러자 화가가 농담조로 의사에게 말했다.

"이런 일에 자주 놀라세요?"

보통 때는 설명만 해 주면 "아, 그래요, 좋습니다, 좋아요." 라고 말하면서 더 이상 감동한 기색을 보이지 않던 코타르였는데, 이번에는 스완의 마지막 말이 여느 때처럼 그를 진정해 주는 대신, 자기와 같이 저녁 식사를 하는, 이 공식적인 직함도 없고 어떤 명성도 없는 사람이 국가원수와 친하다는 사실이 그에게는 지극한 놀라움을 안겨 주었다.

"아니, 어떻게, 그레비 씨라고요? 그레비 씨를 아신다고요?" 하고 그는 얼이 빠져 믿지 못하겠다는 듯이 스완에게 말했다. 마치 경찰대원이 공화국 대통령을 만나게 해 달라고 요

---

* *Les Danicheff*. 알렉상드르 뒤마 피스와 페에르 드 코르뱅 크루코프스키의 작품으로 1876년에 오데옹에서 초연되었으며, 재공연은 1884년에 이루어졌다. 다니셰프 백작이 하녀를 사랑하여 가족들이 반대하는데도 하녀를 아내로 맞아들인다는 내용의 연극이다.
** 쥘 그레비(Jules Grévy, 1807~1891). 공화주의적 성향의 변호사로 1879년에 막마옹의 뒤를 이어 프랑스 대통령이 되었다. 1885년에 재선되었으나 1887년에 중도 사임했다.

청하는 한 낯선 자에게, 신문에서 흔히 쓰는 말로 '소위 누구에게 볼일이 있는지'를 이해하고는 곧 만나게 해 주겠다고 안심시키며, 그 가엾은 미치광이를 파리경시청 피의자 수감실로 보낼 때 짓는 표정과도 같았다.

"조금 압니다. 우리 둘 다와 친한 친구가 있어서요.(그 사람이 웨일스 대공*이란 말은 감히 하지 못했다.) 게다가 그분은 쉽게 사람들을 초대하고, 그 오찬으로 말하자면 아무 재미도 없답니다. 또 무척이나 간소해서 식탁에는 여덟 명이 넘은 적이 없는걸요." 하고 스완은 공화국 대통령과의 교제가 상대편 눈에 너무 눈부시게 비치는 것을 애써 지우려 하며 대답했다.

그러자 이내 코타르는 스완의 말을 곧이곧대로 믿었고, 그 레비 씨의 초대 가치가 대단치 않으며 아주 흔해 빠진 것이라는 견해를 가지게 되었다. 그리하여 그는 스완이 다른 사람과 마찬가지로 엘리제 궁에 드나든다는 사실에 더 이상 놀라지 않게 되었고, 더 나아가 초대받은 사람이 지루하다고 고백한 그런 오찬에 가는 스완을 조금은 동정하기조차 했다.

"아, 그렇군요. 그런 거군요." 하고, 조금 전까지는 의심을 하다가 설명을 듣고 나면 비자도 주고 가방도 열어 보지 않은 채 통과시키는 세관 관리 같은 말투로 코타르가 말했다.

"그럼요, 당신 말대로 그런 오찬이 재미있을 리가 없죠. 그

---

* Le prince de Galles(1841~1910). 장차 에두아르 7세가 되는 이 황태자는 파리 귀족 사회에서 많은 인기를 누렸으며, 파리 사교계에 영국 유행 풍조를 낳는 데 일조하였다. 이 실제 인물이 『잃어버린 시간을 찾아서』에서는 스완의 친구로 등장한다.

런 데를 다 가시다니 참 무던하시군요." 하고 베르뒤랭 부인이 말했다. 그녀에게는 공화국 대통령이 특히 가공할 만한 따분한 자로 보였는데, 신도들이 금방 그녀를 버릴지도 모르는 그런 유혹이나 속박 방법이 대통령에게 있는 것처럼 여겨졌기 때문이다. "그분은 완전히 귀가 먹은 데다, 손가락으로 밥을 먹는다고 하더군요."

"사실 그곳에 출입하는 게 그렇게 재미있진 않겠군요." 하고 의사가 동정하는 듯 말했다. 그리고 참석자 여덟이라는 수를 상기하면서 "아주 친밀한 오찬인가요?" 하고 구경하기 좋아하는 사람들이 보이는 호기심보다는 언어학자의 열정을 띠고 활기차게 물었다.

그러나 의사 눈에 비친 공화국 대통령의 위력은 결국 스완의 겸손함이나 베르뒤랭 부인의 적대감을 이겼고, 그래서 코타르는 만찬 때마다 관심을 보이며 물었다. "오늘 저녁에 스완 씨가 오십니까? 그분은 그레비 씨와 친분이 있으니까요. 신사란 바로 그런 분을 두고 하는 말이 아닙니까." 마침내 그는 스완에게 치과 의료 장비 전시회 초대장을 주기에 이르렀다.

"동반하는 분도 입장할 수 있습니다만, 개는 들어갈 수 없답니다. 아시겠지요. 친구 중에 그걸 모르고 갔다가 몹시 후회한 사람이 있어서 드리는 말입니다."

베르뒤랭 씨로 말하자면, 그는 스완이 한 번도 말한 적 없던 그 유력한 교우 관계의 발견이 아내에게 좋지 못한 파장을 일으켰다는 것을 알아챘다.

밖에서 파티를 하지 않을 때 스완은 베르뒤랭 집에서 그 작은 동아리와 만나곤 했다. 그러나 밤에만 갔으며 오데트의 청에도 불구하고 저녁 식사에는 거의 응하지 않았다.

"전 당신과 둘이서만 저녁 식사를 할 수 있어요. 그걸 더 좋아 하신다면요." 하고 그녀가 말했다.

"그럼 베르뒤랭 부인은요?"

"아! 그건 간단해요. 드레스가 준비되지 않았다거나, 이륜마차가 늦게 왔다고만 하면 돼요. 꾸며 댈 방법은 언제나 있어요."

"친절하시군요."

그러나 스완은 만약 오데트에게(단지 저녁 식사 후에만 만나는 데 동의하면서) 그녀와 함께 있는 것보다 더 좋은 쾌락이 있다는 걸 느끼게 할 수만 있다면, 자신에 대한 그녀 욕망이 한동안 싫증나지 않으리라고 생각했다. 그리고 다른 한편으로는, 당시 그는 자기가 반했던 장미꽃처럼 싱싱하고 통통하며 작은 여직공의 아름다움을 오데트의 아름다움보다 훨씬 더 좋아했고, 또 오데트는 나중에 만날 것이 확실했으므로 초저녁에는 여공 아가씨와 지내는 편을 택했다. 오데트가 베르뒤랭네에 가려고 그의 집에 찾아오는 걸 허락하지 않은 것도 바로 그런 이유 때문이었다. 작은 여공 아가씨는 마부 레미가 잘 아는 그의 집 근처 길모퉁이에서 기다리다가 스완 옆에 올라타서는, 마차가 베르뒤랭네 집 앞에 멈출 때까지 그의 품에 안겨 있었다. 스완이 들어서면 베르뒤랭 부인은 그가 아침에 보낸 장미꽃을 보여 주며 "야단쳐야겠어요." 하면서 오데트 옆자리를 가리켰고, 피아니스트는 두 사람을 위해 그들 사랑의 국가와도 같은 뱅퇴유의 소악절을 연주했다. 피아니스트는 바이올린의 트레몰로* 지속음에서 시작했는데, 몇 소절 동안은 트레몰로만이 전면을 가득 채우며 홀로 들리다가 갑자기 멀어지는 듯하더니, 마치 살짝 열린 문의 좁은 틈으로 깊숙히 원경이 보이는 피테르 데 호흐**의 그림에서처럼 아주 멀리에서 다른 색조를 띠고 스며든 비단 빛 같은 질감으로, 소악절이 춤을 추는 목가풍 삽화 같은 모습으로, 마치 다른 세계에 속하듯 끼어들었다. 그 소리는 단순하지만 불멸의 물결이 되어, 여기저기 우아함을 선물로 나누어 주며 똑같이 '말로 표현할 수 없는' 미소를 지으며 지나갔다. 그러나 스완은 이제야 그 소리에서, 미망에서 깨어난 듯한 그 무엇을 식별할 수 있을 것 같았다. 악절은 행복의 덧없음을 알고 있으며, 그 길을 가르쳐 주는 듯했다. 악절은 그 경쾌한 우아함 속에 회한 뒤에 오는 초연함 같은, 무엇인가 완결된 것을 품고 있었다. 그러나 그것은 아무래도 상관 없었다. 그는 악절을 그 자체로 — 이를테면 그 곡을 작곡했을 때 스완과 오데트의 존재를 몰랐던 작곡가와 몇 세기가 지나 그 악절을 듣게 될 모든 이들에게서 악절이 표현할 수 있었던 것 — 보기보다는, 오히려 베르뒤랭 부부나 젊은 피아니스트에게서 오데트와 그를 동시에 연상해 주는, 그들을 맺어 주는 사랑의

---

* 연주에서 음이나 화음을 규칙적으로 빠르게 떨리듯 되풀이하는 주법.
** Pieter de Hooch(1629~1684). 네덜란드 화가로 중산층 가정 모습이나 정원 풍경 등 풍속화를 주로 그렸다. 프루스트에게서 음악과 미술의 비교는 이 둘의 유사한 본질에서 비롯된다.

정표나 기념품으로 생각했다. 그리하여 소나타 전곡을 어느 음악가에게 연주시켜 보겠다는 계획은 오데트의 변덕에서 우러나온 청에 못 이겨 단념했고, 그래서 그는 여전히 소악절밖에 알지 못했다. "그밖에 뭐가 필요해요? 이것이 우리 곡인데요." 하고 오데트가 말했다. 그리고 그는 악절이 아주 가까이 있으면서도 무한을 향해 흘러가는 순간에, 악절이 그들에게 말을 걸지만 그들을 모른다는 생각에 괴로워하며, 악절에는 하나의 의미가, 그들과는 무관한 어떤 내재적이고 고정된 아름다움이 있다는 사실에 안타까워했다. 마치 우리가 보석을 받거나 사랑하는 여인으로부터 편지를 받을 때, 그것이 일시적인 관계나 어떤 특별한 존재의 본질로만 이루어지지 않았다는 이유로 그 보석의 투명함이나 언어의 표현을 원망하듯이.

베르뒤랭네 집에 가기 전에 여공 아가씨와 너무 능장을 부린 탓에 피아니스트가 소악절을 연주하고 나서야 비로소 스완은 오데트가 집에 돌아갈 시간이 다 되었다는 것을 깨닫곤 했다. 그러면 그는 그녀를 개선문 뒤 라페루즈* 거리의 작은 저택 문까지 바래다주었다. 그리고 바로 그런 이유로, 어쩌면 그녀에게 모든 애정 표현을 요구하고 싶지 않았기 때문에 자기에게 그다지 필요없는 즐거움, 즉 그녀와 함께 일찍 베르뒤랭 집에 도착하는 즐거움을 희생하고, 그녀가 자신과 함께 베

---

* 파리 16구, 개선문 근처의 이 거리는 오데트의 모델 중 하나로 알려진 로르 해이만(Laure Hayman, 1851~1940)이 실제 살았던 곳이다.

르뒈랭네를 떠나는 것을 인정하는 권리 행사를 택했는지도 모른다. 스완은 권리를 아주 값진 것으로 여겼는데, 왜냐하면 그 권리 덕분에 그녀를 데려다준 다음에는 아무도 그녀와 만나지 않을 것이고, 아무도 그들 사이에 끼어들지 않으며, 그녀와 헤어진 후에도 그녀가 그와 함께 있는 걸 아무도 방해할 수 없으리라 생각했기 때문이다.

이렇게 그녀는 스완의 마차를 타고 돌아갔다. 어느 날 밤 그녀가 마차에서 내리고 스완이 내일 만나자고 말했을 때, 그녀는 재빨리 집 앞에 있는 작은 정원에서 때늦은 국화 한 송이를 꺾어 그가 떠나기 전에 주었다. 돌아오는 동안 그는 꽃잎을 입술에 꼭 대었고, 며칠이 지나 꽃이 시들자 그것을 소중하게 책상 서랍에 넣어 두었다.

그러나 그녀 집에는 결코 들어가지 않았다. 겨우 두 번, 오후에 간 적이 있었는데, 그녀에게는 그렇게도 중요한 '차 마시기' 의식에 참여하기 위해서였다. 그 고립되고 텅 빈 작은 길들은(인접한 작은 저택들이 붙어 있는 길에는 음산한 노점상이 갑자기 그 단조로움을 깨트리면서, 악명 높았던 시절의 거리에 대한 역사적 증언과 수치스러운 잔재를 보여 주었다.) 정원과 나무에 남아 있는 눈, 계절의 흐트러진 모양, 자연과의 인접성이, 그가 집 안에 들어서면서 발견하는 따뜻함이나 꽃에 뭔가 신비로움을 더해 주었다.

길보다 높은 일 층에 있으며, 뒤쪽으로 또 다른 평행한 작은 길과 면한 오데트의 침실을 왼쪽에서 지나면, 어두운 색으로 칠한 벽 사이로 곧바른 계단이 하나 있고, 벽 위에는 동양

직물이나 터키산 염주 줄, 명주 끈으로 매단 커다란 일본식 초롱이(그러나 방문객들로부터 서구 문명이 주는 최신식 편리함을 뺏지 않으려고 가스를 사용했다.) 늘어져 있었고, 계단은 큰 거실과 다른 작은 거실로 통했다. 두 거실 앞에는 좁은 입구가 있었고, 입구 벽은 정원 철망과 같은 바둑판 무늬였지만 금빛이었으며 그 가장자리에는 사각 상자에 담긴 국화꽃이 입구를 따라 온실에서처럼 한 줄로 쭉 놓여 있었다. 국화꽃은 훗날 원예가가 재배에 성공하여 얻은 꽃에는 미치지 못했지만, 당시로서는 그렇게 흔치 않게 커다랬다. 스완은 지난해부터 나타난 이런 국화꽃 유행을 별로 탐탁하게 여기지 않았는데, 그래도 그 순간에는 잿빛 날씨에 빛을 발하는 이 일시적인 별들의 향기로운 광선으로 분홍빛과 오렌지 빛과 흰빛이 줄무늬 진 방 안의 희미한 광경을 보자 기쁨을 느꼈다. 오데트는 목과 팔이 드러난 분홍빛 실크 가운 차림으로 그를 맞이했다. 그녀는 거실에 꾸며 놓은 많은 신비스러운 부분 가운데서도 가장 후미진 곳으로 스완을 인도하고 자기 곁에 앉게 했는데, 그곳은 중국 도자기 화분에 심은 커다란 야자수 나무나 사진, 리본, 매듭, 부채가 달린 병풍으로 가려 있었다. 그녀는 "그렇게 앉으시면 편치 않을 거예요. 가만히 계세요. 제가 편안하게 해 드릴 테니."라고 말했다. 그러고는 마치 특별한 것을 고안해 내기라도 한 듯이 자랑스러운 미소를 지으면서, 스완의 머리 뒤와 발밑에 일본산 실크 방석들을 받쳐 주었는데, 마치 이런 사치품쯤은 아낌없이 사용한다는 듯이, 또는 그 값에도 별로 신경을 쓰지 않는다는 듯이 아무렇게나 다뤘다. 그러나 하인이 거의 모두 중국 도자기 꽃병에 꽂힌 수많은 램프들을 연달아 가져왔을 때, 램프는 홀로 또는 짝을 지어 마치 성당 제단 위에 놓인 것처럼 각기 다른 가구 위에서 타올랐고, 그 불빛은 겨울 오후가 끝나 갈 무렵 거의 어둠과도 같은 황혼 속에서, 지는 해를 더 오래, 더 분홍빛으로, 더 인간적으로 보이게 했다. 마치 길거리에서 불 켜진 유리창이 드러냈다 감추었다 하는 신비로운 모습에 길을 멈춘 연인들이 몽상에 잠기는 것 과도 같았다. 그녀는 램프가 정해진 자리에 제대로 놓였는지를 보려고 눈가로 하인들을 엄격하게 감시했다. 램프 단 한 개라도 제자리에 놓이지 않으면 거실 전체 분위기가 파괴되고, 또 플러시 천으로 두른 비스듬한 받침대 위에 놓인 자신의 초상화가 제대로 조명되지 않을 거라고 생각했다. 그래서 그녀는 그 거친 하인의 동작을 열심히 지켜보면서, 깨트릴까 봐 손수 청소하는 두 화분 곁으로 하인이 너무 가까이 지나간다 싶으면 심하게 꾸짖고, 화분 가까이 다가가서는 모서리가 벗겨지지 않나 하고 살펴보는 것이었다. 그녀는 그녀가 가진 중국 골동품의 형태를 모두 '재미있다고' 생각했는데 난초꽃, 특히 카틀레야 꽃을 그렇게 생각했다. 카틀레야는 국화와 더불어 그녀가 가장 좋아하는 꽃으로, 꽃보다는 실크나 새틴처럼 보이는 것이 큰 장점이었다.* "저 꽃은 꼭 제 외투 안감에서 오려

---

* 프랑스에서 국화꽃 유행은 일본 판화와 더불어 1860년쯤 시작되었는데, 다양한 형태나 색깔의 국화가 나오는 데는 약 이십여 년이 걸렸다. 카틀레야는 남아메리카 열대지방에 자라는 난초과 식물로 꽃이 화려하며 그 이국적인 정취와 희귀함이 애호가들을 사로잡았다.

낸 것 같아요." 하고 그녀는 스완에게 난초꽃 하나를 가리키며 일종의 존경심 어린 어조로 말했다. '너무나 멋있는' 이 꽃을 위해, 자연이 그녀에게 준, 존재 등급에서는 그녀보다 떨어지지만 그래도 다른 여느 여자들보다는 훨씬 세련되고 품위 있는 그 우아한 뜻밖의 여동생을 위해 그녀는 자기 거실에 자리를 마련했다. 도자기 꽃병을 장식하거나 병풍에 수놓인 불꽃 혓바닥을 가진 키메라,* 난초 꽃다발로 만들어진 화관, 벽난로 위에 있는 옥 두꺼비, 그 옆에 놓인 루비 박힌 눈에 흑금으로 상감한 은제 단봉낙타를 차례차례로 그에게 보여 주면서 그녀는 괴물들의 고약한 성질에 겁먹은 듯, 또는 그 우스꽝스러운 모습이 재미있는 듯, 또는 꽃들의 외설스러움에 얼굴이 빨개지는 듯, 그녀가 '내 사랑'이라고 부르는 단봉낙타와 두꺼비에 입 맞추러 가고 싶어 못 견디겠다는 듯, 그런 시늉을 차례차례 해 보였다. 그런데 이런 꾸민 태도는 그녀의 어떤 맹목적인 신앙심이 보여 주는 진지함, 그중에서도 특히 그녀가 니스에서 살았을 때, 큰 병을 고쳐 준 일로 늘상 몸에 금메달을 지니고 다니며 무한한 힘이 있다고 믿는 라게** 성모님에 대한 태도와는 대조를 보였다. 오데트는 스완에게 '그의 차를' 따라 주며 물었다. "레몬 아니면 크림?" 그래서 스완이 "크림."이라고 대답하면 그녀는 "구름 한 점만큼!"*** 하고 말하며 웃었다.

---

* 전설에 나오는 괴물로 사자 머리에 양의 몸, 뱀의 꼬리를 가진 것으로 알려졌는데, 일반적으로 불을 뿜어 내는 모습으로 그려진다.
** 니스 근처에 있는 순례지로 12세기에 지어진 성당과 수도원이 있다.
*** 우유가 차에 퍼질 때 구름 모양과 흡사하다고 해서 양이 적은 우유를 말할

그리고 그가 맛있다고 하면 "자, 보세요, 전 당신이 좋아하는 걸 잘 알아요."라고 덧붙였다. 사실 그 차는 그녀와 마찬가지로 스완에게도 아주 귀중해 보였다. 그리고 사랑이란 이렇듯 여러 기쁨 속에서, 그 사랑을 정당화해 주고 사랑의 지속을 보장해 주는 증거를 필요로 하므로(반대로 기쁨은 사랑 없이는 존재할 수 없으며, 사랑과 더불어 끝난다.) 저녁 7시 그녀와 헤어져 옷을 갈아입으려고 집으로 돌아갈 때면, 마차를 타고 가는 내내 그는 이 오후가 가져다 준 기쁨을 억누를 길이 없어 "이처럼 귀하고도 맛있는 차 한 잔을 자기 집에서 대접해 줄 귀여운 여자가 있다면 얼마나 좋을까!" 하고 되풀이했다. 그리고 한 시간 후에는 오데트에게서 편지를 받았는데 그는 그 큼직한 글씨를 곧 알아보았다. 뻣뻣하게 흉내 낸 영국식 글씨는 자기만의 필체가 없다는 점에서는 교육을 받았다는 인상을 줬지만, 어쩌면 보다 편견 없는 사람 눈에는 사고의 혼란이나 충분치 못한 교육, 솔직함과 의지의 결핍으로 보였을 것이다. 스완은 오데트의 집에 담배 케이스를 놓고 왔다. "왜 당신 마음도 두고 가지 않으셨나요. 마음이라면 돌려드리지 않았을 텐데."

어쩌면 그의 두 번째 방문이 더 중요했는지 모른다. 그날 그녀 집으로 가면서 스완은 언제나 그녀를 만나러 갈 때면 그러하듯 그녀 모습을 미리 그려 보았다. 또 그녀 얼굴을 아름답다고 생각하기 위해서는, 늘 누렇고 초췌하고 이따금 반점이 돋은 뺨에서 단지 싱싱한 분홍빛 광대뼈만을 그려 보아야 한다

때 '구름 한 점(un nuage)'이라는 표현을 한다.

는 필연성이, 마치 이상이란 접근할 수 없으며, 행복이란 보잘 것없다는 사실을 증명이라도 해 주는 것 같아 그는 마음이 아팠다. 스완은 그녀가 보고 싶어 하던 판화를 가져갔다. 그녀는 약간 몸이 불편했다. 중국산 연보랏빛 크레이프* 가운을 입고, 화려하게 수놓인 천 자락을 외투처럼 가슴 위로 여미면서 그를 맞이했다. 그의 곁에 서서 풀어 내린 머리카락을 두 뺨을 따라 길게 드리우고, 피로하지 않게 판화 쪽으로 몸을 기울이려고 가볍게 춤추는 듯한 자세로 한쪽 다리를 구부리고는, 생기가 없을 때 종종 그러듯 머리를 기울이며 피로하고도 침울한 커다란 눈으로 판화를 바라보는 그녀 모습은, 얼마나 시스티나 성당 벽화 속 이드로의 딸 제포라** 얼굴과 흡사했는지, 스완은 강한 인상을 받았다. 그에겐 대가들의 그림에서 우리를 둘러싼 현실의 보편적인 특징뿐 아니라, 반대로 보편적인 것과 가장 거리가 멀어 보이는 것, 즉 우리가 아는 얼굴들

---

* crêpe de chine. 크레프드신 또는 크레이프드신으로 불리는 이 천은 18세기 프랑스에서 중국에서 나는 실크를 흉내 내 제작한 것으로, 잔잔한 주름이 진 얇은 평직물이며 부드럽고 매끄럽다.
** 모세가 이집트로부터 도망쳐 미디안 근처에서 만난 이드로의 일곱 딸 중 하나로, 동네 목동들에게 희롱당하는 딸들을 구해 준 대가로 모세가 결혼하는 여인이다. 모세는 이 결혼으로 미디안의 목동이 되어 광야를 헤매다 십계명을 발견한다. 우리말 성경에는 치포라 혹은 십포라로 표기되어 있으나 이 역서에서는 스완의 몽상이 제포라라는 이름과 밀접하게 연결되므로 그냥 프랑스어 표기에 따라 제포라로 옮기고자 한다. 보티첼리의 「모세의 생애」라는 벽화에 나온다. 산드로 보티첼리(Sandro Botticelli, 1445~1510)는 이탈리아 르네상스 시대 화가로 「비너스의 탄생」, 「프리마베라」, 「마니피카토의 성모」 등을 남겼으며 19세기 말에 이런 보티첼리의 작품과 여인상이 유행했다.

의 개별적인 특징을 거장들의 그림 속에서 찾아내는 것을 좋아하는 그런 특이한 취향이 있었다. 이렇게 해서 안토니오 리초의 로레다노 총독 흉상에서는 튀어나온 광대뼈와 비스듬한 눈썹에 이르기까지 그의 마부인 레미와 명백히 닮았다고 생각했고, 기를란다요의 채색화에서는 팔랑시 씨의 코를, 틴토레토의 어떤 초상화에서는 뒤 불봉 의사의 이제 막 자라기 시작한 구레나룻으로 살찐 볼이 더 도드라져 보이는 모습이나 부러진 코, 날카로운 눈매, 충혈된 눈꺼풀 따위를 찾아냈다.* 어쩌면 자신의 삶이 사교계 교우 관계나 대화에 한정되었던 것을 늘 후회했으므로, 위대한 예술가들이 그들 작품 속에서 현실과 삶의 독특한 증명서이자 현대적인 정취를 주는 이런 얼굴들을 기쁘게 관찰하고 끌어들였다는 사실에서, 그들이 그에게 일종의 관용을 베푼다고 생각했는지도 모른다. 또는 어쩌면 사교계 인사들의 경박함에 지나치게 젖어 있었으므로, 오늘날의 인간을 새롭게 해 주는 어떤 선행적인 암시를 옛 걸작 속에서 발견할 필요를 느꼈는지도 모른다. 어쩌면 그와는 반대로 옛 초상화와 거기 재현되지 않은 어떤 실제 인물과 너무도 닮아서, 그 유사성 속에 이들 개인적인 특징들이 떨

***

* Antonio Rizzo(1471~1532). 실명은 안토니오 브레뇨(Antonio Bregno)로 이탈리아 건축가이자 조각가다. 프루스트는 안드레아 로레다노(Andrea Loredano, 1455~1499)를 벨리니가 그린 로레다노 총독과 혼동한 것처럼 보인다. 도메니코 기를란다요(Domenico Ghirlaudajo, 1449~1494)는 피렌체 화가로 그의 작품 「노인과 아이」가 루브르 박물관에 소장되어 있다. 또한 Tintoretto(1518~1594)는 베네치아 화가로 초상화를 많이 그렸다.

어져 나가고 풀려 나면서 보다 일반적인 의미를 띤것을 보자 큰 기쁨을 느낄 만큼 그에게 예술적인 소양이 충분했기 때문인지도 모른다. 어쨌든 그가 얼마 전부터 느낀 이 충만된 인상은 비록 음악에 대한 사랑과 함께 오긴 했지만 그의 그림에 대한 취향까지도 풍요롭게 해 주었기 때문에, 오데트가 알레산드로 디 마리아노 ── 그 이름이 화가의 진정한 작품 대신 통속화된 진부하고 잘못된 관념을 환기하게 되면서부터 보티첼리*라는 별명으로 더 많이 불린 ── 의 제포라와 닮았다는 사실을 알게 되자 그 기쁨은 더욱 깊어지면서 그에게 지속적인 영향을 미쳤다. 스완은 이제 오데트의 얼굴을 두 뺨이 지닌 아름다움의 가치나, 언젠가 그녀를 포옹하면 자신의 입술로 느낄 살갗의 부드러움에 따라 평가하지 않고, 그의 시선이 풀어내는 정교하고도 아름다운 선의 뒤얽힘으로 평가하며 그 얽힌 곡선을 좇고, 목덜미 선을 넘쳐흐르는 머리카락과 눈꺼풀의 기울어짐에 결합하면서, 그녀와 같은 유형이 명료하고도 선명하게 드러나는, 그녀 초상화 중 하나로 생각했다.

그는 그녀를 응시했다. 벽화의 한 조각이 그녀 얼굴과 몸에서 아른거렸다. 이후로는 오데트 곁에 있거나 단지 그녀를 생각할 때에도, 그는 거기서 이 벽화 조각을 찾아내려고 애썼다. 피렌체 유파의 걸작에 대한 그의 집착은 물론 그녀에게서 그 걸작을 다시 발견했다는 데에서 비롯했지만, 이 유사성

---

* 보티첼리의 원래 이름은 알레산드로 디 마리아노 필리페피이나, 자신이 견습공으로 일한 적 있는 아버지의 친구 금세공가 보티첼로에 대한 존경심으로 보티첼리, 즉 '작은 통'이란 뜻의 별명을 간직했다고 한다.

이 오데트에게도 아름다움을 부여하고 그녀를 더 소중하게 만들었다. 스완은 저 위대한 산드로에게 그렇게도 사랑스럽게 보였을 존재의 진가를 미처 알아보지 못한 자신을 나무랐고, 오데트를 만나는 즐거움이 자신의 미학적인 소양 덕분에 정당화되는 것을 보면서 기뻐했다. 오데트에 대한 상념을 그의 행복의 꿈에 연결하면서, 그는 자신이 지금까지 생각해 온 것처럼 그렇게 불완전하고 궁여지책으로 살아온 것만은 아니라는 생각이 들었다. 그녀가 예술 분야에서 그의 가장 세련된 취향을 만족시켜 주었으니까. 그리하여 그는 오데트가 자신이 욕망하던 여인이 아니라는 사실마저도 잊어버렸다. 왜냐하면 그의 욕망은 언제나 그의 미학적 취향과는 반대 방향으로 가고 있었기 때문이다. '피렌체 작품'이라는 단어가 스완에게 커다란 도움이 되었다. 마치 어떤 작품의 제목과도 같은 이 단어는 오데트의 이미지를 그녀가 지금까지는 접근할 수 없었던 꿈의 세계로 침투하게 했고, 거기서 그녀는 고귀함으로 적셔졌다. 그리고 그 여자에 대한 단순한 육체적 관점은 그녀 얼굴이나 육체, 그리고 다른 모든 아름다움의 가치에 대해 끊임없이 의혹을 불러일으키면서 그의 사랑을 약화해 왔는데, 대신 어떤 미학적인 요소를 평가 기준으로 삼게 되자 이런 의혹은 이내 사라지고 사랑은 보다 확실해지는 것이었다. 게다가 입맞춤이나 육체의 소유가 시든 육체에 의해 주어졌을 때는 자연스럽고 하찮게 보이던 것이, 박물관 예술품에 대한 숭배가 이를 축성하러 오자 초자연적이고 감미롭게 보이는 것이었다.

몇 달 전부터 오데트를 보는 일 외에 다른 것은 전혀 하지 않았다는 사실이 후회되기라도 하면, 그는 이처럼 다른 질료로 주조되어 특이한 정취를 풍기는 단 하나의 희귀본인 뛰어난 걸작에 많은 시간을 쏟는 것은 지극히 당연한 일이라고 중얼거렸다. 그는 그 걸작을 때로는 예술가의 정신과 겸손함과 초연함으로 바라보았고, 때로는 수집가의 오만함과 이기심과 관능으로 바라보았다.

　그는 이드로 딸의 복제화를 마치 오데트의 사진인 양 자신의 책상 위에 놓아두었다. 그는 커다란 눈이며 불완전한 피부를 짐작게 하는 섬세한 얼굴이며, 피로한 뺨을 따라 흘러내린 머리카락의 그 멋진 웨이브를 찬미했다. 그리고 그는 이제까지 미학적인 방식으로 아름답다고 여겨 오던 것을 한 살아 있는 여인에게 적용해 육체적인 장점으로 변형했고, 그리하여 자신이 소유할 수 있는 존재와 결합된 것을 보고는 기뻐했다. 우리가 바라보는 예술품으로 우리를 향하게 하는 이 막연한 공감은 이제 이드로 딸의 관능적인 원형을 알게 되자 욕망이 되었고, 오데트의 육체가 처음에 불러일으키지 못했던 욕망을 대신했다. 그는 보티첼리의 그림을 오랫동안 들여다보면서 그림보다 더 아름답게 여겨지는 자신의 보티첼리를 생각했고, 또 제포라의 초상화를 몸 가까이로 끌어당기며 마치 오데트를 품에 안은 것처럼 생각했다.

　그렇지만 그는 단지 오데트에 대한 권태만이 아닌 때로는 그 자신에 대한 권태로부터 자신을 지키고자 했다. 오데트가 그를 쉽게 만날 수 있게 된 후부터는 그녀가 그에게 별로 할 말이 없는 것처럼 느껴져, 이제는 그들이 함께 있을 때 어느덧 자신의 태도도 무의미하고 단조롭고 뭔가 결정적으로 고정된 것처럼 보였고, 그래서 언젠가 그녀가 사랑을 고백하고 싶어질 날이 오리라는 그 소설적인 희망, 바로 그 때문에 그가 사랑을 하게 되고, 또 사랑을 지속해 나갈 그 유일한 희망마저도 그의 마음속에서 죽어 버리지나 않을까 두려웠다. 그리하여 오데트의 너무 굳어 버린 도덕적인 모습에 진력이 날까 봐, 그 모습을 새롭게 하기 위해 갑자기 거짓 실망과 거짓 노여움이 가득한 편지를 써서는 저녁 식사 전에 보냈다. 그녀가 놀라 답장을 보내오리라는 걸 잘 알았고, 또 자기를 잃을까 봐 움츠러든 마음에 그녀가 지금껏 한 번도 한 적 없는 말들을 쏟아 놓지나 않을까 기대했다. 사실 이런 식으로 그는 그녀로부터 가장 다정한 편지를 받았는데, 그중 하나는 메종도레*(그날은 무르시아** 수재민을 위한 파리-무르시아 축제일이었다.)에서 정오에 보낸 편지로 "사랑하는 분이여, 손이 너무 떨려 제대로 글을 쓸 수가 없군요."라는 말로 시작되었다. 그는 이 편지를 시든 국화꽃이 든 서랍에 넣어 두었다. 또는 편지 쓸 시간이 없는 경우에는 그가 베르뒤랭네 집에 도착하기가 무섭게 그녀가 그의 곁으로 서둘러 다가와서는 "드릴 말씀이 있어요."라

---

* Maison Dorée. 금빛 집이라는 뜻으로, 파리 이탈리앵 대로에 있는 당시 인기 있던 레스토랑이다.
** 「스완의 사랑」 연대기를 작성하는 데 소중한 지표인 파리-무르시아 축제는 1879년 12월 18일에 열렸는데, 스페인 무르시아(Murcia)에 발생한 홍수 수재민을 돕기 위한 행사였다.

고 말할 것이고, 그러면 그는 호기심으로 그녀 얼굴이나 말 속에서 이제껏 그녀가 마음속에 감추어 두었던 것을 바라보게 될 것이었다.

베르뒤랭 집 가까이 다가가면서 덧문이 한 번도 닫혀 본 적 없는 그 커다란 창문에 등불이 환히 비치는 것을 보기만 해도 그는 그 황금빛 불빛 속에서 활짝 피어날 매력적인 존재를 생각하면 가슴이 뭉클해지곤 했다. 때때로 반투명한 램프 갓 곳곳에 끼워 넣은 작은 그림들이 나머지 밝은 부분과 다르게 보이듯이, 손님들의 그림자가 램프 불빛 앞 스크린에 가느다랗고 검게 드러나 보였다. 스완은 거기서 오데트의 실루엣을 가려 내려 했다. 그리고 집 안에 들어갈 때면 그의 눈빛이 그도 모르게 너무도 큰 기쁨으로 반짝거려, 베르뒤랭 씨는 화가에게 "한창 몸이 단 모양이에요."라고 말할 정도였다. 사실 스완에게는 오데트가 이 집에 있다는 사실만으로도 그가 초대받았던 어느 집에도 없었던, 즉 모든 방에 가지를 치며 그의 마음에 끊임없이 자극을 가져다주는 일종의 감각 기관이나 신경 조직이 덧붙여지는 것이었다.

이처럼 이 작은 '패거리'라는 사회 조직의 단순한 기능이 스완에게 오데트와의 일상적인 만남을 저절로 주선해 주었으므로, 오데트를 만나는 데 무관심한 척하거나 더 나아가서는 이제 만나고 싶지 않은 것처럼 꾸미는 일조차도 별 위험 없이 하게 되었다. 낮에 그녀에게 편지를 써 보낸다 해도 저녁이면 틀림없이 그녀를 만나 집까지 데려다 줄 것이기 때문이었다.

그러나 한번은 언제나 어쩔 수 없이 함께 돌아가는 것이 조

금은 울적해, 베르뒤랭 집에 가는 시간을 늦추려고 그가 불로
뉴 숲까지 여공 아가씨를 데려갔다 너무 늦게 도착하는 바람
에, 그가 오지 않을 것이라 여긴 오데트는 이미 가고 없었다.
그녀가 살롱에 없다는 것을 알자 스완은 갑자기 아픔을 느꼈
다. 그는 기쁨을 빼앗겼다는 사실에 온몸이 떨렸고, 그러나 그
때 처음으로 기쁨의 크기를 측정할 수 있었다. 지금까지는 자
신이 원하기만 하면 언제라도 기쁨을 맛볼 수 있다고 확신했
기 때문이다. 이런 확신으로 우리는 기쁨의 크기를 축소하기
도 하고 알아보지도 못하는 법이다.

"보았소? 오데트가 없다는 것을 알았을 때 그 사람 얼굴
을?" 베르뒤랭 씨가 아내에게 말했다. "꼭 사랑에 빠진 사람
같더군."

"그의 얼굴이라뇨?" 하고 코타르 의사가 거칠게 물었다. 조
금 전에 환자를 보러 갔다가 아내를 데리러 온 터라 누굴 두고
하는 말인지 알지 못했던 것이다.

"아니, 당신은 스완을 문 앞에서 보지 못했단 말이오? 가장
아름다운 스완의 모습을?"

"못 봤어요, 스완 씨가 왔었나요?"

"네, 아주 잠깐 동안요. 몹시 흥분하고 몹시 초조해하는 스
완을 보았답니다. 오데트가 가 버리고 없었거든요."

"그 말은 오데트가 스완과 아주 친밀해졌다는 의미인가요?
오데트가 그에게 목동의 시간*을 맛보게 해 주었다는 말인가

---

* 관용어적인 표현으로 밀회하기에 좋은 시간이란 뜻이다.

요?"하고 의사는 이런 표현의 의미를 신중하게 시험해 보면서 말했다.

"그렇지 않아요. 절대 아무 일도 없어요. 우리끼리 이야기지만 제가 보기에 오데트가 잘못하는 것 같아요. 정말 바보 같은 짓을 하고 있어요. 워낙 바보이긴 하지만요."

"그만해요."하고 베르뒤랭 씨가 말했다. "아무 일도 없다는 걸 당신이 어떻게 안단 말이오? 우리가 본 것도 아닌데, 그렇지 않소?"

"오데트가 저한테만은 얘기해 줬을 거예요."하고 베르뒤랭 부인은 도도하게 응수했다. "저한테는 아주 사소한 일이라도 죄다 이야기하니까요! 지금 그녀에게는 아무도 없으니까, 내가 스완하고 자면 어떻겠느냐고 말한 적이 있어요. 그랬더니 그럴 수 없다고 우겨 대는 거예요, 스완을 무척이나 좋아하지만 그가 아주 수줍어하고, 그래서 자기도 그 사람과 함께 있으면 주눅이 든다는 거예요. 게다가 그녀는 그를 그런 식으로는 좋아하지 않는다나 봐요. 그는 이상적인 사람이고, 그래서 그에 대한 감정을 더럽힐까 봐 겁이 난다는 거예요. 어떻게 다 알 수 있겠어요. 하지만 스완은 오데트에게 절대적으로 필요한 사람일 거예요."

"난 당신 의견과는 다르오."하고 베르뒤랭 씨가 말했다. "난 그 친구가 절반밖에는 마음에 들지 않소. 내가 보기에 잘난 체하는 사람 같거든."

베르뒤랭 부인은 꼼짝하지도 않고 마치 석상이 되어 버린 듯 무기력한 표정을 지었다. 이런 모습이 자기들 집에서 '잘난 체할 수' 있고, 따라서 '자기들보다 더 낫다'는 것을 의미하는 그 불쾌한 단어를 듣지 않은 것처럼 꾸며 주었다.

"아무튼 아무 일도 없었다고 해도 그 친구가 오데트를 정숙한 여인으로 여긴다고는 생각하지 않소." 하고 베르뒤랭 씨가 빈정거리는 투로 말했다. "하기야 뭐라고 말할 수는 없지. 그 친구는 오데트를 지적인 사람이라고 믿는 것 같으니까. 요전날 저녁에 뱅퇴유 씨 소나타에 대해 그 친구가 오데트에게 떠들어 대던 말을 당신도 들었는지는 모르겠지만, 그야 나도 오데트를 진심으로 좋아하긴 하지만. 그녀에게 미학 이론을 강의한다는 건 정말이지 바보가 아니고서야!"

"오데트에 대해 나쁘게 말하지 말아요." 하고 베르뒤랭 부인이 어린애처럼 말했다. "오데트는 매력적인 여자예요."

"뭐, 매력적인 여자가 아니라는 건 아니오. 오데트에 대해 나쁘게 말하는 것도 아니고. 단지 오데트가 정숙하지도 지적이지도 않다고 말하는 거지. 사실 말이죠." 하고 그는 화가에게 말했다. "선생은 그래, 오데트가 정숙한 여자이기를 바랍니까? 그럼 아마도 훨씬 덜 매력적인 여자가 되지 않았을까요, 누가 아니요?"

스완은 층계참에서 그가 도착했을 때는 보이지 않았던 집사를 만났다. 집사는 오데트로부터, 만일 스완이 오면 집에 돌아가기 전에 프레보 카페*에서 초콜릿 차를 마시러 들를지도 모른다고 전해 달라는 부탁을 이미 한 시간 전에 받았

---

* 파리 2구 본누벨 거리에 있는 카페 겸 식당이다.

다고 말했다. 스완은 프레보 카페를 향해 떠났다. 그러나 가는 길마다 마차는 쉴 새 없이 다른 마차나 길을 건너는 사람들에게 부딪쳤는데, 만약에 경찰이 조서를 꾸미는 시간이 보행자의 횡단을 기다리는 것보다 더 길지만 않았다면, 그는 기꺼이 그 끔찍한 장애물들을 모조리 뒤엎어 버렸을 것이다. 그는 몇 분이나 걸릴까 하고 시간을 재 보았다. 시간을 너무 짧게 재지 않도록 일 분 일 분을 잴 때마다 몇 초를 더 추가하곤 했는데, 그렇게 함으로써 그는 제시간에 도착해서 오데트를 만날 가능성을 실제 이상으로 더 확실히 하고 싶었다. 그리고 막 잠이 든 열병 환자가 지금까지 뚜렷이 구별도 하지 못하고 되씹어 온 몽상의 부조리함을 어느 한순간 의식하게 되듯이, 갑자기 스완은 베르뒤랭 집에서 오데트가 이미 떠났다는 말을 듣는 순간부터 그가 머릿속에서 되새겼던 낯선 생각들과 그의 마음을 아프게 하는 새로운 고통을 느꼈다. 그러나 이제 막 잠에서 깨어난 것처럼 지금에야 그 사실을 확인했다. 뭐라고! 오데트를 내일이나 돼야 보게 될 것이라는 사실에서 야기된 이 모든 동요는, 바로 한 시간 전에 베르뒤랭네에 가면서 그가 스스로 바랐던 것이 아닌가! 프레보 카페로 가는 마차를 탄 스완은 이미 예전의 스완이 아니었다. 그는 더 이상 혼자가 아니었고, 새로운 존재가 그에게 들러붙고 뒤섞여서 그와 함께 있었다. 그리고 그는 아마도 이 새로운 존재로부터 해방될 수 없을 것이며, 마치 스승이나 질병에 대해 그러하듯이, 이 존재를 조심스럽게 대해야 한다는 사실을 인정하지 않을 수 없었다. 그렇지만 새로운 존재가 그에게 덧붙었다고 느긴 순간부터 그의 삶은 보다 흥미로워 보였다. 프레보 카페에서 그녀를 만날지도 모르지만(이 기다림이 그 만남을 앞섰던 모든 순간들을 뒤죽박죽으로 만들어 버리고 발가벗겨서, 그는 자신의 정신을 쉬게 해 줄 단 하나의 생각이나 추억도 찾아내지 못했다.) 이 만남이 실제로 이루어진다면 아마도 다른 만남들처럼 하찮아질 것이다. 여느 저녁처럼 오데트와 함께 있게 되자마자 그녀의 잘 변하는 얼굴에 슬쩍 눈길을 던질 것이고, 그렇지만 이내 그녀가 그의 눈길에서 앞서가는 욕망을 보지나 않을까, 자신의 초연함을 더 이상 믿지나 않을까 두려워 곧 눈길을 돌리고, 그녀를 곧 떠나지 않아도 될 구실을, 집착하지 않는 듯 보이면서도 베르뒤랭 집에서 다음 날 다시 그녀를 만나는 것을 보장해 줄 구실을 찾는 데에 지나치게 몰두하여, 말하자면 감히 포옹할 엄두도 내지 못하고 접근하고 있는 이 여인의 공허한 존재가 그에게 가져다주는 환멸과 형벌을 잠시 더 연장하고, 하루 더 되풀이하게 해 주는 구실을 찾는 데에만 몰두하여, 그녀를 생각하는 것도 그만두게 될 것이다.

오데트는 프레보 카페에 없었다. 스완은 큰길가의 모든 레스토랑들을 찾아다녀 보고 싶었다. 시간을 벌기 위해 한쪽 레스토랑에 가 보는 동안, 다른 쪽에는 마부 레미(리초의 로레다노 총독을 연상시키는)를 보냈다. 오데트를 찾지 못한 그는 미리 정해 놓은 장소에 가서 레미를 기다렸다. 마차는 돌아오지 않았고, 스완은 레미가 "부인께서 그곳에 계십니다."라고 말할 순간과 "부인은 어느 카페에도 안 계십니다."라고 말할 순간을 그려 보았다. 그렇게 해서 그는 자기 앞에 있는 밤의 끝을 하나이면서도 양자택일적인 것으로, 즉 오데트를 만나 그의 고뇌가 파기되든가, 아니면 어쩔 수 없이 오늘 밤에 만나는 것을 단념하고 그녀를 보지 못한 채 돌아가는 것을 받아들이든가 하는 것으로 간주했다.

마부가 돌아왔다. 그러나 그가 정작 스완 앞에 멈췄을 때 스완은 "부인을 찾았는가?"라고 묻지 않고 대신 "내일 장작을 주문하라고 일러두게나. 저장해 놓은 게 다 떨어져 가는 모양이니."라고 말했다. 아마도 그는 레미가 어딘가의 카페에서 그를 기다리는 오데트를 발견했다면, 이미 행복한 밤이 실현되기 시작했으므로 그 불행한 밤의 끝은 소멸되었으며, 포획한 행복이 안전한 곳에 자리를 차지하고 있어 도주하는 일도 없을 것이므로, 그곳에 도달하려고 서두를 필요가 없을 거라고 생각했는지도 모른다. 그러나 그것은 또한 타성 때문이기도 했다. 몇몇 존재들이 몸 안에 지닌 유연성이 그의 영혼에는 결핍되어 있었다. 그들은 충격을 피하거나 옷에 붙은 불을 두드려 끄거나 급하게 움직여야 할 때, 마치 자신의 받침대나 추진력을 찾으려는 듯이 천천히 여유롭게 우선은 자기가 있던 위치에 잠시 그대로 머무르는 법이다. 만약 마부가 "부인이 그곳에 계십니다."라고 말하면서 그의 말을 중단했다면 그는 틀림없이 "그래, 내가 자네에게 심부름을 시켰는데 잠시 잊었군."이라고 대답하면서, 자신의 감정을 숨기고 불안을 떨쳐 버리고 행복에 몰두할 시간을 가지기 위해 장작 비축에 관한 이야기를 계속했을 것이다.

그러나 마부가 돌아와서는 어느 곳에서도 그녀를 찾지 못했다고 말하면서 오랜 심복으로서의 의견을 덧붙였다.

"주인님께서는 그냥 돌아가시는 수밖에 별 도리가 없다고 생각합니다."

레미가 아무것도 달라지게 할 수 없는 최종적인 대답을 가져왔을 때는 쉽게 무관심한 척할 수 있었지만, 그의 희망과 탐색을 단념시키려는 것을 보자 그의 무관심한 태도는 그만 사라지고 말았다.

"천만에!" 하고 그는 외쳤다. "우리는 부인을 꼭 찾아야 하네, 아주 중요한 일이라네. 그분은 어떤 일로 매우 난처할 걸세. 그리고 나를 보지 못하면 크게 화를 낼 걸세."

"부인이 어째서 화를 내실지 잘 모르겠는데요." 하고 레미가 말했다. "주인님을 기다리지 않고 먼저 돌아간 것도 그분이고, 프레보 카페에 가 있겠다고 하고는 안 계신 것도 그분인데 말입니다."

게다가 곳곳에서 불이 꺼지고 있었다. 거리 가로수 아래 신비로운 어둠 속에는 거의 형체를 알아볼 수 없는 행인들이 가끔 배회하고 있었다. 때때로 한 여인의 그림자가 그의 곁에 다가와 데려가 달라고 귓가에 속삭이며 애원해서 스완을 전율케 했다. 마치 어둠의 왕국, 죽은 이들의 망령 가운데서 에우리디케*를 찾기라도 하는 것처럼 그는 그 모든 어두운 육체들

---

* 오르페우스가 에우리디케를 찾아 망자의 세계로 간 것처럼, 스완도 파리의 거리로 오데트를 찾아 나선다. 그러나 파리 시내를 배회하는 창녀들이나 오데트의 산문적인 출현으로 스완의 각성은 희극적이고 일시적일 뿐이라는 것을 암시하며 이와 더불어 신화의 비극적인 아름다움도 사라지고 만다.

을 불안하게 스쳐갔다.

사랑이 생겨나는 온갖 방식들이나 성스러운 병*을 퍼뜨리는 온갖 요인들 가운데서도 가장 효과적인 것은 이따금 우리를 스쳐가는 저 커다란 동요의 숨결이다. 그런 순간에 우리가 기쁨을 함께 나누는 존재야말로 바로 우리가 사랑하게 될 사람이다. 주사위는 이미 던져졌다. 그 존재가 그때 다른 사람들 이상으로 또는 다른 사람과 같은 정도로 우리 마음에 들거나 들지 않는 것은 문제되지 않는다. 필요한 것은 그 사람에 대한 우리 취향이 배타적이 되는 것이다. 그래서 그 사람이 우리 곁에 없을 때, 그 사람의 동의로 우리가 즐기던 쾌락이 갑자기 그 사람을 대상으로 하는 불안한 욕구로, 이 세계의 법칙으로는 결코 충족되거나 치유될 수 없는 저 부조리한 욕구로, 즉 그 사람을 소유하겠다는 미친 듯한 고통스러운 욕구로 대치될 때, 이런 조건은 실현되는 것이다.

스완은 늦게까지 열려 있는 레스토랑으로 마차를 몰게 했다. 이것이 그가 냉정하게 생각해 본 행복의 유일한 가정이었다. 그는 더 이상 자신의 동요나 그 만남에 부여하는 가치

---

* 여기서 '성스러운 병'이라고 옮긴 mal sacré는 인간 의지로는 어쩔 수 없이 초자연적인 힘 탓에 생기는 병으로 과거에는 간질병 같은 것을 가리켰다. 이 병은 사랑을 신비주의적인 후광으로 감싸지만, 질병이나 고통을 환기한다는 점에서는 비관적이다. 프루스트는 정념(passion)의 어원이 passio, 즉 고통이라는 점에 의거하여 사랑을 신이 정한 운명 같은 것으로, 주문이 깨질 때까지 아무것도 할 수 없는 질병 같은 것으로 정의한다. 그러므로 sacré의 반어적인 의미인 '저주스러운'이란 말보다는 이런 종교적인 의미를 살려 이 글에서는 그냥 '성스러운'이라고 옮기고자 한다.

를 숨기지 않고, 만남이 성공할 경우 마부에게 보상을 하겠다는 약속까지 했다. 마치 성공하고자 하는 욕망을 마부에게 불어넣음으로써 자신의 욕망을 보다 강하게 만들어, 설령 오데트가 이미 집에 돌아가 잠들었을 경우에라도 자기를 위해서만은 그녀가 큰길가 어느 레스토랑에 있을 거라고 생각했다. 그는 메종도레까지 마차를 몰고 가서 토르토니에 두 번이나 들어갔고, 그래도 만나지 못하자 앙글레 카페에서 나와 사나운 얼굴로 성큼성큼 걸어 이탈리앵 대로 모퉁이에서 기다리고 있는 마차로 돌아가려고 할 때, 맞은편에서 오는 사람과 부딪쳤다.* 오데트였다. 나중에 오데트는 프레보 카페에 자리가 없어 메종도레에 가서 야식을 먹었는데 구석진 자리였으므로 그의 눈에 띄지 않았고, 그때는 마차로 돌아가는 중이었다고 설명했다.

그녀는 그를 만나리라고는 전혀 기대하지 않았던지 몹시 놀란 태도였다. 한편 그는 그녀와 만날 것이라고 기대해서가 아니라, 단념하는 것이 너무도 고통스러워 온 파리를 헤매고 다녔다. 그런데 적어도 그의 이성이 그날 밤에는 도저히 실현될 수 없으리라고 말해 주던 기쁨이 이제는 오히려 그런 사실 덕분에 더욱 현실적으로 보였다. 왜냐하면 기쁨이 있을 것이라고 예측하면서 기쁨에 협력한 것이 아니었으므로 기쁨은 그의 밖에 머물러 있었던 것이다. 기쁨을 자신에게 부여하기

---

* 모두 파리 8구 오스만 거리 근처 이탈리앵 대로에 있는 카페들로 자정에도 문을 열었다고 한다.

위해 정신에서 끌어낼 필요도 없었다. 기쁨은 그 자체로부터 발산되었고, 기쁨 자체가 그가 두려워하던 고립을 꿈처럼 사라지게 하는, 눈부시게 빛나는 진실을 투영하고 있었다. 그리하여 그는 아무 생각도 없이 그 진실 위에 자신의 행복한 몽상을 기대어 쉬게 할 수 있었다. 마치 어느 화창한 날 지중해 해변에 도착한 나그네가 자기가 떠나온 고장의 존재마저도 의심할 정도로 빛나는 물의 끈질긴 푸르름에 도취해서는 바다 쪽으로 눈길을 던진다기보다는 바다가 그를 향해 발산하는 광채에 눈부셔 하는 것과도 같았다.

그는 오데트의 마차에 함께 올라타면서 자신의 마차는 뒤따라오게 했다.

그녀는 카틀레야 꽃다발을 손에 들고 있었다. 스완은 그녀가 같은 꽃을 백조 깃털 장식에 달아 레이스 머리쓰개 밑에 꽂은 것을 보았다. 그녀는 만틸라* 밑에 검정 벨벳 옷을 입고 있었는데, 한쪽 옷자락이 비스듬히 포개져 결이 굵은 흰색 실크 스커트 자락을 커다란 삼각형으로 드러내 보였고, 똑같은 흰색으로 깊게 파인 실크 코르사주의 벌어진 틈새에는 다른 카틀레야 꽃이 꽂혀 있었다. 스완 때문에 놀란 그녀 마음이 겨우 진정되었을 때, 말이 어떤 장애물 때문에 비틀거렸다. 그들은 몹시 흔들렸고, 그녀는 소리를 지르며 숨도 쉬지 않고 온몸을 떨었다.

---

* 스페인에서 부인들이 머리에서부터 어깨까지 쓰는 실크나 레이스 베일 혹은 스카프를 가리킨다.

"아무것도 아니오. 겁내지 말아요." 하고 스완이 말했다.

그리고 그녀 어깨에 팔을 둘러 자기 쪽으로 기대게 하면서 말했다.

"무엇보다 말하지 말아요. 더 숨이 차지 않게 몸짓으로만 대답해요. 조금 전 충격으로 삐져나온 당신 코르사주의 꽃을 내가 똑바로 해도 괜찮겠소? 잃어버릴지도 모르니 좀 더 깊이 꽂으면 어떨까 해서요."

남자에게서 이런 대접을 받아 본 적이 없는 그녀는 미소를 지으며 말했다.

"괜찮고말고요. 전혀 싫지 않아요."

그러나 스완은 그녀 대답에 위축되었는지, 또는 어쩌면 자기가 그런 핑계를 댄 것이 진심이라는 듯이, 또는 그가 진심이라는 것을 벌써 믿기 시작했다는 듯이 큰 소리로 말했다.

"아! 안 돼요. 무엇보다도 말하면 안 돼요. 또 숨이 찰 거요. 몸짓으로만 대답하시오. 난 잘 알아들을 수 있으니. 정말 괜찮소? 뭔가 조금 꽃가루가 뿌려진 것 같은데. 내가 손으로 닦아도 되겠소? 내가 너무 세게 하지는 않소? 너무 거칠지는 않소? 조금 간지럽지는 않소? 하지만 벨벳 옷이 구겨지지 않게 하려니까. 이것 봐요, 정말이지 꽉 매 두어야 했소. 그렇지 않음 떨어질 뻔했소. 이렇게 내가 좀 더 깊이 꽂으면…… 정말 불쾌하지 않소? 향기가 있는지 없는지 알기 위해 조금 맡아 봐도 되겠소? 한 번도 맡아 본 적이 없어서, 괜찮겠소? 진심을 말해 보구려."

오데트는 미소를 지으며 마치 "당신 미쳤나 봐요. 제가 좋아한다는 걸 잘 아시면서."라고 말하려는 듯 어깨를 살짝 들먹였다.

그는 오데트의 뺨을 따라 한쪽 손을 들어올렸다. 그녀는 그녀와 닮았다고 생각되는 피렌체 유파의 거장이 그린 여인들처럼 우수를 띤 엄숙한 얼굴로 그를 물끄러미 바라보았다. 그녀의 커다랗고 가느다란 빛나는 눈은 그림 속 여인들의 눈처럼 눈꺼풀 가장자리로 모여, 두 방울 눈물이 당장에라도 떨어질 것만 같았다. 성화나 이교도들 장면에서 여인들이 곧잘 그러하듯이, 그녀는 고개를 기울이고 있었다. 아마도 그녀에게 익숙해, 이런 순간에야말로 취하기 적절하니 잊지 않으려고 유념하는 듯이, 또는 눈에 보이지 않는 힘이 스완 쪽으로 끌어당긴다는 듯이 그녀는 자기 얼굴을 붙들기 위해 온 힘을 필요로 하는 듯했다. 그러다 마지못해 스완 입술 위로 얼굴을 떨어트리려는 순간, 약간의 거리를 두고 잠시 그 얼굴을 두 손으로 붙잡은 것은 바로 스완이었다. 그는 무척이나 사랑하던 아이의 시상식에 함께하기 위해 초대하는 친척 여인을 대하듯, 자신의 상념이 서둘러 달려와서는 오랫동안 품어 왔던 꿈을 알아보고 그 꿈의 실현에 참여하도록 시간을 주고 싶었다. 어쩌면 스완은 아직 소유하지 못한 이 오데트의 얼굴에, 아직 입맞춤조차 하지 못한 이 얼굴에, 이번이 마지막으로 보는 것이라고 생각하는 이 얼굴에, 그가 영원히 떠나게 될 풍경을 출발할 때 함께 가지고 가고 싶어 하는 그런 눈길을 던졌는지도 모른다.

그러나 얼마나 수줍었는지, 카틀레야를 바로 잡아 주는 것으로 시작하여 드디어 그날 밤 그녀를 가진 후에도, 또는 그녀 마음을 언짢게 할까 두려워, 또는 나중에 거짓말한 것처럼 보일까 겁이 나서, 또는 그날 밤 요구보다 (이 요구는 오데트의 마음을 상하게 하지 않았으므로 되풀이할 수 있었다.) 더 큰 요구를 말할 용기가 없어서, 그는 다음 날에도 똑같은 핑계를 대는 것이었다. 그녀가 코르사주에 카틀레야를 꽂고 있으면 그는 이렇게 말했다. "오늘 밤에는 운이 없군요. 요전 날 밤처럼 흐트러지지 않아 매만질 필요가 없어요. 하지만 이 꽃은 그래도 반듯하지가 않은 것 같은데요. 요전 꽃들보다 더 향기로운지 맡아 봐도 될까요?" 또는 그녀가 꽃을 꽂고 있지 않으면 "아! 오늘 밤에는 카틀레야가 없으니, 만져 드릴 수가 없군요."라고 말했다. 따라서 얼마 동안은 그가 첫날밤 따랐던 순서가 바뀌지 않았는데, 먼저 손가락이나 입술로 오데트 목을 어루만지는 것으로 시작하여 애무가 이루어졌다. 또 오랜 시간이 지난 후에 카틀레야를 바로 잡아 주는 것이(혹은 바로 잡아 주는 척하는 가짜 의식이) 폐지된 후에도 '카틀레야를 하다'라는 은유는 육체적인 소유 행위를 뜻하고 싶을 때 그가 무심코 사용하는 단순한 말이 되어 ─ 게다가 우리는 아무것도 소유하지 못한다. ─ 그 잊힌 쓰임새를 기념하며 두 사람의 언어에 오래 살아남았다. 또 어쩌면 '사랑의 행위'를 말하는 이 특별한 방식은 그 동의어와 정확히 똑같은 것을 의미하지는 않았을 것이다. 아무리 여자에게 무감각해졌고, 가장 색다른 여자를 갖는 일도 다를 바 없으며 이미 안다고 간주한다 해도 상대방 여인이 까다로운 경우 ─ 또는 우리가 그렇다고 믿는 여인의 경우 ─ 그런 여인을 소유하려면 두 사람 관계에서 어떤 뜻밖의 에피소드를 만들어 내지 않으면 안 되므로, 마치 스완이 처음 카틀레야를 만져 준 일이 그러했듯, 그만큼 그런 소유는 새로운 쾌락이 되는 것이다. 그날 밤 스완이 몸을 떨면서 소망한 것은(오데트가 그의 속임수에 넘어갔지만 마음속은 알아채지 못했을 것이라고 중얼거리면서) 카틀레야의 커다란 연보랏빛 꽃잎 사이로 나오려고 하는 그 여인에 대한 소유였다. 그리고 이미 그가 맛보던 쾌락은, 오데트가 알아보지 못했기 때문에(그는 그렇게 생각했다.) 그녀가 참았다고 여겨지는 쾌락은, 그래서 더욱 그에게는 — 마치 지상 낙원의 꽃들 사이에서 그 쾌락을 맛본 최초의 인간에게 그러했듯 — 지금까지 존재하지 않았던, 그리하여 그가 창조하려는 쾌락, 그가 붙인 특별한 이름에 남은 흔적만큼이나 아주 특별하고도 새로운 쾌락처럼 생각되었다.

이제는 매일 밤마다 그녀를 데려다 주면서 집 안으로 들어가야 했고, 그러면 그녀는 종종 가운 차림으로 나와 마차 있는 데까지 그를 배웅하며 마부가 보는 앞에서 키스를 하고는 "남들이 보건 말건 무슨 상관인가요?"라고 말하곤 했다. 그가 베르뒤랭 집에 가지 않고(그녀를 다른 방법으로 만나게 된 후부터는 이런 일이 종종 있었다.) 드물어지긴 했지만 사교계에 가는 저녁이면, 그녀는 그에게 아무리 늦어도 좋으니 집에 돌아가기 전에 꼭 들러 달라고 간청했다. 그때는 봄, 맑고 차가운 봄이었다. 저녁 파티에서 나오자마자 빅토리아*를 집어 타고 다리 위

* 영국 빅토리아 여왕에서 연유하는 이 마차는 뚜껑 없는 사륜마차로 우아하

에 담요를 펼친 뒤 함께 파티 장소에서 나온 친구들이 같이 돌아가자고 해도 방향이 달라 그럴 수 없다고 대답하면, 주인이 가는 곳을 잘 아는 마부는 재빨리 출발했다. 친구들은 놀랐다. 사실 스완은 더 이상 같은 사람이 아니었다. 이제 친구들은 스완에게서 여인을 소개해 달라는 편지를 받지 않았다. 그는 어떤 여자에게도 눈을 돌리지 않았고, 여자들과 만나는 장소에도 가지 않았다. 레스토랑이나 교외에 가더라도 그는 어제까지만 해도 친구들이 알던, 결코 변하지 않을 것이라고 여기던 태도와는 정반대 태도를 취했다. 이처럼 정열은 우리 마음속에서 이전 것을 대체하는 일시적인 다른 성격처럼 작용하면서, 지금까지 그 성격이 표현해 오던 변하지 않는 특징마저도 파기해 버린다. 이와는 반대로 이제 변하지 않는 것은 스완이 어디에 가든지 반드시 오데트를 만나러 간다는 사실이었다. 스완과 오데트를 갈라놓는 여정은 그가 어쩔 수 없이 거쳐야 하는 길이었고, 거스를 수 없는 삶의 가파른 비탈길과도 같았다. 사실 흔히 늦게까지 사교계 모임에 남아 있을 때면 그는 그 기나긴 길을 달려가지 않고 곧장 집으로 돌아갔다 다음 날 그녀를 만나는 편이 더 좋겠다고 생각한 적도 가끔 있었다. 하지만 그렇게 의외의 시간에 그녀 집에 가려고 그가 자리를 뜬다는 사실 자체가, 또 그와 헤어진 친구들이 "스완이 너무 매어 있군. 어떤 시간이라도 좋으니 와 달라고 하는 여자가 있는

고 세련된 말들이 이끌었다. 보통명사지만 고유명사화해서 사용하는 느낌을 주므로, 문맥에 따라 무개 사륜마차와 빅토리아로 자유롭게 옮기고자 한다.

모양이지."라고 말할 것이라고 짐작한다는 사실 자체에서, 그는 자신이 여자와 관계를 가지는 삶을 누리며, 관능적인 몽상을 위해 휴식이나 이해 관계를 희생하는 것 자체가 일종의 내밀한 매력을 낳는 그런 인간의 삶이라고 느꼈다. 그리고 스완 자신도 의식하지 못하면서 그녀가 자기를 기다리고, 다른 남자들과 다른 곳에 있지 않으며, 그는 그녀를 만나지 않고는 돌아가지 않으리라는 확신이, 오데트가 베르뒤랭네 집에서 이미 떠나고 없었던 날 그가 느꼈던 고뇌를, 지금은 잊어버렸지만 언제라도 되살아날 준비가 되어 있는 그 고뇌를 누그러뜨려 주었고, 그리하여 그 진정한 고뇌가 어찌나 달콤하게 느껴지는지 행복이라고 불러도 좋을 것만 같았다. 오데트가 그에게 그토록 중요해진 것도 어쩌면 그 고뇌 때문이었는지 모른다. 우리는 언제나 다른 사람에게 무관심하기 때문에, 그런 사람들 중 어느 한 사람이라도 우리를 위해 괴로워하거나 기뻐할 가능성이 있다고 느끼면, 그 사람은 마치 다른 우주에 속한다는 듯 시(詩)로 둘러싸이고 우리 삶은 감동적인 영역으로 변해, 우리는 그 영역에서 조금쯤 그 사람과 가까워진다. 스완은 오데트가 미래에 그에게 어떤 존재가 될 것인지 생각하자 불안해졌다. 그 차갑고 아름다운 밤들, 그의 빅토리아 안에서 그의 눈과 텅 빈 거리 사이로 빛을 뿌리는 환한 달을 바라보면서 그는 달빛처럼 맑고 연한 분홍빛으로 물든 또 하나의 얼굴, 어느 날 그의 머릿속에서 솟아오른 후부터 줄곧 세상에 신비로운 빛을 던져 그 빛을 통해 자신이 세상을 바라보게 된 그 얼굴을 생각했다. 만일 오데트가 하인들을 자러 보낸 뒤에 그가 도착할 때면, 그는 작은 정원 대문에서 종을 울리기 전에 인접한 저택들의 비슷비슷하고 컴컴한 창문들 사이로 유일하게 불이 커진, 아래층 그녀 방 창문과 면한 길로 갔다. 그는 창문을 두드렸고, 그러면 그녀는 그가 왔다는 것을 알고 대답을 하고는 반대편 현관으로 가서 그를 맞이했다. 피아노 위에 그녀가 좋아하는 악보가 몇 개 펼쳐진 것이 보였다.「장미의 왈츠」나 타글리아피코의「불쌍한 광인」*(그녀가 써 놓은 유언장에 따르면 그녀 장례식 때 연주하게 되어 있는)이었는데, 그는 대신 뱅퇴유 소나타의 소악절을 쳐 달라고 부탁했다. 오데트는 피아노를 아주 서투르게 쳤지만 우리 마음속에 남아 있는 작품의 가장 아름다운 이미지는 서투른 손놀림으로, 또는 조율되지 않은 피아노에서 연주되는 틀린 음들 사이에서 솟아오르는 법이다. 스완에게서 소악절은 여전히 오데트에 대한 그의 사랑과 연결되었다. 그는 이 사랑이 밖의 어떤 것과도 부합하지 않으며, 그가 아닌 다른 어떤 사람도 지각할 수 없다는 걸 알았다. 또한 그가 그녀 곁에서 보내는 시간들에 이처럼 큰 가치를 부여하는 것도, 오데트의 자질에 비추어볼 때 정당화될 수 없다는 것도 잘 알았다. 그래서 스완의 마음을 오로지 실리적인 지성만이 지배할 때면, 그는 이런 상상의 기쁨 때문에 지적이고 사회적인 이익을 희생하는 것을 그만두고 싶어질 때가 있었다. 그러나 스완이 귀를 기울이자마자 소악절은 그 자체

---

*「장미의 왈츠」는 올리비에 메트라(Olivier Métra, 1830~1889)의 작품이며, 탈리아피코(Joseph-Dieudonne Tagliafico, 1821~1900)는 프랑스 가수이자 작곡가로 몇몇 로망스 곡을 작곡했다.

에 필요한 공간을 그의 마음속에 만들어 줄 줄 알았고, 그 때문에 스완 영혼의 균형에 어떤 변화가 일어나는 것이었다. 그의 영혼에 어떤 여백이 쾌락을 위해 마련되었고, 그 쾌락 역시 밖의 어떤 것에도 상응하지 않았지만, 사랑의 쾌락처럼 순전히 개인적인 것도 아니어서 그에게는 구체적인 사물을 넘어서는 현실처럼 받아들여졌다. 소악절이 이런 미지의 매력에 대한 갈증을 스완의 마음속에서 눈뜨게 했다. 하지만 그 갈증을 채워 줄 만한 어떤 뚜렷한 것도 가져다 주지는 못했다. 그리하여 소악절이 물질적인 이익에 대한 걱정이나 모든 사람에게 가치 있는 인간적인 배려를 지워 버린 스완 영혼의 한 부분을 텅 빈 여백으로 남겨 놓았기 때문에, 스완은 거기에다 마음대로 오데트의 이름을 새겨 놓을 수 있었다. 그래서 오데트의 애정이 약간 미흡하거나 실망스러우면, 소악절이 그 신비로운 본질을 보충하고 혼합하러 왔다. 소악절을 들을 때 스완 얼굴은 마치 호흡을 더 깊게 해 주는 마취제를 들이마시는 것 같았다. 음악이 그에게 준 기쁨, 그리고 머지않아 그의 마음속에서 진정한 욕구를 만들어 낼 기쁨은, 사실 그 순간에는 여러 향수를 실험할 때 느끼는 기쁨이거나 우리에게 익숙하지 않은 어떤 세계, 우리 눈에 보이지 않기 때문에 형태가 없으며 우리 지성에서 벗어나기 때문에 의미가 없는 것처럼 보이는, 오로지 우리 감각에 의해서만 도달할 수 있는 세계와 접촉할 때 얻는 기쁨과도 흡사했다. 미술 애호가의 섬세한 눈으로도, 또 풍속 관찰자의 예리한 정신으로도 메마른 삶의 지울 수 없을 흔적을 영원히 간직한 스완으로서는, 인류에게 낯선 피조물, 논리적인 사고력을 빼앗긴 눈먼 거의 환상적인 유니콘처럼 오로지 청각으로만 세상을 지각하는 전설 속 피조물로 변신했다고 느끼는 것은, 일종의 '커다란' 휴식이자 신비로운 쇄신이었다. 그리고 그는 소악절에서 그의 지성으로는 내려갈 수 없는 어떤 의미를 찾고 있었으므로, 그의 가장 내밀한 영혼으로부터 모든 논리적인 장치를 벗겨 내고 그 영혼을 홀로 복도로 보내 음의 모호한 여과기를 통과하게 하면서 얼마나 낯선 도취감을 느꼈던가! 악절의 감미로운 밑바닥에서 온갖 가슴 아픈 것을, 어쩌면 은밀하게 진정되지 못한 채 남은 고통조차 알아보았지만 그는 괴로워할 수 없었다. 설령 소악절이 사랑은 덧없다고 말한들 무슨 상관이란 말인가. 그의 사랑이 이처럼 강력한데! 그는 소악절이 발산하는 슬픔과 더불어 즐기면서, 슬픔이 자기 마음 위로 지나가는 것을 느꼈다. 그의 행복감을 더욱 깊고 더욱 달콤하게 해 주는 애무와도 같았다. 그는 오데트에게 소악절을 열 번 스무 번 되풀이해서 치게 하면서, 동시에 그에게 입맞춤도 계속할 것을 요구했다. 하나의 입맞춤은 또 다른 입맞춤을 부른다. 아! 이런 사랑의 초기에 입맞춤은 얼마나 자연스럽게 이루어지는 것일까! 입맞춤은 서로 몸을 누르기만 해도 쏟아져 나온다. 한 시간 동안 나누는 입맞춤은 5월 들판에 피어나는 꽃만큼이나 헤아릴 수 없다. 그때 그녀가 "이렇게 절 붙잡으면 어떻게 피아노를 치라는 거죠? 한 번에 다 할 수는 없잖아요. 당신이 뭘 원하는지 적어도 알고는 있어야죠. 이 악절을 칠까요? 아니면 애무를 할까요?" 하고 말하며 그만두려는 듯한 표정을 지으면 스완은 화를 냈

고, 그러면 그녀는 웃음을 터뜨렸는데, 이 웃음은 또 다시 입
맞춤의 비로 변해 그의 얼굴 위로 쏟아져 내렸다. 또는 그녀가
침울한 표정으로 그를 바라보면 그는 보티첼리의 「모세의 생
애」에 그려질 정도로 가치 있는 얼굴을 다시 보는 듯했고, 그
얼굴을 그림 속에 배치하면서, 오데트에게 적당히 필요한 만
큼 고개를 기울이도록 했다. 그리고 15세기로 돌아가 시스티
나 성당* 벽에 템페라**로 그녀를 그린 후에는, 그녀가 그렇지
만 저기 피아노 옆에 앉아, 지금 이 순간에도 키스를 할 수 있
고 소유도 할 수 있다는 생각이, 그녀의 물질성과 생명력에 대
한 생각에 얼마나 강렬하게 도취되었던지, 그는 초점 잃은 눈
으로 무엇인가를 삼킬 듯 턱을 팽팽히 하고는 그 보티첼리의
처녀에게 달려들어 두 뺨을 꼬집기 시작했다. 그리고 그녀와
헤어진 후에도, 그의 기억 속에 그녀의 체취와 특징을 가지고
가는 것을 잊었다며 그녀 집으로 다시 돌아가서는 키스를 했
고, 빅토리아를 타고 집으로 돌아가는 동안에는 날마다 그에
게 방문을 허락해 준 데 고마워했다. 그는 자신의 이러한 일상
적인 방문이 그녀에게 크나큰 기쁨을 주지 않으리라는 걸 느
꼈지만, 또한 그를 질투로부터 보호해 주었고 ── 베르뒤랭 집
에서 그녀를 보지 못했던 날 밤 그의 마음속에서 공표되었던
아픔으로 또다시 괴로워하는 기회를 앗아 가면서 ── 달밤에
파리를 횡단했던 때처럼 거의 마법에 홀린 듯했던 그의 삶의

---

* 교황 식스투스 4세가 성모 마리아에게 바친 로마 바티칸시국에 있는 성당으
로 보티첼리의 「모세의 생애」도 이곳에 있다.
** 프랑스어로는 détrempe. 아교를 녹여 만든 그림물감이나 이를 사용한 그림.

낯선 시간들, 그 첫 번째 시간이 그토록 고통스러웠으며, 그래서 유일한 위기의 시간으로 남을 그 시간을 다시는 되풀이하는 일 없이, 그 시간의 끝에 도달하게끔 도와주리라고 생각했다. 그리고 집으로 돌아가는 길에, 달이 그보다 먼저 자리를 옮겨 거의 지평선 끝으로 간 것을 보면서, 그는 자신의 사랑 또한 자연 불변의 법칙에 따르고 있음을 느끼며 그가 들어선 이 시기가 앞으로 얼마나 더 오래 지속될 것인지, 또는 이 사랑스러운 얼굴이 멀리서 줄어든 자리를 차지하고 매력을 발산하기를 멈추는 것을 곧 그의 상념이 보게 되지나 않을지 자문해 보았다. 왜냐하면 스완은 사랑을 하면서부터 젊었을 때 자신을 예술가로 여기던 그 시절처럼 사물에 다시 매력을 느끼게 되었기 때문이다. 그러나 예전과 같은 매력이 아니었고, 오로지 오데트만이 부여하는 매력이었다. 그는 마음속에서 경박한 삶으로 탕진해 버린 젊은 시절 영감이 다시 살아나는 것을 느꼈는데, 그 하나하나에는 모두 어떤 특별한 존재의 반영과 흔적이 담겨 있었다. 그리고 지금 그의 집에서 홀로 회복기에 접어든 영혼과 단둘이 보내는 데서 미묘한 기쁨을 맛보는 이 오랜 시간 동안 그는 조금씩 자기 자신으로 되돌아갔지만, 다른 사람을 통해서였다.

그는 밤에만 오데트의 집에 갔으므로, 그녀의 과거를 모르는 것과 마찬가지로 그녀가 낮에 어떻게 보내는지 전혀 알 수 없었다. 우리가 알지 못하는 일을 상상하게 해 주고, 알고 싶다는 욕망을 불러일으키게 하는 기초 지식마저도 없었다. 그래서 그녀가 어떤 일을 할 수 있었는지, 그녀의 과거 생활이 어떠했는지도 물어보려 하지 않았다. 단지 몇 년 전, 그가 오데트를 아직 알지 못했던 무렵, 사람들로부터 한 여자에 대한 이야기를 들은 것을 생각하고는 미소를 지었다. 그의 기억이 정확하다면 틀림없이 오데트를 두고 한 말로, 그녀가 매춘부이며 누군가의 첩, 또는 그런 사회에는 별로 발을 들여 놓은 일 없는 스완인지라 몇몇 소설가들의 상상력이 오랫동안 부여해 온 근본적으로 타락한 성격을 그 자신도 부여하는 그런 여자들 중 한 사람에 관한 이야기였다. 그는 인간을 정확하게 판단하기 위해서는 세상 평판에 반대되는 입장을 취하는 것만으로도 충분할 때가 있다고 생각하고는, 그런 성격에 오데트의 착하고 순진하며 이상에 열중하고, 진실을 말하지 않고는 못 배기는 성격을 대립했다. 어느 날 그녀와 단둘이서만 식사를 하려고 베르뒤랭 부인에게 몸이 불편해서 가지 못하겠다는 편지를 써 보내라고 한 적이 있었는데, 다음 날 베르뒤랭 부인이 괜찮으냐고 묻자 그녀는 얼굴을 붉히고 말을 더듬으며, 거짓말한 데서 오는 슬픔과 고통을 그녀도 모르게 얼굴에 나타냈고, 다른 한편으로는 전날 밤 몸이 불편했다고 말한 데 대해 이런저런 세부적인 것들을 지어내 주워 섬기면서, 애원하는 시선과 비통한 목소리로 자신의 거짓말을 용서해 달라고 비는 것 같았다.

하지만 어떤 날에는 아주 드물게 오후에 스완 집으로 찾아와서는 그의 몽상이나 그가 최근에 다시 시작한 페르메이르 연구를 방해하곤 했다. 크레시 부인이 작은 거실에 와 있다고 하인이 말하면 그는 그녀를 만나러 거실로 갔고, 그가 문을 열면 그의 모습을 보자마자 오데트의 분홍빛 얼굴에는 입술 모양이, 시선이, 볼의 선이 달라지면서 한 가닥 미소가 섞였다. 홀로 있을 때면 그는 이 미소를, 전날 그녀가 지었던 미소뿐만 아니라 때때로 그를 맞이하면서 짓던 미소를, 그리고 카틀레야 꽃을 꽂아 주면서 싫지 않느냐고 물어보았을 때 그녀가 대답 대신 지어 보였던 미소를 다시 떠올렸다. 그리고 나머지 시간 동안의 오데트 삶에 대해서는 아무것도 몰랐으므로, 그 삶이 그에게는 아무 색깔도 형태도 없는 황갈색 종이에, 수많은 미소가 여기저기 모든 자리 모든 방향에서 세 가지 연필로 그려진 와토*의 몇몇 습작품처럼 생각되었다. 하지만 스완으로서는 상상할 수 없기 때문에 텅 빈 것처럼 보이는 그녀 삶 한 구석에서, 비록 그의 정신은 그럴 리가 없다고 말하지만 때때로 그들이 서로 사랑하는 줄 알고 별 의미 없는 이야기밖에 감히 하려고 하지 않던 친구가 스완에게 그날 아침에 본, 스컹크 모피가 달린 '짧은 망토'를 걸치고 '렘브란트풍' 모자**를 쓰고, 제비꽃 다발을 코르사주에 꽂은 채 아바투치*** 거리를 걸어가는 오데트의 모습을 그려 보이는 일이 있었다. 이 간단한 스케치가 스완의 마음을 온통 뒤흔들어 놓았다. 갑자기 오데

---

* 와토는 '페트 갈랑트'로 유명하지만, 황갈색 종이에 세 가지 색연필로 그린 데생으로도 유명하다.
** 렘브란트의 자화상에 나오는 납작한 검정 벨벳 기수모자를 말한다. 렘브란트는 페르메이르와 더불어 스완이 가장 좋아하는 화가 중 한 사람이다.
*** 나폴레옹 3세 때 장관을 지낸 사람의 이름을 딴 거리로, 파리 8구 라보에시 거리의 옛 이름이다.

트의 삶이 전적으로 그에게 속하지 않는다는 것을 깨닫게 해
주었기 때문이다. 그는 자신이 알지 못하는 이런 옷차림으로
그녀가 누구 마음에 들려고 했는지 알고 싶었다. 그래서 그런
시간에 어디로 가고 있었는지 물어보기로 결심했다. 마치 연
인의 그 색깔 없는 삶에서 ── 그의 눈에 보이지 않으므로 거
의 존재하지 않는다고 할 수 있는 ── 자기에게 보낸 모든 미
소들을 제외하고는, 단 하나 렘브란트풍 모자를 쓰고 제비꽃
다발을 코르사주에 꽂고 걸어가는 모습밖에 존재하지 않는다
는 것처럼.

「장미의 왈츠」 대신 뱅퇴유의 소악절을 연주해 달라고 부
탁하는 경우를 제외하고는, 스완은 자신이 좋아하는 곡을 쳐
달라고 하지 않았고, 음악이나 문학에 대한 그녀의 나쁜 취향
을 바꾸려고 하지도 않았다. 그는 그녀가 지적이지 않다는 걸
잘 알았다. 그녀는 위대한 시인 이야기를 해 주면 좋겠다고 말
하면서, 보렐리* 자작의 무훈시처럼 영웅적이고 감상적인, 조
금만 더 감동적인 시절(詩節)이라면 금방 이해할 수 있을 거라
고 생각했다. 페르메이르에 관해서는 그가 한 여인 때문에 고
통 받은 적이 있는지, 화가에게 영감을 준 것이 여인이었는지
를 물어보았다. 그런 일에 대해서는 전혀 알려진 바가 없다고
스완이 대답하면 그녀는 곧 그 화가에 대한 흥미를 잃었다. 그
녀는 곧잘 "시가 진실이라면, 시인들이 그들 말대로만 생각한

---

* 레이몽 드 보렐리(Raymond de Borelli, 1837~1906). 사교계 시인으로 영웅적
인 운문으로 쓴 희곡 「알랭 샤르티에」를 남겼다.

다면, 그처럼 아름다운 것도 없을 거예요. 그런데 대개 시인들만큼 타산적인 사람들도 없답니다. 이 점에 대해서는 제가 좀 아는데요, 시인이라는 족속을 사랑하던 친구가 있었답니다. 그 작자는 자기가 쓴 시에서 사랑이니 하늘이니 별 이야기밖에는 하지 않았대요. 그런데 참 기가 막혀서, 그 애가 그렇게 속아 넘어갈 줄이야! 그 작자가 제 친구에게서 30만 프랑 이상을 먹어 치웠답니다." 그래서 스완이 그녀에게 예술의 아름다움이 어디에 있는지, 시나 그림은 어떻게 감상해야 하는지를 가르쳐 주려고 하면 금세 그녀는 "그래요, 저는 그런 것인 줄은 꿈에도 몰랐네요." 하고 말하며 더 이상 들으려 하지 않았다. 그래서 스완은 그녀의 실망이 너무도 큰 것처럼 느껴져 차라리 거짓말하는 편이 낫겠다고 생각하고는, 지금까지 말한 것은 아무것도 아니고 여전히 허튼소리에 불과하며 깊이 연구할 틈이 없어서 그러니 뭔가 다른 것이 있을 거라고 말했다. 그러면 그녀는 얼른 "다른 것이라니요? 뭔데요? 말해 주세요."라고 했다. 그러나 그는 그것이 그녀에게는 얼마나 하찮으며 그녀가 기대하는 것과는 너무도 다르고, 자극적이거나 감동적이지 못하리라는 걸 알았으나, 그녀가 예술에 환멸을 느낀 나머지 사랑에도 환멸을 느낄까 두려워 말하지 않았다.

사실 오데트는 스완을 처음 생각했던 것보다 지적으로 열등하다고 생각했다. "당신은 언제나 냉정하군요. 당신이라는 분은 통 알 수가 없어요." 그러나 돈에 대한 무관심이나 누구에게나 친절한 태도, 그리고 자상함에는 감탄했다. 스완보다 더 훌륭한 인물, 이를테면 학자라든가 예술가의 경우, 주변 사람들로부터 잘못 이해되지 않고 인정받을 때, 그 인물의 지적 탁월함을 입증해 주는 감정은 그의 사상이 아닌 — 사상이란 그들에게서 벗어나 있으므로 — 선량함에 대한 존경심이다. 마찬가지로 스완에 대한 오데트의 존경심은 스완이 사교계에서 차지한 지위 때문이기도 했지만, 그렇다고 스완이 그녀를 사교계에 받아들여지게 하는 데 힘써 주는 것은 원치 않았다. 아마도 그가 이 일에 성공할 수 없다고 생각해서인지, 아니면 스완이 그녀 일을 다른 사람들에게 이야기하는 것만으로도 곧 그녀가 두려워하던 일이 알려지지나 않을까 걱정했기 때문인지, 어쨌든 그녀는 절대로 자기 이름을 입 밖에 내지 않도록 다짐했다. 그녀 말에 따르면 그녀가 사교계에 가고 싶어 하지 않는 이유는, 전에 어느 여자 친구와 틀어진 적이 있었는데, 그 친구가 복수하려고 그녀에 대해 나쁘게 말하고 다닌다는 것이었다. 스완이 반박했다. "하지만 모든 사람이 당신 친구를 아는 것은 아니잖소." "그건 그래요. 그러나 기름 얼룩 같은 거예요. 그리고 사교계라는 데가 얼마나 가혹한 곳인데요." 스완은 이 말이 잘 이해되지 않았으나 다른 한편 "사교계가 얼마나 가혹한 곳인데요." "기름 얼룩 같은 거예요."라는 말이 일반적으로 사실로 받아들여진다는 걸 잘 알았다. 이런 말에 부합되는 경우가 틀림없이 여러 번 있었을 것이다. 오데트의 경우도 그중 하나가 아닐까? 그는 마음속으로 자문해 보았지만, 그리 오래가지는 않았다. 어려운 문제에 부딪치면 스완도 그의 아버지가 짓눌렸던 것처럼 머리가 무거워지는 경향이 있었다. 어쨌든 그토록 오데트를 두렵게 하는 사교계가 아마도 그녀에게는 그다지 큰 욕망을 불러일으키지 못하는 모양이었다. 그 사교계란 것이 그녀가 아는 것과는 너무도 거리가 멀어서, 어떤 것인지 뚜렷이 그려 볼 수도 없었을 것이다. 그렇지만 어떤 점에서는 정말로 소박하다고 할 수 있었는데(이를테면 그녀에겐 한 은퇴한 양재사 친구가 있었는데, 거의 날마다 그 친구를 보려고 가파르고 어둡고 악취 풍기는 계단을 올라가곤 했다.) 멋에 대한 갈증에도 불구하고 그녀의 멋에 대한 생각은 사교계 사람들과 달랐다. 사교계 사람들에게 있어 멋이란 그리 많지 않은 몇몇 사람들에게서 발산되는 것으로, 이 극소수 사람들이 그들 친구나 그들 친구의 친구와 같이 그 이름이 일종의 목록으로 작성된 범위에서 조금 떨어진 곳까지 — 그들과의 친교 중심에서 멀어질수록 멋의 정도는 약화되지만 — 그 멋을 투사하는 법이다. 사교계 사람들은 그 목록을 기억 속에 간직하고, 또 이런 일에는 아주 박식해서, 거기서 일종의 취향이라든가 요령 같은 것을 이끌어 낸다. 스완을 예로 들자면, 마치 문학에 조예 깊은 사람이 문장 단 한 줄만 읽어도 작가의 문학적 재능을 정확히 평가할 수 있듯이, 사교계에 대한 지식에 호소할 필요도 없이, 신문에서 만찬 참석 인사들 이름만 읽어도 그 만찬이 어느 정도로 멋있는지 금방 짐작할 수 있었다. 그러나 오데트는 이런 지식이 없는 사람들에 속했고(사교계 인사들이야 어떻게 생각하든, 이런 사람들은 사회 모든 계급에 존재하므로 그 수가 지극히 많다.) 아주 다른 개념의 멋을 상상했는데, 이것은 그들이 속한 환경에 따라 다양한 양상을 띠지만 그래도 누구나 — 오데트가 꿈꾸는 멋이건 코타르 부인이 그 앞에서 머리를 숙이는 멋이건 간에 ─ 직접 접근할 수 있다는 것이 특징이었다. 그리고 사교계 사람들의 멋 역시 알고 보면 누구나 접근할 수 있지만, 다만 시간이 약간 필요할 뿐이다. 오데트가 누군가에 대해 말했다.

"그는 멋진 장소가 아니면 절대 가지 않아요."

그래서 스완이 그 말이 무슨 뜻이냐고 물으면, 오데트는 약간 무시하는 투로 대답했다.

"멋진 장소 말이에요, 정말! 당신 나이에 멋진 곳이 어딘지 가르쳐 드려야 해요? 이를테면 일요일 아침 앵페라트리스라든가. 5시쯤 불로뉴 숲 호숫가 산책, 목요일의 에덴 극장, 금요일의 경마장, 그리고 무도회들……."*

"어떤 무도회를 말하는 거요?"

"파리에서 열리는 무도회 말예요. 멋진 무도회요. 이를테면 에르뱅제, 제가 누구를 말하는 건지 아시겠죠? 증권 중개인 사무실에서 브로커로 일하는 사람 말이에요. 물론 아실 거예요. 파리에서 가장 많이 알려진 사람 중 하나니까요. 키가 크고 금발인 그 젊은이는 정말 속물이죠. 단춧구멍에 항상 꽃을 꽂고, 등에 주름이 잡힌 밝은 색 반코트를 입고 다니죠. 또 모든 공연 첫날에는 그림처럼 짙게 화장한 나이 든 화류계 여자들을 데리고 오고요. 그런데 그가 요전 날 저녁 무도회를 열

---

* 앵페라트리스 거리는 아브뉘 포슈의 옛 이름으로 파리 불로뉴 숲까지 이어지는 대로다. 에덴 극장은 오페라 좌 근처에 세워졌던 극장으로 1883년 첫 공연을 했으며 특히 발레 공연을 많이 했다. 경마장은 샹젤리제 근처 알마와 마르소 사이에 있었는데, 관중 만여 명이 모여들어 발레 공연이나 경마를 즐겼다.

었는데, 파리의 모든 멋쟁이들이 다 모였다나 봐요. 저도 얼마 나 가고 싶었는지 몰라요! 하지만 입구에서 초대장을 보여 줘야 한다고 하는데, 전 초대장을 구할 수가 없었고. 그렇지만 안 가기를 잘했어요. 사람들이 엄청나게 몰려들었다나 봐요, 아무것도 볼 수 없었을 거예요. 다 에르뱅제네 집에 가 봤다고 말하려는 거죠. 그런 허영심은 제게는 별 의미가 없어요. 게다가 백 명이나 되는 여자들이 거기 갔다고들 말하지만, 절반 이상은 사실이 아닐걸요. 어쨌든 당신같이 '멋있는' 분이 거길 가지 않았다니 좀 놀랍군요."

그러나 스완은 멋에 대한 이런 개념을 전혀 바꾸려고 하지 않았다. 자신의 개념 역시 더 진실되지도 않으며 그 또한 어리석고 의미 없다고 생각되어, 자기 정부에게까지 가르쳐 줄 정도로 흥미를 느끼지 못했다. 그래서 몇 달 후에 오데트는 스완이 교제하는 사람들에 대해 그들을 통해 경마장 기사 체중 측정 장소의 입장권이나 경마 시합 입장권, 공연 첫날 초대권 따위를 얻는 것 외에는 별 관심을 보이지 않게 되었다. 그녀는 스완이 그처럼 유익한 교제를 계속해 나가기를 바랐지만, 어느 날 빌파리지 후작 부인이 검정 모직 옷에 끈 달린 모자를 쓰고 거리를 지나가는 것을 본 후부터는 그런 교제도 별로 멋진 것이 못 된다고 생각하게 되었다.

"어쩌면 저분은 극장 좌석 안내인이나 늙은 문지기 같네요, 달링! 저런 사람이 후작 부인이라니! 저야 후작 부인은 아니지만, 저런 옷차림으로 외출하게 하려면 상당한 돈을 내야 할 거예요!"

그녀는 스완이 오를레앙 강변로 저택에 산다는 것이 이해
되지 않았다.* 감히 말하진 못했지만 그에게 어울리지 않는다
고 생각했다.

　　물론 그녀는 '골동품'을 좋아했으며, '작은 장식품'을 모으
고 온종일 '고물'이나 '옛것'을 찾아다니는 걸 좋아한다고 말
하면서 황홀해하는 듯한, 조예 깊은 듯한 표정을 지었다. 그녀
일과에 대해서는, 마치 그것이 명예에 관한 일이라도 되듯(또
가훈을 준수하듯) 좀처럼 대답하지 않았고, '보고도 하지 않았
는데' 한번은 스완에게 한 여자 친구의 초대를 받았다면
서, 그 집에는 모두 '당대의 것'만이 있다고 말했다.** 그러
나 그것이 어느 시대 것인지 스완은 대답을 얻어 내지 못했
다. 하지만 그녀는 잠시 숙고하더니 '중세 것'이라고 대답했
다. 이 말은 그 집 벽이 목재 내장이라는 걸 의미했다.*** 얼
마 후 그녀는 그 여자 친구에 대해 다시 말을 꺼내더니, 전
날 함께 저녁 식사를 했으나 여태껏 이름을 한 번도 들어 보
지 못한 사람이며, 초대한 집 주인 말투로 보아 아주 유명한
데, 자기가 말하는 사람이 누구인지 상대방도 잘 알기를 바
라는 그런 인물을 들먹일 때처럼 주저하는 어조와 아는 체하
는 말투로 이렇게 덧붙였다. "그 친구네 식당 말인데요……

---

　* 『잃어버린 시간을 찾아서』 1권 39쪽 주석 참조.
　** 오데트의 말실수로, 그녀는 진품이라고 말하기 위해 d'époque라는 표현을
쓰는 대신 어느 특정 시기를 가리키는 de l'époque라는 표현을 씀으로써 스완의
질문을 야기했다.
　*** 흔히 중세에는 목제 내장 벽이 많았던 것으로 알려졌다.

18세기 거라니까요." 게다가 그녀는 그 식당을 아주 끔찍하게 여겼으며, 아직 마무리가 되지 않은 집처럼 텅 비었고,* 그곳에선 여자들도 흉측하게 보이며 그런 건 결코 유행할 수 없을 거라고 말했다. 드디어 그녀는 세 번째로 그 식당 이야기를 다시 꺼내더니 식당을 만든 사람 주소를 스완에게 보여 주면서, 언제든 자기에게 돈이 마련되면, 물론 비슷하진 않겠지만, 자기가 꿈꾸어 오던 식당을 꾸밀 수 있을지 알아보기 위해 그 사람을 불러 물어보고 싶다고 했다. 불행히도 그녀 집은 너무 작아서 블루아 성** 같은 높은 천장, 르네상스풍 가구, 벽난로를 갖춘 식당은 만들 수 없을 거라고 말했다. 바로 그날 그녀는 오를레앙 강변로의 스완 저택에 대해 자신이 생각하던 바를 스완 앞에서 말하고 말았다. 스완이 오데트의 친구가 심취한 것은 루이 16세 시대 것이 아니라 모조품이며, 비록 루이 16세풍 가구가 지금은 유행하지 않지만 그래도 매력적이라고 말하면서 그 친구를 비난하자 오데트는 "설마 제 친구도 당신처럼 호기심에서, 다 부서진 가구와 낡아빠진 양탄자 한가운데 살기를 원하는 건 아닐 테죠." 하고 말했다. 그녀 마음속에는 부르주아로서의 인간 존중이 화류계 여인의 예술 애호보다 더 우세했던 것이다.

　작은 장식품 수집을 좋아하고 시를 좋아하며 천박한 계산

---

* 여기서 말하는 것은 루이 16세 양식으로, 루이 15세 양식에 비하면 장식이 별로 많지 않고 단순하여 루이 15세 양식보다 뒤떨어지는 것으로 간주되었다.
** 12세기부터 16세기에 걸쳐 건축된 프랑스 르네상스 시대 성으로 화려한 장식이 특징이다.

을 경멸하고 명예와 사랑을 꿈꾸는 사람들을 그녀는 다른 어떤 인간보다 뛰어난 엘리트로 간주했다. 그러나 그런 취향을 실제로 가질 필요는 없고 다만 말로 떠들기만 하면 되었다. 한 남자가 만찬에서, 자기는 거리를 쏘다니는 것과 오래된 상점에서 손가락 더럽히는 것을 좋아하고, 이해 관계에는 관심이 없기 때문에 이런 장사꾼들의 시대에서는 결코 인정받지 못하는, 그래서 다른 시대 사람이라고 말하는 것을 들으면, 그녀는 집에 돌아와서 "정말 존경할 만한 분이에요. 감수성이 풍부하고, 그런 분인 줄은 정말 꿈에도 몰랐어요."라고 말하면서 갑자기 그에게 대단한 우정을 느끼는 것이었다. 그러나 반대로 스완처럼 그런 취향은 있으면서도 말을 하지 않는 사람에게는 냉담했다. 물론 스완이 돈에 집착하지 않는 것은 인정했지만, 그래도 약간 불만스러운 얼굴로 "하지만 그분은 달라요." 하고 덧붙였다. 사실 그녀의 상상력에 작용하는 것은 사심 없는 행동의 실천이 아니라, 그것을 표현하는 어휘였다.

스완은 자주 그녀가 꿈꾸는 것을 실현시켜 줄 수 없다고 느꼈고, 그래서 적어도 그녀가 자기와 함께 있을 때만이라도 즐거운 마음이 들도록, 그녀가 모든 면에서 보여 주는 천박한 생각이나 악취미를 거스르지 않으려고 애썼다. 더구나 그녀에게서 오는 것은 모두 그를 매혹했는데, 그러한 특별한 요소들 덕분에 그녀 본질이 눈에 보이게 드러났기 때문이다. 그래서 오데트가 「토파즈의 여왕」*을 보러 가게 되어 행복한 얼굴

---

* 1856년에 상연된 빅토르 마세(Victor Massé, 1822~1884)의 코믹 오페라.

을 할 때, 또는 꽃놀이 축제*를 놓칠까 봐, 아니면 우아함의 명성을 유지하기 위해서는 꼭 참석해야 한다는 '루아얄 거리 찻집'**에서 머핀과 토스트를 곁들이는 티타임을 놓칠까 봐 겁이나 눈초리가 진지해지고 불안한 듯 제멋대로 움직일 때면, 스완은 마치 어린아이의 천진한 태도나 금방 말을 할 것처럼 보이는 초상화의 진실에 열광하듯, 애인의 영혼이 얼굴에 스쳐가는 것이 느껴져 자신의 입술로 그 영혼을 만지러 가지 않을 수 없었다. "아! 귀여운 오데트가 꽃놀이 축제에 데리고 가 달라고 하는 거구나. 사람들이 그녀를 찬미해 주기를 바라는 거구나. 좋아, 데리고 가고말고. 우리는 그대로 따르기만 하면 되니까." 스완은 약간 근시여서 집에서 일할 때는 안경을 써야 했고, 또 사교계에 나갈 때는 그보다 얼굴을 조금 덜 흉하게 만드는 외알 안경을 썼다. 외알 안경을 쓴 스완을 처음 보았을 때 오데트는 기쁨을 참지 못했다. "남자에겐, 두말할 것도 없이, 아주 멋있어요! 너무 근사해요! 진짜 '젠틀맨' 같아요. 이제 당신에게 필요한 건 작위뿐이군요." 하고 약간 서운한 듯 덧붙였다. 그는 이런 오데트를 좋아했다. 만약 그가 브르타뉴 여자에게 반했다면, 머리쓰개를 한 모습을 보거나 유령을 믿는다고 말하는 것을 들으며 좋아했을 것처럼. 예술에 대한 취향이 관능적인 것과는 별도로 발달하는 대다수 사람들과 마찬가지로, 지금까지 스완이 이런저런 취향에 부여해 온 만족

---

* 6월에 파리 불로뉴 숲에서 열리는 행사로 꽃마차 행렬과 관중들의 꽃 싸움으로 이루어진다.
** 파리 루아얄 거리에 있는 영국 차 전문점.

감 사이에는 어떤 묘한 부조화가 있었는데, 점점 더 천박한 여자들과 함께 있기를 원하면서도, 점점 더 세련된 예술 작품에 매력을 느낀다는 사실이었다. 그가 듣고 싶어 하는 한 데카당스 유파*의 연극 공연을 보려고 칸막이 좌석에 어린 하녀를 데리고 가거나 인상파 화가의 전시회에 데리고 가서는 교양 있는 사교계 여인이라도 이 어린 하녀만큼은 작품을 잘 이해할 수도, 온순하게 입을 다물고 있지도 못할 거라고 확신하는 것이었다. 그렇지만 오데트를 사랑한 후부터는 이와는 반대로 그녀와 뜻이 맞는다는 것이, 두 사람에게 단 하나의 영혼만 있다는 것이 너무나도 달콤하게 여겨져, 그녀가 좋아하는 것을 애써 좋아하려 했고, 그녀의 습관을 모방하고 그녀 의견을 받아들이는 데서도 커다란 기쁨을 느꼈는데, 이러한 습관이나 의견 들은 그의 지성에 뿌리박힌 것이 아니라 단지 그녀의 사랑을 상기해 주었고, 그 때문에 좋아하게 된 것이었다. 그가 「세르주 파닌」**을 다시 보러 가고, 올리비에 메트라***가 지휘하는 것을 보러 갈 기회를 찾은 것도 실은 오데트의 모든 견해에 정통하고, 그녀 취미를 나누고자 하는 기쁨 때문이었다. 그녀가 좋아하는 작품이나 장소에는 그녀에게 보다 가까이 다가가게 해 주는 매력이 있었고, 이런 매력은 그보다 더 아름다

---

* 데카당스(décadentisme) 또는 퇴폐주의는 19세기 프랑스를 중심으로 한 허무적이고 탐미주의적인 문예 운동으로, 스완도 어떻게 보면 삶과 예술을 혼동하는 이런 탐미주의적인 데카당스를 구현한다고 볼 수 있다.
** 조르주 오네(Georges Ohnet, 1848~1918)의 드라마로 1881년에 초연되었다.
*** 91쪽 주석 참조.

운 것에 담겼으면서도 그녀를 상기시켜 주지 않는 매력보다 훨씬 더 신비롭게 보였다. 게다가 젊은 시절의 지적 믿음이 약화되면서 사교계 사람들의 회의주의가 자기도 모르는 사이에 그런 믿음에까지 침투하도록 내버려둔 그는(적어도 오랫동안 그렇게 생각해 왔기 때문에 아직도 그렇게 말하고 있었다.) 우리 취향의 대상이란 것도 그 자체에는 절대적인 가치가 없으며, 모든 것이 시대와 계급의 문제인 일련의 유행으로 이루어지므로, 가장 저속한 유행도 가장 세련된 것으로 통하는 것만큼이나 가치 있다고 생각했다. 그리고 오데트가 전람회 초대권을 얻는 일에 부여하는 중요성도, 그 자체로는 그가 전에 웨일스 공 저택에서 오찬을 하면서 느꼈던 기쁨보다 더 우스꽝스럽진 않다고 판단했다. 그래서 몬테카를로*나 리기**에 대한 그녀의 찬미가, 자신이 좋아하는 네덜란드와 베르사유에 대한 취향만큼이나 — 그녀는 네덜란드를 더러운 곳으로 생각했고, 베르사유는 쓸쓸하다고 했다. — 엉뚱하다고는 생각하지 않았다. 그리하여 그는 자기가 좋아하는 장소에 가는 것은 그만두고 오로지 그녀를 위해서만, 그녀와 더불어서만 느끼고 좋아하기를 바란다고 스스로에게 말하며 즐거워했다.

오데트를 둘러싼 모든 것과 마찬가지로, 어떻게 보면 그녀와 만나고 그녀와 이야기를 나눌 수 있는 수단에 불과했지만, 그는 베르뒤랭네 모임을 좋아했다. 그곳 식사, 음악, 놀이, 가

---

* Monte-Carlo. 지중해 연안에 있는 모나코의 관광 휴양 도시로 카지노가 유명하다.
** Righi. 스위스 산악 지대 휴양지로 19세기 말에 많이 알려졌다.

장 만찬회, 피크닉, 연극 관람, 그리고 따분한 자들을 위해 드물게 베풀어지는 '대연회'에 이르기까지 온갖 여흥의 밑바닥에는 베르뒤랭 부부가 스완을 초대함으로써 아주 귀중한 선물로 준 오데트란 존재가 있었고, 오데트란 풍경이 있었고, 오데트와의 대화가 있었기 때문에 그는 다른 어느 곳보다도 이 '작은 동아리'와 함께 있는 걸 좋아했고, 또 거기에 실제적인 가치를 부여하려고 애썼다. 왜냐하면 그는 자신의 취향에 따라 이 집을 평생토록 드나들게 될 것이라고 상상했기 때문이다. 그는 오데트를 언제까지나 사랑할 것이라는 사실을 믿지 않게 될까 봐 겁이 나 감히 자신에게 말하지 못했으므로, 적어도 베르뒤랭네에는 영원히 드나들 것이라고 상상하면서(연역적으로 그의 지성 측면에서 덜 근본적인 이의를 제기할 명제다.) 미래에도 매일 밤 오데트를 계속해서 만나는 자신의 모습을 그려 보는 것이었다. 아마도 언제까지나 그녀를 사랑하는 것과는 완전히 같지는 않겠지만, 적어도 이처럼 그가 사랑하는 동안만이라도 단 하루도 빼놓지 않고 그녀와 만나리라고 믿는 것이 그가 바라는 전부였다. "얼마나 매력적인 분위기인가! 사실 이곳 사람들 삶은 그야말로 진정한 삶 아닌가! 우리가 아는 사교계 사람들보다 얼마나 더 지적이고 예술적인가! 베르뒤랭 부인은 약간 우스꽝스럽게 과장하는 면이 있긴 하지만, 그림이나 음악에 대한 그녀의 사랑은 얼마나 진지한가! 예술 작품에 대한 그녀의 열정은 또 어떠한가! 예술가들을 기쁘게 해 주려는 그 욕망은! 사교계 사람들에 대해 잘못 생각하기는 하지만, 사교계 사람들 역시 예술가 세계에 대해 잘못 생각하지 않은가! 그들과의 대화에서 아마도 대단한 지적 요구를 만족시키지는 못하겠지만, 그래도 코타르와 같이 있으면 얼마나 즐거운가! 비록 그가 바보 같은 말장난을 하긴 하지만. 그리고 화가로 말하자면 남을 놀래 주려고 할 때 그 잘난 체하는 모습이 좀 거슬리긴 하지만, 내가 아는 사람 중 가장 머리가 좋지 않은가. 또 무엇보다도 거기서 나는 자유롭고, 아무 제약이나 격식 없이, 하고 싶은 것을 마음대로 하지 않는가! 그 살롱에는 매일같이 기분 좋은 일이 얼마나 많이 넘쳐나는가! 정말이지 극히 드문 경우를 제외하고는 나는 그곳밖에 가지 않을 것이다. 내가 차츰 습관처럼 드나들며 살아가게 될 곳은 바로 그곳이니까."

베르뒤랭네 고유 장점이라고 그가 믿는 것이 실은 오데트에 대한 그의 사랑이 그 집에서 맛본 기쁨의 반영에 지나지 않았으므로, 기쁨이 더욱 진지하고 깊어 가고 생생해져 감에 따라 그 장점도 더욱 그렇게 되어 갔다. 베르뒤랭 부인은 때때로, 그것 하나만으로도 그를 행복하게 해 줄 수 있는 어떤 것을 주곤 했는데, 예를 들면 오데트가 어느 한 손님하고만 계속 얘기를 해서 불안하고 화가 난 스완이 그녀에게 같이 돌아가겠느냐고 먼저 물어볼 엄두가 나지 않는 밤에, 베르뒤랭 부인이 자연스럽게 "오데트, 스완 씨를 모시고 가지 않나요?"라고 말함으로써 그에게 마음의 평화와 기쁨을 가져다주었고, 또는 여름이 되어 오데트가 자기를 두고 혼자 떠나지나 않을까, 그녀를 날마다 계속해서 만나지 못하지나 않을까 하고 노심초사할 때, 베르뒤랭 부인이 두 사람을 그녀의 시골 별장에서 지내게 해 주어서 스완의 지성에 자기도 모르게 감사하는 마음과 타산적인 생각이 스며들어 그의 견해에 영향을 미치게 되면서 베르뒤랭 부인의 영혼을 고매하다고까지 공언하는 것이었다. 루브르 학교* 시절 한 동창생이 아주 멋있고 뛰어난 사람들의 이야기를 꺼내면 그는 "난 베르뒤랭 부부를 백배나 더 좋아한다네."라고 대답했다. 그리고 그에게서 처음 보는 엄숙한 말투로 "그분들은 관대하다네. 사실 관대함이란 중요한데, 세상 사람들을 구별해 주는 유일한 것이지, 여보게, 인간이란 두 종류밖에 없다네. 관대한 인간과 그렇지 못한 인간 말일세. 나도 이젠 결정을 해야 할 나이가 되었네. 이번에야말로 마지막으로 좋아할 사람과 경멸할 사람을 분명히 정하고, 좋아하는 사람들에게만 매달려서, 그렇지 않은 자들과 어울리며 낭비한 시간을 만회하기 위해서라도 죽을 때까지 그들 곁을 떠나서는 안 되겠다는 생각이 든다네. 그렇다네." 하고 그는 약간 감동하며 덧붙였다. 자기도 의식하지 못하면서 지껄이고 있을 때 느껴지는 감동으로, 그의 말이 진실이어서가 아니라 말하는 것이 즐겁고, 마치 그의 목소리가 어딘가 그가 아닌 다른 곳에서 울려오는 것처럼 들릴 때 느껴지는 그런 것이었다. "주사위는 던져졌다네. 난 관대한 사람들만 좋아하고, 이젠 그런 관대함의 세계에서만 살기로 결심했다네. 자네는 내게 베르뒤랭 부인이 정말로 현명한 사람이냐고 묻지만, 단

* 1881년 파리 루브르 박물관 안에 세워진 이 학교는 예술사와 고고학, 박물관학을 가르치는 고등교육기관이다.

언하건데 그분은 내게 고결한 마음씨와 드높은 영혼을 증명해 주었다네. 여보게, 그 정도로 수준 높은 생각을 하지 못하고서는 거기에 이를 수 없다네. 물론 그분은 예술도 깊이 이해한다네. 하지만 그분의 가장 훌륭한 점은 아마도 그게 아닐 걸세. 그렇다네, 그분이 나를 위해 보여 준 그 재치 있고 섬세하며 소박한 행동들, 그 지극한 배려, 그렇게 친근하면서도 숭고한 몸짓은 어떤 철학 개론서보다 인생에 대한 깊은 이해를 드러내 보인다네."

그렇지만 그에게도 베르뒤랭네보다 더 소박한 부모님의 옛 친구들이 있으며, 그처럼 예술에 심취한 젊은 시절 친구들과 베르뒤랭 말고도 인정 많은 사람들이 여럿 있다고 말할 수 있었을 것이다. 그렇지만 그가 이른바 소박함과 예술과 관대함을 선택한 후부터는 그들과 더 이상 만나지 않았다. 그들은 오데트를 알지 못했으며, 만약 그들이 그녀를 안다 해도 스완과 가까워지게 배려하지 않았을 것이다.

이처럼 베르뒤랭네 사람들을 다 찾아봐도 어디에도 스완만큼 그들을 사랑하고 또 사랑한다고 믿는 신도는 단 한 사람도 없었다. 하지만 베르뒤랭 씨가 스완이 마음에 들지 않는다고 말했을 때, 그는 비단 자신의 생각만 말한 것이 아니라, 부인 생각까지도 간파했던 것이다. 어쩌면 스완이 오데트에게 너무 특별난 애정을 품어서 베르뒤랭 부인에게 날마다 속마음을 털어놓는 것을 소홀히 했기 때문인지, 어쩌면 그가 베르뒤랭 부부의 환대를 받았을 때에도 그가 취하는 조심스러운 태도가 그들이 믿어 의심치 않는 이유, 즉 '따분한 자들'로부터의 초대를 놓치지 않으려고 그들 만찬에 오기를 자주 삼가는 것이라고 생각했기 때문인지, 또는 어쩌면 그들에게 감추려고 할 수 있는 한 조심했는데도 사교계에서의 스완의 눈부신 위치가 점차적으로 드러난 때문인지, 여하튼 이 모든 것이 스완에 대한 그들의 노여움을 야기하는 데 기여했다. 그러나 더 깊은 이유는 따로 있었다. 그들은 진작부터 스완에게서 그들이 결코 뚫고 들어갈 수 없는 어떤 다른 공간을 느꼈으며, 거기서 스완이 계속해서 사강 부인은 괴상하지 않으며, 코타르의 농담은 우습지 않다고 조용히 단언하고 있다는 것을 재빨리 간파했고, 드디어는 스완이 결코 상냥하지 않았거나 그들 교리에 반항한 적도 없지만, 그에게 그들 교리를 강요하거나 완전히 그 교리로 개종시킨다는 것은 불가능하며, 이러한 불가능은 일찍이 어느 사람에게서도 찾아볼 수 없었다고 느꼈다. 만일 그가 좋은 본보기를 보여 준다는 의미에서, 그 따분한 자들과의(게다가 스완은 마음속에서 그들보다 베르뒤랭 부부와 그 작은 동아리를 천배나 더 좋아했다.) 관계를 신도들 앞에서 부인하는 데 동의했다면, 스완이 그런 사람들 집에 드나드는 것을 묵인해 줬을지도 모른다. 그러나 그들은 그와 같은 개종을 결코 스완에게서 끌어낼 수 없다는 것을 잘 알고 있었다.

오데트가 초대해 달라고 한 '신참' 포르슈빌 백작은 얼마나 달랐던가! 그녀는 그를 몇 번밖에 만나지 않았지만, 그들은 그에게 많은 희망을 걸었다.(백작은 바로 사니에트의 동서였는데, 이 사실에 신도들은 몹시 놀랐다. 나이 든 고문서 학자가 얼마나 겸손한 태도를 보여 왔는지, 그들은 늘 그를 그들보다 사회적으로 열등한 계급 사람이라고 믿어 왔기 때문에, 그가 부자이고 또 비교적 귀족 계급에 속하리라고는 전혀 예상하지 못했다.) 어쩌면 포르슈빌은 천박한 속물이었으며, 스완은 그렇지 않았을 것이다. 어쩌면 포르슈빌은 스완과 마찬가지로 베르뒤랭네 모임을 다른 모임보다 더 위에 두려고 하지 않았을 것이다. 그러나 스완과는 달리, 자기가 아는 사람들에 대해 베르뒤랭 부인이 명백히 잘못된 비난을 퍼부을 때, 거기에 동조하지 않는 그런 타고난 섬세함이 그에게는 없었다. 어떤 날 화가가 늘어놓는 그 잘난 체하는 상스러운 장광설이나, 코타르가 위험을 무릅쓰고 시도하는 그런 외판원 투 농담에 대해, 두 사람을 다 좋아하는 스완은 그것을 묵인할 핑계를 쉽게 찾았지만, 그렇다고 해서 찬사를 보낼 정도의 용기나 위선은 없었다. 이에 반해 포르슈빌로 말하자면, 그의 지적 수준이 화가의 이야기에 대해서는 이해하지도 못한 채 얼떨떨해서는 감탄해 마지않았고, 코타르의 농담에 대해서는 매우 재미있어하는 정도였다. 그리하여 포르슈빌이 참석한 베르뒤랭네 첫 번째 만찬은 이러한 차이점들을 뚜렷이 드러내 보였고, 포르슈빌의 장점을 돋보이게 하고 스완의 실추를 재촉했다.

그날 저녁 식사에는 단골손님 외에도 베르뒤랭 부부가 온천에서 만난 소르본 대학의 브리쇼 교수가 와 있었는데, 만약 그의 대학 업무나 연구 활동이 여가 시간을 거의 빼앗지만 않았어도 그는 이 집에 기꺼이 더 자주 왔을 것이다. 그에게는, 직업이 무엇이든 간에 그들 연구 대상과 관련된 어떤 회의주의와 결부되어 몇몇 지식인에게서 발견되는 것 같은, 이를테면 의학을 믿지 않는 의사들이나 라틴어 번역을 믿지 않는 고등학교 선생에 이르기까지, 자신에게 폭넓고도 명석하며, 하물며 탁월한 정신의 소유자라는 명성을 가져다주는 삶에 대해서는 강한 호기심과 애착이 있었다. 그는 베르뒤랭네에서 철학과 역사에 대해 말하면서 가장 시사적인 것에서 비교할 점들을 찾아내는 것을 좋아하는 체했는데, 이는 우선 첫째로 철학과 역사란 것이 삶의 준비 단계에 불과하고, 또 여태껏 자기가 책에서밖에 알지 못하던 것을 이 작은 패거리에서 실행되는 것을 보리라고 예상했기 때문이며, 또 어쩌면 자기도 모르게 몇몇 주제에 대한 존경심을 예전부터 그의 머릿속에 마구 쑤셔 넣어 간직해 왔는데, 이젠 그런 주제들을 대담하게 다룸으로써 대학교수라는 허울을 벗어 버릴 수 있다고 생각했기 때문인지도 모른다. 그러나 그런 것은 반대로 그가 여전히 대학교수이기 때문에 대담하게 보였던 것이다.

식사가 시작되자마자, 신참을 위해 정성스레 치장한 베르뒤랭 부인 오른편에 앉은 드 포르슈빌 씨가 말했다. "부인의 블랑슈 로브*가 아주 독창적인데요." 그러자 '드'**라고 불리는 사람이 어떻게 생겼는지 무척이나 알고 싶어 포르슈빌을 끊임없이 관찰하던 의사는 그의 주의를 끌어 더욱 친해질 기회만을 노리고 있다가 재빨리 이 '블랑슈'란 말의 꼬리를 잡아 접시에서 코도 들지 않은 채 "블랑슈? 블랑슈 드 카스티

---

* blanche robe, 하얀 드레스란 의미다.
** '드(de)'란 프랑스에서 귀족 성 앞에 붙는 명칭이다. 그러나 이 책에서는 원문의 이해에 꼭 필요한 경우를 제외하고는 '드'를 생략하고자 한다.

유* 말인가요?"라고 말했다. 그러고는 머리도 들지 않고 슬 그머니 불안하지만 미소를 머금은 시선을 좌우로 던졌다. 스 완은 미소를 지으려고 애를 썼지만 아무 소용이 없었는데, 오히려 그 때문에 그 재담을 어리석다고 판단한다는 것을 드 러낸 데 반해, 포르슈빌은 재담의 묘미를 음미하면서도 동시 에 적당히 쾌활하게 굴어서 처세술에도 능하다는 것을 보여 주었으므로, 베르뒤랭 부인은 그의 이런 솔직함에 매료되고 말았다.

"저 학자분에 대해 어떻게 생각하세요?" 하고 베르뒤랭 부 인이 물었다. "저분하고는 잠시도 진지하게 이야기를 못 한 답니다. 선생님 병원에서도 환자들에게 그런 농담을 하시나 요?" 하고 부인은 의사 쪽으로 고개를 돌리며 덧붙였다. "그 럼 날마다 심심하지 않겠네요. 저도 입원시켜 달라고 해야겠 어요."

"제가 듣기로는 의사 선생님께서 말씀하신 것이 저 블랑 슈 드 카스티유라는 성미 까다로운 노파**에 대한 것 같은데, 감히 이렇게 표현해도 될지 모르겠습니다만, 그렇지 않습니 까?" 하고 브리쇼가 베르뒤랭 부인에게 질문하자, 넋을 잃은 부인은 눈을 감고 얼굴을 두 손에 파묻었으며, 그녀 손 사이로

---

* 루이 8세의 왕비이자 성 루이 왕의 어머니 이름이 블랑슈 드 카스티유 (Blanche de Castille, 1188~1252)라는 사실을 환기하며 자신의 박학을 뽐내고 자 한 말이다.

** '성미 까다로운 노파(une vieille chipie)'란 속어를 사용함으로써 브리쇼는 대 학교수의 허울을 벗으려는 것이다.

는 숨이 막힐 듯한 신음 소리가 새어 나왔다. "아니, 이런, 부인, 저는 경건한 영혼을 불안하게 만들 생각은 전혀 없습니다. 그러한 영혼들이 이 식탁 주위에, '장미꽃 아래(sub rosa)'* 계시다면…… 게다가 저는 우스꽝스러운 우리 아테네 공화국이 카페 왕조의 이 몽매주의자인 부인에게 최초로 강력한 경시 총감의 명예를 줄 수 있다고 생각합니다.** 그렇습니다, 주인 양반, 정말로 그렇습니다." 하고 그는 베르뒤랭 씨의 반박에 대꾸하며 철자 하나하나 낭랑하게 발음하면서 말을 이었다. "우리가 그 기록의 정확성을 의심할 수 없는 『성 드니 연대기』도 이 점에 대해서는 어떤 의문도 남기지 않았습니다. 그분은 아들인 성 루이 왕에게 쓰디쓴 맛을 보였다고 쉬제르도 말했거니와, 다른 사람 중에는 성 베르나르도 말한 적이 있습니다만,*** 종교 분리를 주장하는 프롤레타리아에게는 이 성인의

---

* '장미꽃 아래'라는 이 라틴어는 일반적으로는 '식사 동안에' 또는 '회식자 사이에'를 의미하는데, 옛 로마인들이 만찬에서 장미 화관을 쓰는 습관에서 비롯된다. 이 글에서는 문맥상 그대로 직역했다.

** 1874년 당시 국회위원이었던 레옹 드 강베타의 목적은 바로 지금, 이 세상을 '아테네 공화국'으로 만드는 것이었다고 한다. 그러므로 이 문장의 의미는 이런 강베타의 정부가(여기서는 종교 분리를 주장하는 프롤레타리아로 묘사되었다.) '카페왕조의 몽매주의자'인 당시 섭정이었던 카스티유 드 블랑슈(루이 8세의 아내로, 루이 8세가 죽자 어린 루이 9세(흔히 성 루이 왕으로 불리는) 대신 섭정을 맡아 많은 반란을 물리치고 수도원과 고아원을 짓는 등, 아름다움과 지혜가 뛰어난 여인으로 알려졌다.)를 경찰총감으로 임명해도 좋을 정도로 그녀가 아주 엄격하고 까다로운 여자였다는 것을 풍자하는 것이다. 카페(Capet) 왕조는 메로빙거와 카롤링거 다음, 프랑스 세 번째 왕조(987~1328)다.

*** 『성 드니 연대기』는 성 드니 수도원 수도사들이 루이 12세까지의 프랑스 왕정사를 기록한 것으로, 『프랑스 대연대기』라는 이름으로 더 많이 알려졌다. 그

어머니만큼 수호성녀로 모시기에 적합한 분도 없을 겁니다. 누구나 그녀에게 걸리기만 하면 호되게 당했으니까요."

"저분은 누구신가요?" 하고 포르슈빌이 베르뒤랭 부인에게 물었다. "대단하신 분 같은데요."

"어머나, 저 유명한 브리쇼 님을 모르시나 봐요? 유럽 전역에 알려진 분인데요."

"아, 브레쇼?" 하고 잘 알아듣지 못한 포르슈빌이 소리쳤다. "저분 이야기를 자세히 해 주십시오." 하고 눈을 크게 뜨고는 그 유명한 사람에게 시선을 고정하며 덧붙였다. "세상에서 주목받는 분과 식사를 같이하는 건 항상 흥미로운 일입니다. 그런데 부인께서는 엄선한 회식자들과 함께 우리를 초대해 주시네요. 그래서 부인 댁에서는 지루하지 않은 거군요."

"아, 잘 아시는군요. 우리 집에서는 특히." 하고 베르뒤랭 부인이 겸손하게 말했다. "서로가 신뢰감을 느낀답니다. 누구나 하고 싶은 말을 하니까 대화가 불꽃처럼 솟아오르죠. 그래도 오늘 저녁 브리쇼 선생님의 모습은 아무것도 아니랍니다. 저분이 우리 집에서는 뛰어난 모습을 보이셔서, 제 눈으로 보았답니다. 저분 앞에 무릎을 꿇으러 가고 싶을 정도라니까요. 그렇지만 다른 집에서는 사람이 달라진답니다. 재치도 없고, 억지로 말도 시켜야 하고, 지루하기조차 하다니까요."

"거참 신기하군요!" 하고 포르슈빌이 놀라며 말했다.

───────────────

러나 성 드니 수도원장이었던 쉬제르나 1153년에 죽은 성 베르나르가 블랑슈 드 카스티유를 알았다는 것은 브리쇼의 오류로, 학자의 현학적인 모습과 허상을 암시한다.

브리쇼 같은 재치는 비록 실제적인 지성과 양립할 수 있다 해도, 스완이 젊은 시절을 보낸 사교계 사람들 사이에서는 아주 어리석어 보였을 것이다. 그래도 스완이 재치있다고 여기는 사교계 사람들은 아마도 교수의 원기왕성하고 풍부한 지성을 부러워했을지도 모른다. 그러나 스완은, 적어도 사교 생활과 관련된 모든 면에서, 더욱이 지성의 영역에 속한다고 할 수 있는 사교 생활의 부수적인 부분인 대화에서 사교계 사람들의 취향과 혐오가 몸에 배어 있었으므로, 브리쇼의 농담을 현학적이고 저속하고 구역질 날 정도로 끈적끈적하다 생각할 수밖에 없었다. 그리고 예의 바른 태도가 습관이 된 그는 이 국수주의적인 대학 교수가 누구에게나 말을 걸 때면 사용하는 거친 군대식 어조에 충격을 받았다. 끝으로 어쩌면 다른 무엇보다도 더, 그날 저녁 오데트가 무슨 기발한 생각으로 끌고 왔는지는 모르지만, 그런 포르슈빌에게 베르뒤랭 부인이 상냥하게 대하는 걸 보고는 그만 관대함을 잃었는지도 모른다. 스완을 약간 거북하게 느낀 오데트가 집에 도착하자 물었다. "제가 초대한 분에 대해 어떻게 생각하세요?"

그러자 스완은 자신이 오래전부터 알던 포르슈빌이 여자의 환심을 살 수 있고, 또 아주 잘생긴 남자라는 사실을 처음으로 깨닫고는 "나쁜 놈!" 하고 대답했다. 물론 그는 질투할 생각은 없었지만 그래도 여느 때처럼 행복하지 않았다. 그래서 브리쇼가 "몇 년 동안 동거 후에 앙리 플랑타주네*와 결혼한" 블랑

---

* Henri Plantagenêt(1138~1189). 노르망디 공작으로 1154년부터 영국 왕이었

슈 드 카스티유의 어머니 이야기를 시작하면서 스완으로 하여금 다음 이야기를 이어 나가게 할 작정으로 "그렇지 않습니까, 스완 씨?" 하고 마치 농부에게나 통할 듯한, 아니면 병사에게 용기를 주는 듯한 군인 같은 말투로 말했을 때, 스완은 미안하지만 자기는 블랑슈 드 카스티유에게 별 관심 없으며, 화가에게 물어볼 말이 있어 실례하겠노라고 대답함으로써 브리쇼의 말이 자아낸 효과를 차단해 버리자 여주인은 크게 화가 났다. 화가는 그날 오후 베르뒤랭 부인 친구 중 한 사람으로 최근에 사망한 화가의 전시회에 다녀왔기 때문에, 스완은 화가로부터(스완도 화가의 안목은 인정했다.) 그의 최근 작품에도 예전 작품에서 사람들을 놀라게 했던 그 뛰어난 솜씨 이상이 있었는지를 알아보고 싶었다.

"그런 관점에서 본다면 그 작품은 아주 훌륭했습니다만, 소위 사람들이 말하는 '아주 높은' 수준의 예술에는 속하지 않은 것 같더군요." 하고 스완이 미소를 지으며 말했다.

"높다고요……. 학교 높이만큼요?" 하고 코타르가 짐짓 정중한 척 팔을 쳐들며 말을 중단했다.

식탁에 앉은 사람들이 모두 웃었다.

"저분하고는 잠시도 진지하게 있을 수가 없다고 제가 말했잖아요." 하고 베르뒤랭 부인이 포르슈빌에게 말했다. "아무도 기대하지 않을 때 말장난이 튀어나온다니까요."

다. 실제로는 블랑슈 드 카스티유의 어머니가 아닌 그녀 할머니 알리에노르 다키텐(Aliénor d'Aquitaine, 1122~1204)과 1152년에 결혼했다.

그러나 그녀는 스완만이 주름살을 펴지 않은 것에 주목했다. 사실 스완은 코타르가 포르슈빌 앞에서 자기를 웃음거리로 만들었으므로 기분이 좋지 않았다. 반면 화가는 스완과 단둘이었다면 그의 관심을 끄는 방식으로 대답했겠지만, 그렇게 대답하는 대신 사라진 대가의 솜씨에 대한 일가견을 표명함으로써 회식자들을 감탄시키는 쪽을 택했다.

"어떤 모양으로 그려졌는지 보려고 가까이 다가갔답니다." 하고 화가가 말했다. "바싹 가까이 말입니다. 그런데 글쎄 이건! 풀로 그린 건지 아니면 루비, 비누, '청동', 햇빛, 똥으로 그린 건지 알 수가 있어야죠!"

"하나를 더하면 열둘이군요."* 하고 의사가 너무 늦게 소리를 치는 바람에 아무도 그 중단된 말의 뜻을 알아듣지 못했다.

"아무것도 쓰지 않고 그린 것 같았습니다." 화가가 말을 이었다. "「야경」이나 「여성 섭정관들」과 마찬가지로 그 비밀을 알아낼 도리가 없었습니다.** 솜씨로는 렘브란트나 할스보다 더 뛰어나거든요. 모든 것이 거기 있습니다. 그렇습니다, 맹세코 그렇습니다."

그러고는 마치 자기가 낼 수 있는 가장 높은 음에 다다른 가

---

* 청동, 즉 브론즈(bronze)의 끝 음절 onze가 불어로 11을 의미하므로, 여기에 1을 더하면 12가 된다는 재담.
** 「야경」은 렘브란트의 그림으로 암스테르담 미술관에 소장되어 있다. 그리고 「여성 섭정관들」이란 「노인요양원의 여성 섭정관들」을 가리키는데, 이 그림을 그린 프란스 할스(Frnas Hals, 1582~1666)는 네덜란드의 바로크 화가로서 렘브란트, 페르메이르와 더불어 이 황금 시기의 중요한 화가로 알려져 있다. 그의 그림이 전시된 할렘의 프란스 한스 미술관을 프루스트도 방문한 적이 있다.

수들이 머리에서 내는 소리를 약하게 이어 나가듯, 그림이 너무도 아름다워 가소롭다는 듯 웃음을 터트리며 속삭이는 것으로 만족했다.

"좋은 냄새를 풍기고, 머리를 빙빙 돌게 하고, 숨 막히게 하고, 간지럽히고, 그렇지만 무엇으로 그려졌는지는 알 도리가 없답니다. 그건 마술이고 속임수고 기적입니다. (웃음을 터뜨리면서) 그건 정직하지 못합니다." 하고 일단 말을 멈추고는 점잖게 고개를 들며, 아주 깊은 베이스 목소리로 화음을 만들려고 애를 쓰면서 덧붙였다. "그러면서도 아주 충실하답니다!"

화가가 「야경」보다 더 훌륭하다고 말하자, 「야경」을 「제9 교향곡」과 「승리의 여신상」*과 더불어 세계 최고 걸작으로 간주하던 베르뒤랭 부인은 그 모욕적인 언사에 강한 이의를 제기했고, "똥으로 그렸다."라고 말했을 때는 그 말이 그대로 통하는지를 살펴보려는 포르슈빌의 눈이 식탁 위를 두리번거리다가 입가에 조심스럽게 타협의 미소가 떠올랐는데, 이처럼 스완을 제외한 모든 회식자들은 화가에 매혹되어 감탄 어린 시선으로 그를 응시하였다.

"저분이 저렇게 열중할 때는 정말 재미있답니다." 하고 화가가 말을 마쳤을 때 베르뒤랭 부인은 포르슈빌이 처음 온 날 식탁이 이렇듯 흥겨운 것이 우쭐해서는 소리쳤다. "그런데 당신

---

* 현재 파리 루브르 미술관에 소장 중인 「날개 달린 니케」(승리의 여신)를 가리킨다. 기원전 190년경에 에게 해 사모트라키 섬에서 제작된 작품으로 사모트라키라고 불리기도 한다. 베르뒤랭 부인의 예술 취향은 화가에 비해 상당히 보수적이라 할 수 있다.

은 왜 그렇게 짐승처럼 입을 헤 벌리고 있나요?" 하고 베르뒤랭 부인이 남편에게 말했다. "저분이 말을 썩 잘한다는 걸 당신도 아시잖아요. 저분 말을 처음 듣는 거라고 생각하겠어요. 선생님께서 말씀하시는 동안 제 남편의 모습을 보셨더라면……. 저 사람은 선생님 말씀을 마시고 있었답니다. 아마 내일이면 선생님이 하신 말을 한 마디도 빼놓지 않고 줄줄 외워 댈 거예요."

"천만에요, 제가 한 말은 허풍이 아닙니다." 화가는 자신의 성공에 신이 나서 말했다. "제가 허튼소리를 늘어놓거나 허세를 부리는 것으로 생각하시는 모양인데, 직접 모시고 가서 보여 드리죠. 그럼 제가 과장했는지 어떤지 아실 테니. 맹세하지만 저보다 더 열광해서 돌아오실 겁니다!"

"아뇨, 선생님이 과장한다고는 생각하지 않아요. 우리는 단지 선생님께서 식사를 하시고, 또 제 남편도 식사하기를 바랄 뿐예요. 선생님께 노르망디식 넙치 요리*를 다시 드리세요. 다 식었을 테니까요. 우린 그렇게 급하지 않으니. 그런데 선생님께서는 불이 난 것처럼 식사를 서두르시는군요. 샐러드가 나올 때까지 좀 기다리세요."

코타르 부인은 소박하고 거의 말이 없었지만, 어쩌다 운 좋게도 영감이 떠올라 적절한 단어가 생각나면 자신감을 잃지 않았다. 그 말을 하면 틀림없이 성공할 것이라고 느껴지자 더 확신이 섰다. 그러나 그녀가 그렇게 하는 것은 자신이 돋보이기 위해서가 아니라 남편의 출세에 도움이 되기 위해서였다.

---

* 넙치에 새우와 홍합을 넣어 크림 소스로 만든 요리.

그래서 그녀는 방금 베르뒤랭 부인이 입 밖에 낸 샐러드란 말을 놓치지 않았다.

"일본식 샐러드* 아닌가요?" 하고 그녀는 오데트 쪽으로 몸을 돌리며 낮은 소리로 말했다.

그러고는 이렇게 평판이 자자한 뒤마 피스의 신작 희곡을 조심스럽고도 분명하게 암시한 데 대해, 그녀는 그 시의적절함과 대담성에 스스로 황홀해하면서도 부끄러워서는, 요란하지 않지만 순진하고 귀여운 웃음을 잠시 참다가 억제할 수 없다는 듯 터트리고 말았다.

"저 부인은 누구신가요? 재치 있는 분이군요." 하고 포르슈빌이 말했다.

"아녜요, 일본식 샐러드가 아니에요. 하지만 금요일 저녁 식사에 다들 와 주시면 준비해 드리죠."

"제가 아주 시골뜨기로 보일 거예요." 하고 코타르 부인이 스완에게 말했다. "하지만 모두들 말하는 저 유명한 「프랑시용」을 전 아직 보지 못했어요. 우리 의사 선생님께서는 이미 보셨고 (선생님과 같이 무척 즐거운 저녁을 보냈다고 말씀하신 것이 기억나요.) 솔직히 말해서 저하고 같이 다시 그곳으로 가기 위해 좌석을 예약하는 건 분별 있는 행동이 아니라고 생각해요. 물론 국립극장에 가서 후회하는 일은 없지만요. 배우들이 연기를 아주 잘하고, 또 저희에겐 칸막이 좌석을 자주 이용하

---

* 일본식 샐러드란, 알렉상드르 뒤마 피스의 희곡 「프랑시용」에 나오는 것으로, 삶은 감자에 샴페인으로 익힌 홍합과 송로를 곁들인 샐러드다.

는 친절한 친구분들이 계셔서(코타르 부인은 고유명사를 쓰는 일이 아주 드물어서 '우리 친구들'이니 '제 여자 친구 중 한 분'이니 하며 자기가 원하는 사람 이름밖에는 말하지 않는 그런 중요한 척하는 사람의 '품위 있는 태도'로 꾸민 듯 말했다.) 새롭고 볼 만한 가치 있는 작품이 나올 때마다 친절하게도 저희를 데리고 가 주기 때문에, 조만간 저도 틀림없이 「프랑시용」을 보러 갈 거고, 그래서 그 연극에 대한 견해도 생길 거예요. 하지만 제가 좀 바보라는 걸 고백해야겠어요. 제가 방문하는 살롱마다 모두들 저 형편없는 일본식 샐러드 이야기뿐이니, 이젠 약간 지겨워지기 시작할 판이에요." 하고 그녀는 아주 논란이 많다고 생각해 온 이 화제에 스완이 별 관심을 보이지 않자 이렇게 덧붙였다. "하지만 어떤 때는 이런 것도 꽤 재미있는 아이디어의 실마리가 된다는 것을 인정해야 해요. 제 여자 친구 중에 아주 아름답고 독창적인 친구가 있는데, 친구들도 많고 아주 유명하답니다. 그런데 그녀가 집에서 이 일본식 샐러드를 만들게 했다나 봐요. 알렉상드르 뒤마 피스가 연극에서 말한 것을 모조리 넣고 말예요. 그녀는 몇몇 친구더러 그걸 먹으러 오라고 초대까지 했답니다. 운이 나쁘게도 저는 선택되지 않았지만요. 그러나 그다음 그 집 방문 일에 우리에게 그 이야기를 해 주었답니다. 맛이 형편없었다는 거예요. 그 친구는 우리를 눈물이 나도록 웃겼답니다. 아시겠지만 모든 건 다 이야기하는 방식에 달렸으니까요."라고 말했는데 그녀는 여전히 스완이 심각한 표정을 짓고 있는 것을 보았다.

그래서 아마도 스완이 「프랑시용」을 좋아하지 않기 때문이라고 생각하고는 이렇게 말했다.

"게다가 전 그 작품에 실망할 것 같다는 생각이 들어요. 그 작품이 크레시 부인이 좋아하는 「세르주 파닌」만큼 가치 있다는 생각은 들지 않아요. 적어도 거기에는 내용이 있고, 생각하게 하는 주제가 있으니까요. 그런데 국립 극장 무대에서 샐러드 만드는 법을 가르치다니, 거기다 대면 「세르주 파닌」은! 게다가 조르주 오네의 펜에서 나오는 건 언제나 잘 쓰였거든요. 혹시 「대장간 주인」을 아시는지요.* 저는 「세르주 파닌」보다 그 작품을 더 좋아한답니다."

"미안합니다." 하고 스완이 약간 냉소적인 표정으로 말했다. "하지만 전 그 두 걸작을 거의 똑같이 좋아하지 않습니다."

"정말요? 어떤 점을 비난하시는데요? 혹시 편견은 아니신가요? 오네의 작품이 약간 슬프다고 생각하세요? 전 항상 말하지만 소설이나 희곡에 대해서는 결코 논쟁을 해서는 안 된다고 생각해요. 각자 보는 방식이 다르니까요. 제가 가장 좋아하는 것도 선생님께는 형편없어 보일 수 있으니까요."

포르슈빌이 스완을 부르는 바람에 그녀는 말을 멈췄다. 사실인즉 코타르 부인이 「프랑시용」에 대해 말하는 동안, 포르슈빌은 그가 화가의 짧은 '스피치'라고 부른 것에 대해 베르뒤랭 부인에게 감탄을 늘어놓고 있었다.

"저분은 달변이신 데다 기억력도 대단하군요!" 하고 화가가

---

* 「세르주 파닌」(1881년 초연)과 「대장간 주인」(1883년 초연)은 둘 다 조르주 오네의 작품이다.

말을 마치자 포르슈빌이 베르뒤랭 부인에게 말했다. "저런 분을 만나기란 좀처럼 쉽지 않죠. 제기랄! 나에게도 저런 재주가 있으면 좋으련만. 저분은 훌륭한 설교사가 될 수 있을 겁니다. 브레쇼 씨와 더불어 두 분 다 우열을 가릴 수 없는 대단한 인물들이군요. 허풍을 떠는 것으로 치자면 저분이 교수를 이길 수 있을지는 잘 모르겠지만요. 저분에게선 모든 것이 덜 연구한 듯 더 자연스러우니까요. 비록 중간에 약간 사실적인 단어를 사용하긴 하지만 그건 시대 취향이고, 우리가 군대에서 말하던 식으로 말해 보면 저렇게 능란하게 '침 뱉는 그릇을 차지하는'* 사람은 많이 보지 못했어요. 하긴 저분을 연상케 하는 친구가 하나 있긴 했습니다만, 그 친구는 무엇에 관해서건 뭐라고 할까, 가령 이 컵을 두고서라도 몇 시간이고 떠들어 대는 친구였지요. 아니, 이 컵 이야기는 아니고요. 제가 바보 같은 말을 했군요. 워털루 전투 이야기라든가, 그 밖에 어떤 것에 관해서건 얘기 도중에, 부인께서는 생각도 해 본 적 없는 일들을 들려주었으니까요. 더구나 스완도 같은 연대에 있었으니, 틀림없이 그 친구를 알 겁니다."

"스완 씨를 자주 만나시나요?" 하고 베르뒤랭 부인이 물었다.

"천만에요." 하고 포르슈빌은 대답했으나, 오데트에게 더 쉽게 접근하기 위해서는 스완의 환심을 사야 한다고 생각했으므로, 이 기회에 스완의 화려한 교우 관계에 대해 알려 주

---

* 여기서 '침 뱉는 그릇을 차지하다(tenir le crachoir)'라고 직역한 이 관용어는 '쉴 새 없이 지껄인다'라는 의미다. 과거에 말을 할 때 침을 뱉기 위해 타구를 옆에 갖다 놓던 풍습에서 나온 말이다.

고, 그것도 스완의 예외적인 성공을 축하하는 말투가 아니라 같은 사교계 인간으로서 다정스럽게 비판하는 듯 말하려고 했다. "안 그래요, 스완? 당신을 통 볼 수가 없으니. 어떻게 만날 수 있단 말입니까. 저 작자는 라 트레무이유*나 롬 같은 집안에만 노상 틀어박혀 있으니." 스완은 일 년 전부터 베르뒤랭 집밖에 가지 않았던 만큼 이런 비난은 더욱 터무니없었다. 그러나 그들이 모르는 사람의 이름이 거론되는 것만으로도 곧 무언의 비난으로 받아들여졌다. 베르뒤랭 씨는 이런 '따분한 자들'의 이름이, 더구나 온 신도들 앞에서 이렇게 눈치도 없이 내던져지자, 아내가 받을 고통스러운 영향을 걱정하며 불안과 염려로 가득한 시선을 슬그머니 아내 쪽으로 던졌다. 그때 그는 부인이 방금 그녀에게 통고된 소식을 인정하지 않으려고, 거기에 동요하지 않으려고, 입만 다물고 있는 것이 아니라 귀까지도 틀어막고 있는 것을 보았다. 마치 잘못을 저지른 친구가 대화에 은근히 변명을 집어넣으려는 것을 듣고, 이의를 제기하지 않으면 그 변명을 인정하는 꼴이 된다는 것처럼, 또는 금기로 통하는 배은망덕한 자의 이름을 앞에서 말하는 경우에 흔히 그러하듯, 베르뒤랭 부인은 자신의 침묵이 동의가 아니라 아무것도 모르는 무생물의 침묵이라도 되는 것처럼, 갑자기 그녀 얼굴로부터 온갖 생기와 움직임을 벗어 던졌다. 그녀의 튀어나온 이마는 스완이 노상 틀어박혀 있는 라

---

* La Trémoïlle(1838~1911). 라 트레무이유 공작은 금석학·문학 아카데미 회원으로 역사 책을 많이 저술했으며, 스완의 모델이 되는 샤를 아스의 친구였다. 롬 가문에 대해서는 『잃어버린 시간을 찾아서』 1권 45쪽 주석 참조.

트레무이유란 집안의 이름으로는 결코 꿰뚫고 들어갈 수 없는, 단지 근사한 둥근 부조 습작품에 불과했으며, 그녀의 가볍게 주름진 코는 우리 삶을 본딴 것처럼 움푹 파인 두 구멍만을 보였다. 반쯤 벌어진 입은 금방 말이라도 할 것 같았다. 밀랍 주조*거나 석고 가면, 기념비 모형, 또는 산업 박물관**용 흉상에 지나지 않았다. 그 앞에서 사람들은 틀림없이 발걸음을 멈추고는, 어떻게 조각가가 라 트레무이유와 롬 가문 사람들의 권위에 대립되는 베르뒤랭네의 절대적인 권위를 — 지상의 온갖 '따분한' 자들에게도 해당되지만 — 표현하면서, 희고 단단한 돌에 거의 교황과도 같은 위엄을 부여했는지 감탄하게 될 것이다. 그러나 드디어 대리석은 살아 움직이기 시작했고, 그런 사람들 집에 가면 비위가 약해져서는 안 된다고 말하곤 했다. 그 집 마누라는 늘 술에 취해 있었고, 또 남편은 '복도(corridor)'라는 단어를 '코리도르'라고 하지 않고 '콜리도르(collidor)'라고 발음할 만큼 무식했기 때문이다.

"그런 사람들이 아무리 큰돈을 줘도, 난 결코 우리 집에 발을 들여 놓게 하지 않을 거예요." 하고 베르뒤랭 부인이 위압적인 어조로 스완을 바라보며 말했다. 물론 그녀는 스완이 굴복하여 피아니스트 숙모의 저 거룩한 단순함까지 흉내 내리라고는 기대하지 않았다. 숙모는 이렇게 외쳤다.

---

* cire perdue. 밀랍으로 모형을 뜨고 점토를 붙인 후 청동 주물을 부어 밀랍을 녹여 내는 기법이다.
** 1885년 파리 만국박람회를 위해 현재의 그랑팔레 위치에 세워졌던 건물로, 1900년 만국박람회 때 해체되었다.

"그자들과 만나신다고요? 아직도 그런 인간들과 이야기하고 싶어 하는 사람이 있다는 게 놀랍네요. 전 겁이 날 것 같은데요. 좋지 않은 영향은 금방 받으니까요! 어떻게 아직도 그들 꽁무니를 쫓아다닐 만큼 덜 떨어진 사람이 있을까요?"

어째서 스완은 적어도 포르슈빌처럼 "그야 물론, 그쪽은 공작 부인이니까요. 아직도 그런 것에 감동하는 사람들이 있답니다."라고 대답하지 못했을까. 그렇게 말했다면 최소한 베르뒤랭 부인으로부터 "성공하길 바라요."라는 대답은 끌어낼 수 있었을 텐데. 그러나 스완은 그렇게 말하는 대신, 이런 어처구니없는 말에는 진지하게 대꾸조차 할 수 없다는 듯 픽 웃고 말았다. 계속해서 부인 쪽을 슬그머니 바라보던 베르뒤랭 씨는, 끝내 이단자를 뿌리 뽑지 못한 종교 재판관 같은 분노를 아내가 느끼고 있음을 알아채고는 서글퍼졌다. 그리고 자신의 의견을 밀고 나가는 용기가 상대방 눈에는 언제나 계산적이고 비겁하게 보인다는 듯이 스완에게 그의 의견을 취소시켜 볼 생각으로 이렇게 말했다.

"그렇다면 솔직하게 선생 생각을 말해 보시죠. 그들에게는 말하지 않을 테니까."

이 말에 스완이 대답했다.

"공작 부인이 두려워서 그러는 건 전혀 아닙니다.(만일 라 트레무이유 집안을 두고 하는 말이라면 말입니다.) 모두들 그분 댁에 가기를 좋아합니다. 그분이 '깊이가 있어서가 아니라'(그는 이 '깊이가 있다'는 말을 우스꽝스러운 단어인 것처럼 발음했는데, 어떤 정신적인 습관의 흔적과도 같은 것으로, 음악에 대한 사랑이 가져다준 변화 때문에 잠시 잊었던 것이다. 그는 이제 때때로 자기 의견을 열정적으로 표현했다.) 솔직히 말해 부인은 아주 지적인 분이고, 남편은 진정한 학자라고 할 수 있기 때문입니다. 호감이 가는 분들입니다."

이 이단자 단 한 명 때문에 작은 동아리의 정신적인 결속이 실현되는 것이 방해받는다고 느낀 베르뒤랭 부인은, 자기가 한 말이 얼마나 그녀를 고통스럽게 하는지도 모르는 이 고집쟁이에게 분노가 치밀어 올라 진심으로 이렇게 외치지 않을 수 없었다.

"좋을 대로 생각하세요. 그러나 최소한 우리 앞에서는 그런 말은 하지 말아 주세요."

"모든 것은 선생이 지적(知的)이라고 부르는 것에 달렸어요." 하고 이번에는 자신이 빛날 차례라고 생각한 포르슈빌이 말했다. "어때요, 스완, 당신이 말하는 지적이라는 것이 도대체 무슨 뜻이오?"

"바로 그거예요." 하고 오데트가 소리쳤다. "제가 말해 달라고 한 중요한 문제가 바로 그거예요. 헌데 저이는 결코 하려고 하지 않거든요."

"설명했잖소." 하고 스완이 반박했다.

"웬 허풍(blague)!" 하고 오데트가 말했다.

"담배쌈지(blague à tabac)* 말인가요?" 하고 의사가 물었다.

---

* 프랑스어의 blague란 단어는 허풍을 의미하지만, 여기에 담배(tabac)가 덧붙으면 '담배쌈지'란 뜻이 된다. 코타르의 말장난이다.

"당신에게는……." 하고 포르슈빌이 말을 이었다. "지성이라는 것이 사교계 사람들의 수다나 그런 데 슬며시 끼어들 줄 아는 사람을 말하는 거요? "

"접시를 치우게 빨리 앙트르메*를 잡수세요." 하고 베르뒤랭 부인은 생각에 골몰해서 먹는 것을 잊어버리고 있던 사니에트에게 날카롭게 말했다. 그러고는 자신의 어조가 다소 부끄러웠던지 "괜찮아요. 천천히 드세요. 실은 다른 사람들 들으라고 한 말이랍니다. 이대로 가다가는 다음 것을 대접할 수가 없으니까요." 하고 덧붙였다.

"저 온건한 무정부주의자인 페늘롱**의 저서에는 말입니다." 하고 브리쇼가 음절마다 끊어 발음하면서 말했다. "지성에 대한 아주 흥미로운 정의가 있습니다."

"자, 귀를 기울이세요." 하고 베르뒤랭 부인이 포르슈빌과 의사를 향해 말했다. "저분이 우리에게 지성에 대한 페늘롱의 정의를 말씀해 주실 테니까요. 흥미로운 주제군요, 이런 것을 배울 기회란 흔치 않답니다."

브리쇼는 스완이 먼저 그 정의를 내려 주기를 기다렸다. 그러나 스완은 대답하지 않고 빠져나감으로써, 베르뒤랭 부

---

* 예전에는 고기 요리와 디저트 사이에 먹는 가벼운 음식을 가리켰으나, 이제는 디저트와 혼동된다.

** '온건한 무정부주의자(doux anarchiste)'란 일종의 모순어법으로, 프랑수아 페늘롱(François Fénelon, 1615~1715)이 마음의 평온을 통해 신과의 합일을 추구했던 '정적주의자'라는 사실과, 여성의 교육 등 시대에 앞선 생각을 주장했다는 점에서 무정부주의자란 호칭을 받고 있다는 사실을 환기한다. 페늘롱은 17세기 성직자이자 작가로 「텔레마크의 모험」을 썼다.

인이 포르슈빌에게 즐겁게 제공한 그 빛나는 시합을 망쳐 버렸다.

"물론 저하고도 늘 이런 식이거든요." 하고 오데트가 약간 샐쭉하게 말했다. "저분 수준에 안 맞는 사람이 저만이 아니라는 걸 알게 되니, 별로 화도 나지 않는군요."

"베르뒤랭 부인께서 그다지 탐탁하지 않게 여기시는 그 라 트레무아이유*네 가문은 선량한 속물인 세비녜** 부인께서 자기 소작인들에게 도움이 되니까 알게 되어 기쁘다고 했던 바로 그분들 후손이 아닌지요?" 하고 브리쇼는 힘 있게 단어 하나하나를 강조하며 물었다. "사실 세비녜 후작 부인에게는 또 다른 이유가 있었으며, 이 또 다른 이유가 부인에게 더 중요했던 게 틀림없습니다. 왜냐하면 골수까지 문인이었던 세비녜 부인은 무엇보다도 자료 사본을 중요시했으니까요. 그런데 부인이 딸에게 규칙적으로 보냈던 일기에 따르면, 중요한 인척 관계 덕분에 많은 자료를 확보한 라 트레무아이유 부인이야말로 외교 정책의 실세였다는 겁니다."

"천만에요, 저는 같은 가문이라고 생각하지 않아요." 하고 베르뒤랭 부인은 되는대로 지껄였다.

사니에트는 아직 음식이 잔뜩 남은 접시를 서둘러 집사에게 주고 나서는 다시 조용히 명상에 잠겼는데 드디어 침묵에서 빠져나와, 자기가 라 트레무이유 공작과 함께했던 저녁 식

---

* 이 가문의 세 이름 표기 중 하나에 따라 잘못 말했다.
** 『잃어버린 시간을 찾아서』 1권 45쪽 주석 참조.

사 이야기를 하며, 공작이 조르주 상드라는 이름이 여자의 필명이라는 걸 알지 못하더라는 말을 하면서 웃었다.* 사니에트에게 호감을 품고 있던 스완은, 공작이 그처럼 무식하다는 건 물리적으로 불가능하다는 걸 알려 주려고, 공작의 교양에 관해 자세하게 설명해 주어야겠다고 생각하고는 말을 꺼내다가 갑자기 멈추었다. 그는 사니에트가 그런 증거를 필요로 하지 않으며, 그 이야기를 방금 즉석에서 지어냈다는 사실을 알아차렸다. 사람 좋은 사니에트는 베르뒤랭 사람들로부터 따분한 자로 취급받는 게 참을 수 없었고, 게다가 그날 저녁 만찬에서 여느 때보다 더 자신이 눈에 띄지 않는 존재임을 깨달았기 때문에, 식사가 끝나기 전에 회식자들을 재미있게 해 주고 싶었던 것이다. 그는 금세 스완에게 항복했고, 기대했던 효과가 빗나가자 몹시 슬픈 표정을 지었다. 그리고 더 이상 불필요한 반박에 열중할 필요가 없다는 듯 아주 맥 빠진 어조로 "그렇군요. 그래요, 어쨌든 내가 틀렸다 해도 죄가 아니죠."라고 대답했으므로, 스완도 그 말이 사실이며 또 흥미롭다고 말하고 싶을 정도였다. 그들 말에 귀를 기울이던 의사는 '세 논 에 베로(Se non è vero)'**라고 말할 기회라고 생각했으나, 단어에 자신이 없었고 또 얼버무리게 될까 봐 겁이 났다.

식사 후 포르슈빌이 의사 쪽으로 다가갔다.

---

* 조르주 상드의 본명은 뤼실 오로르 뒤팽으로, 뒤 드방 남작과 결혼했지만 뜻이 맞지 않아 두 아이를 데리고 파리로 올라와서는 조르주 상드라는 남자 이름을 필명으로 하여 글을 썼다. 『잃어버린 시간을 찾아서』 1권 77쪽 주석 참조.
** '정말이 아니라도'를 의미하는 이탈리아어다.

"베르뒤랭 부인이 젊었을 때는 꽤 미인이었을 겁니다. 그리고 대화를 함께 나눌 수 있는 여자고요. 저로선 그거면 충분합니다. 물론 나이를 먹어 가긴 하지만요. 그러나 크레시 부인은 아주 귀여운 여자고 지적인 데다 제기랄, 아주 눈치가 빨라 아메리카인의 눈*을 가졌다는 걸 단번에 알 수 있습니다. 그녀는! 우리는 크레시 부인에 대해 말하고 있었습니다." 하고 포르슈빌이 파이프를 입에 물고 다가오는 베르뒤랭 씨에게 말했다. "제 생각에 여자 몸 치고는……."

"벼락보다는 저 여자가 내 침대로 떨어졌으면 좋겠군요."** 하고 대화 흐름이 바뀌면 제때 끼지 못할까 봐 노심초사하던 코타르가 이 오래된 농담을 꺼내려고 아까부터 포르슈빌이 숨을 돌리기만을 헛되이 기다려 오다가 얼른 말했는데, 외워서 하는 말에 따르기 마련인 불안과 차가움을 감추려고 지나치게 자연스럽고 자신에 찬 듯 과장했다. 포르슈빌은 이미 그 농담을 알았던지라 알아듣고는 재미있어했다. 베르뒤랭 씨도 쾌활함을 아끼지 않았다. 요즘 그는 쾌활함을 드러내기 위해, 자기 부인 것과는 다르지만 똑같이 단순하면서도 분명한 상징을 발견해 냈다. 누군가 웃음을 터트릴 때처럼 머리와 어깨를 흔들어 대기 시작하다가, 이내 너무 웃어 대어 담배 연기를 삼켰다는 듯 기침을 하는 것이었다. 그러고는 여전히 파이프를 입가에 문 채 폭소와 숨 막히는 시늉을 끝없이 계속했다.

---

* 관찰력이 예리한 눈을 가리키는 표현으로 인디언들의 날카로움을 환기한다.
** 그녀가 무척이나 아름답다는 의미의 속어적 표현이다. 그러나 여기서는 오데트의 가벼운 성 취향에 대해 스완만이 모른다는 사실을 암시한다.

그리하여 베르뒤랭 씨와, 그 맞은편에서 화가 이야기를 들으며 눈을 감고 갑자기 손으로 얼굴을 감싸는 베르뒤랭 부인은 쾌활함을 다르게 표현하는 두 연극 가면같아 보였다.

그리고 베르뒤랭 씨가 파이프를 입에서 떼지 않은 것은 잘한 일이라고 할 수 있었다. 왜냐하면 잠시 자리를 떠나야만 했던 코타르가, 최근에 배운 행동으로, 같은 장소에 갈 때마다 되풀이하는 농담을 작은 목소리로 얘기했기 때문이다. "저는 잠시 오말 공작과 이야기하러 가야겠습니다."* 그래서 베르뒤랭 씨의 기침이 다시 시작되었다.

"여보, 파이프를 입에서 떼세요. 그처럼 웃음을 참으려 하다간 숨이 막힐 게 뻔해요." 하고 리큐어**를 따르러 온 베르뒤랭 부인이 말했다.

"댁의 남편은 정말 멋집니다. 재치가 여간 아닙니다." 하고 포르슈빌이 코타르 부인에게 말했다. "감사합니다. 부인, 저와 같은 노병은 결코 한 방울도 거절하는 법이 없답니다."

"드 포르슈빌 씨가 오데트를 매력적이라고 하는군." 하고 베르뒤랭 씨가 아내에게 말했다.

---

* 화장실에 가는 것을 의미하는 이 관용어는 부르봉 가의 장자를 옹호하는 정통 왕조파의 농담으로, 루이필리프의 옹호자인 오를레앙 파에 대한 조롱으로 해석된다. 오말 공작(le duc d'Aumale, 1822~1897)은 루이필리프의 네 번째 아들 앙리 도를레앙이며, 이 표현은 보다 정확하게는 '오말 공작에게 오줌 싸러 간다'라는 의미로, 정통 왕조파가 루이필리프의 옹호자인 오를레앙 파의 일원인 오말을 조롱하는 것이다.
** 알코올 도수가 높은 음료를 리큐어(Liqueur)라고 부르는데 위스키, 브랜디 등에 설탕, 시럽, 과즙을 넣어 만든 향이 짙은 술이다. 보통 식사 후에 마신다.

"마침 오데트가 선생님하고 점심 식사라도 한번 같이하고 싶어 하는군요. 시간을 한번 잡아 보죠. 하지만 스완이 알아서는 안 돼요. 그 사람은 알다시피 찬물을 끼얹으니까요. 그래도 저녁 식사를 하러 오시는 건 상관없어요. 물론 자주 와 주시기를 바라요. 이젠 좋은 계절이 시작되니, 여럿이 자주 야외에 나가서 식사하기로 하죠. 불로뉴 숲에서 가볍게 식사하는 걸 싫어하지는 않으시겠죠? 그래요, 아주 재미있을 거예요."라고 베르뒤랭 부인은 말하면서 젊은 피아니스트를 향해 외쳤다. "당신은, 당신 일은 하지 않으실 건가요?" 그녀는 포르슈빌같은 중요한 신참 앞에서 자신의 재치와 신도들에 대한 폭군적인 힘을 과시하고 싶었다.

"드 포르슈빌 씨가 제게 당신 욕을 한참 하고 있었어요." 하고 코타르 부인은 남편이 거실에 돌아오자 말했다.

그런데 코타르는 만찬이 시작될 때부터 그의 마음을 사로잡은 포르슈빌의 귀족 신분에 대해 계속 생각하면서 이렇게 말했다.

"전 요즘 어느 남작 부인의 병을 치료합니다. 퓌트뷔스 남작 부인이라고. 그런데 퓌트뷔스로 말하자면 십자군에 참전했던 집안 아닙니까? 포메라니아*에 콩코르드 광장의 열 배나 되는 그들 소유 호수가 있답니다. 그분의 건성 관절염을 치료해 드리는데, 매력적인 여인입니다. 게다가 그분은 베르뒤랭

---

* 발트 해 남쪽 연안으로 폴란드와 독일 북부에 걸쳐 있다. 이 영지는 실제로 퓌트뷔스라고 불리는 귀족 가문에 속했다고 한다.

부인을 잘 아는 것 같더군요."

이 말 덕분에 포르슈빌은 잠시 후에 코타르 부인과 단둘이 남았을 때, 그녀의 남편에 대한 호의적인 판단을 보충할 수 있었다.

"남편께서는 재미있는 분입니다. 사교계 인사들하고도 잘 아는 사이라는 걸 알 수 있군요. 정말 모르는 게 없다니까요, 의사 양반들은."

"스완 씨를 위해 소나타 악절을 연주하겠습니다." 하고 피아니스트가 말했다.

"아, 뭐라고요! 적어도 '소나타의 뱀'*은 아니겠지요?" 하고 포르슈빌은 다른 사람에게 강한 인상을 주기 위해 질문했다.

그러나 이런 재담을 한 번도 들어 본 적 없는 코타르는 그 말뜻을 이해할 수 없어, 포르슈빌 씨가 잘못 말한 것으로 생각했다. 그래서 고쳐 주려고 얼른 그에게 다가갔다.

"아! '소나타의 뱀(Serpent à Sonates)'이 아니라 '방울뱀(serpent à sonnettes)'이라고 한답니다." 하고 코타르는 성급하게 열을 올리며 의기양양하게 말했다.

포르슈빌이 재담의 뜻을 설명해 주자, 의사는 얼굴이 빨개

---

* 이 '소나타의 뱀(Serpent à Sonates)'은 독설가이자 피아노를 잘 쳤던 생폴 후작 부인의 별명이었다. 그녀의 처녀 시절 이름은 디안 드 페도 드 브루(Diane de Feydeau de Brou)로 「스완의 사랑」에 나오는 생퇴베르트 후작 부인의 모델로 알려졌다. 소나타(sonate)와 방울(sonnette)의 발음이 유사하다는 이유로 이런 농담을 한 것이다. 방울뱀은 아주 독성이 강한데, 꼬리를 움직이면서 내는 소리 때문에 이런 이름이 붙었다고 한다.

졌다.

"어때요, 재미있지요, 의사 선생님?"

"아! 저도 오래전부터 알고 있었습니다." 하고 코타르가 대답했다.

그러나 그들은 입을 다물었다. 지속적인 떨림으로 악절을 감싸던 바이올린 트레몰로의 흔들림보다 두 옥타브 낮은 곳에서 — 마치 겉으로 보기에는 꼼짝도 하지 않지만 실은 현기증이 날 정도로 떨어지는 산악 지방 폭포 저편, 이백 걸음 내려온 곳에서 산책하고 있는 한 여인의 가냘픈 모습이 보이듯 — 소악절이 투명하고도 끊임없는 음의 장막에 감싸여 멀리서 긴 파도로 부서지며 우아하게 나타났기 때문이다. 그러자 스완은 마음속에서 자신의 은밀한 사랑 이야기를 들어주는 여인을 대하듯, 또는 저런 포르슈빌 따위는 신경 쓰지 말라고 말해 줄 오데트의 한 여자 친구를 대하듯 소악절에게 말을 건넸다.

"어마나! 늦으셨군요." 하고 베르뒤랭 부인은 '이쑤시개'* 용으로 초대했던 신도에게 말했다. "조금 전까지만 해도 우리는 비할 데 없는 웅변가인 '브리쇼' 씨와 함께 있었지요! 그러나 지금은 가고 안 계시답니다. 그렇지요, 스완 씨, 그분과 만난 게 처음이지요?" 하고 그녀는 자기 덕분에 브리쇼를 알게 되었다는 걸 일깨워 주려는 듯 말을 걸었다. "어때요, 아주 근사했죠, 우리 브리쇼가?"

스완은 공손히 머리를 숙였다.

─────────────

* 저녁 식사에 이어 베풀어지는 파티에 초대하는 손님.

"아닌가요? 그분이 선생님 관심을 끌지 못했나요?" 하고 베르뒤랭 부인이 통명스럽게 물었다.

"아닙니다, 전 매료되었습니다. 제 취향에는 조금은 단호하고 쾌활해 보이긴 했습니다만, 때로는 망설임과 부드러움이 약간 있었으면 하는 생각이 들기도 하더군요. 하지만 그분이 많은 걸 안다는 걸 느낄 수 있었고, 또 아주 충직한 분인 것 같더군요."

모두들 늦게 돌아갔다. 코타르가 아내에게 한 첫 마디는 이러했다.

"오늘처럼 베르뒤랭 부인이 활기를 띤 모습은 여태껏 보지 못했소."

"그런데 저 베르뒤랭 부인은 정확히 어떤 사람인가요? '시시한 카스토르'*에 불과한가요?" 하고 포르슈빌은 화가에게 같이 돌아가자고 제의하면서 말했다.

오데트는 서운한 마음으로 포르슈빌이 멀어져 가는 걸 보았지만 차마 스완과 함께 돌아가지 않겠다는 말은 꺼내지 못했다. 마차에 타고 있는 동안 기분이 좋지 않았던 그녀는 스완이 그녀 집에 들어가도 좋으냐고 묻자 "물론이죠." 하고 짜증스럽게 어깨를 들먹이며 말했다. 손님들이 모두 떠나자 베르뒤랭 부인은 남편에게 말했다.

---

* demi-castor. 파리 팔레루아얄 근처에서 남자들을 유혹하던 하층민 출신 여자들을 가리키는 은어로, 좀 더 나은 고급 화류계 여자는 그냥 '카스토르'라고 불렸다. 카스토르의 원래 뜻은 모직물을 섞어 만든 '비버 털모자'다. 『스완의 사랑』(플라마리옹) 138쪽 주석 참조.

"우리가 라 트레무이유 부인 얘길 했을 때, 스완이 바보같
이 웃는 모습 봤어요?"

그녀는 라 트레무이유라는 이름을 말할 때 스완이나 포르슈
빌이 여러 번 '드(de)'를 생략하는 것에 주목했다. 그들이 작위
를 겁내지 않는다는 걸 보여 주려고 그런 것이라고 확신한 그녀
는 그들의 자존심을 흉내 내고 싶었지만, 어떤 문법에 따른 것
인지 잘 이해하지 못했다. 그래서 그녀의 저속한 말투가 공화주
의자의 강경함보다 우세해지면서 '드 라 트레무이유 사람들'*
이라고 말하거나, 카페에서 부르는 샹송 가사나 만화가들의
설명문에서 흔히 생략되는 것처럼 '드'를 얼버무리며 '들라 트
레무이유(d'La Trémoïlle)'라고 불렀다. 그러다가는 그저 '라 트
레무이유 부인'이라고 했는데, "스완식으로 말하면 공작 부인
이죠." 하고, 이렇듯 어리석고 우스꽝스러운 명칭을 그저 인용
할 따름이지 자기 의사로 택한 것이 아니라는 걸 밝히는 듯한
미소를 지으며 빈정대듯 덧붙였다.

"여보, 전 그 작자가 지독한 바보라고 생각해요."

그러자 베르뒤랭 씨가 대답했다.

"그 작자는 솔직하지 않고, 교활하고, 언제나 이럴까 저럴

---

* 스완이나 포르슈빌은 그들과 친한 까닭에 '라 트레무이유 가문(La famille de
La Trémoïlle)'이라는 말 대신 '드'를 생략해서 그냥 '라 트레무이유 사람들(les La
Trémoïlle)'이라고 부르는 데 반해, 베르뒤랭 부인은 그들을 흉내 내어 정관사 les
를 붙임으로써 귀족들을 우습게 본다는 것을 보여 주려고 하나 귀족의 존칭인
'드'는 그대로 간직하여 '드 라 트레무이유 사람들(les de La Trémoïlle)'이라는 우
스꽝스러운 표현을 쓴다.

까 망설인단 말이오. 언제나 양쪽에 좋은 말을 하려고 한단 말이지. 포르슈빌과는 얼마나 다르오. 적어도 그 사람은 자기 생각을 당신에게 솔직히 말하잖소. 당신 마음에 들건 들지 않건 간에 말이오. 무화과나 포도나무 중에 이것도 저것도 아니라고 하는 저 작자와는 다르단 말이오. 게다가 오데트도 포르슈빌 쪽을 훨씬 더 좋아하는 눈치요. 나도 그녀가 옳다고 생각하오. 게다가 스완은 우리에게 사교계 인사인 척, 공작 부인들의 기사인 척하지만, 적어도 포르슈빌에겐 작위가 있지 않소. 그분은 항상 포르슈빌 백작이란 말이지." 하고 그는 백작의 역사에 정통한 것처럼 그 특별한 가치의 무게를 면밀하게 재기라도 하듯, 입술을 섬세하게 움직이며 말했다.

"여보, 제가 보기에……." 하고 베르뒤랭 부인이 말했다.

"그 작자는 브리쇼에게 아주 악의에 찬 우스꽝스러운 야유를 퍼부어야 한다고 생각했나 봐요. 물론 스완은 브리쇼가 우리 집에서 환대받는다는 걸 알고, 그러니 결국 우리에게 먹칠을 하고 우리 집 만찬을 비방하려고 했던 거예요. 집을 나가자마자 그 집을 헐뜯는 못된 친구 냄새가 나요."

"내가 이미 말하지 않았소." 하고 베르뒤랭 씨가 말했다. "그는 낙오자요, 자기보다 조금이라도 나은 사람이면 누구든 시기하는 소인배란 말이오."

사실 스완만큼 악의 없는 신도도 없었다. 그러나 그들은 모두 신중하게 그들의 험담에 잘 알려진 농담이나 약간의 감동과 다정함으로 양념을 쳤다. 반면에 스완이 허용하는 극히 사소한 조심스러운 말에도, 이를테면 "우리가 하는 것은 욕이 아닙니다." 같은 관례적인 표현이 칠해지지 않았고, 또 스완이 그런 식으로 자신을 낮추는 것을 싫어했기 때문에, 그들에게는 일종의 불충으로 보였던 것이다. 일반 대중의 취미에 아부하지 않거나 익숙한 상투어를 쓰지 않아서 조금만 대담한 문체를 사용해도 대중의 반발을 불러일으키는 독창적인 작가들이 있는데, 스완이 베르뒤랭 씨의 노여움을 산 것도 같은 이치였다. 이들 작가들과 마찬가지로 스완에게서도, 그를 뱃속 검은 사람으로 믿게 한 것은 바로 그가 쓰는 언어의 새로움이었다.

스완은 베르뒤랭 집에서 이렇듯 자신이 은총을 잃고 위협받는다는 사실을 아직 몰랐으며, 자신의 사랑을 통해 그들의 우스꽝스러움을 계속해서 아름답게 보았다.

스완과 오데트는 대부분 밤에만 만났다. 낮에 그녀 집에 가면 그녀를 피곤하게 할까 봐 두려웠고, 그러면서도 그녀가 줄곧 자기 생각을 해 주기만을, 또 그녀 마음속에 끼어들 기회만을 노렸는데, 그것도 그녀 마음에 드는 방법을 통하려고 애썼다. 가령 꽃집이나 보석상 진열장에서 마음에 드는 작은 관목이나 보석을 보면, 그는 곧바로 그것을 오데트에게 보내야겠다고 생각하고는, 그가 느끼는 기쁨을 그녀도 느낄 것이고, 그러면 그에 대한 그녀의 애정도 더 커질 것이라고 상상하며 그녀가 그로부터 무엇인가를 받았으므로 자기가 그녀 곁에 있는 것처럼 느끼는 순간을 더 이상 늦추지 않으려고, 즉시 그 선물을 라페루즈 거리로 보냈다. 그녀가 느낄 고마운 마음 때문에, 베르뒤랭네에서 만났을 때 그녀가 그를 다정하게 맞아 줄지, 아니면 누가 알겠는가, 가게 주인만 서둘러 준다면 어쩌면 저녁 식사 전에 그녀 편지가 날아올지? 또는 그녀가 고맙다는 인사를 하려고 몸소 그의 집을 한 번 더 찾아올지. 오래 전 오데트의 성격을 알아보려고 그녀가 화났을 때 어떤 반응을 보이는지 시험해 본 적이 있었는데, 그때와 같이 지금은 고마울 때의 반응으로, 그녀가 아직까지 그에게 드러내지 않았던 숨은 감정의 조각들을 끄집어내려고 했다.

자주 돈에 쪼들리는 그녀는 빚을 갚으라는 독촉을 받으면 스완에게 도움을 청하러 왔다. 그는 그것이 기뻤다. 오데트에게 해 줄 수 있는 거라면 뭐든지, 그가 그녀에 대해 품고 있는 커다란 사랑이나 단지 커다란 영향력에 대한 생각, 그녀에게 도움이 될 수 있는 거라면 뭐든지 기뻤다. 누군가 스완을 보고 처음에는 "그녀가 좋아하는 것은 자네 지위일세."라고 말했고, 지금은 "그녀가 좋아하는 것은 자네 재산이라네."라고 말한다 해도 그는 믿지 않았을 것이다. 또 스노비즘이나 돈 같은 강력한 그 무엇 때문에 그녀가 그에게 집착한다고 사람들이 생각한다 해도 — 그런 것으로 그들이 맺어져 있다고 느낀다 해도 — 그렇게 불만스럽게 여기지 않았을 것이다. 게다가 그 말이 사실이라 믿었다 해도, 어쩌면 그에 대한 오데트의 사랑에서 그녀가 그에게서 느낄 수 있는 즐거움이나 장점보다 이해 관계가 더 지속적인 받침대라는 걸 알았다 해도, 그것이 그녀에게 그와의 만남을 단념할지도 모르는 날을 언제까지나 늦춰 줄 것이므로, 그렇게 고통스럽지는 않았을 것이다. 그러므로 지금은 그녀에게 선물 세례를 하고 필요한 것을 도와줌으로써, 그녀 마음에 들기 위해 기진맥진 노력하는 것에서 벗어나 그의 인격이나 지성과는 무관한 이점에 기댈 수 있지 않은가. 그리고 사랑에 빠져 사랑으로만 산다는 이 쾌락이, 때로는 이 쾌락의 현실성이 의심스럽기도 했지만, 결국 비물질적 감각을 즐기는 스완이 지불하는 대가가 그 쾌락의 가치를 더해 주었다. 마치 바다 풍경이나 물결 소리가 정말로 매혹적인지 의심하던 사람들이, 그것을 음미할 수 있는 호텔 방을 하루 100프랑에 빌리고는 아름다움, 그리고 돈에 초연한 자신들의 취향의 드문 장점을 확인하는 것과도 같았다.

하루는 이런 생각을 하다가 누군가 오데트를 첩이라고 이야기하던 시절 생각으로 돌아갔다. 그리하여 그는 한 번 더 첩이라는 기이한 화신을 — 귀스타브 모로*의 그림에 나오는 환영처럼 값진 보석들로 뒤얽힌 독 품은 꽃들 사이에 박혀 미지의 악마적 요소들로 아롱거리는 혼합체 같은 — 예전에 어머니와 친구들 얼굴에서 본 적 있는 불행한 사람에 대한 동정심, 불의에 대한 저항, 친절에 대한 고마움의 감정들을 얼굴에 나타내던 오데트와, 그 자신이 잘 아는 그의 수집품이나 방, 늙은 하인, 주식을 맡겨 놓은 은행가와 관계되는 이야기를 곧잘 떠올리던 오데트와 재미 삼아 비교해 보았다. 그러자 마지막으로 떠올린 이 은행가 이미지가 돈을 약간 찾아야 한다는

---

* Gustave Moreau(1826~1898)의 「환영」(1876), 「살로메」, 「헬레네」, 「갈라테아」에 나오는 여인을 충실하게 묘사한 부분이다. 귀스타브 모로는 프랑스 화가로 신화나 성서를 모티프로 한 환상적이고 신비로운 묘사로 내적 감정을 표현했으며, 「환영」은 오스카 와일드의 영향을 받아 아름다움을 무기로 남자를 죽음으로 몰아넣은 살로메를 표현한 작품이다.

사실을 생각나게 해 주었다. 사실 5000프랑을 준 지난달처럼 이번 달에도 오데트의 물질적인 어려움을 후하게 도와주지 않는다면, 또 그녀가 갖고 싶어 하는 다이아몬드 목걸이를 사주지 않는다면, 그의 관대함에 대한 그녀의 찬미나 그를 그토록 행복하게 해 주던 감사 표시를 그녀는 다시는 하지 않을 것이며, 뿐만 아니라 사랑의 표현이 적어진 것을 보고는 그녀에 대한 자신의 애정이 줄어든 걸로 여길지도 모른다는 생각이 들었다. 그러자 갑자기, 바로 이것이 그녀를 '부양한다*는' 것이 아닌지,(실제로 '부양한다는' 개념은 신비롭거나 사악한 요소들로부터 끌어낼 수 있는 것이 아니라, 그의 삶의 사적이고도 일상적인 바탕에 속했다. 이를테면 찢어져서 풀로 다시 붙인, 저 친숙하고도 길든 1000프랑짜리 지폐를 하인이 월말 정산과 집세 지불 후에 그의 오래된 책상 서랍 속에 넣어 두었는데, 그 돈을 꺼내 거기에 다른 넉 장을 더 추가해서 오데트에게 보내 준 것처럼.) 또 그가 그녀를 안 후부터는(그녀가 그를 알기 전에 다른 누군가로부터 돈을 받았으리라고는 상상도 하지 못했으므로) 그녀와 그렇게도 어울리지 않는다고 여겨 온 이 '첩'이란 말이 오데트에게 적용될 수 있는지 생각해 보았다. 그러나 더 깊게 생각할 수는 없었다. 그의 타고난 간헐적이고도 숙명적인 정신의 우둔함이 갑자기 발작처럼 나타나, 마치 나중에 전기가 설치되면서 스위치 하나로 집 안 전기를 다 끌 수 있게 된 것처럼, 그의 지성을 비추는 모든 빛을 꺼 버렸기 때문이다. 그의 생각은 잠시 어

---

* 프랑스어 '첩'을 직역하면 '부양받는 여자(femme entretenue)'다.

둠 속을 더듬었다. 그는 안경을 벗어 알을 닦고 손으로 눈을 비비며 전혀 다른 생각 앞에서 빛을 되찾았다. 즉 다음 달에는 5000프랑 대신 6000프랑이나 7000프랑을 보내 오데트에게 놀라움과 기쁨을 안겨 주어야겠다고 생각했던 것이다.

저녁에 오데트를 베르뒤랭네 집이나 불로뉴 숲, 특히 그들이 좋아하는 생클루*의 여름 레스토랑에서 만날 시간을 기다리면서 집에 있지 않을 때는, 예전에 자신이 단골로 드나들던 그 우아한 저택 중 한 곳으로 저녁 식사를 하러 갔다. 언젠가는 오데트에게 도움이 될지도 모르는 사람들과의 교제를 ― 누가 알 것인가? ― 끊고 싶지 않았고, 또 그들 덕분에 그동안에도 여러 번 오데트의 환심을 살 수 있었다. 그리고 오랫동안 사교계나 사치스러운 생활을 통해 몸에 밴 습관이 그런 생활을 경멸하면서도 동시에 필요로 했으므로, 가장 초라한 집구석이 가장 호화로운 저택과 똑같아 보이는 순간에도, 호화로운 저택에 익숙해진 그의 감각은 초라한 구석으로 들어가면 어떤 거북함을 느꼈다. 그는 D계단 육 층 꼭대기**의 왼쪽 층계참에서 춤을 추자는 서민들에 대해서도, 파리에서 제일 근

---

* 불로뉴 숲과 마주한 이곳은 파리 사람들이 가장 많이 산책하는 파리 근교다. 특히 여름철 일요일에는 생클루 축제가 열렸는데, 베르사유와 더불어 프랑스 역사에서도 중요한 자리를 차지한다.
** D계단 육 층 꼭대기는 가장 구석진 곳에 있는 아파트를 가리킨다. 19세기 말 파리의 전형적인 아파트는 앞쪽에 위치한 육 층(또는 오 층)짜리 건물에 출입구 계단 A와 B가 있고, 그 뒤로 안마당과 또 다른 건물이 있고, 출입구 계단 C와 D가 있었다. 그러므로 D계단 육 층 꼭대기는 아파트 가장 안쪽에 위치한, 주로 하녀나 서민 들이 사는 다락방을 가리킨다.

사한 파티를 베푸는 파름 대공 부인*에 대해서와 똑같은 경의를 — 그들이 생각하지도 못할 만큼 동일한 수준의 — 표했다. 그러나 그런 집 여주인의 침실에 걸린 아버지들의 초상화와 함께 있다 보면 무도회에 와 있다는 느낌이 들지 않았을뿐더러, 수건이 잔뜩 걸린 세면대나 침대 커버 위에 외투와 모자가 가득 쌓여 삽시간에 탈의실로 변해 버린 침대를 보다 보면, 오늘날 이십 년 동안이나 전기에 익숙했던 사람이 심지가 타는 등잔불이나 그을음을 내는 야등 냄새를 맡았을 때처럼 질식할 것만 같은 느낌이 들었다. 시내에서 만찬이 있는 날에는 7시 30분에 마차를 대기시키고는, 오로지 오데트만을 생각하며 옷을 입었으므로 그는 혼자가 아니었다. 끊임없이 떠오르는 오데트에 대한 생각이 그녀와 멀리 떨어져 있는 순간에도 그녀가 옆에 있을 때와 마찬가지로 특별한 매력을 느끼게 해 주었기 때문이다. 그가 마차에 올라타면, 동시에 오데트에 대한 생각도 마차로 뛰어 올라서는 어디든지 데리고 다니며, 다른 손님들 몰래 테이블 밑에 넣어둔 애완동물처럼, 그의 무릎 위에 올라와 앉는 것을 느꼈다. 그러면 그는 그 생각을 애무하고, 그 체온으로 자신의 몸을 따뜻하게 했다. 그리고 일종의 나른함을 느끼면서 매발톱꽃** 다발을 단춧구멍에 꽂고는 그의 목과 코를 경련시키는, 그에게는 새로운 전율에 몸을 내맡

---

* 파름 대공 부인의 이름은 화자를 매혹한다. 스탕달의 『파르마의 수도원』은 화자의 몽상을 이탈리아적인 부드러움으로 채색한다.
** 미나리아과 꽃으로 꽃잎이 다섯 장이며 숲이나 바위에 서식한다. 높이는 30~90센티미터 정도고 노란빛이 도는 자줏빛 꽃이 핀다.

겼다. 얼마 전부터, 특히 오데트가 포르슈빌을 베르뒤랭네 집에 소개한 후부터는, 조금은 괴롭고 서글프게 느껴져서는 시골로 내려가 쉬고 싶다는 생각이 들기도 했다. 그러나 오데트가 파리에 있는 동안은 단 하루도 파리를 떠날 용기가 없었다. 날씨는 더웠다. 아주 화창한 봄날이었다. 벽이 높은 어느 저택으로 들어가기 위해 돌이 깔린 시내 거리를 지나가면서도 그의 눈앞에 아른거리는 것은 콩브레 근교에 그가 소유한 정원뿐이었다. 그곳에서는 4시가 되면, 아스파라거스 묘목에 도착하기도 전에 메제글리즈 들판에서 불어오는 바람 덕분에 관목 덮인 정자 아래서도 물망초나 글라디올러스로 둘러싸인 연못가만큼이나 시원함을 느낄 수 있었다. 또 저녁을 먹을 때면 정원사가 엮어 놓은 까치밥나무 열매와 장미꽃 향기가 식탁 주변을 감돌았다.

저녁 식사 후, 생클루나 불로뉴 숲에서 일찍 만나기로 한 날에는 식탁에서 일어서자마자 너무 빨리 자리를 떴으므로 — 더구나 비가 금방 쏟아질 것 같아 여느 때보다도 일찍 '신도들이' 돌아갈 것 같은 날에는 — 한번은 롬 대공 부인이 (이 댁에서는 만찬이 늦게 끝나서 스완은 불로뉴 숲 섬에 있는 베르뒤랭네에 가려고 커피도 나오기 전에 자리를 떴다.) 이렇게 말한 적도 있었다.

"정말로, 스완이 지금보다 서른 살을 더 먹어 방광염에라도 걸렸더라면 저렇게 도망치는 걸 용서할 수도 있겠지만. 어쨌든 저 사람은 사교계를 우습게 생각하니까요."

봄의 매력을 콩브레에서 맛볼 수 없었으므로, 적어도 백조의 섬*이나 생클루에서는 찾을 수 있으리라 그는 생각했다. 그러나 그는 오데트밖에 생각할 수 없었으므로 자신이 나뭇잎 향기를 맡는지 달빛이 밝은지도 알 수 없었다. 레스토랑 정원 피아노에서 연주되는 소나타 소악절이 그를 맞아 주었다. 정원에 피아노가 없으면 베르뒤랭 부부는 다른 방이나 식당에서 피아노를 운반해 오느라고 여간 수고를 하지 않았다. 스완이 그들의 총애를 되찾아서가 아니라, 오히려 그 반대였다. 비록 그들이 좋아하지 않는 사람이라 할지라도 누군가를 위해 어떤 기발한 기쁨을 마련해 주겠다는 생각이, 그런 준비를 하는 동안 그들 마음속에, 덧없고 일시적이긴 하지만 호의와 배려를 키워 놓았던 것이다. 때때로 그는 새로운 봄 저녁이 또 한 번 흘러가는구나 하고 생각하고는 나무와 하늘에 주의를 기울이려고 해 보았다. 그러나 오데트의 존재로 인한 동요와 얼마 전부터 그를 떠나지 않는 그 열기 어린 거북함은, 자연 감상에 필수 배경인 고요와 안락을 빼앗고 있었다.

어느 날 저녁, 스완이 베르뒤랭네 저녁 식사 초대를 받아들여 식사를 하던 중 내일은 옛 친구들과 연회가 있다고 말하자, 오데트는 식탁 한가운데서, 이제는 신도의 한 사람이 된 포르슈빌과 화가 그리고 코타르 앞에서 이렇게 말했다.

"그래요, 연회가 있다는 건 저도 알아요. 그러니 저희 집에서만 뵐 수 있겠네요. 하지만 너무 늦게는 오지 마세요."

오데트가 이런저런 신도에게 품은 우정에 대해 한 번도 진

---

* 불로뉴 숲에 있는 섬.

심으로 질투해 본 적은 없었지만 이렇게 여러 사람 앞에서 태연하게 스스럼없이 매일 밤 밀회를, 그녀 집에서의 그 특권적인 위치와, 그에 대한 그녀 애정을 확인하는 걸 듣고는 스완은 짙은 감미로움을 느꼈다. 물론 스완은 오데트가 여러 면에서 그렇게 뛰어난 여자가 아니라고 생각했고, 또 자기보다 열등한 존재에 대해 그가 행사해 오던 우월감에 비추어 '신도들의' 면전에서 그 권리가 공표되었다 해도 그렇게 자랑거리는 아니라고 생각했지만 오데트가 많은 남자들 눈에 매력적인 욕망의 대상으로 보인다는 사실을 알고 난 후부터는, 그들이 그녀 육체에 느끼는 매력 탓에 그 역시 그녀 마음 구석구석까지도 완전히 지배하고 싶다는 고통스러운 욕구를 느꼈다. 그래서 밤마다 그녀 집에서 보내는 순간들에 대해, 오데트를 무릎에 앉히고 이것저것 그녀 생각을 말하게 하고 또 지금 이 세상에서 가장 소유하고 싶은 그 유일한 재산을 살펴보는 순간들에 대해 더할 나위 없는 중요성을 부여하기 시작했다. 그래서 그날 저녁 식사 이후부터는 그녀를 따로 한쪽에 불러 진심으로 감사하는 걸 잊지 않았고, 자신이 표하는 고마움의 정도에 따라 거기에 상응하는, 그녀가 자신에게 줄 수 있는 기쁨의 크기를 알리고자 애썼는데, 그중에서도 가장 큰 기쁨은 그의 사랑이 지속되는 한 상처 받기 쉬운 그를, 질투의 발작으로부터 보호해 주는 것이었다.

다음 날 연회가 끝나 밖으로 나오는데 폭우가 쏟아졌다. 그에게는 무개 사륜마차밖에 없었는데 한 친구가 자기 마차로 그를 집까지 데려다주겠다고 했고, 또 오데트가 스완에게 자기 집에 들러 달라고 요청한 사실로 미루어 다른 사람을 기다리지 않는다는 것이 확실했으므로, 이렇게 폭우 속에 찾아가기보다는 집에 돌아가서 자는 편이 정신도 안정되고 마음도 편할 거라는 생각이 들었다. 그러나 하룻밤도 예외 없이 파티가 끝난 후 언제나 그녀와 함께 밤을 보내기를 원치 않는 것처럼 보인다면, 그가 그녀를 특별히 원하는 날 아마도 그녀는 그를 위해 시간을 남겨두는 걸 소홀히 할지도 몰랐다.

그는 11시가 지나 그녀 집에 도착했다. 좀 더 일찍 오지 못해서 미안하다고 사과하자 그녀는 사실 너무 늦었다고 말하면서, 비바람 때문에 몸이 불편하고 머리도 아프다고 투덜대고는 삼십 분 이상은 붙들어 둘 수 없으니 그가 자정에는 돌아가야 한다고 미리 통보했다. 그러고는 조금 있다가 피로해서 자고 싶다고 했다.

"그럼 오늘 밤에는 카틀레야가 없는 거요?" 하고 그가 말했다. "난 작지만 좋은 카틀레야를 기대했는데."

그러자 그녀는 약간 짜증 나고 신경질적인 어조로 대답했다.

"안 돼요. 오늘 밤엔 카틀레야가 없어요. 제가 몸이 불편하다는 걸 알잖아요."

"오히려 당신 기분이 좋아질 수도 있을 텐데. 하지만 우기지는 않겠소."

그녀는 돌아가기 전에 불을 꺼 달라고 했다. 그는 손수 침대 커튼을 닫고 집을 나왔다. 그러나 집에 돌아오자 갑자기 어쩌면 오데트가 오늘 밤에 누군가를 기다리고 있어 단지 피곤한 척한 것뿐이며, 불을 꺼 달라고 부탁한 것도 실은 그녀가 자려고 한다는 걸 믿게 하려고 그런 것으로, 그가 그녀 집에서 나오자마자 불을 다시 켜고 그녀 곁에서 밤을 함께 보내기로 한 남자를 맞아들이는 것이 아닐까 하는 생각이 들었다. 시계를 보았다. 그녀 곁을 떠난 지 거의 한 시간 삼십 분이 지났다. 그는 다시 집을 나와 삯마차를 잡아타고는 그녀 집 가까이 가서 그가 전에 문을 열어 달라고 침실 창문을 두드리러 간 적 있는, 집 뒤편 길과 수직을 이루는 골목에서 마차를 멈추게 했다. 마차에서 내렸을 때 거리는 적막했고 컴컴했다. 몇 걸음 걷자 거의 그녀 집 문 앞에 닿았다. 모든 창문의 불이 꺼진 지도 오랜 거리의 어둠 속에서, 창문 단 하나만이 ─ 신비로운 금빛 과육을 짜내는 덧문 사이로 ─ 방 안을 가득 채우는 빛으로 넘쳐흐르는 것을 보았다. 그렇게도 많은 밤, 그가 그 길에 들어서면 멀리서도 그를 알아보고는 기쁘게 해 주던 불빛으로 "그녀가 바로 저기서 당신을 기다리고 있어요." 하고 알려 줬는데, 지금은 "그녀가 기다리던 남자와 같이 있어요."라고 말하며 그를 고문했다. 스완은 그 남자가 누구인지 알고 싶었다. 벽을 따라 창문까지 살며시 다가갔으나 비스듬한 덧문 창살 사이로는 아무것도 보이지 않았다. 다만 속삭임만이 밤의 고요 속에서 들려왔다. 물론 그는 황금빛 분위기 창틀 너머로 그 눈에 보이지 않는 가증스러운 커플이 움직이는 것을 바라보면서, 자기가 떠난 후에 도착한 남자의 존재와 오데트의 거짓과 그녀가 그 남자와 맛보는 행복을 드러내 주는 속삭임을 들으며 괴로워했다.

그렇지만 그는 오기를 잘했다고 생각했다. 그를 집 밖으로 뛰쳐나오게 한 고뇌가 덜 막연해지면서 동시에 격렬함도 잃었다. 조금 전에 그가 느닷없이 무기력하게 의심해 본 오데트의 또 다른 삶이, 지금 저기 등불로 환히 밝혀진 채로 아무것도 알지 못하는 죄수처럼 방에 갇혀, 언제라도 그가 원하기만 하면 방 안으로 들어가 덮치고 사로잡을 수 있었다. 그러나 그는 그렇게 하기보다는 차라리 그가 이전에 늦게 도착했을 때 흔히 그랬던 것처럼 덧문을 두드리려고 했다. 그러면 적어도 오데트는 그가 안다는 것을, 불빛도 보았고 담소를 나누는 것도 들었다는 걸 알 것이다. 그리고 조금 전만 해도 그녀가 딴 남자와 함께 자신의 착각을 비웃고 있다고 상상했는데, 이번에는 그들이 속고 있는 줄도 모르고, 이미 덧문을 두드리려고 하는 그가, 그런 그가 멀리 있다고 생각하고는 자신만만해할 것이었다. 어쩌면 그가 그 순간에 느꼈던 즐거움은 의혹이나 고통이 가라앉을 때와는 다른 즐거움, 즉 지적인 즐거움이었다. 사랑을 하면서부터 예전에 그가 사물에 느꼈던 그 감미로운 흥미를 약간 되찾았지만, 그래도 어디까지나 오데트의 추억이 반영된 경우만이었다. 그런데 지금 그의 질투가 소생시킨 것은 학구적이었던 젊은 시절의 또 다른 재능, 진실에 대한 열정이었다. 그러나 이 진실 역시 그와 오데트 사이에 놓여, 오로지 그녀로부터만 빛을 받는 순전히 개인적인 진실로, 그녀의 행동이나 교우 관계, 계획, 과거 따위를 그 유일한 대상으로 삼으며, 거기에 무한한 가치와 이해 관계를 거의 초월한 아름다움을 부여했다. 삶의 다른 시기에는 어떤 사람의 일상적이고 사소한 것들이나 행동에 아무 가치도 없는 것처럼 보여, 누가 그런 것에 대해 수다를 떨어도 무의미하게 느껴졌고, 또 그 말을 듣는 동안에도 그의 주의력 중 가장 저속한 부분만이 관심을 기울였으므로, 그런 순간에는 자신이 가장 형편없는 사람처럼 생각되었다. 그러나 사랑을 하는 이 낯선 시기에는 개인적인 것이 너무도 심오한 그 무언가를 지니게 되었으므로, 한 여인의 아주 작은 일과에 대해 그의 마음속에서 깨어나는 듯 느껴지는 이 호기심은, 역사에 대한 그의 지난날 호기심과도 같은 것이었다. 그래서 지금까지는 수치스럽게 여겨 왔던 모든 일들이, 예컨대 창문 앞에서 염탐을 하거나, 어쩌면 누가 알 것인가, 내일은 또 무관심한 사람들을 능숙하게 구슬려 말을 시키고 하인들을 매수하고 문에서 엿듣는다거나 할지, 여하튼 이 모든 일들이 필사본 판독이나 증언 비교, 기념비 해석처럼 진정한 지적 가치 있는, 진실 탐구에 적합한 조사 방법인 것 같았다.

덧문을 두드리려고 했을 때, 그는 자신이 의심을 품고 다시 돌아와 길에서 살피고 있었다는 것을 오데트가 알게 되리라 생각하자 잠시 부끄러워졌다. 그녀는 질투하는 사람들이나 염탐하는 연인들이 끔찍하다고 자주 말했다. 이제 그가 하려는 행동은 지극히 치졸한 짓으로 앞으로 그녀가 그를 미워하게 될지도 몰랐다. 반면 그가 지금이라도 덧문을 두드리지 않는 다면, 그녀는 그를 속이면서도 여전히 사랑해 주리라. 우리는 얼마나 실현 가능한 많은 행복을 눈앞의 쾌락을 참지 못해 희생하고 마는가? 그러나 진실을 알려는 욕망은 더 강했고, 그에게는 더 고귀한 것 같았다. 정확히 알아내기 위해서라면 자신의 목숨이라도 바쳤을 이 현실 상황을 저 줄무늬진 창문 뒤에서 읽을 수 있으리라. 마치 예술적으로 풍요로운 귀중한 필사본을 조사하던 학자가 그 반짝이는 금빛 표지에 무관심할 수 없듯이. 그는 이렇듯 따뜻하고 아름다운 반투명 물질로 만들어진 이 유일하고도 덧없는 귀중한 필사본에서 그를 열광시키는 진실을 알아낸다는 데에 쾌감을 느꼈다. 그가 방 안 사람들에 대해 느끼는 우월감은 ― 그에겐 그렇게 느껴야 할 필요가 있었다. ― 아마도 안다는 사실 자체보다는 자기가 안다는 것을 그들에게 보여 줄 수 있다는 데 있었다. 그는 발돋움을 했다. 문을 두드렸다. 듣지 못한 것 같았다. 더 세게 두드렸다. 대화가 멈추었다. 한 남자 목소리가 물었다. 그는 자기가 아는 오데트의 남자 친구 가운데 누구 목소리인지 알아내려고 애썼다.

"누구요?"

누구 목소리인지 확실치 않았다. 다시 한 번 더 두드렸다. 창문에 이어 덧문이 열렸다. 그녀가 곧 다 알 것이므로 이젠 물러날 도리가 없었고, 다만 너무 불행하거나 질투심에 시달리거나 호기심에 찬 기색을 보이지 않도록 그는 아무렇지도 않은 듯 쾌활한 목소리로 소리쳤다.

"그냥. 지나던 길에 불빛이 보이기에, 이제는 당신이 아프지 않은지 알고 싶었을 뿐이오."

그는 앞을 보았다. 그 앞 창가에는 늙은 두 남자가 있었고, 그중 한 사람은 램프 불을 들고 있었다. 그때 방 안이 눈에 들어 왔다. 낯선 방이었다. 늦은 시간 오데트의 집에 도착할 때면, 거의 비슷한 창문들 가운데서 단 하나 불빛이 켜진 것을 그녀 집 창문이라고 알아보던 습관 때문에, 옆집 창문을 잘못 알고 두드렸던 것이다. 그는 사과를 하고 그곳을 떠나 집으로 돌아왔다. 자신의 호기심을 충족하고도 그들의 사랑에 금이 가지 않은 것이 기뻤고, 또 오래전부터 오데트에 대해 일종의 무관심을 가장해 왔으므로 질투 때문에, 자기가 그녀를 매우 사랑한다는 증거를, 두 연인 중 그 증거를 잡은 쪽은 영영 상대를 그다지 사랑하지 않아도 되는 그런 증거를 보이지 않은 것을 기뻐하면서 집으로 돌아왔다. 그는 그녀에게 이 불상사에 대해 말하지 않았고, 그 자신도 이 일에 대해 더 이상 생각하지 않으려고 했다. 그러나 이따금 어떤 생각이 움직여 지각하지 못했던 기억과 만나 부딪치면, 생각은 그 기억을 더 깊숙이 밀어넣었고, 그러면 스완은 갑자기 심한 아픔을 느꼈다. 마치 육체의 아픔이기라도 한 것처럼 스완의 생각은 그 아픔을 줄일 수 없었다. 아니, 차라리 단순한 육체의 아픔에 지나지 않았다면, 그의 생각과는 무관해서 생각을 아픔에 고정하고 아픔이 줄어들었다는 것을, 아픔이 일시적으로 멈추었다는 것을 확인할 수도 있었을 텐데. 그러나 그 아픔은 생각 자체였으므로 단지 기억만 떠올려도 되살아났다. 생각하지 않으려는 것 또한 여전히 생각하는 것이었고, 그 탓에 괴로워하는 것이었다. 그래서 친구들과 이야기를 하면서 잠시 고통을 잊고 있을 때에도 누군가가 한마디 하기만 하면, 마치 서투른 사람의 손이 부상자의 아픈 상처를 함부로 건드렸을 때처럼 갑자기 그의 얼굴이 변하는 것이었다. 오데트와 헤어질 때면 그는 행복했고 평온했다. 그리고 이런저런 사람에 대해 말할 때는 비웃는 듯한, 그러나 자신에 대해서는 다정한 오데트의 미소와, 그녀가 마차에서 처음으로 얼굴을 그의 입술 위로 기울이면서 떨어뜨리려고 본의 아니게 몸 중심에서 벗어나게 한 그 무거운 머리와, 추위에 떠는 듯 그의 어깨에다 파묻고는 그를 바라보던 그 생기 없는 시선을 상기했다.

그러나 곧 그의 질투는 그의 사랑의 그림자이기라도 한 것처럼, 그날 밤 그녀가 그에게 보낸 새로운 미소, 그렇지만 지금은 반대로 스완을 비웃고 다른 남자에 대한 사랑으로 넘쳐흐르는 미소와 기울어진 머리, 그렇지만 지금은 다른 입술들을 향해 기울어진 머리와, 전에 그에게 보여 주었던 애정 표현, 그렇지만 이제는 다른 남자에게 주는 온갖 애정 표현들로 채워졌다. 그녀 집에서 가지고 온 모든 관능적인 추억은, 마치 실내 장식가가 보여 주는 숱한 스케치나 '설계도'처럼, 그녀가 다른 남자들과 취할 것 같은 그 타오르는 듯한, 정신을 잃은 듯한 자세를 스완에게 생각나게 해 주었다. 그리하여 그는 그녀 곁에서 맛본 쾌락 하나하나를, 자기가 고안해 냈지만 경솔하게도 그 달콤한 맛을 그녀에게 알려 주고 만 그런 애무 하나하나를, 그녀에게서 찾아낸 매력 하나하나를 알려 준 것을 후회하기에 이르렀다. 왜냐하면 조금 후에는 그런 것들이 그의 형벌을 가중할 새로운 도구가 되었기 때문이다.

이러한 형벌은 며칠 전 스완이 오데트의 눈에서 처음으로 본 그 짧은 시선으로 더 가혹해졌다. 베르뒤랭네 만찬이 끝난 후였다. 포르슈빌은 매형인 사니에트가 그 집에서 호감을 사지 못한다는 걸 느끼고는 그를 놀림감 삼아 그의 희생으로 자기를 돋보이려고 했는지, 아니면 사니에트가 아무 악의 없이 입 밖에 낸 어설픈 말에 동석자들도 그 뜻을 몰라 눈치 채지 못하고 넘어갔는데도 그에게는 어떤 불쾌한 암시가 담겨 있다고 생각되어 화가 났는지, 아니면 사니에트가 지나치게 그를 잘 알고 지나치게 섬세한 인물이었으므로 때로는 그가 있는 것만으로도 거북하게 느껴져서는 얼마 전부터 사니에트를 이 집에서 내쫓을 기회만 노렸기 때문인지, 어쨌든 포르슈빌은 사니에트의 어설픈 말에 아주 야비하게 욕설을 퍼붓기 시작했고, 그가 고함을 지를수록 상대편이 무서워하고 고통스러워하며 애원하는 것을 보자 더욱 대담해졌으므로, 그 불쌍한 사니에트는 베르뒤랭 부인에게 남아 있어도 좋겠느냐고 물어보고는 대답이 없자 눈물이 글썽해서는 뭐라고 중얼거리며 물러나고 말았다. 오데트는 이 장면을 태연하게 보고 있었는데, 사니에트의 뒤에서 문이 닫히자 포르슈빌의 비열함에 수준을 맞춰, 보통 때보다 몇 배나 더 저질인 표정을 짓고서는, 포르슈빌의 뻔뻔함을 칭찬하는 엉큼한 미소와 희생자에 대한 비웃음으로 두 눈을 반짝였다. 그녀는 악의 공범자 같은 시선을 포르슈빌에게 던졌는데, 그 시선은 "처벌하시는 거군요. 아니면 제가 틀린 건가요? 그의 어쩔 줄 몰라 하는 얼굴을 보셨나요? 울던걸요."라고 말하려는 것 같았다. 포르슈빌은 이 시선과 마주치자 아직 몸을 달아오르게 한 노여움에서, 아니, 짐짓 꾸민 노여움에서 갑자기 깨어났는지 빙그레 웃으며 대답했다.

"상냥하게만 굴었어도 아직 여기에 있었을 겁니다. 적절한 처벌은 어느 나이에나 유익하지요."

어느 날 스완은 누군가를 방문하려고 오후에 외출했다가 만나려던 사람이 집에 없어서 오데트 집에 들를 생각을 했다. 그런 시간에는 그녀 집에 한 번도 간 적이 없었지만, 그녀가 그 시간이면 늘 집에서 낮잠을 자거나 티타임 전에 편지를 쓴다는 것을 알았으므로, 잠시 들러도 그녀에게 방해되지 않을 것이며 만나면 즐거울 거라고 생각했다. 문지기는 오데트가 집에 있는 것 같다고 말했다. 초인종을 눌렀다. 인기척이 들리고 발자국 소리가 난 것 같은데 문은 열리지 않았다. 초조하고 짜증이 난 그는 집 뒤편 골목길로 가서 오데트 방 창문 앞에 섰다. 커튼 때문에 아무것도 보이지 않았다. 그는 유리창을 세차게 두드리며 이름을 불렀다. 아무도 문을 열어 주지 않았다. 이웃사람들이 쳐다보는 것을 보았다. 발자국 소리를 들었다고 착각한 거겠지 하고 생각하며 그는 그곳을 떠났다. 그러나 아무래도 마음에 걸려 다른 생각은 전혀 할 수 없었다. 한 시간 후에 다시 가 보았다. 그녀가 있었다. 그녀는 스완에게 조금 전 종이 울렸을 때 집에 있었지만 자고 있었다고 말했다. 종소리에 잠이 깨어 스완인 줄 알고 쫓아 나왔으나 이미 떠나 버린 후였다고 했다. 그녀는 창문 두드리는 소리를 분명 들었던 것이다. 스완은 이 말에 한 조각 정확한 사실이 들어 있다는 것을 알아챘다. 불시에 기습당한 거짓말쟁이가 꾸며 내야 하는 거짓말에 어떤 사실을 집어넣고 거짓말과 함께 어우러지게 하면, 아마도 '진실'인 듯 보일 거라고 생각하며 안심하는 그런 것이다. 물론 오데트는 자신이 드러내고 싶지 않은 일을 하고 났을 때면 마음 깊숙이에 잘 감추었다. 그러나 자기가 속이려는 사람 앞에 서기만 하면 이내 마음이 흔들려 온갖 생각이 무너지고 창조력이나 추리력은 마비되었으며 머릿속은 텅 비었다. 그래도 뭔가를 꾸며야 했고, 그래서 그녀는 자기 손이 미치는 곳에서 바로 자기가 감추려고 했던 것과 만났고, 그것은 진실이었기에 거기 유일하게 남아 있었던 것이다. 그녀는 거기서 작은 조각을, 그 자체로는 별로 중요하지 않은 한 조각을 뽑아내어, 이것은 진짜 조각이므로 거짓 조각이 주는 위험은 없을 테니 더 낫겠지 하고 말하는 것이었다. "적어도 이건 사실이니까." 하고 그녀는 중얼거렸다. "그만큼 득이 되겠지. 그는 다른 사람을 통해 알아볼 테고, 그러면 사실이라는 걸 알겠지. 적어도 그것이 나를 배신하지는 않을 테니." 그러나 잘못된 생각이었다. 그것이 바로 그녀를 배신했다. 진짜 세부적인 것에는 여러 면이 있어서 서로 붙어 있는 진실의 조각들 사이에서밖에는 끼어 있지 못하는데도 그녀는 그중 하나를 제멋대로 뽑아내 자기가 꾸며 낸 세부적인 거짓말 사이에 끼워 넣으려 했고, 그 꾸며 낸 세부적인 거짓말이 어떠하든, 거기에는 지나친 면과 채워지지 않는 면이 있기 마련이어서, 바로 이점이 진짜 세부적인 진실이 있을 곳이 그녀가 꾸며 낸 거짓말 사이가 아니라는 것을 폭로했다. "그녀는 내가 초인종을 울리고 유리창을 두드린 것을 들었다고 고백하는구나. 그리고 그것이 나라는 것을 알았고 나를 보고 싶었다고 말하는구나." 하고 스완은 혼잣말을 했

다. "그런데 문을 열어 주지 않았다는 사실과는 잘 맞아떨어
지지 않는구나."

그러나 그는 이러한 모순을 지적하지 않았다. 왜냐하면 그
냥 내버려두면 오데트가 아마도 진실의 미미한 실마리가 될
만한 거짓말을 할지도 모른다는 생각이 들었기 때문이다. 오
데트는 말했다. 스완은 그녀의 말을 끊지 않았다. 그는 그녀
가 하는 말들을 고통스럽고도 열렬하며 경건한 마음으로 받
아들였다. 그 말들은(그녀가 그 뒤에 진실을 감추고 있었으므로)
마치 성스러운 베일처럼, 무한히 소중하지만 슬프게도, 찾아
내지 못한 현실의 — 조금 전 오후 3시에 그가 방문했을 때
그녀가 하던 일 — 어렴풋한 흔적을 간직하면서 희미한 윤곽
을 그리는 것처럼 느껴졌다. 스완은 이러한 현실을, 결코 간
파할 수 없는 성스러운 흔적인 거짓말로서만 소유할 것이며,
또 그것은 그 가치도 모르면서 바라보는 이 존재, 그에게 넘
겨주지 않으려고 하는 이 은닉자의 기억 속에서만 존재할 것
이었다. 물론 스완은 때때로 오데트의 일상적인 행동들이 그
자체로는 그렇게 열정적으로 관심을 가질 만하지 않으며, 또
그녀가 다른 남자들과 가질 수 있는 관계란 것도, 자연스럽고
보편적인 방식으로 모든 존재에게 자살에 대한 열망을 줄 만
큼 그런 병적인 슬픔을 발산하지는 않는다고 생각했다. 그리
하여 그는 그러한 관심이나 슬픔이 자기에게만 어떤 질병처
럼 존재하며, 그가 그 병에서 치유될 때에는 오데트의 행동이
나 오데트가 줄 수 있는 입맞춤도 다른 수많은 여자들의 입맞
춤처럼 해롭지 않으리라고 생각했다. 그러나 스완이 품고 있

는 이 고통스러운 호기심의 원인이 다만 자기 마음속에 있다는 사실이, 이 호기심을 중요하게 여기고 또 충족하려고 전력을 다하는 것이 무분별한 짓임을 깨우쳐 주지는 않았다. 이는 스완이 어떤 나이에 이르렀기 때문인데, 이 나이에 이른 자의 철학은 — 당시 철학이나 스완이 오랫동안 살아온 사회, 즉 롬 대공 부인 사단의 지지를 받아 온 철학으로, 인간은 모든 것을 의심하는 한에서만 지적이며, 각자의 취향 외에 실제적이고 명백한 것은 아무것도 없다는 데에 동의하는 — 더 이상 젊은 시절의 것이 아닌, 실증적이고도 거의 의학적인 철학이었다. 그들이 열망하는 대상을 객관화하는 대신, 흘러가 버린 세월로부터 어떤 습관이나 정열의 굳어 버린 잔재를 추출하여, 그 습관이나 정열을 그들 불변의 성격으로 간주하고는, 그들이 택하는 생활 방식에서 만족할 수 있도록 다른 무엇보다도 주의하는 철학이었다. 스완은 마치 습기 찬 날씨 때문에 습진이 재발한다는 사실을 고려하듯이, 오데트가 무엇을 하는지 모르기 때문에 느끼는 괴로움을 자기 생활의 일부로 여기는 것이 현명하며, 적어도 사랑에 빠지기 전에 그의 수집품이나 맛있는 음식과 같이 쾌락이 기대되는 다른 취미를 위해 그러했듯, 오데트의 나날에 대한 정보를 얻기 위해 — 그 정보를 알지 못하면 너무도 불행하게 느껴질 것이므로 — 상당한 비상금을 생활비 예산으로 마련해 두는 것이 현명하다고 생각했다.

그가 오데트에게 작별 인사를 하고 집으로 돌아가려고 하자 그녀는 좀 더 있어 달라고 간청했고, 그가 나가려고 문을 열려고 했을 때에는 그의 팔을 붙잡고 열렬히 만류하기까지 했다. 그러나 스완은 이 사실을 마음에 두지 않았다. 왜냐하면 우리는 어떤 대화를 채우는 숱한 몸짓이나 말, 하찮은 사건들 속에서 우리 주의를 끄는 것은 아무것도 알아채지 못한 채, 우리 의혹이 무턱대고 찾는 진실을 감추고 있는 것의 곁은 그냥 지나쳐 가면서도, 반대로 아무것도 없는 것들 앞에서는 발길을 멈추는 경우가 종종 있기 때문이다. 그녀는 줄곧 되풀이했다. "낮에는 통 안 오시는 분이 모처럼 한번 오셨는데, 오래 뵐 수 없다니 얼마나 운이 없어요!" 스완은 그녀가 자신의 방문을 놓친 걸 그렇게 애석해할 만큼 자신을 사랑하지 않는다는 걸 잘 알았지만, 그녀는 선한 사람이었고 또 그를 기쁘게 해 주고 싶어 했으며, 그의 마음을 거슬렀을 때도 자주 슬퍼하는 것을 보았기 때문에, 그녀에게는 그렇지 않겠지만 그에게는 무척이나 소중한 한 시간을, 함께 지내는 기쁨을 빼앗긴 것에 그처럼 슬퍼하는 것이 지극히 당연한 일이라고 생각했다. 그럼에도 이런 대단치 않은 일로 그녀가 계속 괴로워하는 걸 보자 그는 마침내 어리둥절해졌다. 그때 그녀는 여느 때보다도 더 「프리마베라」*의 화가가 그린 여인들을 연상시켰다. 그 순간 그녀는, 어린 예수가 석류를 가지고 놀거나 여물통에 물을 붓는 모세를 바라보는 것만으로도 너무나 큰 고통의 무게

---

* 「프리마베라」는 19세기 말 보티첼리 열풍의 주역이 된 작품으로, 아이가 석류를 가지고 노는 장면은 「마니피카토의 성모」와 「석류를 가진 성모」에 나온다. 모세가 여물통에 물을 붓는 장면은 앞에서 인용한 「모세의 생애」에 묘사되어 있다. 68쪽 주석 참조.

에 짓눌린다는 듯, 그들처럼 낙담하고 슬픈 모습이었다. 그는 이런 슬픈 얼굴을 전에도 한 번 본 적 있었으나, 언제였는지 알 수 없었다. 그러다 갑자기 생각났다. 스완과 함께 있으려고 오데트가 아프다는 핑계를 대고 베르뒤랭네 집에 가지 않았던 만찬 다음 날, 그녀가 베르뒤랭 부인에게 거짓말을 했을 때였다. 그녀가 아무리 소심한 여자라고 해도 그처럼 무고한 거짓말에 양심의 가책을 느끼진 않았을 것이다. 그런데 오데트가 흔히 하던 거짓말은 그렇게 결백하지 않았고, 만일 탄로나면 이런저런 친구와의 관계에서 엄청난 어려움이 생길 수도 있는 것을 숨기는 데 활용되었다. 그래서 그녀가 거짓말을 할 때면, 겁에 질려 자신을 방어할 만큼 충분히 무장되지 않았다고 느꼈고, 또 성공을 확신할 수도 없었으므로 잠을 자지 못한 몇몇 어린애들처럼 피로해져서는 그만 울고 싶어지는 것이었다. 게다가 자신의 거짓말이 일반적으로 상대 남자에게 몹시 해를 끼치며 또 거짓말을 잘못 했다가는 그에게 완전히 종속될지도 모른다는 것도 잘 알았다. 그래서 그 사람 앞에 서면 자신이 초라하고 죄지은 것처럼 느끼는 것이었다. 또 아무 의미 없는 사교적인 거짓말을 해야 할 때도, 감각과 추억의 연상 탓에 심한 피로로 인한 불쾌감을 느끼고 자신의 악의적인 행동에 대해 후회했다.

그녀는 도대체 어떤 실망스러운 거짓말을 꾸미고 있기에, 저 고통스러운 시선과 애절한 목소리로 그렇듯 몸을 기울이며 용서를 비는 것일까? 그녀가 스완에게 감추려고 했던 것은 비단 그날 오후에 있었던 일의 진실만이 아닌 더 최근에, 어쩌면 아직 일어나지 않은, 곧 있을 어떤 일로, 이것이 진실을 밝혀 줄지도 모른다고 스완은 생각했다. 바로 그 순간 종소리가 들렸다. 오데트는 말을 멈추지 않았다. 그러나 그녀의 말은 단지 신음 소리에 지나지 않았다. 오후에 스완을 만나 주지 않고 문을 열어 주지 않은 데 대한 뉘우침이 진짜 절망으로 변한 것이었다.

현관문 닫히는 소리와 함께 마차 소리가 들렸다. 마치 누군가 — 아마도 스완이 만나서는 안 될 누군가 — 오데트는 나가고 없다는 말을 듣고 돌아가는 것 같았다. 그러자 스완은 여느 때와는 다른 시간에 왔다는 사실만으로 그녀가 자기에게 알리고 싶지 않은 숱한 일들을 방해한다는 생각이 들어 절망을 넘어 거의 비탄에 가까운 감정을 느꼈다. 그러나 그는 오데트를 사랑하고, 모든 생각을 오데트 쪽으로 돌리는 습관이 있었으므로, 마땅히 자신에 대해 느껴야 할 연민을 그녀에 대해 느끼면서 "가엾은 여자!" 하고 중얼거렸다. 헤어질 때 그녀는 탁자에 있는 편지 몇 통을 집어 들고는 우체통에 넣어 줄 수 있겠느냐고 물었다. 그는 편지를 받았고 집에 와서 보니까 그냥 가지고 있다는 걸 알았다. 그래서 우체통까지 되돌아가서는 편지를 호주머니에서 꺼내 우체통에 넣기 전에 주소를 살펴보았다. 모두가 거래 상인에게 보내는 것이었지만, 그중 하나는 포르슈빌에게 보내는 것이었다. 그는 편지를 손에 쥐었다. "내가 이 편지를 보면, 그녀가 그자를 어떻게 부르는지, 그자에게 어떻게 말하는지, 그들 사이에 무슨 일이 있었는지 알 것이다. 설사 편지를 보지 않는다 해도 오데트에게 무례한 짓을 하기는 마찬가지다. 이 방법만이 그녀를 비방하는 의혹에서, 어쨌든 그녀를 더 괴롭히는 의혹에서 날 유일하게 해방해 줄 것이다. 편지를 부치고 나면 아무것도 그 의혹을 불식해 주지 못할 테니까."

그는 우체통을 떠나 집으로 돌아왔지만 마지막 편지는 간직하고 있었다. 촛불을 켜고 감히 열어 보지 못했던 봉투를 촛불 가까이 갖다 대었다. 처음에는 아무것도 읽을 수 없었지만 불빛에 바싹 갖다 대자 봉투가 얇아서인지 그 투명함 사이로 속에 든 두꺼운 카드의 마지막 몇 단어를 읽을 수 있었다. 아주 냉정한 인사말이었다. 만일 포르슈빌한테 가는 편지를 스완이 읽은 것이 아니라, 스완에게 가는 편지를 포르슈빌이 읽었다면 그와는 다른 다정한 말들을 발견할 수 있었을 텐데! 그는 속에 든 카드보다 더 큰 봉투 안에서 춤추는 카드를 엄지손가락으로 고정하고는 한 줄 한 줄, 유일하게 글자를 읽을 수 있는, 속지 없는 봉투 아래쪽으로 미끄러지게 했다.

그런데도 잘 알아볼 수 없었다. 하지만 별 상관은 없었다. 그들의 애정 관계와는 무관한, 별로 중요하지 않은 하찮은 얘기에 불과하다는 걸 알아낼 만큼은 충분히 읽을 수 있었기 때문이다. 오데트 삼촌에 관한 얘기였다. 스완은 첫머리를 분명히 읽을 수 있었다. "제가 잘했어요." 그러나 오데트가 무엇을 잘했다는 건지 알 수 없었다. 그때 갑자기 처음에 해독하지 못했던 단어 하나가 나타나 문장 전체 뜻을 밝혀 주었다. "제가 문을 열어 주길 잘했어요. 삼촌이었어요." 문을 여는 게! 그럼 스완이 조금 전에 종을 울렸을 때 포르슈빌이 거기 있었고, 그녀가 그를 내보냈단 말인가. 스완이 들은 인기척은 바로 그 때문이었단 말인가.

그리하여 그는 편지를 다 읽었다. 끝에 가서 그녀는 그렇게 무례하게 군 것을 사과하면서 그가 담배를 놓고 갔다고 말했다. 스완이 그녀 집에 처음 찾아갔을 무렵 그에게 써 보낸 것과 똑같은 구절이었다. 그러나 스완에게는 "왜 당신 마음은 두고 가지 않으셨나요. 마음이라면 돌려드리지 않았을 텐데."라는 말을 덧붙였는데, 포르슈빌에게는 그런 말이 전혀 없었다. 그들 사이의 어떤 밀통을 짐작하게 해 줄 만한 암시도 없었다. 게다가 오데트가 포르슈빌에게는 찾아온 사람이 자기 삼촌이라 믿게 하려고 애썼으니, 모든 점에서 스완보다는 포르슈빌이 더 속는 셈이었다. 요컨대 오데트가 소중히 여기는 사람은 스완이고, 그를 위해 다른 남자를 내보낸 것이었다. 하지만 오데트와 포르슈빌 사이에 아무 일도 없었다면 왜 당장 문을 열지 않고 "제가 문을 열어 주길 잘했어요. 삼촌이었어요."라고 말했을까? 그녀가 만일 그 순간 나쁜 짓을 하고 있지 않았다면, 어떻게 포르슈빌이 그녀더러 문을 열지 않아도 된다고 할 수 있었을까? 스완은 오데트가 겁도 없이 그에게 맡긴, 그만큼 그의 양심에 대한 그녀 신뢰가 절대적인 봉투 앞에서 잠시 비통하고도 당혹스러우며 그렇지만 행복하게 서 있었다. 그러나 봉투의 투명한 유리 너머로, 그가 알게 되리라고 결코 생각해 본 적 없던 사건의 비밀과 더불어 오데트 삶의 일부가, 마치 미지의 세계로부터 오려 낸 좁고 빛나는 단면인 듯 그의 눈앞에 드러났다. 그러자 그의 질투심에는 독립적이고 이기적인 생명력이 있어 질투를 부양하는 것이라면 무엇이든지 먹어 치우기라도 하듯, 비록 스완 자신을 희생한 다고 할지라도, 그런 사실을 즐기고 있었다. 이제 질투심은 필 요한 양분을 얻었다. 스완은 오데트가 매일 5시쯤에 받는 방 문에 대해 불안해할 것이며, 그 시간에 포르슈빌이 어디에 있 는지 알려고 애쓸 것이다. 왜냐하면 스완의 애정은 처음부터 그의 마음에 새겨져 있던 동일한 특징을, 즉 오데트의 일과에 대한 무지와 그 무지를 상상력으로 보충하는 걸 방해하는 두 뇌의 게으름을 그대로 간직했기 때문이다. 처음부터 그가 오 데트의 모든 삶을 질투한 것은 아니었다. 다만 그가 잘못 해 석한 상황에 대해서, 그가 오데트에게 속았을지도 모른다고 가정한 순간들에 대해서만 질투했다. 그의 질투심은 마치 하 나, 둘, 셋, 촉수를 뻗치는 낙지처럼, 저녁 5시라는 그 특정한 순간에, 다음엔 다른 순간에, 그리고 또 다른 순간에 단단히 들러붙었다. 그러나 스완은 스스로 고통을 만들어 낼 줄은 몰 랐다. 그것은 밖에서 온 고통에 대한 추억이거나 그 연장에 지나지 않았다.

그런데 밖에서 오는 것은 모두 그에게 고통을 가져다주었 다. 그는 오데트를 포르슈빌로부터 떼어 놓으려고 며칠 동안 이라도 지중해 연안 남프랑스에 그녀를 데려가고 싶었다. 그 러나 그녀가 그곳 호텔에서 모든 남자들의 욕망의 대상이 되 고, 그녀도 그들을 원할 거라는 생각이 들었다. 그래서 전에는 여행 중 새로운 사람들이나 많은 모임을 찾아 나서던 그가, 지금은 심한 상처를 받기라도 한 것처럼 그런 사람들과의 교제를 피하는 것을 보자, 사람들은 그를 비사교적이라고 생각했다. 모든 남자가 오데트의 애인이 될 수 있는데 어떻게 염세주의자가 되지 않을 수 있단 말인가! 그리하여 그의 질투는 처음에 오데트에게서 맛보았던 그 관능과 즐거움보다 더욱 스완의 성격을 바꾸어 놓았고, 또 그 성격이 나타나는 겉모습까지 남의 눈에 완전히 달라 보이게 했다.

오데트가 포르슈빌에게 보낸 편지를 읽은 날부터 한 달쯤 지난 후, 스완은 베르뒤랭 부부가 불로뉴 숲에서 베푸는 만찬에 갔다. 모두들 돌아갈 준비를 할 때, 그는 베르뒤랭 부인과 몇몇 손님들 사이에서 은밀하게 이야기가 오가는 것을 알아챘다. 피아니스트에게 다음 날 샤투*의 파티에 오라고 다짐하고 있는 듯했다. 그러나 스완은 거기에 초대받지 못했다.

베르뒤랭 부부는 낮은 소리로 모호하게 말했지만, 화가가 방심했는지 큰 소리로 말했다.

"사물이 밝아지는 것이 더 잘 보이도록 「월광」 소나타는 어둠 속에서 연주해야 합니다. 어떤 불빛도 없어야 합니다."

베르뒤랭 부인은 스완이 바로 곁에 있는 것을 보고, 말하는 사람의 입은 다물게 하면서 듣는 사람에게는 자신이 아무것도 모르는 듯 보이게 하는 강렬하면서도 텅 빈 시선으로 취소하는 표정을 지었는데, 순진한 사람의 미소 너머로 공범자의 확고하고 지적인 신호가 감추어진, 실수를 알아챈 사람이

---

* 파리에서 서쪽으로 10킬로미터 떨어진 센 강가에 위치하는 곳으로 인상파 화가들에게 많은 영감을 주었다고 해서 '인상파의 도시'라고 불린다.

면 누구나 짓는 표정으로, 실수한 당사자가 아니라면 적어도 상대방에게는 즉시 드러나 보이는 그런 표정이었다. 그때 오데트는 갑자기 삶을 짓누르는 어려움과 맞서 싸우기를 포기한 절망한 사람 같은 표정을 지었다. 그리고 스완은, 이곳에서 나가 그녀와 같이 돌아가는 동안 그녀에게 설명을 해 달라고 해서, 내일 샤투에 가지 않겠다고 하든가, 아니면 그를 초대받게 해 주어 그가 느끼는 이 고뇌를 그녀 품에 안겨 가라앉힐 순간이 오기만을 일 분 일 분 애타게 세고 있었다. 마침내 마차가 왔다. 베르뒤랭 부인이 스완에게 "잘 가세요, 곧 만나요. 그럼?" 하고 말했다. 그녀는 늘 지금까지 해 왔던 것처럼 "내일은 샤투에서 만나요, 모레는 우리 집이고요." 라고 말하지 않았다는 생각이 들지 않도록 상냥한 시선과 억지 미소를 지으려고 애썼다.

베르뒤랭 씨 부부는 그들 마차에 포르슈빌을 올라타게 했다. 스완의 마차가 그들 뒤에 있었으므로 그는 오데트를 마차에 태우려고 앞 마차가 떠나기만을 기다렸다.

"오데트, 우리가 데려다 줄게요." 하고 베르뒤랭 부인이 말했다. "포르슈빌 씨 옆에 당신이 앉을 작은 자리가 있어요."

"네, 부인." 하고 오데트가 대답했다.

"뭐라고요? 제가 바래다주려고 했는데요." 하고 스완은 필요한 말을 감추지 않고 했다. 마차 문이 열려 있었기 때문에 일 초 일 초가 급했고, 그가 처한 상태에서 그녀 없이는 돌아갈 수 없었다.

"하지만 베르뒤랭 부인께서 원하시는데요."

"혼자 돌아가셔도 되잖아요. 우리가 여러 번 오데트를 양보해 드렸을 텐데요." 하고 베르뒤랭 부인이 말했다.

"하지만 크레시 부인에게 해야 할 중요한 이야기가 있습니다."

"그러면 편지를 쓰세요."

"안녕히 가세요." 하고 오데트가 손을 내밀며 말했다.

그는 미소를 짓고 싶었지만 망연자실했다.

"스완이 이제 우리를 어떤 식으로 대하는지 보셨겠지요?" 하고 집에 돌아온 베르뒤랭 부인이 남편에게 말했다. "우리가 오데트를 데려다준다고 하니까 마치 날 잡아먹을 것 같더군요. 정말 무례해요! 차라리 그 자리에서 우리가 뚜쟁이 노릇을 한다고 말하든가. 전 오데트가 어떻게 그런 태도를 참을 수 있는지 이해가 가지 않아요. '당신은 내 거요.'라고 단호하게 말하는 것 같았으니. 이 점에 대한 내 생각을 오데트에게 말해 줘야겠어요. 그녀가 이해해 주기를 바랄 뿐예요."

그러고는 잠시 후에 화가 나서 다시 덧붙였다.

"정말이지, 그래, 이 나쁜 놈 같으니라고!" 하고 그녀는 어쩌면 자신을 정당화하고 싶은 막연한 욕구에 따르기라도 한다는 듯 — 마치 콩브레에서 닭이 기를 쓰며 프랑수아즈의 손에 죽지 않으려고 했을 때처럼 — 죽어 가는 무해한 짐승의 마지막 몸부림이 목을 조이는 농부 입에서 내뱉게 하는 말을 자기도 모르게 쓰고 있었다.

베르뒤랭 부인의 마차가 떠나고 스완의 마차가 앞으로 왔을 때 마부가 스완을 보고는 몸이 편치 않은지, 혹시 무슨 불행한 일이라도 있었는지 물었다.

스완은 마부를 돌려보냈다. 걷고 싶었다. 그는 걸어서 불로 뉴 숲을 지나 집으로 돌아갔다. 혼자서 큰 소리로 떠들었다. 베르뒤랭네 작은 동아리의 매력을 늘어놓거나, 그들의 관대함을 칭찬할 때 같은 다소 꾸민 어조로 지껄여 댔다. 그러나 예전에는 그렇게도 달콤했던 오데트 이야기며 미소며 입맞춤이 이제는 자기 아닌 다른 남자들에게 보내지자 그만큼 가증스러워졌듯, 조금 전만 해도 예술에 대한 취향과 일종의 정신적인 고결함마저 풍겨 재미있는 곳으로 보였던 베르뒤랭네 살롱이, 이제는 오데트가 거기서 자기 아닌 다른 남자와 만나 자유롭게 사랑을 나누려 한다는 것을 알게 되자, 그 우스꽝스러움과 멍청함과 수치스러움이 드러나 보였다.

다음 날의 샤투 저녁 모임을 떠올리자 그는 구역질이 났다. "우선 샤투에 간다는 생각하고! 막 가게 문을 닫고 온 잡화상들처럼 말이야!* 그 작자들은 정말이지 더할 나위 없이 부르주아 같은 인물들이야. 실제로 존재한다고 믿어지지 않을 정도로, 라비슈**의 연극에서나 튀어나올 법한 인물들이지!"

아마도 거기에는 코타르 부부가, 어쩌면 브리쇼도 있을 것이다. "내일 샤투에서 모두 만나지 못한다고 생각하면, 맹세코, 완전히 인생이 끝났다고 생각할 만큼 서로에게 얽혀 살고 있는 저 형편없는 자들의 생활보다 더 우스꽝스러운 것이 어디 있단 말인가!" 아, 애석하게도 화가 또한 갈 것이다. '결혼

* 이 부분은 모파상의 「시골에서의 야유회」를 연상케 한다.
** 외젠 라비슈(Eugène Labiche, 1815~1888). 제2제정과 제3공화국 초기 프티 부르주아들의 어리석음을 풍자한 희곡을 썼다.

을 성사시키는 것을 좋아하는' 화가는 포르슈빌을 오데트와 함께 그의 아틀리에로 초대하겠지. 시골 야유회에 가는 것 치고는 지나치게 정장 차림인 오데트를 떠올렸다. "그 가엾은 여자는 워낙 천박한 데다 정말 멍청해."

베르뒤랭 부인이 저녁 식사 후에 할 농담이 들리는 것 같았다. 그 농담이 어떤 '따분한 자'를 대상으로 하든 간에 오데트가 웃고 언제나 자기와 함께, 거의 자기와 하나가 되어 웃었기에 언제나 그를 즐겁게 해 주었다. 그런데 지금은 아마도 자기를 대상으로 오데트를 웃길 것이라는 생각이 들었다. "얼마나 구역질 나는 농담인가!" 하고 입가로 어찌나 역겨움을 표현했는지, 셔츠 깃으로 일그러진 목덜미에까지도 찌푸린 얼굴 근육이 땅기는 것이 느껴졌다. "하느님 형상을 본 따서 만든 얼굴을 한 인간이 어떻게 그런 구역질 나는 농담으로 웃을 수 있단 말인가? 조금이라도 코가 민감하다면 누구나 이런 고약한 냄새에 기분 잡치지 않으려고 질겁하며 얼굴을 돌릴 것이다. 어떻게 인간이란 작자가, 충직하게 손을 내민 동포에게 그저 미소만 지으면서, 진흙탕에 빠질 정도로 타락해서는 아무리 선한 사람이라 할지라도 더 이상 구해 줄 수 없게 된다는 것을 이해하지 못하다니 정말 믿을 수 없구나. 베르뒤랭 같은 여자의 농담이 내게 흙탕물을 끼얹었기에는, 나는 그런 더러운 수다가 찰랑대는 밑바닥 세계로부터 수천 미터나 높은 곳에 살거든." 하고 그는 고개를 쳐들며 자랑스레 몸을 뒤로 젖히고는 외쳤다. "내가 오데트를 그런 곳에서 구해 내 보다 고상하고 보다 순수한 분위기로 끌어올리려고 진심으로 노력했다는 것은 하느님도 다 아신다. 하지만 인간의 인내심에는 한계가 있는 법이고, 내 인내심도 이젠 막바지에 와 있다." 하고 그런 빈정거리는 분위기에서 오데트를 구해 내려는 사명감이 단지 몇 분 전이 아니라 이미 오래전부터 시작되었다는 듯이, 오데트를 떼어 놓으려고 자기를 빈정거림의 대상으로 삼았다고 생각하기 훨씬 전부터 주어졌다는 듯이 그는 말했다.

그는 이제 막「월광」소나타를 치려는 피아니스트와, 베토벤의 음악이 자기 신경에 미칠 해로움에 지레 겁을 먹은 베르뒤랭 부인의 얼굴을 그려 보았다. "멍청한 여자 같으니라고, 거짓말쟁이!" 하고 소리쳤다. "그런 주제에 감히 예술을 사랑한다고 믿는 모습이라니!" 하고 소리쳤다. 베르뒤랭 부인은 오데트에게 포르슈빌에 대한 칭찬을 몇 마디 슬쩍 능숙하게 비추고서는, 스완에게 자주 했던 것처럼 이렇게 말할 것이다. "포르슈빌 씨를 위해 당신 곁에 작은 자리를 마련하세요." "어둠 속에서 말이지! 이 포주야, 이 뚜쟁이 여자야!" '뚜쟁이'란 단어는 그들을 침묵하게 하고, 함께 꿈꾸게 하고, 서로 얼굴을 바라보게 하고, 손을 잡게 하도록 초대해 준 그 음악에 스완이 붙인 이름이기도 했다. 그는 플라톤과 보쉬에, 그리고 프랑스 옛 교육이 예술에 보였던 엄격함에 좋은 점이 있다고 생각했다.*

요컨대 베르뒤랭 집에서 보낸 삶이, 그가 자주 '진정한 삶'

---

* 플라톤은 『공화국』(10권)에서 풍습을 문란하게 한다고 시인들을 추방했으며, 보쉬에는 『희극에 대한 성찰과 격언』에서 연극을 비난했다. 보쉬에는 프랑스 17세기 작가이자 성직자이다.

이라고 불러 왔던 삶이 이제는 형편없어 보였고, 그들의 작은 동아리도 최하층 모임으로 보였다. "정말로 모든 사회 계층 중에서도 가장 낮은 모임으로, 단테가 말하는 마지막 원이구나.* 저 위대한 작품이 바로 베르뒤랭네를 두고 한 말이었구나! 물론 사교계 인사들에게도 비판할 점은 있지만, 이 부랑자 패거리와는 하늘과 땅 차이다. 이런 작자들을 알려고 하지도 않고 손가락 끝도 더럽히지 않으려는 걸 보면 얼마나 지혜로운 사람들인가! 포부르생제르맹에서 흔히 하는 말인 '나를 만지지 말라.(Noli me tangere.)'**는 얼마나 선견지명 있는 말이었던가!" 그는 이미 오래전에 불로뉴 숲 산책로를 떠나 거의 집에 도착했지만, 아직도 고통과 거짓 열변에서 덜 깨어난 탓인지 꾸며 낸 억양과 자기 목소리의 인위적인 울림에 점점 도취되어 밤의 고요 속에서 소리 높여 재잘거렸다. "사교계 인사들에게도 물론 결점은 있지만, 또 그 결점을 나보다 더 잘 아는 사람도 없지만, 그래도 어떤 일들은 결코 할 수 없는 사람들이다. 내가 아는 우아한 여인도 완벽하다고는 할 수 없지만, 그래도 그녀에게는 어떤 섬세한 바탕이나 성실한 면이 있어 무슨 일이 있어도 결코 배신 같은 것은 할 수 없는데 이 점이 그

---

* 단테의 『신곡』 지옥편은 원 아홉 개로 구성되었다.
** 부활하신 예수님이 마리아 막달레나에게 하신 첫 번째 말씀으로, 일반적으로는 신(神)인 예수님을 인간인 마리아 막달레나가 만지면 안 된다는 뜻으로 해석된다. 그러나 우리말 성경 번역본에는 또 다른 해석 가능성을 고려한 듯 "내가 아직 아버지께 올라가지 않았으니 나를 더 이상 붙들지 말라."로 번역되었다. 「요한복음」 20장 17절 참조.

녀와 저 악녀 베르뒤랭 부인 사이에 커다란 차이를 만드는 것
이다. 베르뒤랭! 얼마나 우스꽝스러운 이름인가! 그래도 그들
같은 족속들 사이에서는 완벽하다거나 훌륭하다고 말들 하다
니! 다행히 그런 치욕스러운 쓰레기들과 어울리는 생활을 더
이상 하지 않아도 되는 때가 왔으니."

그러나 조금 전까지만 해도 그가 베르뒤랭 부부에게 부여
했던 미덕들이, 설령 그들에게 실제 그런 미덕이 있다 해도,
그의 사랑을 북돋아 주고 감싸 주지 않았다면, 스완이 그들의
관대한 마음에 감동할 만한 도취감을 불러일으키기에는 충
분하지 않았을 것이고, 더욱이 그 도취감이 비록 타인을 통해
전해졌다 할지라도 결국 오데트로부터밖에 올 수 없었다. 마
찬가지로 지금 그가 베르뒤랭 부부에게서 발견하는 부도덕성
이란 것도 실제로 존재한다고 할지라도, 만일 베르뒤랭 부부
가 스완을 제외하고 오데트를 포르슈빌과 함께 초대하지만
않았다면, 스완의 분노를 터뜨려 그들의 '파렴치한 행동'을
비난하게 할 정도의 힘은 갖지 못했을 것이다. 그리고 어쩌면
스완의 목소리가 스완 자신보다 더 명철했는지 모른다. 왜냐
하면 베르뒤랭네 모임에 대한 혐오감으로 가득한 말이나 그
들과 절교하는 기쁨을 말할 때에도, 마치 이러한 말들이 그의
분노를 진정하기 위해서이지 그의 생각을 표현하기 위해서가
아니라는 듯 오직 부자연스럽기만 했기 때문이다. 사실 그가
이처럼 욕을 퍼붓는 데 몰두하는 동안에도, 그의 마음은 어쩌
면 자기도 모르게 전혀 다른 것에 쏠려 있었던 모양이다. 집
으로 돌아가 현관문을 닫기가 무섭게 갑자기 이마를 치더니,

다시 문을 열게 하고는 이번에는 자연스러운 목소리로 "내일 샤투의 만찬에 초대받을 방법을 알아낸 것 같군!" 하고 외치며 밖으로 나갔으니까. 그러나 그 방법도 좋지 못했던지 스완은 초대를 받지 못했다. 중요한 일로 시골에 불려가 며칠 동안 베르뒤랭 부부를 만나지 못하고 샤투에도 가지 못한 코타르 의사가 만찬 다음 날 베르뒤랭네 식탁에 앉으면서 이렇게 말했다.

"오늘 저녁에는 스완 씨가 안 오시나요? 스완 씨야말로 그분*의 개인적인 친구라고 부를 수 있는데요."

"제발 오지 않기를 바라요!" 하고 베르뒤랭 부인이 말했다. "하느님, 우리를 그로부터 지켜 주옵소서. 그 작자는 지겹고 멍청하고 무례해요."

코타르는 이 말에 자기가 지금까지 믿어 온 것과는 정반대되는, 그러나 항변할 수 없는 명백한 진리를 대하듯이 놀라움과 복종을 동시에 나타냈다. 그래서 흥분하고 겁먹은 기색으로 접시에 코를 박고는 "아! 아! 아! 아! 아!" 하고 목소리를 점차 낮추어 가면서 온 음역을 통과하여 자신의 가장 밑바닥까지 뒷걸음질 치며 물러갔다. 그리하여 베르뒤랭네에서는 더 이상 스완에 대해 말하지 않게 되었다.

이후부터 스완과 오데트를 맺어 준 그 살롱은 그들 만남에 걸림돌이 되었다. 이제 그녀는 그들이 처음 사랑을 시작하던

---

* 쥘 그레비 대통령을 가리킨다. 57쪽 주석 참조.

때처럼 "어쨌든 내일 밤에 뵐게요. 베르뒤랭 댁에서 야식 모임이 있으니까요."라고 말하지 않고, "내일 저녁은 뵐 수 없겠네요. 베르뒤랭 댁에서 야식 모임이 있으니까요."라고 말했다. 또는 베르뒤랭네가 「클레오파트라의 하룻밤」*을 보기 위해 그녀를 오페라코미크**에 데려가기로 했을 때, 그는 오데트의 눈에서 가지 말라고 할까 봐 두려워하는 빛을 보았는데, 그전 같으면 애인 얼굴에 스쳐 가는 것을 키스로 붙들지 않고는 못 배겼을 테지만, 지금은 화가 났다. "하지만." 하고 그는 자신을 타일렀다. "그런 똥 같은 음악을 쪼아 먹으려고 가는 그녀를 보고 내가 느끼는 것은 분노가 아닌 슬픔이다. 물론 내가 아니라 그녀에 대해 느끼는 슬픔이지. 반년 이상이나 나하고 날마다 살을 맞대고 살아 왔으면 빅토르 마세쯤은 스스로 버릴 정도는 되어야 하는데, 그렇지 못한 것을 보는 슬픔이지. 더구나 조금이라도 섬세한 사람이라면 남이 부탁할 때는 기쁨을 단념해야 하는 저녁도 있다는 걸 이해해야 하는데 그렇지 못한 데서 오는 슬픔이지. '전 안 가겠어요.'라고 말해야 하는 게 아닌가! 설령 인사치레에 불과해도 말이지. 그 대답에 따라 그녀 마음씨가 어떤지 최종적으로 평가할 수 있었을 텐데!" 그날 저녁 그녀가 오페라코미크에 가지 않고 그와 함께 있어 주기를 바란 것도 실은 오데트의 정신적 가치에 보다 호의적인 평가를 내리기 위해서라고 그는 스스로를 설득하면서 똑같은

---

* 빅토르 마세의 작품으로 1885년에 초연되었다.
** 파리 2구에 있는 극장으로, 과거에는 오페레타(오페라에 대사를 끼워 넣은 작품)를 주로 공연했다.

논리를 오데트에게도 강요했는데, 자신에 대해서와 마찬가지로 진실성이 없는, 어쩌면 자존심 때문에 그녀를 소유하려는 욕망에 복종하는 한 단계 더 높은 거짓이라고 할 수 있었다.

"맹세코 말하지만." 하고 그는 곧 극장으로 가려는 그녀에게 말했다. "당신에게 가지 말아 달라고 부탁하면서도, 만약 내가 정말로 이기적인 사람이었다면 당신이 내 말을 거절해 주기를 바랐을 거요. 왜냐하면 난 오늘 저녁 할 일이 많고, 만일 당신이 뜻밖에도 가지 않겠다고 대답한다면 나 스스로 판 함정에 빠져 매우 난처해질 테니까. 하지만 나 자신의 일이나 즐거움만이 전부는 아니오. 난 당신 생각도 해야 하니까. 언젠가 내가 당신으로부터 영원히 멀어지는 걸 당신이 보는 날이 오면, 사랑도 더 이상 버틸 수 없는, 당신에게 준엄한 판단을 해야 하는 결정적인 순간이 오면, 당신은 나보고 왜 미리 경고해 주지 않았느냐고 비난하겠지만, 그때가 오면 「클레오파트라의 하룻밤」(얼마나 우스꽝스러운 제목이오!) 같은 것은 아무것도 아닐 것이오. 알아 둬야 할 것은 당신 정신이나 매력이 정말로 최하류인지, 단 하나의 즐거움도 포기할 줄 모르는 그런 경멸할 만한 존재인지 하는 거요. 그런데 만일 당신이 그런 존재라면 어떻게 내가 당신을 사랑할 수 있겠소. 당신은 인간이 아닌데, 정의되거나 불완전하거나, 그래서 적어도 완전해질 수 있는 인간이 아닌데 말이오. 당신은 비탈에 놓이면 비탈을 따라 흘러가는 형태 없는 물이오. 어항에 살면 하루에도 수백 번 유리관에 부딪치는 기억력도 사고력도 없는 금붕어라오. 당신 대답이 물론 나로 하여금 당신을 사랑하는 것을 당장 그만두는 결과를 가져온다고는 말하지 않겠소. 하지만 당신이 인간도 아니고, 모든 것 아래 위치하며, 다른 사람보다 자신을 돋보이게 할 줄도 모른다는 걸 내가 알았을 때, 당신이 내 눈에 덜 매력적으로 보이지 않겠소. 물론 난 당신에게 「클레오파트라의 하룻밤」(이 천박한 제목이 내 입술을 더럽히는 것도 다 당신 때문이라오.)을 단념하는 것이 별로 중요하지 않은 일인 것처럼 청하고 싶소. 마음속으로는 당신이 가기를 바라니까 말이오. 다만 당신 대답을 고려하여, 당신 대답에서 어떤 결론을 끌어내기로 결심했기 때문에 이 점을 미리 알려 두는 편이 보다 신의 있다고 생각한 거요.”

오데트는 조금 전부터 감동과 망설임을 드러내고 있었다. 그녀는 이러한 말의 뜻을 잘 이해하지 못했기 때문에, 막연하게나마 그것이 일반적으로 ‘짧은 연설’이라는 장르에, 그리고 비난 또는 애원 장면에 들어갈 수 있다고 생각했다. 남자들의 이런 태도에 익숙해진 그녀는 말의 세부적인 내용에는 주의하지 않고, 남자란 사랑에 빠지지 않고는 그런 말을 할 수 없기 때문에 그들 말에 복종할 필요가 없으며, 그들은 나중에 자신을 더 사랑하게 될 뿐이라는 결론을 내렸다. 만약 시간이 흘러가는 걸 보지 못했다면 그녀는 침착하게 스완의 말에 귀를 기울였을 것이며, 그래도 스완이 말을 계속하면 “서곡을 놓칠지도 몰라요.”라고 말하며, 다정하고도 집요하며 당혹스러운 미소를 지었을 것이다.

또 어떤 때는 그가 그녀를 더 이상 사랑하지 않게 된다면, 다른 무엇보다도 그녀가 거짓말을 그만두려 하지 않기 때문이라고 말한 적이 있었다. "단지 교태라는 관점에서 보더라도……." 하고 그는 말했다. "거짓말을 할 정도로 비굴해진다면 얼마나 많은 매력을 잃게 된다는 걸 모르겠소? 한마디 고백으로 얼마나 많은 잘못을 속죄할 수 있는지 모른단 말이오! 정말이지 당신은 내가 생각했던 것보다도 훨씬 머리가 더 나쁜 것 같소." 그러나 오데트가 거짓말을 해서는 안 되는 이유를 스완이 아무리 늘어놓아도 다 소용없었다. 그런 이유들은 오데트에게서 거짓말에 대한 일반 체계를 무너뜨릴 수는 있었겠지만, 오데트에겐 그런 일반 체계가 없었다. 그녀는 단지 자기가 한 짓을 스완이 몰랐으면 하고 바랄 때면 그런 말을 하지 않는 것으로 만족했다. 그러므로 거짓말은 그녀가 때에 따라 꾸며대는 미봉책으로, 거짓말을 할지 진실을 고백할지 결정하는 유일한 것도 특별한 이유로, 스완에게는 그녀가 진실을 말하지 않았다는 것을 간파할 수 있는 어느 정도는 좋은 기회였다.

오데트의 육체는 별로 좋지 못한 시기를 통과하고 있었다. 그녀는 살이 쪄 갔다. 그렇게도 풍부한 표현이며 애절한 매력이며 놀란 듯 꿈꾸는 듯하던 시선도 그녀의 첫 번째 젊음과 더불어 사라져 버린 듯했다. 그녀가 스완에게 가장 소중한 존재가 된 것은, 말하자면 이처럼 스완이 오데트를 가장 덜 아름답다고 생각했을 때였다. 그는 예전에 느꼈던 매력을 다시 찾아내려고 오랫동안 그녀를 바라보았지만 찾을 수가 없었다. 그러나 이 새로운 번데기 아래 살고 있는 것은 여전히 오데트였으며, 여전히 덧없고 포착할 수 없는 앙큼한 의지라는 사실을 아는 것만으로도 스완이 그녀 마음을 붙잡기 위해 예전과 똑같은 열정을 기울이기에 충분했다. 그러면 그는 이 년 전에 찍은 사진을 바라보며, 그녀가 얼마나 매력적인 여자였는지 회상해 보았다. 그것은 그녀 때문에 겪는 그 많은 고초를 조금은 달래 주었다.

베르뒤랭네가 오데트를 생제르맹이나 샤투, 묄랑으로 데리고 갈 때면* 날씨가 좋은 계절에는 그곳에서 자고 다음 날 돌아올 때가 있었다. 베르뒤랭 부인은 파리에 남은 숙모 때문에 걱정하는 피아니스트를 진정하려고 애쓰는 것이었다.

"숙모님은 하루 정도는 당신으로부터 해방된 것을 좋아하실 거예요. 그리고 당신이 우리와 같이 있는 줄 아는데 무슨 걱정이겠어요? 더구나 모든 책임은 내가 질 텐데."

그래도 설득하는 데 성공하지 못하면, 이번에는 베르뒤랭 씨가 미리 알려야 할 사람이 있는 신도들을 조사해서는 전화국이나 인편을 찾으러 시골길을 떠났다. 그러나 오데트는 고맙다는 인사만 하고 전보 칠 사람이 없다고 말했다. 그녀는 전에 여러 사람들 앞에서, 전보를 보낸다면 자신의 평판이 위태롭게 될 거라고 스완에게 잘라 말한 적이 있었다. 때로는 오데트가 며칠간 집을 비울 때도 있었다. 베르뒤랭네 사람들이 그

---

* 생제르맹은 파리에서 서쪽으로 20킬로미터 떨어진 곳에 위치하며 루이 14세가 베르사유로 가기 전에 머물던 곳이다. 프랑스 왕이 거주하던 성과 사냥을 하던 숲이 있다. 묄랑은 파리에서 서쪽으로 40킬로미터 떨어진 센 강가에 위치하며, 인상파 화가들이 즐겨 찾던 곳으로, 블라맹크의 「묄랑의 다리」로 유명하다. 샤투에 대해서는 171쪽 주석 참조.

녀를 데리고 드뢰의 묘를 구경하러 가거나, 화가의 초대로 콩피에뉴 숲으로 석양을 보러 가거나, 때로는 피에르퐁 성까지 갔기 때문이다.*

"십 년이나 건축을 연구했고 가장 저명한 인사들로부터 줄곧 보베나 생루드노**에 안내해 달라고 부탁받아 왔지만 오데트를 위해서가 아니라면 가지 않았을, 그런 나하고 같이 가는 것이라면 그녀가 진짜 유적을 볼 수도 있었겠지만, 그런 형편 없이 무식한 사람들과 어울려 루이필리프나 비올레르뒤크의 배설물 앞에서 연방 경탄하는 모습이라니!*** 그렇다면 구태여 예술가일 필요가 없지 않은가, 또 아무리 유달리 후각이 예민하지 않더라도 배설물 냄새를 더 가까이서 맡기 위해 변소까지 골라 가며 피서를 갈 필요는 없지 않은가."

그러나 오데트가 드뢰 또는 피에르퐁으로 떠날 때면 — 애석하게도 그녀는 그가 우연인 척 그쪽으로 가는 것도 "한심한 인상을 줄 거예요."라고 말하며 허락하지 않았다. — 그는 가장 황홀한 연애 소설인 기차 시간표를 들여다보곤 했다. 기차

---

* 드뢰의 묘는 성 루이 왕의 성당 안에 있는데 루이필리프 이후 오를레앙 왕가의 가족묘가 안치되어 있다. 콩피에뉴는 18세기 가브리엘이 건축한 성으로 유명하며, 나폴레옹 3세가 즐겨 머무르던 곳이다. 콩피에뉴 숲 근처 피에르퐁은 중세 요새가 있는 곳으로, 외젠 비올레르뒤크(Eugène Viollet-le-Duc, 1814~1879)가 1884년 복원했다.
** 보베는 고딕성당과 장식 융단 공장으로 유명한다. 42쪽 주석 참조. 생루드노는 11~12세기에 세워진 성당 정문이 유명하다. 콩브레의 생탕드레데샹 성당 정문 모델로 간주된다.
*** 베르뒤랭(Verdurin)이라는 이름은 배설물이나 똥이란 뜻의 동음이의어 '브랭(bren)'을 연상시킨다.

시간표는 오후나 저녁, 아침까지도 그녀와 합류할 수 있는 방법을 가르쳐 주었다. 방법을? 아니, 그 이상의 것, 허가증을 주었다. 시간표나 기차 자체는 개들을 위해 만들어진 것은 아니니까. 아침 10시에 피에르퐁에 도착하는 기차가 8시에 출발한다고 인쇄물로 사람들에게 공표된 이상, 피에르퐁에 가는 것은 합법적인 행동이며, 따라서 오데트의 허락이 필요치 않았다. 또 오데트를 만나려는 소망 외에 또 다른 동기에서도 기차는 탈 수 있었다. 오데트를 알지 못하는 많은 사람들도 매일같이 기관차에 불을 때게 하는 수고를 할 만큼 기차를 타고 다니니까.

요컨대 스완이 피에르퐁에 가고 싶다면 오데트가 가로막을 수는 없는 것이었다. 그런데 그는 바로 지금 가고 싶은 생각이 들었고, 오데트를 알지 못했다면 틀림없이 그곳에 갔을 거라고 생각했다. 오래전부터 비올레르뒤크*의 복원 작업에 대해 정확한 의견을 갖고 싶었으니까. 또 날씨가 좋아서 콩피에뉴 숲에서 산책하고 싶다는 아주 절박한 욕망도 느꼈다.

오늘 그의 마음을 끄는 그 유일한 장소에 가는 것을 그녀가 금지하다니, 정말이지 운이 없었다. 하필이면 오늘이라니! 만일 그녀가 금지하는데도 그가 떠난다면, 그는 '오늘' 안으로 그녀를 만날 것이다. 그런데 오데트가 피에르퐁에서 누군가 별 상관없는 사람을 만난다면 그녀는 즐거워하며 "어머, 이

---

* 프랑스 중세 건축 복원에 큰 기여를 한 비올레르뒤크는 노트르담 성당을 비롯하여 생드니 수도원, 피에르퐁 성 등의 복원을 주도하였다.

곳에 와 계셨군요!"라고 말하면서 베르뒤랭네 사람들과 함께 묵는 호텔로 그녀를 보러 오라고 말했을 테지만, 반대로 스완을 만난다면 뒤를 밟고 다니는 줄로 알고는 기분이 상해서 그를 덜 사랑하게 되거나, 그의 모습이 눈에 띄자마자 화를 내며 등을 돌릴지도 모를 일이었다. "그러니까 이제 저에겐 여행할 권리도 없다는 거죠." 하고 돌아오는 길에 말할지도 몰랐다. 사실 여행할 권리가 없는 것은 바로 스완인데도 말이다!

문득 오데트를 만나러 가는 척하지 않으면서 콩피에뉴와 피에르퐁에 가기 위해 부근에 성을 소유한 친구 드 포레스텔 후작에게 데려가 달라고 부탁하면 되겠다는 생각이 떠올랐다. 스완이 후작에게 이유는 말하지 않고 여행 계획을 털어놓자, 후작은 무척이나 기뻐하면서도 놀랐다. 스완이 십오 년 만에 처음으로 그의 소유지를 구경하러 가는 데 동의하면서도, 그곳에 오래 머무를 생각은 없다고 말하고는 적어도 며칠 동안은 함께 산책도 하고 소풍도 가겠다고 약속했기 때문이다. 스완은 벌써 포레스텔 씨와 같이 그곳에 가 있는 자신의 모습을 상상했다. 오데트를 만나기 전에, 비록 오데트를 만나는 데 성공하지 못한다 해도 그녀가 어느 순간 어느 장소에 있는지 정확히 모르면서도, 그녀가 갑작스럽게 나타날 가능성이 도처에서 요동치는 것이 느껴지는 땅에 발을 내딛을 수 있다니 얼마나 행복한 일인가! 그녀를 보러 왔기에 더욱 아름답게만 보이는 성 안뜰에서, 소설처럼 보이는 도시 모든 거리에서, 깊고도 부드러운 장밋빛 석양으로 물든 숲 속 오솔길에서, 불확실하지만 도처에 퍼져 있는 희망 속에서, 그의 행복하고도 방황하는 부풀어 오른 마음은 번갈아 가면서 나타나는 그 무한한 은신처로 동시에 몸을 피하리라. "특히······." 하고 그는 포레스텔 씨에게 말할 것이다. "오데트와 베르뒤랭네 사람들과 마주치지 않도록 조심합시다. 그들이 마침 오늘 피에르퐁에 왔다는 이야기를 들었거든요. 파리에서 싫증 나도록 만나는 사람들인데, 한 걸음 걸을 때마다 그들과 부딪친다면 파리를 떠나온 보람이 없을 테니까요." 그의 친구는 일단 그곳에 도착하자 그가 왜 자주 계획을 바꾸려 하는지, 왜 콩피에뉴의 모든 호텔 식당들을 샅샅이 뒤지면서도 베르뒤랭네 사람들의 자취가 보이지 않는 곳에서는 잠시도 앉아 있을 생각을 하지 않고, 자기가 피하고 싶다고 말한 그 사람들을 찾는 것 같으면서도 또 그들을 발견하기만 하면 무섭게 피하는지 이해할 수 없을 것이다. 그가 만일 그 작은 무리들을 만난다면, 오데트를 만나는 데 만족해서, 특히 그녀에 대해 신경을 쓰지 않는 자신을 그녀가 볼 것이라는 사실에 만족해서는 짐짓 그 무리로부터 비켜서는 척했을 것이다. 아니다, 그녀는 스완이 그녀 때문에 그곳에 왔다는 것을 알아챌 것이다. 그래서 포레스텔 씨가 떠나자고 막상 그를 찾으러 왔을 때는 이렇게 말했다. "이거 안됐군요. 오늘은 피에르퐁에 갈 수 없네요. 오데트가 바로 그곳에 있거든요." 그리고 스완은 모든 사람 가운데서도 유독 자기에게만 그날 피에르퐁에 갈 권리가 없는 것은, 바로 자기가 오데트에게 있어 남들과는 다른 어떤 사람, 즉 그녀의 연인이기 때문이며, 이 보편적인 자유 통행 권리를 제한하는 것도 그 노예제도 중 한 형태, 그에게는 그렇게도 소중한 사랑의 형

태에 지나지 않기 때문이라는 것을 알고는 행복해했다. 아무
래도 그녀와 사이가 틀어질 위험이 있는 짓은 하지 않는 편이,
그녀가 돌아오기를 참고 기다리는 편이 더 나았다. 그는 마치
'사랑의 지도'*라도 되듯이 콩피에뉴 숲 지도를 들여다보며 나
날을 보냈고, 피에르퐁 성 사진들에 둘러싸여 지냈다. 그러고
는 오데트가 돌아올 날이 가까워지자 기차 시간표를 다시 펴
고는, 그녀가 어떤 기차를 탔는지, 만일 늦어서 타지 못했다면
아직 남아 있는 차편은 무엇인지 헤아려 보았다. 그는 전보를
놓칠까 봐 밖에 나가지도 못했고, 그녀가 막차로 돌아와 한밤
중에 자기를 놀래 줄 경우를 생각해서 잠도 자지 않았다. 그때
마침 현관문에서 종소리가 나는 것처럼 느껴졌다. 문을 여는
것이 늦어지는 것 같아 문지기를 깨우고 싶었다. 만약 그 사람
이 오데트라면 이름을 부르려고 창가로 갔다. 직접 열 번도 더
내려가 주의를 주었음에도, 문지기가 스완은 외출 중이라고
말할지도 몰랐기 때문이다. 들어온 사람은 하인이었다. 그는
지나가는 마차 소리에도 귀를 기울였다. 전에는 한 번도 그런
것에 주의해 본 적이 없었다. 마차 한 대 한 대가 멀리서부터
다가와서는 그의 집 문 앞에 멈추지 않고, 그가 아닌 다른 사
람에게 보내는 메시지를 싣고는 더 멀리 갔다. 그는 밤새 기다
렸지만 아무 소용없었다. 베르뒤랭네 사람들이 귀가를 앞당
겨, 오데트가 이미 정오부터 파리에 와 있었기 때문이다. 그녀

---

* 프랑스 17세기 여류 작가인 마들렌 드 스퀴데리(Modeleine de Scudéry,
1607~1701)가 상상한, 사랑의 길이 여럿 그려진 지도를 가리킨다.

는 그에게 알릴 생각도 하지 않았다. 오데트는 무엇을 해야 할지 몰라 저녁 시간을 혼자 극장에서 보내고는 이미 오래전에 잠자리에 들었다.

그녀는 스완을 생각조차 하지 않았다. 그러나 스완의 존재마저 잊어버린 이런 순간이 오데트에게는 보다 유리해서, 그녀의 온갖 교태보다도 더 스완을 붙잡아 두는 데에는 도움이 되었다. 왜냐하면 스완은 오래전 오데트를 베르뒤랭 집에서 만나지 못해 밤새 찾아다니던 그날 밤 이미 그의 사랑을 피어오르게 했을 정도로 강력했던, 그런 고통스러운 동요 속에서 살았기 때문이다. 그리고 그에게는 내 유년시절 콩브레에서처럼 저녁이면 되살아나는 고통들이 잊히는 그런 행복한 낮도 없었다. 스완은 오데트 없이 혼자 낮을 보냈다. 때때로 이렇게 아름다운 여자를 홀로 파리에 돌아다니게 내버려두는 것은 가득 찬 보석 상자를 길 한복판에 두는 것만큼이나 무모하다는 생각이 들었다. 그럴 때면 행인들 모두가 도둑이기라도 한 것처럼 그들에게 화를 냈다. 그러나 그들의 집단적이고 형태 없는 얼굴은 그의 상상력에서 벗어나, 질투심을 북돋우지는 못했다. 다만 그 얼굴은 스완의 머리를 지치게 했고, 그래서 그는 "모든 것을 하느님에게 맡기자!"라고 말하면서 마치 외계 현실이나 영혼 불멸의 문제에 너무 열중한 나머지 피로한 두뇌에 기도의 휴식을 부여하기라도 하듯 손을 눈에 갖다 댔다. 그러나 존재하지 않는 여인에 대한 상념은 언제나 스완 삶의 가장 단순한 행동에 — 이를테면 식사를 하거나 편지를 받거나 외출하거나 잠자리에 들거나 하는 — 이르기까지,

그녀 없이 해야 한다는 슬픔으로 굳게 섞여 있었다. 마치 마르 그리트 도트리슈가 남편인 필리베르 르 보에 대한 슬픔 때문 에 브루 성당에 그녀 이름 첫 글자와 남편 이름 첫 글자를 함 께 새겨 놓은 것처럼.* 어떤 날은 집에 있지 않고 가까운 레스 토랑으로 가서 점심 식사를 들곤 했는데, 전에는 음식이 맛있 다고 생각해서 그곳에 갔지만 지금은 단지 소설 같다고 할 수 있는 그 신비롭고도 요상한 이유 때문에, 즉 오데트가 사는 거 리와 이름이 같다는 이유로 라페루즈**(아직도 존재하는) 레스 토랑에 점심을 먹으러 갔다. 때로 오데트는 짧은 여행을 했고, 파리에 돌아와서도 며칠이나 지나서야 겨우 그에게 알릴 생 각을 했다. 그리고 예전처럼 만약을 위해 진실에서 빌려 온 작 은 조각들로 자기를 방어하겠다는 조심성을 보이는 일도 없 이, 그저 아침 차로 방금 돌아왔다고만 말했다. 그러나 그 말 은 거짓이었다. 적어도 오데트에게서 그 말은 거짓이었고 일 관성이 없었다. 만약 그 말이 진실이었다면, 그녀가 역에 도착 했을 때의 기억에서 그 말을 뒷받침해 줄 것을 찾아낼 수 있었 을 텐데 그녀에게는 그런 것이 없었다. 뿐만 아니라 기차에서 내렸다고 주장하는 시간에 그녀는 전혀 다른 일을 하고 있었 기 때문에, 그 모순된 이미지 탓에 말을 하면서도 전혀 그 모

---

* 브루 성당은 불꽃 양식 고딕 성당으로, 마르그리트 도트리슈(Marguerite d' Autriche, 1480~1530)가 남편을 추모하며 설립했다. 결혼한 지 삼 년 만에 죽은 남편 필리베르 르 보(Philibert le Beau, 1480~1504)와 마르그리트의 이니셜이 사랑의 매듭처럼 연결되어 있다.
** 이 레스토랑은 파리 6구, 그랑조귀스탱 강변로 51번지에 있다.

습을 그려 보일 수가 없었다. 그러나 스완의 머리에는 반대로 이런 말들이 아무런 장애물에도 부딪치지 않고 들러붙어 의심할 여지없는 확고한 진리가 되었으므로, 설령 한 친구가 자기도 그 기차를 타고 왔으나 오데트는 보지 못했다고 말해도, 그 말이 오데트의 말과 일치하지 않은 것은 친구가 날짜나 시간을 착각했기 때문이라고 생각하는 것이었다. 오데트의 말은 처음부터 거짓이라고 의심하는 경우를 제외하고는 거짓말로 들리지 않았다. 그녀가 거짓말한다고 믿기 위해서는 미리 의심을 하는 게 필요조건이었다. 게다가 충분조건이었다. 그럴 때면 오데트가 하는 모든 말이 의심스러워졌다. 그녀가 한 이름을 들먹이는 것을 들으면 틀림없이 그녀 애인 중 한 사람이라는 생각이 들었고, 이러한 가정을 하면 그는 몇 주일 동안 슬픔에 잠기곤 했다. 한번은 미지의 라이벌이 외국으로 떠난 것을 증명하지 못하면 숨도 쉴 수 없을 것 같아서 그 라이벌의 주소와 일과를 알아보려고 흥신소에 의뢰한 적이 있었는데, 결국 그가 알아낸 것은 그 라이벌이 이십 년 전에 죽은 오데트의 삼촌이라는 사실이었다.

그녀는 사람들이 수군거릴지도 모른다고 하면서 일반적으로 공공장소에서 스완을 만나는 것을 허락하지 않았지만, 그와 함께 초대를 받은 저녁 파티에서는 ─ 포르슈빌 저택이나 화가 집, 또는 장관 공관에서 열리는 자선 무도회 같은 ─ 두 사람이 자리를 함께하는 경우가 있었다. 그는 그녀를 바라보았지만, 그녀가 딴 남자들과 맛보는 쾌락을 염탐하는 것처럼 보이거나 그녀를 화나게 할까 봐 겁이 나서 오래 있을 엄두를 내지 못했다. 그러면 홀로 집에 돌아와 불안한 마음으로 잠자리에 들곤 했는데 — 마치 내가 몇 년 후에 콩브레에서 그가 우리 집에 저녁 식사를 하러 올 때마다 그랬듯이 — 파티의 끝을 보지 못했기 때문에 그 쾌락은 끝이 없는 듯 여겨졌다. 그런데 한두 번은 이러한 밤에 기쁨을 맛보기도 했는데, 고통이 가라앉은 데서 생겨난 기쁨이었으므로, 만일 갑자기 멈춘 불안이 반동 작용으로 다시 격렬하게 돌아오지만 않는다면 평온한 기쁨이라고 부를 만했다. 한번은 그가 화가가 베푸는 사교 모임에 잠시 들렀다 막 떠나려고 했을 때였다. 그는 그곳에, 다른 남자들 한가운데에 한 눈부신 낯선 여자로 변한 오데트를 남겨두었는데, 그를 위한 것이 아닌 그녀의 시선과 활기가, 이곳이나 다른 곳에서(어쩌면 그녀가 나중에 '엥코에랑 무도회'* 같은 곳으로 갈까 봐 스완은 불안에 떨었다.) 그녀가 맛볼 어떤 관능적인 쾌락을 말하는 듯 보여, 스완은 그것이 어떨지 상상이 가지 않았으므로 육체적인 결합보다 더 많은 질투심을 유발했다. 그런데 스완이 아틀리에 문을 막 나서려고 했을 때, 그는 자기를 불러 세우는 이런 말을 들었다.(이 말은 그가 두려워하던 축제의 끝을 지워 버림으로써, 축제를 처음부터 결백하게 만들어, 오데트의 귀가를 더 이상 상상할 수도 없는 무서운 것이 아닌, 매일매일 삶과도 흡사한, 그의 마차를 타고 옆에 앉아 주는 그런 감

---

* '횡설수설하는 자들'이라는 의미의 '엥코에랑(incohérents)'은 아카데미즘에 반대하는 만화가들의 모임으로 첫 번째 공중 무도회를 1885년에 개최했다. 스완이 오데트를 안 것이 이 년 전부터라는 기술을 존중한다면 작품 시작은 1883년이 된다.

미롭고도 잘 알려진 것처럼 만들었고, 오데트의 지나치게 빛나는 외관을 벗겨 내어, 그 외관이 꾸민 것에 불과하며 그것도 어떤 신비스러운 쾌락을 위해서가 ─ 그녀 자신도 그런 쾌락에는 이미 지쳐 버린 ─ 아니라, 잠시 스완을 위해 짐짓 꾸며 본 것에 불과하다는 사실을 보여 주었다.) "잠깐 기다려 주지 않겠어요? 저도 가겠어요. 같이 가요. 저희 집까지 데려다 주세요."

어느 날인가는 사실, 포르슈빌이 자기도 함께 마차에 태워 달라고 부탁해서 마차가 오데트 집 문 앞에 이르렀을 때 포르슈빌이 집 안으로 들어가게 해 달라고 청하자, 오데트가 스완을 가리키며 이렇게 말한 적도 있었다. "아! 그건 이분에게 달렸어요. 이분에게 물어보세요. 아무튼 원하시면 잠시 들어오세요. 그렇지만 오래는 안 돼요. 이분은 저와 조용히 이야기하는 걸 좋아하시고, 이분이 와 있을 때 다른 사람이 찾아오는 걸 좋아하지 않으시기 때문에 미리 말씀드려야 해요. 아! 제가 이분을 아는 것만큼 이분을 아신다면! 안 그래요, 마이 러브(my love), 나처럼 당신을 잘 아는 사람이 또 누가 있을까요?"

그리고 스완은, 그녀가 포르슈빌 앞에서 하는 이런 애정과 호의로 가득한 말보다도 이런 비난에 어쩌면 더 감동했는지도 몰랐다. "일요일 저녁 식사에 초대한 당신 친구분에게 아직 답장을 보내지 않은 걸 전 알아요. 가기 싫으면 가지 마세요, 하지만 적어도 예의는 지키셔야죠." 또는 "페르메이르에 대한 글을 내일 쓸 수 있다는 핑계로 우리 집에다 두고 가시는 건가요? 이 게으름뱅이! 전 당신을 공부하게 만들겠어요. 제가요!" 이런 비난들은 그가 사교계에서 받는 환대와 예술에 관한 연구를 오데트가 잘 안다는 걸 말해 주었고, 그들 둘만의 삶이 있다는 걸 증명해 주었다. 또 그녀는 그렇게 말하면서 미소를 보냈는데, 그 미소 깊숙이에서 그는 그녀가 완전히 자기 것임을 느끼는 것이었다.

그런 순간이면, 오데트가 두 사람을 위해 오렌지 주스를 만드는 동안 마치 잘못 맞춰진 반사경이 처음에는 벽에다 커다랗고 환상적인 물체 그림자들을 이리저리 보내지만 차츰 그림자들이 접히면서 물체 속으로 사라지듯, 그가 오데트에 대해 품었던 온갖 끔찍하고 불안정한 상념들이 그의 눈앞에 있는 매력적인 육체와 하나가 되어 육체 속으로 사라지는 것이었다. 그는 문득 오데트 집의 램프 불 아래서 보내는 이 시간이 어쩌면 그 자체의 특별한 용도를 위해 만들어진 시간,(그가 제대로 그려 볼 수도 없으면서 줄곧 생각만 해 온 그 두렵고도 감미로운 오데트의 진짜 삶의 한 시간, 그가 없을 때의 오데트의 삶을 감추려고 마련된) 연극 소도구와 마분지 과일 들을 곁들인 그런 인위적인 시간이 아니라 아마도 정말로 오데트 진짜 삶의 시간이 아닐까 하는 생각이 들었다. 만일 그가 여기 오지 않았다면 그녀는 포르슈빌에게 똑같은 안락의자를 내놓았을 것이고, 그가 잘 모르는 음료수가 아닌 바로 이 오렌지 주스를 따라 주었을 것 아닌가? 오데트가 사는 세계는, 그가 그녀를 그곳에 두느라고 시간을 보내고, 어쩌면 그의 상상 속에서만 존재하는 그런 무섭고 초자연적인 세계가 아니라, 어떤 특별한 슬픔도 발산하지 않는 현실 세계가 아닐까! 그가 지금이라도 글을 쓸 수 있는 이 테이블이며, 지금이라도 맛볼 수 있는 이 음료수며, 그가 감사하는 마음만큼이나 호기심을 품고 찬미하며 바라보는 이 모든 물건들을 포함하는 것이 아닐까! 왜냐하면 이 물건들은 그의 몽상을 흡수하면서 그를 몽상으로부터 해방해 주는 동시에, 물건 자체는 반대로 몽상으로 풍요로워져 만질 수 있게 실현해 보여 줌으로써 그를 흥미롭게 하고, 그의 시선 앞에서 입체감을 띠며 동시에 그의 마음을 진정해 주었기 때문이다. 아! 운명이 그로 하여금 오데트와 자신에게 집이 한 채밖에 없어, 그녀 집에 있는 것이 곧 자기 집에 있는 것이 되게 해 준다면, 하인에게 물어본 점심 식사가 모두 오데트가 정한 메뉴라는 대답을 듣게 된다면, 아침에 오데트가 불로뉴 숲을 산책하고 싶어 할 때 외출하고 싶지 않아도 '좋은' 남편의 의무가 시키는 대로 그녀와 동반해 주고, 그녀가 덥다고 하면 외투를 들어 주고, 또 저녁에는 식사 후에 그녀가 실내복 차림으로 그냥 집에 있고 싶어 하면 그녀가 원하는 대로 그녀 곁에 있어 준다면, 만약 그렇게 된다면 그토록 쓸쓸해 보이는 스완 삶에서 아무것도 아닌 것들이, 어쩌면 가장 친숙한 것들조차도 ― 이 램프 불이며 이 오렌지 주스며 이 안락의자가 그렇게도 많은 꿈을 담으며, 그렇게도 많은 욕망을 물질화했듯이 ― 반대로 오데트 삶의 일부가 되어 일종의 넘쳐흐르는 부드러움과 신비스러운 밀도를 가지게 되지 않을까!

하지만 그가 그렇게도 안타깝게 생각하는 마음의 안정과 평화가 사랑을 위해서는 그리 바람직한 분위기가 될 수 없다고 생각할 때가 있었다. 오데트가 더 이상 그에게 있어 항상 부재하고 그리워하는 상상 속 존재가 아닐 때, 그녀에 대한 감정이 소나타 악절로 혼미해진 그 신비스러운 상태가 아니라 애정이나 감사함이 될 때, 그의 광기와 슬픔을 끝낼 정상적인 관계가 이루어질 때, 그때가 오면 오데트 삶의 모든 행동 그 자체에 흥미를 잃을지도 몰랐다. 그는 여러 번 그런 의혹을 이미 품었었다. 이를 테면 포르슈빌에게 보내는 편지를 봉투 너머로 읽은 날이 그러했다. 그는 병 연구를 위해 스스로 균을 접종받은 사람만큼이나 명철하게 자신의 병을 관찰하면서, 자신이 치유되면 그때는 오데트가 하는 일에 무관심해질 거라고 생각했다. 그러나 사실 그의 병적인 상태에서 그가 죽음 만큼이나 두려워한 것은 그가 처한 모든 상황의 죽음이나 다름없는 바로 그 치유였다.

이런 평온한 밤을 보낸 후면 스완의 의혹은 진정되었다. 그는 오데트를 축복했고, 다음 날 아침이 되자마자 그녀에게 가장 아름다운 보석을 보냈다. 어젯밤의 친절에 대한 고마운 마음, 그런 친절이 되풀이되는 것을 보고 싶은 욕망, 또는 사랑의 절정으로 소진되어야 한다는 필요성이 그를 부추겼기 때문이다.

그렇지만 또 어떤 때는 고뇌가 다시 그를 사로잡아, 오데트가 포르슈빌의 정부임이 틀림없으며, 자신이 초대받지 못한 샤투에서의 야유회 전날 밤 불로뉴 숲에서 마부까지도 눈치 챈 그 절망 어린 표정으로 오데트에게 같이 돌아가자고 애원하다가 허사로 돌아가 홀로 패배한 채 돌아가는 그의 모습을 두 사람이 베르뒤랭네 사륜마차 구석에서 보고 있었을 때, 오데트가 포르슈빌에게 스완을 가리키며 "자, 어때요, 그가 격노

하지 않나요!"라고 말하면서, 사니에트가 포르슈빌 때문에 베르뒤랭네에서 내쫓겼던 날과 똑같은, 그 반짝이는 심술궂고 앙큼한 눈길을 내리떴을 거라고 상상했다.

그럴 때면 스완은 그녀가 미웠다. "정말 나는 너무 멍청해." 하고 그는 중얼거렸다. "다른 사람의 즐거움을 위해 내 돈을 지불하다니! 하지만 그녀도 이제는 조심해야지, 남의 관대함을 지나치게 이용하지는 말아야지. 내가 돈을 전혀 안 줄 수도 있으니까. 어쨌든 또 다른 친절을 베푸는 건 잠시 그만두자! 어제만 해도 바보같이 그녀가 바이로이트* 음악 시즌에 참석하고 싶다고 해서 우리 두 사람을 위해 그 부근 바이에른 왕이 지은 아름다운 성 중 하나를 빌리자고 했으니. 그녀는 그다지 기뻐하는 것 같지 않았지만, 좋다고도 싫다고도 하지 않았어. 아, 하느님, 그녀가 제발 거절해 주기를 바랍니다! 물고기에게 사과를 주는 것만큼이나 바그너에 전혀 관심 없는 여자와 보름 동안이나 바그너 음악을 듣는다고 생각하다니, 정말이지 재미도 있겠군!" 하지만 그의 증오는 그의 사랑과 마찬가지로 밖으로 나타나 행동하지 않고는 못 배겼으므로, 그는 자신의 고약한 상상력을 점점 더 밀고 나가는 데 기쁨을 느꼈다. 왜냐하면 오데트에게 덮어씌운 배신 덕분에 그는 그녀를 더욱 미워하게 되었고, 그 배신이 사실로 판명된다면 — 그는 그렇게 생각하려고 애썼다. — 그의 점점 커져 가는 분노를 그녀에게

---

* 바그너 음악을 공연하는 바이로이트 축제는 1876년에 처음으로 시작되었다. 바이에른 국왕 루트비히 2세는 바그너 작품 연주를 위한 극장과 린더호프 등 여러 성을 세웠다. 당시 이 음악제에 참석하는 것은 부와 명예의 상징이었다.

퍼부어 대고 그녀를 응징할 기회를 얻을 수 있을 테니까. 그리하여 그는 오데트가 바이로이트 근처 성을 빌릴 돈을 요구하면서도, 포르슈빌과 베르뒤랭네를 초대했기 때문에 스완은 그곳에 오지 못한다고 미리 통보하는 편지를 받는 경우까지 상상했다. 아! 그녀가 그 정도로 대담할 수만 있다면 얼마나 좋을까! 그녀의 청을 거절하고 복수의 답장을 쓰면서 얼마나 큰 기쁨을 느꼈을까! 그는 진짜 그런 편지를 받기라도 한 것처럼, 답장에 쓸 말들을 고르면서 크게 소리 내 말하고는 즐거워했다!

그런데 바로 그런 일이 다음 날 일어나고야 말았다. 그녀는 베르뒤랭 부부와 그 친구들이 바그너 공연에 참석하고 싶다는 의사를 표시했다고 말하면서, 만약에 그가 그 돈을 보내 준다면 지금까지 그분들에게 자주 대접받아 온지라 마침내 그녀 쪽에서도 초대하는 기쁨을 가질 수 있을 거라는 편지를 보내왔다. 스완에 대해서는 한마디도 하지 않음으로써 그들의 존재가 스완을 제외했음을 암묵적으로 밝혔다.

그리하여 그는 전날 밤 감히 진짜 쓸 일이 있을 거라고는 기대도 하지 않은 채 한 마디 한 마디 정해 놓은 그 끔찍한 편지를 그녀에게 보내는 기쁨을 갖게 되었다. 그녀가 가진 돈이나, 그녀가 쉽게 구할 수 있는 돈으로 바이로이트의 성을 빌릴 수 있다는 걸 그는 잘 알았다. 바흐와 클라피송*을 구별조차 못

---

* 루이 클라피송(Louis Clapisson, 1808~1866). 프랑스 작곡가로 오페레타나 대중적인 연가를 작곡했다.

하지만 그녀가 그렇게 원하니까. 하지만 그래도 절약해야 할 것이다. 이번에도 그가 1000프랑짜리 지폐를 몇 장 보내 주면 또 모르지만, 성에서 날마다 맛있는 야식을 손님들에게 대접하기는 어려울 거다. 야식이 끝나면 그녀가 어쩌면 지금까지 한 번도 해 본 적 없는 어떤 충동적인 생각으로 포르슈빌의 품에 안길지도 모르니. 어쨌든 이 가증스러운 여행의 비용을 그가, 스완이 부담하지는 않을 것이다! 아! 그녀를 막을 수만 있다면! 그녀가 출발하기 전에 발이라도 삐어 준다면! 그녀를 역으로 데려다 줄 마부가 돈이 아무리 많이 들더라도 며칠 동안 그녀를 가두어 둘 장소로 데리고 가는 데 동의해 준다면! 포르슈빌에게 공범의 미소를 보내며 두 눈을 반짝이는 저 불충한 여자를! 스완에게는 오데트가 이틀 전부터 그렇게 보였다.

하지만 그녀가 오랫동안 그렇게 보인 것은 아니었다. 며칠 후에는 그 반짝이는 간특한 눈길이 광채와 음흉한 빛을 잃고 포르슈빌에게 "자, 그가 격노하지 않나요!"라고 말하던 오데트의 저 가증스러운 이미지가 희미해지며 지워지기 시작했다. 그러면 또 다른 오데트의 얼굴이 조금씩 다시 나타나며 부드럽게 반짝이면서 고개를 들었다. 그 오데트도 포르슈빌에게 미소를 보내고 있긴 하지만 그래도 "오래는 안 돼요. 이분이 제 옆에 있고 싶을 때에는 손님들이 와 있는 걸 좋아하지 않으니까요. 아! 제가 이분을 아는 것만큼 이분을 아신다면!"이라고 말했을 때처럼 오로지 스완에게만 다정함을 보여 주는 미소로, 오데트가 그렇게 높이 평가하던 스완의 자상함에 대해서, 또는 스완밖에는 신뢰할 수 없는 중대한 상황에서 그녀가 그에게 구한 어떤 충고에 대해 고마워할 때 짓던 것과 같은 미소였다.

그럴 때면 그는 이런 오데트에게, 자신이 그런 편지를 쓰리라고는 상상조차 해 보지 못했을 그녀에게, 그의 선량함과 성실성으로 그녀의 존경을 차지했던 그 유일한 높은 위치에서 그를 단번에 끌어내릴 것이 틀림없는 그런 모욕적인 편지를 어떻게 써 보낼 수 있었을까 자문해 보았다. 그는 오데트에게 덜 소중한 사람이 되려고 했다. 왜냐하면 그녀가 그를 사랑한 것은 바로 포르슈빌이나 다른 누구에게서는 찾아볼 수 없는 바로 그의 선량함과 성실성 때문이었으니까. 바로 그런 품성 때문에 오데트가 그렇게도 자주 그에게 상냥함을 보여 주었는데, 물론 질투에 사로잡힌 순간에는 그런 상냥함도 욕망의 표시가 아니라 오히려 사랑보다는 일종의 정(情) 같은 것으로 보여 하찮게 느껴졌지만, 예술 서적을 읽거나 친구와 대화하며 기분전환한 덕분에 그의 의혹도 자연스럽게 누그러지고, 그의 정열도 상대방에게 같은 것을 요구하는 데 덜 까다로워지면서 그 상냥함의 중요성을 다시 깨닫는 것이었다.

이러한 흔들림 후에, 스완의 질투 때문에 잠시 물러났던 오데트가 자연스럽게 다시 본래 자리로, 그에게 매력적으로 보이던 각도로 다시 돌아온 지금, 스완은 동의하는 듯한 애정 넘치는 눈길을 보내던 그녀 모습을 그려 보면서 그 모습이 얼마나 예쁘게 보였는지, 마치 그녀가 저기 있어 입맞춤이라도 할 수 있는 것처럼 그녀를 향해 입술을 내밀지 않을 수 없었다. 그리고 그녀의 그 마술적인 선한 눈길에 대해서도, 그녀가 이제 막 그런 눈길을 실제로 보낸 것처럼, 단지 자신의 욕망을 만족시켜 주려고 그의 상상력이 그려 낸 것이 아니라는 듯, 그 눈길에 대한 고마움을 간직했다.

그는 그녀 마음을 얼마나 아프게 했을까! 물론 그가 그녀를 원망하는 데는 그럴 만한 까닭이 있었지만, 만일 그가 그녀를 그토록 사랑하지 않았다면, 그러한 까닭도 그녀를 원망하기에는 충분치 않았을 것이다. 다른 여자들에 대해서도 원망을 품은 적이 있었지만, 지금은 더 이상 사랑하지 않으니까 화 낼 일도 없어 기꺼이 그들을 도와주지 않는가! 만일 언젠가 그가 오데트에 대해서도 똑같이 무관심해진다면, 오데트가 마침 좋은 기회이므로 이번에는 자기 쪽에서 베르뒤랭 내외에게 고마운 인사도 하고, 여주인 노릇도 하고 싶다는 다소 순진하고도 섬세한 마음씨에서 비롯된 이 자연스러운 욕망을 그가 뭔가 끔찍하고도 용서할 수 없다고 느꼈다면, 오로지 그의 질투심 때문이었다는 것을 이해할 것이다.

그리하여 그는 이런 관점으로 ― 그의 질투나 사랑과는 반대되며 이따금 지적인 공정함으로 여러 다양한 가능성을 고려해 보려고 취했던 ― 돌아가곤 했다. 그 관점에 따라 그는 오데트를 한 번도 사랑해 본 적 없다는 듯, 마치 그녀가 다른 여자들과 다를 바 없다는 듯, 또 자기가 그녀 곁에 없으면 오데트의 생활이 즉시 달라져서는 자기 몰래 베틀에 씨실을 걸고 자기에 맞서 날실을 엮는 짓은 하지 않는다는 듯, 그녀를 판단해 보려고 했다.

어째서 그는 그곳에서 오데트가 포르슈빌이나 다른 남자

들하고 함께 자기 곁에서는 결코 맛볼 수 없는 황홀한 쾌락을, 단지 자신의 질투심이 멋대로 만들어 낸 것에 불과한 쾌락을 맛볼 것이라고 생각했던 것일까? 바이로이트에서도 파리에 서와 마찬가지로 포르슈빌이 스완을 생각할 때가 있다면, 그는 스완이 오데트의 생활에서 아주 중요한 사람이며, 오데트의 집에서 만나면 자리를 양보해야 할 사람으로 생각했음이 틀림없다. 만약 포르슈빌과 그녀가, 자신의 반대에도 불구하고 그곳에 함께 가서 승리를 구가하게 된다면, 그녀가 가지 못하게 헛되이 막은 것이 오히려 그들을 부추긴 꼴이 되지 않을까. 반대로 그녀 계획을, 그것도 충분히 막을 수 있는 계획을 허락해 준다면, 그녀는 스완 의견에 따라 그곳에 간 것처럼 보일 것이고, 또 그가 그녀를 그곳에 보내 주고 성도 빌려 줬다고 느낄 것이며, 또 그동안 자주 그녀 자신을 초대해 준 사람들을 접대하면서 기쁨을 느끼는 것도 다 스완 덕분이라고 생각하며 고마워할 것 아닌가!

그러니 만일 ─ 오데트가 그와 사이가 틀어져 그를 다시 보지도 않고 떠나게 내버려 두는 대신 ─ 그가 돈을 보내 준다면, 그가 여행을 하라고 북돋아 주고 기분 좋은 여행이 되도록 보살펴 준다면, 그녀는 행복해서 고마운 마음으로 달려올 것이고, 그는 거의 일주일 동안 맛보지 못했던 그녀를 만나는 기쁨을, 다른 어떤 것으로도 바꿀 수 없는 기쁨을 느낄 것 아닌가. 이렇게 스완이 오데트를 아무런 혐오감 없이 그려 볼 수 있게 되자, 또 그녀의 미소에서 선한 모습을 다시 보고 그녀를 다른 사람으로부터 빼앗겠다는 욕망이 질투로 인해 그의 사랑에 덧붙지 않게 되자, 그 사랑은 무엇보다도 오데트라는 인간이 그에게 줬던 감각들을 좋아하게 해 주었고, 눈길을 들거나 미소를 짓거나 어떤 억양으로 말하는 것이, 마치 어떤 공연을 보면서 감탄하는 즐거움, 또는 하나의 현상을 대하면서 질문하는 즐거움이 되었다. 그리고 이 즐거움은 나머지 다른 모든 즐거움과는 달리 마침내 그녀에 대한 욕망을 낳았으며, 그녀만이 그녀 존재나 편지로 이 욕망을 채워 줄 수 있게 되었는데, 이것은 스완에게 있어 새로운 시기를 특징 짓는 또 다른 욕구와 마찬가지로 거의 비타산적이고 예술적이며 변태적이었다. 지난날 무미건조하고도 울적한 삶에 일종의 정신적인 충만감으로 가득한 새로운 삶이 이어지면서, 마치 병약한 사람이 어느 시기부터 힘이 생기고 체중이 늘면서 잠시 동안 완전한 회복을 향한 길로 들어섰다고 생각하는 것처럼, 스완은 이 내적인 삶의 예기치 않은 풍요로움이 정확히 무엇에서 연유하는지 알 수 없었다. 그리고 또 다른 욕구 역시 현실 세계 밖에서 전개되던 것으로, 바로 음악을 듣고 싶고 음악에 정통하고 싶다는 욕구였다.

이렇게 해서 그는 마음의 병이라는 화학 작용에 따라 자신의 사랑으로 질투를 만들어 낸 다음, 다시 오데트에 대한 다정함과 연민을 만들어 내기 시작했다. 그녀는 또다시 귀엽고 착한 오데트가 되었다. 그는 그녀에게 너무 심하게 군 것을 후회했다. 그는 그녀가 옆에 있어 주기를 바랐고, 그 전에 고마워하는 마음이 그녀 얼굴을 반죽하고 미소를 빚어 내는 것을 보기 위해 무언가 기쁨을 주고 싶었다.

그리하여 오데트는 며칠만 지나면 전처럼 다정하고 온순해진 그가 화해를 청해 오리라는 것을 확신했으므로, 그의 마음을 언짢게 하거나 그를 화나게 하는 일조차 꺼리지 않게 되었는데, 그녀 사정에 따라 그가 가장 집착하는 사랑 표현마저도 거부하곤 했다.

어쩌면 그녀는 스완이 돈을 보내지 않겠다, 그녀를 괴롭히겠다라는 편지를 써 보내는 그런 불화의 시기에도, 스완이 그녀에 대해 얼마나 진지했는지 알지 못했을 것이다. 어쩌면 그녀는 그들 장래를 위해 그가 그녀 없이도 지낼 수 있으며, 언제라도 헤어질 수 있다는 것을 그녀에게 보여 주려고 며칠 동안 그녀 집에 가지 말자고 결심했을 때에도, 비록 그녀에 대해서는 아니라고 해도 적어도 자기 자신에 대해 그가 얼마나 진지했는지는 더더욱 알지 못했을 것이다.

때로는 그녀가 새로운 근심을 끼치지 않고 며칠을 보낼 때가 있었다. 그러면 그는 다음 방문 때는 큰 기쁨을 얻지 못할 것이며, 오히려 자신이 누리는 이 평온함을 끝낼 어떤 슬픈 일이 있을 것만 같은 예감이 들어, 지금 자기가 무척이나 바빠 약속한 어떤 날에도 그녀를 보러 갈 수 없다는 편지를 써 보내는 것이었다. 그때 마침 그의 편지와 엇갈려 도착한 그녀 편지에는 만날 날을 연기하자는 내용이 적혀 있었다. 그는 그 까닭을 생각해 보았고, 그러자 다시 의혹이, 고통이 그를 사로잡았다. 다시금 불안에 빠진 그는 상대적으로 평온했던 예전 상태에서 한 약속을 더 이상 지킬 수 없어 그녀 집으로 달려가 앞으로는 날마다 만나자고 요구했다. 또 그녀가 먼저 편지를 써 보내지 않고, 단지 며칠 동안 이별을 제안하는 그의 편지에 동의하는 답장만 보내와도, 그는 그녀를 보지 않고는 못 견뎠다. 스완의 계산과는 반대로 오데트의 동의가 그의 마음속 모든 것을 바꾸어 놓았다. 뭔가를 소유한 사람이 자신이 소유한 것을 잠시 소유하지 못하게 되면 어떤 일이 생길지 궁금해서 나머지 모든 것은 그대로 둔 채, 그 한 가지만을 자기 마음에서 없애 보는 것과도 같았다. 그러나 이 한 요소의 부재는 그것만으로 끝나지 않으며, 단순한 부분적인 결핍도 아닌 다른 모든 것의 전복이며, 예전 것에서는 예측할 수도 없었던 새로운 상태인 것이다.

그러나 반대로 어떤 때는 — 오데트가 곧 여행을 떠나려고 할 때면 — 스완은 미리 선택해 둔 구실로 말다툼을 벌인 후에 그녀가 돌아올 때까지는 편지도 하지 않고 만나러 가지도 않겠다고 결심하면서, 여행 탓에 불가피하게 되었지만 그가 단지 좀 앞당겼을 뿐인 이별을 그녀에게는 결정적이고 엄청난 불화로 보이게 함으로써 어떤 이득을 보려 했다. 이미 그는 자신의 방문도 편지도 받지 못해 애태우는 오데트의 모습을 눈앞에 그려 보았고, 그 모습이 그의 질투심을 가라앉히면서 그녀를 만나는 습관에서 쉽게 벗어나게 해 주었다. 때로는 자기가 받아들인 삼 주라는 긴 이별 덕분에 그녀에 대한 생각을 억누르려고 결심하는 순간도 있었지만, 그런 마음 한구석으로는 어쩌면 오데트가 돌아오면 또 만나리라는 즐거운 생각을 하고 있었을 것이다. 그러나 또한 그녀가 돌아오는 것을 기다리는 일이 별로 초조하지 않았으므로, 이렇게 쉬운 절제기간을 기꺼이 두 배로 늘려 보면 어떨까 하는 생각도 들었다. 그런데 헤어진 지 기껏 사흘밖에 되지 않았고, 지금처럼 미리 예상하지 않고 더 오랫동안 오데트를 보지 않은 적도 있었다. 그렇지만 하찮은 걱정거리나 몸의 불편함이 — 현재를 통상적인 것에서 벗어난 예외적인 순간으로 여기게 하여 쾌락의 진정 효과를 받아들이고, 의지나 노력이 다시 필요할 때까지 쉽게 하는 것이 현명한 일이라고 부추기면서 — 이 의지의 활동을 중단하고, 또 의지 역시 스완에게 억압을 행사하는 것을 멈추었다. 또는 그런 일이 없이도, 단지 오데트가 그녀 마차에 다시 칠하고 싶은 색깔을 정했는지, 아니면 몇몇 주식의 가치에 대해 그녀가 사고 싶은 것이 보통주인지 아니면 우선주인지를 물어보는 걸 깜빡 했다는 생각만으로도(그녀를 만나지 않고 지낼 수 있다는 걸 보여 주는 것은 무척 근사한 일이지만, 나중에 다시 칠을 해야 한다든가 주식 배당금을 받지 못하기라도 하면 경솔하게 행동한 셈이 될 테니까) 갑자기 팽팽하게 당겼다 손에서 놓아 버린 고무줄이나, 살짝 열어 본 압축 공기관 공기처럼, 그녀를 다시 만나야겠다는 생각이 지금까지 매어 있던 먼 곳에서 단번에 튀어 올라 현재의 즉각적인 가능성 영역으로 되돌아왔다.

그 생각은 아무 저항도 받지 않고 돌아왔고, 또 억제할 수도 없었기 때문에 스완은 오데트와 떨어져 지내야 하는 십오 일 동안 하루하루가 흘러가는 것을 지켜보는 일이, 마부가 그녀 집에 데려다줄 말을 마차에 다는 데 걸리는 십 분보다 덜 고통스러웠다. 이 십 분은, 아주 멀리 있다고 믿었는데 갑자기 돌아와서 그의 곁에, 그의 의식 아주 가까이에 나타난, 그녀를 만난다는 생각을 수천 번 되씹으면서 그의 모든 애정을 쏟아 붓고 초조와 기쁨으로 열광하며 보내는 시간이었다. 사실 그녀를 만난다는 생각은 지체 없이 그것을 가로막는 욕망에 방해를 받지 않았고, 또 스완이 오데트를 만날 생각을 그렇게도 쉽게 포기할 수 있다는 것을 스스로에게 증명해 보인 후로는 그런 욕망이 더 이상 존재하지 않았으므로 ─ 적어도 그는 그렇게 믿었다. ─ 스완은 자신이 원하기만 하면 언제라도 실행에 옮길 수 있는 이별 계획을 다른 날로 연기하는 데 전혀 어려움을 느끼지 않게 되었다. 또한 그녀를 다시 만난다는 생각은 습관에 무디어졌다가, 사흘이 아닌 십오 일간의 결핍이라는 상념에(단념에 주어진 기간은 예정된 날들 중 마지막 날까지 포함해서 미리 계산해야 하므로) 다시 적셔지면서 격렬함을 부여받아 새로움과 매혹으로 채색되었고, 그리하여 지금까지 기대했던 기쁨이라 잃어도 아까울 것 없다고 생각되던 기쁨을, 거역할 수 없는 뜻밖의 행복으로 만들었다. 끝으로, 스완으로부터 아무 소식도 받지 못한 오데트가 무슨 생각을 하고 또 무슨 짓을 하는지 스완은 알 수 없었기 때문에, 그 생각은 무지(無知)로 치장되어 돌아왔고, 따라서 스완이 이제부터 만나려는 것은 거의 알 수 없는 존재가 된 오데트에 대한 열광적인 계시였다.

그러나 그녀는 스완이 돈을 보내 주기를 거절한 것이 어떤 꾸밈에 불과하다고 생각했고, 마찬가지로 마차에 칠을 하거나 주식을 사는 일을 물어 온 것도 핑계에 지나지 않는다고 여겼다. 왜냐하면 그녀는 스완이 통과하는 이런 위기의 여러 측면들을 재구성해 보지 않았고, 또 이 위기의 구조를 이해하는 것을 소홀히 하여 그녀가 이미 아는 것, 필연적인 것, 꼭 오고야 말 것, 또 언제나 똑같은 결과만을 믿었기 때문이다. 이 불완전한 생각을 — 어쩌면 그래서 더욱 심각한 — 스완의 관점에서 판단해 본다면, 그는 자신이 틀림없이 오데트로부터 이해받지 못한다고 생각했을 것이다. 마치 모르핀 중독자가 자신의 고질적인 습관에서 벗어나려는 순간 어떤 외부 사건 때문에 실패했다고 확신하거나, 또는 결핵 환자가 마침내 완쾌되었다고 믿는 순간 어떤 우발적인 몸의 불편함 때문에 재발을 확신하는데도 의사는 그들이 주장하는 이런 우발적인 사건을 중요하게 생각하지 않고, 환자들이 다시 병에 집착해 고질적인 악습이나 병적인 상태를 단순히 변형한 것에 불과하다고 생각하여, 환자가 의사로부터 이해받지 못한다고 여기는 것과도 같다. 그런데 이러한 악습이나 병적인 상태는 사실상 그들이 절제나 치유에 대한 꿈을 꾸는 동안에도 계속해서 그들을 치유 불능 상태로 짓눌렀다. 스완의 사랑은 내과 의사나, 병에 따라서는 가장 대담한 외과 의사마저도, 환자에게 그 나쁜 습관을 금하거나 병을 치료하는 것이 타당한 일인지, 과연 가능한 일인지조차 묻는 그런 단계에 와 있었다.

물론 이러한 사랑의 크기에 대해 스완은 직접적으로 의식하지 못했다. 그가 그 크기를 측정해 보려고 할 때마다 줄어들어 가끔은 거의 아무것도 아닌 것처럼 보였다. 가령 오데트를 사랑하기 전에는 표정이 풍부한 얼굴이나 생기 없는 얼굴빛에서 매력은커녕 거의 혐오감마저 느끼곤 했는데, 어떤 날은 가끔 그런 느낌이 되살아났다. "정말이지 눈에 띄는 변화가 있긴 하구나." 하고 그는 다음 날 생각했다. "정확히 직시해보면, 어제는 그녀와 잘 때도 쾌락이란 걸 전혀 못 느꼈어. 참 이상하지, 그녀가 추해 보이기까지 했으니." 물론 그의 마음은 진심이었지만, 그의 사랑은 육체적인 욕망의 영역 너머까지 확산되어 갔다. 그곳에서는 오데트라는 인간마저도 큰 자리를 차지하지 못했다. 그의 시선이 테이블에 놓인 오데트의 사진과 부딪쳤을 때, 혹은 그녀가 찾아왔을 때, 그는 그녀의 살갗 또는 인화지 형상이, 자신의 마음속에 살고 있는 그 고통스럽고도 지속적인 혼미함과 같은 것이라고는 생각할 수 없었다. 그래서 그는 거의 놀라 자문해 보았다. "이게 그녀인가!" 갑자기 누군가가 우리 병 중 하나를 객관적으로 보여 주면, 그 병이 실제로 우리를 아프게 하는 것과 전혀 닮지 않았음을 깨닫는 것과도 같았다. "그녀는……." 하고, 그는 그녀라는 이 삼인칭 대명사가 무엇인지를 생각해 보았다. 그것은 사랑이나 죽음과도 흡사하지만 막연한 닮음이라기보다는, 그 실재가 우리로부터 빠져나갈까 두려워 여러 번 되풀이해서 말하는, 그리하여 우리로 하여금 더 깊이 질문하게 하는 인격의 신비로움과도 같은 것이었다. 그리고 스완의 사랑이라는 이 병은 너무도 확산되어 그의 모든 습관이나 모든 행동, 그의 생각이며 건강이며 수면이며 생명이며 심지어는 그의 죽음 뒤에 그가 소망하는 것에까지도 밀접하게 섞여 그와 하나를 이루었기 때문에, 스완 자신을 거의 전부 파괴하지 않고는 그로부터 제거할 수 없었다. 외과 의사 말대로 그의 사랑은 더 이상 수술할 수 없는 병이었다.

이런 사랑 탓에 스완은 모든 이해 관계와 멀어졌지만, 어느 날 사교계의 교우 관계가 오데트의 눈에 우아한 세공품 테두리처럼 — 오데트는 그 가치를 제대로 평가할 줄도 몰랐지만 — 자신을 돋보이게 해 줄지도 모른다는 생각으로 사교계에 나갔을 때(그의 교우 관계가 이 사랑 탓에 품격이 떨어지지만 않았어도 사실이었을지 모른다. 그러나 오데트는 바로 이 사랑 때문에 사랑과 관계되는 모든 것들이 덜 소중하다고 공표하는 것처럼 보여 사교계를 과소평가했다.) 그는 그녀가 알지 못하는 장소와 사람들 한복판에 서 있다는 서글픔과 더불어, 유한계급의 여흥이 묘사된 소설이나 그림에서 맛보는 그런 초연한 기쁨도 느꼈다. 그리고 그가 좋아하는 작가 생시몽의 글에서 궁정 생활 일상사나 맹트농 부인의 식사 메뉴, 또는 륄리의 알뜰한 인색함과 호화로운 생활을 읽으며 즐거워했던 것과 같은 방식으로,* 그의 집안 살림이 돌아가는 형편이나 그의 우아한 의복들과 하인 제복, 그의 적절한 주식 투자 등을 생각하면서 기쁨을 느꼈다. 사교계 생활로부터의 초연함이 절대적이지 않은 아주 작은 범위 내에서 스완이 이처럼 새로운 기쁨을 맛볼 수 있었던 이유는, 그가 그의 사랑이나 슬픔과는 무관하게 남아 있는 그의 내부 아주 드문 부분에 잠시 동안 자

---

* 생시몽은 루이 14세의 정부였던 맹트농 부인이 루이 14세가 죽은 후 은퇴하여 생시르에서 보낸 삶을 『회고록』에서 다루었다. 그러나 프랑스 오페라의 창시자인 륄리(Lulli)라는 이름은 『회고록』에서 단 한 번 나온다.

리를 옮겨 살 수 있었기 때문이다. 이 점에서 우리 고모할머니가 그에게 부여한 '아들 스완'이라는 인격은 ── 샤를 스완이라는 보다 개인적인 인격과는 구별되는 ── 지금 가장 그의 마음에 들었다. 어느 날 파름 대공 부인 생신에 (부인은 오데트에게 대연회나 금혼식에 참석할 수 있는 자리를 얻어 줌으로써 간접적으로 오데트의 환심을 살 수 있었다.) 과일을 보내고 싶었지만, 주문하는 방법을 몰라 어머니의 사촌 되는 분에게 부탁한 적이 있었다. 스완을 위해 심부름을 하게 된 것을 무척이나 기뻐한 사촌은 모든 과일을 한 집에서 사지 않고, 포도는 전문점인 크라포트 상점에서, 딸기는 조레 상점에서, 배는 가장 성싱한 것이 있는 슈베 상점에서 샀다는 편지를 "직접 하나하나 살펴본 과일"이라는 말을 덧붙여 보내왔다.* 실제로 그는 대공 부인의 인사말을 통해 딸기 향과 배의 달콤함을 판단할 수 있었다. 그러나 특히 "직접 하나하나 살펴본 과일"이라는 말은, '좋은 상점'에 관한 지식이나 주문 방법을 대대로 이어받은 훌륭한 부르주아 가문의 상속자로서, 그가 원하기만 하면 언제라도 도움을 청할 수 있는 그런 가문에 속했으면서도 거의 드나든 적 없던 지대로 그의 의식을 인도함으로써 그의 고통에 진정제가 되었다.

확실히 그는 자신이 '아들 스완'이라는 사실을 너무도 오래 잊고 있었으므로 잠시나마 다시 '아들 스완'으로 돌아가자, 그

---

* 크라포트는 파리의 이탈리엥 대로 근처 르플르티에 거리 23번지에, 조레는 파리 생토노레 시장 14번지에, 슈베는 파리 팔레루아얄 상가에 있던 가게다.

가 나머지 다른 시간에 느낄 수 있었던 그 무감각해진 기쁨보다 훨씬 더 생생한 기쁨을 느꼈다. 스완은 부르주아들에게서는 다른 무엇보다도 '아들 스완'으로 통했는데, 부르주아들의 호의가 귀족들의 호의만큼 활기차진 않다고 해도(하지만 부르주아에게서 호의는 결코 존경심과 분리되지 않으므로 보다 영합적이다.) 호화로운 여흥에 참석해 달라는 어느 전하의 편지보다도 부모님의 오랜 친구 집안 결혼식에 증인이 되어 달라거나, 단지 결혼식에 참석해 달라는 편지가 훨씬 더 그를 기쁘게 했다. 부모님의 오랜 친구 가운데 몇 분은 계속해서 그와 교류했고 — 이를테면 나의 할아버지는 그전 해에 스완을 내 어머니 결혼식에 초대했다. — 다른 몇 사람은 그와 개인적으로 잘 알지 못했지만, 고인이 된 스완 씨의 훌륭한 후계자인 아들에게 예의를 지키는 것을 의무로 생각했다.

그러나 사교계 인사들도 오랜 시간 스완과 가까이 지내 온 관계로, 어느 정도는 그의 집이나 하인들, 가족의 일부가 되어 있었다. 그는 자신의 빛나는 교우 관계를 생각하면서, 그가 물려받은 좋은 땅들이며 고운 은식기 세트며 근사한 식탁보를 바라볼 때와 똑같은 자기 밖에서의 지지와 편안함을 느꼈다. 그래서 만약 그가 갑자기 집에서 쓰러지면, 하인이 급히 부르러 갈 상대가 당연히 샤르트르 공작이나 뢰스 대공, 뤽상부르 공작, 샤를뤼스 남작일 것이라는 생각이 들자, 우리 집 나이든 하녀인 프랑수아즈가 그녀 이름이 새겨진, 전혀 꿰맨 자리가 없는(아니면 너무도 곱게 기워서 꿰맨 사람의 솜씨가 상당하다는 생각밖에 들지 않는) 아름다운 시트에 싸여 매장될 것이라고 생각하며 느끼는 것과 똑같은 안도감을 느꼈다. 그런데 프랑수아즈의 머리에 자주 떠오른 이 수의(壽衣) 이미지는 안락함에 대한 만족은 아니지만 적어도 그녀의 자존심은 만족시켜 주었다. 그러나 특히 오데트와 관련된 모든 행동과 생각에서, 스완은 말로는 하지 않았지만 줄곧 자기가 그녀 눈에 다른 누구보다도, 베르뒤랭네 가장 따분한 신도보다 덜 소중하거나, 만나기에 그다지 유쾌하지 않은 사람으로 보이는 것은 아닌가 하는 감정에 늘 지배되고 이끌려 왔기 때문에, 자신이 아주 세련된 남자이며 그의 호감을 사기 위해서라면 무엇이든지 하려 하고, 또 그를 만나지 못하면 가슴 아파하기까지 하는 사교계 사람들을 떠올리자, 그는 보다 행복한 삶의 가능성을 다시 믿기 시작했고, 마치 병석에 누운 환자가 몇 달 전부터 병으로 절식해 오다가 신문에서 공식 만찬 메뉴나 시칠리아 섬 크루즈 여행 광고를 보았을 때처럼 사교계 삶에 대해 식욕마저 느꼈다.

사교계 인사들에게는 방문하지 못해서 사과해야 했다면, 오데트에게는 그녀를 방문했기 때문에 사과해야 했다. 게다가 방문을 위해 돈까지 써야 했고(그녀의 인내심을 남용하여 너무 자주 보러 간 것 같으면 월말에는 4000프랑을 보내면 충분할까 자문해 보았다.)* 방문할 때마다 그녀에게 줄 선물이나 그녀가 필요로 하는 정보를 가져 왔다든가, 그녀 집으로 가는 샤를뤼

---

* 현 시세 유로로 환산하면 약 7600유로, 우리 돈으로는 약 1300만 원에 해당하는 금액이다.

스 씨를 길에서 만나 같이 가자고 해서 왔다든가 하는 구실을 찾아내곤 했다. 또 방문할 구실이 없으면, 샤를뤼스 씨를 설득해서 오데트 집으로 서둘러 가게 하고 대화 중 자연스럽게 스완에게 할 말이 생각났으니 사람을 보내 그가 곧 오도록 해 주었으면 좋겠다고 오데트에게 말해 달라고 부탁했다. 그러나 대부분 스완은 헛되이 기다렸고, 저녁에 샤를뤼스 씨로부터 성공하지 못했다는 말을 들었다. 그리하여 그녀가 자주 파리를 비우거나 심지어는 파리에 있을 때조차도 그녀와 거의 만날 수 없었다. 그녀가 그를 사랑했을 때에는 "저는 언제나 시간이 있어요." 또는 "남들이 무슨 말을 하든 무슨 상관인가요."라고 말했는데, 지금은 그가 그녀를 만나고 싶다고 할 때마다 예의를 내세우거나 일을 핑계 대는 것이었다. 그녀가 가려고하는 자선 파티나 전시회 초대 날, 또는 공연 첫날에 그도 가겠다고 말하면, 두 사람 관계를 광고하려고 하느냐, 자신을 창녀 취급하고 싶어서 그러느냐 하고 말했다. 그러다가는 아무데서도 그녀를 만나지 못할까 봐 겁이 난 스완은, 친구인 우리 아돌프 할아버지를 오데트가 잘 알고 매우 호감을 보인다는 사실을 기억해 내고는, 어느 날 벨샤스 거리에 있는 할아버지 아파트에 가서 오데트에게 영향력을 행사해 달라고 부탁했다. 오데트가 할아버지에 대해 말할 때면 "아! 그분은 당신과는 달라요. 나에 대한 그분 우정은 참으로 아름답고 크고 멋져요! 사람들이 다 있는 곳에서 나와 함께 있는 것을 보이고싶어 할 정도로 나를 하찮게 여기는 분은 아니라고요."라고 늘시적으로 표현했기 때문이다. 오데트 이야기를 하기 위해 스완은 할아버지에게 어떤 어조로 말을 높여야 할지 몰라 당혹스러웠다. 그는 '우선' 오데트의 탁월함과 그녀의 자명한 천사 같은 초인간적인 면모, 그녀의 증명할 수 없는 미덕에 대해 단언했는데, 그 개념은 경험에서 끌어낼 수 없었기 때문이다. "상의드릴 것이 있습니다. 그녀가 다른 여인들보다 얼마나 뛰어나고 사랑스럽고 천사 같은지는 선생님께서도 잘 아실 겁니다. 하지만 파리 생활이 어떤지도 잘 아십니다. 선생님이나 제가 오데트를 아는 것만큼 다른 사람들은 오데트를 알지 못합니다. 그래서 제가 다소 우스꽝스러운 역할을 하고 있다고 생각하는 사람들도 있는 것 같습니다. 오데트는 극장이나 밖에서 저와 만나는 걸 허락하지 않습니다. 그녀는 선생님을 매우 신뢰하므로, 밖에서 제가 하는 인사가 그녀 생각만큼 그렇게 크게 해롭지 않다고 말씀해 주실 수 없겠습니까?"

할아버지는 스완에게 당분간 오데트를 만나지 않으면 그녀가 더 그를 사랑하게 될 거라고 조언했고, 오데트에게는 스완이 만나고 싶어 하는 곳에서 그를 만나 주라고 충고했다. 며칠 후, 오데트는 스완에게 아돌프 할아버지도 여느 남자들과 다를 바 없다는 걸 알게 되어 실망했다고 말했다. 할아버지가 그녀를 강제로 범하려 했다는 것이다. 처음에 스완이 할아버지에게 결투하러 가겠다고 했을 때는 그녀가 스완을 만류했고, 다음에 스완이 할아버지를 만났을 때는 스완이 악수를 거절했다. 그러나 그는 할아버지와 이따금 만나 완전한 신뢰 속에 서로 이야기했다면, 오데트가 예전에 니스에서 보낸 생활에 대한 소문의 진상을 밝힐 수 있었을지도 모른다는 생각이 들어, 할아버지와의 불화를 더욱 유감스럽게 여겼다. 아돌프 할아버지는 겨울을 니스에서 보냈다. 그래서 스완은 할아버지가 처음으로 오데트를 만난 것도 아마 니스가 아닌가 생각했다. 누군가 자기보다 먼저 오데트의 애인이었을지도 모르는 사람에 대한 이야기만 비쳐도 스완은 혼란에 빠졌다. 하지만 사실을 알기 전에는 가장 끔찍하고 믿기 힘들어 보이던 것도, 막상 알고 나면 그 슬픔에 영원히 합쳐져서는 사실을 인정하게 되었고, 더 이상 그 사실이 존재하지 않는다는 걸 이해할 수 없게 되었다. 다만 그 사실들 하나하나가 그의 정부에 대해 품었던 생각에 지울 수 없는 흔적을 남겨 놓았다. 한번은 그가 한 번도 의심해 본 적 없던 오데트의 경박한 몸가짐이 이미 잘 알려진 사실이며, 그녀가 예전에 바덴*과 니스에서 몇 달 보냈을 때 유명한 화류계 여자로 통했다는 것을 들은 적 있다는 생각이 들었다. 그는 그 사실을 알아보려고 몇몇 호색가들에게 접근하려 했다. 하지만 그들은 스완과 오데트 사이를 알고 있었고, 또 스완도 그들이 다시 오데트를 쫓아다니지나 않을까 두려웠다. 그때까지 바덴과 니스의 국제적인 삶과 관련되는 것만큼 진절머리 나는 것도 없다고 여기던 그였지만, 오데트가 예전에 이 쾌락의 도시에서 방탕한 생활을 했다는 것을 알게 되자, 그러한 행동이 이제는 자신 덕분에 부족하지 않게 된 돈을 구하려고 했던 것인지, 아니면 충동적인 욕망을 만족시키려고 했던 것인지 전혀 알 길이 없어, 무기력하고도 맹

---

* 독일 온천 도시로, 아름다운 전원 지역에 위치한 인기 휴양지다.

목적이며 현기증 나는 고뇌와 더불어 칠 년 임기 처음 몇 해*
동안 빠져 들어갔던 그 끝없는 심연을 향해 기울어만 갔다. 그
안에는 겨울이면 니스의 앙글레 산책길에서, 여름이면 바덴의
보리수나무 아래서 보낸 몇 해도 들어 있었는데, 그는 거기서
어느 시인이 부여한 것과 같은 고통스러우면서도 장엄한 깊이
를 발견했다. 그는 오데트의 미소나 시선에 담긴 ― 그렇게도
정직하고 순진한 ― 그 어떤 것을 이해하는 데 도움이 된다면,
당시 코트다쥐르**의 일상사에 대한 연대기를 재구성하는 데
에, 보티첼리의 「프리마베라」나 「벨라 반나」*** 또는 「비너스
의 탄생」에 깃든 영혼 속으로 더 깊이 들어가기 위해 15세기
피렌체에 관한 문헌을 조사하는 미학자보다 더 많은 열정을
쏟았을 것이다. 스완은 종종 아무 말 없이 그녀를 바라보다가
생각에 잠기곤 했다. 그러면 오데트는 "슬퍼 보여요!"라고 말
했다. 오데트가 자신이 알고 지내는 훌륭한 여인들과 마찬가
지로 착한 여자라는 생각이, 누군가의 정부일지도 모른다는
생각으로 바뀐 지도 얼마 안 되었지만, 지금은 오히려 그 반대
로 놀기 좋아하는 남자들이나 여자들 사이에서 너무도 잘 알
려진 오데트 드 크레시로부터, 그토록 부드러운 표정을 간직

---

* 1873년에 프랑스 대통령이 된 막마옹은 대통령 임기를 칠 년으로 하는 법을
통과시켜 자신도 연임하는 데 성공했으나 임기를 채우지 못하고 1879년에 대통
령직에서 사임했다.
** '푸른 해변'이란 뜻으로 프랑스 남쪽 지중해 연안 지방을 가리킨다.
*** 「벨라 반나」는 「토르나브오니 렌미가의 별장에서 나온 벽화」(루브르 박물관
소장) 중 베누스와 미의 여신들이 한 처녀에게 선물을 주는 것을 묘사한 벽화다.

한 이 얼굴로, 참으로 인간미 있는 이 품성으로 되돌아갈 때도 가끔 있었다. 그는 혼잣말을 했다. "니스에서 오데트 드 크레시가 어떤 사람인지 누구나 다 안다는 말은 도대체 무슨 뜻일까? 그런 평판은 진실일지 모르지만 그들 생각이 만들어 낸 것이다." 그는 이런 전설이 — 비록 사실이라 할지라도 — 오데트 외부에 존재하지, 돌이킬 수 없는 사악한 성격처럼 그녀 내부에 존재하는 것은 아니라고 생각했다. 또 그녀가 나쁜 짓을 하도록 이끌려 갔을지는 모르지만, 그녀가 눈이 선하고, 다른 사람의 고통을 동정하며, 그가 품에 안고 어루만져 온 온순한 몸의 여인이어서, 언젠가 그가 그녀에게 꼭 필요한 사람이 되기만 하면 그녀의 모든 것을 다 가질 수 있을 거라고 생각했다. 스완을 괴롭히던 그 미지의 것들로 인한 들뜨고 즐거우며 열띤 생각들이 고갈되었는지, 그녀는 종종 피곤한 표정으로, 텅 빈 얼굴을 하고서는 잠시 저기 어딘가 앉아 있을 때가 있었다. 그때 그녀는 두 손으로 머리카락을 쓸어 올리곤 했다. 그러면 이마와 얼굴이 더 넓어 보였다. 그럴 때면 갑자기 단지 인간적인 상념이, 무언가 휴식과 명상의 순간에 전념할 때 모든 이의 마음속에 존재하는 그런 착한 감정이, 노란 광선처럼 그녀 눈에서 분출되었다. 곧 그녀 얼굴 전체가 구름에 덮인 잿빛 들판이 석양빛으로 비쳐 구름이 걷히면 갑자기 변모하듯 환하게 밝아졌다. 그런 순간이면 스완은 오데트 마음속 삶이나 그녀가 꿈꾸듯 바라보는 것처럼 보이는 그 미래조차도 그녀와 공유할 수 있을 것 같은 생각이 들었다. 거기에는 어떤 불길한 동요의 찌꺼기도 남지 않은 것처럼 보였다. 이런 순간이 이제는 아주 드물어지긴 했지만, 쓸모없는 것만은 아니었다. 스완은 추억으로 이런 순간들의 조각을 잇고, 그 간격을 없애고, 마치 금을 틀에 넣어 주조하듯 한 명의 착하고 온화한 오데트를 만들어 냈으며, 이런 오데트를 위해서 그는, 훗날 다른 오데트라면 얻어 내지 못했을 희생을 했다.(이 작품의 다음 이야기에서 보게 될 것이다.)* 하지만 이런 순간은 아주 드물었고, 이제 그는 거의 그녀를 만나지도 못했다! 밤에 만나는 것조차도 마지막 순간에 가서야 그녀는 허락 여부를 말했다. 스완이 늘 한가하다고 생각하는 그녀는 스완 말고 다른 누군가 오려는 사람이 없는지 먼저 확인하려고 했다. 그녀는 아주 귀한 분의 답을 기다려야 한다는 핑계를 내세웠다. 그리고 스완에게 허락이 떨어져 이미 두 사람이 만나고 있는데도 친구들이 오데트를 극장이나 야식 모임에 부르면, 오데트는 기뻐서 어쩔 줄 몰라 하며 급히 옷을 갈아 입었다. 그녀의 화장이 진전됨에 따라, 그녀 몸짓 하나하나가 스완을 이별의 순간에, 그녀가 참을 수 없는 열정으로 날아가 버릴 순간에 다가가게 했다. 그러다 마침내 준비가 끝나면, 그녀는 마지막으로 긴장되고 반짝거리는 눈으로 거울을 들여다보며 립스틱을 약간 고쳐 바르고, 이마에 머리 한 가닥을 붙이고는 금빛 장식끈이 달린 하늘색 파티용 망토를 가져오게 했다. 너무도 슬픈 표정을 짓고 있는 스완을 보고는, 초조한 몸짓을 억누르지 못한 그녀

---

* 『잃어버린 시간을 찾아서』 두 번째 이야기, 「꽃핀 소녀들의 그늘에서」를 가리킨다.

가 말했다. "마지막 순간까지 당신과 함께 있어 준 데 대해 이런 식으로 고마워하다니요. 전 당신에게 친절을 베푼다고 생각했는데, 다음번을 위해서 알아 두는 게 좋겠네요!" 가끔 그는 그녀를 화나게 할 위험도 무릅쓰고 그녀가 어디에 갔는지 알아보기로 결심하고는, 어쩌면 그런 사실을 알려 줄지도 모르는 포르슈빌과 동맹을 맺는 상상도 해 보았다. 그렇지만 그녀와 외출해 저녁 시간을 함께 보낸 남자가 누구인지를 알기만 하면, 자신의 모든 친분을 동원해서 간접적으로라도 그 남자에 대한 정보를 쉽게 얻을 수 있었다. 그리고 그가 어떤 친구에게 이러저러한 점을 알아봐 달라고 부탁하는 편지를 쓸 때면, 그로서는 도저히 대답을 얻어 낼 수 없는 질문을 스스로에게 하는 짓은 그만두고, 남에게 조사의 수고를 떠넘겼다는 생각이 들어 마음이 편안해지기도 했다. 그러나 사실 스완이 어떤 정보를 얻었다 해도, 그의 조사가 전보다 진전되지는 않았다. 어떤 사실을 안다는 것이, 언제나 그런 만남이 일어나지 않도록 방지해 주는 것은 아니지만, 우리가 아는 것을 비록 손에 쥐고 있지는 않더라도, 적어도 우리 생각 속에 간직함으로써 우리가 원할 때는 언제라도 마음대로 활용할 수 있으므로, 일종의 힘을 행사할 수 있다는 환상을 품게 되는 것이다. 스완은 샤를뤼스가 오데트와 함께 있을 때는 언제나 마음이 놓였다. 샤를뤼스 씨와 오데트 사이에는 아무 일도 일어날 수 없으며, 샤를뤼스 씨가 그녀와 외출하는 것은 스완에 대한 우정에서이고, 또 샤를뤼스 씨는 그녀가 한 일을 별 이의 없이 말해 주리라는 걸 잘 알기 때문이었다. 때로는 그녀가 그날 밤에는 스완을 만날 수 없다고 너무도 단호하게 선언하고는 몹시 외출을 기다리는 눈치였는데, 그때 그는 샤를뤼스 씨가 시간을 내어 그녀를 동반해 준다는 사실에 큰 중요성을 부여했다. 다음 날 그는 감히 샤를뤼스 씨에게 모든 걸 다 물어보지 못하고, 첫 번째 대답을 잘 알아듣지 못한 체하면서 그가 다시 말하지 않을 수 없게 만들었는데, 그 대답 하나하나를 들으면서 그는 안도감을 느꼈다. 왜냐하면 오데트가 그날 저녁 모임에서 아주 순진한 쾌락에 몰두했다는 것을 금방 알 수 있었기 때문이다. "근데 뭐라고? 이봐, 메메,* 난 잘 모르겠는데……. 오데트 집에서 나와 곧바로 그레뱅 박물관**에 간 것 아니었나? 그전에 먼저 다른 곳에 갔다고? 그거 이상하군! 정말 날 놀리는 건 아니겠지, 메메. 그리고 나서 샤누아르 카페***에 갔다니, 오데트가 정말이지 엉뚱한 생각을 했군, 오데트가 생각해 낸 거겠지? 아니라고? 자네가 생각했다고? 신기하군, 어쨌든 나쁜 생각은 아니야. 그곳에는 오데트가 아는 사람들이 많았겠지? 아니라고? 그녀가 아무하고도 말하지 않았다고? 그거 이상하군, 그럼 그렇게 둘이서만 그곳에 있었다는 건가? 여기서도 그 모습이 보이는 것 같군. 자네는 정말 친절해, 메메, 난

---

* 샤를뤼스의 이름인 팔라메드의 애칭이다.
** 유명 인사들의 밀랍 인형을 전시하는 박물관으로 1882년 설립되었다. 인기가 높아 당시 유행을 추종하는 무리들이 즐겨 드나들었다. 오데트의 세속적인 취향이 다시 한 번 드러나는 대목이다.
*** 1881년에 문을 연 몽마르트르 거리의 카페로 예술가들이나 작가들이 많이 드나들었다.

정말 자네가 좋네." 스완은 마음이 놓였다. 그는 자신과 아무 상관없는 사람들과 이야기할 때 상대방 말에 전혀 귀 기울이지 않다가 이따금 어떤 말을 듣게 되는 경우가 있었는데(이를테면 "어제 크레시 부인을 만났는데 내가 모르는 신사와 함께 있더군." 같은 말이다.) 이 말은 곧 스완의 마음에서 덩어리져 상감(象嵌)처럼 굳어서는 그의 마음을 찢어 놓고 더 이상 움직이지 않았다. 반대로 "그녀가 아는 사람은 하나도 없었다네. 그녀는 아무하고도 말하지 않았다네."라는 말은 얼마나 부드럽고 얼마나 그의 마음속을 쉽게 돌아다니며, 물처럼 흐르고, 유순하며, 숨통을 틔게 했는지! 하지만 조금 후에는 오데트가 자기와 함께 있는 것보다 그런 곳에서의 쾌락을 더 좋아하므로 자기를 따분한 자로 여기고 있는 게 틀림없다는 생각이 들었다. 거기서의 즐거움이란 것이 대단치 않아서 마음이 놓이기도 했지만, 그래도 어쩐지 배신당한 것 같아 그는 마음이 아팠다.

그녀가 간 곳을 알 수 없을 때조차도 그가 느끼는 불안감을 진정시키는 데에는 오데트의 존재라는, 그녀 곁에 있다는 감미로움이라는 특효약만으로도 충분했으므로(이 특효약은 결국에는 다른 많은 약들처럼 병을 더 악화했지만 적어도 일시적으로는 고통을 가라앉혀 주었다.) 오데트가 허락만 해 줬다면 그녀가 집에 없어도 그녀 집에서 기꺼이 그녀가 돌아오기를 기다렸을 것이다. 그래서 그녀가 돌아올 무렵에는 마음도 진정되어 어떤 마법이나 주문이 그로 하여금 나머지 다른 시간들과 다르게 상상하게 한 그 시간들을 함께 뒤섞었을 것이다. 하지만 그녀는 원치 않았다. 그는 집으로 돌아왔다. 오는 중에 여러 계획을 세웠고, 오데트에 대한 생각도 멈추었다. 집에 도착해 옷을 갈아입을 즈음에는 즐거운 생각이 머리에 떠오르기까지 했으며, 잠자리에 들면서 불을 껐을 때는 다음 날 몇몇 미술품을 보러 가야겠다는 희망으로 마음이 부풀기도 했다. 그러나 막상 잠을 자려고 했을 때, 자신에게 가하던, 너무도 습관이 되어 의식조차 하지 못했던 속박을 풀려고 하는 순간 차가운 전율이 역류하면서 오열이 터져 나오기 시작했다. 그는 이유조차 알려 하지 않았고, 눈물을 닦고 미소를 지으며 중얼거렸다. "참 멋지군, 내가 신경증 환자가 되다니." 그러고는 다음 날에도 오데트가 무엇을 했는지 알기 위해 모든 걸 다시 시작해야 하고, 그녀를 보기 위해 모든 영향력을 동원해야 한다고 생각하니 엄청난 피로가 느껴졌다. 휴식도 변화도 성과도 없는 이런 행동의 필연성이 너무도 잔인하게 느껴져, 어느 날인가는 배에 종기가 난 것을 보고 어쩌면 그 종기가 그의 목숨을 앗아 갈지도 모르며, 자기는 이제 아무것에도 신경 쓸 필요가 없고, 이 병이 임박한 죽음의 순간까지 그를 지배하고 노리개로 삼을 거라고 생각하자 진정한 기쁨이 느껴졌다. 그리고 사실 그는 이 시기에 말로는 하지 않았지만 가끔 죽음을 원했는데, 그의 격심한 고통보다는 그 단조로운 노력에서 벗어나기 위해서였다.

그렇지만 그는 자기가 오데트를 더 이상 사랑하지 않아서, 그녀가 자기에게 거짓말할 그 어떤 이유도 없어질 때까지, 그리고 그가 그녀를 만나러 갔던 그날 오후에 그녀가 포르슈빌과 같이 잤는지 아닌지를 마침내 알게 될 때까지 살고 싶었다.

가끔은 며칠 동안 그녀가 다른 사람을 사랑하는 게 아닌가 하는 의혹이 포르슈빌 관련 의문에서 다른 쪽으로 눈을 돌리게 하거나 그 의문에 무관심하게 만들기도 했다. 마치 같은 병의 증상이면서도 새로운 증상 덕분에 일시적으로 예전 상태에서 해방된 듯 느껴지는 것과도 같았다. 그러나 때로는 전혀 의혹에 시달리지 않는 날도 있었다. 그러면 그는 자신이 치유되었다고 믿었다. 그러나 다음 날 아침 눈을 뜨면 똑같은 자리에서 똑같은 아픔을 느꼈다. 전날 낮 동안 받은 여러 다른 인상들이 분출되느라 그 감각이 희석되었던 것에 지나지 않았다. 그러나 아픔은 그 자리에서 꼼짝하지 않았다. 아니, 심지어는 그 격심한 통증이 스완을 잠에서 깨우기도 했다.

오데트는 날마다 그의 마음을 사로잡는 이런 중요한 일들에 대해 아무것도 가르쳐 주지 않았으므로(이 일들이 쾌락 외에는 다른 아무것도 아니라는 걸 알 만큼 오래 살긴 했지만) 그는 오랫동안 그 일들을 계속해서 상상할 수 없게 되었고, 그리하여 그의 뇌는 텅 빈 채로 작동하였다. 그러면 그는 코안경의 알을 닦듯이 피로한 눈꺼풀에 손가락을 갖다 대고는 생각을 완전히 그만두었다. 그래도 이런 미지의 영역에서 때때로 어떤 일들이 솟아올랐는데, 그 일들은 오데트가 스완과의 만남을 가로막는 유일한 사람들이라고 말하던 먼 친척이나 옛 친구에 대한 의무와 막연하게 관련되어서, 그 일들이 스완에게는 마치 오데트의 삶에 어떤 고정적이고 필연적인 틀을 이루는 것처럼 느껴졌다. 몸이 불편해서 "혹시 오데트가 집으로 찾아와 주지는 않을까." 하는 생각이 떠오를 때면, 그녀가 이따금 "내 여자 친구와 함께 경마장에 가는 날"이라고 말하던 어조 때문에, 오늘이 바로 그날이라는 것이 갑자기 머리에 떠올라 그는 이렇게 중얼거렸다. "아, 와 달라고 해 봐야 아무 소용없겠구나. 진작 생각했어야 했는데, 오늘이 여자 친구와 함께 경마장 가는 날이구나. 가능한 것만을 바라자. 허락할 리도 없고 거절할 게 뻔한 일을 제안하면서 힘을 소모하는 건 쓸데없는 짓이다." 이처럼 오데트를 경마장에 가게 하거나, 또 그 앞에서 스완이 굴복해야 하는 의무가 그에게는 불가피하게 보였고, 뿐만 아니라 그 의무에 새겨진 필연성이라는 글자가 그와 관련된 것이라면 가깝든 멀든 모두 그럴듯하고 정당하게 만드는 것 같았다. 오데트가 길거리에서 지나가는 사람의 인사를 받아 스완이 질투를 했다면, 그녀는 그 낯선 사람의 존재를 그녀가 전에 자주 말했던 중요한 두세 의무 중 하나에 결부하면서 그의 물음에 대답하곤 했다. 예를 들어 그녀가 "나와 같이 전날 경마장에 갔던 여자 친구의 칸막이 좌석에 앉아 있던 신사"라고 말했다면, 그 설명으로 스완의 의심은 진정되었고, 실제로 그녀 여자 친구가 경마장 칸막이 좌석에 오데트 말고도 다른 손님들과 같이 있었다는 것이 불가피하다고 여겨져, 그 사람이 누구인지 상상해 보려고 하지 않았으며, 또 상상하는 데도 성공하지 못했다. 아! 경마장에 간 그 여자 친구와 그가 알고 지낼 수만 있다면, 그리하여 그녀가 그를 오데트와 함께 경마장에 데리고 가 줄 수만 있다면! 오데트를 자주 만나는 사람이라면 손톱 미용사건 여점원이건 누구건 간에 오로지 그 사람을 위해 그의 모든 교우 관계를 버렸을 것이다! 그런 여자들을 위해서라면 여왕을 위해 치르는 희생 이상을 마다하지 않았을 것이다. 그 여자들은 오데트의 삶을 약간 지니고 있으므로 그의 고통에 유일하게 효과적인 진통제를 줄 것 아니겠는가? 어떤 이해타산에서나, 아니면 오데트가 진짜 소박해서 그런지는 모르지만 이제까지 그녀가 교제를 계속해 오는 이런 하층 계급 사람들과 시간을 보낼 수만 있다면 그는 얼마나 기쁘게 달려갔을 것인가! 오데트가 데리고 가 주지 않은, 그 초라하지만 부러운 집의 육 층에 그가 영원히 거주할 집을 마련하여, 은퇴한 사랑스러운 양재사와 함께 살면서 기꺼이 그 여자의 애인인 척한다면 오데트가 거의 매일같이 방문할 것 아닌가! 거의 서민들의 동네라고 할 수 있는 그런 곳에서 비록 소박하고 비천하지만 아늑하고 고요와 행복이 깃든 삶을 언제까지라도 누리는 데 동의했을 것 아닌가!

그래도 이따금씩 오데트를 만나는 자리에서 모르는 남자가 그녀 쪽으로 다가오는 것을 볼 때면, 마치 포르슈빌이 그녀 집에 있을 때 스완이 찾아갔던 날 그녀가 보였던 것과 똑같은 슬픔이 그녀 얼굴에 떠오르는 것이 보였다. 그러나 이런 일은 드물었다. 그녀가 해야 할 일이나 세상이 어떻게 생각할지에 대한 두려움에도 불구하고, 이제 그녀가 스완을 만날 때 그녀의 태도를 지배하는 것은 바로 자신감이었기 때문이다. 이 자신감은 그녀가 스완을 처음 만났을 때 그의 곁에서 또는 멀리 떨어져 있을 때조차 그녀가 보였던 조심성과는 큰 대조를 보였는데, 어쩌면 그런 감정에 대한 무의식적인 보복이거나 자연스러운 반응이었는지 모른다. 그때 그녀는 이렇게 편지를 쓰기 시작했었다. "사랑하는 분이여, 손이 너무 떨려 글을 쓸 수가 없군요."(적어도 그녀는 그렇게 주장했고, 또 그녀가 그렇게 보이길 바란 것으로 보아 이러한 마음의 동요가 어느 정도는 진심이었을 것이다.) 그때 스완은 그녀 마음에 들었던 것이다. 우리는 단지 자신을 위해서만, 그리고 사랑하는 사람을 위해서만 몸을 떠는 법이다. 우리 행복이 이미 사랑하는 사람 손에 달려 있지 않을 때, 우리는 그 사람 곁에서 얼마나 침착하고 편안하며 또 대담하게 행동하는가! 그때 그녀는 그에게 말하거나 편지를 쓸 때 "당신은 제 보배예요. 이건 우리 우정의 향기니까 제가 간직하겠어요."라고 하며, '제' 혹은 '제가'라고 말할 기회를 만들어 내거나, 미래나 죽음조차도 마치 두 사람에게는 함께할 일인 것처럼 말하면서 그가 그녀에게 속했다는 환상을 주려고 했는데, 이제는 그런 단어를 더 이상 쓰지 않았다. 그 무렵 그녀는 스완의 말 하나하나에 감탄하며 대답했다. "당신은 다른 사람들과는 전혀 달라요." 그녀는 약간 머리가 벗은 그의 긴 얼굴을 응시하곤 했는데, 스완의 성공을 아는 사람에게는 '그 사람은 전형적인 미남은 아니지만 멋지지. 그 머리카락하며, 그 외알 안경하며, 그 미소하며!'라고 생각하게 하는 부분이었다. 그리고 그녀는 그의 정부가 되고 싶은 것 이상으로 그가 어떤 사람인지 알고 싶어서 이렇게 말했다. "이 머릿속에 든 것을 알 수만 있다면!"

지금은 스완이 하는 모든 말에 때로는 신경질적으로, 때로는 관대한 어조로 대답했다. "아! 당신은 결코 다른 사람처럼 될 수 없어요!" 그녀는 요즘 걱정거리로 조금 더 나이가 들어 보이는 스완의 얼굴을 바라보면서(하지만 지금은 모든 사람들이 프로그램만 봐도 어떤 교향곡인지 알고, 친척 관계를 아는 것만으로도 아이가 누구와 닮았는지 알 수 있는 능력 덕분에, 스완에 대해 '그는 확실히 못생겼다고는 할 수 없지만 그 외알 안경하며, 그 머리카락하며, 그 미소하며 우스꽝스러워요!'라고 생각했는데, 다른 사람으로부터 영향을 받는 그들의 상상력이 단지 몇 달 사이에 진짜 애인의 얼굴과 바람난 애인의 얼굴 사이에 무형의 경계선을 만들어 놓은 것이었다.) 이렇게 말했다. "이 머릿속에 든 것을 바꾸어 좀 분별 있는 사람으로 만들 수만 있다면!" 그에 대한 오데트의 태도에 조금만 의심할 여지가 있어도 금방 자기가 바라는 대로 믿기 마련인 그는 이 말에 맹렬하게 덤벼들어 "당신이 그러길 바라면 그렇게 할 수 있지." 하고 말했다.

그를 진정시켜 주고 이끌어 주고 연구하게 만드는 것은 고귀한 임무이며, 그녀 외 다른 여인들도 헌신하고 싶어 하는 일이지만, 사실 그대로 덧붙여 말한다면 그는 이 고귀한 임무가 만일 다른 여인 손에서 이루어진다면, 그의 자유를 박탈하는 무례하고도 참을 수 없는 행동으로밖에 보이지 않을 거라는 점을 그녀에게 보여 주려고 애썼다. "만약 그녀가 나를 조금밖에 사랑하지 않는다면 나를 달라지게 하고 싶다는 생각은 하지 않을 거다. 나를 달라지게 하려면 나를 더 많이 만나야 하니까." 하고 그는 중얼거렸다. 이처럼 그는 그녀의 비난에서 그에 대한 관심의 증거, 어쩌면 사랑의 증거를 찾아냈다. 그런데 사실 이제는 그녀가 거의 비난도 하지 않았으므로, 그녀가 이것저것 금지하는 것조차도 그에 대한 관심이나 사랑

의 증거로 여기게 되었다. 어느 날 그녀는 그의 마부가 마음에
들지 않는다고 말하면서, 마부가 스완으로 하여금 자기에게
반감을 가지도록 하게 한 것 같다고 하며, 어쨌든 그녀가 바라
는 만큼 마부가 성실하지도 공손하지도 않다고 했다. 그때 그
녀는 스완이 마치 입맞춤을 바란다는 듯, 자기 입에서 "더 이
상 우리 집에 올 때는 그 사람을 데리고 오지 마세요."라는 말
을 듣고 싶어 한다고 느꼈다. 마침 기분이 좋았던 그녀는 그렇
게 말했고, 또 그는 그 말에 감동했다. 그날 저녁 스완은 그녀
에 대해 솔직히 말할 수 있어 위로가 되는 샤를뤼스 씨와 이야
기를 하다가(샤를뤼스가 하는 어떤 사소한 말도, 설령 오데트를 모
르는 사람들에 대한 이야기라 할지라도, 어떤 방식으로든 그녀와 연
관되었다.) 그는 이렇게 말했다. "그래도 난, 그녀가 날 사랑한
다고 생각하네. 내게 정말 상냥하고, 내가 하는 일에도 확실히
무관심하지 않거든." 또 그녀 집으로 가려고 할 때, 가는 도중
내려 줄 친구와 함께 마차에 탔는데 그 친구가 "저런, 마부석
에 앉은 게 로레당이 아니군?" 하고 말하면, 스완은 애석해하
면서도 얼마나 기쁘게 대답했던가. "아! 제기랄! 그렇다네. 자
네에게 말해 주지. 라페루즈 거리에 갈 때는 로레당을 데리고
갈 수 없다네. 오데트가 로레당을 데리고 가는 걸 싫어하니까.
로레당이 내게 제대로 대하지 않는다는데 어찌 하겠는가. 자
네도 알지만 여자란 다 그런 게 아닌가! 오데트가 아주 싫어한
다네, 그렇다네! 내가 레미를 데리고 갔다가는 큰 소란이 벌어
질 걸세."

　최근 스완에 대한 오데트의 그 무관심하고도 산만하고 신

경질적인 새로운 태도가 물론 스완을 고통스럽게 했다. 그러나 그는 그 사실을 인식하지 못했다. 오데트의 냉담한 태도는 날을 거듭하며 점차적으로 이루어져서, 처음 만났을 때의 그녀를 지금의 그녀와 비교해 보지 않고서는 그 완성된 변화의 깊이를 알 수 없었다. 그런데 그 변화는 그의 깊고도 내밀한 상처가 되어 밤낮으로 그를 아프게 했고, 자신의 생각이 지나치게 그 상처 가까이 갔다고 생각되면 그는 너무 고통스러울까 두려워 급히 다른 방향으로 생각을 돌리곤 했다. 그는 다소 추상적인 방식으로 중얼거렸다. "오데트가 날 더 사랑하던 시절도 있었지." 그러나 그런 시절을 결코 정확히 그려 보지는 못했다. 그의 서재에는 서랍장이 하나 있었는데 그는 방에 들어갈 때나 나갈 때 서랍장을 피해 가려고 표시를 해 놓았다. 거기에는 그가 처음 오데트를 데려다 주던 날 밤에 그녀가 준 국화꽃과 함께 "왜 당신 마음은 두고 가지 않으셨나요. 마음이라면 돌려드리지 않았을 텐데." 또는 "낮이건 밤이건 제가 필요하면 알려 주세요. 저는 당신이 원하는 대로 할 거예요." 라고 적힌 편지들이 빽빽이 쌓여 있었기 때문이다. 서랍장과 마찬가지로 그의 마음속에도 그의 정신이 결코 가까이 다가가지 않는 한 장소가 있었는데, 필요할 때에도 장황한 이유를 내세우며 길을 돌아 결코 그 앞을 지나가지 않으려고 조심했다. 그곳에는 바로 행복했던 날들의 추억이 살고 있었다.

그런데 이렇듯 빈틈없는 조심성도 그가 사교계로 간 어느 날 밤 그만 꺾이고 말았다.

생퇴베르트 후작 부인 저택에서 열린 그해 마지막 저녁 파티로, 부인은 나중에 자신이 베풀 자선음악회에 출연하기로 한 음악가들의 연주를 줄곧 들려주고 있었다. 앞서 열린 파티에도 차례로 다 가고 싶었지만 그러지 못했던 스완은, 이 마지막 파티에 가려고 옷을 갈아입는 동안 샤를뤼스 남작의 방문을 받았다. 그는 자기가 같이 가는 것이 다소나마 지루함을 덜 수 있고 쓸쓸함도 가실 수 있다면 같이 후작 부인 댁에 가 주겠다고 말했다. 그러나 스완은 이렇게 대답했다. "자네하고 같이 간다면야 내 기쁨이야 말할 필요도 없네. 하지만 자네가 오데트를 만나러 가 준다면 난 더 기쁠 걸세. 그녀에게 자네 영향력이 아주 크다는 걸 알지 않은가. 그녀가 오늘 저녁엔 옛 양재사 집에 가기로 했는데 그전에는 외출하지 않을 것이고, 게다가 거기도 자네가 데려다 준다면 틀림없이 좋아할 걸세. 어쨌든 그전에 가서 그녀를 만나 주게나. 그녀의 기분도 바꾸어 주고 이치에 맞는 이야기도 좀 들려주게나. 내일 그녀를 만날 수 있게 좀 해 주지 않겠나. 뭔가 그녀 마음에도 들고, 우리 셋이서 함께 할 수 있는 일이 있으면 좋으련만. 그리고 올 여름 계획에 대해서도 좀 알아봐 주게나. 그녀가 원하는 것이 뭔지, 우리 셋이서 크루즈 여행이라도 갈 수 있을지 등등. 오늘 밤에 그녀를 만날 기대는 하지 않지만 그래도 혹시 그녀가 만나고 싶어 하거든, 무슨 좋은 수라도 생각나거든 나에게 한마디 전해 주기만 하면 되네. 자정까지는 생퇴베르트 부인 댁으로, 그 후에는 우리 집으로 보내면 되네. 나를 위해 수고해 줘서 정말 고맙네. 내가 얼마나 자네를 좋아하는지는 자네도 알 걸세."

남작은 스완을 생퇴베르트 저택 문 앞까지 바래다준 다음, 그가 부탁한 대로 오데트를 방문하겠다고 약속했다. 스완은 샤를뤼스 씨가 저녁 시간을 라페루즈 거리에서 보낼 거라는 생각에 마음이 진정되었지만, 그곳에 도착했을 때는 오데트와 관계없는 일, 특히 사교계 일에 대해서는 전혀 관심을 가질 수 없는 울적한 상태였다. 그래서 사교계는, 우리 의지가 목표로 하는 대상이 아니라 그 자체로 매력을 띠게 되었다. 연회가 열리는 날이면, 집안 여주인들이 하인 복장이나 실내 장식의 진정한 모습을 존중하려고 애쓰면서 손님들에게 하인들의 삶을 소설적으로 축소한 모습을 보여 주려고 하는데, 스완은 마차에서 내리자마자 그런 광경의 전면에서 발자크 작품 속 '호랑이'* 의 후계자들과 같은, 지금은 보통 산책할 때 주인을 따라다니는 '곁마부'라고 불리는 자들이 모자를 쓰고 장화를 신고, 마치 정원사가 화단 입구에 서 있듯 저택 앞 도로나 마구간 앞에 쭉 늘어서 있는 모습을 보자 즐거워졌다. 살아 있는 사람과 미술관 초상화 사이에서 유사점을 찾아내려는 그의 특별한 취향이 다시금, 그러나 보다 지속적이고 보다 일반적인 방식으로 작동했다. 사교계 생활에서 벗어난 지금 오히려, 사교계 생활 전체가 일련의 화폭처럼 그의 눈앞에 나타났다. 예전에 그가 사교계 인사였던 시절에는 외투를 뒤집어쓰고 들어갔다가 연미복 차림으로 나오곤 하던 그 현관방에 잠시 머무르면서 방금 떠나

---

* 발자크의 작품에서 '호랑이'는 마차를 타고 다닐 때 동행하는 체구가 아주 작은 하인인 '곁마부(groom)'를 가리킨다.

왔거나 이제부터 안내받을 연회를 생각하느라 거기서 무슨 일이 일어나는지 알지 못했는데, 그런 현관방에서 그는 처음으로 한 무리 하인들이 여기저기 떨어져 걸상이나 궤짝 위에서 한가롭고도 위풍당당한 모습으로 졸다가 뜻하지 않은 손님의 늦은 도착에 잠이 깨어, 사냥개처럼 날카롭고도 고결한 옆얼굴을 쳐들며 벌떡 자리에서 일어나서는 그에게로 달려들며 빙 둘러싸는 것을 보았다.

그중 한 명의 용모는 특히 사나웠는데, 그는 마치 르네상스 시대 사형 장면을 묘사하는 몇몇 그림에 나오는 사형 집행인과도 흡사한 그런 준엄한 표정으로 스완의 소지품을 받으러 나왔다. 그의 강철 같은 눈초리의 냉혹함이 면장갑의 부드러움으로 상쇄되어, 그가 스완 곁에 다가왔을 때 스완이라는 인물에 대해서는 경멸을, 스완이 쓴 모자에 대해서는 경의를 표하는 듯하였다. 그는 조심스럽게 모자를 받아들었는데, 꼭 낀 제복이 뭔가 지나치게 꼼꼼하고 세심한 분위기를 풍겨 그가 과시하는 힘을 애처롭게 만들었다. 그는 모자를 보조 한 명에게 넘겼고, 소심한 신참 보조는 격앙된 눈길을 사방으로 굴리면서 그가 느끼는 공포심을 표현하며, 하인 생활 초기에 포로가 된 짐승의 불안을 보였다.

몇 걸음 떨어진 곳에서는 제복을 입은 거한이 동상처럼 꼼짝도 하지 않고 하릴없이 꿈을 꾸고 있었는데, 그 모습은 마치 만테냐*의 가장 소란스러운 장면을 보여 주는 그림에서 다

---

* 안드레아 만테냐(Andrea Mantegna, 1431~1506). 이탈리아 파도바 유파의 화

른 사람들은 옆에서 서로 목을 베며 달려드는데도 혼자 방패에 기대 생각에 잠긴 순전히 장식품 같은 전사를 생각나게 했다. 그는 스완 주위로 몰려든 동료 무리에서 홀로 떨어져서는 잔인한 청록색 눈초리로 멀거니 그 광경을 바라보며, 마치 헤롯의 영아 학살이나 성 자크*의 순교라도 대하듯 무관심해지기로 결심한 것 같았다. 그는 이미 사라진 종족 — 또는 어쩌면 단지 산제노 성당** 제단 배후 장식벽이나 에레미타니 성당*** 벽화에만 존재하는 것으로, 지난날 스완이 가서 보았고 아직도 거기서 꿈꾸는 — 에 속하는 것처럼 보였는데, 마치 고대 조각품을 만테냐의 파도바 인 모델, 또는 알브레히트 뒤러****의 색슨 인 모델과 수태해 만든 것 같았다. 그리고 자연스럽게 곱슬거리는 붉은 머리칼은 머릿기름을 발라 붙였고, 만토바*****의 화백이 끊임없이 연구하던 그리스 조각에서처럼 폭넓게 다루어져 있었다. 그리스 조각은 단지 인간을 형상화했지만, 그 단순한 형태로부터 모든 살아 있는 자연에서

가로 견고하고 조각적인 그림을 그렸다. 프루스트는 1900년 만테냐의 벽화가 있는 파도바의 에레미타니 성당을 방문했으며, 이 글에서 말하는 명상에 잠긴 전사의 모습은 만테냐가 그린 「성 자크의 순교」에 나온다.

* 야고보 성인과 동일 인물로, 예수님의 12사도 중 한 사람이다. 예수님이 돌아가신 후 복음을 전하고자 스페인으로 갔다가 예루살렘에서 헤로데 왕에게 순교당한다.

** 베로나의 주교였다가 순교한 제노 성인을 그린 만테냐의 유명한 제단 배후 장식벽은 베로나의 산제노 성당에 있다.

*** 만테냐의 벽화가 있는 파도바의 성당이다.

**** Albrecht Dürer(1471~1528). 독일의 판화가이자 화가다.

***** 만테냐가 1459년부터 1506년 사망할 때까지 작업하던 곳이다.

빌려 온 다양한 풍요로움을 이끌어 낼 줄 알았는데, 매끄러운 머리카락을 둥글게 감아 올리거나 곱슬머리 끝을 새부리처럼 뾰족하게 하거나, 머리칼을 세 겹으로 땋아 왕관처럼 꽃피우게 하여, 머리털은 해초 다발처럼 보이기도 하고 둥지 안비둘기 새끼들, 또는 히아신스의 꽃 띠나 뒤엉킨 뱀들의 엮음술처럼 보인다.

그 밖에도 역시 체구가 거대한 하인들이 기념비처럼 계단층계마다 서 있었다. 그들의 장식품 같은, 대리석 같은 부동자세가 그 계단을 두칼레 궁전 계단처럼 '거인의 계단'*이라고 명명해도 좋을 것 같다는 생각이 들게 했다. 스완은 오데트가 한 번도 이곳에 올라온 적이 없다고 생각하면서 서글프게계단을 밟았다. 아! 반대로 은퇴한 양재사가 사는 집의 그 컴컴하고 악취 풍기는 위험한 계단을 올라가고 있었다면 얼마나 기뻤을까! '육 층' 다락방을 빌려 거기서 오데트가 올 때는저녁을 같이 보내고, 또 오데트가 오지 않는 날에는 그가 없는곳에서 오데트가 늘 만나는 사람들과 ─ 그 때문에 애인의 삶이 뭔가 더 현실적이고, 더 접근하기 힘들고, 더 신비로운 것을 숨기고 있는 듯 보이는 ─ 더불어 살면서 그들과 오데트에관한 이야기를 할 수만 있다면, 그는 오페라 좌 무대 위층 칸막이 좌석을 일주일간 빌리는 것보다 더 비싼 값을 지불해도행복했을 것이다. 옛 양재사의 악취 풍기는, 그러나 부러운 계

---

* '거인의 계단'은 베네치아의 두칼레 궁전에 있는데 1554년 산소비노가 만든아레스와 포세이돈의 기념비적인 조각품에서 그 이름이 연유한다.

단에는 두 번째 비상구가 없어서* 저녁때면 발깔개 위에 놓인 지저분한 빈 우유 통이 방문 앞마다 보이는 데 반해, 지금 스완이 올라가는 이 근사하지만 경멸스러운 계단에는 양 옆으로 각각 다른 높이에 수위실 창문이나 방문 입구 때문에 움푹 들어간 곳마다 수위나 집사, 은식기 담당자들이(주중 다른 날에는 각자 그들 분야에서 약간 독립된 생활을 하며 작은 가게 주인처럼 자기 집에서 저녁 식사도 하지만, 내일이면 아마도 의사나 사업가 같은 부르주아에게 고용되어 있을 충직한 사람들) 그들이 맡아 지휘하는 집안일을 나타내면서 손님들에게 경의를 표하는 한편, 드물게 입어 결코 편하게 느껴지지 않는 그 번쩍이는 제복을 걸치기에 앞서 받은 주의를 잊지 않으려고 조심하며, 서민다운 순박함으로 완화된 그 화려하고 눈부신 옷을 입고 그들 처소의 아케이드 문 아래 마치 벽감 안 성자상처럼 쭉 늘어서 있었다. 또 몸집이 거대한 수위 한 명이 성당 순시원과 똑같은 제복 차림으로, 도착한 손님이 지나갈 때마다 지팡이로 타일 바닥을 두드리고 있었다.** 고야가 그린 성당지기***나 옛 연

---

* 파리 아파트는 대개 육 층짜리 건물에(프랑스식으로 하면 오 층짜리) 칠 층에는 하녀들의 다락방이 있고 이런 다락방에 올라가려면 정문 계단이 아닌 비상구를 통해야 한다. 이런 다락방에는 비상구 외에 다른 계단이 없다. 148쪽 주석 참조.

** 손님의 도착을 알리는 신호다.

*** 성당지기는 맹신적인 신앙을 은유하기도 한다. 여기서 묘사된 하인은 얼굴에 분을 칠하고 머리 한 가닥을 뒤로 늘어뜨린 18세기 인물의 모습을 환기한다. 고야는 18세기 스페인 화가로, 아주 강렬하고 극적인 그림을 많이 그렸으나 여기서 언급하는 꽁지머리 성당지기 그림은 찾아볼 수 없으며, 다만 몇몇 투우사 그림이 이와 유사한 모습을 환기한다고 앙투안 콩파뇽은 지적한다. 『스완의 사

극에 나오는 공증인처럼, 끈으로 묶은 작은 꽁지머리를 뒤로 늘어뜨린, 얼굴이 창백한 하인을 따라 계단 위에 다다른 스완이 책상 앞을 지나가자, 커다란 명부를 앞에 놓고 공증인처럼 앉아 있던 하인들이 일어나서는 그의 이름을 적어 넣었다. 스완은 이어 작은 현관 방을 지나갔다. 집 주인이 다른 장식품은 일체 두지 않고 미술품 단 하나만을 놓아, 방이 마치 액자 같은 구실을 함으로써 그 미술품에서 딴 이름으로 누구누구의 방이라고 부르도록 마련된 방 입구에는 벤베누토 첼리니*가 파수꾼을 묘사한 어떤 귀중한 조각상과도 흡사한 젊은 하인이 가볍게 몸을 기울였는데, 그의 높다란 붉은 깃 위로 그보다 더 붉은 얼굴이 솟아오르면서 거기서부터 불길과 수줍음과 열성이 급류처럼 쏟아져 나왔다. 그는 손님들이 음악을 듣고 있는 살롱 앞 쪽에 걸린 오뷔송** 장식 융단을 험상궂고 필사적인, 경계를 게을리하지 않는 눈길로 꿰뚫어 보면서, 군인처럼 무표정하거나 초자연적인 신앙심을 띤 얼굴로 — 경보 장치의 비유나 기다림의 화신, 전투 준비의 기념비인 양 — 성 또는 대성당 망루에서 적의 출현이나 심판의 시간을 엿보는 파수꾼이나 천사 같은 모습을 하고 있었다. 이제 스완에게는

랑』(폴리오) 507쪽 참조.

* Benvenuto Cellini(1500~1571). 16세기 이탈리아 피렌체 유파의 조각가이자 금 세공가로 「황금 소금 상자」와 「페르세우스 상(像)」으로 유명하지만, 이 텍스트에서 말하는 조각상이 정확히 무엇을 가리키는지는 알 수 없다.

** 오뷔송 장식 융단은 프랑스에서 가장 오래된 장식 융단 중 하나로, 18세기에 이르면 고블랭과 보베 장식 융단으로 교체된다.

연주회장에 들어가는 일밖에 남지 않았다. 가슴에 쇠줄 목걸이를 한 안내원*이 고개를 숙이며, 마치 도시의 열쇠라도 넘겨주듯 문을 열어 주었다. 그러나 스완은 오데트만 허락해 주었다면 그 순간 자기가 가 있을 집을 머릿속에 그려 보았고, 그러자 발깔개 위에 놓인 빈 우유 통을 엿본 기억이 가슴을 조였다. 하인들의 모습이 장식 융단 휘장 너머 초대 손님의 모습으로 이어졌을 때, 스완은 갑자기 남자들이 추하다고 느꼈다. 그가 그렇듯 잘 아는 사람들의 얼굴인데도 그 추함이 새로워 보였는데, 그 얼굴들은 — 지금까지는 그가 좇아야 할 쾌락이나 피해야 할 권태, 또는 지켜야 할 예의범절을 식별하는 데 실질적으로 유용한 표지로 쓰여 왔다면 — 이제는 오로지 미적 관계로만 배열되어 그들의 자율적인 선 안에서 휴식을 취하는 것처럼 보였다. 스완을 둘러싼 이 사람들 가운데서, 그들 대부분이 끼고 있는 외알 안경마저도(전에는 기껏해야 외알 안경을 끼고 있군 하고 말했던) 누구에게나 공통된 단순한 습관을 의미하는 데서 벗어나, 각각이 일종의 개별성을 띤 것으로 보였다. 입구에서 이야기하던 프로베르빌 장군과 브레오테 후작은 스완을 조키 클럽에도 소개해 주고 결투에도 입회해 주고 해서 그에게 오랫동안 힘이 되어 준 친구들인데, 지금은 그림 속 두 인물로밖에 바라보지 않는 탓인지, 프로베르빌 장군의 외알 안경은 약간 천박하고, 칼자국이 난 의기양양한 이마 한복판

---

* 귀족들의 저택에서 일하는 고용인들이 맡은 역할은 아주 전문화되어 있었다. 수위(concierge)는 바닥을 두들겨 손님의 도착을 알리고, 목에 쇠줄을 건 안내원(huissier)은 문을 열어 주며 큰소리로 손님의 이름을 알렸다.

에 있는 양 눈꺼풀 사이에 마치 키클로페스*의 외눈처럼 포탄 파편인 양 붙어 있어서, 장군으로서 그런 상처를 입은 것이 명예는 될 수 있겠지만 과시하기에는 점잖지 못한 흉측한 상처처럼 보였다. 한편 브레오테 씨의 외알 안경은 사교계에 나갈 때면 연회 기분을 내기 위해 은빛 장갑이며 '오페라해트'**며 흰 넥타이에 곁들여 친숙한 코안경 대신 끼는 것으로(스완도 마찬가지지만) 상냥함이 득실거리는 섬세한 눈길을, 현미경 아래 놓인 표본처럼 안경알 뒷면에 붙이고는 높은 천장과 아름다운 연회, 흥미로운 프로그램, 신선한 음료수에 보내면서 미소를 멈추지 않았다.

"아! 당신이군요. 뵙지 못한 지 정말 오래되었습니다."라고 장군이 스완에게 말했다. 스완의 초췌한 얼굴을 보고는 무슨 중병 때문에 사교계에서 멀어졌던 것이라고 결론을 내린 그는 덧붙였다. "안색이 좋아 보입니다." 한편 브레오테 씨는 사교계를 좋아하는 한 소설가에게 묻고 있었다. "어떻게 당신이? 여기서 도대체 뭘 하려고?" 소설가는 그의 심리 탐구와 냉혹한 분석의 유일한 기관인 외알 안경을 방금 눈언저리에 끼우고는 중요하고도 신비로운 표정으로 r 발음을 굴리며 대답했다.

"저는 관찰하고 있습니다.(J'observe.)"

포레스텔 후작의 외알 안경은 아주 작고 테가 없어서, 왜 쓰

---

* 그리스 신화에 나오는 외눈 거인이다.
** 극장에서 쓰는 모자로 실크해트같이 생겼다.

고 있는지 설명할 수 없지만 아주 희귀한 물질로 만들어진 불필요한 연골처럼 눈에 박혀, 눈은 노상 괴로운 듯 경련하고 있었는데, 그것이 후작의 얼굴을 우수에 차고 세련되게 하여 여인들은 그가 대단한 사랑의 슬픔이라도 지닌 것처럼 생각했다. 그러나 토성*같이 큼직한 고리에 둘러싸인 생캉데 씨의 외알 안경은 얼굴 중심에 놓여 매순간 이 안경을 기준으로 얼굴 다른 부분을 배열하였고, 떨리는 붉은 코와 잘 빈정거리는 두꺼운 아랫입술이 찌그러지며, 유리알에서 반짝이는 재치의 연발에 적합해지려고 애쓰고 있었는데, 이런 모습이 타락한 속물인 젊은 여인들에게는 어떤 아름다운 눈보다도 더 근사하게 보여 인공적인 매력과 세련된 쾌락을 꿈꾸게 했다. 한편 그의 뒤에 앉은 팔랑시 씨는, 둥근 눈과 커다란 잉어 머리를 하고 천천히 연회장 한가운데를 돌아다녔는데, 이따금 방향을 찾으려는 듯 아래턱을 벌리는 모습이 마치 수족관 유리벽 한 조각을, 우발적이거나 어쩌면 단지 상징적인 것에 불과한 어떤 조각을 운반하는 것처럼 보였다. 그래도 부분이 전체를 연상케 하는 이런 모습은, 파도바에 있는 조토의 그림 「미덕과 악덕」을 무척이나 찬미하는 스완에게는, 마치 '불의' 옆에 놓인 나뭇가지가 악의 소굴이 감추어진 숲을 암시하는 것 같은 생각이 들었다.**

---

* 토성의 고리는 행성 중 가장 아름답다. 수많은 얇은 고리가 모여 큰 고리를 이룬다.
** 조토가 말하는 일곱 가지 악덕 중 「불의」는 의자에 앉은 노인으로 묘사되는데 전면에 놓인 관목나무 몇 개가 숲을 암시한다. 『잃어버린 시간을 찾아서』 1권

스완은 생퇴베르트 부인의 간청에 못 이겨 플루트 연주자가 부는 「오르페우스」*의 아리아를 들으려고 앞으로 나가 한쪽 구석에 앉았는데, 불행하게도 그 자리에는 이미 나이 든 캉브르메르 후작 부인과 프랑크토 부인이 나란히 앉아 있어 시야가 가렸다. 두 부인은 사촌지간으로 저녁 파티가 있는 날에는 핸드백을 들고 딸을 데리고 다니면서 기차역에서처럼 서로를 찾는 데 시간을 보냈고, 그것도 나란히 붙은 두 자리를 부채나 손수건으로 표시해 놓고서야 마음을 놓았다. 아는 사람이 별로 없었기 때문에 캉브르메르 부인은 동반자가 있는 것을 아주 다행으로 여겼고, 반대로 많이 알려진 프랑크토 부인은 모든 화려한 친분 관계의 사람들에게 젊은 시절 추억을 공유한 한 이름 없는 부인을 좋아하는 모습을 보여 주는 것을 뭔가 우아하고 독창적인 일처럼 여겼다. 스완은 울적하고 냉소적인 기분으로, 플루트의 아리아에 이어 연주된 리스트의 피아노를 위한 인터메초 「새와 이야기하는 아시시의 성 프란체스코」**를 들으며, 피아니스트의 현란한 연주를 듣고 있는 두 부인을 바라보았다. 프랑크토 부인은 피아니스트의 손가락이 경쾌하게 달리고 있는 건반이 마치 긴 공중그네로 보이

147쪽 주석 참조.

* 글루크의 오페라 「오르페우스와 에우리디케」(1762)에 나오는 플루트 독주를 가리키는 것처럼 보인다.

** 리스트는 만년에 종교에 귀의하여 「파도 위를 걷는 파올라의 성 프란체스코」와 「새와 이야기하는 아시시의 성 프란체스코」로 구성된 '피아노를 위한 두 전설'을 작곡했다.

기라도 하는 듯, 80미터 높이에서 떨어지지나 않을까 조마조마하여 두 눈을 크게 뜨고는 옆에 앉은 사촌에게 "믿을 수 없는 일이야, 인간이 이렇게까지 할 수 있을 줄은 정말 몰랐어."라는 의미가 담긴 놀란 의혹의 눈길을 던졌고, 캉브르메르 부인은 음악 교육을 충실히 받은 여자답게 메트로놈의 추로 변한 머리로 박자를 맞추다가, 한 어깨에서 다른 어깨로 흔들리는 속도가 점점 빨라지면서(고통으로 정신을 잃을 듯 더 이상 참을 수 없어진 사람이 "에라, 모르겠다!"라고 외치며 멍하니 체념한 시선을 던지듯이) 외알박이 다이아몬드 귀걸이가 코르사주 어깨 끈에 자주 걸리고 머리에 꽂은 검정 포도 모양 장신구도 고쳐 꽂아야 했지만, 그렇다고 해서 속도를 올리는 것을 멈추지 않았다. 프랑크토 부인 맞은편 조금 앞쪽에 앉은 갈라르동 후작 부인은 게르망트 가문과 인척 관계를 맺고 있다는 기분 좋은 생각에 몰두하고 있었는데, 그녀는 그런 사실을 사교계와 자기 자신에 대해 크나큰 명예로 삼았지만 그래도 약간은 수치심을 느꼈다. 왜냐하면 가문의 가장 명망 높은 사람들이 그녀가 따분한 사람이어서 그랬는지 아니면 고약한 성미여서, 아니면 지체 낮은 집안이어서, 아니면 아무 이유도 없이 그녀를 멀리 했기 때문이다. 지금 그녀 옆에 앉아 있는 프랑크토 부인처럼 자기를 잘 모르는 사람이 옆에 앉아 있을 때면, 그녀는 비잔틴 성당 모자이크에서 성인상 옆쪽 수직 기둥에 그 성인이 말한 것으로 여겨지는 말들이 위아래로 새겨져 있는 것처럼, 게르망트 가문과 친척 관계라는 사실이 눈에 보이는 글자로밖에 드러나지 않은 것이 안타깝기만 했다. 지금 그녀는 사촌동생인 롬 대공 부인이 결혼한 지 이미 육 년이나 되었는데 한 번도 그녀를 초대하거나 방문한 적이 없다는 사실을 생각하고 있었다. 이 생각이 그녀를 분노로 가득 채웠으나, 또한 자만심도 느끼게 했다. 롬 부인 댁에서 그녀를 만나지 못해 놀라는 사람들에게, 그곳에 가면 마틸드 공주 전하* ── 급진적인 정통 왕정파인 자신의 가문에서는 결코 용납하지 않을 ── 를 만날 위험이 있기 때문이라고 말해 왔는데, 마침내는 그녀 자신도 실제로 그런 이유로 사촌 동생 집에 가지 않는다고 믿게 되었다. 여러 번 롬 부인에게 어떻게 하면 그녀를 만날 수 있느냐고 물어보았던 일이 생각나기도 했지만 단지 어렴풋하게 떠올랐고, 게다가 조금은 수치스러운 이 기억을 "하지만 먼저 고개를 숙이고 들어갈 사람은 내가 아니지, 내가 스무 살이나 더 많은걸." 하고 중얼거리면서 무산했다. 이러한 마음속 목소리가 주는 힘 덕분에 그녀는 처진 두 어깨를 거만하게 뒤로 젖혔는데, 그때 그녀 어깨 위에 거의 수평으로 놓인 머리는, 마치 날개가 달린 채 통째로 식탁에 내놓으려고 '갖다 맞춘' 꿩 요리의 그 거만한 머리를 연상케 하였다. 그녀가 본래부터 땅딸막하고 사내 같으며 통통한 체격이어서가 아니라, 벼랑 끝 고약한 위치에 자란 나무가 균형을 잡기 위해 뒤로 뻗어야 하는 것처럼, 다른 사람에게서 받은 모욕이 그녀 몸을 똑바로 펴게 한 것이었다. 게르망트 가의 다른 사람들과

---

* 마틸드 공주(1820~1904)는 나폴레옹의 실제 조카로 제2제정 시대의 대표 귀족이었다.

대등하지 못한 자신을 위로하기 위해, 그들을 보지 못하는 것은 자신의 강경한 원칙과 금지 때문이라고 노상 자신을 설득해야만 했으므로, 이러한 생각이 마침내는 그녀 몸의 형체를 만들고 일종의 기품을 배게 하여 부르주아 여자들의 눈에는 혈통의 표시로 보이게 했고, 클럽 남자들의 지친 눈은 덧없는 욕망으로 어지럽혔다. 만약 갈라르동 부인의 대화에, 암호화된 언어의 열쇠를 찾기 위해 단어 사용의 빈도에 따라 분석하는 방법을 적용해 본다면, 가장 일상적인 표현에서조차도 "우리 사촌 게르망트네 집에서는" "우리 게르망트 아주머니 집에서는" "엘제아르 드 게르망트*의 건강은" "우리 사촌 게르망트의 아래층 칸막이 좌석"만큼 자주 쓰이는 말도 없다는 것을 알게 될 것이다. 누군가 그녀에게 어떤 유명인사에 대해 말하면, 개인적으로는 모르는 사람이라 할지라도 게르망트 아주머니 댁에서 수없이 만난 적 있다고 대답하는 것이었다. 하지만 그 목소리가 너무도 냉담하고 흐릿해서, 그녀가 그 사람을 개인적으로 잘 알지 못하는 것이, 마치 체육 교사가 학생의 가슴을 발달시키려고 사다리에 들어 눕히듯이, 그녀의 양 어깨를 뒤로 젖히게 하는 그 온갖 뿌리 뽑지 못할 완강한 원칙 때문이라는 걸 금방 알 수 있었다.

그때 마침 생퇴베르트 부인 집에서 만나리라고는 누구도 기대하지 않았던 롬 대공 부인이 도착했다. 그녀는 단지 친절을

---

* 『잃어버린 시간을 찾아서』 전체를 통해 이 문단에서만 유일하게 언급되는 인물이다.

베풀려고 온 살롱에서 자신의 높은 혈통을 과시하고 싶지 않다는 듯이, 비집고 들어갈 군중이나 비켜 주어야 할 사람이 없는데도 어깨를 움츠린 채 들어와서는, 마치 왕이 온다는 연락을 받지 못한 책임자가 왕을 그냥 극장 앞에서 줄 서게 내버려 두는 것처럼, 그곳이 자기 자리라는 듯 일부러 맨 구석으로 갔다. 그러고는 시선을 — 자신의 도착을 알리거나 특별 대우를 원치 않는다는 듯 — 양탄자 무늬나 스커트 무늬에만 고정하고는 가장 소박해 보이는 장소인, 그녀가 알지 못하는 캉브르메르 부인 곁에 가서 섰다.(만일 생퇴베르트 부인이 그녀를 보았다면 기쁨의 감탄사를 연발하며 그녀를 끌어내리라는 것을 잘 알았으므로.) 롬 부인은 옆에 앉아 있는 음악광의 몸짓을 바라보면서도 따라하지는 않았다. 그러나 생퇴베르트 부인 집에서 잠시 보내기로 한 이상, 자신이 두 배로 예의 바르게 보이기를 바라면서 가능한 상냥하게 대하려고 애썼다. 하지만 천성적으로 '과장'이라는 것을 끔찍이 싫어하는 그녀는, 자신이 속한 사단의 '스타일'과도 어울리지 않는 이런 감정 표현에 자신을 내맡겨서는 '안 된다는' 것을 보여 주고 싶었지만, 다른 한편으로는 이러한 표현이, 아무리 자신감 넘치는 사람이라 할지라도 새로운 환경과 접촉하면 — 비록 그 환경이 자신이 속한 환경보다 더 열등하다 할지라도 — 나타나는, 거의 소심함에 가까운 모방 정신이라고 할 수 있어서 마음이 흔들리지 않을 수 없었다. 그녀는 이런 몸짓이 지금 연주되는, 자기가 여태까지 들어온 음악 범주에 포함되지 않은 곡 때문에 불가피한 것은 아닌지, 오히려 가만히 있는 것이 작품에 대한 몰이해와 이 집 여주인에 대한 무례함을 증명해 보이는 것은 아닌지 생각하기 시작했다. 그리하여 자신의 모순된 감정을 표현하기 위한 '마지못한 타협안'으로, 때로는 옆에 앉은 그 열정적인 여자를 냉정한 호기심으로 살펴보면서 어깨 끈 고리를 끌어올리거나, 머리 스타일을 단순하면서도 멋있게 보이게 하려고 꽂은 다이아 박힌 산호 알이나 작은 분홍빛 칠보 알을 금발에 고정하는 것으로 만족하거나, 부채로 잠시 박자를 맞추거나 했는데, 그래도 자신의 독립성은 잃지 않으려고 곡 리듬을 따르진 않았다. 피아니스트가 리스트의 곡을 끝내고 쇼팽의 프렐뤼드를 연주하기 시작하자 캉브르메르 부인은 프랑크토 부인에게 전문가다운 만족감과 더불어 지난날에 대한 암시로 감동한 미소를 던졌다. 그녀는 젊은 시절 그 구불구불하고도 터무니없이 길게 뻗은 백조 목 같은 쇼팽의 악절을 어루만지는 법을 배웠는데, 그 악절은 그렇게도 자유롭고 유연하고 촉감이 생생해서 밖의 먼 곳, 처음 출발한 방향으로부터 아주 먼 곳에서, 사람들이 닿을 수 있으리라고는 전혀 기대하지 않았던 아득히 먼 곳에서 자신의 자리를 찾으며, 그 환상적인 일탈 속에서 유희하다가 더욱 결연히 돌아와서는 ─ 마치 크리스털 컵에서 울리는 소리가 보다 예상된 울림으로 보다 정확히 되돌아와 탄성을 자아내는 것처럼 ─ 당신의 가슴을 때린다.

사람들과의 교류가 거의 없는 시골 가정에서 자라 무도회에도 가 본 적 없는 그녀는, 작은 시골 성의 고독 속에서 모든 상상 속 커플들을 느리게 혹은 빠르게 춤추게 하면서 꽃잎처럼 하나하나 떠올리다가는, 호숫가 전나무 숲에서 바람 소리를 들으려고 무도회를 잠시 빠져나와서는, 갑자기 거기서 지금까지 꿈꾸어 오던 지상의 애인과는 전혀 다른 한 날씬한 젊은 남자가 흰 장갑을 끼고 노래하듯 낯설고 꾸민 목소리로 다가오는 것을 보면서 황홀해하곤 했다. 그러나 이제 쇼팽 음악의 아름다움은 유행에 뒤져 빛을 잃은 듯했다.* 몇 해 전부터 전문가들의 존경을 받지 못한 쇼팽 음악은 그 명성과 매력을 잃고 안목 낮은 사람들조차도 차마 말로는 고백하지 못하는 그런 하찮은 기쁨만을 느꼈다. 캉브르메르 부인은 그녀 뒤쪽으로 흘깃 시선을 던졌다. 그녀는 자신의 젊은 며느리가(화성악과 그리스어에 정통하며 전문 지식까지 지녀 이런 지적인 것만을 제외하고는 새 가족에 대한 존경심으로 가득 차 있는) 쇼팽을 경멸하며, 또 쇼팽을 연주하는 것을 들을 때마다 힘들어한다는 것을 알고 있었다.** 그러나 자기 또래 사람들과 멀리 앉아 있는 그 바그너 찬미자인 며느리의 감시로부터 멀리 떨어져 있었으므로 캉브르메르 부인은 감미로운 느낌에 몸을 내맡겼다. 롬 부인 역시 같은 것을 느꼈다. 음악에 타고난 소질은 없었지만, 십오 년 전에 포부르생제르맹의 피아노 선생에게서 레슨을 받은 적이 있었다. 그 천재적인 여인은 말년에 몹시 궁색해져 일흔 살이라는 나이에도 옛 제자들의 딸이나 손녀딸 들에

* 19세기 말에는 쇼팽에 대한 열기가 바그너와 라벨, 드뷔시로 대체된다.
** 캉브르메르 부인의 며느리인 젊은 캉브르메르 후작 부인은 르그랑댕의 여동생으로 '화성악과 그리스어'를 공부했으며 쇼팽을 싫어하고 바그너와 드뷔시를 좋아하는 아방가르드적인 취향을 보여 준다. 신분 상승에 대한 야심과 더불어, 콩브레의 지형도와 사교계 예술 취향과 연관 있는 인물이다.

게 다시 음악을 가르치기 시작했다. 이제 그분은 돌아가셨다. 하지만 그분의 연주법이나 그 고운 음색은 때때로 제자들의 손가락 아래서, 또는 그 밖의 것에 관해서는 아주 평범한 사람이 되어 음악도 내팽개치고 피아노도 거의 열지 않는 제자들의 손가락 아래에서조차 가끔 되살아났다. 그래서 롬 대공 부인은 자신이 거의 외우다시피 하는 이 프렐뤼드에 대해 피아니스트가 연주하는 방식을 올바로 감상하고 그에 합당하게 머리를 흔들 수 있었다. 그때 막 시작된 악절의 마지막 부분이 그녀 입술에서 저절로 흘러나왔다. 그녀는 "언제 들어도 매혹적(charmant)이야." 하고, 단어 첫머리 이중자음 '슈(ch)'를 세련되게 발음했는데, 그 단어를 발음할 때 자신의 입술이 예쁜 꽃송이처럼 낭만적으로 오므라지는 것이 느껴져, 순간 본능적으로 일종의 감상적이고도 아련한 빛을 눈길에 띄우면서 입술과 조화를 이루게 했다. 한편 갈라르동 부인은 롬 대공 부인을 좀처럼 만날 기회가 없어 유감스럽게 생각하고 있었는데, 대공 부인이 인사를 해 오더라도 응하지 않고 버릇을 가르쳐야겠다고 결심했다. 그녀는 사촌동생인 롬 부인이 그곳에 온 걸 아직 몰랐다. 그러다가 프랑크토 부인의 머리가 움직이면서 롬 부인의 모습이 보였다. 그러자 갈라르동 부인은 즉시 사람들을 밀치며 롬 부인에게 달려갔다. 하지만 롬 부인 집에 가면 마틸드 공주 전하와 코를 마주칠 정도로 가까이 지내는 사람들과는 아무 관계도 맺고 싶지 않으며, 롬 대공 부인이 그녀와 '동시대 사람'이 아니니까 자기 편에서 먼저 맞으러 가서는 안 된다는 사실을 모든 사람들에게 환기하려는 듯 거만하고 냉담한 태도를 취하면서, 그러나 다른 한편으로는 이런 거만하고 신중한 태도에 어떤 말을 덧붙임으로써 자신이 먼저 대공 부인 쪽으로 걸어간 것을 정당화하고 대공 부인으로 하여금 대화를 시작하게 하고 싶었다. 그래서 사촌인 롬 부인 곁에 이르자 갈라르동 부인은 굳은 얼굴로 '선택의 여지가 없다는' 듯 마지못해 손을 내밀고는 "네 남편은 어때?" 하고, 마치 대공이 중병이라도 걸렸다는 듯 걱정스러운 목소리로 말했다. 대공 부인은 그녀 특유의 웃음을 터트렸는데, 누군가를 비웃거나, 생기 있는 입술과 반짝이는 눈길로 얼굴 표정에 집중하며 자신을 더욱 아름답게 보이게 할 때 쓰는 방법이었다.

"아주 좋아요!"

그러고는 다시 웃었다. 그렇지만 갈라르동 부인은 몸을 뒤로 젖히며 다시 싸늘한 표정을 짓더니, 여전히 대공의 상태가 걱정된다는 듯 사촌에게 말했다.

"오리안,(이 말에 놀란 롬 부인은 웃으며, 눈에 보이지 않는 제삼자를 바라보듯 갈라르동 부인을 보았는데, 그녀에게 결코 세례명으로 자신을 부르는 것을 허락해 준 적 없다는 사실을 증명해 주기라도 바라는 것 같았다.) 내일 저녁 잠시 우리 집에 와서 모차르트의 클라리넷 5중주곡을 들어 주었으면 좋겠어. 네 의견을 알고 싶으니까."

그녀는 초대가 아니라 무슨 부탁을 하는 것처럼 보였는데, 마치 그 곡이 새로 들어온 요리사가 만든 음식이어서 요리사 재능에 대해 미식가의 견해를 듣는 것이 유용하다는 듯, 모차르트의 5중주곡에 대한 대공 부인의 의견을 필요로 하는 것처럼 보였다.

"하지만 전 그 5중주곡을 아는걸요. 당장에 말할 수 있어요. 제가 좋아하는 곡이라고요."

"하지만 우리 남편 건강이 별로 좋지 않아서…… 간이 나쁘거든. 그러니 자네를 보면 아주 좋아할 거야." 하고 갈라르동 부인은 이미 대공 부인에게 자기 집에서 열리는 저녁 파티에 나타나는 것이 대공 부인의 자선 임무라고 말하고 있었다.

대공 부인은 다른 사람 집에 가는 걸 싫어한다는 말을 하고 싶지 않았다. 그녀는 날마다 — 시어머니의 예기치 않은 방문이나 시동생의 초대, 오페라, 시골 야유회 탓에 — 저녁 파티에 못 가서 미안하다는 편지를 써 보냈지만, 그런 파티에 가려고 생각해 본 적은 전혀 없었다. 그렇게 해서 그녀는 많은 사람들에게, 그녀가 그들과 아는 사이이고 가능하면 기꺼이 그들 집에 와 줄 것이나 왕족에게만 있는 뜻밖의 일로 오지 못할 뿐이라고 믿게 하는 기쁨을 주었고, 한편 그들은 자기네 저녁 파티가 대공 부인의 그러한 일과 맞설 수 있다는 사실에 우쭐했다. 게다가 상투적인 말이나 판에 박힌 감정에서 벗어난, 메리메*에서 시작하여 메이야크**나 알레비***의 연극에서 최신

---

* 프로스페르 메리메(Prosper Mérimée, 1803~1870). 프랑스 작가이자 역사 유적 감독관으로 『잃어버린 시간을 찾아서』에서 여러 번 인용된다. 「일의 비너스」와 「콜롱바」, 「카르멘」이 대표작이며 간결한 문체의 스타일리스트다.
** 앙리 메이야크(Henri Meilhac, 1831~1897). 프랑스 극작가로 알레비와 함께 거리 연극을 여러 편 썼다. 오펜바흐의 희가극 작가이기도 하다. 대표작으로 「아름다운 헬렌」, 「파리의 삶」 등이 있다.
*** 프로망탈 알레비(Fromental Halévy, 1799~1862). 프랑스 작가이자 작곡가

표현을 찾아볼 수 있는, 그 민첩한 정신을 이어받은 재치 넘치는 게르망트 사단의 일원으로서 그녀는 이 정신을 사회 관계에도 적용하고 그녀의 예의범절로까지 옮겨 놓음으로써, 긍정적이면서도 정확하고 소박한 진실에 가까워지려고 노력했다. 그래서 그녀는 자기를 초대한 집 여주인에게 저녁 파티에 가고 싶다는 마음을 장황하게 늘어놓는 대신, 그 파티에 갈 수 있는지 없는지를 결정하는 몇몇 사소한 사실을 말하는 편이 더 친절하다고 생각했다.

"그런데 사정이 있어요." 하고 그녀는 갈라르동 부인에게 말했다. "내일 저녁에는 틈나는 날이면 꼭 들러 달라고 오래전부터 부탁해 온 친구 집에 가야 해요. 친구가 극장에라도 데리고 가면, 제가 아무리 댁에 가고 싶어도 갈 수 없을 거예요. 하지만 친구 집에서 시간을 보내는 거라면, 올 사람이 우리밖에 없다는 걸 잘 아니까 빠져나올 수 있을 거예요."

"그런데 자네 친구 스완 씨를 봤어?"

"아뇨, 제가 좋아하는 샤를이! 그가 여기 온 줄은 정말 몰랐네요. 절 보도록 해야겠네요."

"그 사람이 생퇴베르트 아주머니 댁에 오다니 이상한 일이군!" 하고 갈라르동 부인이 말했다. "그 사람이 '지적이라는(intelligent)' 건 나도 알지만……." 하고 그녀는 '모사꾼(intriguant)'이라는

로 「유대 여인」의 저자다. 1부 '콩브레'에서 블로크가 찾아왔을 때, 할아버지가 이 곡을 노래한다. 『잃어버린 시간을 찾아서』 1권 164쪽 주석 참조. 알레비는 냉소적이고 재기발랄한 파리 사람의 표상으로 간주되는데, 프루스트는 이 알레비의 아들인 다니엘 알레비와 고등학교 친구다.

의미로 그 단어를 택했다는 냄새를 풍기면서 "하지만 아무리 지적이라고 해도, 감히 유대인이 두 분 대주교님의 여동생이 자 제수씨인 집에 오다니!" 하고 덧붙였다.

"부끄러운 말인지는 모르지만 전 조금도 놀랍지 않은데요."

"그 사람이 개종했고, 또 그 사람 부모와 조부모도 이미 개종했다는 건 알지만, 그래도 개종자는 다른 사람들보다 더 자기 종교에 집착하고 겉으로만 그런 척하는 거라고 하던데, 안 그런가?"

"그 문제에 대해서는 전혀 아는 바가 없는데요."

피아니스트는 쇼팽의 곡을 두 개 연주하기로 해서, 프렐뤼드를 마치자마자 곧 폴로네즈를 시작했다. 하지만 갈라르동 부인이 사촌동생에게 스완이 와 있다는 걸 알린 후부터는, 부활한 쇼팽이 이곳에 와서 그의 전 작품을 연주했다 해도 그처럼 롬 부인의 주의를 끌지는 못했을 것이다. 인간을 두 종류로 나눈다고 하면, 그녀는 자기가 알지 못하는 사람에 대한 관심을 자기가 아는 사람에 대한 관심으로 대체하는 부류에 속했다. 포부르생제르맹의 많은 부인들처럼, 자기 사단에 속하는 누군가가 그녀가 있는 곳에 와 있으면, 그 사람에게 별다른 할 말이 없어도 나머지 모두를 희생해 가며 주의를 온통 그 사람에게만 쏟아부었다. 그 순간부터 대공 부인은, 스완이 자기를 알아보길 바라는 마음에서 쇼팽의 폴로네즈가 주는 감정과는 무관한 수많은 공모의 기호로 가득한 얼굴을, 마치 길든 하얀 생쥐에게 설탕 한 조각을 내밀었다 도로 집어넣었다 하는 것처럼, 스완이 있는 쪽으로 돌리다가 스완이 자리를 옮기면 동시에 그녀의 자기(磁氣) 띤 미소도 옮기곤 했다.

"오리안, 화내지 말아요." 하고 뭔가 기분 나쁜 소리를 하고 싶은 막연하고도 즉각적이며 개인적인 기쁨 때문에 언젠가는 사교계를 현혹하겠다는 희망을, 이 커다란 사회적인 희망마저 희생하지 않을 수 없었던 갈라르동 부인이 말을 이었다. "스완 씨라는 사람이 집에 초대할 수 없는 사람이라고들 하던데, 사실인가?"

"글쎄요⋯⋯. 사실인지 아닌지는 부인이 더 잘 아시겠네요." 하고 롬 대공 부인이 대답했다. "부인이 그분을 쉰 번이나 초대했는데 한 번도 오지 않았으니 말이에요."

그리고 그녀는 심하게 모욕받은 사촌 곁을 떠나면서 다시 웃음을 터뜨렸고, 그 웃음은 음악에 귀를 기울이던 사람들을 거슬리게 했지만, 예의상 피아노 곁에 남아 있던 생퇴베르트 부인의 주의를 끌었는데, 부인은 그제야 대공 부인을 알아보았다. 부인은 롬 부인이 병중인 시아버지를 간호하느라 아직 게르망트 영지에 있는 줄 알았기 때문에 그녀를 보자 더욱 반가워했다.

"어떻게, 대공 부인이, 여기 와 계셨나요?"

"네, 구석에 있었어요. 아주 아름다운 곡을 들었어요."

"그럼 오래전에 오셨단 말이에요?"

"그럼요, 오래전에. 하지만 아주 짧은 것같이 느껴졌어요. 단지 부인을 뵙지 못해서 길게 느껴졌지만요."

생퇴베르트 부인이 자기 안락의자를 롬 대공 부인에게 양보하려 하자 대공 부인이 대답했다.

"정말 괜찮아요. 왜 그러세요. 전 아무 데나 좋은걸요."

그러고는 귀부인다운 소박함을 조금 더 돋보이게 하려고 일부러 등받이 없는 작은 의자를 가리키며 말했다. "저 의자면 충분해요. 똑바로 앉게 해 줄 테니까요. 아! 이거 또 제가 소리를 냈군요. 이러다간 망신당하겠는걸요."

그동안 피아니스트가 속도를 두 배로 높여 음악의 감동은 절정에 달했고, 하인이 음료수를 쟁반에 받쳐 들고 다니다가 스푼 부딪치는 소리를 내자 생퇴베르트 부인은 매주마다 그러듯 물러가라고 손짓했지만 하인은 부인을 보지 못했다. 한편 젊은 여자로서 무감각한 태도를 취해서는 안 된다고 교육받아 온 최근에 결혼한 한 신부가 기쁜 미소를 지으면서, 이런 파티에 '자기를 초대해 준 데 대해' 감사하는 마음을 눈빛으로 표하려고 여주인을 찾고 있었다. 그러면서도 그녀는 그 곡을 불안하게 듣고 있었는데, 그래도 프랑크토 부인보다는 침착했다. 그녀가 불안하게 여긴 것은 피아니스트가 아니라 피아노였는데, 포르티시모를 칠 때마다 피아노 위에 놓인 촛불이 흔들려 전등갓에 불이 붙거나 자단나무에 얼룩이 질 것 같았기 때문이다. 마침내 그녀는 더 이상 참을 수 없어 피아노가 놓인 연단의 두 계단을 올라가 촛농 받침대를 치우려고 달려들었다. 손이 받침대에 닿으려는 순간 그 곡은 마지막 화음을 끝냈고, 피아니스트는 자리에서 일어났다. 그렇지만 젊은 여자의 대담한 행동과 그로 인한 그녀와 피아니스트 사이에 생긴 순간적인 혼란은 일반적으로 호의적인 반응을 자아냈다.

"대공 부인, 저 여자가 한 짓을 보셨습니까?" 하고 프로베르빌 장군이 롬 부인에게 인사하러 와서는 말했다. 생퇴베르트 부인은 잠시 그들 곁을 떠났다. "신기하군요. 저 여자도 예술가입니까?

"아뇨, 캉브르메르 부인의 새댁이에요." 하고 대공 부인은 경솔하게 대답하고는 급히 덧붙였다. "제가 들은 대로 옮긴 거예요. 어느 집 사람인지 전혀 감이 안 가지만, 제 뒤에서 하는 말을 들으니 생퇴베르트 부인네 시골 별장의 이웃이었다고 하는군요. 하지만 아는 사람이 아무도 없나 봐요. 정말 '시골 사람들'인 것 같아요. 게다가 장군님은 지금 여기 이 화려한 모임에 온 사람들과 친분이 두터우신지는 모르겠지만, 저는 이런 놀라운 사람들의 이름이 무엇인지 상상조차 할 수 없어요. 저들이 생퇴베르트 부인의 저녁 파티 밖에서는 어떤 생활을 하는지 생각해 보셨어요? 부인은 틀림없이 저들을 음악가나 의자, 음료수와 같이 들여왔을 거예요. '벨루아르* 가게에서 빌려온 이 손님들'이 훌륭하다는 걸 인정하세요. 부인은 매주 이런 엑스트라들을 빌릴 용기가 정말 있을까요? 설마 그럴리가요!"

"그런데 캉브르메르라면, 오래된 진짜 이름이지요." 하고 장군이 말했다.

"오래되었다는 점에 대해서는 저도 전혀 나쁘게 생각하지 않아요." 하고 대공 부인은 쌀쌀맞게 대답했다. "하지만 어쨌든 듣기 좋은(euphonique) 이름은 아니군요." 하고 그녀는 마치 인용

---

* 대연회가 있을 경우 벨루아르 가게는 명사들의 안락의자 뒤에 놓을 평범한 손님들을 위한 금색 의자를 빌려 주었다고 한다. 이런 의자만 빌리는 것이 아니라 손님도 빌렸을 것이라는 사교계 소문을 풍자하는 대목이다.

부호 안에 놓여 있기라도 하듯이 '듣기 좋은'이란 단어를 분리하면서, 게르망트 사단 특유의 약간 꾸며 낸 어조로 발음했다.

"어떠세요. 저 여자는 깨물어 줄 만큼 예쁘잖아요." 하고 캉브르메르 부인에게서 시선을 놓지 않던 장군이 말했다. "그렇게 생각하지 않으세요, 대공 부인?"

"지나치게 나서는 것 같군요. 그렇게 젊은 여자인 경우에는 보기가 좋지 않아요. 저하고 같은 시대 사람이라고는 생각되지 않으니까요." 하고 롬 부인은 대답했다.(갈라르동과 게르망트에 공통된 표현이었다.)

그러나 대공 부인은 프로베르빌 씨가 여전히 캉브르메르 부인에게서 시선을 떼지 않는 것을 보자, 절반은 그 여자에 대한 심술로, 절반은 장군에 대한 상냥함으로 덧붙였다. "보기가 좋지 않다고 말한 건…… 그녀 남편 입장에서 한 말이었어요! 무척 마음에 드신 모양인데…… 제가 저 여자를 잘 몰라서 안타깝군요. 알았으면 소개해 드렸을 텐데." 하고 대공 부인은 말했지만, 아마도 그 젊은 여자를 알았다 해도 그런 수고는 절대로 하지 않았을 것이다. "작별 인사를 해야겠군요. 제 친구 축일이라 가서 축하를 해 줘야 하니까요." 하고 그녀는 소박하고 진실된 어조로 말하면서, 자기가 지금 가려고 하는 사교계 모임을 지극히 따분하지만 의무와 동정에 못 이겨 가야 하는 단순한 의식으로 만들어 버렸다. "게다가 거기서 바쟁과 만나기로 했거든요. 제가 이곳에 있는 동안 바쟁*은 친구들을 보러

---

* 롬 부인의 남편으로 미래의 게르망트 공작이다.

갔어요. 그렇군요. 장군님도 아실 거예요. 다리 이름이기도 한 이에나* 씨 말이에요."

"처음에는 승리의 이름이었답니다, 대공 부인." 하고 장군이 말했다. "제 말은, 저처럼 늙은 직업 군인에게는 그렇다는 거죠." 하고 장군은 대공 부인이 본능적으로 눈을 돌리는 사이에 마치 붕대라도 바꾸듯 외알 안경을 닦으려고 안경을 벗으며 덧붙였다. "물론 이 제정시대 귀족**은 다릅니다만, 어쨌든 있는 그대로 받아들인다면 그들은 나름대로 훌륭한 사람들입니다. 요컨대 영웅으로서 싸운 사람들이니까요."

"저도 영웅에 대해서는 충분히 경의를 표해요." 하고 약간은 냉소적으로 대공 부인이 말했다. "제가 바쟁과 함께 이에나 대공 부인 댁에 가지 않은 것은 결코 그 때문이 아니에요. 단지 제가 그분들을 알지 못하기 때문이죠. 바쟁은 그분들을 잘 알고 또 아주 좋아한답니다. 오! 장군님이 생각하시는 그런 게 아니에요. 바람기 때문은 아니랍니다. 그런 거라면 제가 반대할 이유가 없거든요. 게다가 제가 반대해 봤자 무슨 소용 있겠어요." 하고 그녀는 침울한 목소리로 덧붙였다. 그도 그럴 것이 롬 대공이 그의 매력적인 사촌과 결혼한 바로 다음 날부터 줄곧 아내를 속여 왔다는 것은 세상 사람들이 다 아는 사실이었기 때문이다. "어쨌든 이번 경우는 아니에요. 그분들은 남편

---

* 이에나(Iéna)는 나폴레옹이 프러시아 군을 무찌른 전쟁터로, 나폴레옹의 승리를 기념하기 위해 그 이름을 딴 다리가 1813년 파리에 준공되었다.
** 제정시대 귀족은, 나폴레옹 1세와 국가에 충성한 사람들에게 귀족 칭호를 부여함으로써 생겨났는데, 세습적인 귀족들은 이들을 경멸했다.

이 전에 알던 분들이고, 덕을 많이 봤어요. 저도 썩 좋게 생각해요. 우선 남편이 그분들에 대해 한 말을 말씀드려 보면, 가구가 모조리 '제정시대'* 것이라고 하네요!"

"하지만 대공 부인, 그야 물론 조부모 때 가구니까 그렇겠죠."

"누가 아니래요. 그렇다고 해서 그게 덜 흉한 건 아니죠. 아름다운 것만 가질 수 없다는 걸 저도 잘 알아요. 하지만 적어도 우스꽝스러운 것은 갖지 말아야죠. 어떻게 생각하세요? 백조 머리로 장식된 욕조나 서랍장 같은, 그런 끔찍한 스타일보다 더 과장되고 더 부르주아적인 건 없다고 생각해요."

"하지만 그분 댁에는 아름다운 것들도 있는 걸로 아는데요. 무슨…… 조약을 조인하는 데 썼다는 저 유명한 모자이크 테이블이 있을 텐데요."

"아! 그야 역사적인 관점에서 본다면 흥미로운 것들이 몇 개 있을 거예요. 누가 아니라고 했나요. 하지만 그게 아름다울 수는 없다는 거죠. 끔찍하니까요. 그런 거라면 제게도, 바쟁이 몽테스큐** 가문에서 물려받은 것들이 몇 개 있답니다. 그런 것

---

* 여기서 제정시대란 나폴레옹이 통치하던 제1제정시대(1804~1814)를 가리킨다. 고대 유적에 대한 취향과 개선문, 주랑 같은(팡테옹이나 마들렌 성당) 건축물과 검이나 스핑크스, 독수리로 장식된 커다란 가구들이 주를 이루었다.

** 이 텍스트에서 말하는 몽테스큐(Montesquiou)는 프랑스 계몽주의 철학가 몽테스키외(Montesquieu, 1689~1755)와는 다른 인물이다. 많은 성직자들과 군인들을 배출한 유서 깊은 이 집안 출신 중 로베르 드 몽테스큐 백작은 프루스트의 오랜 친구이자 시인으로, 자신이 샤를뤼스의 모델이라는 걸 알자 프루스트와 절교했다. 이렇게 실제 인물이 갑자기 허구 인물 게르망트와 나란히 놓임으로써 '사실주의적인 효과'를 자아낸다.

들은 게르망트 집안 창고에 처박혀 있을 뿐 아무도 보지 않아요. 어쨌든 문제는 그게 아니에요. 그분들과 아는 사이라면, 저도 바쟁과 함께 그분들 댁에 달려가서는 스핑크스나 구리로 만든 것들 한가운데서 그들을 만나겠어요……. 하지만 전 그분들을 모르거든요! 어릴 때 전 노상 이런 말을 들어왔어요. 알지 못하는 사람들 집에 가는 건 실례라고요."* 하고 그녀는 어린애 같은 어조로 말했다. "그래서 전 배운 대로 하는 거예요. 알지도 못하는 사람이 집 안에 들어오는 걸 보면 그 충직한 분들이 어떻겠어요? 아마도 절 푸대접할걸요!" 하고 대공 부인은 말했다.

그러고는 교태를 부리듯이 장군을 바라보는 파란 눈망울에 꿈꾸듯 부드러운 표정을 띠면서, 이러한 추측이 자아낸 미소를 아름답게 장식했다.

"아! 대공 부인, 그분들이 기뻐하리라는 걸 잘 아시면서……."

"천만에요. 왜요?" 하고 그녀는, 자기가 프랑스에서 가장 지위 높은 귀부인 가운데 한 사람이라는 걸 모르는 척하려는 듯이, 또는 그 말이 장군 입에서 나오는 걸 듣는 기쁨을 느끼려는 듯이, 어쨌든 아주 활기차게 물었다. "왜죠? 어째서 그렇게 생각하시죠? 어쩌면 그들에게 가장 불쾌한 일이 될 수도 있을 텐데요. 전 잘 모르겠는걸요. 하지만 제 입장에서 판단해본다면, 제가 아는 사람들을 만나는 것도 벌써 이렇듯 싫증이

---

* 게르망트 부인의 화법 중 하나로, 그녀에게 있어 '안다'는 것은 자주 드나들며 친분을 쌓는다는 의미다.

나는데, 만일 제가 알지 못하는 사람들을 만나야 한다면 비록 그들이 '영웅적인 사람이라 할지라도' 저는 미칠 것 같은데요. 더욱이 우리가 아는 장군님 같은 옛 친구들은 문제가 다르지만, 영웅의 위대함이란 것이 사교계에서 누구나 가지고 다닐 수 있는 포켓북처럼 작아질 수 있는지는 잘 모르겠는데요. 만찬을 여는 것도 벌써 싫증이 나는데, 만일 식탁으로 안내하기 위해 스파르타쿠스* 같은 이에게 팔을 내밀어야 한다면…… 아니, 정말이지, 비록 열네 번째 손님을 맞아야 한다 해도 저는 베르생제토릭스** 같은 분에게는 오라고 손짓하지 않겠어요. 그런 분은 대연회를 위해 따로 남겨 둘 거예요. 그런데 저는 대연회는 열지 않거든요."

"아! 대공 부인, 부인께서는 그저 게르망트인 게 아니시군요. 부인께는 게르망트의 재치가 넘치는군요!"

"사람들은 언제나 게르망트 사람들의 재치***라고 말들 하지만 저는 결코 그 이유를 모르겠어요. 장군님은 우리 말고 '다른 재치있는 사람들'도 아시나요?"라고 그녀는 즐거운 웃음

---

* 로마 제국에서 노예들이 반란을 일으켰을 때 우두머리였다.
** 골루아 족 우두머리로 로마 제국의 카이사르에 대항해 영웅적으로 싸웠지만 패배했다.
*** 여기서 게르망트 사람들의 재치라고 옮긴 l'esprit des Guermantes에서 프랑스어의 '에스프리(esprit)'는 재치 또는 정신이라는 의미다. 생각하고 말하고 보고 행하는 모든 삶의 방식과 관계된다는 점에서는 '재치'보다는 '정신'이 더 적합해 보이지만, 이 문단에서는 보다 작은 의미의 재치를 뜻해 이렇게 옮긴다. 그러나 다른 부분에서는 문맥에 따라 '정신'이나 '재치'로 자유롭게 옮기고자 한다.

을 잔잔한 물결처럼 뿌리면서 활기라는 망에 얼굴 특징들을 집중해 한데 모았고, 두 눈은 반짝반짝 빛나며 기쁨으로 환하게 불타올랐는데, 비록 그 말이 그녀 입에서 나왔다 할지라도 그녀 재치나 미모를 찬양하는 말에만 그렇게 그녀를 빛나게 하는 힘이 있었다. "자, 저기 스완이 장군님의 캉브르메르에게 인사하는 모양이군요. 저기, 생퇴베르트 아주머니 옆에 앉아 있네요. 안 보이세요! 소개해 달라고 스완에게 부탁해 보세요. 서두르세요, 그가 가려는 것 같으니!"

"스완의 안색이 얼마나 끔찍한지 보셨습니까?" 하고 장군이 말했다.

"우리 샤를! 아, 드디어 그가 오는군요. 절 만나고 싶어 하지 않는 게 아닌가 하고 걱정했는데."

스완은 롬 대공 부인을 아주 좋아했다. 그리고 그녀 모습이 콩브레 근교에 있는 게르망트 영지를, 그가 그토록 좋아하지만 오데트 곁을 떠날 수 없어 돌아가지 못하는 그 고장 전체를 떠올리게 했다. 반은 예술가답고 반은 여자의 환심을 사는 신사 같은 태도로 그는 대공 부인을 기쁘게 할 줄 알았고, 또 잠시 동안 자신의 옛 분위기에 다시 젖어 들 때면 그런 태도를 자연스럽게 되찾았으며 다른 한편으로는 전원에 대한 향수를 스스로도 느끼고 싶었다.

"아!" 하고 그는 이야기 상대인 생퇴베르트 부인과 또 자기 말을 들어 주었으면 하는 롬 부인이 동시에 들을 수 있도록 낭송하듯 말했다. "매력적인 대공 부인이 오셨군요! 부인께서는 리스트가 작곡한 「새와 이야기하는 아시시의 성 프란체스코」

를 듣기 위해 게르망트에서 일부러 오시느라고, 귀여운 박새처럼 양벚나무와 산사나무 열매 몇 개를 따서 머리에 꽂을 시간밖에 없으셨군요. 아직도 이슬방울이 묻어 있고, 또 하얀 서리가 남아 있는 모습이 틀림없이 공작 부인*을 신음하게 만들었을 것 같군요. 정말 아름답군요, 친애하는 대공 부인."

"뭐라고요? 일부러 게르망트에서 오셨다고요? 그런 수고를 하시다니, 전 통 몰랐어요. 정말 몸 둘 바를 모르겠네요." 하고 스완의 재담에 익숙하지 않은 생퇴베르트 부인이 순진하게 소리쳤다. 그러고는 대공 부인의 머리 장식을 살펴보면서 "정말이군요. 흡사해요……. 뭐랄까, 밤 모양도 아니고……. 아! 그럴듯한 생각이에요. 그런데 대공 부인께선 우리 프로그램을 어떻게 아셨을까요! 음악가들이 제게도 알려 주지 않았는데……." 하고 말했다.

스완에겐 여인들 옆이면 정교한 화법으로 그들의 환심을 사는 언어를 구사하는 습관이 있었기 때문에, 사교계 사람들 대부분도 잘 이해하지 못했는데, 그는 자신이 은유적인 표현을 했다는 것을 생퇴베르트 부인에게 구태여 설명하지 않았다. 한편 대공 부인으로 말하자면, 스완의 재치가 그들 사단에서 높은 평가를 받고, 또 자신에 대한 인사말에서도 지극히 세련된 우아함과 참을 수 없는 익살이 느껴져 웃음을 터뜨리기

---

* 나중에 시아버지인 게르망트 공작 사후 남편 바쟁이 게르망트 공작이 되면서 롬 대공 부인은 게르망트 공작 부인이 된다. 그러나 「스완의 사랑」에서는 아직 롬 대공 부인이다. 그러므로 여기서 공작 부인이란 시어머니를 가리킨다.

시작했다.

"그래요, 샤를, 내 조그만 산사나무 열매가 당신 마음에 든다니 기뻐요. 그런데 저 캉브르메르 부인에게는 왜 인사하는 거예요? 당신도 저분의 시골 이웃인가요?" 생퇴베르트 부인은 대공 부인이 스완과의 담소에 만족해하는 걸 보자 그 자리를 떠났다.

"하지만 부인께서도 그녀의 이웃이랍니다, 대공 부인."

"내가요? 그런데 저 사람들은 곳곳에 '시골 별장'을 둔 모양이군요! 나도 그들 같으면 좋겠어요!

"캉브르메르네 사람을 두고 하는 말이 아니라, 저 여자 친정에 대해 하는 말입니다. 저 여자는 르그랑댕 양으로 콩브레에 자주 왔었죠. 부인께서는 콩브레 백작 부인이며 또 교회 참사회가 부인께 소작료를 내야 하는 것을 알고 계신지 모르겠습니다."

"교회 참사회가 내게 무엇을 내야 하는지는 몰라도, 내지 않아도 될 100프랑을 해마다 사제한테 뜯기는 건 알아요. 어쨌든 캉브르메르라니 무척이나 놀라운 이름이군요. 제때 끝나지만 끝이 안 좋아요."* 하고 그녀는 웃으면서 말했다.

---

* 캉브르메르는 노르망디에 실제로 존재하는 마을 이름이다. 그러나 여기서는 캉브르메르라는 이름이 음성학적으로 '캉브론(Cambronne)'의 onne과 욕설로 쓰이는 '메르드(merde)'의 de가 각각 생략되어 만들어진 합성어처럼 느껴진다는 것을 암시한다. 그리고 이러한 합성어의 기원에는 실제 인물인 캉브론 장군(Cambronne, 1770~1842)이 전투에서 적군에 포위되어 항복을 강요받았을 때 '메르드(똥)'라고 외쳤다는 데에서 연유한다.

"시작도 더 나을 건 없지요." 하고 스완이 대답했다.

"사실 그 이중 생략이……."

"첫 번째 단어를 끝까지 말하려 하지 않다니 틀림없이 몹시 화가 났으면서도 예의 바른 사람인가 봐요."

"그렇지 않고서야 두 번째 단어를 시작할 수 없으니까요. 한 번에 끝을 내려면 차라리 첫 번째 단어로 끝내는 게 더 좋았을 텐데. 어머나, 우리는 멋진 취향의 농담을 하고 있군요. 그건 그렇고 샤를, 당신을 요즘 통 만날 수 없으니 얼마나 쓸쓸한지." 하고 그녀는 어리광 부리는 투로 말했다. "당신하고 이야기하는 게 정말 좋아요. 저 바보 같은 프로베르빌은 캉브르메르가 얼마나 놀라운 이름인지도 알아듣지 못하더라니까요. 삶이 얼마나 끔찍한지 당신도 인정할 거예요. 제가 따분하게 느끼지 않는 건 당신을 만날 때뿐이에요."

어쩌면 사실이 아니었는지도 모른다. 그러나 스완과 대공 부인은 삶에서 작은 일상적인 일에 대해서는 판단하는 방식이 같았으며, 그 결과 — 그것이 원인이 아니라면 — 그들의 표현 방식과 발음하는 방식에 이르기까지 아주 비슷했다. 그들의 목소리가 아주 달랐기 때문에 이러한 유사함은 금방 눈에 띄지는 않았다. 그러나 만일 누군가 스완의 말을 감싸는 울림과, 소리가 새어 나오는 수염을 제거해서 생각할 수만 있다면, 구절이며 억양이 똑같은 게르망트 사단의 표현법이라는 걸 알 수 있었다. 중요한 일에 대해서는 스완과 대공 부인은 전혀 다르게 생각했다. 하지만 스완이 슬픔에 사로잡혀 울음을 터트리기 전의 전율 같은 것이 자꾸만 느껴지면서부터는,

살인자가 자신의 범죄를 말하고 싶어 하듯 이 슬픔에 대해 말하고 싶은 충동에 사로잡혔다. 대공 부인이 삶이 끔찍하다고 말하는 것을 들었을 때, 스완은 부인이 마치 오데트 이야기라도 한 듯 마음이 진정되었다.

"아! 정말 그렇습니다. 삶은 끔찍합니다. 내 소중한 친구분, 우리는 자주 만나야 합니다. 부인과 함께 있어 좋은 점은 바로 부인이 쾌활하지 않다는 겁니다. 함께 저녁 시간을 보낼 수 있을 겁니다."

"저도 그렇게 생각해요, 게르망트에 한번 안 오시겠어요? 시어머니께서 아주 좋아하실 거예요, 형편없는 곳으로 알려졌지만 그 고장이 그렇게 제 마음에 들지 않는 건 아니랍니다. 전 '그림 같은' 고장은 아주 싫어하니까요."

"그건 그렇습니다. 그곳은 멋진 곳입니다." 하고 스완이 대답했다. "지금의 저에게는 너무 아름답고 너무 활기찬 곳이지요. 행복하기 위한 고장이지요. 아마도 제가 거기서 산 적이 있기 때문이겠지만, 그곳에선 모든 것이 그토록 많은 이야기를 해 주니까요. 한 가닥 바람만 불어도, 밀밭의 밀이 흔들리기 시작만 해도, 누가 오는 것 같고 무슨 소식을 받을 것만 같고……. 또 물가의 작은 집들 하며. 전 불행할 겁니다!"

"오! 샤를, 조심해요. 저 끔찍한 랑피용 부인이 날 봤어요. 숨겨 줘요. 저 여자한테 무슨 일이 있었는지 생각나지 않는군요. 딸인지 아니면 애인인지를 결혼시켰다던가, 잊어버렸어요. 아니면 두 사람을…… 같이…… 아! 이제 생각났어요. 남편인 대공에게 이혼당했어요. 나한테 말하는 척하세요. 저 베레니스*가 날 만찬에 초대하러 오지 않게. 게다가 난 가 봐야 겠어요. 이거 봐요, 샤를, 우리가 모처럼 만났는데, 제가 당신을 납치해서 파름 대공 부인 댁으로 모시고 가면 어때요? 부인이 무척 좋아하실 거예요. 바쟁도 거기서 만나기로 했고. 메메가 가끔 당신 소식이라도 전해 주지 않는다면…… 제가 당신을 전혀 보지 못한다는 게 말이나 돼요!"

스완은 거절했다. 생퇴베르트 부인 댁에서 나오면 집으로 곧장 들어가겠다고 샤를뤼스에게 미리 말해 두었으므로, 저녁 파티 중 하인이 소식을 가져올지도 몰랐고, 또 어쩌면 자기 집 문지기를 찾아갈지도 몰랐기 때문에 이렇게 줄곧 기다리는 소식을 파름 대공 부인 댁에 가느라 놓치고 싶지 않았다. "가엾은 스완." 하고 롬 부인은 그날 밤 남편에게 말했다. "언제나 친절한 사람인데, 아주 불행해 보이더군요. 당신도 곧 보게 될 거예요. 며칠 안에 저녁 식사 하러 온다고 약속했으니까요. 그처럼 총명한 남자가 그런 여자 때문에 고통 받다니, 우스운 일이에요, 사람들이 바보라고 하는 걸 보면 별다른 관심도 끌 만한 여자가 못되는 것 같은데." 하고 그녀는 사랑하지 않는 사람의 지혜, 즉 그럴 만한 가치가 있는 사람을 위해서만 불행해져야 한다는 지혜로 말했다. 말하자면 어째서 콜레라균 같은 그렇게도 작은 미생물 때문에 고통을 받아야 하는지 놀라는 것과도 같았다.

---

* 프랑스 고전주의 작가 라신의 비극에 나오는 여주인공으로, 예루살렘을 정복한 티튀스 황제 때문에 로마로 오지만 로마인의 반대로 황제와 결혼하지 못한다.

스완은 떠나고 싶었다. 하지만 막상 나오려고 하는 순간, 프로베르빌 장군이 캉브르메르 부인에게 인사시켜 달라고 해서 그녀를 찾으러 장군과 함께 살롱으로 다시 돌아가야 했다.

"이봐요, 스완. 나는 야만인들에게 학살당하기보다는 저 여자 남편이 되는 편이 더 낫다고 생각하는데, 어떻게 생각하오?"

"야만인에게 학살당하다."라는 말이 스완의 가슴을 아프게 찔렀다. 그러자 장군과 대화를 계속하고 싶다는 생각이 들었다.

"아!" 하고 그가 말했다. "그렇게 생을 마친 훌륭한 사람들도 많이 있습니다. 이를테면, 잘 아시겠지만, 뒤몽 뒤르빌*이 유해를 가져온 항해사 라 페루즈** 같은 이 말입니다.(스완은 마치 오데트 이야기라도 하는 것처럼 벌써 기분이 좋아졌다). 그분은 아주 훌륭한 사람으로, 관심이 갑니다."

"아! 그렇군요. 라 페루즈." 하고 장군이 말했다. "알려진 이름이죠. 같은 이름의 거리도 있고요."

"혹시 라페루즈 거리에 아는 분이라도 계십니까?" 하고 스완이 설레는 가슴으로 물었다.

"저 선량한 쇼스피에르의 누님 되시는 샹리보 부인밖에는 알지 못합니다. 요전 날 저녁 아주 재미있는 연극 파티를 베풀

---

* Dumont d'Urville(1790~1842). 프랑스 항해사로 1788년 바니코르 섬에서 좌초한 라 페루즈의 잔해를 발견하는 임무로 파견되었다.
** 장프랑수아 드 갤럽 라 페루즈(Jean-François de Gallop la Pérouse, 1741~1788). 프랑스 해양 탐험가로 태평양 연안을 탐사하다 오스트레일리아 보트니아 만에서 소식이 끊겼다. 1828년 바니코로 섬 해안에서 뒤몽 뒤르빌이 배의 잔해를 발견했다.

어 주셨죠. 두고 보세요, 언젠가는 아주 우아한 살롱이 될 겁니다."

"아! 그분이 라페루즈 거리에 사시는군요. 호감 가는 거리죠. 아름답고 쓸쓸하죠."

"천만에요. 한동안 그곳에 가 보지 않으셨나 봅니다. 이제는 쓸쓸하지 않습니다. 그 구역 일대에 계속 집이 들어서고 있으니까요."

마침내 스완이 프로베르빌 씨를 젊은 캉브르메르 부인에게 소개하자, 장군의 이름을 처음으로 들어 본 그녀는 집안사람들이 장군의 이름 외에 다른 이름은 전혀 말해 준 적 없는 것처럼 기쁜 한편 놀란 미소를 지었다. 시댁 친척들을 잘 알지 못하는 그녀는 소개받는 사람마다 그 친척 중 한 사람인 줄 알고, 자기가 결혼한 후부터 자주 들어 본 이름인 척하는 것이 슬기롭게 처신하는 것이라 생각하고는 망설이듯 손을 내밀었는데, 그런 태도는 그녀가 극복해야 한다고 배운 수줍음과 동시에 그 수줍음을 이겨 낸 데서 오는 본능적인 친밀감을 보여 주었다. 그녀는 자신의 시부모를 지금껏 프랑스에서 가장 훌륭한 분이라 여겼고, 시부모는 그녀가 천사 같다고 떠들어 대면서 더 나아가 그녀의 막대한 재산보다 오히려 그녀의 이런 장점에 끌려 아들과 결혼시켰다는 걸 보여 주고 싶어 했다.

"부인의 영혼이 음악가라는 걸 알 수 있군요." 하고 장군이 무의식적으로 조금 전 촛불 사건을 암시하며 말했다.

그러나 음악이 다시 시작되었고, 스완은 프로그램의 새 곡이 끝나기 전에는 이곳을 떠날 수 없다고 생각했다. 그런 사람들 가운데 갇혀 있는 것이 고통스러웠고, 그들의 어리석음과 우스꽝스러움이 더욱더 마음 아팠다. 그들은 그의 사랑을 알지 못했으며, 설사 안다 해도 전혀 관심이 없을뿐더러 어린애 같은 장난이라고 웃음을 터트리거나 미친 짓이라고 한탄하면서, 그의 사랑을 그에게만 존재하는, 외부 그 무엇도 그 현실성을 확인해 주지 않는 그런 주관적인 상태로만 보이게 했기 때문이다. 오데트가 결코 오지 않을 이곳에서, 아무도 아무것도 오데트를 알지 못하는 이곳에서, 그녀가 완전히 부재하는 이곳에서 자신의 유배를 연장하는 것이 너무도 고통스러워 음악마저도 그에게 소리 지르고 싶은 충동을 일으킬 정도였다.

그러나 갑자기 그녀가 들어온 것처럼, 그 출현이 얼마나 찢어지는 듯한 아픔을 주었던지, 스완은 가슴에 손을 가져가지 않을 수 없었다. 바이올린이 고음으로 올라가 마치 무엇을 기다리듯 머물러 있었다. 기다림은 오래 지속되었고, 바이올린은 자신이 기다리는 대상이 누구인지를 이미 알아보고, 대상이 다가오길 기다리는 흥분 속에서, 자기 곁에 도착할 때까지 기다리다가 숨지기 전에 그 대상을 맞이하려는 듯, 또는 놓으면 금세 닫히는 문을 간신히 지탱하듯 마지막 힘을 다해 그 대상이 지나갈 수 있도록 잠시 길을 열어 주기 위한 절망적인 노력으로 고음을 이어 갔다. 스완이 그 곡을 알아보고 "뱅퇴유 소나타 소악절이구나, 듣지 말자!"라고 말하기도 전에, 오데트가 그를 좋아했던 시절의 모든 추억들이, 그때까지 그의 존재 가장 깊은 곳에 보이지 않도록 간직해 왔던 모든 추억들이, 사랑하던 시간의 그 갑작스러운 빛에 속아 사랑이 돌아온 줄 알고 잠에서 깨어나 날개를 치며 올라와서는 현재 그의 불행 따위는 아랑곳없이 잊어버렸던 행복의 후렴구를 미친 듯이 노래하기 시작했다.

이제까지 '내가 행복했던 시절' '내가 사랑받던 시절'이라는 추상적인 표현을 쓰면서도 별로 괴로워하지 않았던 것은 그의 지성이, 소위 과거의 본질이라고 부르면서도 실은 과거 그 어떤 것도 보존하지 않고 단지 요약된 부분만을 가두어 놓았기 때문이었는데, 그는 이 잃어버린 행복의 특별하고도 증발하기 쉬운 본질을 영원히 고정해 놓은 것들을 모두 되찾을 수 있었다. 그녀가 마차 안으로 던져 주어 그가 입술에 대고 돌아오던, 눈처럼 희고 곱슬곱슬하던 국화꽃잎들이며 "당신에게 편지를 쓰려니까 제 손이 너무 떨리네요."라는 구절을 읽었던 편지지에 도드라진 활자로 쓰인 '메종도레' 주소며, 그녀가 애원하는 얼굴로 눈썹을 모으면서 "제게 너무 늦게 소식을 주지는 않으시겠지요."라고 말하던 모습을 떠올렸다. 로레당과 닮은 그의 마부가 귀여운 여공 아가씨를 데리러 간 사이에 그의 '스포츠형 머리'를 손질해 주던 이발사의 고데기 냄새와, 그해 봄 그렇듯 자주 쏟아지던 소나기들, 그의 무개 사륜마차를 타고 달빛을 받으며 돌아오던 추웠던 귀갓길, 모든 정신적인 습관이나 계절의 인상 들, 살갗의 반응들, 그의 몸이 갇혀있던 단조로운 망 안에 몇 주 동안 펼쳐지던 그 모든 그물코들을 느꼈다. 그 무렵 그는 사랑으로 사는 사람의 쾌락을 맛보면서 관능적인 호기심을 만족시키고 있었다. 그는 그 정도로 끝나리라고 생각했지, 사랑의 고통을 알게 되리라고는 상상조차 못 했다. 그런데 지금은 어슴푸레한 달무리처럼 오데트의 매력을 길게 늘어트리는 이 지독한 공포감, 매순간마다 그녀가 한 일을 알지 못하고, 언제 어디서나 그녀를 소유할 수 없다는 이 커다란 고뇌에 비하면 그녀의 매력은 얼마나 하찮았던가! 아! 슬프게도 그녀가 외치던 목소리의 억양이 생각났다. "전 언제라도 당신을 볼 수 있어요. 전 언제나 시간이 있어요." 그런데 지금은 전혀 시간이 없었다. 스완의 삶에 대한 그녀의 관심이나 호기심, 그녀를 스완 집에 들어갈 수 있도록 호의를 베풀어 달라고 애원하던 — 그때는 귀찮은 방해물처럼 그가 두려워했던 — 그 열정적인 욕망이 생각났다. 그녀는 스완을 베르뒤랭 집에 데려가려고 얼마나 빌었던가. 또 한 달에 한 번씩 그녀가 그의 집으로 오는 것을 허락했을 때조차도, 그녀는 그가 굴복할 때까지, 그녀가 꿈꾸는 그러나 그에게는 그토록 귀찮은 두통거리로밖에 보이지 않은, 매일 만나는 습관이 가져다줄 기쁨에 대해 얼마나 여러 번 되풀이해서 말했던가! 그러나 그 습관이 그에게는 물리치지 못할 괴로운 욕구가 되었지만, 그녀 쪽에서는 오히려 혐오감을 느껴 결정적으로 버리지 않았던가! 그녀와의 세 번째 만남에서 그녀가 "왜 저를 자주 오게 내버려두지 않으세요?"라고 말했을 때 그는 웃으면서 여자의 환심을 사려는 듯한 몸짓으로 "고통 받을까 봐 겁이 나서요."라고 대답했는데, 그때 그는 자신이 진실을 말한다는 것을 깨닫지 못했다. 그런데 지금은 슬프게도! 그녀가 가끔 레스토랑이나 호텔에서 그곳 이름이 새겨진 종이에 편지를 써서 보내오는 일이 있었는데, 그것은 마치 그의 살갗을 타게 하는 불로 새긴 글자 같았다. "이 편지는 부유몽 호텔*에서 써 보낸 것 아닌가? 거긴 뭘 하러 갔지? 누구와 같이? 무슨 일이 있었을까?" 이탈리엥 대로의 가스등이 꺼지던 날 밤, 모든 희망을 포기하고 거리를 배회하는 그림자들 사이에서 헤매다가 그녀를 만났던 기억이 떠올랐다. 초자연적으로 보이던 그 날 밤은 사실 ─ 그 무렵 오데트에게는 그를 만나 같이 돌아가는 것보다 더 큰 기쁨이 없다는 것을 확신할 수 있었기에, 그녀를 찾아 헤매는 것이 그녀를 언짢게 하지나 않을까 물어볼 필요조차 없었던 시절의 밤 ─ 한번 문이 닫히면 결코 다시는 돌아갈 수 없는 신비로운 세계에 속했다. 그리고 스완은 이렇게 되살아난 행복 앞에서 꼼짝도 하지 않는 한 불행한 사람을 보면서 그가 누구인지 금방 알아보지 못하고 가엾게 여기며 눈물 가득한 모습을 보이지 않으려고 시선을 낮추어야 했다. 그 사람은 다름 아닌 자기 자신이었다.

그가 그런 사실을 이해하자 연민도 멈추었다. 그러나 스완은 그녀로부터 사랑받았던 또 한 명의 자신에게 질투를 느꼈다. 사랑이 들어 있지도 않은 사랑한다는 막연한 관념을, 사랑으로 가득한 국화꽃잎이나 메종도레 상호가 박힌 편지지로 바꾸어 버린 지금, 그가 예전에 별다른 고통 없이 자주 "그녀가 아마도 저들을 사랑하는지도 모르지."라고 중얼거렸던 사람들에 대해서조차도 질투를 느꼈다. 그러자 고통이 너무 격심해져서 손을 이마로 가져가 외알안경을 벗고는 알을 닦

---

* 파리 콩코르드 광장 근처에 있는 고급 호텔.

왔다. 이때 만일 그에게 자신의 모습이 보였다면, 그는 틀림없이 귀찮은 생각을 떨쳐 버리듯 손수건으로 김 서린 유리알을 닦으면서 근심을 지워 버리려고 애쓰던 그의 외알안경을, 그가 조금 전에 관찰했던 외알안경들의 목록에다 추가했을 것이다.

바이올린 소리에는 ── 만일 악기를 보면서 그 음을 꾸미는 이미지와 소리를 연결하지만 않는다면 ── 콘트랄토*로 노래를 부르는 어떤 목소리와 매우 비슷한 억양이 있어, 마치 한 여자 가수가 연주에 낀 듯한 착각을 준다. 눈을 들면 보이는 것은 중국 상자처럼 귀중한 바이올린 케이스뿐이지만, 그래도 이따금 사람 마음을 호리는 세이렌** 소리에 속아 넘어가는 것 같다. 때로는 흔들리는 마술 지혜 상자 밑바닥에서, 마치 성수반에 빠진 악마처럼 포로가 된 정령이 몸부림치는 소리가 들리는 것 같다. 때로는 한 초자연적인 순수한 존재가 허공에다 눈에 보이지 않는 메시지를 펼치며 지나가는 것 같다.

연주자들은 소악절을 연주한다기보다는 악절이 출현하기 위해 요구하는 의식을 거행하는 것처럼 보였고, 또는 혼을 불러내는 기적을 실현하고 잠시 그 기적을 연장하기에 필요한 주문을 읊조리는 듯 보여, 스완은 마치 악절이 자외선의 세계에 속하기라도 한 것처럼, 더 이상 그것을 볼 수 없었다. 그러

---

* 여성 음역 중 가장 낮은 소리.
** 반인 반어인 세이렌 요정이 아름다운 목소리로 뱃사람들을 홀려 배를 난파시킨 것처럼 바이올린도 인간 목소리인 것 같은 환상을 불러일으키며 청중을 홀린다는 비유다.

다 악절이 다가오는 것을 느끼자 일시적으로 실명한 듯, 그 안에서 변신의 신선함을 맛보았다. 스완은 마치 자신의 사랑을 지켜 주고 사랑의 속내를 들어 주는 여신이 청중 앞에서 자기 옆까지 와서는 외딴 곳으로 데려가 이야기하려고 소악절이 이런 음향의 모습으로 변장하여 나타난 것처럼 느껴졌다. 그리고 소악절이 향기처럼 가볍게 위로하듯 소곤거리며 그에게 해야 할 말을 하면서 지나가자, 그는 그 말 하나하나를 파헤치면서 말들이 그렇게 빨리 날아가 버리는 것을 안타까워하며, 무의식적으로 지나가는 그 조화로운 덧없는 몸에 입술을 갖다 대고는 입맞춤을 하려 했다. 악절이 그에게 말을 걸면서 낮은 목소리로 오데트에 대해 속삭여 줬으므로, 그는 더 이상 홀로 유형에 처했다는 느낌이 들지 않았다. 악절은 예전처럼 오데트와 자기를 알지 못한다는 인상을 주지 않았다. 그 악절은 그렇듯 자주 그들 기쁨의 증인이었으니까! 사실 소악절은 그러한 기쁨이 얼마나 부서지기 쉬운지 이미 여러 번 경고해 주었다. 그 무렵에는 악절의 미소나 마법에서 깨어난 투명한 억양 속에도 고통이 어렸음을 간파했는데, 지금은 오히려 거의 즐거운 체념이라 할 수 있는 우아함을 발견했다. 예전에 소악절이 말하던 슬픔은, 소악절이 미소 지으며 그 구불구불하고도 빠른 흐름 속으로 이끌어 가는 것을 바라보면서도 스완은 슬퍼하지 않았는데, 이제는 그 슬픔이 그의 것이 되어 버려 거기서 영영 벗어날 희망이 없어졌는데도 소악절은 마치 전에 행복을 얘기할 때처럼 그 슬픔에 대해 "이게 뭐란 말인가? 이 모든 것은 아무것도 아니야."라고 말하는 듯했다. 그리하여 스완의 생각은 처음으로 연민과 다정함이 폭발하는 가운데 자기와 마찬가지로 고통을 겪어야 했던 그 뱅퇴유를 향해, 그 미지의 숭고한 형제를 향해 기울었다. 그의 삶은 어떠했을까? 그는 어떤 고통의 밑바닥에서 이런 신과 같은 힘을, 창조의 무한한 권능을 길어 올릴 수 있었던 것일까? 소악절이 그의 고통의 공허함에 대해 말했을 때, 조금 전까지만 해도 그의 사랑을 하찮은 탈선으로밖에 여기지 않은 무관심한 자들의 얼굴에서 그런 사실을 읽은 것 같아 견딜 수 없는 것처럼 느껴졌는데, 지금은 오히려 그러한 사실에서도 다정함이 느껴졌다. 소악절은 반대로, 오래 지속되지 않고 순간적으로 존재하는 영혼 상태에 대해, 그 견해가 어떻든 간에 여기 모인 사람들이 생각하는 것처럼 실제 삶보다 덜 진지한 그 무엇이 아니라, 반대로 실제 삶을 훨씬 뛰어넘는, 그것만으로도 표현할 가치가 충분하다는 것을 알고 있었다. 이 내적인 슬픔의 매력을 소악절은 모방하고 재창조하려 했으며, 비록 그 매력을 느끼지 못하는 사람들에게 전달되지 못하거나 경박하게 보인다 할지라도 그 본질까지 포착하여 눈에 보이게 한 것이었다. 그리하여 소악절은 여기 모인 모든 이들에게 ─ 그들이 조금이라도 음악을 이해한다면 ─ 그 매력의 가치를 인식하고, 성스러운 부드러움을 맛보게 했는데, 나중에 그들이 실제 삶으로 돌아가면 그들 가까이에서 태어날 개별적인 사랑 각각에서는 그러한 매력들을 알아보지 못할 수도 있을 것이다. 소악절이 이런 매력을 짜 넣은 형식은 어떤 논리로도 풀 수 없었다. 그러나 거의 일 년 전부터 음악에 대한 스완의 사랑이 그 영혼의 모든 풍요로움을 드러내 보이면서 잠시 동안이라도 그의 마음속에 생겨난 이래, 그는 음악의 여러 모티프들을 다른 세계, 다른 질서의 진정한 관념으로 간주했다. 그 관념은 어둠의 베일로 싸여 아직껏 알려지지 않았고 지성으로도 뚫고 들어갈 수 없었지만, 그 하나하나가 완전히 구별되고 그 가치나 의미도 서로 완전히 달랐다. 베르뒤랭네 집에서 파티가 끝난 후에 소악절을 다시 연주하게 하면서, 어떻게 해서 이 소악절이 향기나 애무처럼 자신을 농락하고 감싸는지 풀어 보려고 했을 때, 그는 추위를 타듯 움츠러든 감미로운 느낌이 바로 소악절을 구성하는 다섯 음의 미세한 차이와, 그중에서도 특히 두 음의 지속적인 반복에서 비롯된다는 것을 깨달았다. 그러나 실제로는 자신의 성찰이 악절 자체를 대상으로 하지 않고, 베르뒤랭 부부를 알기 전 어느 저녁 파티에서 그가 처음으로 소나타를 들었을 때 지각한 그 신비로운 실체를 자신의 지성이 이해하기 편하도록 바꾸어 놓은 단순한 가치를 대상으로 한다는 사실도 알게 되었다. 그는 피아노에 대한 기억 자체가 음악의 요소들을 보는 관점을 왜곡한다는 것을, 음악가에게 열린 영역은 일곱 음의 초라한 건반이 아니라, 아직 거의 알려지지 않은 무한한 건반이라는 것을, 그리고 건반을 구성하는 애정, 정열, 용기, 평정의 수백 만 건반 중 단지 몇 개만이, 여기저기 아직 탐색되지 않은 채 짙은 어둠 탓에 분리되어서는, 하나의 우주가 다른 우주와 구별되듯 각각 서로 다른 모습으로 몇몇 위대한 예술가들에 의해 발견되었다는 것을 알게 되었다. 그들은 그들이 찾아낸 주제에 상응하는 감동을 우리 마음속에 일

깨우고, 우리 영혼이 허무나 무(無)로 여길 그 침투할 수 없는 절망적인 거대한 어둠 속에 우리가 알지 못하는 어떤 풍요로움이, 다양성이 감추어져 있는지 보여 주는 데 기여한다. 뱅퇴유는 그런 음악가 중 한 사람이었다. 그의 소악절은 이성의 관점에서 본다면 하나의 어두운 표면으로 보일지 모르지만 아주 조밀하고 뚜렷한 내용이 느껴졌고, 또 그 내용에도 아주 새롭고도 독창적인 힘을 부여해, 사람들은 지성의 관념과 동일한 평면에 그 악절을 간직했다. 스완은 소악절을 마치 사랑과 행복의 개념인 듯 되새겨 보았는데, 『클레브 공작 부인』*이나 『르네』**라는 소설 제목이 떠오를 때와 마찬가지로, 그 개념이 어떤 점에서 특별한지 단번에 알아볼 수 있었다. 소악절을 생각하지 않을 때에도, 비슷한 가치를 지니지 않은 어떤 다른 개념들, 이를테면 빛, 소리, 부조, 육체적 쾌락처럼 우리 내적 영역을 다양하게 하고 장식하는 풍요로운 재산 같은 자격으로 그의 정신 속에 잠재했다. 우리가 무로 돌아간다면 아마도 우리는 이러한 개념들을 잃을 것이고, 또 그 개념들도 사라질 것이다. 그러나 우리가 살아 있는 한, 우리 앞에 존재하는 어떤 실제적인 물건에 대해 우리가 알지 못한다고 말할 수 없듯, 예

---

* 17세기 프랑스 여성 작가 라파예트 부인, 마리마들렌 피오슈 드 라 베르뉴(Marie-Madeleine Pioche de Vergne, 1634~1693)의 작품으로, 프랑스 최초의 소설이면서 섬세한 심리 분석과 시대를 앞선 여성상의 제시로 많은 주목을 받았다.
** 19세기 프랑스 작가 프랑수아르네 샤토브리앙(François-René Chateaubriand, 1768~1848)의 소설로 정념의 열기와 목적 없는 삶의 우수를 노래한 낭만주의 대표작이다.

컨대 램프에 불이 켜져 방 안 물건이 완전히 변모하여 어둠의 기억마저 방에서 빠져나간다 해도 우리가 그 불빛의 존재를 의심할 수 없듯이, 그 개념들을 알지 못했다고 말할 수는 없을 것이다. 그리하여 뱅퇴유의 악절은 「트리스탄과 이졸데」*의 몇몇 주제 또는 어떤 감정적인 체험이 우리에게 보여 주듯, 죽어야만 하는 인간 조건과 결부되어 무언가 감동적이고도 인간적인 양상을 띠는 것이었다. 그 운명은 우리 영혼의 미래와 현실에 연결되어, 우리 영혼의 가장 특이하고도 가장 차별화된 장식 중 하나가 되었다. 어쩌면 허무가 진실이며, 우리 모든 꿈은 존재하지 않는지도 모른다. 그러나 그렇다면, 우리 꿈에 비해 존재하는 이런 악절이나 개념 들도 아무것도 아니어야 할 것이다. 우리는 죽어 갈 것이다. 그러나 우리에겐 우리 운명을 뒤따를 이 성스러운 포로들이 볼모로 있다. 그래서 이 포로들과 함께라면 죽음도 덜 비참하고, 덜 치욕스럽고, 어쩌면 덜 가능해지리라.

그러므로 소나타 악절이 실제로 존재한다고 믿은 스완의 생각은 잘못되지 않았다. 물론 이런 관점에서 본다면 악절은 인간적이었지만, 초자연적인 존재들의 세계에도 속했다. 이제까지 한 번도 본 적 없지만, 그럼에도 눈에 보이지 않는 세계의 탐색자가 이 성스러운 세계에 접근하여 그중 하나를 사로잡아서는 잠시 지상에서 빛나게 할 때면, 우리는 그것을 알아보고 매혹되는 법이다. 이것이 바로 뱅퇴유가 소악절을 통

---

* 11쪽 주석 참조.

해 이룬 것이었다. 스완은 작곡가가 악기로 소악절의 베일을 벗겨 우리 눈에 보이게 하고, 아주 부드럽고 조심스럽고 섬세하고 확실한 손길로 악절의 데생을 좇고 존중하는 데 만족함으로써, 음이 매순간 끊임없이 변조되어 어떤 음영을 나타내려고 할 때는 희미해졌다가, 또 어떤 대담한 윤곽을 좇아야 할 때는 다시 활기를 띠는 것이 느껴졌다. 그리고 스완이 악절의 실제 존재를 믿은 것이 잘못이 아니라는 또 다른 증거는, 만일 뱅퇴유가 사물을 보고 거기에 형태를 부여하는 데 힘이 부족해서, 이런 시각의 결핍이나 손길의 결함을 감추려고 여기저기 가공되지 않은 요소들을 덧붙였다면, 그런 속임수는 조금이라도 섬세한 음악 애호가라면 누구나 금방 알아차렸을 것이기 때문이다.

소악절은 사라졌다. 스완은 베르뒤랭 부인의 피아니스트가 언제나 건너뛰던 그 긴 곡조를 뒤잇는 마지막 악장 끝에 가면 소악절이 다시 나타난다는 것을 알았다. 거기에는 어떤 경이로운 관념들이 있었는데, 스완이 처음 들었을 때는 식별하지 못했지만 지금은 그의 기억 속 탈의실에서 새로운 곡이라는 변장한 제복을 벗어 버렸는지 그 부분을 지각할 수 있었다. 스완은 마치 필연적인 결론 속에 담긴 여러 전제들처럼, 그 악절의 구성에 들어갈 모든 분산된 주제에 귀를 기울였다. 그는 악절의 탄생에 참여했다. "어쩌면 라부아지에*나 앙페르**만

---

* 앙투안 로랑 드 라부아지에(Antoine Laurent de Lavoisier, 1743~1794). 프랑스의 유명한 화학자.
** 앙드레 마리 앙페르(André Marie Ampère, 1775~1836). 프랑스의 유명한

큰 천재적인 대담성을 지닌." 하고 그는 마음속으로 중얼거렸다. "뱅퇴유의 대담성은 미지의 힘이 지닌 은밀한 법칙을 실험하고 발견하면서, 자기가 믿지만 결코 보지 못할, 그런 눈에 보이지 않는 마차를 몰면서 단 하나의 가능한 목표를 향해 미개척지를 관통하고 있구나." 마지막 악장의 시작 부분에서 스완이 들은 피아노와 바이올린의 아름다운 대화는, 인간의 말을 없애면 환상이 지배할 것이라고 생각하기 쉽지만, 사실은 그런 환상마저 제거했다. 입으로 말해지는 언어가 이렇듯 완강하게 필연성이 되어 본 적이 없었으며, 이 정도로 적절한 질문과 명확한 대답 체계를 인식한 적도 없었다. 먼저 고독한 피아노 소리가 짝에게 버림받은 한 마리 새인 양 탄식했고, 바이올린이 그 소리를 듣고 옆 나무에 있는 듯이 대답했다. 마치 태초에 지상에는 아직 두 사람밖에 존재하지 않았다는 것처럼, 아니, 조물주의 논리에 따라 나머지 모든 것에는 닫힌 그 세계, 즉 소나타 세계에는 앞으로도 영원히 두 사람만이 존재한다는 것처럼. 그것은 한 마리 새인가, 아니면 아직은 불완전한 소악절의 영혼인가, 아니면 피아노 소리가 뒤이어 다정하게 탄식을 되풀이하는 저 눈에 보이지 않는 존재, 신음하는 요정인가? 피아노의 외침이 얼마나 갑작스러웠던지 바이올리니스트는 그 소리를 붙잡기 위해 활에 달려들어야 할 정도였다. 경이로운 새여! 바이올리니스트는 새에 마술을 걸고 길들여 사로잡고 싶어 하는 것 같았다. 새는 이미 바이올리니스트의 영혼

물리학자로 전자기학의 기초를 확립했다.

에 뛰어들었고, 이미 환기된 소악절은 바이올리니스트의 '신 들린' 몸을 마치 영매인 양 흔들었다. 스완은 소악절이 다시 한 번 말하리라는 걸 알았다. 그는 자신이 이분화되었다고 느꼈 으므로, 소악절과 대면하려는 절박한 순간에 대한 그의 기대 는, 아름다운 시구절이나 슬픈 소식이 우리 마음에 불러일으 키는 그런 흐느낌으로 그를 뒤흔들어 놓았다. 그러나 그 흐느 낌은 우리가 혼자 있을 때 터져 나오는 것이 아니라, 우리가 친 구들에게 자신을 타인처럼 여기며 알려 주는, 그리하여 이 타 인이 느낄지도 모르는 감동이 그들을 움직이게 하는 그런 것 이었다. 소악절이 다시 나타났다. 하지만 이번에는 허공에 매 달려 꼼짝하지 않은 채 아주 짧은 순간 연주되다가 곧 사라져 버렸다. 그래서 스완은 악절이 계속되는 극히 짧은 순간을 조 금도 낭비하지 않았다. 소악절은 무지갯빛 비눗방울처럼 아직 거기 그대로 떠 있었다. 마치 빛이 약해지고 낮아졌다가 다시 솟아오르며, 사라지기 직전에 한 번도 본 적 없는 광채를 발하 는 무지개 같았다. 소악절은 그때까지는 두 빛깔밖에 보여 주 지 않았으나, 갖가지 다른 빛깔의 현들을, 프리즘의 모든 현들 을 덧붙이면서 노래하게 했다. 스완은 꼼짝하지 않았다. 아무 리 사소한 몸의 움직임이라도 곧 사라지려는 이 초자연적이고 감미롭고 부서지기 쉬운 매력을 깨트려 버릴 것 같아, 다른 사 람들도 조용히 있어 주기를 바랐다. 사실 어느 누구도 말할 생 각을 하지 못했다. 그곳에 없는 유일한 사람, 어쩌면 고인이 된 (스완은 뱅퇴유가 아직 살아 있다는 걸 몰랐다.) 분의 '말로 표현할 수 없는 어떤 것'이 이 성직자들이 올리는 의식 위로 발산되면서, 삼백여 명의 마음을 꼼짝 못 하게 붙잡았고, 하나의 영혼이 불려나온 이 무대를 초자연적인 의식이 거행되는 가장 고귀한 제단으로 만들었던 것이다. 그리하여 마침내 소악절이 해체되고, 단지 파편적인 울림만이 이미 소악절에 뒤이어 나타난 모티프들 속에서 조각조각 떠돌아다닐 때, 순진하기로 정평이 난 몽트리앙데 백작 부인은 소나타가 미처 끝나지도 않았는데 자신의 느낌을 털어놓으려고 스완에게 고개를 기울였는데, 그 모습에 스완도 처음에는 짜증이 났지만 이내 미소를 짓지 않을 수 없었다. 어쩌면 그녀의 말 속에 그녀 자신도 의식하지 못하는 어떤 깊은 의미가 담겨 있는 것처럼 느껴졌기 때문이다. 연주가들의 묘기에 감탄한 백작 부인은 스완을 보고 "정말 굉장하군요. 이처럼 강렬한 연주는 결코 들어 본 적이 없어요⋯⋯." 그러나 정확하고자 하는 그녀의 세심함이 이 말을 수정하면서 이렇게 미뤄뒀던 조항을 덧붙였다. "회전 테이블* 이래로 이처럼 강렬한 것은 본 적이 없어요."

그날 저녁 이후로 스완은 그에 대한 오데트의 감정이 결코 되살아나지 않으리라는 것을, 또 행복에 대한 그의 희망이 더 이상 실현될 수 없다는 것을 깨달았다. 그래서 어쩌다 그녀가

---

* 1854년 이후 강신술과 더불어 나타난 단어인데, 테이블 위에 손을 얹고 있다 테이블이 움직이면 죽은 사람의 혼령이나 먼 곳에 있는 사람의 메시지가 전달된다고 믿는 것을 가리킨다. 신이나 영혼의 존재를 증명하는 데도 사용되었는데, 일반적으로 샤머니즘과는 달리 강신술에는 과학적인 설명이 뒤따르며, 이를 조직적으로 추구하는 심령 과학 분야와도 관계된다. 모파상이나 에드거 앨런 포의 작품에서 찾아볼 수 있다.

그에게 상냥하고 다정하게 대해 주거나 주의를 기울여 보일 때도, 잠시 자기에게로 돌아오는 척해 보이는 이 허울뿐인 거짓 시늉을, 마치 불치의 병에 걸려 마지막 날이 가까운 친구를 간호하면서, 피할 수 없는 죽음을 앞두어 무의미하다는 것을 알면서도 무슨 소중한 사실이라도 이야기하듯 "어제는 계산도 스스로 하셨고, 우리가 한 계산이 틀렸다는 것도 지적하셨고, 달걀 하나도 맛있게 드셨어요. 소화만 제대로 된다면 내일은 갈비를 드시게 해야겠어요."라고 말하는 사람들의 그 절망적인 기쁨으로, 측은함과 회의가 섞인 마음으로 바라보았다. 스완은 만일 그가 오데트로부터 멀리 떨어져서 산다 해도, 결국 그녀는 그에게 무관심한 존재가 되었을 것이고, 따라서 그녀가 영원히 파리를 떠난다 해도 그는 만족했을 것이며 파리에 남을 용기가 있었을 것이다. 그러나 떠날 용기는 없었다.

　스완은 자주 떠날 생각을 했다. 페르메이르에 관한 연구를 다시 시작한 지금, 적어도 며칠 동안이라도 헤이그*나 드레스덴,** 브라운슈바이크***에 다시 가야 했다. 그는 골드슈미트 경매 때, 마우리초이스 미술관이 니콜라스 마스의 작품으로 알고 구입한 「화장하고 있는 디아나」가 실제로는 페르메이르의 작품이라고 확신했다.**** 그래서 자신의 확신을 뒷받

---

* 네덜란드의 이곳 국립미술관 마우리초이스에는 렘브란트, 페르메이르(「터번을 쓴 소녀」), 루벤스, 할스 등의 작품이 소장되어 있다.
** 독일 남동부 작센 주 수도로 유럽에서 가장 훌륭한 미술관이 있다.
*** 독일 니더작센 주 중동부에 있는 도시로 많은 중세 유적이 있다.
**** 골드슈미트 경매는 1876년에 이루어졌다. 네덜란드의 미술관이 「화장하

침하기 위해 현장에서 그림을 연구해 보고 싶었다. 그러나 오데트가 파리에 있는 동안, 또는 오데트가 없을 때조차도 파리를 떠난다는 것은 너무도 잔인한 계획이었기에 — 습관 때문에 감각이 무디어지지 않는 낯선 곳에서는 고통에 다시 빠져들고 고통이 더 활기를 띠기 때문에 — 그는 자신이 그 계획을 결행할 결심을 결코 하지 못하리라는 걸 잘 알았으므로, 오히려 끊임없이 그 계획에 대해 생각할 수 있다고 느껴지는 것이었다. 그런데 가끔 그가 잠을 자는 동안 여행에 대한 생각이 되살아나 — 여행이 불가능했다는 것은 생각나지 않고 — 실현되는 경우가 있었다. 어느 날 그는 일 년 예정으로 여행을 떠나는 꿈을 꾸었다. 스완은 열차 승강구에서 역 플랫폼에 남아 작별 인사를 하며 울고 있는 젊은이에게 몸을 기울이며 함께 떠나자고 설득했다. 기차는 움직이기 시작했고 그는 불안한 마음으로 잠에서 깨어났다. 그는 자신이 떠나지 않았다는 것을, 그리고 오늘 밤이나 다음 날이나 거의 매일같이 오데트를 만날 것이라는 사실을 기억해 냈다. 그러자 방금 꾼 꿈의 감동에 아직 빠져 있던 그는, 자기를 독립적으로 만들어 주고, 덕분에 오데트 곁에 있을 수 있고 이따금 그녀를 만날 수 있게끔 허락해 주는 그 특별한 상황에 고마워하는 것이었다. 그는 자신의 모든 유리한 조건들을 요약해 보았다. 우선 그의 지위나 재산으로 말하자면, 그녀가 결별을 앞두고도 뒤로 물러

고 있는 디아나」를 니콜라스 마스(17세기 네덜란드 화가)의 작품으로 알고 구입했는데, 1907년에는 페르메이르의 작품으로 판명되었다고 한다.

서지 않을 수 없을 만큼 그녀가 자주 필요로 했던 것이다.(들리는 말에 의하면 그녀는 스완과 결혼하려는 속셈마저 품고 있었다고 했다.) 그리고 샤를뤼스와의 우정이 있었다. 사실 오데트의 사랑을 얻는 데 큰 도움이 되지는 않았지만, 그녀가 매우 높이 평가하는 그들 모두의 친구를 통해 스완은 그녀가 자신을 칭찬하는 말을 듣는 기쁨을 느꼈다. 그리고 마지막으로 오데트에게 별로 유쾌하지는 않겠지만 자신의 존재를 적어도 필요하게 만들려고 날마다 새로운 술책을 꾸미는 데 사용되는 그의 총명함이 있었다. 그는 만일 이 모든 것이 없었더라면 어떻게 되었을까 생각해 보았다. 만일 그가 다른 사람들과 마찬가지로 가난하고 비천하고 무일푼이었다면 무슨 일이든지 하지 않으면 안 되었을 것이고, 또는 부모님이나 아내에게 묶여 있었다면 오데트와 헤어져야만 했을 것이며, 아직도 공포가 생생한 저 꿈이 진짜가 되었을지도 모른다고 생각했다. 그는 중얼거렸다. "우리는 우리가 가진 행복을 알지 못한다. 우리는 스스로 생각하는 것만큼 그렇게 불행하지 않다." 그러나 그는 이런 생활이 이미 몇 해 전부터 계속되며, 그가 기대할 수 있는 것은 단지 이 생활이 언제까지나 계속되기를 바라는 것이며, 날마다 아무런 기쁨도 가져다주지 못하는 만남을 기다리느라 그의 연구나 쾌락, 친구, 결국에는 그의 삶마저 희생하게 될지도 모른다는 생각이 들었다. 그러자 그는 자신이 잘못 생각한 것은 아닌지, 그녀와의 관계를 미화하고 파국을 막아 온 것이 오히려 그의 운명을 해롭게 한 것은 아닌지, 그리고 바람직한 사건은 그가 꿈속에서만 일어났다고 그토록 좋아했듯 그 자신이 떠나는 것은 아닌지 자문해 보았다. 우리는 자신의 불행은 알지 못한다. 우리는 우리가 믿는 것만큼 그렇게 행복하지 않다고 그는 중얼거렸다.

때때로 그는 아침부터 저녁까지 밖에서 거리나 길을 쏘다니는 오데트가 무슨 사고라도 당해 고통 없이 죽어 주기를 바랐다. 그러나 그때마다 그녀는 건강하게 아무 탈 없이 돌아왔다. 인간의 몸은 아주 유연하고 강인하여, 온갖 주위 위험을 (그의 은밀한 욕망에 따라 계산해 보니 수도 없이 많았다.) 저지하고 예방해 주어, 많은 사람들이 매일같이 거의 벌도 받지 않고 거짓말이나 쾌락에 몰두할 수 있다는 사실이 그저 놀랍기만 했다. 스완은 자신이 좋아하는 벨리니가 그린 무함마드 2세*의 초상화를 아주 가까이 느꼈다. 이 인물은 여러 아내 중 한 아내를 거의 광적으로 사랑한다는 사실을 깨닫자 정신의 자유를 되찾으려고 그 아내를 단도로 찔러 죽였다고, 그의 베네치아 전기 작가가 순진하게 털어놓았다. 스완은 이렇게 자신만을 생각하는 것에 화가 났고, 그가 느껴 온 고통들이 오데트의 목숨을 이렇듯 헐값에 팔아 치우려는 이상 어떤 동정도 받을 가치가 없다고 여겨졌다.

그녀와 영원히 헤어질 수 없다면, 적어도 그녀와 헤어지는 일 없이 그녀를 만날 수만 있다면, 그의 고통도 진정되고 사랑도 사라졌을 것이다. 그리고 그녀가 파리를 떠나지 않기를 언

---

* 『잃어버린 시간을 찾아서』 1권 175쪽 주석 참조. 흔히 정복자 무함마드 2세로 불리는 이 오스만 제국 술탄은 비잔틴 예술의 최고봉인 터키 성 소피아 성당 파괴를 금지한 인물이다.

제까지나 바라는 한, 그 역시 그녀가 파리를 떠나지 않기를 바랐을 것이다. 어쨌든 스완은 오데트의 유일한 긴 부재가 해마다 8월과 9월 사이라는 것을 알고 있었으므로, 그 부재에 대한 쓰라린 생각을, 앞으로 다가올 모든 시간 속에 녹아들게 할 여유가 몇 개월 있다고 생각했다. 그런데 미리 그의 마음속에 간직하고 있던 이 시간은 현재 나날들과 똑같이 짜여 있어서, 슬픔이 계속되는 그의 마음속을 투명하고도 싸늘하게, 그러나 지나치게 심한 고통을 일으키는 일 없이 흐르고 있었다. 그런데 오데트의 말 한 마디가 스완의 마음속까지 쫓아와서는 이 내적인 미래, 이 빛깔 없는 자유로운 강물에 이르자, 마치 얼음 조각처럼 강물을 꼼짝 못 하게 하고 흐름을 단단하게 만들어 완전히 얼어붙게 하는 것이었다. 그러자 스완은 갑자기 거대하고 깨트릴 수 없는 덩어리가 그를 가득 채워 그의 존재 내벽을 짓누르고 마침내는 그를 폭발시키는 것처럼 느껴졌다. 오데트가 미소 머금은 앙큼한 눈초리로 그를 관찰하면서 이렇게 말했기 때문이다. "포르슈빌이 성신강림축일*에 멋진 여행을 간데요. 이집트로." 스완은 이 말이 "전 성신강림축일에 포르슈빌과 함께 이집트로 가요."라는 뜻임을 알아챘다. 아니나 다를까 며칠 후 스완이 "저, 요전에 말한 포르슈빌과 같이 간다는 여행 말이오." 하고 말하자 그녀는 엉겁결에 그만 "그래요, 우린 19일에 떠나요. 피라미드 사진을 보내 드릴게요."

---

* 부활절로부터 일곱 번째 일요일에 성령이 강림한 것을 기념하는 천주교 축일이다.

하고 대답했다. 스완은 오데트가 포르슈빌의 정부인지 아닌지를 알기 위해 그 사실을 그녀에게 물어보고 싶었다. 그녀는 워낙 미신을 잘 믿었으므로, 거짓 맹세 같은 것은 하지 않으리라는 것을 잘 알았고, 게다가 지금까지는 그런 질문을 해서 그녀를 화나게 하면 미움을 받지나 않을까 하는 두려움 때문에 참아 왔는데, 그녀의 사랑을 받을 것이라는 희망을 모두 잃은 지금 그런 두려움도 더 이상 존재하지 않았다.

　어느 날 그는 익명의 편지를 받았다. 거기에는 오데트가 수많은 남자들과(거론된 이름 중에는 포르슈빌과 브레오테 씨, 화가도 있었다.) 여자들의 정부였으며, 자주 사창가에도 드나들었다고 적혀 있었다. 그는 친구들 중에 이런 편지를 보낼 수 있는 사람이 있다고 생각하자 가슴이 아팠다.(편지에 적힌 몇몇 세부 사항들이 스완의 사생활에 대해 잘 아는 사람이 썼다는 걸 말해 줬기 때문이다.) 그는 편지를 쓴 사람이 누구일까 하고 찾아보았다. 하지만 그는 지금까지 한 번도 사람들의 알려지지 않은 행동이나, 그들의 말과 명백한 연관이 없는 행동에 대해서는 의심해 본 적이 없었다. 그래서 이러한 비열한 행위가 나올 수 있는 미지의 출처가 샤를뤼스 씨, 롬 씨, 오르상 씨의 표면적인 성격 이면에 숨겨진 것은 아닌지 하고 알아보려고 했을 때, 그들 중 어느 누구도 그 앞에서 익명의 편지에 나오는 사실을 인정하려 들지 않았고, 그들이 하는 말 역시 비난의 뜻을 담고 있었으므로, 그는 이 비열한 행위를 그들 중 특별히 어느 한 사람의 성격에 결부할 만한 이유를 찾지 못했다. 샤를뤼스 씨의 성격에는 약간 정신 나간 사람 같은 점은 있었지만, 그는 근본적으로 선량하고 다정했다. 롬 씨는 약간 냉정했지만 건전하고 곧았다. 그리고 오르상 씨로 말하자면, 아무리 슬픈 일이라 해도 그처럼 마음속에서 깊이 우러나오는 말과 조심스럽고 올바른 태도로 대하는 사람을 여태껏 본 적이 없었다. 그래서 스완은 오르상 씨와 어느 돈 많은 부인의 관계에 대해 사람들이 그에게 부여하는 그 좋지 못한 이미지를 이해할 수 없었고, 또 그를 생각할 때마다 그의 인품을 보여 주는 수많은 확실한 증거들이 이런 악평과는 일치되지 않았기 때문에 그런 평은 무시해 왔다. 한순간 스완은 머리가 멍해지는 것이 느껴져 빛을 약간 되찾으려고 다른 것을 생각했다. 그러다 용기를 내어 다시 그 생각으로 돌아갔다. 그러나 그때는 이미 아무도 의심할 수 없게 되었으므로, 모든 사람을 다 의심해야 했다. 어쨌든 샤를뤼스 씨는 스완을 좋아했고, 마음씨가 선했다. 그러나 그는 신경증 환자여서, 어쩌면 내일은 스완이 아프다고 생각하고 울어 줄지 모르나, 오늘은 질투나 분노, 또는 어떤 갑작스러운 생각 때문에 그에게 해를 끼칠지도 몰랐다. 요컨대 이런 인간이야말로 최악이다. 물론 롬 대공은 샤를뤼스 씨만큼 스완을 좋아하지는 않았다. 바로 그런 이유로 그는 샤를뤼스 씨처럼 스완에게 예민하게 반응하지 않았다. 게다가 그는 냉정한 성격으로 훌륭한 행동을 하지 못하는 만큼 비열한 짓도 하지 않았다. 스완은 자기 인생에서 이런 인간들밖에 사귀지 못한 것이 후회되었다. 이어 그는 인간이 이웃에게 해를 끼치지 못하는 것은 바로 선량함 때문이며 결국 자기와 본성이 비슷한 사람들만이, 이를테면 마음씨라는 관점에서는 샤를뤼스 씨 같은 사람만이 거기에 부합된다고 생각했다. 샤를뤼스 씨는 스완에게 아픔을 줬다는 생각만으로도 화를 냈을 것이다. 그러나 롬 대공처럼 다른 인간, 즉 무감각한 사람에게서는, 상이한 본질에서 비롯된 동기가 그를 어떤 행동으로 이끌고 갈지 어떻게 예측할 수 있단 말인가? 마음씨가 착하다는 것, 그게 전부다. 그리고 샤를뤼스 씨는 착했다. 오르상 씨도 착하지 않은 것은 아니었지만, 그와의 교제는 다정하기는 해도 친밀하지는 않았다. 그들은 모든 점에서 생각이 같아 함께 이야기할 때 즐거웠고, 좋건 나쁘건 간에 격정적인 행동을 할 수 있는 샤를뤼스 씨의 격앙된 애정보다는 편안했다. 스완이 언제나 자기를 이해해 주고 자상한 애정으로 사랑받는다고 느낀 사람이 있다면, 바로 오르상 씨였다. 그렇다, 그런데 그가 보내는 그 수치스러운 삶은? 스완은 그런 삶을 염두에 두지 않은 것을 후회했고, 자신이 농담 삼아 그런 너절한 족속들의 모임에 있을 때보다 더 깊은 공감이나 존경심을 느껴 본 적이 없다고 지껄였던 것을 후회했다. 그는 이제서야 자신과 가까운 사람을 판단할 때, 그 사람이 한 행동에 의거해서 판단해야 한다는 것이 아무 의미도 없는 말이 아니구나 하고 생각했다. 행동만이 의미 있지, 우리가 하는 말이나 생각하는 것은 전혀 아니다. 샤를뤼스와 롬 대공에게 이런저런 결점이 있을지는 모르지만 그들은 신의를 중히 여긴다. 오르상에게 그런 결점이 없을지는 모르지만, 신의 있는 사람은 아니다. 그는 한 번 더 잘못된 행동을 했을지도 모른다. 이어 스완은 레미를 의심했다. 사실 레미는 편지에 적힌 내용에 대해 암시만 해 주었겠지만, 이러한 가정이 잠시 그럴듯하게 여겨졌다. 우선 로레당에게는 오데트를 원망할 이유들이 여럿 있었다. 그리고 하인들이란 우리보다 못한 처지이기 때문에 우리 재산을 실제보다 몇 배나 크게 생각하고, 또 우리 결점에 가공할 만한 악덕을 부여하면서 우리를 시기하기도 하고 멸시하기도 하는데, 이런 그들이 숙명적으로 우리 사회의 인간들과 다르게 행동할 것이라고 어떻게 추측하지 않을 수 있단 말인가? 스완은 또 나의 할아버지도 의심했다. 스완이 할아버지에게 도움을 청할 때마다, 할아버지는 언제나 거절하지 않았던가? 할아버지는 부르주아에 대한 당신의 생각에 따라 당신이 스완을 위해 행동한다고 생각했을 것이다. 스완은 또한 베르고트, 화가, 베르뒤랭 부부를 의심했고, 의심하는 중 그런 예술가 패거리들과 사귀려고 하지 않는 사교계 사람들의 현명함에 한 번 더 감탄했다. 예술가들 패거리 사이에서는 실제로 그런 일이 일어날 수도 있고, 장난삼아 한 짓이라고 고백조차 했을 것이기 때문이다. 그러나 이들 보헤미안들의 정직한 모습도 생각났고, 그 모습을 돈이 궁하거나 사치에 대한 욕망, 퇴폐한 향락 때문에 귀족 사회가 흔히 끌려 들어가는 그런 임시방편의 삶, 거의 속임수라고 할 수 있는 삶과 대조해 보았다. 여하간 익명의 편지는 이런 악랄한 짓을 할 수 있는 사람이 그가 아는 사람 가운데 있다는 걸 증명해 주었다. 그러나 그는 왜 이런 악랄함이 냉정한 인간이나 다정한 인간, 부르주아나 예술가, 하인이나 대귀족 할 것 없이 모든 사람의 본성 제일 깊은 곳에 — 다른 사람에게 탐색되지 않는 — 감추어져 있는지 그 이유를 알 수가 없었다. 도대체 인간을 판단하기 위해서는 어떤 기준을 택해야 하는 것일까? 결국 스완이 아는 사람치고 이런 비열한 짓을 하지 않을 사람은 단 한 사람도 없었다. 그렇다면 그들 모두와 만나는 것을 그만두어야 한단 말인가? 그의 정신이 흐릿해졌다. 그는 두세 번 손을 이마에 갖다 대고는 손수건으로 코안경의 알을 닦았다. 그리고 자기와 수준이 같은 사람들 모두가 샤를뤼스 씨나 롬 대공, 그 밖의 다른 사람들과 자주 만난다는 것을 상기하면서, 이러한 사실은 그들이 비열한 짓을 할 수 없다는 것을 의미하지는 않지만, 적어도 살아가는 데 필요한 정도에 따라 그런 짓을 할 수 있는 사람들과 사귈 수밖에 없다는 걸 뜻한다고 자신을 설득했다. 그러고는 자기가 의심했던 친구들의 손을 계속해서 잡아야 했는데, 어쩌면 그들이 자기를 절망으로 내몰려고 한 짓인지도 모른다는 생각이 들어 순전히 의례적으로만 악수했다. 그는 편지 내용에 대해서는 그다지 걱정하지 않았다. 오데트에 대해 늘어놓은 비난 중 어느 하나도 사실로 보이지 않았기 때문이다. 사람들 대다수가 그렇듯, 스완에게도 나태한 면이 있었으며 창의력도 부족했다. 그는 인간 삶이 대립되는 요소들로 가득 차 있다는 것을 보편적인 진리라고 알고 있었지만, 개별적인 존재 각각에 대해서는 그가 모르는 삶의 어느 부분을 아는 부분과 같다고 생각했다. 그는 사람들이 말하지 않는 것을 말하는 것에 근거해서 그려 보았다. 오데트가 그의 곁에 있을 때, 그녀와 둘이서 누군가의 행동이나 비열한 감정에 대해 이야기를 나눌 때면, 그녀는 늘 스완이 부모님으로부터 가르침을 받아 왔고 스완 자신도 충실히 지키는 것과 동일한 원칙에 따라 그런 행동이나 감정을 비난했다. 그리고 그녀는 꽃을 돌보았고 차를 마셨으며 스완의 연구를 걱정해 주었다. 그래서 스완은 이러한 습관을 오데트의 나머지 다른 삶의 영역에까지 확대해, 그녀가 멀리 있을 때의 모습을 그려 볼 때에도 같은 몸짓만 계속 떠올렸다. 만일 누군가 그에게 그녀를 있는 그대로, 아니 오히려 오랫동안 그와 같이 있을 때 모습 그대로, 그러나 딴 남자 곁에서 보내는 모습을 그려 보였다면, 이 이미지는 사실임 직해 보여 그를 무척이나 고통스럽게 했을 것이다. 그러나 그녀가 사창가에 가서 다른 여자들과 난교 파티를 벌이고, 천박한 여자처럼 방탕한 생활을 한다고 누군가가 말했다면 얼마나 어처구니 없는 미친 소리로 들렸을 것인가! 다행히 기억 속 국화꽃이나 연이어 마시던 차, 정숙한 그녀가 분개하던 모습이 떠오르면서 그런 미친 소리가 남아 있을 자리는 전혀 없었다. 다만 이따금씩 악의로, 그녀가 하는 짓을 하나도 빠짐없이 그에게 말하는 사람이 있다는 걸 슬쩍 비추곤 했다. 그가 우연히 알게 된 하찮은 일이긴 하지만, 틀림없는 사실인 어떤 세부적인 것을 제때 꺼내, 마치 그것이 그가 마음속에 간직한 오데트의 총체적인 삶을 구성하는 많은 것들 중 본의 아니게 빠져나온 작은 조각 하나에 불과하다는 듯이 보여 줌으로써, 실제로는 그가 알지도 못하고 의심도 해 본 적 없는 일들에 관해 그가 환히 아는 것처럼 믿게 하려고 했다. 왜냐하면 스완이 자주 오데트에게 진실을 날조하지 말라고 간청한 것은, 사실이 그러하든 그러하지 않든 간에 결국에는 오데트 자신이 그녀가 하는 일을 모조리 그에게 실토하게 하려는 것에 지나지 않았기 때문이다. 물론 그가 자주 오데트에게 말해 왔듯이 그는 솔직함을 좋아했지만, 자기 정부의 생활에 대해 모든 것을 다 알려 줄 수 있는 포주의 솔직함을 더 좋아했다. 그러므로 그의 솔직함에 대한 사랑도 이해타산에서 벗어나지 못했으므로, 그를 더 훌륭한 사람으로 만들어 주지는 못했다. 그가 소중히 여기는 진실이란 오데트가 그에게 말해 줄 진실이었다. 그런데 그는 이러한 진실을 손에 넣기 위해서라면, 그가 늘 오데트에게 인간 타락의 원인이라고 말해 온 거짓말에 의존하는 것도 마다하지 않았다. 요컨대 그는 오데트보다 더 불행했지만 그녀 못지않게 이기주의자였으므로, 그녀와 똑같이 거짓말을 했다. 한편 오데트는 자신이 한 짓을 스완이 이야기하는 걸 들으면서 부끄러워하거나 낯을 붉히지 않으려고, 그를 경계의 눈초리로 바라보면서 무턱대고 성난 표정을 지어 보였다.

어느 날 저녁, 질투의 발작 없이 평온하게 지낼 수 있었던 가장 긴 시기에, 스완은 롬 대공 부인과 함께 연극 구경을 가기로 했다. 공연 작품을 찾아보려고 신문을 펼치자, 테오도르 바리에르*의 「대리석의 여자들」이란 제목이 눈에 띄었다. 그 제목이 얼마나 심한 충격을 주었던지 스완은 뒤로 몸을 움찔하며 고개를 돌렸다. 자주 눈앞에 보는 것이 습관이 되어 식

---

* Théodore Barrière(1825~1877). 19세기 유명한 거리극 작가로 화류계 여자를 소재로 한 「대리석의 여자들」은 1853년에 상연되었다.

별할 힘조차 잃어버린 그 '대리석'이란 낱말이 조명을 받으며 새로운 자리에 나타나자 갑자기 그 의미가 드러나면서, 예전에 오데트가 해 준 이야기가 생각났기 때문이다. 베르뒤랭 부인과 함께 산업박물관 전시회를 방문했던 오데트에게 부인이 이렇게 말했다는 것이다. "조심해요, 내가 당신을 녹여 버릴 테니. 당신은 대리석이 아니니까." 오데트는 그 말이 농담에 지나지 않는다고 주장했고, 그도 대수롭지 않게 여겼다. 그러나 그때는 지금보다 오데트를 훨씬 더 신뢰했다. 그런데 익명의 편지는 마침 이런 사랑에 대해 말하는 것이 아닌가. 그는 차마 그 광고 쪽으로 눈길도 주지 못한 채 신문을 펼쳤고, 「대리석의 여자들」이라는 단어를 보지 않으려고 한 장을 넘겨 기계적으로 지방 기사를 읽기 시작했다. 망슈 해협에 폭풍우가 불어 디에프, 카부르, 뵈즈발에 피해가 있었다는 소식이었다.* 그는 다시 몸을 뒤로 움찔했다.

뵈즈발이라는 지명이 이 지역의 또 다른 고장인 뵈즈빌을 생각나게 했다. 그런데 이 뵈즈빌에는 브레오테라는 이름이 연결부호로 붙어 있었다. 지도에서 흔히 보던 이 이름이, 익명의 편지가 오데트의 연인이라고 지적한 친구 브레오테 씨와 같은 이름이라는 것을 스완은 그때서야 처음으로 깨달았다. 어쨌든 편지에서 브레오테 씨에 관한 비난이 전혀 터무니없진 않았다. 하지만 베르뒤랭 부인에 관한 비난은 불가능한 일이었다. 이따

---

* 여기 인용된 장소들은 모두 프루스트가 드나들었던 노르망디 해안 휴양지다. 이 중에서도 카부르는 '발베크'의 모델로 알려졌다.

금 오데트가 거짓말을 한다고 해서, 그녀가 절대로 진실을 말하지 않는다는 결론을 내릴 수는 없으며 그녀 자신이 베르뒤랭 부인과 주고받았다고 해 준 이야기에서, 스완은 인생 경험 부족과 악덕에 대한 무지에서 비롯한 순진한 여자들의 위험한 농담, 또는 다른 여자에게 정열적인 사랑을 느끼는 것과는 거리가 먼 여자들이 — 예를 들면 오데트 같은 여자가 — 하는 쓸데없는 위험한 농담을 알아보았다. 한편 이와 반대로 오데트는, 자기가 한 이야기로 본의 아니게 스완 마음속에 생겨난 의혹을 없애려고 화를 냈는데, 이런 행동은 스완이 자기 정부의 취미나 기질에 대해 아는 것과 완전히 일치했다. 그러나 그 순간, 아직 하나의 운(運)밖에 발견하지 못한 시인이나 관찰 한 번밖에 하지 못한 학자에게, 그들이 가진 모든 능력을 발휘하게 해 줄 사상이나 법칙을 가져다주는 영감(靈感)과도 유사한, 일종의 질투하는 자의 영감으로, 스완은 처음으로 오데트가 이미 이 년 전에 했던 말을 기억해 냈다. "아! 베르뒤랭 부인은 요즘 나밖에 몰라요. 날 사랑해요. 키스도 하고, 그녀와 같이 쇼핑하기를 바라고, 또 나보고 말도 놓으라고 해요." 그때 그는 이말을, 오데트가 자신의 악행을 감추려고 한 엉뚱한 이야기라고 생각하기는커녕, 뜨거운 우정의 표시로 받아들였다. 이제야 갑자기 베르뒤랭 부인의 이런 애정에 대한 기억이 갑자기 그녀의 나쁜 취향에 대한 대화의 기억과 연결되는 것이었다. 그는 머릿속에서 이 두 가지를 떼어 놓을 수 없었고, 현실에서도 베르뒤랭 부인의 애정이 뭔가 진지하고 중요한 것을 농담에 부여하면, 농담은 대신 애정의 순진성을 빼앗고 서로가 뒤얽히는 것을 보았다. 그는 오데트의 집에 갔다. 그녀와 떨어져 앉았다. 감히 키스를 할 수 없었다. 그 키스가 오데트의 마음이나 자기 마음속에 애정을 일깨울지 아니면 분노를 일깨울지 알 수 없었기 때문이다. 그는 침묵을 지켰고, 그들의 사랑이 죽어 가는 것을 바라보았다. 갑자기 그는 결심했다.

"오데트." 하고 그가 말했다. "내가 지긋지긋하다는 건 나도 잘 알지만, 당신에게 몇 가지 물어봐야겠소. 당신과 베르뒤랭 부인에 대한 내 생각을 기억하오? 그것이 사실이었는지 말해 보구려. 그 여자하고요 아니면 다른 여자하고요?"

그녀는 입술을 찡긋하며 머리를 흔들었다. "기마 행렬이 지나가는 걸 보러 가시겠어요? 열병식에 참석하러 가시겠어요?" 라고 묻는 사람에게 따분해서 가지 않겠다고 말할 때 흔히 하는 표시였다. 그러나 앞으로 있을 일에 쓰이기 마련인 이런 고개 흔들기가 지나간 일을 부인하는 데 쓰이면, 바로 그 사실 때문에 어떤 불확실성을 띠는 법이다. 게다가 강한 부정이나 도덕적인 불가능성보다는 오히려 개인적인 편의라는 걸 상기해 줄 뿐이다. 오데트가 사실이 아니라는 신호를 보내는 것을 보고, 스완은 그것이 어쩌면 사실일지도 모른다고 생각했다.

"제가 말했잖아요, 당신도 잘 알잖아요." 하고 그녀는 짜증난 불행한 얼굴로 덧붙였다.

"그렇소, 알고 있소. 하지만 확실한 거요? '당신도 잘 알잖아요.'라고 말하지 말고 '전 어떤 여자하고도 그런 짓은 결코 한 적이 없어요.'라고 말해 보구려."

그녀는 배운 것을 반복하듯 빈정거리는 투로, 또는 그로부터 벗어나고 싶다는 듯 되풀이했다.

"전 어떤 여자하고도 그런 짓은 결코 한 적이 없어요."

"당신의 그 라게* 성모님 메달에 걸고 맹세할 수 있소?"

오데트가 그 메달에 걸고 결코 거짓 맹세를 하지 않으리라는 걸 스완은 알고 있었다.

"아! 당신은 정말 절 불행하게 하는군요." 하고 그녀는 질문의 압박에서 벗어나려는 듯 펄쩍 뛰며 소리쳤다. "그만두지 못하겠어요? 오늘은 왜 이러세요. 제가 당신을 싫어하고 증오하게 하려고 결심하셨나요? 그런 줄도 모르고 난 예전처럼 당신과 함께 예전처럼 좋은 시간을 다시 가져 보려고 했는데, 이게 그 감사 표신가요!"

그러나 그는 환자의 경련으로 중단된 수술을 포기하지 않고, 경련이 멎기만을 기다리는 외과 의사처럼 그녀를 놓아 주지 않았다.

"오데트, 내가 당신을 조금이라도 원망한다고 생각한다면 틀렸소." 하고 그는 그녀를 설득하려고 짐짓 다정한 체 말했다. "난 내가 이미 아는 것밖에는 말하지 않소. 하지만 내가 말하는 것보다 훨씬 더 많은 것을 안다오. 다른 사람들이 내게 일러바쳐서 당신을 미워하게 되더라도 당신이 내게 사실을 고백만 한다면 가라앉힐 수 있소. 난 당신 행동에 화를 내는 것이 아니오. 당신을 사랑하니까 모든 걸 용서할 수 있소. 내가 화를 내는 건 당신의 표리부동함이오. 내가 아는 사실을

---

* 66쪽 주석 참조.

완강하게 부인하려 드는 당신의 그 터무니없는 표리부동함이오. 내가 이미 거짓임을 아는 걸 당신이 잡아떼며 맹세하는 것을 보면서, 어떻게 내가 계속 당신을 사랑하길 바랄 수 있단 말이오? 오데트, 우리 두 사람 모두에게 고문인 이런 시간을 더 이상 끌지 맙시다. 당신만 원한다면 금방 끝낼 수 있소. 당신은 영영 해방될 것이오. 당신 메달에 걸고, 당신이 이전에 그런 일을 했는지 안 했는지 내게 말해 보구려."

"하지만 전 전혀 몰라요." 하고 화가 난 그녀가 소리쳤다. "어쩌면 아주 오래전에 제가 하는 짓이 무슨 짓인지도 모르면서, 두세 번."

스완은 모든 가능성을 다 검토해 보았다. 우리가 몸으로 받는 칼날이 머리 위를 스쳐가는 가벼운 구름 떼의 움직임과 아무 상관 없듯이, 현실이라는 것은 가능성의 세계와는 아무 관계 없는지도 모른다. 왜냐하면 이 '두세 번'이란 말이 그의 심장에 십자가와도 같은 생생한 흔적을 새겨 놓았으니까. 이 '두세 번'이라는 말이, 단지 말에 불과한 것이, 그로부터 멀리 떨어져 허공에서 발음된 이 말이, 정말로 그의 심장에 와 닿기라도 한 것처럼 이렇게 가슴을 찢어 놓고, 독약을 삼킨 것처럼 이렇게 그를 아프게 할 수 있다니 정말 이상한 일 아닌가! 스완은 무의식적으로 생퇴베르트 부인 댁에서 들었던 "회전 테이블 이래로 이처럼 강렬한 것은 본 적이 없어요."라는 말을 생각해 보았다. 그가 느끼는 이 고통은 지금까지 그가 생각해 왔던 그 어떤 것과도 닮지 않았다. 아무리 강한 의혹에 사로잡혔을 때에도 이런 불행을 상상해 본 적 없었고, 설령 상상했다고 해도 늘 막연하고 불확실하게 남아 있었으므로, 거기에는 '어쩌면 두세 번'이라는 말에서 새어나온 것 같은 그런 특별한 끔찍함이, 처음으로 걸린 병처럼 이제까지 알던 어떤 것과도 다른 그런 특이한 잔인함이 없었다. 그렇지만 이 모든 아픔을 겪게 한 오데트가 사랑스럽지 않은 것은 아니었다. 오히려 반대로, 마치 고통이 커져 감에 따라 오직 그녀만이 간직한 진정제, 해독제의 가치도 더 커져 간다는 듯이, 그녀가 더욱더 소중해졌다. 그는 갑자기 병이 악화된 환자를 돌보듯 그녀를 보살펴 주고 싶었다. 그녀가 '두세 번' 했다고 말한 그 끔찍한 일이 다시는 일어나지 않도록 해 주고 싶었다. 그렇게 하기 위해서는 오데트를 감시해야 했다. 친구에게 애인의 잘못을 알려 주면 친구는 그 말을 믿지 않기 때문에 오히려 애인과 가까워진다고 하지만, 만일 친구가 그 말을 믿는다면 얼마나 더 애인과 가까워지는 것일까! 어떻게 하면 그녀를 보호할 수 있단 말인가 하고 스완은 중얼거렸다. 아마 어느 한 여자로부터는 보호해 줄 수 있겠지만, 수백 명의 여자들이 존재하지 않은가. 또 베르뒤랭네 집에서 오데트를 만나지 못했던 날 밤, 다른 존재를 소유하겠다는 그 불가능한 욕망이 시작되던 날 밤, 어떤 광기가 스쳐 갔다는 걸 그 자신도 느끼지 않았던가. 스완을 위해서는 다행이지만, 침입자 무리처럼 이제 막 그의 영혼 속에 들어온 새로운 고통들 아래에는, 마치 상처 받은 기관의 세포들이 침범당한 조직들을 회복하거나, 마비된 팔다리가 다시 운동을 시작하려는 것처럼, 묵묵히 작업하고 있는 오래된 온순한 본성이 존재했다. 그의 영혼 속에 토착민처럼 살고 있는 이 오랜 거주자는, 잠시 동안 회복기의 환자나 수술받은 환자에게 휴식의 환상을 주는 저 은밀한 회복 작업에 스완의 모든 힘을 쏟아붓게 했다. 그러나 피로 탓에 긴장이 풀린 곳은 여느 때처럼 스완의 머리가 아니라 오히려 마음이었다. 하지만 우리 삶에서 한번 존재했던 것들은 다시 나타나기 마련이어서, 마치 다 죽어가는 짐승이 끝난 줄로만 알았던 경련을 다시 일으키며 꿈틀하는 것처럼, 한때 고통이 사라졌던 스완의 마음에 그전과 똑같은 고통이 다시 찾아와서는 똑같은 십자가를 새겨 놓았다. 그는 자신을 라페루즈 거리로 데려다 주던 무개 사륜마차 안에서 길게 몸을 뻗고, 필연적으로 유독한 열매가 맺으리라는 것은 알지도 못한 채, 사랑하는 사람이 주는 갖가지 감동들을 관능적으로 음미하던 그 달빛 비치는 밤들을 회상했다. 그러나 이 모든 생각은 일 초의 간격밖에, 가슴에 손을 가져가 숨을 돌리고는, 자신의 형벌을 감추려고 겨우 미소를 지어 보이는 한순간밖에는 지속되지 않았다. 이미 그는 다시 질문을 시작하고 있었다. 왜냐하면 그의 질투는 어떤 적(敵)도 그에게 준 적 없는 그런 아픔으로 그를 후려치면서 지금까지 한 번도 겪어 보지 못한 가장 지독한 고통을 맛보게 했는데, 그런데도 여전히 그가 받는 고통이 충분치 않다고 생각했는지 그에게 보다 깊은 상처를 입히려고 애썼기 때문이다. 이렇게 해서 그의 질투는 마치 사악한 신처럼 스완을 부추기며 파멸로 몰고 갔다. 처음에 그가 오데트로부터 받은 형벌이 그렇게 격심하지 않았다면, 그건 스완 잘못이 아니라 바로 오데트 때문이었다.

"내 사랑." 하고 그는 말했다. "이게 마지막이오. 내가 아는 여자하고였소?"

"아니라니까요. 맹세해요. 게다가 제가 좀 과장한 것 같아요. 거기까지는 가지 않았어요."

그는 미소를 지으며 말했다.

"그게 어떻단 말이오. 아무것도 아니오. 하지만 당신이 이름을 말할 수 없는 게 유감이오. 그 사람을 그려 볼 수만 있다면 다시는 그런 생각을 하지 않을 텐데, 당신을 위해서 하는 말이오. 더 이상 당신을 괴롭히고 싶지 않으니까. 뭔가를 그려 볼 수 있다는 게 얼마나 마음을 가라앉혀 주는지! 끔찍한 것은 바로 상상할 수 없다는 거요. 하지만 당신이 이미 친절하게 대해 줬으므로 더 이상 당신을 피곤하게 하고 싶지 않소. 당신이 내게 베풀어 준 그 모든 것에 진심으로 감사하오. 이젠 끝이오. 단지 이 말만. '얼마 전 일이오?'"

"아! 샤를, 당신이 절 얼마나 괴롭히는지 잘 모르나 봐요. 아주 오래전 일이에요. 결코 다시 생각해 본 적도 없는 일을 당신은 기어코 다시 생각나게 하려는 것 같군요. 그걸 안다고 해서 당신에게 무슨 도움이 되겠어요?" 하고 그녀는 자기도 의식하지 못하는 어리석은 말을 의도적으로 심술궂게 뱉었다.

"아! 나는 단지 그 일이 내가 당신을 알고 난 후인지 아닌지 알고 싶을 뿐이오. 당연한 일 아니오, 그 일은 이 방에서 있었소? 어느 날 저녁이라고 하지 말고, 내가 그날 저녁 무엇을 하고 있었는지 생각날 수 있게 해 달란 말이오. 누구하고 함께 그랬는지 생각나지 않을 리가 없잖소, 오데트, 내 사랑."

"하지만 전 몰라요. 아마 불로뉴 숲에서 그랬던 것 같아요.

당신이 불로뉴 숲에 있는 섬으로 우리를 보러 왔던 밤 말예요. 그날 당신은 롬 대공 부인 댁에서 저녁 식사를 했죠." 하고 그녀는 자기 말의 진실성을 입증하는 세부 사실을 제시하게 되어 기쁘다는 듯 말했다. "제가 퍽 오랜만에 보는 한 여자가 옆 테이블에 앉아 있었어요. 그 여자가 저더러 '저기 작은 바위 뒤로 가서 물에 비치는 달빛이 얼마나 아름다운지 봅시다.'라고 말하더군요. 전 우선 하품을 하고 대답했죠. '싫어요, 전 피곤해서 여기가 더 좋아요.' 그 여자가 이런 달빛은 한 번도 본 적이 없다고 말하더군요. 그래서 전 '웬 허풍도!'라고 말했어요. 그 여자가 무슨 짓을 하려는지 잘 알고 있었거든요."

오데트는 이 이야기가 아주 자연스럽게 보였는지, 아니면 그렇게 해서 그 중요성을 약화한다고 생각했는지, 아니면 부끄러운 모습을 보이지 않으려고 했는지, 거의 웃는 얼굴로 말했다. 그러다 스완의 얼굴을 보고는 어조를 바꾸었다.

"당신은 가엾은 사람이에요. 절 고문하고 거짓말하게 하면서 기뻐하니. 그리고 전 이렇게 절 가만히 내버려두어 달라고 하면서 거짓말을 하고."

스완에게 가해진 이 두 번째 타격은 첫 번째보다 훨씬 컸다. 그는 단 한 번도 그렇게 최근 일이라고는, 자기가 모르는 과거가 아니라 그렇듯 뚜렷이 생각나는 밤들 속에, 자기가 오데트와 같이 살면서 그렇듯 잘 안다고 믿어 온 밤들 속에, 그러나 지금 돌이켜 생각해 보니 어쩐지 간교하고 무서운 것이 서린 밤들 속에 감추어져 눈에 보이지 않았던 것이라고는 꿈에도 생각해 보지 않았다. 수많은 밤들 한가운데 갑자기 커다란 구멍이, 불로뉴 숲에서의 그 순간이 뻥 뚫린 것이었다. 오데트는 지적이지는 않았지만 그녀에겐 그런 대로 자연스러운 매력이 있었다. 그녀는 그렇게도 꾸밈없이 그 장면을 재현하듯 얘기했으므로, 스완은 숨을 헐떡거리면서 오데트의 하품이며 작은 바위며 그 모든 것을 다 보았다. 그녀가 즐겁게 "웬 허풍도!" 하고 대답하는 소리가 들리는 것 같았다. 오데트가 오늘 밤에는 더 이상 말하지 않으리라는 것을, 지금은 기다려 봤자 새로운 사실을 알아내지 못할 것이라고 느꼈으므로 스완은 이렇게 말했다. "내 불쌍한 사람, 용서해 주구려. 내가 당신을 괴롭히고 있다는 걸 알겠소. 이젠 끝이오. 더 이상 생각하지 않겠소." 하고 그는 말했다.

그러나 그녀는 그의 시선이 그가 알지 못하는 것들 위에, 그들이 사랑하던 과거 위에 고정되어 있는 것을 보았다. 그 과거는 막연했기 때문에 그의 기억 속에 단조롭고도 달콤하게 남아 있었으나, 지금은 롬 대공 부인 댁에서의 저녁 식사 후에 달빛 비치는 불로뉴 숲 섬에서 보낸 그 순간에 의해 상처처럼 찢겨 있었다. 그러나 그는 삶을 재미있는 것으로 여기는 습관이 — 삶에서 얻을 수 있는 진기한 발견에 감탄하는 습관이 — 있었기 때문에, 이런 고통을 더 이상 오래 견딜 수 없을 거라고 여길 만큼 괴로워하면서도 이렇게 혼잣말을 하는 것이었다. "삶이란 참 놀랍다. 이렇게 엄청난 뜻밖의 일들을 준비하고 있으니 말이다. 요컨대 악덕이란 것만 해도 우리가 생각하는 것보다 훨씬 더 많이 퍼진 모양이다. 여기 내가 신뢰하던 한 여인이 있다. 그렇게도 소박하고 정직하며, 비록 조금 경박해 보이기는 하지만 아주 정상적이고 취미도 건전한 여자인데, 그런데 나는 누군가의 사실인 것 같지도 않은 비난을 빌미로 그 여자를 심문하고, 또 그녀가 한 그 얼마 안 되는 고백도 내가 의심할 수 있었던 것 이상으로 훨씬 더 많은 것을 폭로하니." 그러나 그는 이런 초연한 지적으로는 만족할 수 없었다. 그녀가 그런 짓을 자주 했으며, 앞으로도 그런 짓을 되풀이할 것인지 어떤지 결론 내리기 위해 그녀 말의 의미가 정확히 무엇인지 파악해 보려고 애썼다. 그래서 그는 오데트가 한 말들, "그 여자가 무엇을 하려는지 잘 알고 있었거든요." "두세 번." "웬 허풍도!"를 여러 번 되풀이해 보았다. 이런 말들은 스완의 기억 속에 무장해제된 채 나타나지 않고, 저마다 칼을 들고 나타나 그에게 새로운 비수를 꽂았다. 오랫동안 그는, 마치 통증을 느끼면서도 끊임없이 몸을 움직이려는 환자처럼 "저는 여기가 좋아요." "웬 허풍도!"라는 말을 되풀이했는데, 그러나 끝내는 고통이 너무 심해져 그 말을 중단하지 않을 수 없었다. 늘 가볍고 즐겁게 판단해 온 행동들이 지금은 그 때문에 죽을 수도 있는 병처럼 그렇게도 심각해졌다는 사실이 그저 놀랍기만 했다. 그는 오데트를 감시해 달라고 부탁할 만한 여자들을 많이 알았다. 그러나 어떻게 그 여자들이 그와 동일한 관점에 서 주기를 기대할 수 있단 말인가. 오랫동안 그의 관점이었고, 그의 관능적인 삶을 이끌어 왔던 그런 관점에 머무르지 않고 "딴 사람의 쾌락을 빼앗으려는 못된 질투쟁이"라고 웃음을 터트리면서 말하지 않는다고 어떻게 기대할 수 있단 말인가. 도대체 어떤 덫에 걸렸기에 그 문이 닫히자마자(전에는 오데트에 대한 사랑으로 부드러운 쾌락밖에 느끼지 않았던 그가) 갑자기 이 새로운 지옥의 세계로 굴러 떨어져서는 영영 빠져나올 수 없게 되었단 말인가. 가엾은 오데트! 그는 그녀를 원망하지 않았다. 그녀에게는 절반의 죄밖에 없었다. 그녀가 아직 어린 아이였을 때, 니스에서 한 영국인 부자에게 그녀를 넘겨준 것이 바로 그녀 어머니라고 사람들이 말하지 않았던가? 예전에 그가 무관심하게 읽었던 알프레드 드 비니의 『어느 시인의 일기』*에 나오는, "한 여인을 사랑한다고 느꼈을 때 우리는 '그녀 주변은 어떠한가? 그녀 삶은 어떠했는가?'라고 물어보아야 한다. 우리 삶의 모든 행복이 거기에 달렸기 때문이다."라는 구절은 얼마나 뼈아픈 진리가 되었단 말인가. "웬 허풍도!" "그 여자가 무엇을 하려는지 잘 알고 있었거든요."라는 그 단순한 문장을 생각 속에서 한 글자 한 글자 떼어 읽어 보았을 때, 그토록 그를 아프게 할 수 있다는 사실이 그저 놀랍기만 했다. 그러나 그는 자신이 단순한 문장이라고 생각했던 것이 실은 어떤 골조의 조각들에 불과하며, 오데트가 이야기하는 동안 그가 느꼈던 고통이 그 사이에 붙어 있다가 그에게로 다시 돌아올 수 있다는 것을 이해하게 되었다. 왜냐하면 지금 그가 다시 느끼고 있는 것은 바로 그 고통이었으니까. 그러므로 지금 와

---

* 프루스트는 프랑스 낭만주의 시인 알프레드 드 비니(Alfred de Vigny, 1797~1863)의 작품을 원본과는 조금 다르게 인용하는데 원본은 다음과 같다. "한 여자를 사랑한다고 느꼈을 때, 사랑을 시작하기 전에 우리는 '그녀 주변은 어떤가? 그녀 삶은 어떤가?'를 물어보아야 한다. 미래의 모든 행복이 바로 거기에 달렸기 때문이다." 『전집』(플레이아드, 1948) 2권 985쪽 참조.

서 알아봐야 아무 소용 없었다. 또 시간이 지나감에 따라 조금씩 잊어버린다거나 용서한다 해도 아무 소용 없었다. 그 말들을 되풀이할 때면 예전의 고통이 그를, 오데트가 그 이야기를 하기 전 상태로, 즉 아무것도 모르고 오데트를 신뢰하던 상태로 되돌려 놓았으니까. 잔인한 질투가 오데트의 고백으로 그에게 타격을 가하려고 아직 아무것도 모르는 사람의 위치로 그를 몰아넣었고, 그리하여 몇 개월이 지나도 이 오랜 이야기는 여전히 새로운 사실을 폭로하듯 그를 뒤흔들었다. 스완은 기억의 무서운 재창조력에 감탄했다. 고통이 진정되려면 나이와 더불어 모체의 힘이 약화되어 번식력이 감퇴하기를 기다리는 수밖에 없었다. 그런데 오데트가 입 밖에 낸 말 중 하나가 그를 괴롭히는 힘을 모두 소진한 것처럼 보이는 순간에도, 지금까지 스완의 마음이 별로 주의를 기울이지 않았던 또 다른 말이, 거의 새로운 것이나 다름없는 말이 곧 이전 말을 대체하면서 새로운 힘으로 다가왔다. 롬 대공 부인 댁에서 저녁 식사를 한 날 밤의 기억이 고통스러웠지만, 그 고통은 그의 아픔의 중심에 불과했다. 그 아픔은 인접한 주변 나날들로 흐릿하게 번져 갔다. 그리하여 그의 기억이 아무리 정확한 고통의 지점을 찾아내려고 해 봐야, 베르뒤랭네 패거리가 불로뉴 숲 섬에서 자주 만찬을 하던 계절 전체가 그를 아프게 하는 것이었다. 얼마나 고통스러웠던지, 질투가 그의 마음에 불러일으킨 호기심도, 그 호기심을 충족하려고 하면 또 다른 고통을 자신에게 주게 되지나 않을까 하는 두려움 때문에 조금씩 약화되어 갔다. 오데트가 그와 만나기 전에 흘러간 모든 삶의 시기가, 그가 한 번도 떠올려 보려고 하지 않았던 그 시기가, 막연히 그려 보는 추상적인 공간이 아닌, 한 해 한 해의 특별한 시간들로 이루어지고 구체적인 사건들로 채워졌다는 사실을 그는 깨달았다. 그러나 그 시기들을 알게 되면서, 이 빛깔 없고 흘러가는 참을 만하던 과거가, 손으로 만질 수 있는 더러운 육체와 개별적인 악마의 얼굴을 한 것은 아닐까 겁이 났다. 그래서 그는 이 과거를, 생각하는 것이 귀찮아서가 아니라 고통에 대한 두려움 때문에 생각하지 않으려고 애쓰는 것이었다. 어느 날인가는 불로뉴 숲 섬이나 롬 대공 부인의 이름을 예전처럼 가슴 찢어지는 듯한 고통 없이 듣게 될 날이 오리라고 기대했다. 그래서 오데트를 자극하여 새로운 말이나 장소, 이름, 갖가지 다른 상황들을 말하게 함으로써 겨우 진정된 고통을 또 다시 다른 형태로 되살아나게 하는 것은 경솔한 짓이라고 생각했다.

그런데 그가 알지 못하고 이제는 그가 알기를 꺼려 하는 일들을 곧잘 오데트가 자발적으로, 자기도 모르게 자주 폭로했다. 사실 오데트의 실제 삶과, 스완이 그렇게 믿었고 아직도 종종 그러리라고 믿는 오데트의 비교적 결백한 삶 사이에는 커다란 차이가 있었는데, 이 차이의 크기를 오데트 자신도 몰랐다. 마치 어떤 타락한 사람이 자신의 악덕을 보이고 싶어 하지 않는 사람 앞에서는 늘 정숙한 척하지만, 그 악덕이 자신도 모르는 사이에 자꾸만 커져서는 더 이상 통제할 수 없게 되어, 얼마나 그를 정상적인 생활로부터 멀어지게 하는지를 이해할 수 없는 것처럼 말이다. 이런 악덕이 오데트의 정신 속에서 그녀가 스완에게 감추었던 행동의 기억들과 동거하는 동안 다른 행동들도 차츰 그 행동의 영향을 받아 전염되어 갔지만, 그녀는 거기서 조금도 이상한 점을 발견하지 못했고 또 그 행동도 그녀의 그 특수한 환경 속에서 전혀 불협화음을 일으키지 않았다. 그러나 그녀가 그런 행동에 대해 스완에게 이야기할 때면, 스완은 그 행동이 드러내는 분위기에 깜짝 놀라는 것이었다. 하루는 오데트의 마음을 다치지 않도록 조심하면서, 그녀가 혹시 뚜쟁이 여자에게 간 적 있는지 물어보려고 했다. 사실을 말하자면 그는 그럴 리가 없다고 확신했다. 익명의 편지가 그러한 가정을 그의 머릿속에 집어넣긴 했지만, 극히 기계적인 방식이었다. 이런 가정은 지성의 어떤 신뢰도 얻지 못했지만 그래도 거기 남아 있었고, 그래서 스완은 순전히 물리적인, 그러나 그의 마음을 불편하게 하는 이런 의혹으로부터 해방되기 위해 오데트가 그런 가정을 뿌리째 뽑아 주기를 바랐다. "아, 천만에요. 하긴 그 때문에 귀찮은 일이 없었던 것은 아니지만요." 하고 그녀는 스완에게 정당하지 않게 보일 리 없다는 듯 자만심이 충족된 미소를 드러내 보이며 덧붙였다. "어제도 나를 두 시간 이상이나 기다린 여자가 있었어요. 얼마라도 상관없다고 하지 뭐예요. 어느 대사가 그 여자에게 '그녀를 데리고 오지 않으면 자살하겠소.'라고 말했다나 봐요. 제가 외출 중이라고 하인이 말했지만, 마침내는 제가 나가서 그 여자에게 돌아가 달라고 말해야 했어요. 제가 그 여자를 어떻게 대했는지 당신이 보셨더라면 좋았을 텐데. 옆방에서 듣고 있던 하녀 말로는 제가 목이 터져라 소리 질렀다는 거예요. '싫다는데도 왜 이러세요. 그런 생각은 마음에 들지 않아요. 어쨌든 제게도 하고 싶은 대로 할 자유가 있다고 생각해요! 돈이라도 필요하다면 또 모를까……' 문지기에게 다시는 그런 여자를 들이지 말라고 일러두었어요. 제가 시골에 갔다고 말할 거예요. 아! 당신이 어딘가에 숨어 있었으면 얼마나 좋았을까요. 내 사랑! 당신은 만족했을 거예요. 당신의 귀여운 오데트에게 그래도 좋은 점이 있기는 하지요. 비록 누군가는 가증스럽다고 생각하는 모양이지만."

게다가 스완이 이미 안다고 생각하고는 오데트가 자신의 잘못을 고백하면 그 고백이 스완에게는 오랜 의혹에 종지부를 찍는 것이 아니라 오히려 새로운 의혹의 출발이 되었다. 그녀의 고백이 한 번도 그의 오랜 의혹과 정확히 맞아떨어진 적이 없었기 때문이다. 오데트가 아무리 그녀 고백 속에서 중요한 것을 뺐다 해도, 그 부수적인 부분에 스완이 결코 상상해본 적 없던 무언가가 남아 있어서, 그 새로움이 스완을 억누르며 그의 질투에 문제가 되는 요소들을 바꾸어 놓았다. 그러면 그는 결코 그 고백들을 잊을 수가 없었다. 그의 영혼은 고백들을 시체처럼 실려 보내고 내던졌다가는 잠재웠다. 그의 영혼은 고백에 중독되었다.

한번은 그녀가 포르슈빌이 파리-무르시아* 축제일에 그녀 집에 찾아왔던 이야기를 했다. "뭐라고, 이미 그를 알고 있었단 말이오? 아! 그래, 그랬지." 하고 그는 모른다는 눈치를 보이지 않으려고 고쳐 말했다. 그렇지만 파리-무르시아 축제

---

* 73쪽 주석 참조.

일에, 그녀로부터 받은 편지를 그렇게도 소중히 간직해 둔 그날, 그녀가 어쩌면 포르슈빌과 메종도레에서 점심을 들었을지도 모른다는 생각에 갑자기 온몸이 떨리기 시작했다. 그녀는 그런 일이 없었다고 맹세했다. "하지만 메종도레라면 뭔가 사실이 아닌 것처럼 보이는 것이 있었던 것 같은데." 하고 그는 그녀를 겁주려고 말했다. "그래요, 당신이 프레보 식당으로 저를 찾으러 왔다 돌아가는 길에 저와 마주친 날 말예요. 제가 메종도레에서 오는 길이라고 말했지만, 실은 그날 밤 전 그곳에 가지 않았어요." 하고 그녀는 결연하게 대답했다.(그의 표정으로 보아 그가 이미 안다고 생각한 모양이었다.) 그 말은 냉소적이라기보다는 오히려 소심함에 가까워, 그녀의 자존심이 감추고 싶어 하면서도 스완의 비위를 거스르지나 않을까 하는 두려움과, 자기도 원하기만 하면 솔직해질 수 있다는 것을 보여 주고 싶어 하는 마음을 담고 있었다. 이처럼 그녀는 사형 집행인과도 같은 정확함과 격렬함으로 그에게 타격을 가했지만, 스완에게 아픔을 주고 있다는 사실조차도 의식하지 못했으므로, 거기에 잔인함은 없었다. 그녀는 웃기조차 했다. 어쩌면 사실은, 특히 자신이 당황하고 수치스러워하는 모습을 보이고 싶지 않아서 그랬을 것이다. "제가 메종도레에 가지 않은 건 사실이에요. 포르슈빌 집에서 나오는 길이었어요. 전 정말로 프레보 카페에 갔었어요. 허풍이 아니에요. 거기서 포르슈빌을 만났는데 그분이 자기 집에 가서 판화 구경이나 하지 않겠느냐고 하더군요. 그런데 그 댁에는 누군가가 이미 그분을 만나러 와 있었어요. 당신 마음을 상하게 할까 봐 겁이 나서 메종도레에서 오는 길이라고 했던 거예요. 어때요, 제가 오히려 친절한 게 아니었나요? 제가 잘못했다 치더라도, 적어도 지금은 그 사실을 솔직하게 말하고 있지 않나요. 제가 파리-무르시아 축제일에 그와 점심을 함께했다는 말을 하지 않았다 한들, 설령 그것이 사실이라고 해도 제게 무슨 이득이겠어요? 더욱이 그때는 우리가 그렇게 잘 아는 사이가 아니었잖아요, 그렇잖아요, 내 사랑." 그는 이 견디기 어려운 말에 어쩌지 못하는 인간의 느닷없는 비겁함으로 미소를 지었다. 너무도 행복했기에 감히 다시 생각해 보려고도 하지 않았던 몇 달 동안에도, 그녀가 그토록 사랑해 주었던 그 몇 달 동안에도, 이미 그녀는 거짓말을 하고 있었던 것이다! 그녀가 메종도레에서 오는 길이라고 말했던 순간(두 사람이 처음으로 '카틀레야를 했던' 날 밤)과 마찬가지로 얼마나 많은 다른 순간들이 스완은 감히 상상도 해 보지 못했던 거짓말들을 숨기고 있었던 것일까! 어느 날 그녀가 "베르뒤랭 부인에게는 드레스가 준비되지 않았다거나 이륜마차가 늦게 왔다고만 하면 돼요. 꾸며 댈 방법은 언제나 있어요." 하고 말했던 것이 생각났다. 그에게도 자신이 늦은 이유를 설명하거나 약속 시간을 바꾼 것을 변명하기 위해 얼마나 여러 번 이 말을 했으며, 또 거기에는 당시의 그가 결코 의심해 본 적 없던, 틀림없이 딴 남자와 하기로 했던 것이 숨겨져 있었으며, 그녀는 그 남자에게 이렇게 속삭였을 것이다. "스완에게는 드레스가 준비되지 않았다거나 이륜마차가 늦게 왔다고만 하면 돼요. 꾸며 댈 방법은 언제나 있어요." 스완의 모든 달콤한 추억 아래서, 오데트가 예전에 했던, 그래서 그가 복음서의 말처럼 믿었던 그 단순한 말들 아래서, 그녀가 그에게 이야기해 준 일상적인 행동들 아래서, 양재사의 집이나 불로뉴 숲 거리, 경마장 같은 가장 친숙한 장소들 아래서, 오데트의 하루하루 일과를 자세히 살펴보면 뭔가 덜 조인 부분이나 빈틈이 있다는 것을, 어떤 행동을 감출 수 있는 시간이 얼마쯤 있다는 것을 느낄 수 있었으며, 지하에 숨어 있던 가능한 거짓말의 존재가 슬그머니 거기에 끼어들어서는 그에게 가장 소중하게 남아 있는 것들을 하나하나 더럽히면서(가장 행복했던 밤들이나, 그녀가 말한 시간과는 언제나 다른 시간에 외출했을 것임에 틀림없는 라페루즈 거리마저도) 메종도레에 관한 고백을 들었을 때 그가 느꼈던 그 암흑 같은 공포를 마치 「니네베의 폐망」*에 나오는 추악한 짐승들처럼 도처에 돌아다니게 하면서, 그의 모든 과거를 쌓아 올린 돌들을 하나하나 흔들어 놓는 것을 느꼈다. 그리하여 그의 기억은 메종도레라는 잔인한 이름이 나올 때마다 눈을 돌리곤 했는데, 얼마 전 생퇴베르트 부인의 저녁 파티 때처럼 그 이름이 그가 오래전에 잃어버린 행복을 생각나게 해 주어서가 아니라, 방금 알게 된 불행을 떠올리게 해 주었기 때문이다. 드디어는 메종도

---

* Nineveh. 고대 아시리아의 수도로 기원전 7세기에 파괴되었다. 현재 이라크의 모술에 해당하는 이곳은 1851년 프랑스 탐험대가 그 찬란한 유적을 발굴했는데, 이 도시에 대한 기억은 성경 텍스트들을 통해 많이 알려졌다. 니네베는 그리스도가 개종시킨 이교도의 상징으로, 아미엥 성당 서쪽 정문에는 「니네베의 폐망」에 나오는 동물들이 새겨졌으며, 프루스트는 러스킨의 「아미엥의 성서」를 번역하면서 서문에 이에 대해서 언급했다.

레라는 이름도 불로뉴 숲 섬처럼 차츰차츰 스완에게 덜 고통스러워졌다. 왜냐하면 우리가 사랑이나 질투라고 믿는 것은 연속적이고 분리될 수 없는 하나의 동일한 정념이 아니기 때문이다. 그것은 무한히 연속되는 사랑들, 무한히 서로 다른 질투들로 이루어져, 일시적이긴 하지만 그 끊임없는 다양성 탓에 연속적이라는 느낌과 단일성이라는 환상을 주는 것이다. 스완의 사랑의 삶은, 그 질투의 충실함은 모두, 오데트에 대한 수많은 욕망과 의혹 들의 죽음과 배신으로 이루어져 있었다. 만일 스완이 오랫동안 그녀를 만나지 못한다 해도, 그동안 죽어 간 욕망이나 의혹은 다른 것들로 대체되지는 못했을 것이다. 그러나 오데트라는 존재는 스완의 마음에 다정함과 의혹의 씨앗을 번갈아 계속해서 뿌렸다.

어떤 날 밤에는 그녀가 갑자기 다정하게 굴면서, 이러한 다정함은 앞으로 몇 해 동안은 다시 되풀이되지 않을 것이니 당장 즐겨야 할 거라고 단호하게 통보하는 것이었다. 그러면 그는 즉시 그녀 집으로 들어가서 '카틀레야를 해야만' 했다. 그런데 그녀가 주장하는 그에 대한 이 욕망은 너무도 갑작스럽고 설명할 수 없이 일방적이었고, 또 그에게 퍼붓는 애무 또한 보라는 듯 너무도 대담해서, 그처럼 갑작스럽고 사실인 것 같지 않은 애정은 거짓말이나 악의에 찬 행동과 마찬가지로 스완을 슬프게 했다. 어느 날 밤, 그는 이렇게 그녀 명령에 따라 그녀 집에 함께 들어갔는데, 그녀는 여느 때의 냉담한 태도와는 대조적으로 정열적인 말들을 해 대며 키스 세례를 퍼부었다. 그런데 갑자기 어떤 소리가 들리는 듯했다. 스완은 일어나 사방을 살펴보았지만 아무도 발견하지 못했고, 하지만 다시 그녀 옆으로 돌아갈 용기가 나지 않았다. 그녀는 분노가 절정에 달한 듯 꽃병을 깨트렸고, 스완에게 말했다. "당신하고는 아무것도 할 수 없군요!" 스완은 오데트가 자신을 질투에 시달리게 하려고, 또는 그의 관능에 불을 지피려고 일부러 누군가를 숨겨 놓은 것은 아닌지 의심스러웠다.

때로는 오데트에 대해 무엇인가를 알 수 있지나 않을까 기대하면서 사창가에도 가 보았지만, 감히 그녀 이름을 댈 만한 용기는 나지 않았다. "선생님 마음에 드실 젊은 애가 있어요." 하고 포주가 말했다. 그는 한 시간이나 머물면서 가엾은 여자아이를 상대로 처량하게 이야기를 나누었는데, 그 여자아이는 그가 그 이상 아무 짓도 하지 않는 것에 놀라워했다. 하루는 아주 젊고 매력적인 여자가 그에게 말했다. "제가 바라는 건, 남자 친구를 만나는 거예요. 제가 딴 남자한테는 절대로 가지 않으리라는 걸 그 친구는 확신할 수 있을 거예요." "정말로, 한 여자가 자기를 사랑하는 남자에게 감동해서는 그 남자를 결코 배신하지 않는 게 가능한가?" 하고 스완이 불안해하며 물었다. "그럼요! 성격 나름이에요!" 스완은 롬 대공 부인이 좋아할 말들을 이런 여자들에게도 하지 않고는 못 배겼다. 남자 친구를 찾는다는 여자에게 그는 미소를 지으며 말했다. "멋지군. 당신 눈은 당신 허리띠와 똑같이 푸르오." "선생님의 커프스도 푸른 빛이에요." "우린 얼마나 멋진 대화를 나누고 있는 건가, 이런 장소에서! 내가 지겹지 않소? 뭔가 할 일이 있는 건 아니오?" "아니에요. 아무 일도 없어요. 선생님이 절 귀찮게 하셨다면,

그렇다고 말씀드렸을 거예요. 정반대예요. 전 선생님이 이야기하시는 걸 듣는 게 좋은걸요." "과한 칭찬이군. 우리가 점잖게 이야기하고 있지 않소?" 하고 스완은 방금 방에 들어온 포주에게 말했다. "그럼요. 저도 그렇게 생각하고 있었답니다. 손님들이 얼마나 점잖다고요! 이제는 저의 집에 손님들이 이야기하러 오신답니다. 요전 날에는 대공께서도 말씀하시더군요. 자기 부인 집보다 여기가 더 낫다고요. 요즘 사교계 여자들은 모두 그저 그런가 봐요. 정말 스캔들 감이죠. 이제 가 봐야겠어요. 전 신중하니까요." 그러고는 스완을 푸른 눈 여자와 함께 두고 나갔다. 스완도 곧 일어나 작별 인사를 했다. 그녀는 그의 관심을 끌지 못했다. 그녀는 오데트를 알지 못했다.

화가가 병이 나자 코타르 의사는 바다 여행을 권했다. 몇몇 신도가 화가와 함께 떠나겠다고 했다. 베르뒤랭 부부도 혼자 남을 결심이 서지 않아 요트 한 척을 빌렸고, 드디어는 요트를 사기까지 했다. 그래서 오데트의 크루즈 여행도 잦아졌다. 매번 그녀가 떠난 뒤 얼마 안 있어 스완은 그녀로부터 해방된 듯한 느낌이 들었지만, 이런 정신적인 거리가 물리적인 거리에 비례하기라도 하듯, 오데트가 돌아왔다는 소식을 듣기만 해도 그녀를 보지 않고는 견딜 수 없었다. 한번은 단지 한 달 예정으로 떠났는데, 도중에 마음이 바뀐 탓인지, 아니면 베르뒤랭 씨가 부인을 기쁘게 해 주려고 엉큼하게 미리 계획을 짜 놓고도 신도들에게 그때 가서야 알려 주어서 그랬는지, 그들은 알제에서 튀니스로, 이탈리아에서 그리스, 이스탄불, 소아시아로 갔다. 여행은 거의 일 년이나 계속되었다. 스완의 마음은 아주 평온했고 거의 행복하기조차 했다. 베르뒤랭 부인이 피아니스트와 코타르 의사에게 숙모와 환자들이 그들을 필요로 하지 않으며, 또 베르뒤랭 씨가 혁명 중이라고 단언한 파리*로 코타르 부인을 돌아가게 내버려두는 것은 무모한 짓이라고 아무리 설득해도, 결국은 이스탄불에서 그들에게 자유를 주지 않을 수 없었다. 화가는 베르뒤랭네와 함께 떠났다. 세 여행자가 파리로 돌아온 지 얼마 안 되는 어느 날, 스완은 뤽상부르 공원행 합승마차가 지나가는 것을 보고 그쪽에 볼일이 있어 올라탔다가 코타르 부인과 마주 앉게 되었는데, 부인은 깃털 꽂힌 모자에 실크 드레스, 토시, 우산 겸용 양산, 명함 지갑, 세탁한 하얀 장갑의 정장 차림으로 '방문 일'**의 집들을 돌아다니고 있었다. 그녀는 이런 표지들을 걸치고, 날씨가 좋은 날이면 같은 동네 집들을 이 집에서 저 집으로 걸어서 다녔고, 다른 동네로 갈 때면 환승용 합승마차를 이용했다. 여자의 타고난 상냥함이 프티부르주아 여인의 어색함을 뚫고 나오기 전 처음 얼마 동안은, 더구나 베르뒤랭네에 대한 이야기를 스완에게 해

---

* 1871년 파리 코뮌이 집권할 때 파리는 혁명 중이었다. 「스완의 사랑」은 대략적으로 1871년에서 1887년 사이에 일어난 역사적 사건들에 대해 언급하지만, 이것을 중심으로 연대기를 구성하는 것은 불가능한 작업으로 간주된다. 게다가 마르셀과 거의 동시에 태어난 스완과 오데트의 딸 질베르트의 탄생에 대한 언급이 없어 연대기 작성은 거의 불가능하다. 따라서 여기서 말하는 '혁명'은 파리 코뮌 집권 시 '혁명'을 가리키거나, 불랑제 장군이 파리 국회의원에 당선되어 엘리제를 향해 승리에 찬 행진을 한 사건(1889년)을 말하는 것으로도 이해될 수 있다. 『스완의 사랑』(폴리오) 514쪽 주석 참조.
** 당시 부르주아나 귀족 여자 들은 주중에 하루를 정해 방문객들을 맞았다.

야 할지 어떤지를 잘 알지 못한 그녀는 자연히 느리고 어색하며 조용한 목소리로 이야기를 했는데, 때로는 우뢰 같은 마차 소리가 목소리를 완전히 뒤덮어 버리곤 했다. 그녀는 한나절 동안 층계를 오르내리며 스물다섯 집에서 듣고 되풀이했던 이야기 가운데 몇 개를 골랐다.

"선생님처럼 시류에 환한 분에게, 모든 파리 사람들을 달려가게 한 마샤르*의 초상화를 미를리통**에서 보셨느냐고는 묻지 않겠어요. 그런데 선생님께서는 어떻게 생각하세요. 칭찬하는 쪽이세요, 아니면 비난하는 쪽이세요? 어느 살롱에서나 마샤르의 초상화 이야기밖에 하지 않더군요. 마샤르의 초상화에 대한 의견이 없는 사람은 멋없거나, 순수하지 않거나, 시대에 뒤떨어진 사람이 되어 버리거든요."

스완이 아직 초상화를 보지 않았다고 말하자, 코타르 부인은 의견을 말하라고 강요한 것 때문에 혹시 마음이 상하지나 않았는지 걱정했다.

"어머나! 그러세요. 적어도 선생님은 솔직히 말씀하시네요. 마샤르의 초상화를 안 보셨다고 해도 수치스럽게 생각하지 않으시니, 저는 선생님의 그런 점이 아주 훌륭하다고 생각해요. 어쨌든 저는 그림을 봤어요. 의견이 갈려 있어요. 지나치게 꼼

---

* 쥘루이 마샤르(Jules-Louis Machard, 1839~1900). 19세기 말 아주 인기가 많았던 초상화 화가다.

** 1860년에 창설된 예술가 모임으로, 파리 방돔 광장에 본부가 있었다. 1887년 샹젤리제 협회와 통합하여 '예술가 협회'를 창설했으며 해마다 전시회를 개최했다.

꼼하게 다듬어져서, 별 내용은 없고 겉포장만 화려하다고 보는 쪽도 있지만, 저는 완벽하다고 생각해요. 물론 그림 속 여자는 우리 친구 비슈 선생님이 그리는 저 파랗고 노란 여자들과는 닮지 않았지만요. 한데 솔직히 말씀드리면, 선생님께서는 물론 저를 세기말적이라고* 생각하지는 않겠지만요, 저는 생각하는 대로 말씀드리는 거예요. 저는 이해할 수가 없답니다. 제 남편을 그린 초상화에도 좋은 점이 있다는 건 알지만요,** 또 화가가 여느 때 그리는 것보다 요상하지도 않지만요, 그래도 제 남편 얼굴에 푸른 수염을 그려 넣어야 했다니. 그런데 마샤르는! 바로 지금 제가 찾아가는 친구의 남편은요,(그래서 이렇게 선생님과 동행하는 기쁨을 얻게 된 거랍니다.) 자기가 학사원 회원으로 선출되면(그분은 저희 의사 선생님의 동료랍니다.) 마샤르에게 초상화를 그리게 하겠다고 약속했대요. 물론 아름다운 꿈이죠! 또 다른 친구는 를루아르*** 쪽을 더 좋아한다고 우기기도 한답니다. 저야 보잘것없는 문외한에 지나지 않지만요. 그래도 기교로 보아 를루아르 쪽이 마샤르보다는 한 수 위라고 생각해요. 어쨌건 초상화의 제일가는 장점은, 더구나 값이 1만 프랑이나 할 때는, 닮아야 한다고 생각해요. 그것도 기분 좋게요."

---

* 여기서 세기말은 현대적인 것을 의미한다. 즉 코타르 부인에 의하면 인상파 화가인 비슈는 현대적이고 세기말적인 화가인 것이다.
** 「스완의 사랑」 앞부분에 베르뒤랭 부인의 요청으로 비슈가 코타르의 초상화를 그린다는 것이 서술되어 있다.
*** 장바티스트 를루아르(Jean-Baptiste Leloir, 1809~1892). 마샤르와 같은 시대 화가로 역사적, 종교적 그림을 그렸다.

높은 깃털 장식과 명함 지갑에 새겨진 이름 이니셜, 세탁소 주인이 장갑 안에 잉크로 표시한 숫자, 그리고 스완에게 베르뒤랭네에 대한 말을 해야 하는 난처함, 이런 것들이 영향을 준 말을 한 후에, 코타르 부인은 마차꾼이 그녀를 내려 줄 보나파르트 거리 모퉁이가 아직도 멀었다는 것을 알고는, 이제 다른 이야기를 하라고 재촉하는 마음의 소리에 귀를 기울였다.

"선생님께서는 귀가 가려우셨을 거예요." 하고 부인은 말했다. "우리가 베르뒤랭 부인과 여행하는 동안 온통 선생님 이야기뿐이었답니다."

스완은 몹시 놀랐다. 자신의 이름이 결코 베르뒤랭네 사람들 입 밖에 나오는 일이 없을 거라고 추측했기 때문이다.

"게다가." 하고 코타르 부인이 덧붙였다. "크레시 부인이 거기 있었으니 두말할 것도 없지요. 오데트는 어디에 가나 선생님 이야기를 하지 않고는 못 배겼으니까요. 그리고 그 말이 결코 험담이 아니었다는 걸 짐작하실 수 있을 거예요. 뭐라고요? 제 말을 의심하세요?" 하고 그녀는 스완의 냉소적인 표정을 보며 말했다.

또 자기 신념의 진지함에 흥분해서는 나쁜 뜻은 전혀 섞지 않고, 오직 우정을 맺어 주려 할 때 쓰는 말만을 골랐다.

"오데트는 선생님을 몹시 좋아해요! 아! 그녀 앞에서는 선생님에 대한 얘기도 꺼내지 못했답니다! 혼이 날 테니까요. 뭐든지 다 그래요. 가령 그림을 볼 때도, 그녀는 '그이가 여기 계셨다면 이게 진짠지 가짠지 말해 줄 수 있을 텐데요. 이 방면에 그이만 한 분도 없으니까요.'라고 말하는 거예요. 또 노상 이렇게 물어보곤 했어요. '지금쯤 그이는 무얼 하고 계실까요? 제발 공부라도 좀 해 주셨으면 좋으련만, 그분처럼 재능 많은 분이 그렇게 게으르다니 정말 딱한 일이에요!'(이렇게 말하는 걸 용서해 주시겠지요?) '지금도 그이가 눈에 보여요. 우리 생각을 하고 있어요. 우리가 어디 있을까 생각하고 있을 거예요.' 제가 보기에 썩 아름다운, 이런 말도 한 적 있답니다. 베르뒤랭 씨가 그녀에게 '8000리나 떨어져 있는데, 어떻게 지금 그 사람이 하고 있는 일을 볼 수 있나요?'라고 말하자 오데트는 이렇게 대답했답니다. '친구 눈에는 불가능이란 없답니다.'라고요. 정말이에요, 제가 선생님 비위를 맞추려고 이런 말을 하는 건 아니에요. 선생님은 흔치 않은 진짜 친구를 두신 거예요. 게다가 선생님이 이런 사실을 모르신다면, 오직 선생님만이 모르는 거라고 할 수 있어요. 베르뒤랭 부인이 마지막 날에는(선생님도 아시다시피 출발 전날에는 이야기를 더 잘하는 법이니까요.) 이런 말을 했지 뭐예요. '내 말은, 오데트가 우릴 좋아하지 않는다는 건 아니지만, 스완 씨가 그녀에게 하는 말에 비하면 우리 말 따위는 덜 중요하다는 거죠.' 어머나! 마차가 멈췄네요. 선생님과 수다를 떨다가 그만 보나파르트 거리를 지나칠 뻔했어요. 제 깃털 장식이 똑바로 돼 있는지 좀 말씀해 주시겠어요?"

그리고 코타르 부인은 토시에서 흰 장갑 낀 손을 꺼내 스완에게 내밀었는데, 그 손에는 환승표와 함께 새어 나온 상류 사회의 환영이 세탁소 냄새에 뒤섞인 채 합승마차를 가득 채웠다. 스완은 코타르 부인에 대해 베르뒤랭 부인과 마찬가지로 다정함이 마음속에서 넘쳐나는 것을 느꼈다.(어쩌면 오데트에 대해서도 거의 같은 감정을 느꼈는데, 왜냐하면 그가 이제 오데트에 대해 느끼는 감정에는 더 이상 고통이 섞이지 않았으므로 사랑이라고도 할 수 없었기 때문이다.) 깃털 장식을 높이 세우고, 한 손으로는 스커트를 추켜올리며, 다른 손에는 양산과 이름 이니셜이 보이는 명함 지갑을 들고는 자기 앞에 토시를 흔들어 대면서 씩씩하게 보나파르트 거리로 들어서는 그녀를, 스완은 승강구에서 감동한 눈빛으로 바라보았다.

남편보다 더 탁월한 치료사인 코타르 부인은 오데트에 대한 스완의 병적인 감정과 겨루게 하려고, 그 옆에 다른 감정들, 보다 정상적인 감사와 우정의 감정들을 접목했는데, 이것이 스완 머릿속에서 오데트를 더 인간적으로 만들었고(다른 여자들도 이런 감정을 불러일으킬 수 있었으므로, 다른 여자들과 더 비슷해진) 평온한 애정으로 사랑받는 오데트로의 결정적인 변모를 촉진했다. 어느 날 밤 화가 집에서 있었던 연회 후에 포르슈빌과 함께 스완을 그녀 집으로 데리고 가 오렌지 주스를 만들어 주어, 스완이 그 옆에서 행복하게 살 수 있다는 가능성을 엿보았던 그런 오데트로의.

예전에 스완은 오데트를 사랑하지 않게 될 날이 올지도 모른다고 생각하며 자주 불안에 떤 적이 있었다. 그때 그는 사랑이 달아나기 시작하는 것처럼 느껴지면 주의를 게을리 하지 말고 곧 사랑에 매달려 붙잡아야겠다고 맹세했다. 그러나 그녀에 대한 사랑이 약화되면서 동시에 사랑하는 사람으로 남고 싶은 욕망도 약해지는 것이었다. 왜냐하면 우리는 이미 우리 것이 아닌 과거 감정을 계속 따르며 다른 사람이 되거나 변할 수는 없기 때문이다. 이따금 오데트의 애인일지도 모른다고 추측했던 남자의 이름을 신문에서 보면, 질투가 또다시 솟구쳐 오르기도 했다. 그러나 아주 가벼운 감정이었고, 그가 그토록 괴로워하던 시절로부터 ─ 그러나 또한 그토록 관능적으로 느끼는 법을 알게 되었던 ─ 자신이 아직도 완전히 벗어나지 못했다는 것을, 그래서 어쩌다 우연히 만나면 아직도 그 시기에 알게 된 아름다움을 멀리서 슬그머니 엿볼 수 있다는 것을 증명해 주었으므로, 그 질투는 오히려 상쾌한 흥분감마저 불러일으켰다. 마치 베네치아를 떠나 파리로 돌아가는 한 울적한 파리지엥에게 마지막 모기 한 마리가 이탈리아와 여름이 아직은 그렇게 멀지 않았다는 것을 말해 주듯이. 그러나 그가 빠져나온 그의 삶의 매우 특별한 시기에 대해, 그 시기에 머물기 위해서가 아니라 아직 가능한 동안 그 시기에 대한 어떤 뚜렷한 이미지라도 가져 보기 위해 자주 노력했지만 이미 그것이 불가능하다는 걸 깨달았다. 그는 사라져 가는 풍경을 바라보듯 이제 막 자신이 떠나온 사랑을 바라보고 싶었다. 그러나 자신을 둘로 나누거나, 소유를 멈춘 감정의 진실된 모습을 재현해 보인다는 것이 얼마나 어려운 일이었는지, 곧 어둠이 그의 머릿속을 가리면서 아무것도 보이지 않았고, 그러자 그는 보기를 단념하고는 코안경을 벗어 알을 닦았다. 그러고는 조금 후에도 시간은 있을 테니 휴식을 취하는 편이 더 낫겠지라고 중얼거리며, 오랫동안 살아 온 고장에 마지막 인사를 하지 않고는 결코 떠나지 않겠다고 다짐하면서도 그만 잠이 들어 버려, 기차가 점점 더 빠른 속도로 자신을 멀리 데리고 가는 것이 느껴져도 모자로 눈을 덮고 잠을 자는 나그네의 무심하고도 무감각한 마비 상태 속으로 몸을 웅크리는 것이었다. 또 기차가 프랑스에 들어와서야 비로소 눈을 뜨는 나그네와 마찬가지로, 스완은 포르슈빌이 오데트의 연인이었다는 증거를 우연히 가까이서 줍기라도 하면, 자신이 그 일에 아무런 고통도 느끼지 않고, 사랑이 이제는 멀리 있다는 것을 깨달으면서도, 사랑과 영원히 작별하는 그 순간이 자신에게 예고되지 않은 것을 안타까워했다. 그래서 오데트와 처음으로 키스하기 전에 그렇게 오랫동안 그를 위해 그녀가 보여 주었던 얼굴을, 그 키스에 대한 추억으로 곧 변하게 될 얼굴을 기억에 새겨 두려고 했을 때처럼, 오데트가 아직 존재하는 동안 적어도 생각에서나마, 그에게 사랑과 질투를 불어 넣어 준 그 오데트에게, 그에게 고통을 안겨 주었고 이제는 영원히 다시 만나지 못할 그 오데트에게, 작별 인사를 할 수 있기를 바랐다. 스완은 잘못 생각하고 있었다. 몇 주 후에 그는 그녀를 다시 한번 보지 않으면 안 되었다. 잠을 자는 동안 꿈속 황혼 속에서였다. 그는 베르뒤랭 부인과 코타르, 누군지 알 수 없는 터키 모자를 쓴 한 청년, 화가, 오데트, 나폴레옹 3세, 그리고 나의 할아버지와 함께 바다를 따라 난 오솔길을 산책했는데, 그 길은 때로는 아주 높은 곳으로 깎아지른 듯 솟아 있었고, 때로는 수면에서 불과 몇 미터밖에 되지 않았다. 사람들은 계속 올라갔다 내려갔다 하고 있었는데, 이미 내려간 산책자들은 아직 올라가고 있는 사람들에게는 보이지 않았다. 얼마 남지 않은 햇빛마저도 희미해져 가더니 곧 어두운 밤이 덮칠 것 같았다.

때로 파도가 오솔길 가까이까지 튀어 올라, 스완은 차가운 물거품이 뺨에 닿는 것이 느껴졌다. 오데트가 물거품을 닦으라고 말했으나 그렇게 할 수가 없었다. 그래서 그녀에게 부끄러웠고, 또 잠옷 바람이어서 더욱 그랬다. 그는 어둠 때문에 자신의 모습이 다른 사람들 눈에 띄지 않기를 바랐지만 베르뒤랭 부인이 놀란 눈으로 한참 그를 바라보았다. 그동안 부인 얼굴이 변하면서 코가 길어지고 커다란 수염이 나는 것이 보였다. 머리를 돌려 오데트를 바라보니 창백한 뺨에 붉은 반점이 군데군데 나 있었고, 눈언저리가 거멓게 되어 초췌한 표정을 짓고 있었다. 그러나 그녀의 눈망울은 어찌나 다정하게 그를 바라보고 있었는지, 눈물방울처럼 떨어져 나와 곧 그에게로 흘러내릴 것만 같았다. 그는 그녀가 너무도 사랑스럽게 느껴져 당장에라도 그녀를 데려가고 싶었다. 갑자기 오데트가 손목을 돌리더니 작은 손목시계를 들여다보면서 "가 봐야겠어요."라고 말했다. 그녀는 모든 사람에게 똑같이 작별 인사를 했는데, 스완을 따로 부르지도 않고, 그날 저녁이나 다른 날 만날 장소에 대해서도 말하지 않았다. 그는 그녀에게 감히 물어보지 못했고, 그녀를 따라가고 싶었지만 그녀 쪽으로 돌아서지도 못한 채, 베르뒤랭 부인이 묻는 말에 미소를 지으며 대답해야 했다. 하지만 그의 심장은 무섭게 뛰었고, 오데트가 너무도 미워서 조금 전만 해도 그토록 사랑스러웠던 그녀 눈을 파헤치고 그 생기 없는 뺨을 뭉개 주고 싶었다. 그는 계속해서 베르뒤랭 부인과 같이 올라가고 있었다. 말하자면 반대쪽으로 내려가는 오데트로부터 한 걸음 한 걸음 멀어지고 있었다.

일 초가 지났는데도 그녀가 떠난 후 아주 많은 시간이 흘러간 것처럼 느껴졌다. 잠시 후에 화가가 스완에게 나폴레옹 3세가 그녀를 따라 자취를 감추었다고 말했다. "그들 두 사람이 틀림없이 미리 합의했을 겁니다." 하고 그는 덧붙였다. "그들은 언덕 아래서 만나기로 했을 겁니다. 체면상 둘이 같이 인사하고 떠나고 싶지 않았던 게지요. 그녀는 그의 정부입니다." 낯선 청년이 울기 시작했다. 스완은 그를 위로해 주려고 했다. "어쨌든 그녀가 옳습니다." 하고 스완은 청년의 눈을 닦아 주었고, 조금 더 편안해지도록 터키 모자를 벗겨 주며 말했다. "나도 그녀에게 열 번이나 그의 정부가 되기를 권했는걸요. 왜 그런 일로 슬퍼하시죠? 그 사람이야말로 그녀를 이해해 줄 수 있는 사람인데요." 스완은 이렇게 말하면서 실은 자기 자신에게 말하고 있었다. 왜냐하면 그가 처음에 알아보지 못했던 청년은 바로 그 자신이었으니까. 몇몇 소설가들처럼 그는 자신의 인격을 두 인물에게, 즉 꿈을 꾸는 자와 눈앞에 있는 터키 모자를 쓴 자에게 배분하고 있었던 것이다.

나폴레옹 3세로 말하자면 그는 분명 포르슈빌이었는데, 몇몇 관념의 막연한 연상 작용과 남작의 평소 용모에 더해진 어떤 변화, 그리고 목에 늘어뜨린 커다란 레지옹 도뇌르 훈장이 그런 이름을 붙였다. 그런데 실제로 꿈에 나타난 인물이 스완에게 보여 주고 생각나게 한 것으로 미루어 보아도, 그는 분명 포르슈빌이었다. 왜냐하면 잠든 스완은 몇몇 하등생물처럼 간단한 분열로 번식하는 창조력을 일시적으로 가지게 되어, 불완전하고 변하기 쉬운 이미지들로부터 잘못된 추론을 이끌어 내고 있었기 때문이다. 그는 자기 손바닥에 느낀 열기를 낯선 사람의 움푹 팬 손바닥으로 만들어 그와 악수한다고 믿었고, 자기가 여태까지 의식하지 못한 감정이나 인상 들로부터 연극 속 사건의 급변 같은 것을 나타나게 하여, 그 논리적인 연결이 스완의 수면 속에서 제때 필요한 인물을 데려와 그의 사랑을 받게 하기도 하고, 또는 그의 잠을 깨우기도 한 것이었다. 갑자기 밤이 더욱 어두워졌다. 경종이 울렸다. 마을 사람들이 불길에 싸인 집에서 뛰쳐나오며 달려갔다. 스완은 부서지는 파도 소리와, 똑같이 격렬하게 그의 가슴에서 불안으로 요동치는 심장 소리를 들었다. 별안간 심장 고동 소리가 두 배로 빨라지면서 그는 고통을, 형언할 수 없는 구토를 느꼈다. 화상으로 뒤덮인 농부가 지나가면서 소리쳤다. "오데트가 친구와 함께 어디로 밤을 보내러 갔는지 샤를뤼스에게 물으러 갑시다. 전에 샤를뤼스가 오데트와 함께 지낸 적이 있고, 오데트도 샤를뤼스에게는 모든 걸 다 말하니까요. 그들이 불을 지른 거요." 하인이 스완을 깨우며 말했다. "주인님, 8신데요. 이발사가 왔는데 한 시간 후에 다시 오라고 했습니다."

그러나 이러한 말들은 스완이 잠겨 있는 잠의 흐름에 휘말리면서, 마치 한 줄기 광선이 바다 밑바닥에서 굴절되어 태양처럼 보이는 그런 굴절 작용을 받고서야 그의 의식에 이를 수 있었는데, 이와 마찬가지로 조금 전 울렸던 초인종 소리가 심연에서는 경종 소리가 되면서 화재라는 일화를 만들어 냈던 것이다. 그동안 그가 눈앞에 보고 있던 광경은 먼지처럼 날아갔고, 그는 눈을 떴고, 멀어져 가는 바다 파도 소리를 마지막으로 들었다. 뺨을 만져 보았다. 뺨은 말라 있었다. 그렇지만 차가운 물의 감각과 소금기 어린 짠 맛이 생생했다. 그는 일어나 옷을 입었다. 이발사를 일찍 부른 것은 캉브르메르 부인이 — 결혼 전에는 르그랑댕 양이었던 — 며칠 콩브레에 머문다는 소식을 듣고는 우리 할아버지에게 전날 오후에 가겠다고 편지를 써 보냈기 때문이다. 그의 기억 속에서 이 젊은 얼굴의 매력에 그가 오랫동안 가 보지 못한 전원의 매력이 한데 어우러지면서, 마침내 그가 며칠 동안 파리를 떠날 결심을 하게 해 주었다. 어떤 사람들 앞에 우리를 서게 하는 갖가지 우연은 우리가 그 사람을 사랑하게 되는 시간과 일치하지 않으며, 오히려 그 시간을 벗어나서는 사랑이 시작되기 전에 나타날 수도 있고, 또는 사랑이 끝난 후에 되풀이될 수도 있어서, 훗날 우리 마음에 들도록 운명 지워진 존재가 우리 삶에 처음으로 나타나는 순간은 나중에 보면 우리 눈에 일종의 예고나 전조의 가치를 띠게 된다. 바로 이런 식으로 스완은 극장에서 만난 오데트, 다시 만나리라고는 생각조차 하지 않았던 그 첫 번째 저녁의 오데트 모습을 이따금 회상했고, 또 포르베르빌 장군을 캉브르메르 부인에게 소개해 준 생퇴베르트 부인의 저녁 파티도 회상했다. 우리 삶의 관심사란 너무도 다양해서, 동일한 상황 속에서, 아직 존재하지 않은 행복의 표지들이 우리를 고통스럽게 하는 심각한 슬픔 옆에 나란히 놓이는 것도 그렇게 드문 일이 아니다. 그리고 아마도 그 일은 틀림없이 생퇴베르트 부인 집이 아닌 다른 곳에서도 스완에게 일어났을 것이다. 그가 그날 저녁 다른 곳에 있었다 해도 또 다른 행복이나 슬픔이 찾아왔을 것이며,

또 그것이 나중에는 불가피해 보였을 것이다. 그런데 그에게 불가피해 보였던 것은 실제로 일어난 일이었고, 또 생퇴베르트 부인의 저녁 파티에 가기로 결심했다는 사실 자체에서 그는 뭔가 신의 섭리 같은 것을 보았다. 왜냐하면 삶의 풍요로운 발명품을 찬미하기를 열망하면서도, 자신이 가장 바라는 것이 무엇인지를 알고자 하는 것 같은 어려운 문제에는 오랫동안 파고들 수 없는 그의 정신은, 그날 밤에 그가 느낀 고통과, 이미 싹트고 있었지만 당시에는 깨닫지 못했던 기쁨 사이에 — 이 두 가지를 비교한다는 것은 무척이나 어려운 일이지만 — 일종의 필연적인 연관 관계가 있다고 생각했기 때문이다.

그러나 잠에서 깨어난 지 한 시간쯤 지나고 나서 그는 자신의 부풀린 머리가 기차에서 헝클어지지 않도록 이발사에게 지시하면서 그 꿈을 다시 생각해 보았다. 오데트의 창백한 얼굴이며 지나치게 여윈 뺨이며 초췌한 표정이며 푹 꺼진 눈이며 — 애정이 지속되는 동안 오데트에 대한 끈질긴 사랑이 그녀로부터 받은 이 첫 번째 인상을 오랫동안 망각하게 했던 — 그들이 처음 관계를 맺은 후부터 더 이상 주의하지 않게 된 그 모든 것을 다시 보았고, 또 아주 가까이 느꼈다. 아마도 잠을 자는 동안 그의 기억이 이 모든 것들에 대한 정확한 감각을 찾으러 갔던 모양이다. 그리하여 그는 자신이 더 이상 불행하지 않으면서도 동시에 도덕적인 수준도 낮아지면서 그에게 다시금 나타나는 저 간헐적인 비열함으로 이렇게 외쳤다. "내 마음에 들지도 않고 내 스타일도 아닌 여자 때문에 내 인생의 여러 해를 망치고 죽을 생각까지 하고 가장 커다란 사랑을 하다니!"

3부

↙

고장의 이름
―이름

1

　잠이 오지 않는 밤, 내가 가장 많이 떠올린 방들 중에서 발베크*의 '해변가 그랜드 호텔'** 방만큼이나 콩브레의 오톨도 톨하고 꽃가루를 뿌린 것처럼 먹음직스럽고 경건한 분위기가 감도는 방과 닮지 않은 방도 없었는데, 리폴린***을 칠한 벽에는 마치 물이 파랗게 보이는 수영장의 윤기 나는 내벽처럼 하늘색 소금기 어린 맑은 공기가 스며 있었다. 호텔 설비를 맡았던 바이에른 태생 실내 장식가가 방들을 다양하게 장식해, 내가

---

* 이름에 대한 첫 번째 몽상의 대상인 발베크에 대해서는 이미 '콩브레'에서 르그랑댕과의 대화를 통해 서술된 적이 있다. 발베크라는 단어 끝 자음의 파열음이 낭떠러지와 절벽이 있는 거친 바다, 중세 고딕 성당 이미지를 연상시키면서 화자를 사로잡는다.
** 원어로는 '그랑 오텔 드 라 플라주'다.
*** 에나멜 도료의 일종으로 아마인유로 만들어져 매끄럽고 반짝이는 느낌이 강렬하다.

머문 방에는 삼면 벽을 따라 유리창 달린 얇은 책장들이 쭉 늘어서 있었고, 그 책장 안에는 장식가 자신도 예상하지 못했던 효과로, 위치에 따라 시시각각 변하는 바다의 이런저런 정경이 반사되어 맑은 바다 풍경 프리즈*가 펼쳐졌으며, 단지 마호가니 나무가 끼어 있는 곳에서만 풍경이 끊겼다. 그리하여 방 전체가 그곳에서 자는 사람의 눈을 즐겁게 해 주려고 집이 위치한 고장의 경치를 주제로 한 예술품으로 꾸민, '현대식' 가구 전시회에 출품된 공동 침실 모형같아 보였다.

그러나 폭풍우가 불던 날 바람이 너무 세서, 나를 샹젤리제로 데리고 가던 프랑수아즈가 머리 위로 기와가 떨어질지도 모르니 벽에 너무 가까이 붙어서 걷지 말라고 하면서, 신문에 실린 큰 재난이나 난파 사고에 대해 탄식하며 말해 주는 날이면, 내가 자주 몽상했던 발베크만큼이나 실제 발베크와 다를 것도 없었다. 바다의 폭풍우를 아름다운 광경으로서가 아니라 자연의 실제 생명력을 드러내는 순간으로 보고 싶은 욕망보다 더 큰 욕망은 없었으며, 아니 차라리 내 기쁨을 위해 인위적으로 만들어진 것이 아니라 필연적이고 바꿀 수 없다고 알던 것, 즉 풍경이나 위대한 예술의 아름다움보다 더 아름다운 광경은 없었다. 나는 나 자신보다 더 진실되다고 믿는 것, 즉 위대한 천재의 사상이나, 인간의 간섭 없이 자연 자체에 맡겨진 경우에만 나타나는 자연의 힘이나 우아함을 보여 주는 그런 가치를 지닌 것에만 호기심이 있었고, 또 알기를 열망했

---

* 건축물 밖의 부분이나 가구 표면에 붙인 띠 모양 장식물이다.

다. 어머니의 아름다운 목소리가 축음기에서 별도로 재생되어 나온다 해도 어머니를 잃은 것을 위로해 주지 못하듯이, 기계로 흉내 낸 폭풍우 역시 박람회에 전시된 불 켜진 분수만큼이나 내 관심을 끌지 못했을 것이다.* 또한 나는 폭풍우가 정말 진짜이고, 바닷가도 그 고장 관청이 최근 만든 제방이 아니라 실제 바닷가이기를 바랐다. 게다가 자연이란 것이, 내 안에 일깨운 모든 감정으로 미루어 보아, 인간의 기계적인 생산품과는 가장 상반되는 것으로 여겨졌다. 인간의 흔적이 적으면 적을수록 자연은 내 마음을 토로하는 데 더 많은 공간을 제공했다. 그런데 나는 르그랑댕이 인용했던 발베크라는 이름을 "죽음이 도사리고 난파가 잦은 것으로 유명하여, 한 해의 절반은 안개와 파도의 거품으로 만들어진 수의를 뒤집어쓴 바닷가"와 아주 유사한 해변 이름으로 기억했다.

"그곳이 아직도 발밑에서 느껴진다네."라고 그는 말했다. "피니스테르**에서보다 훨씬 더(지금은 호텔이 많이 들어섰지만 가장 오래된 땅의 골격은 바꾸지 못했다네.) 프랑스나 유럽의 땅끝, 고대의 진정한 '땅'끝이라는 것이 느껴진다네."라고 그는 말했다. "그곳은 어부들의 마지막 야영지로 세상이 시작

* 1889년 파리 만국박람회의 가장 큰 관심거리는 바로 이 '불 켜진 분수'였다고 한다. 맨체스터의 물 관리국 기사인 베크먼(Bechmann)의 작품으로 알려져 있다.
** Finistère. 프랑스 브르타뉴 지방 서쪽 끝에 위치한 곳으로, 대서양과 망슈 해협 사이에 있다. 피니스테르의 어원은 '땅끝'이라는 이름의 베네딕트 파 수도원 이름에서 연유한다.

되었을 때부터 바다와 안개, 어둠의 영원한 왕국을 앞에 두고 살아온 모든 어부들에게도 마찬가지라네." 어느 날 콩브레에서, 발베크가 가장 거센 폭풍우를 보기에 적합한 곳인지 어떤지를 알아보려고 스완 씨에게 발베크에 대한 이야기를 꺼냈을 때 그는 이렇게 대답했다. "나는 발베크를 잘 안다고 생각하네! 절반은 여전히 로마네스크 양식*인 12세기, 13세기 발베크 성당은 아마도 노르망디 고딕 양식의 가장 희귀한 모델이라고 할 수 있다네. 페르시아 예술이라고도 할 수 있을 만큼 아주 특이하지."** 그때까지만 해도 내가 지질학적 대변동 때 모습 그대로 오늘날에 이른 태고의 자연이라고밖에 생각하지 않았던 그 장소들이 ― 마치 어떤 미개한 어부들이 고래와 마찬가지로 중세가 존재하지 않는다고 믿는 것처럼, 대양이나 북두칠성같이 인류 역사 밖에 존재한다고 믿어 온 그 장소들이 ― 로마네스크를 알게 되면서 갑자기 세기의 계열로 편입되어 봄이 오면 여기저기 극지(極地)의 눈 위에 뿌려지는 저 연약하고도 강인한 식물처럼 고딕 양식의 클로버 장식이 원하는 시간에 이 야생 바위에 잎맥 무늬를 그리러 왔다는 것을 알게 되자 커다란 매력이 느껴졌다. 고딕 양식이 이

---

* 고딕 양식이 나타나기 전 10세기 말에서 시작하여 11~12세기에 서유럽 전역에 유행하던 건축 양식으로, 로마풍 건축 양식인 반원형 아치가 특징이다.
** 발베크 성당은 생루도노 성당이나 절반은 로마네스크 양식인 바이외 성당을 연상시킨다. 그러나 '페르시아적' 요소에 대해서는 「꽃핀 소녀들의 그늘에서」에서 성당의 '기둥머리가 페르시아적 주제들'을 재현한다는 엘스티르의 지적과, 발베크가 레바논 지명인 발베크(Baalbek)를 환기한다는 점 외에는 구체적으로 서술되지 않았다.

장소와 사람들에게 부족했던 신념을 가져다주었다면, 그들 또한 그 보답으로 고딕 양식에 확신을 심어 주었던 것이다. 나는 어부들이 어떻게 살았는지, 중세 동안 이 지옥 같은 바닷가의 한 지점, 죽음의 절벽 밑에 모여 그들이 시도했던 사회 관계의 그 소심하고도 예상 밖의 노력을 머릿속에 그려 보았다. 그러자 고딕 양식은 지금까지 내가 늘 그 양식으로 이루어졌다고 상상해 오던 도시들로부터 분리되면서 더 생생해 보였고, 특별한 경우에는 어떻게 야생 바위 위에서 싹트고 뾰족한 종탑으로 꽃피울 수 있는지를 깨우쳐 주었다. 가족들이 발베크의 가장 유명한 조각상의 복제품을 — 머리카락이 양털 같은 납작코 사도상들과 성당 정문 성모상을 — 보여 주려고 데리고 갔을 때, 조각들이 직접 소금기 어린 영원한 안개 속에서 부조로 드러나는 모습을 볼 수 있다고 생각하자 기뻐서 숨이 막힐 지경이었다. 그리하여 비바람이 몰아치지만 따뜻한 2월이 되자, 바람이 — 내 방 굴뚝을 흔들어 놓을 만큼 강하게 내 마음속에 발베크에 대한 여행 계획을 불어넣으면서 — 고딕 건축에 대한 욕망과 바다 위 폭풍우에 대한 욕망을 뒤섞어 놓았다.

나는 다음 날이 되는 대로, 철도 회사 광고나 유람 여행 안내서에서 기차 출발 시간을 읽을 때면 항상 마음이 두근거리는, 저 1시 22분에 출발하는 자비롭고 멋진 기차를 타고 싶었다. 그것은 내게 오후 어느 정확한 시점에 매혹적인 흔적 하나를, 신비로운 표시를 도려 낸 것처럼 보였다. 거기서부터 이탈한 시간들은 물론 저녁이나 다음 날 아침으로 이어지겠지만, 그

저녁이나 아침을 파리에서 보는 대신 기차가 지나가는 도시 중 하나에서, 우리에게 선택하도록 허락해 준 도시에서 볼 것이었다. 왜냐하면 기차는 바이외, 쿠탕스, 비트레, 케스탕베르, 퐁토르송, 발베크, 라니용, 랑발, 베노데트, 퐁타벵, 캥페를레*에서 정차했고, 내게 제공하는 이름들을 가득 싣고서는 위풍당당하게 앞으로 나갔기 때문이다. 나는 이 도시들 중 어느 것도 희생할 수 없었으므로, 어느 곳을 더 좋아하는지도 알 수 없었다. 그러나 만약 부모님께서 허락만 해 주셨다면 그 기차를 기다리는 대신 그날 저녁에라도 서둘러 옷을 입고 떠나 거친 바다 위로 아침 해가 솟아오를 무렵 발베크에 도착해서는, 날아오는 파도 거품을 피해 페르시아풍 성당 안으로 몸을 피했을지도 모른다. 그러나 부활절 방학이 다가오면서, 이번 휴가에는 이탈리아 북부로 보내 주겠다는 부모님의 약속에, 지금까지 나를 가득 채웠던, 탑에는 바닷새들이 울어 대고 절벽처럼 가파르고 울퉁불퉁한 성당 가까이 가장 거친 해변 사방에서는 파도가 높이 치솟아 오르는 폭풍우의 꿈은 단번에 사라지고, 그런 풍경이 이탈리아 북부와는 반대되며 이탈리아 풍경을 약화할지도 모른다는 생각에 그 매력을 떨쳐 버리고 그 꿈도 물리치면서, 그와는 반대되는 가장 알록달록한 봄의 꿈으로, 그러나 아직은 뾰

---

* 허구 도시 발베크는 이렇게 노르망디와 브르타뉴에 실제로 존재하는 도시들로 둘러싸인다. 그러나 이 도시들은 지리적 위치가 아닌 음성학적인 코드에 따라 선택되었으므로, 이런 기차는 어디서도 찾아볼 수 없으며, 도시들이 나열된 순서도 지리적인 위치와는 전혀 상관이 없다. 이 도시들의 이름이 상징하는 의미에 대해서는 344쪽 주석 참조.

족한 얼음서리가 날카로운 콩브레의 봄이 아니라, 이미 백합과 아네모네로 뒤덮인 피에졸레 들판의 봄, 황금빛 배경으로 피렌체*를 눈부시게 하는 안젤리코**의 그림에 나오는 들판과도 흡사한 그런 봄의 꿈으로 바뀌었다. 그때부터는 단지 햇살이, 향기가, 색깔만이 가치 있다고 생각되었다. 이미지들이 교차하면서 내 안에서 정면으로 욕망의 변화를 일으켰고, 또 음악에서 이따금 일어나는 것처럼 갑자기 나의 감수성에 완전한 음색 변화를 가져왔기 때문이다. 그러자 나는 계절이 바뀌는 것을 기다릴 필요도 없이, 단순한 대기 변화만으로도 이러한 변화를 충분히 내 안에 일으킬 수 있게 되었다. 어떤 계절 안에서 다른 계절의 하루가 길을 잃은 모습을 종종 볼 수 있는데, 그런 날이면 우리는 금세 그 계절을 누리는 듯한 느낌이 들어 그 계절 고유의 기쁨을 열망하며, 우리가 지금까지 몽상하던 꿈들을 멈춘다. 마치 행복의 날을 적어 놓은 달력에, 그날이 돌아오기도 전에 더 빨리 또는 더 늦게, 다른 장에서 떼어 낸 달력 한 장을 끼워 넣은 것과 같다. 그러나 우리의 안락과 건강이 자연 현상으

---

* 피렌체의 프랑스어 발음은 플로랑스로, 꽃의 이미지를 연상시킨다. 아나톨 프랑스의 『붉은 백합』에서도 이와 유사한 표현을 찾아볼 수 있는데 "피렌체/플로랑스는 진정 꽃의 도시다. 그 도시가 백합꽃을 도시의 상징으로 삼은 것도 당연하다."라고 표현한다. 그리고 꽃의 축제는 보티첼리의 「프리마베라」, 즉 '봄'과 연관된다.『스완의 사랑』(폴리오) 516쪽 주석 참조.
** 피에졸레와 피렌체에 대한 몽상은 프라 안젤리코(Fra Angelico, 1395~1455)의 황금색 배경 그림에 연결된다. 안젤리코는 이탈리아 피렌체 근교 마을인 피에졸레의 화가이다. 도미니크 수도회 수도사이기도 한 그는 성서에 나오는 주제를 세밀하게 묘사했다.

로부터 아직은 우발적이고 사소한 이득밖에 취하지 못하지만, 머지않아 과학이 이런 자연 현상을 지배하여 마음대로 조종하고 우연이란 것의 보호나 허락 없이도 쉽게 일으킬 수 있는 힘을 우리 손에 쥐어 줄 날이 오듯이, 대서양과 이탈리아에 대한 나의 꿈도 오로지 계절과 시간 변화에만 따르지 않게 되었다. 그 꿈을 다시 나타나게 하려면 단지 이름을 발음하는 것만으로도 충분했다. 발베크, 베네치아, 피렌체 같은 이름 안에는 그 이름이 가리키는 장소들이 불러일으킨 욕망이 축적되어 있었다. 그리하여 봄에도 발베크라는 이름을 책 속에서 발견하기만 하면, 폭풍우와 노르망디의 고딕 양식에 대한 욕망을 내 마음속에 눈뜨게 하는 데 충분했고, 폭풍우가 부는 날에도 피렌체 또는 베네치아라는 이름은 내게 태양과 백합, 총독 궁전, '산타 마리아 델 피오레'* 성당에 대한 욕망을 일깨웠다.

하지만 이런 이름들이 그 도시들에 대한 내 이미지를 영원히 흡수할 수 있었다면, 그것은 바로 이미지를 변형함으로써만, 그 이미지의 출현을 내 마음속에서 이름 고유의 법칙에 종속시킴으로써만 가능했던 것이다. 그 결과 이름들은 이미지를 더 아름답게 만들긴 했지만, 노르망디나 토스카나 지방 같은 도시들을 실제와는 아주 다르게 만들어, 내 상상력이 주는 기쁨은 커졌으나 미래 여행에서 받을 내 실망 역시 더 크게 했다. 이름들은 내가 몇몇 지상의 장소에 대해 품고 있던 관념들을 자극하면서 그 장소들을 보다 특별한 것, 따라서 보다 현실

* 피렌체의 대성당으로 '꽃의 성모 마리아'란 뜻이다.

적인 것으로 만들었다. 그리하여 나는 도시들, 풍경들, 유적들을 동일한 질료에서 여기저기 오려 낸, 다소 마음에 드는 정경이라 상상하지 않고 그 각각을 내 영혼이 열망하고 내 영혼이 알면 유익한, 다른 것과는 본질적으로 다르며 알 수 없는 것이라 상상했다. 그 장소들은 그들만을 위해 존재하는 이름, 인명과도 같은 이름으로 지칭됨으로써 얼마나 많은 개별성을 획득했던가! 말은 사물에 대해 분명하고도 친숙한 작은 이미지를 제시한다. 목수의 작업대나 새, 개미집이 어떤 것인지 아이들에게 보여 주기 위해, 유사한 작품들 가운데 표본으로 택해 학교 벽에 걸어 놓는 그림과도 같다. 그러나 이름은 사람들과 도시들에 대해 ─ 도시도 사람처럼 개별적이고 유일하다고 믿게끔 우리를 길들인다. ─ 모호한 이미지를 제시한다. 그 이미지는 사람이나 도시로부터, 또는 찬란하거나 어두운 울림으로부터 색깔을 끄집어내, 마치 사용 방법의 제한이나 장식 디자이너의 변덕 때문에 하늘과 바다뿐 아니라 보트, 성당, 행인도 온통 푸른색이나 붉은색으로 칠해진 포스터처럼 단조롭게 칠해진다.*『파르마의 수도원』**을 읽고 나서 내가 가장 가

---

* 프루스트는 『잃어버린 시간을 찾아서』를 '이름의 시대, 말의 시대, 사물의 시대'라는 3부작으로 쓰려고 했을 정도로 이름에 강한 애착을 보여 왔다. 이름(Noms), 즉 고유명사에 대한 몽상은, 보통명사나 일상 언어, 대화로 정의되는 말(Mots)과는 대조를 보이는데, 그 '모호하고도 불분명하고도 복합적인' 이미지가 '분명하고도 친숙한' 말에 대립되면서 몽상과 욕망의 유희에 서정적인 아름다움을 부여한다.

** 프랑스 19세기 작가 스탕달의 대표작이다(『적과 흑』과 더불어). 일생의 절반 이상을 이탈리아에서 보냈고, 프랑스에 이탈리아 열풍을 일으킨 주역이다. 파르

보고 싶은 도시 중 하나가 된 파르마라는 이름은 내게 조밀하고 매끄러우며 보랏빛을 띤 부드러운 이미지로 나타났고, 그리하여 내가 머무를지도 모르는 파르마의 한 저택에 대한 이야기가 나오면, 내게는 조밀하고 매끄럽고 따뜻한 보랏빛 저택에서 지내리라고 생각하는 기쁨이 생겨났다. 그 저택은 이탈리아 어떤 도시의 저택과도 관계가 없었지만, 단지 내가 파르마-파름이라는 이름의 공기가 전혀 통하지 않는 무거운 음절과, 스탕달의 부드러움과 바이올렛 반사광을 흡수한 모든 것의 도움을 받아 그 저택을 상상했기 때문이다. 그리고 나는 마치 경이로운 향기를 풍기는 화관과도 흡사한 도시로 피렌체를 떠올렸는데, 피렌체가 백합의 도시라 불리고, 그곳 대성당 이름이 '꽃의 성모 마리아'라는 뜻이었기 때문이다. 발베크의 경우, 노르망디의 옛 도자기가 그것이 발굴된 흙의 색깔을 간직하듯이, 이제는 폐지된 어떤 관습이나 봉건 제도, 고장의 옛 모습, 불규칙하게 변화하는 음절로 구성되어 옛날 식으로 발음되는 이름 중 하나가 되었다. 내가 발베크에 도착해서 성당 앞 맹위를 떨치는 바다가 보이는 곳으로 안내받았을 때, 나는 그곳에서 카페오레를 내 앞에 가져다줄 호텔 주인으로부터 그런 말투를 다시 들으리라는 것을, 그 주인이 우화 시에 나오는 인물처럼 입씨름하기 좋아하고, 점잖 빼고, 풍모가 중세적이리라는 걸 믿어 의심치 않았다.

내 건강이 나아져서, 비록 발베크에서 머물지 않는다고 해

마는 프랑스어로 파름(Parme)이다.

도 적어도 한번은 노르망디나 브르타뉴 건축물과 경관을 보기 위해 그처럼 상상 속에서 여러 번 탄 적 있는 1시 22분 기차를 타는 것을 부모님께서 허락만 해 주신다면, 나는 우선 가장 아름다운 도시에 내려 보고 싶었다. 그러나 여러 번 그 도시들을 비교해 보았지만, 다른 것과 바꿀 수 없는 그 개별적인 존재들 사이에서 어떻게 더 아름다운 도시를 고를 수 있단 말인가. 불그스름하고 우아한 레이스 안에서 그렇게도 높이 솟아 있고 꼭대기가 마지막 음절의 오래된 황금빛으로 빛나는 바이외(Bayeux). e 모음 위 방점*이 오래된 유리창을 검정 나무 같은 마름모꼴로 나누는 비트레(Vitré). 달걀 껍질의 노란색에서 진주 빛 회색에 이르는 희끄무레하고 부드러운 랑발(Lamballe). 기름지고 노르스름한 마지막 이중모음이 버터로 만든 탑을 장식하는 노르망디의 대성당 쿠탕스(Coutances), 마을의 고요 속에 역마차의 소음과 함께 파리가 뒤따르는 라니용(Lannion), 하얀 깃털과 노란 부리가 강물이 흐르는 시적인 장소의 길 위에 흩어져 있는 그 우습고도 소박한 케스탕베르(Questambert)와 퐁토르송(Pontorson), 해초 한가운데로 강물을 끌어들이려는 듯 밧줄에 겨우 매인 듯한 베노데트(Benodet), 바람에 날리는 가벼운 천 모자의 옅은 분홍색 날개가 운하의 초록빛깔 물속에서 떨리며 반사되는 퐁타벤(Pont-Aven),**

---

* 프랑스어의 고유한 악상테귀(accent aigu)가 글자 위에 놓인 모양이(é) 마치 유리창을 가르는 것 같다는 의미다.
** 1888년 고갱이 젊은 화가들과 더불어 인상파의 미세한 색채 분할에 반대하

중세 이래로 시냇물에 보다 단단히 메어 있고 그 사이를 졸졸 노래하며 검게 그은 은의 무딘 점으로 변한 햇살이 유리창 거미줄 너머로 그림을 그리듯 아주 섬세한 잿빛 진주 방울로 아롱지는 캉페를레(Quimperlé).*

이런 이미지들은 또 다른 이유에서는 잘못된 것이었다. 이미지가 어쩔 수 없이 너무 단순화되었기 때문인데, 어쩌면 내 상상력이 열망하고, 내 감각들이 불완전하고도 즉각적인 기쁨 없이 지각한 것을 이름이라는 은신처에 가두었으며, 어쩌면 내가 그 이름에 꿈을 쌓아 놓아, 그 이름들이 이제 내 욕망에 자기(磁氣)를 띠게 하였기 때문인지 모른다. 그러나 이름들은 그렇게 포괄적인 것이 아니다. 기껏해야 나는 그 안에 도시 주요 '명소' 두서넛을 집어넣을 수 있을 뿐이며, 또 그 명

여 단순하고도 강렬한 색채를 통해 비가시적인 세계를 표현하는 소위 종합주의 화법을 시도하던 곳이다.

* 문체론적으로 유명한 이 문단은 프랑스 시인 랭보의 「모음(Voyelles)」이라는 시 못지않게 주목을 받아 왔다. 문화적, 음성학적, 문자적인 함의로 가득한 이 문단에서 우선 자수 벽걸이로 유명한 바이외(Bayeux)의 yeu는 고풍스러운 금색을, 마름모꼴 유리창이 연상되는 비트레(Vitré)의 é는 검은색을 떠올리게 한다. 랑발(Lamballe)에는 하얀색(blanc)이란 음소가 들어 있으며, 쿠탕스(Coutances)의 an은 버터의 노란색을 환기한다. 라니용(Lannion)은 마부의 '가는 끈(lanière)'과 라퐁텐의 우화에 연유하며, 케스탕베르(Questambert)는 이 고장의 카망베르 치즈에서, 이밖에도 퐁토르송(Pontorson)의 하얀 깃털과 노란 부리는 이 도시 문양이 백조인 데서, 베노데트는 수초로 불리는 이 고장 수생 식물에서 비롯되었다. 퐁타벤의 모자 날개는 고갱의 그림 「브르타뉴의 네 여인들」에 나오는 하얀 천 모자와 연결되며, 플로베르를 매혹했던 '들판과 모래톱'의 투명한 시냇물 이미지는 캉페를레(Quimperlé)의 진주 빛(perlé) 방울로 표현된다.

소들은 아무런 매개물 없이 나란히 놓여 있었다. 발베크라는 이름에서는 마치 해수욕장에서 살 수 있는 펜대에 붙은 확대경에서처럼 페르시아풍 성당 주변에 일고 있는 파도가 보였다. 어쩌면 이런 이미지들의 단순화가 내게는 그토록 큰 영향력을 끼쳤는지도 모른다. 어느 해인가 부활절 휴가를 피렌체와 베네치아에서 보내기로 아버지가 결정했을 때, 나는 피렌체라는 이름에 평소에 그 도시들을 구성하는 요소들을 집어넣을 여지가 없어서, 어쩔 수 없이 그 본질이 조토의 천재성이라고 믿어 온 것을 봄의 향기로 수태시켜 초자연적인 도시를 만들어 내지 않을 수 없었다. 기껏해야 ── 그리고 하나의 이름에는 공간적인 것보다 시간적인 것을 더 많이 포함시킬 수 없으므로 ── 동일 인물의 행동을 서로 다른 두 시간으로 나누어, 한쪽에는 침대에 누워 있는 모습을, 다른 쪽에는 말을 타려는 모습을 보여 주는 조토의 몇몇 작품처럼, 피렌체라는 이름도 두 칸막이 객실로 나뉘어 있었다. 객실 하나에서는, 내가 건물 둥근 천장 밑에서 먼지 속에 조금씩 비스듬히 비쳐 들어온 아침 햇살이 커튼처럼 부분적으로 드리운 벽화를 응시하고 있었다. 또 다른 하나에서는(이름들을 접근할 수 없는 이상(理想)으로서가 아니라, 내가 그 안에 곧 잠길 현실 환경으로 생각함으로써, 내가 이름 안에 가두어 놓은 아직 살아 보지 못한 삶이나 순결하고도 순수한 삶이, 가장 물질적인 기쁨과 가장 소박한 정경에 이탈리아 프리미티프* 화가들의 작품과도 같은 매력을 주었으

---

* 르네상스 이전의 이탈리아 화가들을 지칭하는 것으로, 이전 시대의 신화적

므로) 내가 서둘러 — 과일과 키안티 포도주를 차려 놓고 나를 기다리는 점심 식탁에 가려고 — 노란 수선화와 흰 수선화, 아네모네 꽃이 만발한 베키오 다리를 건너가고 있었다. 이것이 바로 (비록 내가 파리에 있었지만) 내가 보는 것이었고, 내 주위에는 존재하지 않는 것들이었다. 단순한 사실주의적인 관점에서 보더라도, 우리가 욕망하는 고장들은 매순간 우리 진짜 삶에서 우리가 실제 몸담고 있는 고장보다 훨씬 더 넓은 장소를 차지한다. 내가 "피렌체, 파르마, 피사, 베네치아에 간다."라는 말을 했을 때, 만일 내가 내 생각 속에 들어 있는 것에 좀 더 주의를 기울였다면, 내가 보고 있는 것은 하나의 도시가 아니라 내가 지금까지 알던 것과는 전혀 다른 어떤 감미로운 것, 이를테면 자신의 모든 삶이 겨울날 오후가 끝날 무렵의 시간 속에 흘러갈 것이라고 생각하던 사람에게 저 찬란한 미지의 것, 봄날 아침과도 같은 그 무엇이라는 것을 알았을 것이다. 이러한 비현실적이고 언제나 변함없이 비슷한 이미지들이 낮과 밤을 채우면서, 당시 내 삶을 이전 삶과 구별 지었다.(그러나 사물을 밖에서만 보는, 다시 말해 아무것도 보지 못하는 관찰자의 눈에는 이 두 삶은 구별되지 않았을 것이다.) 마치 오페라에서 새로운 멜로디가 소개되어도 팸플릿만 읽거나 극장 밖에 서서 단지 십오 분이 흘러갔다는 것만을 재고 있는 사람에게는 어떤 음악인지 짐작되지 않는 것처럼. 그리고

세계의 재현과는 달리 인물의 인간화, 지상 풍경의 출현, 복잡한 건축물의 묘사가 특징이다. 『잃어버린 시간을 찾아서』 1권 92쪽 주석 참조.

단순히 양적 관점에서 보더라도 우리 삶의 나날들은 다르다. 그 나날들을 횡단하기 위해 나같이 다소 신경 예민한 사람들은 자동차의 '기어'를 다양하게 조절한다. 올라가는 데 한없이 시간이 걸리는 험하고 힘겨운 나날도 있고, 노래를 부르면서 전속력으로 내려가는 비탈길 같은 날도 있다. 이 한 달 동안 ── 언제 들어도 물리지 않는 멜로디처럼 피렌체, 베네치아, 피사의 이미지들을 되씹으면서, 나는 그 이미지들이 내 안에 일으킨 욕망을 마치 사랑, 어떤 사람에 대한 사랑이기라도 한 것처럼 아주 개별적인 것으로 간직하고 있었는데 ── 나는 그 이미지들이 나와는 관련 없는 현실에 상응하며, 천국에 들어가기 전날 초기 기독교인들이 품었을지도 모르는 그런 아름다운 희망을 내게도 알게 해 주리라고 계속해서 믿는 것이었다. 그리하여 몽상을 통해 이루어졌지만 감각 기관을 통해서는 지각되지 않았던 것을 ── 감각 기관이 아는 것과는 전혀 다르기 때문에 그만큼 더 매혹적이라 할 수 있는 ── 감각 기관을 통해 바라보고 만지고 싶어 하는 그런 모순에 대한 걱정 없이, 그것이 이런 이미지들의 현실을 환기해 주고 내 욕망을 더욱 타오르게 했는데, 내 욕망을 충족해 줄 약속처럼 생각되었기 때문이다. 내 열광의 동기는 예술적인 기쁨을 느끼려는 욕망이었고, 그 욕망을 부추기는 안내자는 미학 서적보다는 안내 책자, 아니 기차 시간표였다. 내 마음을 움직였던 것은, 상상 속에서 가까이 보고 있으면서도 다가갈 수 없던 이 피렌체에, 만약 나와 피렌체를 갈라 놓는 여정이 마음속에서 실현 가능하지 않다고 느껴지면, 간접적인 수단으로 우회해서 '육로'를 통해 도달할 수 있다고 생각했다는 것이다. 물론 내가 가서 보려는 것에 이렇듯 큰 중요성을 부여하면서 "베네치아는 조르조네 유파의 고장이고, 티치아노의 저택이 있으며, 중세 주택 건축의 가장 완벽한 박물관"*이라고 되풀이했을 때는 행복한 기분마저 들었다. 그러다 더 행복한 느낌이 들었을 때는, 심부름을 나갔다 이른 봄이 며칠 계속된 후(콩브레에서 부활절 성주간에 자주 그렇듯이) 다시 겨울로 돌아간 날씨 때문에 걸음을 빨리 하던 차, 거리에서 마로니에를 보았을 때였다. 마로니에는 물처럼 차갑게 흐르는 공기에 잠겼으면서도 철을 어기지 않고 정확히 찾아오는 봄의 초대를 받아 이미 치장을 시작했고, 또 나무를 시들게 하는 추위가 잠깐 괴롭히고는 있지만, 점차 싹을 틔우는 것을 막지 못해 그 억누를 수 없는 푸르름을 얼어 있는 마디마디에 절망하지 않고 펼치면서 아로새기고 있었다. 그때 나는 이미 베키오 다리에는 수많은 히아신스와 아네모네가 덮여 있을 것이며, 봄의 태양이 대운하의 물결을 짙푸른 빛과 고귀한 에메랄드 빛깔로 물들여, 티치아노의 그림 밑에 부서지는 물결 빛깔이 그림의 풍부한 색채와 필적할 정도로 아름다울 거라고 생각했다. 아버지가 기압

---

* 이 베네치아에 대한 묘사는 대부분 러스킨이 쓴 『베네치아의 돌』의 몇몇 구절들을 문자 그대로 인용한 것이다. 큰따옴표로 인용된 부분이 바로 『베네치아의 돌』에 나오는 구절들이다. 러스킨은 이 책에서 조르조네의 베네치아 그림을 영국 화가인 터너의 런던 그림과 비교한다. 조르조네는 16세기 베네치아의 대표적 화가로, 몽상적인 분위기와 부드러운 색채가 뛰어나며, 풍경화의 시조이다. 티치아노에 대해서는 『잃어버린 시간을 찾아서』 1권 80쪽 주석 참조.

계를 보고 추위를 한탄하면서 어떤 기차가 좋을지 찾기 시작했을 때, 그리고 점심 식사 후에 석탄을 때는 열차를 타고 주변을 모두 변화시키는 일을 맡고 있는 그 마법의 방으로 들어가서는, 다음 날 "벽옥으로 장식되고 에메랄드 포석이 깔린" 대리석과 황금의 도시에서 잠이 깰 것이라는 걸 알았을 때 나는 기쁨을 억누를 수 없었다. 그리하여 나는 대리석과 황금의 도시, 그리고 백합의 도시*가 단지 상상 속에서 마음대로 만들어 낸 허구적인 정경이 아니라, 만약에 보고 싶다면 파리로부터 어떤 일정한 거리에, 또는 지구의 어떤 일정 지점에 존재해서 반드시 그 거리를 통과해야 하는, 다른 곳에서는 찾아볼 수 없는, 한마디로 말해 실재하는 도시라는 사실을 깨달았다. 이 도시들이 더 현실적으로 느껴지게 된 것은, 아버지께서 "어쨌든 4월 20일부터 29일까지는 베네치아에 머무르다 부활절 아침에는 피렌체에 도착할 것이다."라고 말했을 때였다. 아버지는 이 두 도시를 추상적인 공간뿐 아니라 상상적인 시간에서도 벗어나게 하셨고 ── 이 상상적인 시간에서는 한 번에 한 곳만 여행하는 것이 아니라 동시에 다른 여행도 할 수 있지만, 그것은 가능성에 지나지 않으므로 많은 감동을 주지 않는다. 또 이 시간은 얼마든지 다시 만들어 낼 수 있어서 한 도시에서 보낸 시간을 다른 도시에서도 보낼 수 있다. ── 또 그 도시들에 대해 우리가 사용하는 물건의 진정한 증명서가 될 특별한 날들을 봉헌하셨다. 왜냐하면 이 특별하고 유일한

---

* 대리석과 황금의 도시는 베네치아, 백합의 도시는 피렌체를 가리킨다.

날들은 실제로 소모해 버리면 다시는 돌아오지 않아서, 우리가 다른 곳에서 그날들을 보내면 이곳에서는 더 이상 그날들을 보낼 수 없기 때문이다. 두 여왕 도시 베네치아와 피렌체가 아직은 존재하지 않는 관념적인 시간에서 벗어나, 이 유일한 시간에 흡수되려고 온 것은 바로 세탁소 여자가 잉크로 얼룩진 조끼를 가져오기로 한 월요일이 시작되던 주중이었다고 생각한다. 나는 이 두 도시에 대해, 이제 곧 가장 감동적인 기하학으로 둥근 지붕과 탑을 내 삶의 설계도에 그려 넣을 수 있게 되었다. 그러나 아직은 환희의 마지막 단계로 가는 길 위에 있었다. 아버지께서 "대운하 쪽은 아직도 추울 거다. 만일을 대비해서 여행 가방에 겨울 외투와 두꺼운 윗도리를 넣는 것이 좋겠다."라고 말씀하시는 것을 들었을 때, 나는 드디어 환희의 절정에 도달했다. (다음 주 부활제 전날에, 조르조네 벽화가 반사되어 붉게 물든 물결이 찰랑거리는 베네치아 거리를 산책하는 사람들은 — 여러 번 주의를 받았음에도 나는 계속해서 이렇게 말했다. — "핏빛 외투 주름 아래서 청동 광택이 나는 갑옷을 입고, 바다와 같은 위엄을 지닌 무시무시한 사람들"이 아니라 바로 나 자신일 것이며, 또 누군가가 내게 보여 주었던 거대한 산마르코 성당의 사진에 찍힌, 중산모를 쓰고 정문 앞에 서 있는 키 작은 사람이 바로 나 자신일 거라는 계시만을 받고도) 그때까지는 불가능하다고 믿어 왔던 것이 "인도양의 암초와도 흡사한 자수정 바위" 사이로 스며 들어가는 듯 느껴졌다. 내 힘을 넘어서는 최상의 운동이, 나를 둘러싼 방의 공기를 내용물 없이 텅 빈 껍질마냥 벗겨 버리면서 나는 그곳을 베네치아의 공기로, 내 상상력이 베네치아라는 이름 안에 가두어 놓았던 꿈의 분위기처럼 뭐라고 말로 표현할 수 없는 특별한 바다의 분위기로 채워 놓았고, 그러자 나는 내 영혼이 기적적으로 육체에서 분리되는 느낌을 받았다. 이 느낌은 목이 심하게 아플 때 느끼는 토하고 싶은 막연한 욕구와 겹쳐졌고, 그래서 난 침대로 옮겨져야 했는데, 그래도 열이 떨어지지 않아 의사는 지금은 피렌체와 베네치아로 떠나는 것을 단념해야 할 뿐만 아니라 완전히 회복된 후에도 적어도 앞으로 일 년 동안은 여행 계획이나 흥분의 원인이 되는 것은 모두 피해야 한다고 선언했다.

그리고 슬프게도 의사는 내가 라 베르마를 들으러 극장에 가는 것도 단호히 금지했다. 베르고트가 천재라고 한 그 뛰어난 여배우가 피렌체와 베네치아, 발베크에 가지 못하는 나에게 똑같이 중요하고 똑같이 아름다운 무언가를 일깨워 줘, 그곳에 가지 못하는 나를 위로해 줄 수도 있었으련만, 부모님께서는 매일 나를 샹젤리제에 보내는 것으로 만족하려 했고, 게다가 내가 피곤하지 않도록 감시하는 사람을 딸려 보냈는데, 그 사람이 바로 레오니 아주머니가 돌아가신 후 우리 집에 일을 하러 오게 된 프랑수아즈였다. 샹젤리제에 가는 것이 나는 견딜 수 없었다. 만약 베르고트가 그의 책 한 권에서 샹젤리제를 묘사해 놓았다면, 지금까지 상상 속에서 '복사본'을 떠놓았던 다른 모든 것들과 마찬가지로 틀림없이 샹젤리제에 가고 싶었을 것이다. 내 상상력이 그 모든 것에 활기를 주고 생생하게 만들고 인격을 부여함으로써 현실에서 되찾고 싶어 했을 테지만, 그 공원에는 내 꿈에 부합되는 것이라곤 아무것도 없었다.

어느 날, 목마 옆 익숙한 장소에서 내가 지루해하는 걸 본 프랑수아즈가 나를 데리고 — 막대 사탕 과자를 파는 여자들의 작은 가게가 일정한 간격으로 만들고 있는 경계선을 넘어 — 바로 옆이었지만 아는 얼굴 하나 없는 낯선 곳으로 소풍을 갔다. 염소가 끄는 마차가 지나갔다. 프랑수아즈는 월계수 숲을 등진 의자에 놓아둔 소지품을 가지러 되돌아갔다. 나는 프랑수아즈를 기다리면서 듬성듬성 짧게 깎여 햇빛에 시든 넓은 잔디밭을 발로 짓밟고 있었다. 잔디밭 저쪽 끝에는 분수가 있었고, 조각상 하나가 분수를 내려다보고 있었다. 그때 분수 수반 앞에서 배드민턴을 치던 붉은 머리 소녀에게, 또 다른 소녀가 외투를 걸치고 라켓을 집어 들며 가로수 길에서 빠른 목소리로 외쳤다. "안녕, 질베르트. 나 갈게. 오늘 저녁 식사 후에 우리가 너희 집으로 가는 거 잊지 마!" 질베르트라는 이름이 내 곁을 지나갔다. 그곳에 없는 사람의 이름을 말한 것이 아니라, 그 사람을 향해 직접 불러, 이름이 가리키는 사람의 존재를 그만큼 더 환기하면서 지나갔다. 그 이름은 그렇게 내 곁을 활동 중인 상태로, 말하자면 내 곁을 따라 던져진 이름의 곡선을 따라 이름의 표적인 질베르트의 귀에 가까워지면서 힘이 더 커진 상태로 지나갔다. 그 이름은 내가 느끼기에, 내가 아니라 이름을 부른 친구가 이름을 부른 대상에 대한 지식이나 관념, 그녀가 이름을 발음하면서 두 소녀의 일상적인 친밀함이나 서로 집을 방문하는 것, 이름을 외쳐 공기 속으로 내던진 그 행복한 소녀에게는 매우 친근하고 다루기 쉬운 것이나, 반대로 내게는 내 옆을 스쳐 가면서도 내가 뚫고 들어

가지 못해 더욱 고통스러운 그 접근할 수 없는 미지의 삶을 연상시키는, 적어도 그녀 기억 속에 간직하던 그 모든 것들을 이름 가장자리로 옮기면서 지나갔다. 그 이름은 스완 양 삶의 눈에 보이지 않는 어떤 요소들을 정확히 건드리면서, 오늘 저녁 식사 후에 그녀 집에서 풍길 감미로운 향기와 더불어 대기 중에 이미 떠다니도록 내버려두면서, 아이들과 하녀들 가운데로 푸생*이 그린 것 같은, 아름다운 정원 위로 솟아오른 붉은 구름이며 전차와 말 들로 둘러싸인 신들이 영위하는 생활의 몇몇 부분을 세밀하게 반영해 주는 듯한, 하늘의 통로인 그 멋진 빛깔의 작은 구름을 형성하면서 지나갔다. 끝으로 그 이름은 듬성듬성한 잔디 위로, 시든 잔디밭의 한 조각이자 동시에 배드민턴을 치던 금발 소녀(그녀는 푸른 깃털 장식 모자를 쓴 여자 가정교사가 부를 때까지 계속 배드민턴을 치고 있었다.)의 오후 중 한순간이었던 그 장소에, 그렇게도 아름답고 반사광처럼 촉지할 수 없는 헬리오트로프** 빛깔의 작은 띠를 던지면서, 내가 향수병에 걸린 이교도처럼 느린 걸음으로 아무리 산책해도 질리지 않았을 융단처럼, 그렇게 포개어진 작은 띠를 던지면서 내 곁을 지나갔다. 바로 그때 프랑수아즈가 소리를 질렀다. "자, 외투 단추를 끼우고, 빨리 꺼집시다." 나는 처음으

---

* 니콜라 푸생(Nicolas Poussin, 1594~1655). 17세기 프랑스 화가로 근대회화의 시조다. 신화나 성서에서 소재를 택해 상상적인 풍경 속에 정확한 비례의 고전적 인물을 그렸다. 여기서 묘사된 그림은 「플로라의 제국」인 것처럼 보인다.
** 보라색 꽃이 피는 향기 좋은 정원 식물로 꽃 이름의 뜻이 '태양을 바라본다'이다.

로 프랑수아즈가 상스러운 언어를 구사하며, 애석하게도 그녀 모자에는 푸른 깃털이 없다는 걸 알고 짜증이 났다.

그녀가 다시 샹젤리제로 돌아올까? 다음 날 그녀는 그곳에 없었지만 며칠 후 나는 그녀를 보았다. 나는 그녀가 친구들과 놀고 있는 곳 주위를 계속 맴돌았다. 한번은 술래잡기에서 사람이 모자라자 그녀는 친구를 시켜 그녀 편에 들어오지 않겠느냐고 내게 물어왔다. 그때부터 그녀가 그곳에 올 때마다 우리는 언제나 같이 놀았다. 하지만 날마다 그랬던 것은 아니다. 수업이 있거나 교리 문답, 간식 시간 등, 질베르트라는 이름 안에 응축되어 콩브레 오솔길과 샹젤리제 잔디밭에서 두 번이나 그렇게 안타깝게 내 곁을 스쳐 갔다고 느꼈던, 내 삶과는 단절된 그 모든 삶 때문에 그녀가 오지 못하는 날이 있었다. 그런 날이면 그녀는 자기를 보지 못할 것이라고 미리 알려 주었다. 만약 그것이 공부 때문이라면 그녀는 "아, 정말 따분해. 내일 난 못 올 거야. 나 없이도 재미나게 놀아."라고 말하면서 약간은 나를 위로해 주는 듯한 슬픈 표정을 지었다. 하지만 반대로 어떤 모임에 초대받았을 때, 내가 그런 줄도 모르고 놀러 올 거냐고 물으면 "오지 않았음 좋겠어. 제발 엄마가 친구 집에 가게 해 주면 좋을 텐데."라고 대답했다. 적어도 그런 날에는 그녀와 만날 수 없다는 걸 알고 있었다. 반면 어떤 날에는 갑자기 그녀 어머니가 쇼핑하러 가는 데에 그녀를 데리고 가서, 다음 날 그녀는 "그래, 엄마하고 같이 외출했었어." 하고 마치 당연한 일이라는 듯, 어느 누구에게도 커다란 불행이 되지 않는다는 듯 말했다. 또 날씨가 나쁠 때에는 가정교사가 비가 올까 겁이 나서 질베르트를 샹젤리제로 데려오려고 하지 않았다.

　그래서 하늘이 의심스러우면 나는 아침부터 끊임없이 하늘에 물어보았고 모든 조짐을 살펴보았다. 만약 맞은편 집 부인이 창가에서 모자를 쓰고 있는 것을 보면 이렇게 중얼거렸다. "저 부인은 외출하려고 하나 봐. 그러니까 외출할 수 있는 날씨인 거야. 질베르트가 저 부인처럼 하지 않을 이유가 있겠어?" 하지만 날씨가 흐려지면 어머니께서는, 날이 갤지도 모르지만 그러려면 햇빛이 더 나야 하는데 아무래도 비가 올 것 같다고 말씀하셨다. 만일 비가 온다면 샹젤리제에 가 봐야 무슨 소용이겠는가? 이렇게 점심을 먹고 난 후에 내 불안한 시선은 구름 낀 불확실한 하늘에서 떠나지 못했다. 하늘은 계속 어두웠다. 창문 앞 발코니는 잿빛이었다. 갑자기 그 찌푸린 돌 위에서 덜 흐릿한 빛깔을 본 것은 아니지만, 덜 흐릿한 빛깔이 되려고 노력하는, 빛을 방출하려고 망설이는 빛줄기의 떨림이 느껴졌다. 잠시 후 발코니가 창백해지고 새벽녘 물처럼 빛나면서, 격자무늬 철책의 수많은 그림자가 그 위에 와서 놓였다. 바람이 그림자들을 흐트러트리자 돌은 다시 어두워졌고, 그래도 그림자들은 길든 듯 되돌아왔다. 돌이 다시 눈에 띄지 않을 정도로 천천히 하얘지면서, 마치 음악에서 서곡 마지막 부분의 한 곡조를, 모든 중간 음정을 거쳐 빠르게 포르티시모까지 이끌어 가는 지속적인 크레셴도*처럼, 돌이 화창한 날씨

＊ 포르티시모나 크레셴도는 음악에서 매우 세게 연주하라는 말이다.

에 흔히 보는 변하지 않고 움직이지도 않는 금빛에 이르는 것을 보았다. 그 금빛에는 발코니 난간의 조각된 받침대로 잘린 그림자가 제멋대로 자란 식물처럼 검게, 화가의 열성적인 의무감과 만족감을 드러내는 듯, 아주 작은 것들의 윤곽을 섬세하게 그리면서, 어둡지만 행복한 그림자들의 무리 속에서 휴식을 취하는 부조나 벨벳인 양 뚜렷이 드러나 있었다. 사실 햇빛의 호수에서 쉬던 그 넓고 무성한 잎들의 그림자는 자신들이 고요와 행복의 담보물이라는 걸 아는 듯했다.

순간적인 담장이여, 벽에서 자라는 덧없는 식물이여! 벽을 기어 올라가거나 창문을 장식하는 식물 중에서도 가장 빛깔이 없고 가장 서글픈 식물이여, 그대가 우리 집 발코니에 나타난 날부터 그대는 내게 가장 소중해졌도다. 샹젤리제에 이미 가 있을지도 모르는 질베르트라는 존재의 그림자와도 같은, 그리하여 내가 그곳에 도착하자마자 나에게 "어서 술래잡기를 시작하자. 너는 내 편이야."라고 말해 줄 그대여, 연약해서 가벼운 바람에도 날아갈 것 같지만, 계절이 아니라 시간과 관련되어, 때에 따라 거부되기도 하고 이루어지기도 하는 즉각적인 행복의 약속, 그래서 그만큼 더 즉각적인 행복을, 사랑의 행복을 약속하는 식물이여, 돌 위에 있으면서도 이끼보다 더 부드럽고 더 따뜻해서 한겨울에도 한 줄기 햇살에 싹을 틔우고 기쁨의 꽃을 피우는 강인한 식물이여!*

---

* 발코니에 비친 빛이나 그림자 효과를 담쟁이가 벽을 타고 기어오르는 데에 비유한 단락이다.

그리고 모든 식물이 자취를 감추고, 오래된 나무들의 줄기를 감싸고 있는 아름다운 초록빛 껍질도 다 눈 속에 파묻혀 있던 나날들, 눈이 그쳐도 날씨는 여전히 흐려서 질베르트의 외출을 기대하지 못하는 날이었다. 그런데 갑자기 나타난 햇빛이 어머니에게 "마침 날씨가 좋구나. 어쨌든 샹젤리제에 가 보렴."이라고 말하게 했고, 또 발코니를 덮은 눈의 외투 위로 금빛 실들을 짜면서 검은 그림자들을 수놓았다. 이날 우리는 아무도 보지 못했다. 아니, 막 떠나려고 하는 한 소녀만을 볼 수 있었는데, 그녀는 질베르트가 오지 않을 거라고 확신했다. 위압적이지만 추위를 잘 타는 가정교사 무리가 앉아 있던 의자들은 텅 비어 있었다. 단지 잔디밭 가까이에는 꽤 나이 든 부인만이 앉아 있었는데, 어떤 날씨에도 빠지지 않고 오는 분으로, 항상 똑같은 멋진 어두운 색깔 옷차림이었다. 부인과 알고 지낼 수만 있다면, 부인과의 교제를 위해서라면 대신 내 미래 모든 삶의 이점마저도 아낌없이 바쳤을 텐데. 왜냐하면 질베르트가 매일 그 부인에게 인사를 하러 갔으니까. 그때마다 부인은 질베르트에게 그녀의 '사랑스러운 어머니'에 대한 소식을 묻곤 했다. 내가 부인과 아는 사이였다면 나는 질베르트에게 있어 전혀 다른 사람, 그녀 부모님 주변 사람을 아는 사람이 되었을 텐데 하고 생각했다. 손자들이 멀리서 놀고 있는 동안, 부인은 항상 그녀가 '나의 오랜 데바'*라고 부르는 신문《데바》를 읽었고, 경찰이나 의자 빌려 주는 여자에 대해 이야기할 때면

---

* 『잃어버린 시간을 찾아서』 1권 22~23쪽 주석 참조.

언제나 귀족적인 어투로 "나의 오랜 친구인 경찰관 나리. 의자 빌려 주는 아주머니와 전 오랜 친구랍니다."라고 말했다.

프랑수아즈가 너무 추워 가만히 있지 못하겠다고 해서, 우리는 콩코르드 다리까지 얼어붙은 센 강을 보러 갔다. 저마다, 심지어는 아이들까지 겁도 없이 강 가까이 다가갔는데, 마치 좌초한 거대한 고래가 아무 저항 없이 거기 놓여 있어 곧 조각조각 잘리기라도 할 것처럼 우리는 아주 가까이 갔다. 그 후 우리는 다시 샹젤리제로 돌아왔다. 나는 움직이지 않는 회전목마와, 눈을 치운 길들의 검은 망 안에 갇힌 하얀 잔디밭 사이에서 고통으로 쓰러질 것만 같았다. 잔디밭 위 조각상에는 그 몸짓을 설명해 주는 듯한 긴 고드름이 달려 있었다. 노부인은 《데바》를 접으면서 때마침 지나가던 아이 보는 하녀에게 시간을 묻고는 고맙다고 했다. 그녀는 이렇게 말했다. "얼마나 친절한지!" 그리고 도로 청소부에게는 날씨가 추우니까 손자들에게 돌아오라는 말을 전해 달라고 부탁하면서 이렇게 덧붙였다. "정말 감사해요. 얼마나 송구스러운지요!" 그때 갑자기 하늘이 갈라졌다. 인형 극장과 서커스 사이로 더 아름다워진 지평선에서, 반쯤 보이는 하늘 사이로 마치 전설 속 신호처럼 '마드무아젤'의 푸른 깃털 장식이 보였다. 질베르트는 이미 전속력으로 나를 향해 달려오고 있었다. 네모난 모피 모자 아래 얼굴은 추위로, 늦게 도착해서, 또는 놀고 싶은 소망으로 반짝이며 붉게 상기되어 있었다. 그녀는 바로 내 조금 앞까지 얼음 위를 미끄러지듯 달려왔는데, 몸의 균형을 더 잘 잡기 위해서인지, 아니면 그렇게 하는 것이 더 우아하게 보인다고 생각했는지, 아니면 스케이트 선수 흉내를 내려고 했는지, 두 팔을 활짝 벌리며 미소를 머금은 채 나를 맞이하려는 듯 다가왔다. "아, 브라보, 브라보! 너희들 말로는 '멋있어! 대단해!'라고 말했겠지만 난 다른 시대, 앙시앵 레짐* 시대 사람이니까." 하고 노부인은 질베르트가 날씨에 겁먹지 않고 온 것을 칭찬하려고 말 없는 샹젤리제를 대신해서 말했다. "아가씨도 나처럼 우리 오랜 친구 샹젤리제에 충실하군요. 우리 두 사람 다 용감해요. 이런 날씨에도 내가 샹젤리제를 좋아한다고 말한다면 날 비웃을지 모르지만, 내게는 이 눈이 흰 담비같아 보인답니다."라고 말하면서 노부인은 웃기 시작했다.

이런 나날의 첫날 ─ 질베르트와의 만남을 방해할 수 있는 힘의 상징인 눈이 우리들의 유일한 만남이 이루어지던 그 익숙한 장소를 하얀 덮개로 덮어 그 모습을 변화시키고 거의 쓸 수 없게 만들었으므로 헤어져야 하는 날의 슬픔을, 출발하는 날의 모습을 띠게 했지만 ─ 그녀가 나와 첫 번째 슬픔과도 같은 것을 나눈 날이었으므로, 내 사랑에 진전이 있는 날이기도 했다. 우리 무리에서 단지 우리 두 사람만이, 나 혼자만이 질베르트와 함께 있었던 그날은, 우리 내밀한 관계가 시작된 날이었을 뿐 아니라 또한 그녀 쪽에서도 ─ 그녀가 오로지 나를 위해 이런 날씨에도 와 주기라도 한 것처럼 ─ 오후 모임 초대를 포기하고 나를 만나러 샹젤리제로 와 주었던 날만큼이나 감동적으로 느껴졌다. 나는 주변 사물들의 무감각과 고

---

* 『잃어버린 시간을 찾아서』 1권 133쪽 주석 참조.

독, 그리고 폐허 한가운데에서도 생생하게 남아 있는 우리 우정의 생명력과 미래에 좀 더 많은 믿음을 품게 되었다. 그래서 그녀가 내 목에 눈덩이를 던지는 동안, 나는 그 행동이 이 겨울의 새로운 고장에서 나를 여행 동반자로 인정했다는 호감의 표시이자, 동시에 불행 한가운데에서도 그녀가 나에 대해 간직한 일종의 충실함이라고 여기며 감동의 미소를 지었다. 곧 그녀의 친구들이 참새처럼 잠시 망설이다가 하나둘 눈 위로 새까맣게 모여들었다. 우리는 놀기 시작했고, 그처럼 슬프게 시작된 하루가 기쁨 속에서 끝나게 되어 있었던지, 내가 술래잡기를 하기 전, 첫날 질베르트의 이름을 불렀던 그 빠른 목소리의 여자 아이에게 다가갔을 때 그녀는 이렇게 말했다. "아니야, 아니야. 네가 질베르트 편에 더 들어가고 싶어하는 걸 알아. 게다가 질베르트가 손짓하고 있잖아." 정말로 질베르트는 눈 덮인 잔디밭 위에서 자기 편으로 오라고 날 부르고 있었다. 햇빛이 그녀에게 분홍빛 반사광과 오래된 비단의 마모된 금박을 비추면서 황금빛 천막 진영*을 이루는 듯했다.

내가 그토록 두려워했던 그날은 반대로 그렇게 불행하지 않았던, 드문 날 중 하루가 되었다.

왜냐하면 질베르트를 만나지 않고는 하루도 버틸 수 없는 나였지만(한번은 할머니가 저녁 식사 때까지 돌아오지 않아서, 할머니가 마차에 치인다면 얼마 동안은 샹젤리제로 가지 못할지도 모

---

* 1520년 프랑수아 1세와 헨리 8세가 파드칼레에서 금실로 짠 천막을 친 호화로운 막사에서 회견한 것을 암시한다.

른다는 생각마저 들 정도였다. 누구나 사랑을 하면 더 이상 아무도 사랑하지 않는 법이다.) 그녀 곁에 있는 이 순간들이, 전날부터 그토록 초조하게 기다리던 이 순간들이, 내가 몸을 떨며 다른 모든 것을 희생할 수 있었던 이 순간들이, 나는 전혀 행복하지 않았다. 그리고 난 그 이유를 잘 알았다. 나의 세심하고도 끈질긴 주의력을 기울인 내 삶의 유일한 순간들이었는데도, 그 주의력에서 난 어떤 기쁨의 분자도 발견하지 못했기 때문이다.

질베르트와 멀리 떨어져 있는 동안에도 나는 내내 그녀를 봐야만 했다. 끊임없이 그녀 모습을 그려 보려고 애쓰면서도 끝내 그려 보지 못한 나는, 내 사랑이 정확히 무엇에 부응하는지 알 수 없었다. 게다가 그녀는 날 좋아한다고 한 번도 말한 적이 없었다. 오히려 반대로 그녀는 종종 나보다 더 좋아하는 남자 애가 있다고 하거나, 내가 너무 산만해서 썩 놀기 좋지는 않지만, 기꺼이 자신이 같이 놀아 주는 좋은 친구라고 말했다. 결국 그녀는 자주 눈에 띄도록 냉담하게 굴었고, 내가 다른 사람들과는 다른 존재라는 믿음은 만약 질베르트가 나에게 품은 사랑에서 비롯되었다면 흔들렸겠지만, 내 경우처럼 내가 질베르트에 대해 품은 사랑에 근거한다면, 더욱더 질베르트를 생각할 수밖에 없게 만드는 그런 내적인 필연성 때문에 더 끈질겨졌다. 그러나 그녀에게 내가 느끼는 감정들을 나는 아직 고백조차 하지 못했다. 물론 공책 페이지마다 수없이 그녀 이름과 주소를 써넣었지만, 그렇게 쓴다고 해서 그녀가 나를 더 생각해 주는 것도 아니고, 또 그런 낙서는 내 주변에 표면적으로만 그렇게 많은 장소를 차지할 뿐, 그녀를 내 삶에 더 많이 끌어들이지 못했으며, 또 그런 낙서들이 그것을 보지도 않을 질베르트에 대해서는 말해 주지 않고 나 자신의 욕망에 대해서만 말해 주어서, 이러한 욕망이 순전히 개인적이고 비현실적이며 견딜 수 없이 무기력한 그 무엇이라 생각되어 나는 낙담했다. 가장 시급한 일은 우리가, 질베르트와 내가 다시 만나 서로 사랑을 고백하는 것이었고, 말하자면 그때까지 우리 사랑은 아직 시작도 하지 않은 셈이었다. 내가 그녀를 보고 싶어서 그렇게 초조해하는 여러 이유들도 틀림없이 성숙한 인간에게는 그토록 절박하지 않았을지도 모른다. 훗날 쾌락을 가꾸는 일에 좀 더 능숙해지면, 내가 질베르트를 생각하듯, 사랑하는 여인의 모습이 실제에 부응하는지 어떤지 알려고 초조해하지 않고, 그 여인을 생각하는 기쁨만으로, 또 그녀가 우리를 사랑하는지 어떤지를 확인할 필요 없이 그 여인을 사랑하는 기쁨만으로 만족하리라. 마지막으로, 보다 아름다운 한 송이 꽃을 피우기 위해 여러 다른 꽃들을 희생하는 일본 정원사들을 본떠, 그녀가 우리에게 기울이는 마음을 좀 더 뿌리 깊게 하기 위해, 그녀에게 기우는 우리 마음을 고백하는 기쁨을 포기하리라. 하지만 질베르트를 사랑하던 시기에는, 나는 '사랑'이 실제로 우리 밖에 존재한다고 믿었다. 사랑은 기껏해야 우리에게서 장애물을 멀리 치워 줄 뿐이지만, 우리가 그 어떤 것도 바꾸지 못하는 질서 안에서 행복을 제공한다고 믿었다. 그래서 내 주도로 고백의 감미로움을 무관심한 척하는 태도로 바꾼다면, 내가 자주 꿈꾸어 오던 기쁨을 빼앗길 뿐만 아니라 내 멋대로 꾸며 낸, 별 가치 없는, 진실과도 통하지 않는 사랑을 만들어 내, 사랑의 예정된 신비로운 길을 따르는 것을 포기해야 할지도 모른다고 생각했다.

그러나 샹젤리제에 도착했을 때 — 우선 내 사랑에 필요한 수정을 가하기 위해 나와는 무관하게 생겨난 그 생생한 원인과 대조해 보려고 했을 때 — 나의 피로한 기억으로는 더이상 찾아내지 못하는 이미지들을 새롭게 해 주리라고 기대했던 질베르트 스완의 존재를 눈앞에 마주하자 어제 함께 놀던 질베르트 스완, 우리가 생각하기도 전에 한쪽 발을, 또 다른 한쪽 발을 앞에 내딛을 때처럼 맹목적인 본능으로 알아보고 인사하는 그 질베르트 스완을 보자, 나는 곧 그녀와 내 꿈의 대상이었던 소녀가 서로 다른 두 존재인 듯 느껴졌다. 예를 들어 전날부터 내 기억 속에 간직하던 질베르트의 얼굴은 통통하고 빛나는 뺨에 불타는 듯한 두 눈이었는데, 이제는 내가 정확히 기억하지 못했던 어떤 뾰족한 코 끝 같은 것을 보여 주어, 그 코가 순식간에 다른 얼굴 요소들과 결합되면서 자연사에서 종을 정의하는 데 사용되는 특징들 같은 중요성을 띠게 됨으로써, 질베르트를 코가 뾰족한 유형의 소녀로 바꾸는 것이었다. 이곳에 오기 전부터 준비해 왔지만 더 이상 내 머릿속에서 그려 볼 수 없었던 질베르트의 이미지에, 그토록 바라 오던 그 순간을 이용하여 필요한 수정을 해 두면, 내가 혼자 보내야 하는 오랜 시간 동안 내가 기억하는 것은 바로 그녀이며, 책을 쓸 때처럼 조금씩 커져 가는 것은 바로 그녀에 대한 내 사랑이라는 걸 확신하게 해 줄 텐데라고 생각하면서 그에 전념하고 있을 때, 그녀가 내게 공을 던졌다. 지성으로는 외계를 믿지 않지만 육체로는 외계 현실을 고려하는 관념주의 철학자처럼, 그녀라고 확인하기 전에 그녀에게 인사를 한 것과 동일한 자아가 그녀가 던져 준 공을 지체 없이 받았고(마치 그녀가 단순히 같이 놀려고 온 친구이지, 하나가 되려고 온 영혼의 친구가 아니라는 듯이) 그녀가 떠나는 시간까지 상냥하지만 무의미한 말로 그녀에 대한 예의를 지키느라고 나의 절박하고도 방황하는 이미지를 손질할 침묵의 시간도 가질 수 없었고, 우리 사랑을 진전시킬 결정적인 말을 할 기회도 없었기 때문에 나는 매번 다음 날 오후에 기대를 걸어 볼 수밖에 없었다. 그래도 우리 사랑에 약간의 진전은 있었다. 어느 날 질베르트와 함께 우리에게 유난히 친절한 아주머니 가게에 갔을 때 ── 스완 씨가 이 가게에서 향신료가 든 '팽데피스'를 사 오라고 보냈기 때문이다. 그는 인종적으로 잘 걸리는 습진과 예언자로부터 물려받은 변비 때문에 건강을 위해 이 빵을 많이 먹었다.* ── 질베르트가 웃으면서 내게 어린애들 책에 나오는 꼬마 색채 화가와 꼬마 박물학자 같은 두 남자 아이를 가리켰다. 그중 한 명은 보라색 막대사탕이 더 좋다고 하면서 붉은색 사탕은 원치 않았고, 또 다른 한 명은 눈물을 글썽이며 하녀

---

* 팽데피스(Pain d'épice)는 생강 같은 향신료와 견과류, 꿀을 함께 넣어 만든 빵이다. 유대인이 잘 걸리는 '인종적인 습진'은 『구약성서』의 「신명기」 28장 27절에 나오는 "주님께서는 너희가 고치지 못할 이집트의 궤양과 종기와 옴과 가려움 병으로 너희를 치실 것이다."라는 구절과 연관 있으며, '예언자들의 변비'는 유대인들이 이집트를 떠나 광야에서 기름과자의 하나인 '만나'만 먹으며 변비에 걸려 고기를 달라고 주님께 불평하던(「민수기」 11장) 일화와 관계된다.

가 사 주려는 자두는 싫다고 하면서 열정적인 목소리로 말했다. "나는 다른 자두가 더 좋아. 이건 벌레 먹었잖아!" 난 1수짜리 구슬 두 개를 샀다. 다른 그릇 안에 들어 있는, 그 포로처럼 반짝거리는 마노 구슬을 나는 경탄하며 바라보았는데, 구슬이 소녀처럼 미소를 지었고 금빛이었으며 또 한 알에 50상팀이나 했기 때문에 내게는 아주 귀중하게 보였다.* 나보다 용돈을 더 많이 받는 질베르트가 내게 어떤 것이 가장 예쁜지 물었다. 마노 구슬에는 삶의 투명함과 뒤섞임이 있었다. 나는 그중 어떤 것도 그녀로부터 버림받게 하고 싶지 않았다. 그녀가 구슬들을 모두 사서 해방해 주길 바랐다. 하지만 나는 그녀 눈빛과 같은 빛깔 구슬 하나를 가리켰다. 질베르트는 구슬을 들었고, 구슬의 금빛 광채를 살펴보았으며, 구슬을 애무했고 몸값을 치렀다. 하지만 곧 내게 그 포로를 넘겨주면서 말했다. "자, 이건 네 거야. 이걸 줄 테니까, 기념으로 간직해."

또 한번은 라 베르마가 고전극에서 연기하는 것을 늘 듣고 싶어 하던 나는 베르고트가 라신에 대해 쓴, 지금은 절판된 소책자를 혹시 가지고 있는지 물어보았다. 그녀는 정확한 제목을 알려 달라고 했다. 그래서 그날 저녁에 속달을 보내면서 그토록 여러 번 노트에 적어 넣었던 그 질베르트 스완이라는 이름을 봉투에 썼다. 다음 날 그녀는 누군가를 시켜 찾아낸 소책자를 가느다란 보랏빛 리본으로 묶고 하얀 밀랍으로 봉인한 상자 안에 넣어서 주었다. "이게 네가 부탁한 건지 잘 살펴

---

* 1수가 5상팀이므로 50상팀은 10수다.

봐."라고 말하면서 내가 보낸 속달을 그녀 토시에서 꺼냈다. 그런데 그 속달 편지 ─ 어제까지만 해도 아무것도 아니었던, 단지 내가 쓴 것에 지나지 않았던, 우편배달부가 질베르트네 문지기에게 전달하고, 다음으로 하인이 그녀 방까지 전달한 후부터는, 그날 그녀가 받은 속달 편지 중 하나가 되어 값을 따질 수 없을 정도로 귀중해진 ─ 주소에서 나는 내가 써 놓은 그 공허하고도 고독한 필체를 우체국 소인 아래서, 배달부 중 한 사람이 연필로 추가 기입한 것 아래서 거의 알아보지 못했는데, 그 소인이나 기입은 실현된 기호이자 외부 세계의 봉인이며 삶의 상징적인 보랏빛 띠로서, 처음으로 내 꿈과 결합되어 그 꿈을 유지하고 돋보이게 하고 또 즐겁게 했다.

또 어떤 날은 이렇게 말했다. "저기, 날 질베르트라고 불러도 돼. 어쨌든 난 당신을 세례명으로 부를 거야. 너무 거북하니까." 그러나 그녀는 여전히 잠시 동안은 계속해서 나를 '당신'이라고 불렀다.* 그리고 내가 그 사실을 지적하자 그녀는 웃으면서 마치 외국어 문법 시간에 새로운 단어를 사용할 목적으로 문장을 만들 때처럼 내 세례명으로 말을 끝맺었다.**

---

* 샹젤리제에서의 질베르트와 화자의 대화는 모두 '당신'이라는 호칭으로 이루어진다. 당시 귀족 사회나 부르주아 사회에서는, 지금과는 달리 어린애들이나 청소년 사이에서도 '당신'이란 호칭을 썼기 때문이다. 그러나 프랑스어의 '당신'이란 호칭에는 우리말 같은 그런 위계 질서나 엄격함이 없으며, 더 나아가 오늘날 청소년 사이에는 일반적으로 당신이 아닌 '너'가 통용되므로(당시 질베르트와 마르셀의 나이는 대략 열네 살 정도로 추정된다.) 이 책에서는 유년 시절 사랑이란 이미지를 부각하기 위해 이 단락만을 제외하고는 모두 그냥 '너'라고 옮긴다.
** 『잃어버린 시간을 찾아서』의 화자는 익명의 존재다. 단 두 번 예외가 있는

훗날 내가 그때 느꼈던 것을 회상하면서 나는 나 자신이 그녀의 다른 친구들에게 속했거나, 그녀가 내 성을 말할 때는 우리 부모님에게 속한 그런 사회적 수식어는 하나도 없이 벌거벗은 상태로 그녀 입속에 들어 있었다는 인상을 받았는데, 그때 그녀의 입술은 — 조금은 그녀의 아버지처럼, 단어를 강조하고 싶을 때는 그 단어 하나하나를 띄워서 발음하려는 노력에 의해 — 과육밖에 못 먹는 과일 껍질처럼 내 껍질을 벗기고 내 옷을 벗기는 것처럼 보였다. 한편 그녀의 시선은 그녀의 말이 담은 것과 똑같은 친밀감을 보이면서 그녀가 의식하고 있다는 걸 증명하며, 기쁨과 감사하는 마음까지도 미소를 곁들여 더 직접적으로 내게 던지는 것이었다.

그러나 그 순간조차도 나는 이 새로운 기쁨의 가치를 제대로 평가할 줄 몰랐다. 그 기쁨은 내가 사랑하는 소녀로부터 그 소녀를 사랑하는 나에게 주어지지 않고, 내가 함께 놀고 있는 소녀에 지나지 않은 다른 사람으로부터 진정한 질베르트에 대한 추억도 확고한 마음도 가지지 못한 '또 다른 나'에게 주어졌기 때문이다. 이 확고한 마음만이 그러한 행복을 욕망했기에 행복의 가치를 알 수 있었을 텐데. 집에 돌아온 후에도 나는 그 기쁨을 음미하지 못했다. 내일은 질베르트를 정확하고 평온하고 행복하게 관조할 수 있을 것이며, 그래서 마침내 그녀가 사랑을 고백하고, 지금까지 어떤 이유로 나에게 그걸

데, 한번은 「갇힌 여인」에서 "화자에게 이 책의 저자와 같은 이름을 부여하며"라고 간접적으로 암시한 경우와 다른 한번은 알베르틴이 작가의 세례명으로 "마르셀!"이라고 직접 호명한 경우다.

감추어 왔는지를 설명할 것이라는 필연성이, 과거를 아무것도 아닌 듯 여기게 하고, 내 앞만을 바라보게 하는 그 동일한 필연성이, 그녀가 내게 준 이 작은 이점들을 그 자체로 충족된 것으로 생각하지 않고 발을 내디딜 새로운 발판으로, 한 걸음 한 걸음 앞으로 나아가게 하여 드디어는 내가 지금까지 만나지 못했던 행복에 이르게 하는 발판으로 생각하게 했다.

가끔씩 그녀는 이런 우정을 표시해 주었지만 또한 나를 보아도 기쁘지 않다는 표정을 지어 내 마음을 아프게 했는데, 그런 일들은 내 희망을 실현하기에 가장 적합하다고 기대했던 날 자주 일어나곤 했다. 나는 질베르트가 샹젤리제에 오리라고 확신했고, 그래서 단지 앞으로의 커다란 행복의 막연한 전조로 보이는 기쁨을 느끼면서 — 엄마에게 키스를 하려고 거실에 들어서면 이미 몸단장을 마친 엄마의 검은 머리 위에는 올린 머리채가 탑처럼 잘 놓여 있었고, 통통하고 아름다운 하얀 손에서는 여전히 비누 냄새가 났다. — 피아노 위에 홀로 서 있는 먼지 기둥을 보면서, 또 창 밑에서 휴대용 손잡이 오르간이 「열병식에서의 귀환」*을 연주하는 것을 들으면서, 나는 이 겨울날 저녁에 봄날의 뜻하지 않은 찬란한 방문을 받으리라고 예감했다. 우리가 점심 식사를 하는 동안, 맞은편 집 부인이 창문을 열면서 윙크 단 한 번으로 — 우리 집 식당 실내 전체에 단번에 줄을 그으면서 — 지금까지 내 의자 곁에서

---

* 군대의 승리를 바라는 이 노래는 1886년 폴뤼스(Paulus)가 부른 것으로 당시 불랑제주의와 드레퓌스 사건에 힘입어 유행했다.

졸던 빛을 날려 버렸고, 그 빛은 잠시 후 다시 돌아와서는 계속 낮잠을 잤다. 학교에서는 1시 수업 시간에 태양이 내 책상 위까지 금빛 광선을 끌고 와서는, 마치 3시 전에는 갈 수 없는 어떤 축제에의 초대처럼 날 초조함과 지루함으로 애타게 했다. 3시가 되자 프랑수아즈가 교문 앞으로 날 데리러 왔다. 우리는 샹젤리제를 향해, 온통 빛으로 장식되고 군중으로 넘쳐흐르며, 햇빛 때문에 떨어져 나온 발코니들이 흐릿하게 금빛 구름마냥 집 앞을 둥둥 떠다니고 있는 거리를 지나갔다. 아! 슬프게도 난 샹젤리제에서 질베르트를 보지 못했다. 그녀는 아직 도착하지 않았다. 나는 보이지 않는 햇빛으로 길러진 잔디 위에 꼼짝 않고 서서는 지평선에서 눈을 떼지 않았다. 보이지 않는 햇빛은 새싹 끝을 불길처럼 타오르게 했고, 그 위에 내려앉은 비둘기들은 마치 정원사 곡괭이가 존엄한 땅의 표면에 파 놓은 고대 조각상처럼 보였다. 나는 질베르트의 모습이 여자 가정교사를 따라 조각상 뒤에서 나타날 순간만을 기다렸다. 조각상은 팔에 안은 아이를 앞으로 내밀고 있는 듯했고, 태양의 축복을 받아 빛으로 넘쳐났다. 《데바》 애독자인 노부인은 늘 앉던 안락의자에서 정다운 손짓으로 관리인을 부르며 소리쳤다. "정말 좋은 날씨군요!" 그리고 의자를 빌려 주는 여자가 안락의자 값을 받으러 오자 온갖 교태를 부리면서 자신이 구하고 있는 것이 마치 꽃다발이기라도 한 듯 장갑 아래 트인 부분에 10상팀짜리 표를 끼워 넣었다. 표를 준 사람에 대한 호의의 표시로, 자신에게 가장 적합하다고 생각되는 곳에 넣어서 주고 싶었던 것이다. 그런 곳을 찾아내자 그녀는 고개를 한 번 돌리고 모피 목도리를 바로 하고는, 의자 빌려 주는 여자에게 옷 소매 밖으로 삐죽 나와 있는 노란색 표 딱지 끝을 보이면서 아름다운 미소를 지었다. 그 미소는 마치 한 여인이 젊은 남자에게 자신의 코르사주를 가리키며 "당신이 주신 장미를 알아보시겠죠!"라고 말하는 것 같았다.

나는 프랑수아즈를 데리고 질베르트를 맞이하러 개선문까지 갔지만 만나지 못하고, 이제는 그녀가 오지 않을 거라고 확신하면서 잔디밭으로 돌아왔다. 그때 회전목마 앞에서 빠른 목소리의 소녀가 나를 향해 달려오고 있었다. "빨리 와, 빨리. 질베르트가 온 지 벌써 십오 분이나 됐어. 곧 돌아가야 한대. 술래잡기하려고 모두들 널 기다리고 있어." 내가 샹젤리제 대로를 걸어 올라가고 있는 동안, 질베르트는 부아시당글레* 길로 온 것이었다. 마드무아젤께서 좋은 날씨 덕에 그녀를 위한 쇼핑을 하셨고, 또 스완 씨가 딸을 데리러 온다고 했다. 이렇게 된 것은 모두 다 내 잘못이었다. 잔디밭에서 떨어지지 말았어야 했다. 질베르트가 어느 쪽에서 올지, 더 빨리 또는 더 늦게 올지 전혀 알 수 없었으니 말이다. 그리하여 이 기다림은 내게 샹젤리제의 모든 장소와 오후의 모든 시간을, 마치 그 거대한 공간과 시간 각각의 지점에, 각각의 순간에, 질베르트의 이미지가 나타나는 것이 가능하다는 듯, 샹젤리제뿐만 아니라 이미지 자체도 감동적으로 만들었다. 왜냐하면 이 이미지

---

* 19세기에 샹젤리제는 파리지엥들이 즐겨 찾던 산책로였다. 콩코르드 광장에서 개선문에 이르는 샹젤리제 대로에서 부아시당글레는 콩코르드 광장 근처에 있는 길로, 개선문 쪽으로 간 화자와는 거의 반대 방향에 위치한다.

뒤에는 2시 30분이 아니라 4시에, 놀이용 베레모 대신 방문용 모자를 쓰고, 두 인형 극장 사이가 아니라 앙바사되르* 극장 앞에, 내 가슴 한복판을 찔렀던 이유가 숨어 있다고 느껴졌기 때문이다. 질베르트를 따라할 수 없는 일 중에, 그리고 그녀를 외출하게 하거나 집에 머무르게 하는 일 중에, 내가 어느 하나를 간파했으며 그녀가 누리는 알 수 없는 삶의 신비로움과도 접촉했던 것이다. 목소리가 빠른 소녀의 명령에 따라 술래잡기를 시작하려고 뛰어가면서, 우리와 함께 있을 때에는 그렇게 활기차고도 거칠게 굴던 질베르트가《데바》를 읽는 노부인에게는 수줍은 미소를 짓고 꾸민 듯 공손하게 인사하는 것을(노부인은 그녀에게 "태양이 얼마나 아름다운지! 불 같구나." 라고 말했다.) 보았을 때도, 바로 이 신비로움이 내 마음을 흔들어 놓았다. 그 모습은 내게 질베르트와는 다른 소녀를, 그녀의 부모와 함께, 또는 그녀 부모의 친구들과 함께, 또는 방문할 때 모습을, 나로부터 빠져나가는 그녀의 또 다른 생활을 환기해 주었다. 하지만 이러한 생활에 대해 잠시 후 자기 딸을 데리러 온 스완 씨만큼 강한 인상을 준 사람도 없었다. 스완 씨와 그의 부인에겐 ― 그들의 딸은 그들 집에 살고, 그녀의 공부와 놀이, 친구 관계도 그들에게 달렸으므로 ― 질베르트와 마찬가지로, 아니 오히려 그녀에 대해 모든 권한을 가진 신에게나 어울리듯 질베르트 이상으로 ― 물론 그 원천은

***
** 앙바사되르 극장은 샹젤리제 공원 안 가브리엘 길에 위치한다. 제2제정에서는 음악 카페였고, 20세기 초에는 버라이어티 쇼 극장이었다.

모두 질베르트에게서 나왔겠지만 — 뭔가 접근하기 어려운, 알 수 없는 고통스러운 매력이 있었다. 그들에 관한 것은 모두 내게 지속적인 관심의 대상이었다. 그래서 그날처럼 스완 씨가(예전에 우리 부모님과 가깝게 지냈을 때에는 내가 자주 보면서도 별로 관심을 가지지 않았던) 샹젤리제로 질베르트를 찾으러 오는 날이면, 그의 회색 모자와 케이프 코트*의 출현이 내 마음속에 불러일으킨 마음의 동요를 진정시킨 후에도 여전히 그의 모습은, 마치 우리가 어떤 역사적인 인물에 대한 총서를 읽은 후에 인물의 아주 사소한 특징에도 매료되듯 내게 강한 인상을 남겼다. 파리 백작과의 친분에 대해서도 콩브레에서 들었을 때는 별 관심 없어 보였는데, 지금의 나로서는 스완 씨 말고는 어느 누구도 오를레앙 가문을 결코 안 적 없다는 듯이 뭔가 경이롭게 여겨졌다. 그의 친분 관계는 샹젤리제의 산책로를 가득 메운 여러 계층의 천박한 산책자들을 배경으로 그를 뚜렷이 드러나게 했으며, 그가 특별한 존경심도 요구하지 않은 채 그들 한가운데에 나타나는 데 동의했다는 사실이, 게다가 아무도 그에게 경의를 표하려고 하지 않을 정도로 그렇게 익명의 존재로 자신을 감싸고 있다는 사실이 그저 경탄스럽기만 했다.

그는 질베르트의 친구들이 인사를 하면 공손히 답해 주었고, 더 나아가 우리 가족과의 불화에도 불구하고 날 알아보지

---

* 코트 위에 붙이는 소매 없는 짧은 옷. 검정 벨벳 케이프를 걸치는 것이 유행한 후 코트의 부속품으로 널리 애용되었다.

못하는 척하면서 내 인사에도 답해 주었다.(그래도 난 이런 인사를 통해 그가 시골에서 날 자주 보았다는 것을 기억해 냈는데, 그래도 그것은 어둠 속에 간직했던 추억이었다. 왜냐하면 내가 질베르트를 다시 만난 후부터는 스완은 내게 다른 무엇보다도 질베르트의 아버지였으며 더 이상 콩브레의 스완이 아니었기 때문이다. 내가 지금 스완의 이름에 연결하는 관념도 예전에 그 이름이 놓여 있던 망의 관념들과는 다르고, 지금 내가 그를 생각해야 할 때에도 더 이상 그런 관념은 사용하지 않았으므로 그는 새로운 인물이 되었다. 그렇지만 나는 이 새로운 인물을 인위적이고 이차적이며 횡적인 방법으로, 우리 집 과거 손님이었던 스완 씨에게 결부했다. 그리고 지금의 나에게는 내 사랑에 도움되지 않는 것은 전부 가치가 없었으므로, 지금 샹젤리제에서 내 앞에 있는 스완, 다행히도 질베르트가 내 이름을 이야기하지 않아 나를 모르는 스완 씨 앞에서, 지난날 그가 내 아버지와 조부모님과 함께 정원 식탁에서 커피를 마시는 동안, 엄마에게 저녁 인사를 하러 내 방에 와 달라고 사람을 보내면서 나 자신을 그렇게도 자주 우스꽝스럽게 만들었던 저녁이 생각나자, 그 생각을 지워 버릴 수 없다는 부끄러움이, 후회가 내 가슴을 찔렀다.) 스완 씨는 질베르트에게 십오 분 정도는 기다릴 수 있으니 한 번 더 놀아도 좋다고 하면서, 다른 사람들과 마찬가지로 철제 의자에 가서 앉고는, 필리프 7세*와 자주 악수한 손으로 표 값을 지불했다. 한편 우리는 잔디밭에서 비둘기 떼를 쫓아 버리며 놀기 시작

---

* 파리 백작은 루이필리프 도를레앙으로, 필리프 7세라는 이름으로 왕위 승계권을 주장했다. 『잃어버린 시간을 찾아서』 1권 37쪽 주석 참조.

했다. 몸이 무지갯빛 하트 모양인, 조류계의 라일락꽃이라 할 수 있는 비둘기들은 은신처에 가기라도 하듯 피신했다. 어떤 것은 커다란 돌 수반 위에 내려앉아 부리를 수반 뒤로 감추면서, 그 안에 있는 열매나 씨앗을 쪼아 먹는 듯했는데, 열매나 씨앗을 가득 담아 수반에 바치는 듯한 몸짓을 해 보이면서, 동시에 바치는 위치를 수반에게 정확히 지시해 주는 듯했다. 또 다른 비둘기는 조각상 머리 위에 내려앉아, 마치 몇몇 고대 조각품에서 돌의 단조로움을 피하려고 알록달록하게 에나멜 칠을 한 장식을 머리 위에 얹어 놓은 모습이었는데, 여신이 그 장식을 쓸 때면 특별한 수식어의 가치를 띠게 되어, 인간들이 지닌 여러 다른 이름처럼 새로운 신성을 부여받게 된다.

햇빛이 연일 계속되던 어느 날, 내 희망이 아직도 이루어지지 않은 날, 난 질베르트에게 실망을 감출 용기가 없었다.

"너에게 묻고 싶은 것이 아주 많아." 하고 난 그녀에게 말했다. "오늘은 우리 우정에서 아주 중요한 날이 될 거라고 믿어. 근데 넌 오자마자 금방 가 버릴 테니! 내일은 좀 일찍 오도록 해 봐, 그래야 내가 말할 수 있을 테니까."

그녀의 얼굴이 다시 빛났고, 그녀는 기쁨으로 펄쩍 뛰면서 대답했다.

"내일은 기대하지 마, 난 올 수 없어! 근사한 간식 모임에 초대받았거든. 내일모레도 오지 못할 거야. 친구 집 창문에서 테오도시우스* 왕이 오는 걸 보려고. 정말 굉장할 거야. 그리고

---

* 테오도시우스가 아니라 러시아 마지막 황제 니콜라이 2세의 1896년 파리

그다음 날에는 「미셸 스트로고프」*를 보러 갈 거고, 다음에는 곧 성탄절이고, 또 새해 휴가가 있고. 부모님은 날 아마도 남 프랑스로 데리고 갈 거야. 정말 멋지지! 크리스마스트리가 없어 서운하겠지만. 어쨌든 내가 파리에 있어도 여기는 오지 못할 거야. 엄마와 여러 곳을 방문해야 하니까. 안녕! 아빠가 날 부르고 있어.”

나는 프랑수아즈와 함께, 끝이 난 축제날 저녁처럼 아직도 햇빛 깃발로 장식된 거리를 지나 집으로 돌아왔다. 나는 다리를 끌 힘조차 없었다.

“놀랄 일도 아니지요.”라고 프랑수아즈가 말했다. “계절에 맞는 날씨가 아니에요. 너무 더워요. 오, 하느님, 곳곳에 불쌍한 병자들이 생겨나겠지요. 하늘이 좀 미쳤나 봅니다.”

나는 눈물이 터져 나오는 것을 참으며, 질베르트가 오랫동안 샹젤리제에 오지 못하는 것을 기뻐하며 터트리던 말들을 되풀이해 보았다. 그러나 그녀를 생각한다는 단순한 정신 작용만으로도 내 마음을 가득 채우는 매력과, 정신적인 습관의 내적 구속이 질베르트에 대해 불가피하게 취하지 않을 수 없는 그 특별하고도 유일한 입장이 — 비록 고통스럽다 할지라

방문을 가리키는 듯하다. 테오도시우스(Flavius Theodosius) 왕은 379년부터 395년까지 동로마와 서로마를 다스린 로마의 마지막 황제로서 그리스도교를 로마 제국의 국교로 만들었다. 『잃어버린 시간을 찾아서』에서 여러 번 언급되는 인물이다.
** 프랑스 19세기 작가 쥘 베른의 소설로, 나중에 희곡으로 각색되어 1880년 샤틀레 극장에서 상연되었다.

도 — 이런 그녀의 무관심에도 불구하고 뭔가 소설적인 것을 덧붙이면서, 눈물 한 가운데서도 단지 입맞춤의 수줍은 시작에 지나지 않은 미소를 띠었다. 그래서 우편 배달부가 오는 시간이 되자, 그날 저녁도 나는 여느 날처럼 중얼거렸다. "나는 질베르트로부터 편지 한 통을 받을 것이다. 드디어 그녀는 나를 계속해서 사랑해 왔다고 말할 것이고, 지금까지 그 사실을 숨길 수밖에 없었던 은밀한 이유와 나를 보지 않고도 행복한 척했던 이유를, 또 단순한 놀이친구 질베르트처럼 행동했던 이유를 말해 줄 것이다."

저녁마다 나는 그런 편지를 즐겨 상상했고, 또 그 편지를 읽고 있는 듯한 생각이 들어서, 한 문장 한 문장 낭송해 보곤 했다. 그러다 갑자기 겁이 나서 멈추었다. 만약 내가 질베르트의 편지를 받는다 해도, 내가 상상했던 것과 다를 수 있다는 생각이 들었다. 왜냐하면 편지를 쓴 사람은 바로 나 자신이었으니까. 그때부터는 그녀가 내게 써 보내 주기를 바라던 말들로부터 내 생각을 다른 데로 돌리려고 애썼다. 그런 말들을 스스로 입 밖에 냄으로써 — 가장 소중하고 가장 욕망하던 말들을 — 실현 가능한 영역으로부터 제외시키지나 않을까 하는 두려움에서였다. 비록 사실임 직하지 않은 어떤 우연의 일치 탓에 내가 지어낸 편지가 질베르트 쪽에서 보낼지도 모르는 편지와 같다 할지라도, 나는 거기서 내가 쓴 것을 금방 알아봄으로써 나로부터 오지 않는 어떤 것, 현실적이고 새로운 어떤 것, 내 정신 밖에 위치하고 내 의지와는 무관한, 정말로 사랑에 의해 주어진 행복을 받는다고 느끼지는 못할 것이기 때문이었다.

그동안 나는 질베르트가 써 보낸 것은 아니지만 적어도 그녀가 보내 준 책으로, 라신에게 영감을 준 고대 신화의 아름다움에 관해 베르고트가 쓴 책을 읽었다. 나는 그 책을 마노 구슬 옆에, 항상 내 옆에 간직했다. 책을 찾아 보내 준 친구의 친절에 감동했다. 그리고 누구나 자신의 정열에 어떤 이유를 찾아내고자 하는 법이므로, 문학이나 대화를 통해 사랑을 불러일으킬 만한 장점이라고 배운 것들을 사랑하는 사람에게서 알아보고는 행복해하며 더 나아가서는 그 장점들을 모방하고 자기 것으로 만들어, 비록 그 장점이 그의 사랑이 자연스럽게 추구하던 것과는 정반대라 할지라도 — 지난날 스완이 오데트의 아름다움에서 미학적인 특징을 찾으려고 했던 것처럼 — 그 사랑의 새로운 이유로 삼듯, 이미 콩브레에서부터 질베르트의 미지의 삶 때문에 그녀를 사랑했고, 그래서 아무것도 아닌 것처럼 보이는 내 삶을 내던지고 그녀 삶 속으로 뛰어들어 다른 사람으로 태어나고 싶어 했던 내가, 지금은 질베르트가 너무나 잘 알려지고 멸시받는 내 삶의 겸허한 종이 되어 편리하고도 편안한 조력자로서 저녁마다 내 일을 도와주고 나를 위해 여러 소책자들을 검토해 줄 수 있다면 엄청난 특혜일 거라고 생각했다. 베르고트로 말하자면, 한없이 지적이고 거의 신 같은 존재인 그 노인을, 질베르트를 만나기도 전에 그를 사랑했지만 지금은 특히 질베르트 때문에 더욱 사랑했다. 베르고트가 라신에 대해 쓴 글들을 읽을 때처럼 기쁜 마음으로, 나는 질베르트가 보내 준, 하얀 밀랍으로 봉인되고 물결 모양 연보랏빛 리본으로 묶인 종이를 바라보았다. 나는 내 친구 마음의 가장 좋은 부분, 경박하지 않고 충실하며 그녀 삶의 신비로운 매력으로 장식되었으면서도 언제나 내 곁에 머물며, 내 방에서 살고 내 침대에서 잠드는 마노 구슬에 입맞춤했다. 그러나 돌의 아름다움과 베르고트 글의 아름다움은 질베르트에 대한 내 사랑이 공허하게 보이는 순간에도 내 사랑에 일종의 밀도를 부여하여 즐겁게 사랑에 연결하도록 했지만, 실은 그 아름다움은 내가 질베르트를 사랑하기 전에 이미 존재했으며 내 사랑과 전혀 닮지 않은 데다가 그런 아름다움의 요소란 것이 내가 질베르트를 알기 전에 재능 혹은 광물학적인 법칙에 의해 이미 정해져서 설령 질베르트가 나를 사랑하지 않는다 해도 그 책이나 돌에는 어떤 변화도 없을 것이며 따라서 그 안의 그 무엇도 행복의 메시지를 읽게 해 주지 않는다는 사실을 깨달았다. 내 사랑이 질베르트의 사랑 고백을 끊임없이 기대하면서, 매일 저녁마다 그날 낮 동안 잘못 생각했던 것을 취소하고 파기하는 동안, 내 마음의 그늘에서는 한 낯선 여공이 나를 기쁘게 하거나 내 행복을 위해 일한다는 생각 없이, 뽑힌 실들을 쓰레기처럼 버리지 않고 자신의 일거리에 부여하는 순서와는 다르게 배치했다. 그녀는 내 사랑에 특별한 관심도 보이지 않았고, 내가 사랑받는지 어떤지도 결정하지 않은 채, 내게 설명할 수 없는 것으로 보였던 질베르트의 모든 행동과 내가 용서해 주었던 그녀의 모든 잘못들을 거두어들였다. 그러자 그 행동과 잘못이 하나의 의미를 가지게 되었다. 이 새로운 순서는, 질베르트가 샹젤리제에 오는 대신 그녀의 가정교사와 오후 모임 초대에 가거나, 쇼핑을 하러 가거나, 또는 새해 휴가 준비를 하는 것을 보면서, 내가 "경박하지 않으면 온순하기 때문일 거야!"라고 생각했던 것이 틀렸다고 말하는 듯했다. 왜냐하면 만약 그녀가 나를 사랑했다면 경박하거나 온순하게 행동하지 않았을 것이며, 만약 그녀가 다른 사람에게 복종할 수밖에 없었다면 내가 그녀를 보지 못했던 날마다 내가 맛보았던 것과 똑같은 절망을 그녀 자신도 느껴야만 했을 것이기 때문이다. 또한 이 새로운 순서는, 내가 질베르트를 사랑하는 이상 사랑이 무엇인지를 알아야만 한다는 것을 말해 주었다. 또한 내가 그녀 눈에 가치 있는 사람으로 보이고자 하는 데서 오는 그 끊임없는 걱정거리들을 깨닫게 해 주었는데, 그 때문에 나는 프랑수아즈에게 방수 코트와 푸른 깃털 달린 모자를 사 주라고 어머니를 조르거나, 날 창피하게 만드는 하녀와 함께 샹젤리제로 보내지 말아 달라고 설득하는 것이었다.(이 말에 어머니께서는 내가 프랑수아즈에 대해 정당하지 못하며, 프랑수아즈가 얼마나 헌신적이고 충직한 사람인지 모른다고 말씀하셨다.) 그것은 또한 질베르트를 보고 싶은 이 유일한 욕구가 몇 달 전부터 미리 그녀가 언제 파리를 떠날 것이며 어디로 가는지를 알아내려고 애쓰면서, 그녀가 거기 없다면 가장 멋진 고장도 유배지로 보여, 내가 그녀를 샹젤리제에서 볼 수 있는 한 영원히 파리에 머무르고 싶어 한다는 것을 깨닫게 해 주었다. 그런데 질베르트의 행동에는 이런 걱정거리나 욕구가 없다는 걸 쉽게 알 수 있었다. 그녀는 그녀 가정교사에 대한 내 생각 따위는 신경도 쓰지 않고 반대로 그녀를 높이 평가했다. 질베르트는 가정교사와 쇼핑을 하기 위해서라면 샹젤리제에 오지 않는 것이 너무도 당연하며, 또 자기 어머니와 외출하는 것만큼이나 즐거워했다. 그리고 만약 내가 그녀와 같은 곳으로 겨울 방학을 보내러 가는 것을 그녀가 허락해 줄 것이라고 가정한다 해도, 그녀는 장소를 정하는 데 있어 자기 부모님의 희망이나 사람들이 말해 준 숱한 오락거리에만 신경을 쓸 뿐, 우리 가족이 나를 보내고 싶어 하는 장소는 생각조차 하지 않았을 것이다. 이따금 그녀는 자기 친구들이 나보다 좋으며, 내가 게임을 소홀히 해서 졌기 때문에 전날보다 덜 좋아하게 되었다고 말했는데, 그럴 때면 나는 그녀에게 용서를 구하고 그녀가 다른 친구들만큼이나 나를 다시 좋아해 주고, 다른 친구들보다 더 나를 좋아하게 하려면 어떻게 해야 하는지 물어보곤 했다. 나는 그녀가 이미 그렇게 되었다고 말해 주기를 바랐다. 마치 나를 기쁘게 하기 위해서라면, 나의 좋고 나쁜 행동에 따라 그녀의 단지 몇 마디 말로 나에 대한 그녀 애정을 그녀 마음대로, 또는 내 마음대로 바꿀 수 있기라도 한 것처럼 그녀에게 간청했다. 그렇다면 내가 그녀에게 느끼는 것이 그녀 행동이나 내 의지에 달리지 않았다는 걸 난 몰랐단 말인가?

끝으로, 눈에 보이지 않는 여공이 만든 새로운 순서는, 지금까지 우리를 괴롭혀 왔던 사람의 행동이 진심이 아니기를 바라기만 해도, 우리는 그 사람이 앞으로 할 행동에서 한 줄기 빛을 바랄 수 있고, 우리 욕망은 이 한 줄기 빛 없이는 아무것도 할 수 없으며, 우리 욕망보다는 오히려 이 빛에게 그 사람이 내일 어떤 행동을 할 것인지 물어봐야 한다는 사실을 말해 주었다.

이 새로운 말들을, 내 사랑은 듣고 있었다. 이 말들은 내 사랑에게 내일도 이미 지나간 다른 날들과 다르지 않을 것이며, 이미 바꾸기엔 너무 오래된, 나에 대한 질베르트의 감정이 바로 무관심이라는 것을, 질베르트와 내 우정 사이에서 나 혼자만이 그녀를 사랑한다는 사실을 말해 주었다. "사실이야." 하고 내 사랑이 대답했다. "이 우정에는 더 이상 볼일이 없어. 바뀌지 않을 테니까." 그리하여 다음 날이 되자마자(또는 만약 가까운 명절이나 생일, 새해 첫날처럼 여느 날과는 다른 하루가 있다면, 시간이 과거의 상속을 내던지고 슬픔의 유산을 받지 않은 채, 이미 들인 비용을 무시하고 새로이 다시 시작하는 날이 있다면) 난 질베르트에게 우리 옛 우정을 포기하고 새로운 우정의 기초를 다지자고 요구하는 것이었다.

나는 항상 손이 미치는 곳에 파리 지도를 두었다. 스완 씨 부부가 사는 거리를 식별할 수 있는 지도에 무슨 보물이라도 담겨 있는 듯했기 때문이다. 그래서 기쁜 마음으로, 또는 일종의 기사도적인 충성심으로 말끝마다 그 길 이름을 말하자, 어머니와 할머니와는 달리 내 사랑에 대해 전혀 알지 못하는 아버지께서는 이렇게 물으셨다.

"그런데 넌 왜 항상 그 길에 대해 말하는 거냐? 특별할 것도 전혀 없는데. 불로뉴 숲 가까이 있으니 살기에는 쾌적하겠지만 그 정도라면 비슷한 곳이 열 군데는 더 있단다."

나는 말을 할 때마다 스완 씨 이름이 부모님 입에서 나오도록 준비했다. 물론 나 스스로 그 이름을 머릿속에서 끊임없이 되풀이했지만, 그 감미로운 울림을 듣고 싶었고, 침묵 속에서 읽는 것만으로 충분치 않은 음악을 누군가 연주해 주기를 바랐다. 게다가 그토록 오래전부터 알아 왔던 스완이란 이름이, 마치 실어증 환자가 가장 많이 쓰이는 단어를 대할 때처럼 나에게는 새로운 이름이 되었다. 그 이름은 항상 내 생각 속에 존재하면서도 친숙해질 수 없는 그런 것이었다. 나는 그 이름을 분해하여 하나하나 떼어서 읽어 보았다. 그러자 이름의 철자가 내게는 하나의 놀라움이 되었다. 이름은 친숙해지면서 동시에 결백함을 잃었다. 내가 그 이름을 들었을 때 느꼈던 기쁨들에 뭔가 죄가 있다고 느껴졌고, 그래서 내가 대화를 그쪽으로 끌고 가려고 하면 사람들이 내 생각을 알아채고 화제를 바꾼다고 생각했다. 그래도 나는 질베르트와 관계되는 화제로 갑자기 방향을 바꾸고는 끊임없이 같은 말을 반복했는데, 그것이 오로지 말에 불과하다는 것을 ── 그녀로부터 멀리 떨어진 곳에서 발음되어 그녀에게 들리지도 않는 말, 있는 사실을 반복할 뿐 아무것도 변화시킬 수 없는 말임을 ── 깨달았지만, 아무 소용 없었다. 그렇지만 질베르트와 인접한 모든 것을 다루고 뒤섞다 보면 아마도 뭔가 행복한 일이 생길 수도 있을 거라는 생각이 들었다. 나는 부모님께 질베르트가 그녀의 가정교사를 좋아한다고 되풀이했는데, 마치 백 번째 내뱉은 이 말이 드디어 질베르트를 갑자기 우리 집으로 들어오게 하여, 우리와 함께 영원히 살게 하는 효력을 발휘할 것처럼 느껴졌다. 나는 다시금 《데바》를 읽던 노부인에 대한 찬사를 보내면서(나는 부모님께 그 부인이 대사 부인이거나 아니면 왕족일 거라고 넌지시 말했다.) 그분의 아름답고도 화려하고 고상한 모습을 계속해서 칭찬해 댔는데, 어느 날 질베르트가 부르던 걸 보면 노부인이 블라탱 부인일지도 모른다고 말했다.

"아! 그 사람이었어, 누군지 알겠다." 하고 어머니께서 소리쳤고, 난 수치스러움으로 얼굴이 붉어졌다. "너희 불쌍한 할아버지는 이렇게 말씀하셨지. '경계해라! 경계해!' 그 여자를 아름답다고 생각하다니! 그 끔찍한 여자를. 예전에도 그랬지. 그 여자는 어느 집행관 과부란다. 넌 기억이 안 나겠지만, 네가 어렸을 때 체조 시간이면 내가 그 여자를 피해 다니느라 얼마나 고생했는지 모른단다. 나를 알지도 못하면서 네가 '남자아이치고는 너무 예쁘다.'라는 평계로 말을 붙이러 오곤 했단다. 그 여자는 언제나 미친 듯이 사람들을 알고 싶어 했단다. 그리고 만약 그녀가 스완 씨 부인과 아는 사이라면, 내가 늘 생각했던 대로 그 여자는 정말 미쳤을 거다. 왜냐하면 그 여자는 아주 평범한 계급 출신으로, 내가 아는 한 그 여자에 대해 이렇다 한 말은 들은 적 없었으니까. 하지만 항상 다른 사람들과 사귀려고 했으니. 아주 끔찍하고 소름끼치도록 천박하고, 게다가 문제 덩어리란다."

스완으로 말하자면, 나는 그분과 닮아 보려고 식탁에서 코를 잡아당기거나 눈을 비비거나 하면서 거의 모든 시간을 보냈다. 아버지께서는 이렇게 말씀하셨다. "이 아이는 바보요. 끔찍한 아이가 될 거요." 특히 나는 스완처럼 대머리가 되고 싶었다. 내게 스완은 너무도 예외적인 존재였으므로, 내가 자주 방문하곤 하는 사람이 그를 안다거나, 하루 일과 중 우연히 누군가 그를 만났다고 하면 아주 경이로운 일처럼 느껴졌다. 그래서 한번은 어머니께서 보통 때처럼 저녁 식사 때 그날 오후 쇼핑에 대해 말씀하시다가 "그런데 내가 오늘 트루아 카르티에* 백화점 우산 매장에서 누구를 만났는지 알아맞혀 보세요. 바로 스완 씨였어요."라고 말하자, 그저 따분하게만 들리던 어머니 이야기 한가운데서 마치 신비로운 꽃 한 송이가 피어오르는 듯했다. 그날 오후 스완 씨가 그의 초자연적인 모습을 군중 속에 드러내 우산을 사러 갔다는 말이 내게는 얼마나 우수에 찬 쾌락으로 느껴졌던지! 똑같이 무관심한 일상의 크고 작은 사건들 가운데서 이 말은 질베르트에 대한 내 사랑을 지속적으로 움직이던 그 특별한 진동을 내 몸속에 일깨워 놓았다. 아버지께서는 프랑스의 국빈이자 자칭 프랑스의 동맹자라고 주장하는 테오도시우스 왕의 방문이 가져다줄 정치적 파장에 대해 말하는데도 내가 귀를 기울이지 않자, 내가 아무것에도 관심이 없다고 하셨다. 그러나 대신 나는 스완이 그날 케이프코트를 걸치고 있었는지 어떤지를 얼마나 알고 싶었던가!

"서로 인사를 하셨어요?" 하고 나는 어머니에게 물었다.

"당연한 일 아니겠니." 하고 어머니는 대답하셨다. 어머니께서는 우리가 스완과 사이가 안 좋다는 걸 인정하면, 자기가 원치 않는데도 사람들이 화해를 시키려고 할까 봐 두려워하시는 것 같았다. 스완 씨 부인 때문인데 어머니는 그녀를 알려

* 파리 8구 마들렌 성당 옆에 있는 고급 백화점이다.

고 하지 않으셨다. "그분이 와서 인사를 하더구나, 난 그분을 보지 못했고."

"그렇다면 사이가 안 좋은 게 아니었나요?"

"사이가 안 좋다니? 도대체 무엇 때문에 우리가 사이가 안 좋다고 말하는 거냐?" 하고 어머니는 스완과 맺고 있는 그 거짓 좋은 관계에 내가 일격을 가해서는 두 사람을 '화해시키려고' 한다는 듯 날카롭게 대답했다.

"이제는 그분을 초대하시지 않으니까, 그분이 섭섭하게 생각할지도 모르잖아요."

"우리에게 모든 사람을 초대할 의무는 없는 것 아니겠니. 그분은 나를 초대한다든? 난 그분 부인도 모르는걸."

"그렇지만 콩브레에서는 자주 오셨잖아요?"

"그건 그렇지! 콩브레에 있을 때는 자주 오셨지. 그리고 파리에서는 그분에게도 다른 할 일이 있고 나도 그렇고. 하지만 우리는 전혀 사이 나쁜 사람들처럼 보이지 않았단다. 점원이 그분 물건을 가져다주는 동안 잠시 같이 있었단다. 그분이 네 소식을 묻더구나. 네가 자기 딸과 자주 논다고 하면서."라고 어머니가 덧붙이셨다. 내가 스완의 머릿속에 존재하며, 그것도 샹젤리제에서 내가 그 앞에서 사랑으로 몸을 떨고 있을 때 그가 내 이름을, 내 어머니가 누구인지 알고 또 딸의 친구라는 내 신분 주위에 내 조부모님과 가족들, 우리가 살던 장소에 대한 몇몇 지식이나 우리 지난날 삶에 대한 몇 가지 특징들, 어쩌면 내가 모르는 특징들까지도 연결할 수 있을 만큼 내가 그의 머릿속에 완전하게 존재한다는 이

경이로운 소식에 나는 깜짝 놀랐다. 그러나 어머니께서는 트루아 카르티에 백화점 매장에서 별다른 매력을 발견하지 못하신 것 같았다. 그곳에서 어머니 모습이 스완 눈에 뜨인 순간 어머니를 같은 추억을 간직한 특정 인물로 나타나게 하여, 그 추억이 스완으로 하여금 어머니 곁으로 다가가 인사를 하게 했는데도 말이다.

게다가 어머니뿐만 아니라 아버지께서도 스완의 조부모님이나 명예로운 증권 중개인이라는 직함에 대해 말씀하실 때, 다른 모든 것을 능가하는 기쁨을 느끼는 것 같지 않았다. 그래서 내 상상력은 사회적인 파리라는 측면에서 한 가정을 분리해서 신성시했고, 동시에 파리의 건축이라는 측면에서도 대문이 아름답게 조각되었으며, 정교하게 세공된 창문들로 장식된 저택을 별도로 분리해서 생각했다. 하지만 오로지 나만이 이런 장식들을 볼 수 있었다. 아버지와 어머니께서는 스완이 사는 집이 당시에 불로뉴 숲 구역에 지어진 다른 집들과 다를 바 없으며,* 스완의 가정도 많은 다른 증권 중개인들 가정과 같다고 생각하셨다. 그리고 세상 모든 가정의 공통 가치에 따라 다소 호의적으로 평가했을 뿐, 그 가정에서 독특한 것은 하나도 발견하지 못하셨다. 그러나 반대로 스완의 가정에서 발견한 것과 똑같은 수준, 또는 더 나은 것을 다른 가정에서 발견하기만 하면, 부모님께서는 그것을 아주 높이 평가하는

---

* 스완은 오데트와 결혼한 후, 자신이 살던 파리 동쪽 오를레앙 강변로에서 서쪽 불로뉴 숲 근처 16구의 부유한 동네로 이사한다.

것이었다. 따라서 스완의 집이 좋은 위치에 있다고 느낀 후부터는 더 좋은 위치에 있는 집에 대해서만 말씀하셨는데, 물론 그 집은 질베르트와는 아무 관계 없거나 질베르트의 할아버지보다 한 단계 높은 금융업자의 집이었다. 그리고 잠시 부모님께서 나와 같은 의견인 것처럼 보일 때도, 그것은 오해일 뿐이내 사라지고 말았다. 질베르트를 둘러싼 모든 것 속에서, 어쩌면 감동의 세계에서 색체계의 적외선이라고 할 수 있는 것과 유사한 그런 알 수 없는 것의 특징을 지각하기엔 내 부모님께는 사랑이 내게 부여한 그 추가적이고 일시적인 감각이 결여되어 있었다.

질베르트가 샹젤리제에 올 수 없다고 알려 준 날들이면, 나는 그녀 곁으로 조금 더 가까이 다가갈 수 있는 방향으로 산책을 하려고 애썼다. 때로 스완 씨 가족이 사는 집 앞으로 프랑수아즈를 데리고 순례 여행을 떠났다. 나는 프랑수아즈에게 그녀가 질베르트의 가정교사를 통해 스완 씨 부인에 대해 들은 것을 한없이 되풀이하게 했다. "스완 씨 부인은 메달에 대단한 믿음이 있는가 봐요. 올빼미 소리를 듣거나 벽에서 시계 똑딱거리는 소리를 듣거나 한밤중에 고양이를 보거나 목재 가구가 삐걱거리기만 해도, 스완 씨 부인은 절대로 여행을 떠나지 않는답니다. 아! 얼마나 믿음이 깊으신 분인지!" 나는 너무도 질베르트를 사랑했기에, 길가에서 그들 집의 늙은 집사가 개를 산책시키는 것을 보기만 해도 그만 감동해서는 가던 길을 멈추고 그의 흰 구레나룻을 열정 가득한 시선으로 바라보는 것이었다. 그러면 프랑수아즈가 말했다.

"왜 그러시는데요?"

그러고는 스완 씨 집 대문 앞까지 계속해서 걸어갔다. 그곳에는 세상 어떤 문지기와도 다른, 질베르트의 이름에서 내가 느꼈던 것과 같은 고통스러운 매력이 제복 금줄까지 스며들어 있는 문지기가 한 사람 서 있었는데, 그는 자신이 지킬 임무를 맡은 그 신비로운 생활 속으로 나처럼 태생적으로 천한 사람이 뚫고 들어가는 것은 영원히 금지되어 있다는 것을 아는 듯했다. 일 층과 이 층 사이 창문들도 그 신비로운 생활을 가두고 있다는 걸 의식하는 듯, 우아하게 늘어진 모슬린 커튼 자락 사이에서, 세상 여느 창문을 닮았다기보다는 오히려 질베르트의 눈길과 더 닮았다. 또 한번은 대로변을 걸어가다 뒤포* 거리 입구에서 망을 보았다. 치과로 가는 스완의 모습을 그곳에서 자주 보았다는 말을 들었기 때문이다. 내 상상력은 질베르트의 아버지를 다른 인간들과 너무도 다르게 만들어 놓았으므로, 현실 세계 가운데서 그의 존재는 너무도 경이로워서 나는 마들렌 광장에 도착하기도 전에 갑자기 초자연적인 환영이 나타날지도 모르는 거리에 접근하고 있다는 생각으로 가슴이 두근거렸다.

그러나 자주 — 질베르트와 만나지 못하는 날이면 — 나는 스완 씨 부인이 거의 매일같이 '아카시아' 길이나 큰 호수 주변, 그리고 '마르그리트 여왕' 길을 산책한다고 들었으므

---

* 뒤포 거리는 마들렌 광장과 포부르생토노레를 이어 주는 길이다. 그리고 트루아 카르티에 백화점은 뒤포 거리 옆 마들렌 대로에 위치한다.

로,* 프랑수아즈를 불로뉴 숲 쪽으로 유도했다. 그곳은 다양한 식물군과 대조적인 풍경이 한데 모인 동물원과도 같았다. 언덕을 하나 넘으면 동굴이나 초원, 바위, 시내, 구덩이, 언덕, 늪지가 있지만 그런 것은 오로지 하마나 얼룩말, 악어, 러시아 토끼, 곰, 왜가리가 뛰어놀기에 적합한 환경이거나 그림 같은 배경이었다. 불로뉴 숲 역시 다양하고 분리된 수많은 작은 세계들을 한데 모은 복합적인 공간이었지만 — 버지니아 개간지처럼 적색나무와 아메리카 떡갈나무가 심긴 몇몇 농장들이 호숫가의 전나무 숲으로 이어지거나, 부드러운 모피로 몸을 감싸고 눈은 야수같이 아름다운 여인이 갑자기 빠른 걸음으로 산책하며 나타나는 나무숲으로 이어지는 — 다른 무엇보다도 여인들의 정원이었다. 또 「아이네이스」**에 나오는 '도금양 길'처럼, 여인들을 위해 오직 한 종류 나무만을 심은 '아카시아 길'에는 유명한 미인들이 자주 드나들었다. 아

** 1913년 프루스트가 그라세 출판사에 넘긴 1편 「스완네 집 쪽으로」의 초고에는 2편 「꽃핀 소녀들의 그늘에서」의 3분의 2에 해당하는 글이 더 수록되어 있었다. 그러나 출판사에서 1편이 너무 길다는 이유로 삭제를 요구했고, 1편 3부 대부분을 2편 「꽃핀 소녀들의 그늘에서」로 옮겼으며, 불로뉴 숲의 데카당한 분위기와 파리 생활의 우아함에 대한 결론을 즉흥적으로 집필하여 마무리했다. 그리고 '아카시아 길'과 '마르그리트 여왕 길'은 불로뉴 숲에서 많이 알려진, 1920년까지 가장 우아한 산책로였다.

* 로마의 시성이라 불리며, 단테가 지옥의 안내자로 선정할 만큼 위대한 시인 베르길리우스가 쓴 「아이네이스」의 6편에서 지옥으로 내려간 아이네이스는 도금양 숲에서 사랑에 희생된 자의 영혼을 발견한다. 도금양은 베누스 여신을 숭배하기 위해 바치는 상록 관목나무의 일종으로, 잎은 반짝거리고 향기로운 꽃이 핀다.

카시아 길은, 멀리 바위 꼭대기만 보여도 아이들이 물에 뛰어드는 물개를 보러 간다는 생각에 기뻐 날뛰는 것처럼, 내가 그 길에 닿기 훨씬 전부터 사방에 풍기는 향기로 멀리서도 그 강렬하고도 부드러운 아카시아의 특성이 다가오는 것을 느끼게 했다. 그러다 가까이 이르면, 가볍게 아양을 떠는 듯 접근하기 쉬운 우아하고 귀여운 얇은 천들 같은 잎들이 무성한 꼭대기가 보였고, 그 위로 마치 진기한 기생충 무리가 날개를 파르르 떨며 덮치는 듯했다. 그리고 끝으로 아카시아라는 그 한가롭고도 감미로운 여성적인 이름까지도 내 가슴을 두근거리게 했는데, 그러나 무도회 입구에서 안내원이 알려 주는, 단지 초대받은 아름다운 여인들의 이름만을 연상시키는 왈츠처럼, 사교적인 욕망으로 두근거리게 했다. 나는 이 길에서 멋진 여인들을 만날 수 있다는 말을 자주 들어 왔는데, 전부가 결혼하지는 않았지만 스완 씨 부인과 연관하여 자주 거론되는, 그러나 자주 가명으로 거론되는 여인들이었다. 새 이름이 있다고 해도 그 이름은 일종의 익명으로밖에 생각되지 않아, 그 여인들에 대해 말하고자 하는 사람은 상대방이 누구 이야기인지 알아듣게 하기 위해서는 새 이름을 버려야 했다. 아름다움이란 ─ 여성적인 멋의 세계에서는 ─ 여러 신비로운 법칙의 지배를 받으므로, 그 법칙을 깨달음으로써만 멋이라는 것을 인식할 수 있고 비로소 멋의 아름다움을 실현할 수 있는 힘을 가지게 된다고 생각하면서, 나는 여인들의 화장과 마차와 말들, 수많은 세부적인 것들을 마치 하나의 계시처럼 받아들였고, 이 순간적이고도 움직이는 세계

전체에 예술품으로서의 통일성을 부여하기 위해 내적인 영혼과도 같은 믿음을 쏟아붓는 것이었다. 하지만 내가 보고 싶은 것은 스완 씨 부인이었고, 나는 마치 부인이 질베르트이기라도 한 듯이 가슴을 두근거리며 부인이 지나가기만을 기다렸다. 질베르트를 둘러싼 모든 것이 다 그러하듯이, 그녀 부모에게도 그녀 매력이 스며들어 그들은 내 마음속에 그녀에 대해서와 똑같은 사랑을, 그리고 보다 고통스러운 혼란을 일으키더니(질베르트와 그녀 부모의 접점은 내게는 금지된 그들 생활의 내부였다.) 드디어는(나중에 알게 되겠지만 그들은 내가 질베르트와 노는 것을 그리 좋아하지 않았다.) 아무런 구속 없이 해를 끼치는 사람들에게 우리가 늘 바치게 되는 그런 존경심마저도 불러일으켰다.

모직 폴로네즈* 코트를 입고 꿩 날개가 하나 달린 챙 없는 모자를 쓰고, 가슴에는 제비꽃 다발을 꽂고 걸어가는 스완 씨 부인의 모습을 보았을 때, 나는 미학적인 가치와 사교적인 중요성의 측면에서 단순함에 첫 번째 자리를 부여했다. 그녀는 집으로 돌아가기 위해 그 길이 가장 가까운 길이라도 되는 듯이 빠른 걸음으로 아카시아 길을 걸어가면서, 그녀의 실루엣을 멀리서 알아보고 인사를 하며 그녀만큼 멋있는 여자는 아무도 없다고 이야기들 하는 마차 탄 신사들에게 윙크로 응답했다. 그런데 내가 이런 단순함 대신에 호화로움을 최고의 가치로 삼게 된 것은, 더 이상 걸을 수 없어 다리가 '몸속으로

---

* 깃이 목 위까지 올라오고 장식 단추가 앞에 달린, 허리에 꼭 맞는 프록코트.

움츠러들었다'*고 투덜대는 프랑수아즈를 억지로 한 시간이나 더 이리저리 끌고 다니다가 마침내 이런 광경을 목격한 후부터였다. 나는 도핀 문에서 나오는 산책로로부터 — 왕실의 위엄과 여왕의 위풍당당한 출현을 보여 준 모습으로, 어떤 실존하는 여왕도 그 후로 내게 그런 인상을 주지 못했는데, 그 이유는 내가 그들 권력에 대해 덜 모호하고 더 경험적인 관념을 가지게 되었기 때문이다. — 콩스탕탱 기**의 스케치에서 볼 수 있는, 세차게 날아오르는 날렵하며 윤곽이 뚜렷한 두 마리 말에 이끌려 '고(故) 보드노르의 호랑이'***를 연상시키는 저 키 작은 곁마부 옆에, 코작 병사처럼 모피로 몸을 감싼 거대한 마부를 태운, 비할 데 없이 훌륭한 마차가 서서히 나타나는 것을 보았다. 아니, 차라리 어떤 선명하고도 기운을 고갈하는 상처가 내 가슴에 그 형체를 각인했다고나 할까. 마차는 약간 높게 설계되어 '최신 유행' 사치 속에 옛 형태를 은은히 풍겼고, 마차 뒷좌석에는 스완 씨 부인이 나른하게 기대어 쉬고 있었는데, 이제는 금발로 바뀐 머리에는 회색 머리가 한 줌 섞인 가운데 주로 제비꽃으로 엮은 띠를 왕관처럼 둘렀고, 그 아래로 긴 베일이 늘어져 있었으며 손에

** 몹시 피곤하다는 의미의 속어다.

* Constantin Guys(1805~1892). 도안가이자 수채 화가로, 보들레르의 「근대 생활의 화가」(『낭만주의 예술』에 수록.) 덕분에 유명해졌다. 이 부분은 보들레르가 기의 그림을 보고 쓴 '마차' 묘사를 환기한다.

** '고(故) 보드노르의 호랑이'란 발자크의 소설 『뉴생쟁 집』과 『카디냥 대공 부인의 비밀』에 나오는 아일랜드 출신의 키 작은 곁마부를 가리킨다.

는 연보랏빛 파라솔이 들려 있었고, 입가에는 모호한 미소가 어려 있었다. 나는 그 미소에서 여왕의 자애로움만을 보았으나, 화류계 여자의 도발적인 자태가 돋보였고, 그녀는 그녀를 향해 인사하는 사람들에게 가볍게 고개를 끄덕이며 미소를 보내고 있었다. 그 미소는 어떤 이들에게는 "나도 잘 기억해요, 정말 근사했어요!"라고 말했고, 또 어떤 이들에게는 "그랬으면 얼마나 좋았을까요! 운이 나빴어요!"라고, 또 다른 이들에게는 "원하신다면요. 그런데 지금은 행렬을 조금 더 따라가 보려고요. 하지만 곧 가능해지는 대로 행렬에서 빠져나와 볼게요."라고 말했다. 낯선 남자들이 지나갈 때에도 그녀는 여전히 친구를 기다리는 듯, 혹은 친구를 회상하는 듯 한가로운 미소를 입가에 머금었는데, 그 모습이 "얼마나 아름다운 여인인지!"라는 말을 자아내게 했다. 그녀는 단지 몇몇 남자들에게만 날카롭고 거북하고 소심하고 차가운 미소를 지어 보였는데 그 미소는 "이 고약한 남자야, 나도 네가 독설가라는 걸 알아. 잠시도 쉬지 않고 떠들어 댄다는 걸! 그래도 네 말에 내가 신경이나 쓸 것 같으냐. 내가?"라는 의미를 담고 있었다. 그때 마침 코클랭*이 그의 말을 경청하는 친구들로 둘러싸인 채 일장 연설을 하면서, 마차에 탄 사람들에게 무대에서 하는 인사처럼 커다란 손짓을 하며 지나갔다. 그러나 나는 오로지 스완 씨 부인만을 생각했고 또한 그녀를

---

*『잃어버린 시간을 찾아서』 1권 137쪽 참조.

못 본 척했다. 왜냐하면 그녀가 '비둘기 사격장'*에 이르면, 산책로를 걸으려고 마부에게 행렬에서 빠져나가 마차를 세우게 한다는 것을 알았기 때문이다. 그래서 그녀 곁을 지나갈 용기가 있다고 느껴지는 날이면 프랑수아즈를 그쪽으로 끌고 갔다. 한번은 보행자 도로에서 우리 쪽으로 걸어오는 스완 씨 부인을 본 적이 있었는데, 그녀는 서민들 눈에 곧잘 여왕 옷차림이라고 생각되는, 다른 여자들은 감히 입어 보지도 못하는 그런 값비싼 천들과 장신구들로 치장하고, 연보랏빛 드레스 옷자락을 뒤로 길게 끌며 이따금 파라솔 손잡이로 눈길을 내려뜨고는, 지나가는 사람들은 거의 거들떠보지도 않은 채 자신이 남의 눈에 띈다는 것도, 모든 사람들이 그녀 쪽으로 머리를 돌리고 있다는 것도 아랑곳하지 않고 오로지 자신의 커다란 관심사와 목적이 운동을 하는 데 있다는 듯 걸어갔다. 그래도 이따금 데리고 온 사냥개를 부르려고 돌아설 때면, 살며시 그녀 주위로 시선을 한 바퀴 돌리곤 했다.

스완 씨 부인을 알지 못하는 사람들조차도 뭔가 특이하고도 과도한 모습에 — 아니, 그보다는 라 베르마의 연기가 절정에 달하는 순간 무지한 관중 속에서 열렬한 박수를 터뜨리게 하는 그런 텔레파시의 분출에 의해 — 그녀가 틀림없이 유명한 여인일 거라고 짐작했다. 그들은 '누구지?' 하고 생각하며 때로는 행인에게 물어보기도 하고, 때로는 그들에게 즉시 가르쳐 줄 만한, 그 방면에 보다 정통한 친구들에게 물어보기

** 불로뉴 숲의 아카시아 길과 마드리드 문 사이에 있다.

위해 표지가 될 만한 옷차림을 기억해 두려고 다짐했다. 다른 산책자들은 반쯤 멈춰 서서 말했다.

"누군지 아시오? 스완 씨 부인! 뭔가 생각나는 게 있소? 오데트 드 크레시?"

"오데트 드 크레시라니? 그렇군, 나도 그렇게 생각했다네. 저 여자의 슬픈 눈동자가…… 이제는 저 여자도 젊진 않군! 막마옹 대통령*이 사임하던 날 나랑 잤던 게 기억나는군."

"그런 일은 기억하지 않는 게 좋을 걸세. 저 여자는 이제 조키 클럽 회원이자 웨일스 공의 친구인 스완 씨 부인이라네. 게다가 아직도 굉장한 미인인걸."

"그건 그렇지. 하지만 자네가 저 여자를 그 당시에 알았더라면. 정말 예뻤지! 당시 저 여자는 중국산 골동품으로 둘러싸인 아주 요상한 작은 저택에 살았는데, 신문팔이 소리 때문에 아주 난처했던 일이 생각나네. 결국 저 여자가 날 일으키고 말았지만."

이런 회고담을 듣지 않고서도 나는 그녀의 평판에 대한 그 모든 어렴풋한 수군거림을 느낄 수 있었다. 이 모든 사람들 가운데서 — 항상 나를 멸시하는 듯하던 그 흑인 혼혈아 은행가가 그곳에 없다는 걸 알고는 좀 섭섭했지만 — 잠시 후면 그들이 전혀 주의를 기울이지 않았던 한 낯선 젊은이가 아름다움과 방탕함과 우아함으로 명성 높은 여인에게 인사하는 (솔직히 말하면 그녀와 아는 사이는 아니었지만 내 부모님이 그녀 남편

---

* 막마옹 대통령은 1879년 1월 30일에 사임했다.

과 아는 사이였고, 나도 그녀 딸의 친구인 이상 인사할 권리가 있다고 생각했다.) 장면이 벌어질 것이라고 생각하자 내 가슴은 초조함으로 두근거렸다. 하지만 나는 벌써 스완 씨 부인 아주 가까이에 있었다. 나는 모자를 벗어 큰 동작으로 인사했는데, 너무도 과장되고 너무도 오래 계속돼서 그녀는 미소를 짓지 않을 수 없었다. 사람들도 웃었다. 그녀로 말하자면 내가 질베르트와 함께 있는 걸 본 적도 없고 내 이름도 몰랐으므로, 그녀에게 있어 나라는 존재는 ― 불로뉴 숲 감시원이나 뱃사공, 또는 그녀가 빵 부스러기를 던져 주는 호수의 오리같이 ― 그녀의 불로뉴 숲 산책을 동반하는 친숙하고 이름 모를 부차적인 인물 중 하나로, 연극 단역 배우처럼 아무런 개별적인 성격도 없었다. 아카시아 길에서 그녀를 보지 못하는 날이면, 마르그리트 여왕 길에서 마주치기도 했다. 그 길은 혼자 있고 싶어 하는 여자들, 혹은 혼자 있고 싶어 하는 척하는 여자들이 즐겨 찾는 곳이었다. 스완 부인은 그렇게 오래 혼자 있지는 않았다. 곧 남자 친구가 와서 합류했는데, 대개는 회색 '실크해트'를 쓴 내가 모르는 사람이었다. 그는 그녀와 한참 동안 이야기를 나누었으며, 그동안 두 사람의 마차는 그 뒤를 따라갔다.

 불로뉴 숲*을 인공적인 장소이자 동물학적이고 신화적인

---

* 파리 서쪽 16구에 위치한 불로뉴 숲은 동쪽에 있는 뱅센 숲과 함께 파리를 상징한다. 나폴레옹 3세 때 왕가 수렵장으로 쓰이던 곳을 파리에 기증하여 파리 중심부가 된 이곳은, 식물원이 있는 바가텔 공원과 프레카틀랑 정원, 동물원 등이 유명하며 특히 밤에는 창녀들과 동성애자들이 많이 모이는 곳으로도 유명하

의미의 정원*으로 만드는 이 복합적인 작업을, 나는 금년**
11월 초 어느 아침 트리아농*** 성에 가다가 다시 한 번 느꼈다.
이 무렵 파리에서 가까이 다가오다 금방 끝나 버리는 가을 풍
경을 집 안에서 구경하지도 못하고 놓치고 나니까 낙엽에 대한
향수와 열기가 나를 사로잡아 잠마저 이룰 수 없었다. 닫힌 방
에서 낙엽을 보고 싶다는 욕망으로 환기된 이 향수와 열기는,
한 달 전부터 내 생각과 내가 몰두하는 몇몇 대상 사이에 끼어
들어서는 이따금 아무리 눈을 똑바로 뜨고 봐도 노란 반점처
럼 눈앞에서 아른거렸다. 그래서 그날 아침, 나는 며칠 계속되
던 빗소리도 들리지 않고, 행복의 비밀을 누설할까 봐 꼭 다문
입술처럼 닫힌 커튼 모서리에서 화창한 날씨가 미소 짓는 것을
보고는, 햇살이 단풍을 꿰뚫고 가는 최상의 아름다움을 보러
갈 수 있는 날이라고 생각했다. 그러자 예전에 내 방 벽난로 속

다. 불로뉴의 어원은 떡갈나무 숲이란 뜻이다.

** 여기서 '정원'으로 정의하게 하는 '동물학적이고 신화적인 의미'란 아마도 불
로뉴 숲에 있는 동물원과, 아담과 하와가 살던 에덴 정원(우리말로는 에덴 동산
으로 알려진다.)을 가리키는 듯하다. '정원'의 어원은 '둘러싸인 장소'라는 의미
로 울타리가 쳐 있는 곳에서 식물을 재배한다는 뜻이다.

*** 작품의 집필 시기와 가까움을 보여 주는 이 '금년'이란 지시사는 실제 이
책이 집필되고 출판된 1913년을 가리킨다기보다는 허구적인 스토리와 관계되
어, 커다란 모자가 유행하던 1908년을 가리키는 듯하다.(402쪽 주석 참조.) 그
러나 이 부분에 서술된 시간을 『잃어버린 시간을 찾아서』 마지막 편 「되찾은
시간」과 거의 같다고 간주한다면, 전쟁 탓에 출간이 늦어진 1927년으로까지
확대될 수 있다.

* 여기서 말하는 트리아농은 루이 14세가 베르사유에 맹트농 부인을 위해 지
었다는 분홍색 궁전인 그랑 트리아농이 아니라, 불로뉴 숲의 '바가텔 공원'(식물
원과 수목원이 있다.) 안에 있는 트리아농 성을 가리킨다.

으로 바람이 불어 대면 바닷가로 떠나고 싶어 했던 것 이상으로 나무를 보러 가고 싶은 마음을 가눌 수 없어, 나는 불로뉴 숲을 지나 트리아농으로 가려고 집을 나섰다. 그때는 불로뉴 숲이 가장 세분화되었을 뿐 아니라, 그 세분화된 모습이 각기 달라 숲이 가장 다채롭게 보이는 시간이자 계절이었다. 잎이 다 떨어졌거나 여름 잎이 아직 남아 있는 나무들이 멀리 보이는 어두운 숲 맞은편 여기저기 넓게 확 트인 부분에서조차도, 두 줄로 쭉 들어선 마로니에 나무들이 노랗게 물든 채로, 화가가 방금 그리기 시작해 일부만 색칠하고 나머지 부분은 아직 칠하지 않은 채 나중에 그릴 인물들의 부수적인 산책을 위해 남겨 놓은 작품처럼, 산책로를 햇빛 속에 환히 드러내고 있었다.

더 멀리에는 아직도 푸른 잎이 나무들을 덮은 가운데 작고 땅딸막하며 꼭대기가 잘린 고집 센 나무 단 한 그루가 보기 흉한 붉은 머리칼을 바람에 휘날리고 있었다. 또 다른 곳에는 5월의 신록이 처음 깨어난 듯 겨울철의 분홍빛 산사나무 꽃 모양 개머루*가 아름답게 미소 지으며 아침부터 활짝 피어 있었다. 그리고 불로뉴 숲은 식물학적인 목적에서인지 아니면 축제 준비를 위해서인지, 주위에 따로 공간을 마련하여 공기를 통하게 하고 빛을 만들어 내는, 나뭇잎이 환상적인 진귀한 나무 몇 그루를, 아직 옮겨 심지 않은 보통 나무들 가운데 심어 놓아 묘목원이나 공원 같은 일시적이고도 인공적인 모습을 띠는 것이었다. 그때는 불로뉴 숲이 자신의 다양한 본질을 가장 많이 드러

---

* 포도과 낙엽성 덩굴 식물로 6~7월에 꽃이 피며 9월에 푸른 열매가 익는다.

내고, 각각 다른 부분들을 복합적인 전체로 늘어놓는 계절이었다. 그리고 시간 또한 그러했다. 아직 잎이 달린 나무들은 아침 이 시간에는 거의 수평으로 햇빛을 받아 빛이 닿은 지점부터 나무 실체가 변해 가는 것처럼 보였는데, 몇 시간이 지나 황혼이 지기 시작하면 다시 그렇게 보일 것이었다. 저녁놀이 램프 불빛처럼 밝아지면서 나뭇잎 위로 따뜻하고 인공적인 반사광을 투사하면, 꼭대기에 달린 나뭇잎들은 불에 타는 듯하고, 나무 자체는 불타는 꼭대기 아래 놓인 타지 않은 어두운 촛대로 남는다. 이쪽에서 햇살은 벽돌처럼 두꺼워져서는 마치 푸른 무늬가 그려진 노란 페르시아 석조물처럼 거칠게 마로니에 잎들을 하늘에 발라 놓았고, 저쪽에서는 반대로 하늘을 향해 황금빛 손가락을 움켜쥔 마로니에 나뭇잎들을 하늘로부터 떼어 놓았다. 개머루 덩굴에 감겨 있던 나무 중간쯤에서 햇살은, 눈이 부셔 똑똑히 구별할 수는 없지만 일종의 카네이션 같은 거대한 붉은 꽃다발을 접붙여 꽃피우고 있었다. 여름날 무성하고도 단조로운 초록빛 잎들 속에서 혼동되던 불로뉴 숲의 여러 부분들이 이제 뚜렷이 드러나 보였다. 더욱 밝아진 공간은 거의 모든 부분들의 입구를 드러내 주었고, 또 화려한 잎줄기가 옛 프랑스 국왕기처럼 그 입구를 가리켰다. 마치 천연색 지도를 보듯 아르므농빌, 프레카틀랑, 마드리드, 경마장, 호숫가 등을 구별할 수 있었다.* 때때로 불필요한 건물, 인공 동굴,

---

* 여기서 인용된 이름들은 모두 불로뉴 숲에 실제로 존재하는 장소들로, 아르므농빌은 롱샹 길에 있는 레스토랑이며 프레카틀랑은 정원, 마드리드는 온실로서 오늘날에는 고급 식당으로 개조되었다.

풍차가 나타나곤 했는데, 나무들이 비켜서면서 자리를 내주거나 잔디의 보드라운 연단이 그들을 떠받치는 것 같았다. 내게는 불로뉴 숲이 단순한 숲이 아니라 나무들의 삶과는 무관한 어떤 목적에 부응하며, 또 내가 느끼는 이러한 열광도 단지 가을에 대한 찬미가 아닌 어떤 욕망에서 비롯되었다고 느꼈다. 기쁨의 커다란 원천인 욕망은, 영혼이 그 이유도 알지 못한 채, 또 외부 어떤 것도 그 욕망을 초래하는 일 없이 우선 느껴지는 것이다. 이처럼 나는 충족되지 않은 애정을 품고 나무들을 바라보았는데, 이 애정은 나무들을 넘어서는 나무들이 매일 몇 시간씩 가두는 걸작인, 산책하는 그 아름다운 여성들을 향해 나도 모르게 걸음을 옮기게 하였다. 나는 아카시아 길 쪽으로 걸어갔다. 아침 햇살이 숲을 새롭게 가르면서 나뭇가지를 쳐내고, 여러 줄기를 한데 묶어 꽃다발을 만드는 커다란 나무숲을 가로질러 갔다. 아침 햇살이 정교하게 나무 두 그루를 자기 쪽으로 끌어당기고 있었다. 햇살은 빛과 그늘이라는 강력한 가위 두 개를 사용해서 나무마다 줄기와 가지를 절반씩 나누어 남은 반쪽들을 한데 엮으면서, 어떤 때는 주변 햇빛의 경계를 설정하는 그림자 기둥을 만들기도 하고, 또 어떤 때는 검은 그림자 망이 그 인위적으로 흔들리는 윤곽을 에워싸면서 한 줄기 빛의 환영을 만들어 냈다. 햇살이 더 높은 곳에 있는 나뭇가지들을 황금빛으로 물들이기 시작했을 때, 가지들은 반짝이는 물기를 머금고 숲 전체가 바닷속에 잠긴 듯 에메랄드 빛깔 액체 같은 대기로부터 홀로 솟아오르는 것 같았다. 왜냐하면 나무들은 계속해서 그 자체의 생명력만으로 살고 있어,

잎들이 이미 떨어지고 없어도 그 생명력은 나무줄기를 감싼 초록색 벨벳 나무껍질 위나, 포플러 나무 꼭대기 여기저기에 뿌려진 겨우살이의 구체(球體)* — 미켈란젤로의 「천지창조」** 에 그려진 태양과 달처럼 동그란 — 를 감싼 하얀 투명체 안에서 더욱 밝게 반짝였기 때문이다. 그러나 오래전부터 일종의 접붙이기에 의해 여인과 함께 살 수밖에 없었던 나무는, 나에게 숲의 여신을, 빠르게 걸어가는 화려한 색깔의 아름다운 사교계 여인을 연상케 했는데, 지나가는 이 여인을 나무들은 가지로 덮어 주어 나무들과 마찬가지로 여인에게서도 계절의 힘을 느끼게 했다. 나무들은 내 믿음이 깊었던 그 행복했던 젊은 시절을 상기시켜 주었다. 그때 나는 이 장소들에서 여성적인 우아함을 담은 예술품이 잠시 나뭇잎 사이로, 무의식적으로 공범이 된 그 나뭇잎 사이로 나타나기를 얼마나 열렬히 욕망했던가. 그러나 불로뉴 숲 전나무와 아카시아가 나로 하여금 욕망하게 했던, 내가 이제 가서 보려고 하는 트리아농의 마로니에와 라일락보다 더 내 마음을 흔들어 놓았던 아름다움은

---

* 여기서 겨우살이의 구체라고 한 것은 포플러 나무나 사과나무 등에 까치 둥지같이 기생하는 하얀 반투명 식물을 가리킨다. 드루이드교에서는 겨우살이를 마법의 악행에서 보호해 주는 기적적인 신성한 식물로 간주했다고 하는데, 크리스마스나 새해에 이것 아래서 키스하면 행복과 사랑을 가져다준다는 것도 바로 여기서 연유한다. 마지막 부분에서 이렇게 켈트족 종교인 드루이드교를 암시하는 것은, 이 책 첫 부분에 시작된 켈트의 윤회설에 대한 언급과 더불어, 기억에 의한 부활 이미지를 각인하면서 작품의 순환적인 성격을 강조한다.

* 로마의 시스티나 성당 천장에 있는 이 벽화는 하느님이 어둠에서 빛을 분리하고, 태양과 달을 창조하고, 땅과 물을 구분하고, 남자를 창조하고, 여자를 창조한 다섯 개의 중심 장면을 주축으로 이루어졌다.

내 밖의 어떤 곳에, 역사적 시대에 대한 추억이나 예술품, 황금 빛으로 물든 손바닥 무늬 낙엽이 발아래 쌓인 작은 사랑의 신전에 고정되어 있지 않았다. 나는 호숫가를 따라 '비둘기 사격장'까지 걸어갔다. 지난날 나는 마음속에서 완벽함의 기준을, 무개 사륜마차 높이나 디오메데스* 왕의 잔인한 말처럼 눈에 핏발을 세우고 말벌처럼 격렬하면서도 가벼운 말의 마른 모습에 두고 있었는데, 지금 내가 좋아하던 것을 다시 보고 싶은 욕망, 여러 해 전 나를 이 길로 몰아넣었던 것과 똑같은 뜨거운 욕망에 사로잡혀, 스완 씨 부인의 거대한 마차꾼이 성 제오르지오**처럼 주먹만 한 어린애 같은 키 작은 곁마부의 감시를 받으며, 사납게 날뛰는 말의 강철 같은 다리를 제어하려고 애쓰던 그 순간을 다시 눈앞에서 보고 싶었다. 아! 슬프게도 거기에는 콧수염 달린 운전사들이 키 큰 하인들을 동반하고 운전하는 자동차밖에 없었다. 높이가 너무도 낮아 단순한 화관처럼 보이던 그 여성용 모자를,*** 내 기억의 눈에서처럼 아직도

** 그리스 신화에 나오는 맹장으로 그의 말들이 사람을 잡아먹는 것으로 악명이 높았는데, 싸움에서 이긴 헤라클레스가 그를 자기 말들에게 잡아먹히게 했다고 한다.

* 성 제오르지오는 로마황제의 기독교도 박해 당시 순교당한 군인이다. 그가 이교도 마을에 갔을 때 흉포한 용 때문에 사람들이 고통 받고 있었는데, 그가 용을 물리치고 공주를 구했다고 한다. 중세 예술가들이 즐겨 소재로 택했던 전설로, 아마도 만테냐의 「성 제오르지오」를 환기하는 듯하다.

** 1880년대에는 아주 작은 모자가 유행했는데, 1908년경에는 꽃이 장식된 커다란 모자가 유행했다. 그러나 자동차가 주요 교통 수단이 되자 보다 작고 실용적인 모자로 유행이 다시 돌아갔다. 그리고 남자들이 모자를 쓰지 않게 된 것은 대략 1차 세계 대전이 끝난 후로 추정된다.

그렇게 매력적으로 보이는지 알기 위해 내 육체의 눈앞에 붙들어 두고 싶었다. 그런데 지금은 과일이나 꽃이나 다양한 새들로 뒤덮인 커다란 모자들밖에 없었고, 스완 씨 부인이 여왕처럼 입었던 그 아름다운 드레스 대신, 지금은 타나그라풍의 주름 달린 그리스색슨풍 튜닉이 유행하며,* 집정부 시대** 스타일과 더불어 벽지 모양 꽃무늬를 뿌려 놓은 '리버티'*** 천도 가끔은 선보였다. 그리고 마르그리트 여왕의 길을 스완 씨 부인과 함께 산책했을지도 모르는 신사들의 머리 위에도 이제는 예전 같은 회색 실크해트나 어떤 다른 모자도 보이지 않았다. 그들은 아예 모자를 쓰지 않고 외출했다. 이런 새로운 광경들에 대해 나는 견고함이나 통일성, 그리고 존재감을 부여할 만한 어떤 믿음도 갖지 못했다. 그 광경은 그저 내 앞에 흩어진 채 우연히, 아무런 진리도 깨우쳐 주지 못하고 스쳐 갔으며, 내 눈이 예전에 그렇게도 글로 쓰려고 했던 아름다움도 담고 있지 않았다. 여인들은 그저 평범한 여인에 지나지 않았고, 그들의 우아함에 대해서도 전혀 믿음을 갖지 못했으며, 그들

*** 1872~1880년 사이에 아소포스 강 연안 타나그라 지방에서 발굴된 이 테라코타에서 여인들은 주로 단순한 튜닉 모양 옷을 입었는데, 이것을 폴 푸아레와 러시아 발레단이 유행시켰다. 따라서 그리스색슨풍이란, 그리스인들이 즐겨 입었던 이런 단순한 스타일 튜닉과, 기하학적이고 장식 없는 색슨풍 옷을 가리킨다.

* 집정부 시대(Le Directoire)란 1795~1799년 사이 나폴레옹이 통치하던 시대로, 다비드의 그림에서 볼 수 있는 것처럼 그리스 로마 시대 복고풍이 유행하던 시기이다.

** '리버티' 천은 1875년 영국의 아서 리버티(Arthur Lasenby Liberty, 1843~1917)가 런던에 동양 물건 전용 '리버티 백화점'을 창립하면서 꽃무늬가 프린트된 실크를 유행시킨 데서 연유한다. 리버티 백화점은 아르누보의 산실이었다.

의 옷차림 또한 별 가치 없어 보였다. 그러나 믿음이 사라져도 그 믿음이 불러일으켰던 과거 사물에 대한 물신 숭배적인 애착은 — 새로운 사물에 현실감을 부여하려는 힘을 상실해 버린 우리에게 그 힘의 결핍을 감추려고 더욱 생생하게 — 살아남는 법이다. 마치 신이 머무르는 곳이 우리 마음속이 아니라 바로 과거 사물이며, 또 현재 우리 믿음의 상실이 '신'의 죽음이라는 우발적인 이유 때문이라기도 한 것처럼.

"얼마나 끔찍한 일인가!" 하고 나는 중얼거렸다. 예전에 말이 끌던 마차에 비해 누가 이 자동차들을 멋있다고 할 수 있겠는가? 어쩌면 내가 너무 나이를 먹었는지도 모른다. 하지만 나는 여인들이 천으로 만들지 않은 옷을 입는 세상에 살려고 태어난 사람은 아니다. 지난날 이 붉게 물든 아름다운 나뭇잎 아래 모였던 것이 더 이상 존재하지 않는다면, 나뭇잎이 감미로움으로 에워싸던 것을 천박함과 광기가 대신한다면, 이 나무 아래 찾아온들 무슨 소용이란 말인가! 더 이상 우아한 여인들이 존재하지 않는 오늘, 과거에 알았던 여인들을 생각하는 것으로 위안을 삼는 모양이라니! 채소밭 과일이나 열매, 모든 새들로 덮인 모자를 쓴 저 끔찍한 여자들을 바라보는 사람들이, 어떻게 챙 없는 단순한 연보랏빛 모자나 아이리스 꽃 한 송이만이 똑바로 꽂힌 작은 모자를 쓴 스완 씨 부인의 모습에 담겨 있던 매력을 느낄 수 있단 말인가? 겨울날 아침 수달피 반코트를 입고, 자고새 깃털 장식 두 개가 칼날처럼 높이 솟아 있는 단순한 베레모를 쓰고, 그녀 집의 인공적인 따스함을 주변에 풍기면서, 단지 코르사주에 납작하게 꽂혀 있는 제비꽃 한 다발만으로도 잿빛 하늘과 얼어붙은 공기와 벌거벗은 나뭇가지 앞에 생생하게 푸른빛으로 피어올라 계절과 시간을 배경으로만 여기게 하고, 인간적인 분위기나 그 여인의 분위기에서 살게 하는 매력을 지닌 스완 씨 부인과 만났을 때 내가 느꼈던 감동을 어떻게 그들에게 이해시킬 수 있단 말인가? 불 켜진 벽난로 옆에서, 실크로 덮인 소파 앞 닫힌 창 너머로 눈 오는 모습을 거실 꽃병과 화분 속에서 바라보고 있는 꽃들이 풍겼던 것과 똑같은 매력을 지녔던 그 여인. 게다가 내게는 여인들의 옷차림이 그 시절과 똑같다는 것만으로는 충분치 않았을 것이다. 우리 기억이 어느 하나라도 떼어 내거나 거부하지 못하는 균형 잡힌 전체 안에서, 추억의 여러 다른 부분들 사이에 존재하는 그런 유대감 때문에, 나는 이런 여인들 중 한 사람의 집으로, 차 한 잔을 앞에 놓고, 어두운 색깔 꽃무늬로 장식된, 이를테면 스완 씨 부인 아파트 같은 곳에서(이 이야기의 1부가 끝나는 해에 이어 다음 해까지) 오렌지 불꽃과 타오르는 붉은빛, 그리고 국화꽃의 분홍빛과 흰빛이 11월의 황혼에 어우러져 반짝이는 가운데, 내가 욕망했던 쾌락을 아직 찾아내지 못했던 무렵과 비슷한 그런 순간에(나중에 보게 되겠지만) 하루 일과를 마치러 갈 수 있기를 바랐다. 그러나 지금은 나를 그 어떤 것으로도 인도해 주지 못하는 이러한 순간들조차도 그 자체만으로 충분히 매력적인 것처럼 느껴졌다. 나는 내가 기억하는 순간들을 그대로 되찾고 싶었다. 그러나 애석하게도 이제는 푸른 수국으로 반짝거리는 새하얀 루이 16세풍 아파트밖에 없었다. 게다가 사람들은 아주 늦게야 파리로 돌아왔고, 내가 만일 스완 씨 부인에게, 아주 오래전 내가 거슬러 올라갈 수 없는 시대와 관련 있다고 느껴지는 추억의 요소들을, 지난날 헛되이 추구하던 기쁨들과 마찬가지로 그 자체가 접근할 수 없어져 버린 그 욕망의 요소들을, 나를 위해 다시 한 번 재구성해 달라고 부탁한다 해도 그녀는 어느 성에서 국화꽃 피는 계절이 훨씬 지난 2월이나 되서야 파리에 돌아오겠다고 답장을 보내왔을 것이다. 또한 내게는 멋진 옷차림으로 내 관심을 끌었던 여인들과 똑같은 여인들이 필요했다. 내가 아직도 믿음을 품었던 시절, 내 상상력이 여인들을 개별적으로 만들면서 그 각각에 전설을 부여했기 때문이다. 아! 슬프도다! '아카시아 길'에서, '도금양 길'에서, 나는 그중 몇몇 여인을 다시 만나기는 했지만 여인들은 모두 자신의 과거에 사로잡힌 끔찍한 망령에 지나지 않았으며 베르길리우스가 말하는 저 작은 숲에서 뭔가를 찾으려고 절망적으로 헤매고 있었다. 여인들이 사라진 지도 오래되었건만, 난 아직도 황량한 길들을 헛되이 살펴보았다. 태양은 이미 모습을 감추었다. 자연이 다시 불로뉴 숲을 지배하기 시작했고, 이때부터 불로뉴 숲이 여인의 낙원이라는 생각도 사라졌다. 인공 풍차 너머 실제 하늘은 잿빛이었다. 바람은 '그랑 라크'*에 실제 호수인 것처럼 잔잔한 물결을 일으켰다. 커다란 새들이 불로뉴 숲을 실제 숲인 듯 빠르게 날아다니다가, 날카로운 비명을 지르며 한

---

* 불로뉴 숲에 있는 '대호수'를 말한다. 앞에서는 그냥 호수로 옮겼다.

마리씩 커다란 떡갈나무 위로 내려앉았다. 드루이드* 승려의 관을 쓴 떡갈나무는 도도나** 성역의 위엄과 더불어 이제는 황폐해진 숲의 비인간적인 공허를 선포하는 듯했고, 기억에서 오지만 감각으로 지각되지 않아 늘 매력이 결여된 기억 속 정경들을 현실에서 찾는 일 자체가 모순이라는 걸 더 잘 이해하게 해 주었다. 내가 알았던 현실은 더 이상 존재하지 않았다. 스완 씨 부인이 같은 시간에 같은 모습으로 나타나지 않는 것만으로도 '거리' 모습이 달라지기에 충분했었다. 우리가 알았던 장소들은 단지 우리가 편의상 배치한 공간의 세계에만 속하지 않는다. 그 장소들은 당시 우리 삶을 이루었던 여러 인접한 인상들 가운데 가느다란 한 편린에 지나지 않았다. 어떤 이미지에 대한 추억은 어느 한 순간에 대한 그리움일 뿐이다. 아! 집도 길도 거리도 세월처럼 덧없다.

(3권에서 계속)

** 고대 갈리아 및 영국, 프랑스 브르타뉴 지방에 살던 켈트족의 종교로, 영혼의 불멸과 윤회설을 믿었다. 드루이드교의 승려는 하얀 옷을 입고 머리에는 월계수 모양 은관을 썼다.
*** 그리스 에피루스 지역의 도도나에는 성스러운 떡갈나무로 둘러싸인 신전이 있어(제우스 신전) 바람이 나뭇잎을 흔드는 소리가 제우스 신의 신탁을 알리는 것이라고 생각했다.

작품 해설

1. 「스완네 집 쪽으로」 작품 해설

유대인이라는, 문학 청년이라는, 동성애자라는, 그 차이에 대한 인식이 일찍부터 글쓰기로 다가가게 했던 프루스트, 그러나 1908년, "내가 소설가일까?" 하고 의혹에 찬 눈길로 자신을 바라보며 절망하던 그가 1909년 가을, 단숨에 「스완네 집 쪽으로」 1부 '콩브레'의 거의 대부분을 써 내려갈 수 있었던 이유는 과연 어디에 있었을까? 1909년, 거의 40세에 이르러 그때까지 해 온 것이라곤 약간은 빛바랜 단편 소설 몇 편으로 구성된 『즐거움과 나날들』이란 단편집과 영국의 미학자 존 러스킨의 『아미앵의 성서』와 『참깨와 백합』이라는 번역서 두 권, 그리고 《르 피가로》에 실린 글 몇 편만 있었던 프루스트, 그는 동시대인들 눈에는(『장 상퇴유』라는 소설을 쓰고 있다는 사실은 알지 못했던) 그저 사교계나 드나드는 돈 많은 부르주아 딜레탕트 작가에 지나지 않았다. 그러나 어머니의 죽음(1905년)이라는 삶의 가장 암울했던 시기에 "엄마가 날 도와주던 번역의 시대는 이제 영원히 끝났습니다. 하지만 나 자신의 번역에 대해서는 아직 용기가 없습니다."*라고 러스킨의 번역 작업을 돕던 마리 노드링거(Marie Nordringer)에게 보낸 편지를 통해 우리는 이미 프루스트가 「되찾은 시간」에서 말하는 문학에 대한 인식을 찾아볼 수 있다고 앙투안 콩파뇽은 단언한다. 그것은 '내적인 책의 번역'으로서의 문학이란 개념으로 우리 마음속에 간직한 책을 각자 자기 고유 언어로 번역하는 작업이 곧 문학이라는 견해다. 그리하여 작품의 표면적인 다양성에도 불구하고 작가의 내적 고향은 동일하며 따라서 작가란 엄밀한 의미에서 단 한 권의 작품밖에 쓸 수 없다는 프루스트의 주장은 직접 실천으로 옮겨져 처음 세 권으로 구상되고 집필되었던 (「스완네 집 쪽으로」, 「게르망트 쪽」, 「되찾은 시간」) 작품은 총 일곱 권이라는 거대한 작품으로 탈바꿈한다. 1909년부터 1912년까지 사 년이란 짧은 시간에 거의 완성되어 그 첫 번째 권인 「스완네 집 쪽으로」가 1913년 발간되었지만, 1차 세계 대전의 발발과 1907년 노르망디에서 택시 운전을 하다 비서로 일하게 된 아고스티넬리의 죽음(1914년)은 "교정하면서 새로운 글을 썼다."라는 외침과 더불어 끝없는 작품의 수정과 확대로 이어

---

* *Lettre de décembre 1906 à Marie Nordlinger, Corr, t. VI,* 308쪽: Antoine Compagnon, *Du côté de chez Swann,* Préface, Gallimard, Collection Folio, X.에서 참조.

졌고 그리하여 세계 문학사에서 거의 찾아볼 수 없는 유일한 사례를 제공한다. 1922년 폐렴으로 세상을 떠날 때까지 그의 삶은 곧 책이었고 책이 곧 삶인, 허구와 실재의 경계가 더 이상 존재하지 않은 삶을 살았던 프루스트, 1921년 죄드폼 미술관에서 그토록 좋아하던 페르메이르의 그림을 보러 갔다가 지병이 악화되어 죽음과 사투하면서도 「사라진 알베르틴」을 교정하고 또 교정하며 "이제는 드디어 죽을 수 있다."라고 말하며 숨을 거둔 프루스트, 그는 아마도 세계 문학사에서 문학의 위대한 힘을 믿고 실천한 마지막 작가인지도 모른다.

마르셀 프루스트는 1871년 파리 교외 오퇴유에서 저명한 파리 의과대학 교수 아드리앵 프루스트와 유대인 출신 부유한 증권업자의 딸 잔 베유 사이에서 태어났다. 병으로 학업을 중단하기도 했지만 명문 콩도르세 중고등학교를 거쳐 파리 대학에서 법학사와 문학사를 공부했고 아버지의 성화에 도서관 사서로 취직했지만 한 번도 근무하지 않은 채 대부분의 시간을 포부르생제르맹 귀족들의 살롱에서 보냈다. 그러나 1905년 어머니의 죽음은 이런 딜레탕트 생활에 종지부를 찍게 하였고, 그리하여 어머니가 모르는 곳에서는 살 수 없다는 이유로 유명 백화점들이 밀집된, 파리에서 가장 번화한 거리인 오스만 거리 102번지에서 코르크 마개로 방음벽을 설치하고 낮에는 자고 밤에는 글을 쓰는 긴 칩거 생활로 들어갔다. 이런 칩거 생활의 결실이 '20세기 최대의 문학적 사건'으로 기록되는 『잃어버린 시간을 찾아서』다.

그는 '나'라고 불리는 화자 또는 마르셀을 통해 콩브레 고모할머니 댁에서 보낸 유년 시절, 파리 샹젤리제에서의 첫사랑, 사교계의 삶, 사랑과 질투, 예술에 의한 구원이라는 자서전의 전통적인 주제를 다루면서도 '복수적인 정체성, 기원의 부재, 몸의 글쓰기'로 특징 지워지는 현대적인 글쓰기의 전범을 보여 준다. 존재의 깊은 곳에 매몰되었던 자아는 어느 날 홍차에 적신 맛과 냄새에 의해 우연히 되살아나고, 그리하여 시간과 공간을 초월한 타임머신은 전속력으로 이 잃어버린 자아를 되찾기 위해 달려간다. 모든 것이 시간에 의해 변화하고 해체되는 불확실성의 세계에서, 하나의 이미지가 다른 이미지로 현란하게 교체되는 세계에서, 고정된 것이라곤 아무것도 없는 세계에서 매일매일 사멸하던 자아는 이제 뜻하지 않은 기억의 힘으로 비로소 저 끔찍한 존재의 해체와 죽음이라는 시간의 궤적에서 벗어날 수 있는 것이다. 사교계의 표피적인 자아 밑에 숨어 있던 진정한 자아, 일상적이고 사회적인 자아 밑에 가렸던 진정한 자아, 그렇다고 '추상적이고 관념적이지 않은 자아'의 발견은 그러나 문학을 통해서만 가능하다. "진정한 삶, 마침내 발견되고 밝혀진 삶, 따라서 우리가 진정으로 체험하는 유일한 삶은 바로 문학이다."라는 화자의 외침은 이 작품의 주제가 작품의 첫 단어인 '오랜 시간(longtemps)' 체험했던 그 수많은 세부적인 부서지기 쉬운 일상의 감정과 인상 들에 형태를 부여하여 '시간 속에(dans le Temps)', 하나의 화폭 위에 고정하는 작업임을 말해 준다.

그러나 이런 진정한 자아의 발견은 공허한 사교 생활로의 긴 추락과 소돔과 고모라의 그 무시무시한 정념의 소용돌이를 관통함으로써만 가능하다. 작가는 스완과 게르망트라는 부르주아와 귀족 사회의 대립을 통해 '사회적 만화경의 변화'를 보여 준다. 음악을 듣고 예술을 논하던 포부르생제르맹의 귀족 사회는 1차 세계 대전과 더불어 사라졌으며 그 실질적인 힘도 이미 오래전에 퇴색했지만 이런 신화적인 존재에 대한 부르주아의 모방 욕망은 여전히 존재한다. 또한 귀족들의 세련된 취향과 몸짓, 말투, 예술적인 소양을 끊임없이 모방하려는 부르주아의 어리석음과 귀족들의 오만함과 잔인함이 자리하는 살롱은 우리가 말하는 대로 이해되지 않고 은어, 속어, 개인어 등 각각의 계층과 직업에 따라 고유한 화법이 난무하는 세계, 말이 곧 권력인 그런 치열한 투쟁의 공간이다. 생시몽이 루이 14세 시대 사회상을, 발자크가 왕정복고시대 사회상을 보여 주려 했다면 프루스트는 19세기 말 '벨 에포크' 시대 사회상을 예리한 시선으로 관찰한다. 그러나 19세기 문학이 보여 주는 단순한 사회 재현이 아닌 외적 현실이 의식에 투영하는 '반사성'을 통해 재현하려고 했다는 점에서 발자크와 플로베르를 결합하려는 시도로 평가된다. 게다가 『잃어버린 시간을 찾아서』는 사랑과 정념에 관한 담론이다. 롤랑 바르트에 의하면 서구 문학사에는 두 가지 유형의 사랑하는 사람이 존재한다. 하나는 프랑스적 전통인 라신과 프루스트로 이어지는 일종의 편집증 환자이자 질투하는 사람이며, 다른 하나는 독일 낭만주의 전통인 슈베르트와 슈만의 사랑하는 사람이다. 연인들의 행복한 결합이나 상호 이해와 믿음을 바탕으로

하는 독일 낭만주의자들과 달리 프랑스적인 사랑은 질투와 부재의 동의어다. 영원히 충족될 수 없는 사랑, 대상도 목적도 없는 탐색, 이 시니피앙에서 저 시니피앙으로 불가능한 대상을 찾아 헤매는 욕망의 기진맥진한 환유적 몸짓이다. 이런 불가능한 사랑의 몸짓은 사랑의 효과라고 할 수 있는 질투로 부양되며 동성애라는 금기와 위반에 대한 죄의식으로 더욱 비극적인 색채를 띤다. '알베르틴 연작 소설'은 이처럼 죽음과 망각, 긴 애도, 그리고 글쓰기를 통한 삶의 가능성이라는 새로운 지평을 제시한다.

또한 화자는 끊임없이 미학적이고 예술적인 성찰을 멈추지 않는다. 스완은 오데트를 사랑하지 않지만 그녀가 이탈리아 르네상스 시대 화가 보티첼리의 그림에 나오는 여인과 흡사하다고 생각하는 순간 사랑에 빠진다. 콩브레 시골의 부엌 하녀는 조토의 「우의상」에 나오는 '자비'와도 같다. 또한 작품 속 화가의 전범이라 할 수 있는 엘스티르의 「카르케튀트 항구」에는 인상파 화가 모네와 마네, 터너뿐 아니라 베네치아 유파의 카르파치오가 그린 「성녀 우르술라의 전설」도 자리한다. 빛의 움직임에 따른 색의 변화와 사물의 변화가 회화적인 언어에 새로운 깊이를 부여하듯 이런 회화적인 언어와 경쟁하는 문학적인 글쓰기 또한 전혀 다른 밀도를 띤다. 음악 역시 셸링과 쇼펜하우어 등 독일 낭만주의 철학에 영향을 받아 뱅퇴유의 소나타와 칠중주곡을 통해 그 '말로 표현할 수 없는 (indicible)' 세계를 탐색한다. 이처럼 세비녜 부인, 생시몽, 라신, 발자크, 플로베르, 보들레르로 이어지는 문학가들, 조토,

카르파초, 페르메이르, 렘브란트, 샤르댕, 휘슬러, 모네, 르누아르 등의 화가들, 바그너와 드뷔시, 생상스, 프랑크 같은 음악가들, 고딕 성당과 채색 유리, 장식 융단과 보석 세공, 화장, 의상, 사진, 요리에 이르기까지 예술 전반에 걸친 성찰은 바그너가 말하는 총체적 예술로서의 문학의 이미지를 구현한다.

프루스트의 『잃어버린 시간을 찾아서』는 우리 사물과 삶을 보는 눈에 획기적인 전환점을 마련한다. 프루스트는 오랜 시간에 걸쳐 대가들의 작품을 모작하거나 번역하며 이전 세대 모든 문학과 예술을 책이라는 공간 안으로 끌어들이려고 했다. 이런 그의 시도는 현대 소설의 선구자라는 명칭뿐만 아니라 현대 사유의 중심에 그를 자리하게 한다. 오늘날 사유 체계에 가장 큰 영향을 미친 철학가 중 한 사람인 들뢰즈(Gilles Deleuze)는 마치 프루스트가 사교계 모임을 드나들며 시간을 잃어버렸듯 자신이 철학사 기호를 해독하며 잃어버린 시간을 프루스트의 소설을 통해 답사한다. 그가 네 번에 걸쳐 발간한 『프루스트와 기호들』(1964~1968년)은 초기 '차이'의 철학자로부터 후기 정신분열증 분석자로의 변신을 가능케 했으며, 이러한 변신을 창출하는 『잃어버린 시간을 찾아서』은 그러므로 그의 모든 사유적이고 철학적인 움직임을 예고, 또는 종합하는 총체적 사전으로 평가된다. 또한 독일 문예 비평가이자 번역가인 벤야민(Walter Benjamin)은 프루스트의 전 작품을 관통하는 그 빛나는 '행복에의 의지'에 대해 질문을 던지면서 『잃어버린 시간을 찾아서』의 2편 「꽃핀 소녀들의 그늘에서」를 독일어로 번역한다. 프루스트의 작품에서 중요한 것은 체험한 삶의 내용이 아니라 그러한 "체험의 기억을 짜는 일"로 낮 동안 짰던 실을 밤이면 풀어헤치는 텍스트라는 개념을 누구보다도 가장 잘 실천한 작가라고 단언한다. 텍스트의 어원인 '직물'이란 단어가 의미하듯 끊임없이 짜고 풀고 덧붙이고 그리하여 한 권의 책 속에 우리 모든 삶을 담으려 했던 프루스트의 그 끝없는 글쓰기야말로 벤야민에게서는 바로 현대성의 표징이었던 것이다.* 24세의 젊은 베케트(Samuel Beckett) 역시 파리 고등사범학교 영어 강사로 일하면서 프루스트의 인용문을 번역하고 연구하며 『프루스트』란 작은 책을 펴낸다.(1931년) 그의 「고도를 기다리며」가 보여 주는 황량한 헐벗음은 바로 프루스트 사랑이 보여 주는 그 고독한 사막을 형상화한 것은 아닐까? 글을 쓰고 싶은 욕망을 가진 사람이라면 "누구나 프루스트를 읽으면서 글을 쓸 수 있다는 욕망이, 그런 감정이 깨어남을 느낀다. 그리하여 자크 리비에르가 「게르망트 쪽」을 읽고 나서 프루스트에게 고백했듯 '제가 얼마나 당신을 질투하는지요.'라는 말을 하게 될 것이다."**

---

* 벤야민, 「프루스트의 이미지」, 『발터 벤야민의 문예이론』, 반성완 편역, 민음사, 1992, 103~104쪽.
** 가에탕 피콩, 『프루스트 읽기』, 남수인 옮김, 문학과지성사, 1992, 182~183쪽에서 재인용(본문에 맞게 역자가 약간 수정한 것임).

2. 「스완네 집 쪽으로」 줄거리

1부 콩브레

'나'라고 말하는 일인칭 화자는 잠 못 이루는 불면의 밤을 보내기 위해 콩브레와 발베크, 파리, 동시에르, 베네치아에서 보낸 과거 삶을 회상한다. 이런 그에게 가장 먼저 떠오르는 추억이 저녁 7시 가파른 계단 앞에서 엄마의 키스를 기다리던 장면이다. 그러나 이런 의지적인 기억이 내포하는 그 고통스럽고 단편적인 성격은 과거로의 진입을 방해하는 일종의 차단막 역할을 한다. 그러나 어느 날 일상의 피로에 지친 화자에게 어머니는 홍차에 적신 마들렌 한 조각을 권하고, 그러자 부활절 방학 때면 식구들과 함께 지냈던 레오니 아주머니의 집, 콩브레의 성당과 마을 사람들, 과거 모든 것이 대낮의 찬란한 햇빛 속에 되살아난다. 이처럼 냄새와 맛, 우연에 의한 비의지적 기억에 의한 과거의 부활은 이제 남편이 죽은 후에 집과 방, 침대를 떠나지 않으며 동네 노처녀 이야기를 양분으로 취하며 살아가는 괴팍한 인물인 레오니 아주머니, 스완 씨 집 쪽을 산책하다 산사나무 울타리 앞에서 만난 스완 씨 딸 질베르트, 은둔자를 자처하는 르그랑댕, 외롭게 살아가는 동네 음악가 뱅퇴유, 그리고 뱅퇴유가 죽은 후 아버지 사진에 침을 뱉는 딸, 게르망트 쪽을 산책하며 글을 쓰고 싶은 욕망을 느끼나 쓸 수 없었던 주인공의 무력감, 게르망트 부인과 같이 산보하는 꿈, 이 모든 것들을 마술 환등기 그림처럼 아련하게 우리 앞에 펼쳐 놓는다.

2부 스완의 사랑

이런 콩브레를 회상하면서 시간을 보내는 화자에게 떠오르는 또 다른 이야기가 바로 스완의 불행한 사랑 이야기다. 일인칭 화자에서 삼인칭 화자로 넘어가며 작은 시골인 콩브레에서 파리의 화려한 사교계로 이동한다. 스완은 '콩브레'에서는 화자의 할아버지 친구로 유일하게 콩브레 집을 찾아오던 손님이지만 파리에서는 그 섬세하고도 예술적인 취향으로 귀족 가문 게르망트 가를 드나드는 인물이다. 이런 그가 천박한 화류계 여인인 오데트의 꼬임에 빠져 벼락부자 출신 베르뒤랭 살롱에 등장한 것이다. 자신의 취향이 아니었던 여인이 보티첼리 그림 덕분에 어느덧 욕망의 대상으로 변하면서 스완의 긴 고뇌와 질투가 시작된다. 게다가 음악과 미술만을 논하는 듯 보이는 평화로운 살롱이라는 공간은 그러나 미래의 극렬한 권력 투쟁의 씨앗을 배태한다. 프루스트는 이런 정치, 사회, 문화적인 혼란 때문에 정체성의 위기를 겪는 세기말 지식인의 모습과 그 내적인 모험을, '우상 숭배'와 삶의 미학화를 통해 정당화하려 했던 스완이라는 한 개인을 통해 묘사하고 있다.

3부 고장의 이름——이름

이렇게 소설 속 소설인 「스완의 사랑」이 막을 내리면 우리는 다시 삼인칭 이야기에서 일인칭 화자 이야기로 넘어간다. 발베크, 베네치아, 피렌체에 대한 화자의 긴 몽상은 '콩브레'에서의 게르망트 공작 부인의 이름에 대한 몽상에서 시작되어 「꽃핀 소녀들의 그늘에서」의 2부 '고장의 이름 — 고장'으로 연결된다. 그러나 이런 몽상으로 인한 지나친 흥분은 건강 악화로 이어져 여행을 포기하게 하고 화자는 대신 샹젤리제에서 질베르트를 만나 사랑을 꽃피운다. 질베르트와의 만남을 통해 화자는 그토록 꿈꾸어 왔던 스완과 스완 부인을 만나고 그들 세계에 합류한다. 화류계 여인이었던 오데트는 이제 불로뉴 숲을 산보하며 뭇 남성들의 경이에 찬 시선을 한몸에 받는 여인으로 화려하게 변신한다. 그러나 이런 불로뉴 숲의 화려함은 갑자기 전쟁 직전 황폐한 불로뉴 숲과 대조를 이루면서 그 바로크적인 양상이 시간의 현기증 나는 변화와 해체를 예고한다.

3. 참고 문헌

1 불어 텍스트

A la recherche du temps perdu, édition établie sous la direciton de Jean Milly, GF Flammarion, 1984~1987.

A la recherche du temps perdu, édition établie sous la direciton de Jean-Yves Tadié, Gallimard, Pléiade, 1987~1989.

Le Temps retrouvé, Texte présenté par Pierre-Louis Rey et Brian Rogers, établi par Pierre-Edmond Robert et Brian Rogers, et annoté par Jacques Robichez et Brian Rogers, Gallimard, Pléiade, 1989.

Le Temps retrouvé, édition présentée par Pierre-Louis Rey, établie par Pierre-Edmond Robert, et annotée par Jacques Robichez avec la collaboration de Brian G. Rogers, Gallimard, Folio, 1990.

Le Temps retrouvé, édition présentée, établie et annotée par Eugène Nicole, Le livre de Poche, 1993.

Le Temps retrouvé, édition corigée et mise à jour par Bernard Brun, GF Flammarion, 2011.

Contre Sainte-Beuve précédé de *Pastiches et mélanges* et suivi de *Essais et articles*, Gallimard, Pléiade, 1971.

*Marcel Proust Lettre*s, sélection et annotation revue par Françoise Leriche, Plon, 2004.

Dictionnaire Marcel Proust, publié sous la direction d'Annick Bouillaguet et Brian G. Rogers, Honoré Champion, 2004.

2 한·영 텍스트

「되찾은 시간」, 『잃어버린 시간을 찾아서』, 김창석 옮김, 정음사, 1985.

Finding Time Again, In Search of Lost Time, Translated and with an Introduction and Notes by Ian Patterson, Penguin Books, 2003.

3 작품명과 약어 목록

『잃어버린 시간을 찾아서(À la recherche du temps perdu)』 → 『잃어버린 시간』

1편 「스완네 집 쪽으로(Du côté de chez Swann)』 → 「스완」

2편 「꽃핀 소녀들의 그늘에서(À l'ombre des jeunes filles en fleurs)』 → 「소녀들」

3편 「게르망트 쪽(Le côté de Guermantes)』 → 「게르망트」

4편 「소돔과 고모라(Sodome et Gomorrhe)」 → 「소돔」

5편 「갇힌 여인(La Prisonnière)」 → 「갇힌 여인」

6편 「사라진 알베르틴(Albertine disparue)」 → 「알베르틴」

7편 「되찾은 시간(Le Temps retrouvé)」 → 「되찾은 시간」

옮긴이의 말

2013년은 「스완네 집 쪽으로」가 출간된 지 백 주년이 되는 해다. 이런 뜻 깊은 해를 기념하기 위해 프루스트의 새로운 번역이라는 거대한 작업을 시작하는 첫걸음을 내딛게 되어 무척이나 두렵고 떨리는 마음을 감출 수 없다. 사십 년 동안 프루스트를 전공하고 가르쳐 온 사람으로서 작품 번역은 누구나 한번은 꿈꾸어 보겠지만 워낙 방대한 작품이기에 엄두를 못 내다 2005년 민음사로부터 「스완네 집 쪽으로」 번역 청탁을 받았고, 그러면서도 차일피일 미루다 2009년 오래전 파리에서 유학 시절 같이 강의를 듣던 교토 대학교의 요시카와 교수와의 뜻밖의 만남을 통해 일본어로 프루스트를 새로 번역한다는 말에 프루스트 전공자로서 사명감과 용기를 가졌다면 조금은 지나친 말일까?

『잃어버린 시간을 찾아서』 전권을 우리말로 처음 옮긴 김창석 씨의 번역은(1985년) 원문에 충실하긴 하지만 조금은 오래된 우리말 표현과 한자어, 드문 주석 탓에 프루스트 읽기가 어렵다는 인상을 준다는 평을 받기도 한다. 게다가 1987년 새로운 '플레이아드 전집' 출간은 1954년 텍스트(김창석 씨가 번역한)와는 다른 판본을 제시하며, 또 프루스트 연구자들이 주석 작업을 계속 진행하고 있어 세계 각국에서 새로운 프루스트 번역이 이루어지는 중이다. 아시아에서는 중국이 처음으로(총 일곱 권 중 현재 세 권 출간.) 시작하였고 그 뒤를 일본이, 그리고 여기 늦게나마 역자도 그 긴 모험에 동참하고자 한다.

프루스트의 문장은 길고 난해한 것으로 알려져 있다. 이런 만연체의 주범은 가지치기(digression)와 은유다. 하나의 단어가 떠오르면 거기 연상되는 수많은 단어들이 꼬리를 물고 나타나(어쩌면…… 어쩌면……. 또는…… 또는……. 등등) 문장은 본래 출발점에서 상당히 멀어진다. 이러한 이탈은 또한 사물의 여러 다양하고도 복합적인 의미를 드러내기 위해 그림, 음악, 건축, 성경, 신화 등 수많은 분야에서 빌린 이미지들과 비교, 또는 체계적인 연결어의 삭제를 통한 은유로 인해 포착할 수 없는 움직임을 창출한다. 여기라는 텍스트의 공간에 이처럼 수많은 '다른 것'이나 '다른 곳'을 불러들이는 프루스트 문장의 특징을 살리기 위해서는 텍스트 순서를 그대로 존중하는 것이, 화자 의식의 흐름을 좇아 사건이 전개되는 순서, 가까운 것에서 먼 것으로 시선이 펼쳐지는 순서, 생각의 범위가 확대되는 순서에 따르는 것이 절대적으로 필요하다고 판단되었다. 그러나 텍스트 순서를 그대로 따른다는 것은 주어, 동사, 목적어로 이어지는 프랑스어 어순과는 다른 우리말 어순, 그리고 관계대명사가 없어 어쩔 수 없이 같은 단어를 반복하거나 필요한 경우에는 '……인데(한데)'라는 연결어미를 붙이고, 문장을 끊지 않을 수 없게 하였다. 그러나 몇몇 불가피한 경우를 제외하고는 작품 가독성을 방해하지 않는 조건에서 가능한 한 원문의 어순과 긴 호흡을 살리고자 노력했다.

또한 이 번역은 최대한 원문에 충실하고자 하였다. 이 말은 의미 중심의 번역을 피하고 직역 위주의 번역을 통해 원문 형식을 최대한 존중하고자 했다는 뜻이다. 외국 작품을 읽는다는 것은 '낯섦성'에 대한 체험이다. 지나치게 친숙한 우리말로 표현하는 것은 이런 외국 책의 독서를 통한 이타성의 체험을 방해하는 것은 아닐까? 오히려 번역 느낌이 나는 조금은 생경한 표현이 우리에게 다른 세계로의 침잠을 도와주는 것은 아닐까? 보들레르와 프루스트의 독일어 번역을 시도했던 벤야민은 「번역가의 과제」에서 번역가의 임무는 번역하는 언어를 통해 원문의 미세한 떨림을 포착해야 한다고 말한다. 문학 작품의 본질은 "포착할 수 없는 것, 신비로운 것, 시적인 것이기에"* 이는 형식의 복원을 통해서만, 따라서 원문 직역을 통해서만 가능하며 의미 번역은 이런 텍스트의 미세한 떨림을 파

---

* 윤성우, 「발터 벤야민의 번역론에 관한 소고」, 『번역학 연구』, n. 8, 2007, 183쪽에서 재인용.

괴한다고 설명한다. 역자는 이러한 벤야민의 말에 충실하도록 능력이 닿는 한 지나치게 풀어쓰거나 첨삭하지 않고 절제된 표현으로 원문의 떨림을 전달하는 데 미약하나마 작은 힘을 보태고자 한다.

마지막으로 독자의 이해와 작품의 올바른 수용을 위해 최대한 많은 주석 작업을 통해 문화적, 예술적 차이를 극복하고자 하였다. 프루스트 역시 러스킨을 번역하며 수많은 주석 작업으로 작품을 이해하는 즐거움을 독자와 나누려고 했던 것처럼, 많은 프루스트 전공자들(특히 「스완네 집 쪽으로」의 번역은 앙투안 콩파뇽 교수의 작업과 『프루스트 사전』에 많은 빚을 지고 있다.)의 연구에 도움을 받아 작품 가독성을 최대한 높이고자 했다. 현대성의 출발점이 되는 시기에 쓰인 작품이어서 전기나 전화의 사용이 정확히 어느 시기에 이루어졌느냐에 따라 작품 의미가 달라지며, 또 19세기 말의 그 현기증 나는 유럽 외교사와 문단 풍토, 성경과 신화, 고대 예술품에 대한 수많은 인용과 참조는 정확하고도 깊이 있는 주석 작업 없이는 이해가 불가능하다고 생각했기 때문이다. 그러나 독서의 흐름을 방해할 수도 있는, 전공자들에게나 필요한 지나치게 세밀한 정보는 가급적 피하려고 노력했다.

주네트의 말처럼 "본질을 찾기 위해 사물의 심오한 실체와 결합할 목적으로 출발한 글쓰기가 (……) 어느덧 그 깊이가 서로의 깊이에 의해 소멸되거나 파괴되는 환상적인 초인상의 결과에 이르는"* 이런 '양피지 글쓰기'를 번역한다는 자체가 무척이나 힘든 일이었지만, 이 일이 가능했다면 그건 전적으로 이 번역을 격려해 주고 많은 용기와 도움을 주신 분들 덕분이다. 프루스트 문장에 익숙해지도록 가르쳐 주시고 많은 오류를 잡아 주신 박사학위 논문 지도교수이자 프루스트 연구의 대가이신 파리 3대학의 장 미이 교수님, 서양 미술사와 프랑스 역사에 무지한 역자를 위해 매주마다 시간을 내 주신 동료 교수이자 미술사 전공자이신 자크 라파넬 교수님, 함께 프루스트를 읽고 공부했던 외대 불어불문학과 대학원생들, 그리고『잃어버린 시간을 찾아서』의 전권 출간이라는 방대한 일을 기꺼이 수락해 주신 민음사에 깊은 감사를 드린다. 이분들에 대한 고마운 인사는『잃어버린 시간을 찾아서』의 번역이라는 그 긴 여행이 끝나는 날 진정한 빛을 볼 것이다. 프루스트에 대한 사랑을 독자들과 같이 나누며 그들의 애정 어린 관심과 질정이 이 책을 더욱 풍요롭게 만들 수 있기를, 그리고 "프루스트를 좋아하세요?"란 물음이 우리 곁에 함께할 수 있기를 기대해 본다.

2012년 가을
김희영

---

* Gérard Genette, "Proust Palimpseste", *Figures* I, Paris, Seuil, Collection Tel Quel, 1966, p. 52.

옮긴이 **김희영**   Kim Hi-young. 한국외국어대학교 프랑스어과를 졸업하고 프랑스 파리 3대학에서 마르셀 프루스트 전공으로 불문학 석사와 박사 학위를 받았다. 서울대 불어불문학과 및 대학원 강사, 하버드대 방문교수와 예일대 연구교수, 한국외국어대학교 서양어대 학장 및 프랑스학회와 한국불어불문학회 회장을 역임했다. 「프루스트 소설의 철학적 독서」, 「프루스트의 은유와 환유」, 「프루스트와 자전적 글쓰기」, 「프루스트와 페미니즘 문학」 등의 논문을 발표했고, 『문학장과 문학권력』(공저)을 썼으며, 롤랑 바르트의 『사랑의 단상』과 『텍스트의 즐거움』, 사르트르의 『벽』과 『구토』, 디드로의 『운명론자 자크와 그의 주인』을 번역 출간했다. 현재 한국외국어대학교 명예 교수로 있다.

잃어버린 시간을
찾아서 2

스완네 집 쪽으로 2

1판 1쇄 펴냄 2012년 9월 25일
1판 32쇄 펴냄 2023년 8월 16일

지은이 마르셀 프루스트
옮긴이 김희영
발행인 박근섭·박상준
펴낸곳 (주)민음사

출판등록 1966. 5. 19. 제16-490호
주소   서울시 강남구 도산대로1길 62(신사동)
         강남출판문화센터 5층(우편번호 06027)
대표전화 02-515-2000 | 팩시밀리 02-515-2007
홈페이지 www.minumsa.com

ⓒ 김희영, 2012. Printed in Seoul, Korea

ISBN 978-89-374-8562-6 (04860)
      978-89-374-8560-2 (세트)